和名师一起读名著
九年级
下册

"名著导读"同步阅读

简·爱

[英] 夏洛蒂·勃朗特 著
刘荣跃 译

长江出版传媒 | 长江少年儿童出版社

简·爱

[英] 夏洛蒂·勃朗特 著
刘荣跃 译

图书在版编目（CIP）数据

简·爱 / (英) 夏洛蒂·勃朗特著；刘荣跃译. -- 武汉：长江少年儿童出版社，2019.1
（和名师一起读名著）
ISBN 978-7-5560-9036-5

Ⅰ. ①简… Ⅱ. ①夏… ②刘… Ⅲ. ①长篇小说—英国—近代 Ⅳ. ① I561.44

中国版本图书馆 CIP 数据核字（2018）第 265474 号

出版发行： 长江出版传媒
长江少年儿童出版社

出 品 人： 何 龙

社　　址： 武汉市雄楚大街 268 号出版文化城爱立方大楼　　**邮政编码：** 430070
业务电话：（027）87679174 （027）87679786　　**电子邮箱：** cjcpg_cp@163.com
网　　址： http://www.cjcpg.com

承 印 厂： 湖北新华印务有限公司　　**经销：** 新华书店湖北发行所

规格： 640 毫米 ×970 毫米　　**开本：** 16 开
字数： 330 千字　　**印张：** 30
版次： 2019 年 1 月第 1 版，2019 年 1 月第 1 次印刷　　**印数：** 1–10000

书号： ISBN 978-7-5560-9036-5　　**定价：** 39.00 元

第二版序言

由于《简·爱》的第一版序言没有必要，我因此什么也没写。第二版需要说几句话，一则表示感谢，二则也发表几点杂谈。我应该从三个方面表示感谢。

感谢广大读者，你们宽容地倾听了一个很少矫揉造作的普通平常的故事。

感谢新闻界，它诚实地予以赞同，为一个无名的有志者打开了一片美丽的视野。

感谢出版者，是他们的智慧与魄力，以及实际的见识和坦然的宽容态度，给予了一个没人推荐的无名作者以帮助。

对于我而言，新闻界和广大读者不过是模糊的化身，我也得用模糊的言辞感谢他们。不过，出版者是确切的，某些宽宏大量的批评家也是确切的，是他们给予了我鼓励——只有宽宏大量和情操高尚的人，才知道如何鼓励一个努力奋斗的陌生者。对他们，即对我的出版者和杰出的批评家们，我真诚地说，先生们，我衷心感谢你们。

是他们曾经帮助并认同了我，在向我所感激的这些人表达谢意之后，我要转向另一类人。就我所知，这一类是为数不多但也不可忽视的人。我指的是那些胆小怕事或吹毛求疵的人，他们对像《简·爱》这类书籍的旨趣意向表示怀疑。在他们眼里，凡是异常的就是错误的；他们的耳朵从每次对偏执行为——这是罪恶之源——的反对中，都能发觉某种对于虔诚的冒犯，而虔诚即是上帝在世间的摄政者。我会向这样的怀疑者指出某些显而易见的差别，我会让他们想到某些简单的事实。

传统习俗的东西并非就是道德的。自以为正当并非就是有宗教信仰。

攻击前者并非就是在打击后者。把面具从法利赛人[①]的脸上摘下来，并非就是向“荆棘冠冕[②]”举起邪恶之手。

这些事情和行为是截然相对的，它们就像善与恶一样不同。人们经常将其混为一谈，而它们是不应该被混淆的。表象不应被误认为是真理，人类狭隘的教条——它们只会让少数人欢喜，受到推崇——不应用来取代耶稣拯救世人的信条。我再说一遍，其中存在着差别，而将它们清楚明白地区分开来是一种善举，而不是恶行。

这个世界也许不喜欢看到上述观点被区分开，因为它已经习惯将其彼此混杂，它发现将外部表象视为真货色，让刷白的墙壁充当洁净的神殿是很方便的。对于敢于仔细审视和揭露的人——他将镀金刮去，让人看到下面的贱金属；他深入墓穴，将可怕的尸骸暴露出来——对于他，这世界也许心怀憎恨。但即便如此，这世界对于他也是不无感激的。

亚哈[③]并不喜欢米该雅，因为他从后者身上永远只预见到恶，而非善。大概他更喜欢基那那的那个爱拍马屁的儿子吧。但假如亚哈不去听取那些奉承话，而是接受忠言，那么他就可以避免流血致死了。

在我们当今时代有一位人，他说的话可不是用来讨耳朵敏锐的人开心的。在我看来，他在社会上的那些伟人们面前，就像音拉的儿子在犹大和以色列即位的国王们面前一样。他讲出了非常深刻的真实情况，有着先知一般的才能，富有生机活力——他显示出勇敢无畏的风采。这位写作《名利场》[④]的讽刺作家在上层社会为人赞赏吗？我不得而知，但我想假如那些人——他将自己具有讽刺意味的希腊火[⑤]投掷到他们当中，又将自己谴责的火炬照射到他们身上——及时接受了他的告诫，那么，

---

① 公元前2世纪至公元2世纪犹太教的一派，标榜墨守传统礼仪。

② 耶稣钉死在十字架上时被戴上的冠冕。

③ 《圣经》中的人物，以色列国王。后面的米该雅、基那那和音拉也是《圣经》中的人物。本段相关内容引自《圣经·旧约·列王纪上》第二十二章。

④ 英国著名作家萨克雷（1811—1863）的长篇代表作。

⑤ 指拜占庭希腊人在海战中使用的一种触水即燃的武器，以及古代和中世纪在战争中使用的燃烧剂。

他们或自己的子孙或许能逃脱在基列拉末的致命打击。

我为什么提到这个人呢？我提到他，读者，是因为我从他身上看到的才智，比他的同代人所看到的更加渊博和独特；因为我把他视为当今的第一位社会改革家，视为劳动团体的领袖——他们要将被歪曲了的事物体系纠正过来；因为我觉得其作品的评论家们没有一个找到适合他的比喻，也没有找到能够恰当体现出他的才能的词语。他们说他像菲尔丁[①]，他们谈论他的机智、幽默和喜剧才能。他与菲尔丁有相似之处，就像雄鹰与秃鹰有相似之处一样。菲尔丁可以去飞扑腐肉，但萨克雷从不那样做。他的机智充满光辉，他的幽默富有魅力，而这两者与其庄重的气质之间的关系，不过像显现于夏云边上的片状闪电与隐藏在云层深处致命的电光。最后，我之所以提到萨克雷先生，是因为我将这《简·爱》第二版献给了他——假如他愿意接受一个素不相识的人的礼物。

柯勒·贝尔[②]

一八四七年十二月二十一日

① 菲尔丁（1707—1754），英国著名小说家、剧作家等。

② 本书作者发表这部作品时所用的笔名。

第三版附记

我借出版《简·爱》第三版的机会，再次向广大读者表明一下，我之所以获得小说家的称号，就在于写了这样一部作品。因此，假如把其他的小说也归功于我[①]，那么便给予我一种不应有的荣誉，从而使应该得到荣誉的人得不到它。

这个解释将会纠正一些已经犯下的错误，并防止以后将会犯下的错误。

柯勒·贝尔

一八四八年四月十三日

① 作者实际上还创作了其他一些小说，这里她主要强调本书的重要性。

目 录

Contents

第一章

这天不可能出去散步了。不错，早上我们在那片光秃秃的灌木林里漫步了一个小时，但午饭后（没有客人时，雷德太太会早早用完午餐）刮起冬日的寒风，随即阴云笼罩，并下起刺骨的冷雨来，这时再出门活动就不可能了。

我对此倒觉得高兴，自己从来不喜欢走远路，特别是在寒冷的下午。在阴冷的黄昏回到家里真是可怕，手指和脚趾都冻得发僵，心里被那个叫作贝茜的保姆骂得难受，想到自己长得不如伊丽莎白、约翰和乔治亚娜·雷德那么好，也感到自卑。

上面说的伊丽莎白、约翰和乔治亚娜此时在客厅里，正围聚在他们的妈妈身边。做母亲的靠在炉边一张沙发上，她膝下的乖孩子们看起来都很快活（眼下还没有又吵又哭）。至于我，让她打发到一边去了，不准和她的孩子们在一起。她说，她真遗憾不得不把我打发到一边去。不过，她要先等贝茜汇报，我在真心实意地努力养成一种随和天真的脾性，一种愉快活泼、更有吸引力的举止——好像身上要具有某种更轻快、坦诚和自然的东西——并且她要亲眼看到这种情况，在这之前，她真的不能让我得到特殊待遇，它们是只给予满足而快乐的孩子们的。

“贝茜说我什么啦？”我问。

“简，我可不喜欢让人找碴儿或问来问去。另外，一个孩子那样对待自己的长辈，也确实让人讨厌。找个什么地方坐下吧，如果说话不能讨人高兴，就把嘴闭上。”

客厅隔壁有一间小小的早餐厅，我溜了进去。这儿搁着一架子书，一会儿我便挑到一本，特别留意书里要有很多插图才行。我爬上一个窗台，收起两脚，盘腿坐下，像个土耳其人那样。我把用波纹织物做的红窗帘几乎全拉上，让自己躲在一个非常隐蔽的地方。

呈折叠状的红色窗帘挡住了我右边的视线，左边是明净的窗格玻璃，它既为我把十一月的这个阴冷日子挡在外面，又没让我完全与它隔离。翻阅书页的时候，我不时仔细观察着这冬日午后的情景。只见远处是一片白色的雾和云，近处有一片湿湿的草坪和经受风吹雨打的灌木丛，下个不停的雨被一阵阵凄厉的狂风吹得四处飞扬。

我又回到书中，这是一本由比尤伊克[①]著的《英国鸟史》。一般说来，我对其中的正文并不怎么在意，不过作为一个孩子，对里面的几页介绍性文字是不会白白放过的。它们讲述的是海鸟生息的地方，只有鸟才去居住的孤岩与海角，以及南端遍布着小岛的挪威海岸、林德尼斯，或者北海角的山岬。

> 辽阔无边的北冰洋翻腾激荡于
> 极地光秃阴郁的小岛周遭；
> 大西洋汹涌澎湃的巨浪
> 涌入暴风雨中的赫布里底群岛[②]。

我也不能忽略书里提到的拉普兰[③]、西伯利亚、斯匹次卑尔根群岛、新地岛、冰岛和格陵兰[④]那些荒凉的海岸。“它们有着北极带大片的地域，有着凄凉沉闷的地方。那儿堆积有大量的霜雪，一片片经过数百年冬天积聚起来的坚冰，在一座比一座高的阿尔卑斯山上发出炫目的光。这一切将北极环抱，使得严寒达到极为强烈的程度。”我对那些死一般发白的地区产生了自己的想象，这想象笼罩着阴影，就像隐约闪现在小孩大

① 比尤伊克（1753—1828），英国著名的插图画家。
② 在英国英格兰西部。
③ 挪威、瑞典、芬兰等国北部拉普兰人居住的地区。
④ 位于北美洲的东北部，属丹麦。

脑里的概念，虽然不完全理解，但印象深刻得出奇。这几页介绍性文字，与后面的小插图联系起来之后，便让高耸于巨浪中的孤岩、在荒凉的海岸上搁浅的破船，以及从一块块云缝中窥视下面沉船的、苍白惨淡的月亮，都显得意味深长起来。

两只轮船安然停泊在平静的大海上，我想那是海上的幽灵吧。

魔鬼依附在小偷后面的背包上，我赶紧把它略过。这是一个恐怖之物。

那个高高坐在一块岩石上、长着角的黑东西也是如此，它望着远处一群围在绞刑架旁的人。

每幅插图都讲述了一个故事，虽然由于我理解力还不够发达，感情也不够完整，常觉得它们很神秘，但这些故事总是非常有趣，就像贝茜心情好的时候，有时在冬夜给我们讲的故事那样有趣。那时她会把熨衣服的桌子搬到儿童室[①]的炉边，让我们围坐在炉旁，一边将雷德太太的花边熨平，把她的睡帽边熨出褶裥，一边从古老的童话和其他歌谣里，或从《帕美拉》[②]和《莫兰德伯爵亨利》[③]中，挑些爱情和冒险故事给我们听，我们个个全神贯注。

我把比尤伊克的书放在膝盖上，这时便感到快乐：至少我自己这样是快乐的。我唯一担心的是被人打扰，结果很快就不得安宁了。只见这早餐厅的门被打开。

“喂！莫普夫人！”此时传来约翰·雷德叫喊的声音，然后他停下，发现屋里显然没有人。

“她究竟到哪里去了！”他继续说，“伊兹！乔杰！[④]（叫他的姐妹），琼[⑤]不在这儿，快告诉妈妈她跑到雨里去了——这个坏东西！”

“多亏我把窗帘拉上了。”我想，真希望他不会发现我隐藏的地方。

① 私人家庭专供儿童游戏、进餐等用的房间。
② 英国作家理查逊（1689—1761）写的一本小说。
③ 由约翰·韦斯利所著，于1781年出版的一部小说。
④ 分别为伊丽莎白和乔治亚娜的昵称。
⑤ 女主人公简的别称。

而本来约翰·雷德自己也不会发现的，他既不眼尖，也不灵敏；但这时伊丽莎白把头从门口探进来，立即说道：

“她肯定在窗台，杰克[①]。”

我便马上钻了出去，想到被杰克拖出来，就吓得发抖。

“你有什么事吗？”我问，显得难堪羞怯。

“应该说，‘你有什么事吗，雷德少爷？’”对方回答，“我想让你过来。”少爷在一把扶手椅上坐下，示意我走过去，站在他面前。

约翰·雷德是个十四岁的小学生，比我大四岁，我那时不过十岁。但小小年纪的他长得又大又肥，脏兮兮的皮肤也不健康。他面部粗糙宽大，四肢发达。吃饭时爱狼吞虎咽，因此患了胆病，两眼空洞无神，面颊也松松垮垮。现在他应该在学校里，可妈妈把他带回来，让他在家里待一两个月，“因为他身体差”。他的老师迈尔斯确切地说，如果家里少给他送些蛋糕和糖果去，那会对他大有好处的。但做母亲的不喜欢如此严厉的意见，宁愿相信那种更为冠冕堂皇的说辞，即约翰之所以面色不好是因为学习过分用功，也许还因为太想家了。

约翰对母亲和姐妹都没多少感情，对我也觉得反感。他经常威吓惩罚我，不是每周两三次，也不是每天一两次，而是不断这样。我每一根神经都怕他，他只要一走近，我身上的每一点肌肉都紧张。他让我感到恐惧，有时被弄得不知所措，因为无论对他的威吓，还是折磨，我都无法求得任何人帮助。仆人们不愿意站在我一边而得罪他们的小主人，雷德太太对这个问题也视而不见，或装作没听到。她从没看见他出手打人，也没听见他辱骂我，尽管他会时时当着她的面对我又打又骂，而背着她时就更厉害了。

我已习惯了顺从约翰，于是来到他的坐椅旁。他用了大约三分钟时间，把舌头对着我伸得老长，只是没伤着舌根罢了。我知道他不久就要动手，我若有所思地凝望着他那令人厌恶、丑陋的面容。我不知道他是

---

① 约翰的昵称。

否从我脸上看出我的心思；他什么话也没说，突然狠狠地给我一拳。我被打得身子失去了平衡，离开他的椅子往后踉跄了一两步。

“刚才你随便对我妈回嘴，”他说，“偷偷躲到这窗帘后面，两分钟前，你还露出那样的眼神，所以你得挨揍，你这个可鄙的家伙！”

对约翰·雷德的辱骂，我都听惯了，所以并不想有什么反应，我担心的是如何忍受他辱骂之后，对我拳脚相加。

“你躲在窗帘后面干什么？”他问。

“看书。”

“把书拿出来。”

我回到窗边，把书拿过去。

“你没有权利拿我家的书，妈妈说你是个寄生虫。你没有钱，你爸一点也没给你留下。你应该去讨饭，不应该和我们这些贵人家的孩子一起住，一起吃，穿我们妈妈花钱买的衣服。你去翻我的书架，现在我要教训你，因为它们是我的，这房子里的所有东西都是我的，或者几年后就是了。去站在门边，别挡住镜子和窗户。”

我照着办了，最初不明白他要做什么，但看见他站起来做着要甩书的动作时，我惊恐地叫着，本能地站到一边。然而来不及了，书瞬间向我砸来，我被打倒在地，头在门上撞伤了。伤口流出血来，我顿时觉得剧痛，恐惧到极点，随即又产生了别的情绪。

“你是个邪恶凶残的小子！”我说，“你像个凶手——像个奴隶的监工——你和罗马的皇帝们没有两样！”

我曾读过哥尔德斯密斯①的《罗马史》，对于尼禄②和卡利古拉③等人有了自己的看法。我也默默地做过比较，却从未想到会这样大声喊出来。

“什么？什么？”他叫道，“她竟然那样对我说话！你们听见了吗，伊丽莎白，乔治亚娜？难道我不该去告诉妈妈？不过，我得先——”

---

① 哥尔德斯密斯（1730—1774），英国诗人、剧作家和小说家。

② 古罗马暴君（37—68）。

③ 罗马皇帝（12—41），专横残暴。

他一头向我冲来，抓住我的头发和肩膀。我的确从他身上看到的是一个暴君、一个凶手。我觉得有一两滴血从头上流到脖子上，意识到有些难受，这种感觉一时超越了恐惧，因此我疯狂地进行抵抗。我不太知道怎样用双手还击，只听他说我是“可鄙的家伙！可鄙的家伙”，并大声咆哮。他得到了帮助——伊丽莎白和乔治亚娜跑去叫雷德太太，她那时在楼上。她来到现场，后面跟着贝茜和使女阿博特。我们被分开了，我听见他们在说：“天啊！天啊！竟动手打约翰少爷，真是疯狂呀！”

然后，雷德太太补充道：“把她带到红屋子去，锁在那儿。”两双手马上把我抓住，带到楼上去了。

第二章

我一路反抗着。这对于我来说，是一件从没有过的事，此种情况也会让贝茜和阿博特小姐[①]对我大为反感。事实上，我有点发狂了，或者如法国人说的那样不能自制了。我意识到，一时的反抗已经有可能让我受到不同寻常的惩罚，我像任何一个反叛的奴隶那样，于绝望中决心竭尽全力去反抗。

“把她的两只手抓住，阿博特小姐，她就像一只疯猫。”

“真可耻！真可耻！”这个贴身使女[②]叫道，“你那样做太让人吃惊了，爱小姐，竟敢打一位年轻的贵人，打你女恩人的儿子！你的小主人。”

“主人？他怎么会是我的主人？我是个仆人吗？”

“你哪里是仆人，你比仆人还不如，因为你什么事也不做，靠别人养活。去那儿坐下，好好想一下你有多恶劣。”

她们说着把我弄进雷德太太说的房间，一下将我推到一只凳子上。我冲动之下，真想像弹簧一样跳起来，但立即被她们用双手按住了。

“既然你不安安静静地坐着，那就得把你拴住。”贝茜说，“阿博特小姐，把你的吊袜带借给我，她会一下就把我的弄断的。”

阿博特小姐便转过身去，从她一条胖胖的腿上脱下吊袜带。她们准备捆我。阿博特觉得有些丢脸，我因此感到有点愧疚。

“别脱呀，”我叫道，“我不会动的。”

为了对此做出保证，我坐在凳子上一动不动了，两手规规矩矩。

“你是得注意别动。”贝茜说。她看出我真的平息下来时，才把我放

① 注意“小姐”的含义，它是对未婚女子的称呼。
② 指为贵妇人等梳妆的使女。

开了。然后，她和阿博特小姐抱着双臂，站在那儿，阴沉而疑心地看着我的脸，不相信我已恢复正常。

“她以前从没这样过。”最后，贝茜转身对使女说。

“不过，她心里一直是不服的。”使女回答，“我向太太讲过我对这孩子的看法，太太也同意。她是个阴险的小东西，我从没见过她这般年纪的女孩就把自己隐藏得那么深。”

贝茜没回答，但片刻后就对我说：“你得明白，小姐，你有责任报答雷德太太，是她养活了你，假如她把你赶走，你就得进济贫院。”

我对这些话没什么可说的，它们并不是第一次说给我听，在我人生最初的回忆里就包含了同样的暗示。这些责备的话在我耳里已经隐隐成了某种单调乏味的歌，非常让人痛苦难受，但是又不太能理解。

阿博特小姐这时也说道：“你别因为太太那么好心把你带大，让你和他们生活在一起，就自以为与雷德小姐和雷德少爷平起平坐。他们将会有很多钱，而你一分钱也没有。所以，你就应该恭恭顺顺的，尽量讨他们喜欢。”

“我们跟你说这些都是为了你好，”贝茜补充道，声音温和下来，“你应该设法让人高兴，这样，你也许会在这儿有个家。但假如你变得粗暴无礼，我敢肯定太太会把你送走。”

“另外，”阿博特小姐说，“上帝也会惩罚她的。他会在她发脾气时突然要了她的命。好啦，贝茜，咱们把她留在这里。不管怎样，我都不敢像她那样做。你一个人的时候就祈祷吧，爱小姐，如果你不忏悔，什么坏东西就会从烟囱里爬下来，把你弄走。”

她们出去了，并随手把门锁上。

这红屋子是一间正方形的寝室，很少有人去睡，我可以说根本就没人去睡——只是偶尔一些客人来到盖茨黑德府时，才必须把所有住处都利用起来。不过，这个房间在此座宅邸众多的寝室中，是最宽大堂皇的几处之一。一张床由粗大的桃花心木柱子支撑，挂着深红色的缎子蚊帐，像神龛一样被置于中央。两扇大窗的窗帘一直拉着，用类似的花彩织物遮得严严实实。地毯是红色的。床脚的桌子铺着深红色桌布。四壁呈柔和的浅黄褐色，其中也带点粉红。衣柜、梳妆桌和椅子用古老的桃花心木做成，黝黑光亮。床垫和枕头堆放在床上，床上铺着一张雪白的马赛布[①]床单，它们在周围浓浓的阴影里白得耀眼，十分突出。靠近床头边有一把铺有垫子的安乐大椅，几乎同样显著，它也是白色的，前面有一张脚凳，我认为看起来像白色的王座一般。

这间屋子冷冷的，很少生火；也静静的，这儿远离儿童室和厨房；屋子显得阴沉，因为众所周知难得有人进去。只有女仆礼拜六才去一下，把一周里落在镜子和家具上的灰尘打扫干净。雷德太太本人则隔很久才去看看，检查一下衣柜里某个隐秘抽屉里的东西，那里面放着各种羊皮纸文件、她的珠宝盒，以及已故丈夫的小画像——在他临终的话里隐藏着这间红屋子的秘密，尽管屋子显得十分堂皇，但所具有的魔力使它变得如此孤寂冷清。

雷德先生已去世九年了，他就是在这间屋里断气的。他的遗体埋葬前，即停放在这里受人瞻仰，然后殡仪馆的人把他的棺材抬走。打那以后，大家便怀着悲哀的心情祭奠着，不经常闯进这屋子。

贝茜和怀恨在心的阿博特小姐让我不准离开的座位，是搁在大理石壁炉台旁的一张矮矮的垫脚凳。那张床就立在我面前，右边是又高又黑的衣柜，它那富有光泽的表面时时反射出不同的微光；左边是拉上窗帘的窗户。在它们之间，有一面大镜子，映照出这庄严、空荡的大床与房间。我不太确知他们是否已把门锁了，这时我是敢移动的，于是起身走过去看看。啊！是的，再没有比这更牢固的监狱了。我折回身，又得经过镜子前面；我的视线被吸引住了，我不知不觉探看着它显露出来的幽深地方。一切东西在这虚幻空洞的镜内，看起来都比在现实中更冰冷、黑暗。里面那个奇怪的小身影凝视着我，在昏暗的阴影里露出苍白的脸和胳膊，一双畏惧的眼睛闪烁着、移动着，而其他所有东西都是静止的，使得那

① 法国东南部港口城市马赛出产的布。

身影像个真正的幽灵。我感到它像小小的鬼怪，一半是仙女，一半是小魔鬼。贝茜在晚上讲述的故事中，说这种鬼怪是从沼泽地里那些长有很多蕨类植物的荒僻幽谷中冒出来的，它们常出现在天黑了仍然在赶路的旅行者面前。随后，我回到凳子上。

此时我心里产生了迷信，不过它还没有完全战胜我。我身上仍然流动着热血，一个反叛奴隶的那种精神仍然给予我巨大鼓舞。往日的记忆迅速涌上我心头，我不得不加以克制，以免面对眼前这凄凉的处境，自己会感到畏缩。

约翰·雷德所有粗暴的行为，他姐妹所有高傲冷漠的态度，他母亲对我所有的厌恶，仆人们所有的偏见，都像混浊的井里黑乎乎的沉积物一样，出现在我烦乱的心中。为什么我总是受苦，总是被威逼吓唬，总是被诅咒，总是受到谴责？为什么我总不能让人高兴？为什么我努力讨人喜欢，却毫无用处？而伊丽莎白呢，她又任性又自私，却受到尊重。乔治亚娜呢，她有一副坏脾气，非常刻薄，充满恶意，喜欢强词夺理，对人傲慢无礼，但大家都纵容她。她的美貌，粉红色的脸蛋和金黄色的鬈发，好像让看到她的人都开心，她犯下的每个错误都值得被原谅。约翰呢，谁也不会反对他，更不会惩罚他了，尽管他会把鸽子的脖子拧断，把小孔雀弄死，让一群狗去追羊，把温室里的葡萄摘光，还把温室里那些精品植物的嫩芽掰掉。他还叫自己母亲是“大姐”，有时辱骂她皮肤黑，像他自己的一样；他对她的希望全然不放在心上，经常把她的丝绸衣服撕烂或弄坏，可他仍然是“她心爱的宝贝”。我不但不敢犯错误，而且极力尽到每一个责任，他们却说我不听话，讨人嫌，从早上到中午，从中午到晚上，我都闷闷不乐、偷偷摸摸的。

我的头部在被书打中并撞到门上后，仍然疼痛，流着血。约翰那么放肆地打我，却没有任何人责备他；我反而因为反抗他，不让他继续对我施暴，受到了众人的大肆辱骂。

“不公平！——不公平！”我的理性在说。在烦恼的刺激下，我产生了短暂却早熟的力量。我也同样下定了决心，打算采取什么特别的手段摆脱这种忍无可忍的压迫——比如说逃跑，如果不行的话，就不吃不喝，让自己死去。

在那个让人忧郁的下午，我的心多么惊恐啊！我的大脑一片混乱，我的心在反抗！然而，这种精神斗争处在黑暗与极度茫然之中！我无法回答内心这个无休无止的问题——为什么我这样深受痛苦。如今，在过去了不知道多少年之后，我却看得一清二楚了。

我是盖茨黑德府的杂音。我不像那儿的任何人，与雷德太太、她的孩子或她选定的奴仆毫不融洽。假如他们不喜欢我，事实上我也一样不喜欢他们。一个对他们中的哪个人都没有好感的家伙，他们对她必定也是没有感情的。我是一个异类，在性格、能力和爱好上与他们格格不入；我是一个废物，不能满足他们的兴趣，或者让他们更加开心；我是一个有害的东西，对于他们的虐待，心里滋生着愤怒的胚芽，对于他们的判断，则滋生着鄙视的胚芽。我知道，假如我是一个活泼开朗、无忧无虑、聪明伶俐的孩子，即使显得苛求，即使同样无依无靠，需要人养活，雷德太太也会乐意让我待在她身边，她的孩子们也会对我怀有更多的同情心，仆人们也不会让我成为儿童室里的替罪羊了。

日光开始离弃这间红屋子，现在是四点多了，阴暗的下午正接近沉闷的黄昏。我听见雨仍然不断拍打在楼梯的窗户上，风在府第后面的树林里呼啸。我渐渐变得像石头一样冷硬，我的勇气在减少。我平常那种屈辱的心情、自我怀疑，以及绝望、消沉，把怒火熄灭后的灰烬淋得湿湿的。人人都说我坏，也许我真的如此。除了想到把自己饿死，我还能有什么念头呢？那当然是在犯罪——我应该去死吗？或者说，那座盖茨黑德教堂圣坛下的墓穴是个美好的去处吗？我曾听说雷德先生就埋葬在那墓穴里，顺着这个想法，我开始回忆他，越想越害怕。我已记不得他了，但我明白他是我的亲舅舅——我母亲的哥哥——在我小时候成为孤儿时，他把我带到自己家，并在临终时，要求雷德太太答应把我像自己的孩子一样带大。雷德太太大概认为她已信守了诺言，我敢说就她的本性而论，她是做到了的；可她怎么会喜欢让一个并非是自家的人闯进来呢？这个人在她丈夫去世后，与她便没有了任何联系。她发现自己被一个誓言束缚着，替别人的母亲照管一个她无法喜欢的孩子，看见一个不受欢迎的外人成天出现在自己家人当中，一定觉得相当厌烦。

我产生了一种奇异的念头。雷德先生如果还活着，我丝毫也不怀疑他会对我好的。此刻，我坐在那儿，看着发白的床和笼罩在阴影里的墙壁，也不时将迷惑的眼睛转向那面微微发光的镜子。回想起自己听到过的关于死人的故事：他们身处墓中，为自己临终的愿望没人遵从而烦恼不安，于是重返人间，惩罚不守誓言的人，替受迫害者报复。我想，雷德先生的幽灵因为自己妹妹的孩子蒙受冤屈而深受折磨，也许会离开他的安息之地——无论在教堂下面的墓穴内，还是在死者们那个不为人知的世界——并来到这屋子，出现在我面前。我擦干眼泪，停止哭泣，唯恐巨大的悲哀会唤醒某种超自然的声音，使它前来安慰我；或者从阴暗的地方引出某种光芒四射的面容，它会带着奇异的同情，向我俯身过来。此种想法在理论上能给人安慰，但倘若实现，我会感到可怕，所以我竭尽全力将其遏制，努力让自己保持镇定。我把头发从眼前撩开，抬起头，大胆地环顾这黑暗的屋子。就在这时，墙上显露出一丝光线。我问自己，那是月光透过窗帘的缝隙照进来的吗？不，月光是静止的，而这光线在移动。我凝视着的时候，它移到了天花板上，在我头顶上方颤动。要是现在，我就不难猜测到，此种光线很可能是某人穿过草坪时，从他的提灯里发出来的。可当时，由于我时刻准备着会看到恐怖的情景，内心焦虑，所以我想到那种四处闪射的光，就是某个从另一世界来的幽灵派出的使者。我的心怦怦直跳，头脑发热，耳朵里回荡着一个声音——我以为是扇动翅膀时发出的。好像什么东西在向我靠近，我觉得压抑和窒息，再也忍耐不下去了。我向门冲去，拼命摇动着锁。脚步声在外面的通道上传来，钥匙在转动，随即贝茜和阿博特走进来。

“爱小姐，你病了吗？”贝茜问。

“那声音太可怕了！让我难受到极点！”阿博特叫道。

“让我出去！让我到儿童室去！”我叫喊。

“干吗？你受了伤害？你看见什么了？”贝茜又问。

“啊！我看见一种光，以为幽灵会来。”这时，我抓住了贝茜的手，她没有抽开。

“她是故意尖叫的，”阿博特十分厌恶地声称，“她尖叫得多难听啊！假如她真的很疼，还可以原谅，可她只是想把我们大家引到这儿来。我知道她的鬼把戏。”

“怎么回事？”又一个人不容分说地打断道，原来是雷德太太沿着通道跑来了，她的帽子飘动得很厉害，长袍沙沙作响，声音很大，“阿博特，贝茜，我想我吩咐过吧，要等到我亲自来时，才能让简·爱离开这红屋子。”

“爱小姐尖叫得太厉害了，夫人。”贝茜辩护。

“把她放开，”对方只这样回答，“松开贝茜的手，小家伙。你这样做肯定是跑不出去的。我憎恨谁玩把戏，特别是小孩子那样做。我应该让你明白，玩把戏是没有用的，现在你得在这儿再多待一小时，只有等你完全听话了，安静了，我才会放你出去。”

“啊，舅妈！可怜一下我吧！原谅我！我受不了啦。让我接受别的惩罚吧！我会死掉的，如果——”

“住嘴！这样胡闹太让人反感啦。”她肯定也感觉到了这点。在她眼里，我是个少年老成的人，很会演戏——实际上，她把我看成是个刻毒卑鄙、危险狡猾的家伙。

贝茜和阿博特已先离开，雷德太太见我痛苦得发狂，哭得厉害，感到不耐烦了，一下把我推回去，不再说什么，又把我锁起来。我听见她急匆匆地走去，随即我猜想自己晕过去了吧，对眼前的情景什么也不知道了。

第三章

我苏醒过来所记得的，就是觉得自己好像做了一个令人惊骇的噩梦，看见眼前有一种可怕的红光。我好像听见什么空洞的声音在说话，不安、疑虑和压倒一切的恐惧感把我弄得惊惶失措。没过多久，我意识到谁在搬动我，把我扶起来坐好，以前还从没有谁这样温和地对待过我呢。我把头靠在一只枕头或胳膊上，感到舒适。

又过了五分钟，谜团消失了，我很清楚自己是在床上，那红光是儿童室的炉火发出的。这时是夜晚，桌上燃着一支蜡烛，贝茜站在床脚，一只手拿着盆子；一位先生坐在我枕头边的一把椅子上，向我俯过身子。

我感到一种无法形容的安慰，深信得到了保护，因为我知道这屋里有一个陌生人，他不是盖茨黑德府第的人，不是雷德太太的亲戚。我把视线从贝茜身上转开（虽然有她在旁，远不如别人——比如阿博特在旁那么让人讨厌），仔细打量着那位先生的面容。我认识他，他是劳埃德先生，一个药剂师，有时仆人们生病了，雷德太太就把他叫来；她却专门为自己和她的孩子们雇请了一位医师。

“瞧，我是谁？”他问。

我说出他的名字，同时把手伸给他。他握住我的手，微笑着说：“情况很快就会好起来的。”然后他让我躺下，告诉贝茜要特别注意晚上别让人打扰我。他进一步吩咐，表示次日还会来看我，然后离开了。我十分难受，有他坐在我枕边的椅子里，我觉得自己受到了更好的保护与帮助啊。他随手把门关上后，整个屋子又笼罩在黑暗中，我的心也因为经受着难以表达的悲哀而再次沉下来。

“你想睡觉吗，小姐？”贝茜相当温和地问。

我简直不敢回答她，害怕她下一句话就会粗暴起来。“我试试看。”

“你想喝水不，或者想吃点东西吗？”

“不，谢谢，贝茜。”

“那么我想我得去睡觉了，已经过了十二点。不过，晚上你需要什么，可以叫我。”

真是有礼呀！我因此壮着胆子问了一下。

“贝茜，我怎么啦？生病了？”

“我看你是病了吧，在这间红屋子里哭叫着。但你一定会很快好起来的。”

之后，贝茜走进旁边的仆人房间，我听见她说：“莎拉，来和我一起在儿童室里睡吧，我今晚无论如何都不敢一个人和那个可怜的孩子待着，她也许会死的。真是奇怪，她竟会突然得了那种病，不知道她是不是看到什么了。太太对她也太狠了些。”

莎拉过来和贝茜待在一起，她们两个上床后又窃窃私语了半个小时才睡。我听到她们谈的只言片语，听得不太清楚，只能推测她们说的大意。

“有什么东西从她眼前经过，穿着一身白衣，然后消失了。”

“他后面跟着一条大黑狗。”

“在那间寝室的门上，有人重重敲了三声。”

“就在墓地的坟上，出现了一线光。”

她们俩终于睡了，炉火与蜡烛也都熄灭了。而我害怕得睡不着觉，在恐惧中度过漫长的夜晚，耳朵、眼睛和大脑都处于紧张状态，这种恐惧只有孩子们才能体会到。

经过红屋子里的这件事后，我身体上没再出现什么严重的或持久的疾病，它只是让我的神经受到振动，我感到那振动至今还在回响。是的，雷德太太，你让我精神上遭受了多么巨大的痛苦，但我应该原谅你，因为你不知道自己都做了什么：一方面，你把我的心都撕碎了；另一方面，你却以为自己不过是在根治我的坏脾气。

第二天快中午时，我起床穿好衣服，裹着围巾，坐在儿童室的炉子旁。

我感到身体虚弱不堪，但更严重的病还在于我精神上万分悲哀。这悲哀让我默默地泪流不止，我刚把一滴咸咸的眼泪从脸颊上擦掉，另一滴眼泪就涌了出来。然而，我想，自己是应该高兴的，因为雷德家的孩子一个也不在那儿，他们都和妈妈一起坐马车出去了。阿博特也在另一间屋里做缝纫活儿，贝茜则走来走去，把玩具收拾好，把抽屉整理好，时不时向我说一句异常亲切的话。这种状况对于我来说简直成了和平的天堂，因为我历来习惯受到无休无止的责骂，习惯于被忘恩负义的人当作仆人一样使唤；但事实上，我备受折磨的神经无法得到安慰，任何乐趣都无法使我快活起来。

贝茜下厨房去了，她用一种色彩鲜明的瓷盘端来一块圆馅饼，瓷盘上印制的那只天堂里的鸟儿，栖息在一圈旋花与蔷薇花蕾中，它常使我产生一种十分强烈的钦佩感。我也常恳求让我端这只瓷盘，以便把它看得更仔细一些，但至今他们总认为我不配享有这样的特殊待遇。而现在这只珍贵的器皿就搁在我膝上，还有人亲切地叫我吃它上面精致的圆馅饼。这样的宠爱有什么用呢！像许多其他我经常盼望却久久得不到的宠爱一样，这也来得太迟啦！我吃不下馅饼。那鸟儿的羽毛、那些花儿的色彩，似乎都奇怪地褪色了。我便把盘子和馅饼都搁在一边。贝茜问我要不要一本书，而书这个字顿时像一种刺激物，我因此请她去藏书室把《格列佛游记》[①]拿来。这本书我津津有味地读了一遍又一遍，认为它所讲述的都是事实，比我在童话故事中读到的更为有趣。至于说那些侏儒，虽然我在毛地黄的叶子和钟形花丛当中、在蘑菇下面，以及覆盖着古老墙角的欧亚活血丹下面，都未找到他们，但我最终认定这一可悲的事实：他们都离开英国，到某个原始的国家去了，那儿的森林更加宽阔茂密，人口更加稀少。而其中的小人国和大人国，在我看来确实存在于地球上。我毫不怀疑有一天，经过漫长的航行之后，我会亲眼见到某一王国里的微型田野、房屋和树木，微型的人、牛、羊和鸟；也会见到另一王国里

---

① 英国作家乔纳森·斯威夫特（1667—1745）所著的一本世界名著。

像森林一样高大的玉米地、庞大的驯犬、怪异的猫、如高塔般的男女。然而，就在此刻，我手里拿着这本自己珍爱的书时，一切都变得怪异阴郁起来，巨人成了瘦削憔悴的妖精，侏儒成了恶毒恐怖的小魔鬼，主人公格列佛在最危险可怕的地方，成了最凄惨的流浪者。我合上书，不敢再看下去，把它搁在桌子上那块还未尝过的馅饼旁。

贝茜这时已把屋子打扫整理完，洗过手后，她打开某个小抽屉，里面装满了上等的丝绸缎子碎片。她开始为乔治亚娜的娃娃玩具做一顶新帽子，一边唱着：

很久很久以前，
我们四处流浪。

我以前经常听到这支歌，并且总是听得很开心，因为贝茜有一副甜蜜的嗓子——至少我这么认为。可是现在，尽管她的声音仍然是甜蜜的，但我发现在那种优美的旋律里，有一种难言的悲哀。有时，她在专心干活的时候，把歌中的叠句唱得很低很缠绵，将“很久很久以前”唱得就像是挽歌里最为悲哀的曲调似的。然后她唱起另一支民歌，这次真的很伤感。

我的脚已走痛，四肢疲乏，
道路太漫长，大山又荒凉；
黄昏将过去，没有月亮的凄凉之夜呀，
将笼罩在可怜孤儿的路上。

为什么他们把我驱赶得这样遥远，
让我孤身来到这遍地是荒野和暗礁之处？
人们真是铁石心肠，唯有天使多么友善，
悉心关照着一个可怜孤儿的脚步。

但是从远处吹来柔和的晚风，
天上没有云块，明净的星星发出微光。
仁慈的上帝对可怜的孤儿情有独钟，
他寄予了保护、安慰和希望。

即使我经过断桥时跌倒在上头，
因为被光线欺骗，迷失在沼泽地里，
上帝也会给我以允诺和保佑，
把可怜的孤儿抱在胸前。

我获得力量靠了一种信念，
尽管我的家和亲人都被夺走；
天堂就是家呀，那儿必然能让我心安，
因为上帝就是可怜孤儿的朋友。①

“喂，爱小姐，别哭啦，”贝茜唱完后说。她还不如对炉火说“别烧啦”。可她如何能够猜测到我遭受的那种可怕的痛苦呢？

上午，劳埃德先生又来了。

“怎么，已起床了！”他走进儿童室的时候说，“哦，贝茜保姆，她的情况怎样？”

贝茜回答说我很好。

“那她看起来应该更高兴些。来，爱小姐，你是叫简吧？”

“嗯，先生，简·爱。”

“唔，你一直在哭着，简·爱小姐。能告诉我是怎么回事吗？哪儿疼痛？”

“不疼，先生。”

---

① 原歌词押 abab，cdcd，efef，ghgh，ijij 韵，译文力求体现此种押韵方式。

“哦！我猜想她哭是因为没能和太太一起坐马车出去。”贝茜插话说。

“肯定不是因为那个！唉，她都这么大了，不会那样使性子的。”

我也这么认为，由于自尊被践踏，我立即回答说：“我生下来就从没有为那样的事哭过，我讨厌坐马车出去。我哭是因为伤心。”

“哼，小姐！”贝茜说。

好心的药剂师显得有点摸不着头脑。我站在他前面，他两眼直盯着我。他灰色的眼睛很小，不太明亮，但我觉得那双眼睛是很尖锐的。他的面容显得既严厉又温和。他不慌不忙地端详了我一会儿，说：“昨天你怎么生病了呢？”

“她摔倒了。”贝茜又插话道。

“摔倒？唉，像是个婴儿一样！她这么大了，还不能自己走路？她一定有八九岁了吧。”

“我是让人打倒的。”我突然直言不讳地解释，因为蒙受屈辱，感到又一阵痛苦，“不过那并没让我生病。”我补充道。

这时，劳埃德先生吸了一撮鼻烟。他把鼻烟盒又放回背心的衣兜里，这时，传来仆人开饭的响亮铃声，药剂师明白这一点。

“叫你的，保姆，”他说，“你可以下去了，我要给爱小姐讲讲，等你回来再走。”

贝茜想继续待着，但她不得不下去，在盖茨黑德府第严格规定吃饭必须准时。

“摔一下是不会让你生病的，那又是什么原因呢？”贝茜走后，劳埃德先生追问道。

“我被关在一间幽灵出没的屋子里，一直关到天黑。”

我看见劳埃德先生笑了，同时皱起眉头：“幽灵！哎呀，你毕竟还是个小孩！你害怕幽灵吗？”

“我害怕雷德先生的幽灵，他就死在那间屋里，遗体停放在那儿。不管是贝茜，还是其他任何人，他们晚上都不会进那间屋子。他们把我一个人关在里面，又不点蜡烛，太残酷了——我想我永远也不会忘记的。”

“胡说！你就是因为这个才那么痛苦的吗？现在是白天，你还害怕吗？”

“不害怕，可是夜晚很快又会到来；另外——我还因为别的事不快乐——很不快乐。”

“什么别的事？能对我讲一些吗？”

我多么希望彻彻底底地回答这个问题啊！可是要做出回答，又是一件多么困难的事！孩子们是有感情的，但他们不能对自己的感情做出分析；即使在思想上进行一些分析，他们也不知道如何用语言来表达分析的结果。然而，在回答之后，我便可以从中得到安慰，我因此害怕失去这第一次也是唯一的机会，于是不安地度过片刻后，我极力做出一种虽然不够充分但很真实的回答：“首先，我没有父母和兄弟姐妹。”

“可你有仁慈的舅妈和表兄弟、表姐妹。”

我又停了片刻，然后笨拙地说：“但是约翰·雷德把我打倒了，舅妈又把我关在红屋子里。”

劳埃德先生再次取出鼻烟盒。“你认为盖茨黑德府第不是一个很可爱的家吗？”他问，“你有这样一个美好的住处，并不觉得很感激？”

“这不是我的家，先生。阿博特说我还不如一个仆人有权利待在这儿。”

“唉！你总不能傻得想离开这样一个极好的地方吧？”

“假如我有别的去处，我会乐意离开它，可是在我长成大人前，没法离开盖茨黑德了。”

“也许你会的——谁知道呢？除了雷德太太以外，你还有别的亲戚吗？”

“我想没有了，先生。”

“你父亲家的亲戚一个也没有？”

“不知道。我问过雷德舅妈，她说也许我有一些姓爱的穷亲戚，他们的地位都很低下；不过，她一点不了解他们。”

“如果你有这样的亲戚，你愿意去他们那里吗？”

我想了想。对于成人，贫穷看起来是很可怕的，对于孩子们更是如此——他们不会怎么想到那种勤劳苦干、受到尊敬的穷人，而只会把“贫穷”这个词与破烂的衣服、不足的食物、没火的壁炉、粗鲁的举止和卑鄙的恶行联系起来。在我看来，贫穷与屈辱有着相同的含义。

“不愿意，我不喜欢成为穷人。”我回答。

“即使他们对你好，都不愿意？”

我摇摇头，看不出穷人如何能对人好。我还得学会像他们那样讲话，有他们那样的举止，受不到教育，长大后像我看见的某个穷女人那样，在盖茨黑德村的一些村舍门口给孩子喂奶或洗衣服。不，我可没那么勇敢，不愿降低自己的身份去换取自由。

“可是，你的亲戚真的那么穷吗？他们是劳动人民吧？”

“我不晓得，雷德舅妈说要是我还有亲戚的话，他们一定都是要饭的。我可不想去要饭。”

“你想去上学吗？”

我又思考起来。我几乎不知道学校是个什么样子，贝茜有时说它是这样一个地方——在那儿，小姐们都戴着宽大的硬领圈和脊骨矫正板坐着，人人都得十分文雅谨慎。约翰·雷德讨厌学校，辱骂老师，不过我和他的喜好是不一样的。如果说贝茜讲的学校纪律（那是她来盖茨黑德前，在某个家庭里干活时听那家的小姐们说的）有些吓人，但其中关于小姐们学得的某些才艺，我想也是同样吸引人的。她夸耀说她们画的山水和花儿多么漂亮，唱的歌弹的曲多么好听，织的包多么美，还说她们能翻译法文书。我听着的时候很感动，甚至妒忌起来。此外，进学校将会是一个彻底的改变，意味着一次远行，与盖茨黑德完全分别，并进入一种新的生活。

“我确实想去上学。”思考之后，我断言。

“哦，哦！谁知道会发生什么呢？”劳埃德先生说着，站起身，“这孩子应该换换空气和环境了，”他自言自语地补充道，“精神还不够正常。”

这时，贝茜回来了，同时也传来马车在砾石路上辘辘驶过的声音。

“是你的女主人吗，保姆？”劳埃德先生问，“我想在走前和她谈谈。”

贝茜便把他带进早餐厅，然后领着他出去。根据以后发生的情况，我猜想药剂师在随后与雷德太太的谈话中，大胆建议让我去上学，这个建议无疑也被欣然采纳。因为一天晚上我上床后，阿博特和贝茜坐在儿童室里一边做针线活儿，一边聊着。她们以为我睡了，这时阿博特说：“我敢说，太太很高兴把这样一个讨厌糟糕的孩子赶走，她好像老是在观察每个人，暗地里打着什么主意。”我想，阿博特把我当成一个小盖伊 · 福克斯[①]了。

也就在这一次，从阿博特与贝茜的交谈中，我才第一次得知自己的父亲曾是个穷牧师；母亲违背朋友们的意愿嫁给了他，他们认为他配不上她；外祖父由于她不听话大为恼怒，和她断绝了关系，一分钱也没留下；在我父母结婚一年后，父亲去一个从事制造业、也是他担任副牧师职务的大镇上看望穷人时，染上当时在镇上流行的斑疹伤寒症；然后他又把病传染给母亲，不到一个月，我便父母双亡了。

贝茜听阿博特讲完后，叹息着说：“可怜的爱小姐也是值得同情的，阿博特。”

“是呀，”阿博特回答，“假如她是个可爱的好孩子，大家也许会同情她这么孤苦伶仃的，可像她这样一个小讨厌鬼真的不讨人喜欢。”

“当然不讨人喜欢，”贝茜赞同说，“不管怎么说，像乔治亚娜小姐那么好的人，在同样的遭遇下会更让人同情一些。”

“对，我太喜欢乔治亚娜小姐了！”满怀热情的阿博特说，“真是个小乖乖！——一头长长的鬈发，一双蓝蓝的眼睛，肤色那么可爱，她简直就像是画出来的一样！贝茜，晚餐我想吃威尔士干酪[②]。”

“我也一样，还要有烤洋葱。好啦，咱们下楼去吧。”随后，她们便下去了。

---

① 盖伊·福克斯（1570—1606），英国军官，为英国火药谋杀案的同谋者，企图阴谋炸死詹姆斯一世。

② 一种浇有化开的奶酪和浓啤酒的烤面包。

第四章

从我与劳埃德先生的交谈中，从贝茜与阿博特的谈话中，我产生了希望，希望让自己的日子过得更好。我静静地渴望着，等待着它。然而，它迟迟不来。一天天过去了，我也恢复了健康，但对于我心中的问题，谁也没再有过任何暗示。雷德太太有时用一种严厉的眼神打量我，但很少和我说话。自从我生病后，她就在我和她的孩子们之间划了一个更明确的界线，让我单独在一间小屋里睡觉，单独吃饭，让我一直待在儿童室里，而表兄弟、表姐妹们总在客厅里玩耍。可她就是一点也没有要把我送到学校去的意思。尽管这样，我仍然本能地确信她不会长期忍受我和她同在一个屋檐下。每当她看着我时，眼神里比以前流露出更多忍无可忍的反感来。

伊丽莎白和乔治亚娜显然依照吩咐行事，尽可能少和我说话。约翰一见到我，就把舌头猛伸出来，有一次还想惩罚我。但是我立即要给予还击，他识时务地罢手，大骂着跑开，还发誓说我打破了他的鼻子。我确实曾用拳头对准过他高高的鼻子，想狠狠给他一拳。发现不管是我的拳头还是怒容都吓不住他时，我真想趁势让他低头，可这时他已经和他的妈妈在一起。我听见他又哭又闹地开始说，可恶的简·爱像只疯猫一样向他扑去，这时母亲相当严厉地让他住嘴："别对我说她的事，约翰，我告诉过你不要接近她。我不让你或你的妹妹们和她有来往。"

这时我靠在楼梯的扶栏上，突然大声叫出来："他们也不配和我交往。"

雷德太太虽然是个相当矮胖的女人，但她听见我竟如此大胆地说出那样不可思议的话后，迅速冲上楼来，像一阵旋风似的把我拖进儿童室，狠狠按倒在床边，用强有力的声音说，看我敢不敢把身子抬起来，或者吐出一个字。

“要是雷德舅舅还活着，他会怎样对你说呢？”我不情愿地说。

“什么？”雷德太太压低嗓子问，平常那种冷淡沉静的阴郁眼神好像被吓得忧虑不安。她把手从我胳膊上拿开，直盯住我，仿佛真弄不清我是孩子还是魔鬼。我现在是骑虎难下了。

“我舅舅在天堂里，能看到你的一切行为和想法，我爸妈也能看见，他们知道你如何一整天把我关起来，如何想让我死掉。”

雷德太太不久振作起来，狠狠地摇动着我，打我耳光，然后一声不吭地走了。这时贝茜走进来，对我说教了一个小时，证明我毫无疑问是他们家里抚养过的最淘气的孩子。我对她的话半信半疑，因为我确实觉得自己胸中只涌动着恶劣的想法。

十一月、十二月甚至第二年的一月都过去了一半。大家怀着节日的欢乐在盖茨黑德府第庆祝圣诞节和新年，彼此互赠礼物，举行宴会和晚会。我当然被排除在所有享乐之外，我的乐趣只在于每天目睹伊丽莎白和乔治亚娜怎样修饰打扮，看见她们穿戴着薄薄的平纹细布长裙，系着鲜红色的腰带，走到下面的客厅去，头发精心地卷着。随后，我又听见下面传来弹钢琴或竖琴的声音、男管家和男仆来来去去的走动声，以及点心饮料传递时玻璃杯和瓷器发出的叮当声、客厅的门打开又关上时传出的断断续续的谈话声。我对这种消遣方式厌倦后，便从楼梯顶回到孤独寂寞的儿童室。在这儿，我尽管有些忧愁，却不痛苦。说实话，我一点也不想去和他们在一起，他们当中几乎没人理睬我。假如贝茜够亲切友好，那么晚上静静和她待一会儿，而不是在雷德太太可怕的眼皮底下待在一间全是女士先生们的屋子里，我觉得是一种难得的款待了。可是，贝茜一旦把小姐们打扮好后，就自个儿去厨房和女管家房间那些充满生气的地方，通常带着蜡烛。这时我便坐在那儿，把洋娃娃搁在膝头上，直到炉火渐渐熄灭下去。我不时环顾四周，除了我自己像鬼魂一般出没在这间阴暗的屋里外，就没有任何更坏的东西了。待炉火的灰烬变成暗红色时，我赶紧脱掉外衣，用力拉开那些结子和带子，钻进被窝里，躲避寒冷与黑暗。我总是把洋娃娃带到床上。人一定得喜欢什么，由于我没有更值钱的东西可以喜欢，我便极力去珍爱某种已褪色的偶像，虽然它会像一个微型的稻草人那样衣衫褴褛。我现在想起来还感到迷惑，当时自己对那个小玩具喜欢到极点，几乎把它想象成一个有生命有感觉的东西了。假如没把它用我的睡衣包上，我便无法入睡，见它又安全又暖和地躺下后，我感到高兴不已，相信它也同样是高兴的。

我等候客人们离去，倾听着贝茜在楼梯上的脚步声，那几小时显得异常漫长。她时时会上楼来找顶针或剪刀，或许给我带点东西来当作晚餐——一块小圆面包或干酪饼。然后她会坐在床边等我吃完，接着把被子给我盖好，吻我两下，说："晚安，爱小姐。"贝茜温和的时候，我觉得她是世上最好、最漂亮、最亲切的人了。我多么希望她一直是那么和蔼可亲，而不是经常催逼我，或者责骂我，或者无理地派些活儿让我干。我想，贝茜一定天生是个善良能干的姑娘，她不管做什么都很利落，很会讲故事——至少根据她在儿童室里讲的故事给我留下的印象，我可以这样断定。她也很漂亮，如果她的面容和身材给我留下的记忆没错的话。我记得她是个苗条的年轻女人，黑头发，黑眼睛，容貌好看，皮肤完美光洁。不过，她脾气急躁，反复无常，对原则或正义上的事漠不关心。尽管这样，在盖茨黑德府第所有的人当中，我仍然最喜欢她。

时值一月十五日，大约是早上九点钟，贝茜下楼吃早餐去了，我两个表姐妹的妈妈还没有叫她们。伊丽莎白戴上帽子，穿上暖和的专门进花园时穿的衣服，喂她的家禽去了，她喜欢干那种活儿。她也同样喜欢把禽蛋卖给女管家，再把这样得到的钱存起来。她乐意做买卖，显然爱存钱，这不仅从卖蛋卖鸡上可以看出来，从她与园丁就花根、种子和植物插条进行激烈的讨价还价上也可以看出来。这个园丁已经从雷德太太那里得到吩咐，要买下这位小姐的花圃里所有她想卖的产品。并且伊丽莎白还会把她的头发卖掉，假如她能从中赚到不少钱。至于赚到的钱，她先是把它藏在临时的角落里，用一块破布或一张旧纸包着。但是这些藏起来的东西有的被女仆发现了，伊丽莎白担心有一天失去自己珍贵的财产，便同意把它信托给母亲，利息高达百分之五六十。每个季度她都非要母亲支付利息不可，并异常精确地把账目记在一个小本子里。

乔治亚娜坐在一张高凳上，在镜子前面修饰头发，将一些人工做的花和褪色的羽毛编织进鬈发里，那种花和羽毛她在阁楼上的一个抽屉里找到很多。我则整理着床铺，贝茜已严加吩咐过，让我在她回来前整理好（贝茜现在经常把我当成某种保姆的下手，叫我收拾房间，打扫椅子，等等）。我把被子铺好，把睡衣叠好后，来到窗台前，将散乱地搁在那儿的绘画书和洋娃娃屋里的家具放整齐。这时突然传来乔治亚娜的命令，说不准碰她的玩具（那些微型的椅子、镜子以及精巧的盘子和杯子，都是她的东西），使我无法继续做下去。由于没有其他事干，我便用气哈开飘撒在窗户上的霜花，在窗玻璃上哈出一块地方，我可以透过它看到窗外的地面，因为受到严霜影响，那儿一切都变得寂静僵化了。

从窗口可见到门房和马车道，我看见大门被打开，一辆马车隆隆驶过。我漠然地观察着车驶上车道。盖茨黑德府第常有马车到来，但没一个客人是我感兴趣的。马车停在宅邸前面，随即传来响亮的门铃声，客人被让进房里。这一切对于我都无关紧要，我感到茫然空虚。不久我看见一只饥饿的小知更鸟，它飞过来，在那棵光秃的樱桃树的小枝上叽叽喳喳地叫着。我早餐的面包和牛奶还剩了一些在桌上，我把一小卷面包弄碎后，拉开窗框，把面包屑搁在窗台上，此刻贝茜忽然跑上楼来，走进儿童室。

“爱小姐，把你的围裙脱下来。你在那儿干吗？今天早上洗手洗脸了没有？”

我把窗框拉一下才回答，因为我想让鸟儿吃到面包。窗框被拉开了，我把面包屑撒出去，有的落到石头窗台上，有的落到樱桃树枝上。然后，我关好窗户，回答道：“没有，贝茜，我刚把灰尘打扫完。”

“真是个粗心麻烦的孩子！你在干吗？你看起来脸通红，好像在捣什么蛋。你把窗子打开做什么？”

她好像急不可待的样子，不想听我解释。她把我拖到洗脸盆旁，粗鲁地用肥皂、水和一张粗糙的毛巾在我脸上擦洗着，不过幸亏只擦了那么几下。接着，她用一把粗硬的毛刷梳理我的头发，脱掉我身上的围裙，让我赶紧到楼下去，说有人在早餐厅里要见我。

我本想问问谁要见我，问问雷德太太是不是在那儿，可贝茜已经走了，并且在我离开后就把儿童室关上了。我慢慢走下楼去。近三个月来，我从没被叫到雷德太太面前过，由于长期被限制在儿童室里，早餐室、午餐室和客厅在我看来都成了可怕的地方，想到要闯进这些房间，我觉得惊慌。

我这时站在空空的走廊里，面前就是早餐室的门，我胆战心惊地停在这儿。我这个可怜的胆小鬼多么害怕呀，这都是在那些日子里自己受到不公正的惩罚造成的。我害怕回到儿童室去，害怕往前走到客厅去，整整十分钟，我焦虑迟疑地站着。此时，又传来早餐室巨大的铃声，这铃声使我下定了决心：我必须进去。

“谁想见我呢？”我心里问道，一边用双手转动门上僵硬的把手，一时转不动它，“屋里除了雷德太太，还会有谁？是男的，还是女的？”把手转动了，门被打开，我穿过去，低头行着屈膝礼，然后我抬起头看见一根黑柱子！至少我一眼看到时，觉得是一根黑柱子，它挺直细长，套着黑貂皮，直直地立在地毯上。顶端冷酷的面容就像是一副雕刻的面具，被搁置在那儿当作柱头。雷德太太坐在炉边她通常坐的位子上，示意我走过去。我照办了，她这样把我介绍给那个石头般的陌生人：“这就是我向你提出申请的小姑娘。”

那个男人慢慢把头转向我站着的地方，用一双显得好奇的灰色眼睛仔细打量我，那双眼睛在一对浓密的眉毛下面闪烁着。然后他用一种男低音严肃地问：“她的个子太小——她多大了？”

“十岁。”

“有那么大吗？”他怀疑地问，又打量了我几分钟，随即问我，“你叫什么名字，小姑娘？”

“简·爱，先生。”

这样说着时，我抬起头。他看起来是个高大的绅士，而我的个子很小很小。他的面部宽大，无论是面部特征，还是整体形象，都同样显得既严厉，又端庄。

“瞧，简·爱，你是个乖孩子吗？”

我是不可能肯定地回答这个问题的，我那个小小世界里的人对此都持否定意见。于是，我默不作声。雷德太太意味深长地摇摇头，替我回答，随后她补充道：“也许对这个问题越少说越好，布罗克赫斯特先生。”

“听到这样的话，真是太遗憾啦！我和她得谈谈。”他俯下笔直的身子，在雷德太太对面的扶手椅上坐下，“过来吧。”他说。

我从地毯上走过去，他让我端端正正站在他面前。现在他的脸和我的脸差不多高，显得多么出奇啊！他的鼻子真大！嘴巴真不一般！牙齿多么突出！

“没见过一个淘气的孩子会如此忧愁的，”他开始道，“尤其是一个淘气的小姑娘。你知道坏人死后会去哪里不？”

“会下地狱。”我立刻习惯地回答。

“地狱是什么？你能告诉我吗？”

“全是有烈火的火坑。”

“你愿意掉进那个火坑，永远在那儿被燃烧吗？”

“不，先生。”

“那你得怎样做，才不会掉进去呢？”

我想了片刻，做出的回答是不受欢迎的：“我得有个好身体，不要死掉。”

“你如何能有个好身体？比你小的孩子天天都有死的。一两天前，我才埋掉一个五岁大的小孩——他是个好孩子，他的灵魂现在已升天了。假如今后是你被召唤的话，恐怕很难说你会像他那样。”

我无法消除他的疑虑，只是低头看着他立在地毯上的两只大脚，叹口气，希望自己离得远远的。

"我希望这叹息是发自内心的，希望你为给自己这么好的恩人带来麻烦而感到后悔。"

"恩人！恩人！"我内心在说，"他们都说雷德太太是我的恩人。如果是这样，那么恩人就是一种讨厌的东西。"

"你早晚都做祈祷吧？"讯问我的人继续问道。

"嗯，先生。"

"读《圣经》吗？"

"有时读。"

"是情愿的吗？你喜欢它不？"

"我喜欢里面的《启示录》《但以理书》《创世纪》《撒母耳记》和《出埃及记》中的一部分，以及《列王记》和《历代志》中的一些段落，还有《约伯记》和《约拿书》。"

"《诗篇》呢？我想你喜欢它们吧？"

"不，先生。"

"不喜欢？啊，太让人吃惊了！我有一个小儿子，比你还小，他能背六首《赞美诗》。问他想要哪个——是吃一块姜饼呢，还是学一首《赞美诗》，他会说：'哦！一首《赞美诗》呀！天使都唱《赞美诗》。我希望在这儿下面做一个小天使。'然后，他得到两块姜饼，这是对他小小的虔诚给予报偿。"

"《赞美诗》没有意思。"我评论说。

"这证明你有一颗邪恶的心。你必须祈求上帝改变它，让你另外有一颗纯洁的心——把你石头般的心换成一颗有血有肉的心吧。"我正要就如何对我的心进行改变提出一个问题，雷德太太突然插进来，她让我坐下，自己把话接了过去。"布罗克赫斯特先生，我三周前给你的信中曾提到，我并不希望这个小女孩养成那样的性格和脾气。假如你能让她进入罗沃德学校，假如能让主管和老师们对她严加看管，最重要的是防止她犯下那个最严重的错误——喜欢欺骗人——我就太高兴了。我当着你的面提出来，简，是为了让你不会去欺骗布罗克赫斯特先生。"

我真害怕雷德太太，真讨厌她，她天生就是要狠心伤害我。有她在面前，我从来都不会快乐。不管我多么小心谨慎地服从她，不管我多么费尽心思去讨她高兴，我的努力都会遭到她的排斥和反对。现在，她当着一个外人的面这样指责我，伤透了我的心。她为我安排了一种新的生活，但我隐隐觉得她已经在把希望从那样的生活中剥夺。虽然我当时还不能表达自己的感情，但我感到她正把厌恶和残酷播撒在我未来的道路上，我看到自己在布罗克赫斯特先生的眼皮底下被改变成一个狡诈可恶的孩子。

我极力克制住自己的眼泪，它们无力证明我痛苦到了极点。

“欺骗的确是一个孩子身上的坏毛病，”布罗克赫斯特先生说，“它类似于虚假，所有骗人者都会葬身在燃烧着火与硫黄的湖里。不过她会受到监管的，雷德太太。我会对坦普尔小姐和老师们说。”

“我希望用一种适合她将来发展的方式培养她，”我的恩人继续说，“让她变得有用，也变得谦恭。至于假期，如果你同意，就让她一直待在罗沃德吧。”

“你的决定太明智了，夫人。”布罗克赫斯特先生回答，“谦恭是基督的一种美德，这种美德尤其适合罗沃德的学生，我因此要求特别要对他们进行这方面的培养。我认真研究过，让学生们克制那种世俗的骄傲心理多么有益。就在几天前，我自己成功的方法获得了令人喜悦的证明。我的二女儿奥古丝塔那天和她妈妈去参观学校，回去后，她大声叫道：‘啊，亲爱的爸爸，罗沃德学校的女孩们看起来真是文静朴素，她们的头发梳理到耳朵后面；她们穿着长长的围裙，上衣外面有小小的亚麻布衣兜——她们简直就像是穷人的孩子！还有，’她说，‘她们看着我和妈妈的衣服，好像从没见过丝绸长裙一样。’”

“我非常赞同这种状况，”雷德太太回答说，“即使寻遍整个英国，我也难以找到更适合像简·爱这孩子的学校制度。协调一致，亲爱的布罗克赫斯特先生，我提倡任何事情都要协调一致。”

“协调一致，夫人，也是基督教徒的第一责任，罗沃德在它的一切管理中都遵照这种精神——普通的伙食、朴素的服饰、简单的住宿、吃苦耐劳与积极主动的习惯，这些都纳入了学校的议事日程。”

“很好，先生。那么，我可以放心把这孩子送到罗沃德去上学，在那儿受到与她的状况和前途相一致的培养！”

“是的，夫人。她将被放到上帝选定的苗圃里，我相信她会为自己被选择出来、享受到无法估价的特殊待遇表示感激。”

“那我就尽快把她送去吧，布罗克赫斯特先生，我实在急于想卸下这个让人烦心的责任。”

“毫无疑问，毫无疑问，夫人。现在我要对你说再见了。一两周后，我会回到布罗克赫斯特庄园去，我的好友阿奇迪肯执事长[①]离不开我。我会通知坦普尔小姐有个新生要去，这样就可以提前准备接收她入学了。再见。”

“再见，布罗克赫斯特先生。代我向布罗克赫斯特夫人和小姐问好，也向奥古丝塔、西奥多和布劳顿·布罗克赫斯特少爷问好。”

“我会的，夫人。小姑娘，这本《儿童指南》给你。做完祈祷后看看吧，特别是‘染上虚伪与欺骗恶习之后’那部分。”说罢，布罗克赫斯特先生把一册薄薄的、有封皮的书放到我手上，打铃叫来马车后，便离开了。

现在就剩下我和雷德太太，我们默默地度过了几分钟，她在缝纫什么，我看着她。雷德太太这时大约三十六七岁，她是个体格健壮的女人，肩头宽宽的，四肢结实，个子不高，健壮而不肥胖。她的脸有些宽大；下颚过于发达，十分结实；额头较低，下巴大而突出，嘴和鼻子倒非常匀称；淡淡的眉毛下面闪烁着无情的眼睛；黝黑的皮肤没有光泽；头发近于淡黄色。她的体质相当不错——疾病从来不降临到她身上。她是个严格精明的管理者，无论家人还是佃农都完全受她控制，只有孩子们才时时违抗她的权威，对它不屑一顾。她穿得很好，仪表和风度都很讲究，

① 执事长是教会中神职人员的一种职位。

从而更衬托出漂亮的服饰来。

我坐在一张矮凳上，离她的扶手椅有几码远；我看着她的身影，仔细打量她的面容。我手里还拿着那册谈到“撒谎者”突然死亡的书，那位先生把它作为一种恰当的警告，让我对其中讲述的内容引起注意。刚才过去的事、雷德太太对布罗克赫斯特先生说的关于我的话，以及他们谈话的整个大意，仍然像刚出现一样清清楚楚地浮现在我脑际，让我感到一阵刺痛。我觉得每个字都那么尖锐，我的心中升起一股愤怒之情。

雷德太太这时搁下缝制的东西，抬起头来，眼睛盯住我，同时敏捷的手指也停止了活动。

“出去，回儿童室去。”她训斥道。一定是我的模样或别的什么让她觉得讨厌，因为她说话时极其愤怒，尽管她克制着。我站起身，走到门口，然后又回去，穿过屋子来到窗前，再靠近她。

我必须说说：我被人狠狠地践踏，一定要反击。可是，怎样反击呢？我有什么力量向自己的对手报复？我振作起来，直率地发起反攻：“我没有欺骗谁。要是我欺骗了，我就会说我喜欢你，但我声明我并不喜欢你。在这个世界上，除了约翰·雷德外，我最讨厌的人就是你。这本关于撒谎者的书，你可以给你女儿乔治亚娜，撒谎的人是她，而不是我。”

雷德太太原本干着活儿的两手一动不动，她那冰冷的眼光一直冷漠地注视着我。

“你还有什么要说的？”她问，那种语气通常用来针对一个成年对手，而不是小孩。

她的目光和声音激起了我所有的厌恶。我浑身发抖，激动得无法控制，继续说：“我很高兴你根本就不是我的亲戚。只要活着，我再也不会叫你舅妈了。我长大后绝不会来看你。如果有谁问我觉得你怎么样，你是如何对待我的，我会说一想到你我就恶心，说你对我太卑鄙、残酷了。”

“你怎么敢说那样的话，简·爱？”

“我怎么敢，雷德太太？我怎么敢？因为这是事实。你以为我没有感情，一点爱或仁慈都不需要，可是我无法那样活下去。你丝毫没有同情心。我直到死的那一天，都会记着你是怎样把我推进那间红屋子的，你太粗暴、凶狠了——还把我锁在里面，尽管我很痛苦，尽管我悲伤得喘不过气来，大声喊道：'可怜我吧，饶恕我吧，雷德舅妈！'你那样惩罚我，就因为你可恶的儿子打了我——无缘无故地把我打倒。谁要是问我，我都会把这事完完全全告诉他。人们认为你是个好女人，可你是个铁石心肠的坏女人。你才是个骗子！"

我还没把话说完，心就开始舒畅，开始欢腾，感受到了最为奇特的自由和胜利。好像有一种无形的枷锁突然破裂，我挣扎之后，获得了意想不到的自由。我有这样的心情不是没有原因的。雷德太太现出惊恐的神情，缝制的东西从膝盖上滑落，她抬起双手，身子前后晃动，甚至脸都扭曲了，好像要哭出来。

"简，你错了，你怎么啦？为什么抖得这么厉害？你需要喝一点水吗？"

"不，雷德太太。"

"你想要别的什么不，简？我敢说，我很希望成为你的朋友。"

"不，你并不希望。你告诉布罗克赫斯特先生我很坏，爱欺骗人。我会让罗沃德的每个人都晓得你是个什么样的人，你都做了些什么事的。"

"简，你不明白这些事情，孩子们的缺点得纠正过来才行。"

"欺骗不是我的缺点！"我气愤地高声叫道。

"但你性情暴躁，简，这你得承认。现在回儿童室吧，做个乖孩子，去躺一会儿。"

"我不是你的乖孩子，我也不能躺下。快把我送到学校去，雷德太太，我不喜欢住在这里。"

"我确实很快会把她送到学校去的。"雷德太太低声咕哝道，然后她拾起缝制的东西，一下冲出了屋子。

我被单独留下来，成了战场上的胜利者。这是我所打过的最艰难的一仗，也是我取得的第一个胜利。我在地毯上站了片刻，独自享受着征服者的喜悦。我先是自我微笑着，感到得意扬扬，但这种巨大的快乐转眼就在我身上消失了，就像跳动得越来越快的脉搏一样迅速。一个孩子是不能像我那样和长辈争吵的，不能像我那样放肆地发泄自己强烈的感情，否则随后必然会痛苦悔恨，沮丧不堪。山脊上的石楠点燃后会熊熊燃烧，将周围吞没——这种状况正好象征了我指责和威胁雷德太太时的心情。同样是这片山脊上的石楠，在火焰熄灭后，变成黑黑的一团死灰——这也正好代表了我随后的处境，这时经过半小时的沉默和思考后，我意识到自己的行为是多么疯狂，我这既受人讨厌又讨厌人的处境多么可怕。

我第一次品尝到了某种复仇的滋味，这正如气味浓烈的酒，吞下去时热热的、香香的，但它随后的滋味又苦又涩，让我感到像是中了毒似的。我这时真愿意去请求雷德太太原谅，但那样会让她怀着加倍的鄙视对我进行训斥，从而会重新使我变得狂暴起来。

我真愿意发挥一下什么更好的才能，而不是艰难地去开那种口；真愿意为某种不那么恶劣的情绪——而不是那种令人忧郁的愤怒——增添养料。我拿起一本讲述阿拉伯故事的书，坐下来极力想读读。可我根本不知道它说的是什么，思想总游移在我和通常让自己着迷的书页之间。我打开早餐室的玻璃门，外面的灌木林仍然静静的。此时地面上铺着阴郁的浓霜，没有一点阳光和微风。我用长裙的下摆遮住头部和胳膊，走到一片相当幽静的林子里，散着步，但我在这片静谧的树林中找不到任何乐趣。这儿冷杉球果在掉落，有秋天凝结起来的残留物，有黄褐色的叶子——刮过的风把它们吹成一堆堆的，现在都僵硬地挤到一块。我靠在一扇大门上，看着一块空荡荡的田野，那儿没有羊吃草，短短的青草已被严霜摧残，变成白白的。这是一个相当暗淡的日子，预示着“大雪来临”的阴沉天空笼罩着一切，然后雪花时时飘落在坚硬的路上和灰白的草地上，并不融化。我这个够可怜的孩子站在那儿，一遍又一遍低声问自己：“我该怎么办呢？我该怎么办呢？”

忽然间，我听到一个清晰的声音在叫喊：“爱小姐，你在哪里？来吃午饭了！”

我很清楚是贝茜在叫我，但我并没有动。这时沿路传来她轻快的脚步声。“你这个淘气的小东西！”她说，“为什么叫你时，你不过来？”

贝茜的出现与我心中的思绪比较起来，似乎是令人高兴的，即使她也像往常一样有些生气。事实上，在与雷德太太发生冲突并战胜她后，我对于这个女佣一时的愤怒也不太在乎了，我甘愿沉浸在她那富有青春活力的愉快心境之中。于是我用两只胳膊搂着她，说：“好啦，贝茜！别责骂我啦。”

我的这一举动比平常我所习惯的任何行为都更坦率、大胆，不知怎的，倒让她觉得高兴。“你真是个奇怪的孩子，爱小姐，”她说，一边低头看着我，“你是个有点游移不定的孤僻家伙。我想你要去上学了吧？”

我点点头。

“难道丢下可怜的贝茜，你不觉得难过？”

“贝茜怎么可能喜欢我？她老是责骂我。”

“那是因为，你是个如此古怪和胆小怕事的小东西。你应该再胆大些。”

“什么？让我好挨更多的打？”

“废话！不过，你确实受到严重虐待。我母亲上周来看我时说，她才不会让自己的孩子受到你这样的待遇呢。瞧，来吧，我有个好消息要告诉你。”

“我想你哪会有什么好消息，贝茜。”

“你这个小孩！你那样说是什么意思？你看着我的眼睛多么可悲！但我得说，太太、小姐们和约翰少爷今天下午要出去参加茶会，你可以和我一起吃茶点。我让厨子给你烤一块小蛋糕，然后你帮我查看一下你的抽屉，我很快就要收拾你的箱子。太太打算让你一两天内就离开盖茨黑德，你可以选择想带走哪些玩具。”

“贝茜，你得答应在我走前别再责骂我了。”

“嗯，我答应。不过听着，你是一个很好的姑娘，别怕我。假如我偶然说了什么苛刻的话，你也别惊慌，那太让人恼火了。”

“我想我再也不会怕你啦，贝茜，因为我已习惯了你，不久我又将会害怕另外一些人了。”

“要是你害怕他们，他们就会不喜欢你。”

“就像你一样吗，贝茜？”

“我不是不喜欢你，小姐。我相信自己比其他人更喜欢你。”

“可你并没有让我看到呀。”

“你这个精明的小东西！现在说话的口气都大不一样了。你为什么变得那么胆大了呢？”

“唉，我不久就要离开你了，另外——”我正要说说自己和雷德太太之间发生的事，但转念一想，我觉得对这个问题还是闭口不谈为好。

“这么说，你乐意离开我了？”

“一点也不是那么回事，贝茜。确实，我现在非常难过。”

“现在！非常！我的小姐说得多么平静呀！我猜想假如现在让你吻我一下，你都不会同意，你会说你非常不想那样做。”

“我会很高兴吻你的，把头低下来吧。”贝茜弯下腰，我们搂抱着吻了一下，然后我十分宽慰地跟着她来到正屋。那天下午是在平静与和谐中度过的，晚上贝茜给我讲了一些最吸引人的故事，还唱了一些最动听的歌。在我看来，生活还是有阳光的。

第五章

一月十九日这天早晨，五点的钟声刚敲响，贝茜就拿着一支蜡烛来到我屋里，我已起床并快要穿好衣服。我在她进来前半小时就起床了，已洗过脸，借助刚落下去的半月穿着衣服。这天，我要坐一辆马车离开盖茨黑德，车将在六点钟经过门房。只有贝茜起了床，她在儿童室里生起炉火，这时在为我弄早餐。孩子们想到要旅行就兴奋，很少会吃东西的，我也一样。贝茜一再让我喝点她为我准备好的热牛奶，吃点面包，但我什么也没吃喝，于是她把一些饼干用纸包好放进我的袋子里。接着她帮我穿戴好长外衣和帽子，自己围上围巾，我们就离开儿童室了。经过雷德太太的寝室时，她问我："进去和太太说声再见不？"

"不用，贝茜。昨晚你下去吃晚饭时，她来到我床边，说我早晨不需要打扰她或表兄弟、表姐妹们。她还让我记住她一直是我最好的朋友，对外人说到她时，要感激她。"

"你怎么回答的，小姐？"

"没怎么回答。我只用铺盖蒙住脸，把脸转到墙一边去。"

"那样做不对，爱小姐。"

"非常对，贝茜。你的太太从来不是我的朋友，她一直是我的敌人。"

"啊，爱小姐！快别这样说！"

"再见了，盖茨黑德！"我们穿过走廊，从前门出去时，我叫道。

月亮已落下去，天色很暗。贝茜拿了一盏提灯，灯光照在被近日融化的雪浸透的台阶和砾石路上。冬天的早晨又湿又冷，我在车道上急速行走时，牙齿不住地打战。门房处有亮光，我们到达时，发现门房的妻子正在点燃炉火。我的箱子头天晚上已经被带过来，这时用绳子捆扎好，搁在门边。只差几分钟就六点了，六点的钟声刚敲响，远处辘辘的车轮声就告诉我们马车来了。我走到门口，观察着车灯穿过黑夜迅速靠近。

“她一个人去？”门房的妻子问。

“嗯。”

“有多远呢？”

“五十英里。”

“真远呀！雷德太太让她一个人赶那么远的路都不担心，我真吃惊。”

马车驶近门口时停下，一共四匹马，车上载有乘客。管车人和马车夫大声催促赶快。我的箱子被提上去。我紧紧搂着贝茜的脖子亲吻，片刻之后被分开了。

“一定要照顾好她。”管车人把我举起来放进车里时，贝茜对他喊道。

“当然，当然！”对方回答。随即车门砰的一声关上，这时有人叫道“好啦”，马车便向前驶去。我就这样告别了贝茜和盖茨黑德府第，被车子急速地载向未知的世界——我那时把它看作遥远而神秘的地方。

我几乎不记得途中的事，只知道这天异常漫长，我们好像穿过了数百英里。我们经过几个镇，在其中一个很大的镇上，马车停下来，马被带走，乘客们下车去吃饭。我被带进一家客栈，管车人想让我吃点东西，可是我一点胃口也没有，他便把我留在一间两头都有壁炉的大屋子里，天花板上悬挂着一盏枝形吊灯，在墙上高处有一块红色的小平台，上面放满了乐器。我在这儿转了很长时间，感到十分奇怪，极为担心会有什么人来绑架我——我是相信有绑匪的，他们干的坏事经常出现于贝茜在炉边讲述的故事中。终于，管车人回来了，我又被马车载走，那个看护我的人也爬上自己的座位，吹响出发的号角，我们便继续赶路。

这个潮湿的下午雾蒙蒙的，接近黄昏时，我开始觉得我们确实离盖茨黑德很远了。我们经过的不再是城镇，地方已发生变化，阴暗的大山在四周的地平线上起伏着。黄昏越来越暗，我们行驶向一个山谷，这儿覆盖着黑黑的树林。夜色把前面的路笼罩起来，这时我听见林中刮起一阵狂风。

这风声让我平静，最后我睡着了。但没睡一会儿，车子突然停下，把我惊醒，只见车门打开，好像有个仆人站在门口。借着灯光，我看见了她的面容和衣服。

“车里有个叫简·爱的小姑娘吗？”她问。我回答“有”，然后被抱下去，我的箱子也被递下来，随即马车就驶走了。

由于坐了很久的车，我身子僵硬，被马车的声音和颠簸弄得迷迷糊糊的。我让自己镇静，看看四周。空中尽是雨、风和黑暗，不过我隐隐看到前面有一堵墙和墙上的门。我跟随新的领路者经过了这扇门，之后她又把门关上锁好。现在可以见到几座房子，这儿的建筑延伸得很远——有许多窗户，有的射出火光。我们沿一条宽大的卵石路走去，全身上下被溅得湿湿的，接着被让进一扇门里，然后仆人领着我穿过一条通道，进入一间燃着炉火的屋子，最后把我一人留下。

我在炉火旁站住，烤着自己冷得发麻的手指，然后环顾周围。这里没有蜡烛，不过从炉里发出的摇曳的火光，时时显露出纸糊的墙壁、地毯、窗帘和光亮的桃花心木家具。这是一间客厅，没有盖茨黑德府第的客厅宽大，她也没那么豪华，不过很舒适。墙上有一幅画，我弄不明白它是什么意思。正在这时，门打开了，有个人拿着一盏灯进来，另一人紧紧跟在后面。

第一个人是一位个子高高的女士，黑头发、黑眼睛，白白的额头十分宽大。她裹着披肩，腰杆打得直直的，面容严肃。

“这孩子被单独送来，年龄太小啦！”她说着，把蜡烛搁在桌上，仔细打量了我一两分钟，然后补充道，“最好让她早点睡觉，她看起来疲倦了。你疲倦了吧？”她把一只手放在我肩头上。

“有点儿，夫人。”

“也一定饿了。让她睡觉前先吃点晚餐，米勒小姐。这是你第一次离开父母出来上学吗，小姑娘？”

我对她解释我没有了父母。她问他们去世了多久，我多少岁了，叫什么名字，能不能读写和干点针线活儿。接着她用食指轻轻摸一下我的面颊，说“我希望你做个好孩子”，就让我和米勒小姐一起走了。

刚刚离开的那位女士大约二十九岁，而和我一起走的这人看起来小几岁，前者的声音、面貌和神态给我留下较深的印象。后者显得更普通一些，她肤色红润，尽管面容现出憔悴的样子；她走路和做事都匆匆忙忙，好像手头总有干不完的活儿。她好像是个助教，我后来发现果真如此。我跟着她在这座不够规则的大房子里从一间屋走到另一间屋，从一条通道走到另一条通道，最后才走出这个寂静沉闷的地方。我听到许多嗡嗡的声音，不久进入一个又宽又长的房间，里面放着一些大桌子，每端有两张，每张上面燃着一对蜡烛。一群从九岁或十岁到二十岁年龄不等的女孩围成一圈坐在凳子上。借助暗淡的烛光，我看见她们好像有无数的人，虽然实际上超不过八十个。她们统一穿着样式奇特的棕色毛料上衣和长长的亚麻布围裙。现在是学习时间，她们正在熟记次日的作业，我听到的嗡嗡声就是她们低声复诵时发出来的。

米勒小姐示意我在门边的一张长凳上坐下，然后她走到这间长屋的顶端，大声说：“请各班班长[①]把课本收起来放到一旁！”

四位个子高高的女孩从不同的桌旁站起身，四处走着收集本子，把它们拿开。这时，米勒小姐又指示说：“现在班长们去把晚餐盘拿来吧！”

几个高高的女孩便走出去，不久又回来，每人手里端着一个盘子，上面放着一份份食物——我不知道是什么——中间有一大壶水和一只杯子。吃的东西被依次递给大家，想喝水的就喝上一口，杯子是公用的。轮到我时，我喝了几口水，太渴了，但我没有碰食物，因为兴奋和疲劳，我吃不下。不过，我现在看清了，那是一块被分成若干份的薄薄的燕麦饼。

吃完饭后，米勒小姐开始念祈祷，然后各班列队两个两个地上楼。我这时已精疲力竭，没注意寝室是怎样一个地方，只是看到它也像教室一样很长。这晚我和米勒小姐睡一张床，她帮我脱衣服。我躺下后，扫了一眼长长地排着的床，每张床上很快就有了两个人。十分钟后，唯一

① 指负有某些指导学生职责的高年级学生。

的亮光也熄灭，我在寂静与漆黑中睡着了。

这一夜很快过去，我疲倦得甚至连梦都没有做，只是醒了一次，听见外面狂风呼啸，下着瓢泼大雨；我感觉到米勒小姐是睡在我旁边的。我两次睁开眼时，传来响亮的铃声，女孩们正起床穿衣。此时天还没有亮，屋子燃着一两支灯芯草蜡烛。我也不情愿地起了床，天气冷得刺骨，我哆嗦着，尽量穿好衣服，趁着有一个空盆时，把脸洗一下——盆子就没闲着，因为六个女孩只有一个盆子，搁在屋子中间的架子上。接着铃声再次响起，大家又两个两个列队排好，依次下楼，进入又冷又暗的教室。米勒小姐在这儿念完祈祷，随后她大声叫道："现在分班站好！"

在随后几分钟里，出现了一阵剧烈的骚动，米勒小姐不断叫道："别出声！"

"安静！"待平息下去时，我看见所有人在四张桌子旁的四把椅子前排列成四个半圆形，人人手里都拿着书。有一本像是《圣经》的大书放在每张桌子上，前面都有一个空着的座位。在后来片刻的暂停时间里，很多人发出轻微的嗡嗡声，米勒小姐从一个班走到另一个班，将这种模糊的声音制止。

远处传来叮当的铃声，立即有三位女士走进教室，每一位都走到一张桌前，在自己的位子上坐下。米勒小姐坐的是第四把空着的椅子，它离门口最近，在这儿聚集着最小的孩子。我被叫到这个低级班里，安置在末端。

这时开始上早课：先背诵了这天的短祷文，然后诵读某些经文，接着读了很久《圣经》里的一些章节，用了一个小时。待这些练习做完后，天已大亮。那不知疲倦的低低的声音第四次响起，各班便排列好，走进另一间屋子用早餐。马上就能吃到东西了，我多么高兴啊！我虚弱得都快病了，头天几乎什么也没吃。

这餐厅是一个低矮阴暗的大房间，在两张长桌上放有一盆盆冒着热气的食物，但让我吃惊的是它散发出很难闻的气味。我看见要吃这些东西的人闻到它们的气味时，个个表现出不满的样子；在队列的最前面，一班的高个子姑娘们窃窃私语起来："真恶心！稀饭又煮煳了！"

"安静！"突然传来一个声音，不是米勒小姐发出的，而是一位级别更高的教师，她身材矮小，皮肤黝黑，衣着漂亮，不过性情显得有些乖僻。她在一张桌子的顶端坐下，一个体态更丰满的女士则坐在另一张桌子的顶端。我没有见到头晚第一眼看见的那位女士，她不在场。米勒小姐坐在我那一桌的末端；一位相貌奇特、看起来像个外国人、上了年纪的女士——我后来得知她是个法国教师——坐在另一张桌旁相应的位子上。大家久久地祈祷着，并唱了一首赞美诗。这时，一个仆人给教师们端来一些茶，早餐就开始了。

我饿极了，虚弱不堪，狼吞虎咽地吃下一两勺我的那份粥，根本没去想它的味道如何。但当饥饿感暂时缓解之后，我发觉自己吃的是一堆让人作呕的东西。煮煳的稀饭几乎就和腐烂的土豆一样令人作呕。大家慢慢地移动调羹。我看见女孩们尝着食物，极力想吞下去，但大多都放弃了。早餐就这样结束了，谁也没吃到什么。我们为并没有吃到的食物做感恩祷告，又唱起第二首赞美诗，随后离开餐厅往教室走去。我走在后面，经过那些桌子时，看见一个教师端起一盆稀饭尝了尝。她看看其他教师，她们脸上都现出不满的样子，其中一个矮胖的教师低声说："这东西太恶心了！真不像话！"

过了一刻钟才开始上课，在这段时间里教室阵阵喧哗。太让人高兴了，好像只有这时才允许更加自由地高声谈话，大家就充分利用着这一特权。整个谈话都是关于早餐的，每个人都对早餐大加指责。真是些可怜的人！这是她们能得到的唯一安慰。米勒小姐现在是教室里仅有的教师，一群大姑娘围在她身旁站着说话，严肃而阴郁地打着手势。我听见有些人提到布罗克赫斯特先生的名字，米勒小姐对此不以为然地摇摇头，但这种众怒她并没怎么阻止，无疑她自己也同样气愤。

九点的钟敲响了，米勒小姐离开围着她的学生，站到屋子中间，喊道："安静！回各自的座位！"

纪律压倒一切。五分钟后，这群混乱的孩子便变得秩序井然，一片闹哄哄的地方顿时安静了。级别较高的教师们准时各就各位，不过好像还在等候什么。长凳沿教室边排列，八十个姑娘打直身子一动不动地坐着，她们看起来是一群离奇的人，头发很整齐，都直直地梳到后面，看不到任何鬈发。褐色长裙的颈部提得高高的，脖子上围了一个狭小的花边，长裙前面缝有亚麻布小兜（像英格兰高地人的钱袋），是专门用作针线包的。所有姑娘都穿着羊毛长袜和乡下做的鞋子，鞋子用黄铜扣扣着。有二十多个这种装束的姑娘都已成人，或者说成了年轻女人，所以衣服并不合身，甚至最漂亮的姑娘都显得古里古怪的。

我仍然看着她们，也时时查看着教师们。她们没一个是真正讨我喜欢的，那个矮胖的有点粗鲁，皮肤黝黑的有点凶狠，法国人显得严厉古怪，而米勒小姐又太可怜了！她脸色发紫，一副饱经风霜、过度操劳的样子。正当我的眼睛从一张面容看到另一张面容时，全体学生同时起立，好像被一根共同的弹簧带动着。

怎么回事？我并没有听见什么指示，感到十分摸不着头脑。没等我冷静地想一下，各班又坐回到原位上。不过大家的眼睛都转向一处，我也沿着那方向看去，正好看见了昨晚来接我的那个人。她站在长长的教室末端的炉边，严肃地默默查看着两排姑娘。米勒小姐走过去，好像在问她一个问题，得到答复后又回到原位，大声说：“一班班长，去把地球仪拿来！”

在班长去执行命令时，那位被请教的女士沿屋子慢慢走动着。她看起来又高又白，身材标致；褐色的眼睛透露出仁慈的光芒，那像是用眉笔描过的长睫毛相当好看，使她宽大的面部显得更加白皙；她鬓角两边的头发呈深褐色，按照当时的风尚卷成圆圈，那时无论平滑的发辫还是长长的卷发都尚未流行。她的紫色服饰在当时也很盛行，用黑色的丝绒做了某种西班牙式的修饰后更加耀眼。她腰带上挂着一只金表（表在那时也不如现在这样普通），光亮闪烁。除此之外，还可看到她高雅的面容、苍白的肤色、明净清晰的轮廓，以及高贵的神态举止，这样你对她的面貌便有了一个完全的印象，对于坦普尔小姐的外表也就有了一个正确的概念，至少从文字中有了充分的了解——后来，我在一本被我带到教堂去的祈祷书中，看见写着玛丽亚·坦普尔这个名字。

罗沃德的主管（即这位小姐）在桌子上的一对地球仪前坐下，把第一班的学生叫到她身边，开始讲地理。低级班的学生则被其他老师叫去，先是复述历史和语法等，这样持续了一小时，然后学习写作和算术。坦普尔小姐为年龄大一些的姑娘上了音乐课。每节课的时间都按照时钟进行着，最后十二点的钟声敲响了，主管站起身说道："我有句话要对同学们说。"

下课后，大家本来都已经喧闹起来，听到她的话后，又安静了。她继续说："今天的早餐你们没能吃，一定饿了。我已吩咐午餐让大家吃面包和干酪。"

教师们有几分吃惊地看着她。

"这事由我负责。"她用一种解释的语气对她们补充道，随即离开教室。

面包和干酪不久被拿来分发，让全体学生极为欢欣鼓舞。这时传来"到花园去"的指令，每个人便戴上一顶有彩色棉绳的粗糙草帽，穿上灰色粗呢的斗篷；我也用同样的方式穿戴好，随着人流来到了户外。

这是一座围起来的大花园，四面都是高墙，无法看到外面的景色。一侧是一条遮盖起来的走廊，中间被分隔成许多小苗床，周围有一些宽宽的步行道。这些苗床被当作花园分配给学生去耕种，每个苗床都分属于某人。当满园是鲜花的时候无疑是漂亮的，但是现在，正值一月底，在这冬天的日子里，一切都变得枯萎、萧条。我站在那儿环顾四周，浑身哆嗦。这天实在不宜出门活动，天气真是糟糕，虽然实际上并未下雨，但因为下着黄雾而使四周十分昏暗。由于昨天下了大雨，脚下的一切都湿透了。身体强壮一些的姑娘跑上跑下，积极忙着各种事情，但还有一些苍白瘦小的孩子则在走廊里挤作一团，躲在那儿暖和身子。浓雾穿透她们颤抖的身躯时，我不时听见有人发出空洞的咳嗽声。

至此我还没有和任何人说话，好像也没有谁理睬我，我孤身一人站在那儿。不过，我对这种孤独感已习以为常，并不觉得怎么难过。我靠在走廊的一根柱子上，把灰色斗篷拉得紧紧的，极力忘掉体外让我冻得发麻的寒冷和体内仍然让我备受折磨的饥饿，极力去观察、思考眼前的事。我所想到的事情太模糊不清、支离破碎，不值得记录下来。我简直不明白自己在哪里，盖茨黑德府第和我过去的生活，好像已飘离到无限遥远的地方，眼前的情景朦胧而生疏，我也根本猜想不出未来是个什么样子。我环顾着这座像女修道院似的花园，然后抬头望望房子——它是一座巨大的建筑，看起来一半灰暗而古老，另一半却是崭新的。新的部分是教室和宿舍，从有竖框和格子的窗户透进光线，使其外观犹如教堂一般。门上方的石碑刻着这些文字：

> 罗沃德义塾——此处于公元 ×××× 年由本郡布罗克赫斯特庄园的娜奥米·布罗克赫斯特重建——“你们的光也当这样照在人前，叫他们看见你们的好行为，便将荣耀归给你们在天上的父。”
>
> ——《马太福音》第五章第十六节

我把这些文字读了一遍又一遍，感到需要解释一下，因为我无法完全理解它们的意思。我还在思考着“义塾”的含义，极力想弄明白开头的文字与《圣经》中那一节的联系，忽然在我后面传来一声咳嗽，我转过头去，看见一个女孩坐在近旁的一张石凳上，她好像正埋头专心致志地看着一本书，从我站的地方能看见书名是《拉塞拉斯》[1]；这名字让我觉得奇特，因此也吸引着我。在翻动书页时，她偶然抬起头来，我立即问她：“你看的书有趣吗？”我已经打算请她哪天借给我读读。

“我喜欢。”停了一两秒钟，她一边回答，一边仔细打量我。

“说的什么呢？”我继续问。我简直不知道哪来的胆量和一个陌生人

① 英国作家赛缪尔·约翰逊所著的图书。

搭话，这一举动与我的性格和习惯是不符合的。但我想肯定是由于她读得那么专注，所以产生了某种共鸣，因为我也喜欢读书，虽然读的书属于肤浅的或带有孩子气的那种——严肃的读物我又无法消化或理解。

“你拿去看看吧。”女孩回答，把书递给我。

我接过书，简短地翻阅一下后，便相信内容还不如书名有吸引力。我没什么品味，只觉得《拉塞拉斯》枯燥单调。我没看到关于仙女的故事，魔鬼的情况根本就见不到。这本书密密麻麻地印着文字，一点也不丰富多彩。我把书还给她，她一声不响地接过去，准备继续像先前一样认真读书。这时，我再次冒昧打扰她：“你能告诉我，那扇门上方石头上刻的字是什么意思吗？什么是罗沃德义塾呢？”

“就是你生活的这座房子。”

“为什么他们叫它义塾？它与别的学校有什么不同吗？”

“它在一定程度上是一所慈善学校，你和我，以及所有其他学生，都是慈善学校的孩子。我想你是个孤儿吧，你父亲或母亲是去世了吗？”

“在我能记事前，他们就都死了。”

“瞧，这儿的所有女孩要么失去单亲，要么失去双亲，这座叫作义塾的学校就是专门为教育孤儿开的。”

“我们不付钱吗？他们免费让我们在这儿生活、受教育？”

“我们每个孩子每年要付十五英镑，或者我们的亲友帮着付。”

“那他们为什么说我们是慈善学校的孩子？”

“因为十五英镑不够我们吃住和学习，不足的部分由捐款提供。”

“谁捐款呢？”

“附近和伦敦各位仁慈的女士和先生们。”

“谁是娜奥米·布罗克赫斯特？”

“就是修建这座房子新的部分的那位女士，像石碑上记录的那样，这儿的一切都受她儿子监管和指示。”

“为什么？”

“因为他是这个机构的财务主管和经理。”

“那这学校不属于那个戴金表的高个子女士，就是让我们吃点面包和干酪的那位？”

“坦普尔小姐？哦，不！我倒希望是她开的——她做的一切都必须对布罗克赫斯特先生负责。我们的所有食物和衣服都是布罗克赫斯特先生买的。”

“他住在这儿吗？”

“没有，他住在两英里外的一个大庄园里。”

“他是个好人吗？”

“他是个牧师，据说行了很多善。”

“你说那位高个子女士叫坦普尔小姐？”

“对。”

“其他老师叫什么名字呢？”

“那个面颊红润的叫史密斯小姐，她负责干活和裁剪——我们所有的衣服，无论长裙还是外套，都是自己做的；那个黑头发的小个子叫斯卡查德小姐，她教历史和语法，并负责听取二班的学生复述功课；那个围着围巾，侧面用一根黄带系着手帕的人是皮埃罗夫人，她来自法国的里斯尔，教法语。”

“你喜欢这些老师不？”

“很喜欢。”

“也喜欢那个长着黑头发的小个子和那位夫人？——我不能像你一样说出她的名字。”

“斯卡查德小姐有点急躁，你一定不要得罪她；皮埃罗夫人也不是坏人。”

“不过，坦普尔小姐是最好的，对吧？”

“坦普尔小姐心很好，也很聪明，她胜过其余的人，因为她远比其余的人更渊博。”

“你在这儿很久了吧？”

“两年了。”

“你是一个孤儿吗？”

“我母亲去世了。”

“你在这里快乐吗？”

“你问的问题太多啦。我现在已回答了你不少。我想看书了。”

但这时已响起午餐的铃声，大家又回到房子里。此刻弥漫在食堂里的气味，并不比早餐时我们闻到的气味更诱人。午餐用两个镀锡的大器皿端出来，从里面冒出一股蒸汽，散发出浓浓的油脂腐臭味。我发现那堆食物里有质量并不好的土豆和一些奇异的腐肉碎片，它们是被混合后煮好的，每个学生倒也能分到满满的一盘。我尽量吃着，心里纳闷，不知是否每天都吃这样的东西。

午餐后，我们马上又回到教室开始上课，一直持续到五点。

这天下午唯一引人注目的事，是我看见与我在走廊里谈话的那个女孩，被斯卡查德小姐取消了上历史课的资格，耻辱地站在大教室中间。我觉得这种惩罚太让人丢脸了，尤其是对于这么大一个姑娘——她看起来也有十三岁以上了吧。我以为她会现出非常难过或丢脸的样子，但让我意外的是她既不哭泣，又不脸红，只是镇静而严肃地在众目睽睽之下站在那儿。“她怎么能如此平静——如此坚定呢？”我心想，“要是我，我一定真希望让脚下的地裂开，把我吞没算了。她好像想着什么别的事，而不是她所受到的惩罚、她目前的处境，想着什么并非身边或眼前的事情。我曾听说过白日梦——她这是在做白日梦吗？她的眼睛盯着地板，但我肯定它们并未看见地板，她的目光好像转向体内，直入心中。我想她正看着自己所记得的事物，而不是眼前的现实。我真不知道她是怎样一个女孩，是好女孩呢，还是淘气的女孩？”

五点刚过，我们就用晚餐了，有一小杯咖啡和半片黑面包。我津津有味地把面包吃掉，喝完咖啡，要是再有这么多，我就太高兴啦——我仍然感到饥饿。接着是半小时的娱乐，然后学习，最后喝一杯水，吃一块燕麦饼，做祈祷，睡觉。这就是我在罗沃德第一天的生活。

第六章

次日也像头一天那样开始了，我们借着灯芯草蜡烛的光起床，穿衣服，但这天早晨不必再洗脸，水罐里的水已冻结。前一晚天气发生了变化，猛烈的东北风整夜呼啸着从寝室的窗缝中穿进来，让我们在床上冷得直哆嗦，并且使水罐里的水结了冰。

做祈祷和念诵《圣经》要占去长长的一个半小时，没等结束，我已觉得要冻僵了。终于到了早餐时间，这天的粥没有煮煳，还是能够吃的，只是量不多。我那份好像太少了！要是再有之前那么多才好呢。

这天我被编入四班，并给我布置了日常的作业和任务。我来到罗沃德后，迄今为止还是个旁观者，现在要成为其中的一个演员了。由于我不太习惯记背东西，最初感到功课又长又难，作业一会儿变成这个，一会儿变成那个，也让我不知所措。让我高兴的是，大约下午三点钟时，史密斯小姐把一段两码长的棉布窄边，以及针和顶针交到我手上，让我去教室一个安静的角落坐下，给衣服缝边。那时其他学生们大多也在做针线活，但有一个班仍然站在斯卡查德小姐的椅子周围朗读。由于十分安静，所以能听到她们学的是什么课程，每个女孩读得如何，以及斯卡查德小姐对她们的表现给予批评或表扬。她们学的是英国历史，我于那些朗读的人中注意到在走廊里认识的女孩。开始上课时，她被置于全班的顶端，但因为发音出现一点错误，或者没注意停顿了一下，她便突然被弄到全班的末尾。即使在那个并不显要的位置，斯卡查德小姐也不断让她成为大家注意的对象，不断对她说着如下的话：

“伯恩斯（这好像是她的名字，这儿的女孩都用姓称呼，正如别处的男孩一样），你踩到自己鞋边上了，快把脚趾弄出来。”

“伯恩斯，你把下巴伸出来，太让人反感了，快缩进去。”

“伯恩斯，你必须把头抬起来，我不准你那样站在我面前。”等等。

在把某一章读完两遍后，女孩们便合上书本，接受检查。这课有一部分讲述查理一世[①]统治时期，以及各种关于排水量、手续费和造船费[②]的问题，她们大多回答不了。可是，每个小小的难题一到伯恩斯那里就迎刃而解。她似乎已把整课的主要内容都记在心里，随时准备回答每个问题。我一直期盼着斯卡查德小姐会表扬伯恩斯学习专心，但她不仅没那样做，反而突然大声叫道：“你这个肮脏讨厌的孩子！今天早晨连指甲都没洗干净！”

伯恩斯没有回答，我对她的沉默真感到吃惊。

“为什么她不解释一下，”我想，“可能是因为水结了冰，她既无法把指甲弄干净，又洗不了脸。”

这时史密斯小姐让我拿着一束线，才把我的注意力转移开。她一边绕着线，一边和我谈话，问我以前是否上过学，是否能刺绣、缝纫与编织等。直到她让我离开时，我才得以继续观察斯卡查德小姐的举动。我回到原位，此刻小姐正指示做什么，我没有听明白。只见伯恩斯马上离开教室，走进里面那间放书的小屋，半分钟后又出来了，手里拿着一捆枝条。她恭敬地行了一个屈膝礼，把这束不祥的工具递给斯卡查德小姐，然后她就静静地解开自己的围裙，老师随即用枝条狠狠地在她脖子上打了十多下。伯恩斯没有流出一滴泪水。看见这副情景，我停下手中的针线活儿，手指不住地发抖，心中感到一种无可奈何的愤怒，可是她仍然只是像平常那样现出思索的样子。

“你这个头脑麻木的孩子！”斯卡查德小姐叫道，“不管怎样，都纠正不了你那种邋遢的习惯，把枝条拿走。”

伯恩斯照办。她从书室里出来时，我仔细观察着她，她正把手帕放回衣袋，一丝泪痕还在瘦瘦的脸颊上发光。

---

① 查理一世（1600—1649），英国斯图亚特王朝国王（1625—1649）。

② 英国历史上，战时对港口、沿海城市等征收的税。

晚上那点娱乐时间，我想是在罗沃德的一天中最令人愉快的了。五点钟时，我们可以吃到一点面包，喝到一口咖啡，觉得又有了活力，尽管还不能消除饥饿。经过一天漫长的约束之后，我们松弛下来。教室里也比早上更暖和，那红红的火光，那得到批准的、由许多声音组成的喧闹，让人产生一种惬意的自由感。

就在我看见斯卡查德小姐体罚学生伯恩斯的这天傍晚，我像往常一样独自在一条条长凳、一张张桌子和一组组笑闹的人群当中走着，但我并不觉得孤独。经过窗户时，我时时拉起窗帘，看着外面，只见雪下得很大，窗框底部已经有了积雪。我把耳朵贴近窗户，仍然能从里面欢快的喧闹声中，分辨出外面让人悲哀的呼啸狂风。

假如我离开的是一个美好的家庭和仁慈的父母，这个时刻我就会为分别深感悔恨，那呼啸的风就会让我感到难过，这昏暗中的喧闹就会让我不得安宁！但事实上，我从狂风和喧闹中获得一种异常的兴奋，这兴奋无所顾忌，狂热无比。我真希望风刮得更加猛烈，屋里更加阴暗，喧闹更加震耳。

我越过长凳，钻过桌子，朝一个壁炉走去，发现伯恩斯跪在炉子高高的铁栏旁边，借着暗淡的光，专心而平静地读着一本书，对周围的一切全然没放在心上。

“还是看的《拉塞拉斯》？”我来到她后面。

“嗯，”她回答，“我快要看完了。”

又过了五分钟，她把书合上。我为此高兴。

“这下，”我想，“我也许可以和她说话了。”我便在她旁边的地板上坐下来。

“你姓伯恩斯，叫什么名字呢？”

“海伦。”

“你从很远的地方来吗？”

“从较远的北边来的，快到英格兰的边缘了。”

“你会回去吗？”

“我希望这样，但今后怎样，谁也没把握。”

“你一定想离开罗沃德吧？”

“不！为什么要想离开？我是被送到罗沃德来受教育的，在没有达到这个目的前就走了，是毫无用处的。”

“不过那个教师，就是斯卡查德小姐，对你也太狠心了吧？”

“狠心？一点也不！她只是很严厉，不喜欢我的缺点。”

“我要是你，就会讨厌她，就会反抗她。如果她用那枝条打我，我就会把它夺过来，在她的眼皮底下，把它折断。”

“也许你根本不会做那种事。但要是你做了，布罗克赫斯特先生就会把你开除，那会让你的亲戚们大为伤心的。所以，最好耐心忍受只有你自己才感受到的巨大痛苦，而不是草率行事，那会使所有与你有关的人也跟着受罪。再说，《圣经》不是让我们以德报怨吗？”

“可在全是人的屋子中间挨打，被罚站，看起来太丢脸啦。你真了不起，我比你小得多，都会自尊心受不了。”

“但如果你不能避免的话，就应该去忍耐。你该忍耐时却说自己受不了，那是软弱、愚蠢的。”

我惊讶地听着她说话，无法理解这种关于忍耐的学说，更不能理解或赞同她对于惩罚者所表示的那种忍耐。我还感到海伦·伯恩斯看待事情所借助的光，是我的眼睛所见不到的。我猜想她也许是对的，而我错了，但我不愿对此事加以沉思，而是像腓力斯[①]一样把它推到更加方便的时候再说。

“你说你有缺点，海伦，是什么呢？我觉得你太好了。”

“那就向我学习吧，别以貌取人。我正像斯卡查德小姐所说的肮脏、邋遢，东西从来都是乱七八糟的；我粗心大意，老是记不住规则；该学习功课时，我却读别的书；我没有条理；瞧，有时我也像你一样，无法忍受按部就班地做事。这一切让斯卡查德小姐很恼火，她天生整洁、守

① 《圣经》中的人物，在审判使徒保罗时，采取了不判不放的办法。

时和讲究。”

“也爱发怒，对人冷酷。”我补充道，但海伦·伯恩斯不接受我的看法，闭口不言。

“坦普尔小姐也像斯卡查德小姐那样对你严厉吗？”一听说坦普尔小姐的名字，她那严肃的脸上立即掠过了亲切的微笑。

“坦普尔小姐太善良了，对任何人严厉都会让她难受，即便是对学校里最坏的孩子。她看到我的缺点，温和地向我指出来；要是我做了什么值得表扬的事，她就对我大加赞赏。可即便她的告诫那么温和，那么合理，都无法对我产生影响，使我纠正错误，这就有力证明了我的天性太糟糕了。我虽然对她的赞扬非常尊重，但这都不能激励我要细心。”

“真是奇怪，”我说，“细心也不是什么难事。”

“对于你来说很容易。今天早上上课时，我观察过你，看见你很专心。米勒小姐讲课并向你提问的时候，你好像从不想别的事。瞧，我就老是要走神，本该听斯卡查德小姐讲课，努力思考她说的一切，却常常连她的声音都没听到。有时我以为自己在诺森伯兰郡，周围的那些杂音，好像是一条小溪流过我家附近的迪普凳时发出的潺潺声。然后，该我回答问题时，由于我刚才在倾听着那条幻想中的溪水声，根本没听到她读的什么，所以一点也回答不上来。”

“但是你今天下午回答得很好。”

“只是巧合罢了，我对读的那个题目有兴趣。我好奇，不知一个人为什么一方面希望为人正直，另一方面有时又会像查理一世那样犯下不公正的愚蠢错误。他那么诚实尽责，却目光短浅，只看到国王的特权，多么遗憾啊！要是他看得远一些，能够看到他们所谓的时代精神会如何发展，该多好！不过，我仍然喜欢查理，我尊敬他，同情他，这遭到谋杀的可怜国王！不错，他的敌人比谁都坏，他们害死了自己无权伤害的人。他们怎么敢把他杀了呢！”

海伦这时自说自话，忘了她讲的话我并不太明白——我对于她谈论的话题一无所知。我便让她回到自己能够理解的水准上来。

“坦普尔小姐教你的时候，你走神过吗？”

“当然不，只偶尔才会那样。坦普尔小姐讲的东西，通常都比我自己心里想的更新颖，她的语言特别合我的口味，她传授的知识正是我想得到的。”

“这么说，你对坦普尔小姐就表现得很好吧？”

“对，但不是主动要那样的。我并没有努力那样去做，只是凭自己的喜好罢了。这种行为并不是什么优点。”

“是个很大的优点——凡是对你好的人，你都对他们好。我就一直很希望这样做。假如人们老是顺从那些冷酷无情、毫不公正的人，对他们好，这些缺德的人就会为所欲为。他们根本不会有什么担心，因此也绝不会改变，而只会变得越来越坏。在我们无缘无故挨打的时候，我们就应该狠狠还击，我深信应该这样，以便让打我们的人明白以后再不能那样做了。”

“等你长大以后，我希望你会改变自己的想法，你现在还只是没受过教育的小女孩。”

“可我心里就是这么想的，海伦。不管我怎样去讨人喜欢，都要遭到他们讨厌，对于这样的人，我也一定会反感的。对我不公正地进行惩罚的人，我必须反抗。这是很自然的事，正如我会喜欢那些对我表示友爱的人，或者接受我认为应该受到的惩罚一样。”

“异教徒和野蛮部落才坚持那种学说，基督徒和文明的民族是否认这一点的。”

“怎么回事？我弄不明白。”

“最能战胜仇恨的并不是暴力，最能治愈伤害的也不是复仇。”

“那又怎样呢？”

“读读《圣经·新约》吧，注意耶稣基督是如何说的，是怎么做的。让他的话成为你的准则，让他的行为成为你的榜样。”

“他都说了些什么？”

“你们的仇敌要爱他，诅咒你们的要为他祝福，恨你、凌辱你的你要待他好。”

“这么说，我应该爱雷德太太，这我无法办到；我还应该为她儿子约翰祝福，这也是不可能的。”

这下轮到海伦·伯恩斯让我解释了，我立即用自己的方式把我的痛苦和怨恨倾吐出来。一旦被激发起来后，我就十分难过，言辞激烈，毫无保留地怎么想就怎么说。

海伦耐心地听我把话说完。我以为她会发表一下意见，可她什么也没说。

“瞧，”我忍不住问，“雷德太太不是一个铁石心肠的坏女人吗？”

“她确实对你不好，因为你明白，她不喜欢你那样的性格，正如斯卡查德小姐不喜欢我的性格一样。可是，你把她对你做过的事和说过的话记得这么详细！她不公正的行为好像给你的内心留下了异常深刻的印象！但是，没有任何虐待给我留下那样的印记。假如你把她严厉的惩罚以及由此引起的巨大不满忘掉，不就过得更快乐一些了吗？在我看来，生命是如此短暂，用不着怀恨在心。在这个世上，我们所有的人都承受着，也必须承受着过错。但我相信，不久我们就会将那些过错连同易于腐化的身躯摆脱，到那时，堕落与罪过就会连同累赘的肉体从我们身上脱落，而只留下精神的火花，即知识与思想的无形源泉。它来自哪里，就会回到哪里，也许还会被传给比人更高级的生物，也许会一级级地变得越来越光彩，从苍白的人类心灵里熠熠生辉地进入六翼天使的心中！它会从人蜕变成魔鬼吗？不会，我相信不会。我坚持另一种信念，这种信念没人教给我，我也很少提及，但我以此为乐并坚守着它。它给所有的人带来希望，让来世成为一种安息之地、一种大家庭，而不是恐惧和深渊。另外，怀着这样的信念，我能非常清楚地把罪犯与其罪行区分开，能非常真诚地原谅前者，憎恶后者。怀着这样的信念，我从来不为复仇的事烦恼，也从来不为不公正的事压得喘不过气来。我平静地生活着，并期待着末日来临。”

海伦的头一直耷拉着，说完话后，埋得更低了一点。从她表情上，我看出她不再想和我谈话，而宁愿和她自己的思想交流。可是她并没有多少时间去沉思，只见有个班长——一个相当粗暴的女孩——走过来，带着很强的坎伯兰郡[①]口音，大声叫道：

“海伦 · 伯恩斯，如果你不马上去把自己的抽屉收拾整齐，我就去让斯卡查德小姐来看看！”

待海伦回过神来时，她叹口气，站起身，一声不响地立即照班长说的去做了。

① 英国英格兰原郡名。

第七章

我在罗沃德的第一学季[①]仿佛过了一个时代，也并非是黄金时代；我得不断与困难做斗争，让自己习惯新的规章制度和各种不同寻常的任务，真是令人厌烦。我担心在这些方面做不好，这种担心比身体上遭受的痛苦更严重地折磨着我。

在一月、二月和三月的部分日子里，大地积着厚厚的雪，雪融化后，路上也几乎不能通行，我们无法到花园以外去活动，只能去教堂。而在这样的范围内，我们每天也必须到户外活动一小时。衣物太单薄，不足以抵挡严寒。没有靴子，雪钻进鞋里，并融化在里面；也没有手套，双手冻僵，与脚一样长满冻疮。我至今清楚地记得，自己是如何忍受着由此引起的巨大疼痛，每晚我的脚都是红肿的，早晨我把肿大僵硬、露出生肉的脚用力插入鞋子时，要忍受巨大的折磨。匮乏的食物也让人烦恼。我们都是正在长身体的孩子，非常能吃，但那点食物甚至难以维持一个虚弱病人的生命。由于营养不足，年纪小一些的学生便受到严重虐待，饥饿的大女孩们一有机会就来哄小女孩们，或者进行威胁，让我们把自己的食物分些出来。有好多次，我都把茶点时间[②]分发的可贵的黑面包平均分给了两个向我索取的大女孩，在把半杯咖啡也给了第三个大女孩后，我暗自流着眼泪，把剩下的半杯一口喝了，因为实在是饿得厉害。

在那个寒冷的冬季，每个礼拜天都是令人忧郁的日子。我们必须走两英里路去布罗克桥教堂，我们的资助人在那儿做牧师。出发时很冷，到达教堂时更冷，在上午的仪式中，我们几乎都冻麻木了。回去吃饭太远，

---

① 一学年分为四学季。

② 一般在下午五点左右。

因此在仪式之间，我们分到一点冷肉和面包，仍然像平常的饭食一样少得可怜。

下午的仪式结束后，我们沿着一条毫无遮掩、崎岖不平的路返回，凛冽的寒风翻过北面的一座座雪山，向我们刮来，都快要把我们脸上的皮肤剥掉了。

我现在还记得，坦普尔小姐十分轻快地走在我们软弱无力的队列旁，她那格子花呢的披风紧紧系在身上，被寒风吹得飘动起来。她一边鼓励我们，一边以身作则，让我们打起精神前进，如她所说，“要像英勇的士兵一样”。其他的老师真可怜，她们通常自己都垂头丧气，哪里还能去鼓励别人。

待回到学校时，我们多么渴望围在明亮暖和、熊熊燃烧的炉火旁啊！然而，至少小女孩们是得不到的。教室里的每个炉子都立即被两排大女孩围住，小女孩们只好缩成一团，待在她们后面，把自己冻坏的双手裹进围裙里。

茶点时，我们有了一点安慰，得到双倍的面包——是一整片，而不是半片——另有一点薄薄的、可口的黄油。这是每七天一次的款待，大家一个安息日一个安息日地盼望着。这份慷慨的食物我一般要设法为自己留下一半，而另一半总是不得不分给别人。

礼拜天晚上，要反复背诵《教理问答》和《圣经·马太福音》第十五、十六和十七章，并听米勒小姐做一次长长的讲道，她不住地打呵欠，说明她也疲乏了。在这些内容中，常要插入另一活动，就是由五六个小女孩扮演犹推克[①]的角色。她们因为极度困倦，会从第四排长凳上跌倒，扶起来时也已半死。她们会被狠狠推到教室中央，必须在那儿站到讲道结束，以此对她们进行救治。有时她们站不稳了，在地上倒成一堆，然后有人就用班长的高凳把她们撑起来。

我还没提到布罗克赫斯特先生来视察的事，在我到达学校的第一个

① 《圣经》中记载的一个少年，他在听取保罗讲道时，因困倦沉睡，从三层楼的窗台上掉下来，扶起来时已经死去，后被保罗救活。

月里，这位先生大部分时间都不在家，也许是待在做执事长的朋友那儿迟迟未回吧。他不在，对我来说倒是一种安慰。不过他最终还是来了。

一天下午（这时我进罗沃德学校已三周了），我手里拿着一块石板[①]，坐在那儿，为一道长长的除法算术题伤脑筋，出神地抬眼往窗口看去时，瞥见一个人影正经过。我几乎本能地认出那个瘦削的体形。两分钟后，学校的全体师生都同时站起来，我不必抬头，也知道他们在迎接谁。他大踏步地跨过教室，很快走到坦普尔小姐身边——她自己也已站起身——他仍然像一根黑柱似的立着，就是这根黑柱，曾在盖茨黑德的炉前地毯上十分不祥地对我皱起眉头。此时，我斜眼瞧着这根柱子。是的，我没弄错，是布罗克赫斯特先生，他把大衣上的纽扣紧紧扣着，显得更加细长，也更加严厉。

我为这个幽灵般的人感到惊慌是有原因的。我还清楚地记得雷德太太怎样不忠不义，对他提到我的脾性如何如何，记得布罗克赫斯特先生保证过，要将我的不良品性告诉坦普尔小姐和别的教师。我一直担心他会照自己说的去做，每天都提防着这个"将要到来的男人"，他关于我过去的生活言谈的通报，将永远给我打上坏孩子的烙印——现在他真的出现了。

他站在坦普尔小姐旁边，正和她耳语着，我毫不怀疑他在揭露我的恶行。我痛苦焦虑地看着她的眼神，以为她的黑眼球随时会转向我，目光里显露出反感与轻蔑。我极力倾听，因为正好坐在教室前端，他说的话我大多听到了，话的内容立即消除了我的担忧。

"我想，坦普尔小姐，我在罗唐买的线能行。我忽然觉得它这种质量正好用来做花布衬衣，我把与它相配的针都挑选好了。你可以告诉史密斯小姐我忘记了买织补用的针，不过下周会给她寄来几包的。不管怎样，她每次只能给一个学生分配一根针，不然她们就会不小心弄丢。还有，唉，小姐！我希望你们对羊毛长袜要更加注意一些！上次我来时，进菜

---

① 可用粉笔在上面写字。

园里检查了一下晾在绳子上的衣物，看见不少黑长袜都缝补得相当糟糕。从它们洞口的大小看来，我敢肯定它们没有得到很好的修补。”

他停了片刻。

“会按照你的吩咐去做的，先生。”坦普尔小姐说。

“另外，小姐，”他接着说，“洗衣女工告诉我，有些女孩一周要两副干净的花边抵肩[①]，太多了，学校规定只限一副。”

“对这个情况，我想我能解释一下，先生。上周星期四，阿格尼丝和凯瑟琳·约翰斯顿被邀请和一些朋友去罗唐参加茶会，我就专门让她们戴上了干净的抵肩。”

布罗克赫斯特先生点点头。

“唔，就一次倒是可以的，不过请别让这种事经常发生。还有一件事让我吃惊，同女管家结账时，我发现在过去两周里，有两顿午餐让女孩们吃了面包和干酪。怎么回事？我查看了一下校规，没发现提到这样的午餐。是谁提出的这种革新？谁同意的呢？”

“我得对这事负责，先生。”坦普尔小姐回答，“那天的早餐做得很糟糕，学生们不可能吃下去，我又不敢让她们一直饿到中午。”

“小姐，让我说一下吧。你明白我把这些女孩抚养大，不是为了让她们习惯过奢侈放纵的生活，而是要让她们能吃苦耐劳、自我牺牲。所以，即使偶尔没能满足胃口，比如把某顿饭做坏了，或某个菜的味道没有弄好，也不应该用什么更精致的东西去替代那种果腹的食物，从而纵容了学生的肉体，却违背了本校的宗旨。我们应该利用这件事，鼓励学生面对暂时的穷困时，要表现出坚韧，使她们在精神上受到熏陶。在那样的场合做一个简短的演讲并非不合时宜，一位明智的教师总会抓住这个机会，谈及远古的基督徒所遭受的苦难、殉教者们所受的折磨、神圣的耶稣基督给我们的规劝，他召唤自己的门徒带上十字架跟随着他；也谈及耶稣的告诫，即人活着不是单靠食物，还要靠上帝嘴里说出的每一

① 盖在胸前，可装上或拆下。

句话[①]；谈及他那超凡的安慰：‘饥渴慕义的人有福了。’唉，小姐，当你让孩子们吃下面包和干酪，而不是煮煳了的粥时，你也许确实喂饱了她们邪恶的肉体，但你没想到，自己是在让她们不朽的灵魂遭受饥饿！”

布罗克赫斯特先生又停下来，也许他情绪太激动了。自从他一开始和坦普尔小姐说话，她就两眼盯着地上。不过此刻，她直直地看着前面，像大理石一般苍白的面容，一动不动。尤其是她的嘴紧闭着，好像只有雕刻家的凿子才能撬开，额头也石化了似的，十分严肃。

与此同时，双手背在背后、站在炉边的布罗克赫斯特先生，威严地扫视着全体学生。突然他眼光一闪，好像遇见什么使自己迷惑或者意外的东西。他转过身去，用比先前更快速的口音说：“坦普尔小姐，坦普尔小姐，那个——那个鬈发的女孩是谁？还是红色的鬈发，整个都是卷曲的？”他用手杖指着那个可怕的对象，同时手在发抖。

“是朱莉娅·塞弗恩。”坦普尔小姐十分平静地回答。

“朱莉娅·塞弗恩，小姐！她为什么要留鬈发？她为什么要蔑视本校的规章制度，如此公然遵从世俗的东西呢？在这样一所教会的慈善机构里，要留起满头的鬈发？”

“朱莉娅的鬈发是自然卷曲的。”坦普尔小姐回答，显得更加平静。

“自然的！不错，但我们可不要顺其自然。我希望这些女孩成为受上帝恩宠的孩子。她为什么要留那么多头发？我再三宣布希望把头发剪得短少，使人端庄、朴实一些。坦普尔小姐，那个女孩的头发必须都剪掉，我明天派个理发师来。我看见别的女孩头发也留得太多了——那位高个子女孩，让她转过身去。让所有第一排凳子上的女孩都站起来，面对着墙壁。”

坦普尔小姐用手帕抹了一下嘴唇，好像要抹去它自然形成的那种微笑。不过，她仍然发出指令。当第一班的学生明白对自己的要求时，她们服从了。我坐在凳子上，往后靠一点，看见她们做出各种表情和怪相，议论着这个花招。遗憾的是，布罗克赫斯特先生看不到她们的面容，不

① 语出《圣经·马太福音》第四章第四节。

然他也许觉得，不管自己怎样对待杯盘的外面，里面也不是他所能干涉得了的。

他将这些活圣牌的背面仔细检查了约五分钟，然后做出宣判。

他的话像丧钟一样敲响：“所有那些发髻都必须剪掉。”

坦普尔小姐似乎要反对。

“小姐，”他继续说，“我有一个‘主’需要服侍，他的王国不在这个世界。我的任务是要对这些女孩身上的肉欲加以禁止，教会她们用谦卑和节制来修饰自己，而不是用辫子和奢华的衣服。我们眼前的每个小姑娘都有一绺头发编成辫子，那里面也许就编织着虚荣。我再说一遍，这些东西必须剪掉。想想浪费的时间，想想——”

布罗克赫斯特先生这时被打断，因为另有三个女性来客走进了教室。她们真该再早到一点，以便听到他那关于服饰的演讲，因为她们身上穿的都是华丽的天鹅绒、丝绸和毛皮。两个年轻的（她们是十六七岁的漂亮女孩）戴着当时流行的灰色海狸皮帽，帽上饰以鸵鸟羽毛；在这优雅的头饰边缘下面，披着浓密的淡色头发，精心地卷曲着。年长的那位女士则披着昂贵的天鹅绒披肩，上面用貂皮装点，并且她还戴了一副卷曲的法国式额前假发呢！

坦普尔小姐恭恭敬敬地接待了这三位女士——她们是布罗克赫斯特夫人和小姐——并把她们领到教室前端体面的位子上坐下。好像她们是与自己那位担任牧师的亲属一同坐马车来的，一直在楼上的房间里四处查看。这期间，布罗克赫斯特先生与女管家交涉着事情，询问洗衣女工，并对主管进行训斥。她们现在开始对史密斯小姐提出各种意见和责备。不过，我没时间听她们议论，别的事将我的注意力转移开了。

到目前为止，我一方面极力倾听布罗克赫斯特先生与坦普尔小姐的谈话，另一方面也没忘记让自己远离危险。我想只要不引起别人注意，就没问题。为此，我坐在凳子上时，身子靠得很后，一边好像在忙着做算术题，一边尽量用石板挡住我的脸。可我那块靠不住的石板不知怎的从手上滑落下去，啪的一声落在地上，一下就把大家的目光吸引到我身上，否则我是不会被注意到的。我知道这下全完啦，弯腰拾起摔成两块的石板时，我鼓起勇气，准备面对最坏的结果。事情终于发生了。

“真是个粗心的孩子！”布罗克赫斯特先生说，随即继续道，“我想是那个新生吧。”没等我喘过气来，他又说，“我差点忘了说说她的情况。让那个摔碎石板的孩子到前面来！”

我自己是不情愿动的，呆呆地坐着，不过坐在两旁的两个大女孩把我提起来，朝着那个可怕的“法官”推过去。然后，坦普尔小姐轻轻把我扶到他的脚旁，我听见她对我低声劝告：“别害怕，简，这是意外，你不会受到惩罚。”

这亲切的话语就像匕首一样直刺我心脏。

“再过一分钟，她就会把我当成伪君子加以鄙视了。”我想到这一点，心里就对雷德和布罗克赫斯特愤怒不已。我可不是海伦·伯恩斯。

“把那张凳子拿过来。”布罗克赫斯特先生指着某个班长刚起身离开的一张高凳说。有人把它拿了过去。

“让这孩子站到上面。”

我被拉到凳子上站着，是谁拉的，我不清楚，细节我是不可能注意到的。我只知道她们把我升到与布罗克赫斯特先生的鼻子一样高的地方，他近在咫尺，一些橙色和紫色的闪光丝绸衣服，以及一团银白色的羽毛在我身下晃来晃去。

布罗克赫斯特先生发出哼哼声。

“女士们，”他说，转向自己的家人，“坦普尔小姐，各位教师和孩子们，你们都看到这个女孩了吧？”

她们当然都看到了，我感到她们的眼睛像取火镜一样直对着我烧焦的皮肤。

“你们看到她还很小，你们注意到她也有着孩子们普通的身体，上帝把赐予我们所有人的身躯也仁慈地赐予了她，她的身上并看不出有什么残缺。可谁会想到魔鬼已经在她身上找到一个仆从和使者了呢？然而我悲哀地说，事实就是这样。”

他停顿一下，我麻痹的神经开始稳定，我必须坚定地承受住。

“亲爱的孩子，”阴沉冷酷的牧师伤感地继续说，“这是一个让人忧伤难过的时刻，因为我有责任告诫你们，这个女孩本该成为上帝的一只羔羊，却成了一个被抛弃的小家伙。她不是忠诚的羊群中的一员，而显然是一个闯入者和异类。你们得提防她，不要以她为榜样，别与她为伴，别让她与你们一起玩耍，参与你们的谈话。各位教师，你们得看管好她，注意她的行为，仔细估量她说的话，细心观察她的一举一动，惩罚她的肉体，以便拯救其灵魂——假如这种拯救的确有可能。因为这个姑娘，这个孩子，这个基督之国的人，她比许多小异教徒更坏，那些异教徒会对着梵天[①]祈祷，并跪拜在讫里什那[②]神像面前，而这个姑娘，她是个撒谎者！”

然后，停顿了十分钟之久，我这时已完全冷静下来，注意到布罗克赫斯特家的三个女人都取出手帕擦着眼睛，年长的夫人身子还前后摇晃着，两个小姐则窃窃私语说：“真可恶呀！”

布罗克赫斯特先生接着说下去：“我是从她的女恩人那里了解到这些的。她成了孤儿，那位虔诚而仁慈的夫人收养了她，把她当成自己的女儿一样抚养，对她那么亲切慷慨。可不幸的是，这个女孩忘恩负义，表现得如此糟糕、可怕。最后她那位极好的恩人不得不把她和自己的亲生女儿分开，担心她那邪恶的行为会成为她们的榜样，从而玷污她们的纯洁。她因此被送到这儿来接受医治，就像古时候的犹太人将病人送到毕士天[③]的混水池中一样。各位教师们、主管，我请你们别让池中的水在她身边停滞。”

布罗克赫斯特先生讲完话后，调整了一下大衣顶端的纽扣，对家人们咕哝了些什么，她们就站起身，向坦普尔小姐点一下头，几位要人便都堂而皇之地离开了教室。那位“法官”在门口转过身说：“让她在那

① 印度教主神。
② 印度教中的创造之神。
③ 《圣经》中耶路撒冷一池名，池水能治病。

张凳子上再站半小时，这一天剩下的时间里，都别让任何人和她说话。”

我就那样站在高高的地方，我曾经说过，自己无法忍受站在教室中间所蒙受的那种耻辱，此时却在众目睽睽之下站在一张可耻的凳子上。我的心情任何语言都无法形容，而正当我思绪万千、喉咙哽塞、感到窒息时，一个女孩走上来，并从我身边经过，在过去的时候，她还向我抬起眼睛，其中闪现出怎样奇异的光啊！那样的光让我产生了非同寻常的感觉！这新的感觉又怎样鼓舞着我！仿佛一位烈士、一位英雄经过一个奴隶或受害者时，给予了他力量。我正要歇斯底里地发作，但极力控制住了，高昂着头，坚定地站在凳子上。海伦·伯恩斯就安排要做的活儿，向史密斯小姐提出一些微不足道的问题，并因此受到责备，她回到原位，经过时又向我微笑。那是怎样一种微笑！我至今还记得那微笑，知道它发射出极佳的智慧和真正的勇气，它使得她那富有特征的外貌、瘦瘦的面容和凹陷的灰色眼睛具有了光彩，那光彩好像从天使身上反射过来的一般。不过，那时海伦·伯恩斯的胳膊上戴着“不整洁徽章”，几乎不到一小时前，我曾听见斯卡查德小姐训斥她，说她明天午饭只能吃面包、喝水①，因为她在抄写作业时，把墨水弄到上面了。这就是人性的不足！即便是最明亮的行星，它的表面上也有污点，而像斯卡查德小姐那样的眼睛，就只能看见微小的瑕疵，看不到整个充满光辉的天体。

① 而不是面包和干酪。

第八章

不到半小时，五点的钟声敲响，随即下课了，大家都到食堂里去吃茶点。我壮着胆子，从凳子上下来，黄昏时刻，天色已经很暗淡。我退到一个角落，坐在地板上。一直支撑着我的那种魔力解除了，我的心里产生了错乱反应，片刻后，我便悲伤不已，一下趴在地上。我哭泣起来。海伦·伯恩斯不在身旁，没有任何东西支撑着我，我孤独一人，自暴自弃，泪水打湿了地板。我曾打算要做个很好的孩子，在罗沃德表现得很出色，要交很多朋友，赢得别人的尊敬和喜爱。并且我已经取得了明显的进步，就在那天早上，我在班里的表现也是最优秀的。米勒小姐给予我热情的赞扬，坦普尔小姐也微笑着对我表示称赞，说假如我在后面的两个月里继续取得类似进步，她就教我作画，让我学习法语。那时，同学们也非常欢迎我，让我受到同龄孩子的相同待遇，谁也没找我的麻烦。可是现在我又趴在地上，遭到了严重的践踏——我还能再站起来吗？

“再也不行了。我真想一死了之。”我呜咽着，断断续续地说道。这时有人过来了。我大吃一惊——海伦 · 伯恩斯再次向我走近，那快要熄灭的火光正显示出她在沿着又长又空的教室走来，还给我带来了咖啡和面包。

“来，吃点东西。”她说，但我把它们推开，觉得目前这样的情况，哪怕一滴咖啡或一点面包屑，都会让我窒息。海伦注视着我，大概也感到惊讶，我虽然极力想平静下来，却无济于事，只有不断大声哭泣着。她在我旁边的地上坐下，用胳膊抱住两膝，头搁在膝上，就这样像个印第安人一样沉默不语。

我先开了口：“海伦，你干吗要和一个所有人都认为是个撒谎者的女孩待在一起呢？”

“所有人，简？唉，只有八十个人听到有人这么说你呀，可世界上有数千万的人呢。”

“可那数千万的人关我什么事？我只知道这八十个人看不起我。”

“简，你错啦，也许这个学校里既没谁看不起你，又没谁讨厌你，我相信不少人都很同情你。”

“听了布罗克赫斯特先生说的那些话后，她们怎么还能同情我？”

“布罗克赫斯特先生并不是个神，他甚至不是一个崇高的、受人钦佩的男人，他在这儿并不怎么受欢迎，他的那些所作所为从来就不讨人喜欢。要是他特别让你受宠的话，你倒会发现周围有一些公开的或暗藏的敌人了。事实上，大部分人都会向你表示同情，只要她们敢那样做。师生们在一两天里或许会冷淡地看待你，不过她们心里隐藏着友情。只要你坚持好好表现，这种友情不久就会明显起来，尽管现在一时受到压制。另外，简——”说到这儿，她暂停了一下。

“什么，海伦？”我把一只手放到她手上。

她轻轻为我摩擦着手指，让它们暖和，然后继续说：“假如世人都恨你，认为你很坏，你自己的良心却赞许你，你并不内疚，那么你就不会没有朋友。”

“是的，我知道我应该把自己往好处想，但那还不够。假如别人不爱我，我宁愿死了，而不是活着——我无法忍受孤独，让人憎恨，海伦。瞧，为了赢得你、坦普尔小姐或任何我喜欢的人的真正友爱，我会甘愿折断自己的胳膊，或者让一条公牛把我撞倒，或者站在一匹马后面，让它踢我的胸口。”

“请安静，简！你过于感情用事，过于激动。至高无上的上帝用他的手创造了你的身躯，并赋予了它生命，他除了赐予你柔弱的自我或像你一样柔弱的人以外，还赐予了你其他得救的途径。除了这个地球，除了人类，另有一个无形的世界和无形的精灵王国。那个世界就在我们周围，它无所不在，那些精灵观察着我们，因为它们是被派来保护我们的。假如我们处处受到鄙视，遭到仇恨的沉重打击，那么天使也会看到我们所受的折磨，明白我们的无辜。我知道你就是在这方面受到指责的，布罗克赫斯特先生只是间接从雷德太太那里听到一些话，就毫无根据、傲慢自负地跟着那样说。从你那双热情洋溢的眼睛和没有愧疚的表情上，我看到的是一种真诚。这时，上帝便只等待着我们的精神与肉体分离，以便给予我们一个丰厚的奖赏。既然生命不久就会结束，死亡也必然成为通向幸福和荣耀的入口，为什么我们要被悲痛摧毁呢？”

我默不作声，是海伦让我平静下来，但在她所赋予的平静中包含着一种难言的哀愁。我觉得她说话时好像很苦恼，但我又说不出这苦恼来自哪里。她说完后，呼吸有点加快，又急促地咳了一下，我立即忘掉自己的悲哀，隐隐为她担忧起来。

我把头搁在海伦的肩头上，双手抱着她的腰。她把我拉到身旁，我们就这样静静坐着，但没多久，又来了一个人。这时起风了，将一些阴云刮走，让月亮显露出来，月光穿过旁边的一扇窗户，充分照耀在我们和那个走近的人影身上，我们立即认出是坦普尔小姐。

“我是特意来找你的，简·爱，”她说，“我想让你去我的屋里，既然海伦·伯恩斯和你在一起，那她也来吧。”

我们跟随这位主管穿过一些错杂的通道，爬上一段楼梯后，才到了她的房间。房间里生着旺旺的炉火，看起来令人愉快。坦普尔小姐让海伦·伯恩斯坐在炉边一把低矮的扶手椅子上，她自己在另一把椅子上坐下，把我叫到她身边。

“都过去了吗？”她问，低头看着我的脸，“你哭过之后，不再难过了吧？”

“我想我永远都会难过的。”

“为什么？”

“因为我受到错误的指责，你，小姐，以及其余每个人，现在都会认为我是坏女孩。”

“你证明自己是什么样的人，我们就会认为你是什么样的人，孩子。继续做个好女孩吧，你会让我们满意的。”

“会吗，坦普尔小姐？”

“会的，”她说，用一只胳膊搂着我，“现在对我说说，谁是那个布罗克赫斯特先生称作你恩人的女士？”

“就是雷德太太，我的舅妈。我舅舅去世了，他把我留给她照料。”

“难道她不是自愿要收养你的？”

“嗯，小姐，她很遗憾不得不那样做。不过，我常听仆人们说，我舅舅临死前让她答应要永远照料我。”

“唔，瞧，简，你知道，或者至少我要告诉你，在某个罪犯受到指控的时候，总是允许他替自己辩护的。你被指责撒谎，那就尽量在我面前替你自己辩护吧，把你记得的是真实的情况都说出来，既不要添加什么，也不要夸大什么。”

在我的内心深处，我下决心说话一定要非常恰当，非常正确。为了能让我所讲的前后一致，我先考虑了几分钟，然后就把自己可悲的童年经历一五一十告诉了她。尽管我激动万分，但在谈到这个令人不快的话题时，我的语言比平常更加温和。我时刻记着海伦让我不要过于怨恨的忠告，在讲话中表现出来的恼怒和不满比平常少了许多。我的话克制而简明，听起来更加可信，我感到坦普尔小姐已对我深信不疑。

在叙述的过程中，我提到劳埃德先生在我那次昏倒后曾来看我，我永远也忘不了红屋子里那件在自己看来是多么可怕的事。我讲述这件事时，当然有些激动，因为在我的记忆里，不管什么都无法缓解自己当时产生的那种巨大痛苦——尽管我极力请求原谅，雷德太太却根本不予理睬，再次把我锁进那间鬼魂出没的黑屋子里，那时我心里是多么难过啊。

我说完后，坦普尔小姐默默地注视了我一会儿，然后说道：“我对劳埃德先生有所了解，我会给他写封信去。如果他的回信与你说的一致，你的每个污点都会被当众洗清的。对于我来说，简，你现在已经清白了。”

她吻一下我，仍然让我待在她身边。我可以仔细看到她的面容、衣服、一两样装饰物、白白的额头、一束束光亮的鬈发，以及闪烁的黑眼睛，并从这种观察中获得一个孩子的欢乐。

坦普尔小姐接着对海伦·伯恩斯说起话来："你今晚怎样了，海伦？今天咳得厉害吗？"

"我想不太厉害，小姐。"

"胸口还痛吗？"

"好些了。"

坦普尔小姐站起身，拿起她的手，摸了摸脉搏，然后回到自己座位，在她又坐下去时，我听见她发出低声的叹息。她沉思了几分钟，然后才振作起来，高高兴兴地说："瞧，你们俩今晚是我的客人，我也得把你们像客人一样对待。"说罢，她打响铃子。

"芭芭拉，"她对听见铃响、走过来的仆人说，"我还没吃茶点。你用茶盘给这两个小姐端两杯茶来吧。"

不久，仆人就把茶水端来了。我看见那些瓷杯和明亮的茶壶放在炉火旁的小圆桌上，看起来真漂亮啊！那茶水冒出的蒸汽多么芬芳，面包的气味真香！然而，我吃惊地发现面包就那么一点点（我已饿了），坦普尔小姐也注意到了。

"芭芭拉，"她说，"你就不能多带点面包和黄油来？三个人怎么够吃。"芭芭拉又走出去，很快回来。

"小姐，哈登夫人说她给的东西与平常一样多。"这里要说明一下，哈登夫人就是女管家，她的心与布罗克赫斯特先生一样铁石心肠。

"哦，很好呀！"坦普尔小姐回答说，"我想咱们得将就着吃了，芭芭拉。"待小女佣走后，她微笑着补充道，"幸好，我这次还能把不足的部分补上。"

她请海伦和我靠近桌子，在我们面前各放了一杯茶和薄薄一小片可口的面包，然后起身把一个抽屉的锁打开，从里面取出一包用纸包着的东西，随即把它打开，我们看到是一块不小的糕饼。

"我本来打算让你们把这东西带走一些，"她说，"可面包这么少，你们就把它吃了吧。"她开始用自己的手慷慨地把糕饼切开。

那天晚上，我们像喝着神酒、吃着神食一样美餐了一顿。女主人款待着我们，看见我们吃下她大方拿出来的精美食物，她的脸上露出了满意的微笑，这让我们感到很高兴。

茶点吃完了，盘子也拿走了，她又招呼我们靠近炉子。我们坐在她两旁，接下来，她和海伦进行了一番谈话，而能听见这样的谈话，的确是一种殊荣。

坦普尔小姐总是神态平静，举止端庄，语言高雅适度，这些使得她不会变得过于兴奋、激动和浮躁。凡看到她和听到她说话的人，会对她肃然起敬，会获得一种纯洁的喜悦——我现在就怀着这样的心情。但至于海伦·伯恩斯，她真够让我吃惊的。

那使人精神振奋的食物，那明亮的炉火，她敬爱的老师所表现出的风度与善良，或者比这一切更重要的是，她那特有的心里所产生的某种东西，激发起了她内在的力量。这力量苏醒过来，开始燃烧。首先照亮的是她那容光焕发的面颊，我看见这面颊在此以前总是苍白无血色；然后照亮了她那双光彩熠熠的眼睛，这眼睛突然具有了一种比坦普尔小姐更为独特的美——这美不是体现在优雅的色彩、长长的睫毛或用眉笔描过的眉毛上，而是体现在内涵、姿态与神色上。随后，仿佛她的灵魂涌到嘴边，她的语言也流动起来，至于来自何处，我不得而知。一个十四岁的女孩是否有足够宽广、充满活力的心胸呢，它是否能够容纳下那不断膨胀的泉水，即纯洁、丰富和热烈的雄辩之词呢？这就是海伦那晚谈话的特征，在我看来，那是一个难忘之夜。她精神上似乎急于要在一个相当短暂的时间内，经历许多人在很长时间里所要经历的东西。

她们谈论着我从未听说过的事情，谈论着各个民族和过去的时代、遥远的国家、已发现的或推测到的自然秘密。她们也说起了书，她们读的书真多，拥有的知识真不少！对法国人的名字和法国作家，她们好像也非常熟悉。坦普尔小姐问海伦是否能抽些时间复习她父亲教的拉丁语，并从书架上取下一本书，让她读一页维吉尔[①]的作品，并解释一下，这

① 古罗马诗人，公元前70—公元前19。

时我惊讶到了极点。海伦照着吩咐做了，这使我对她越来越崇敬。她刚一完成，就寝的铃声就响了！我们是不被允许有任何拖延的，于是坦普尔小姐分别拥抱我们俩，把我们拉到她胸前，说："上帝保佑你们，我的孩子！"

她拥抱海伦的时间比我稍微久一点，视线跟随海伦到门口，为海伦再次发出一声悲哀的叹息。

回到寝室，我们听见斯卡查德小姐的声音。她正在检查抽屉，刚把海伦·伯恩斯的抽出来。我们一进去，她就把海伦狠狠训斥一番，说第二天她要把半打没收拾好的东西别到海伦的肩头上。

"我的东西确实乱七八糟的，真丢脸，"海伦低声对我咕哝道，"我本来打算把它们整理好，可是忘记了。"

次日早上，斯卡查德小姐在一块纸板上醒目地写下"邋遢"二字，把它像护身符一样系在海伦聪颖仁厚的额头上。她一直忍耐着把它戴到晚上，毫无怨恨，把这视为应得的惩罚。下午放学后，斯卡查德小姐一离开，我就跑到海伦身边，将那东西扯下来，丢进炉火里。她未能产生的那种愤怒整天在我心中燃烧，不断涌出的热泪一直烧灼着我的面颊，因为看到她那么可悲地顺从着，我心里痛苦得忍无可忍。

发生上述事情大约一周后，曾写信给劳埃德先生的坦普尔小姐得到了回复，似乎他说的话证实了我的言辞。坦普尔小姐把全体学生召集起来，说她对简·爱受到指责的事进行了调查，并非常高兴可以宣布：我的一切污名已被彻底洗清。然后，老师们和我握手，亲吻我，一排排的同学们也在高兴地耳语着。

我就这样卸下了令人苦恼的包袱，从那一时刻起，重新努力，决心克服重重困难，成为一名优秀的学生。我勤奋刻苦，并取得了相应的成绩。我的记忆力天生不好，通过练习，得到了提高。几周后，我就被提升进入更高的班级，不到两个月，我便可以开始学习法语和绘画了。就在当天，我学会了法语动词 Etre 的前两个时态，描绘出第一幅村舍画（顺便提一句，它的墙壁倾斜得连比萨[1]斜塔都比不过）。那晚睡觉时，我竟忘了在想象中做一顿巴米赛德[2]晚餐，其中有热热的烤土豆，或白面包和新鲜牛奶——我习惯以此来寻求开心，满足自己内心的渴望。取而代之的是，我尽情地欣赏着仿佛在黑暗中看到的完美绘画——那情景多么美妙——欣赏着自己亲手完成的所有作品：随意描画出的房屋和树林、独特有趣的岩石和废墟、克伊普[3]那样的牛群和其他可爱的绘画——有盘旋在含苞待放的玫瑰之上的蝴蝶，有啄着成熟樱桃的鸟儿，有鷦鷯[4]的巢中像珍珠一样的蛋，它们被包裹在细嫩的常春藤中。我也在心里询问着，自己是否可能什么时候把皮埃罗夫人那天给我看的一篇法国小故事翻译出来，但在这个问题还没得到满意的解决时，我便甜甜地睡着了。

所罗门[5]的确说得很好："只要有爱，即使吃草，也比怀恨吃肥牛更强。"

尽管罗沃德缺吃少穿，尽管盖茨黑德可以天天过上奢侈的生活，但我现在不愿用前者来换取后者了。

---

① 意大利中部一城市。比萨斜塔是一座名塔。
② 《一千零一夜》的波斯王子，佯请乞丐赴宴，但不给食物，仅以想象画饼充饥。
③ 克伊普（1620—1691），荷兰风景画家。
④ 读如焦辽（jiāo liáo），一种鸟，多在灌木丛中活动，吃昆虫等。
⑤ 古代以色列第三任国王。

第九章

不过罗沃德那种缺吃少穿的状况，开始缓解了。春天在来临，实际上它已经来临了。冬日的严寒已过去，雪融化着，刺骨的寒风得以缓和。我那可怜的脚——一月里恶劣的天气使其又是脱皮又是红肿，让我成了跛脚——在四月温和的空气中开始愈合，不断转好。夜晚和早上不再因为寒冷，使我们的血液凝结。我们现在也受得了在花园里度过娱乐时间，遇到阳光明媚的日子，甚至觉得惬意舒适，褐色的苗床呈现出一片绿色。这些苗床天天都充满了生机和活力，令人想到也许希望之神曾在夜里经过它们，每天早上都留下了更加鲜明的脚印。花儿从树叶中探出头来，有雪花莲、番红花、紫色报春花和金眼紫罗兰。在星期四下午（这是个半天休假日），我们出去散步，发现路旁和树篱下还开着一些更可爱的鲜花。

我还发现，在钉有长钉防护着的花园高墙外面，一直远至地平线处，有着给人带来无比喜悦与欢乐的东西。你可以看见远处宏伟的山顶，它们环抱着巨大的山谷，谷中草木青绿，处处浓荫；小溪欢快地流淌，溪里有无数暗色的石块和闪亮的旋涡。当初我看见这景色笼罩在冬日灰暗的天空下，处处是寒霜和白雪，一切都变得那么呆滞，它与现在相比有着怎样的天壤之别啊！那令人窒息的薄雾在东风的吹刮下，缓缓飘向紫色的峰顶，并卷向低洼的草地与河边浅滩，直到与小溪上寒冷的水汽融合在一起。小溪很湍急，它雾气腾腾，像一匹脱缰的野马，猛然撞到树木上，在空中发出狂乱的声响，这声音在暴雨或飞旋的冰雪中经常变得更加猛烈。至于两边的森林，它们看起来像一排排动物的骨架似的。

转眼从四月进入了五月，那是一个明媚而宁静的五月。在那些日子里，天空总是蓝蓝的，阳光温和地照耀着，从西边或南边吹来阵阵和风。植物在茁壮成长，罗沃德仿佛抖散了它的长发，满目是绿色，是鲜花。那骷髅似的高大榆树、梣树[1]和橡树又恢复了庄严和生机，森林深处的植物茂盛地生长起来。山谷里充满了无数种苔藓，那满地的野生樱草花仿佛形成一片奇异光彩。我曾在林荫处看见其泛出淡金色的光辉，犹如最可爱的光泽散射出来一般。我尽情地享受着这一切，自由自在，无人看管。

我谈到这儿被青山绿林环抱，并且濒临一条小溪时，难道没把它描绘成一个舒适的居住之地？那无疑是相当舒适的了，但至于是否有益健康，又是另一个问题。

罗沃德所在的那片林中幽谷，是雾气与由雾气滋生的瘟疫的发源地。它随着春天的复活而复活，并悄然涌进这座“孤儿院”里，将斑疹伤寒传进拥塞的教室和宿舍，在五月来临之前，已将这所学校变成了医院。

由于大家处于半饥饿状态，加上又没对伤风感冒十分重视，多数学生必然容易受到感染，八十个女孩就有四十五个同时患病。课堂秩序打乱，规章制度放宽。少数几个还坚持得很好的人获得了无限自由，因为医务员一定要让她们经常出去活动，以便保持健康。即便不是这种情况，谁又还有时间去看管或约束她们呢。坦普尔小姐的整个注意力都放到病人身上去了，她住在病房里，除了晚上抓紧时间睡上几小时外，从不离开一步。老师们完全忙于为一些学生离开收拾东西和做其他必要的准备。这些学生十分幸运，自己的亲友能够也愿意让她们搬离这个受到传染的地方。许多人已经病得很重，回家去，只能等死了。而有的已死在学校，很快被静静地埋掉，因为这种疾病是不允许拖延的。

疾病就这样成了罗沃德的居民，死亡成了它的常客。它的围墙里面笼罩着阴影与恐惧，房间和通道都弥漫着医院的气味，即使是草药和锭剂都无法将死人气息压制下去。而这时，明朗的五月将阳光毫无遮掩地照耀在野外醒目的山冈和美丽的林地上。连罗沃德的花园里也开满了鲜

---

① 梣树是一种落叶乔木，通称白蜡树。

艳的花儿。蜀葵长得像树一般高，百合花已开放，郁金香和玫瑰长得多么繁盛。小小苗床的边缘长着粉红色的海石竹和深红色的重瓣雏菊，色彩鲜明。野蔷薇早晚散发出香料和苹果的香味。但对于住在罗沃德里的多数人来说，这一切芬芳的宝贵之物都毫无用处，只能时不时摘一束花草，放进一口棺材里。

但我和其余没受感染的人，则尽情享受着这片景色和这时节里美丽的东西。我们可以在林中从早到晚自由自在地漫步，就像吉普赛人一样。我们随心所欲，想去哪里都行，这样也生活得更好一些。布罗克赫斯特先生和他的家人现在从来不靠近罗沃德了，一般生活上的事也不再受到严格检查。那个脾气暴躁的女管家走了，她害怕感染。接替她的人以前是罗沃德诊所的护士长，她不习惯新住处的生活方式，对大家相当慷慨。另外，吃饭的人也大量减少，病人几乎吃不下东西，我们早餐盆里的食物也更好了。没有时间准备平常的午饭时，她就给我们一大块冷馅饼，或一片厚厚的面包及干酪，我们便带到林中去，每人挑选一个最喜欢的地点坐下，然后大口大口地吃起来。

我特别喜欢的地点是一块光滑宽大的石头，又白净又干燥，就在小溪中间，只能从水里蹚到那里——我光着脚就过去了。这块石头的宽度，正好能让我和另一个女孩舒适地坐下，那时我选定的伙伴是个叫玛丽·安·威尔逊的女孩。她聪明伶俐，善于观察，我喜欢和她交往，一方面由于她显得风趣，有独到的见解，另一方面由于她的举止和态度让我感到轻松自在。她比我大几岁，对于世事，知道的比我多，能告诉我许多有趣的东西，和她在一起，我的好奇心得到了满足。她对我的过错也相当宽容，不管我说什么，都从不加以限制或阻止。她天生擅长叙述，我则天生擅长分析；她喜欢告知，我喜欢提问。我们就这样融洽地相处着，从彼此的交往中获得了极大的乐趣。

与此同时，海伦·伯恩斯在哪里呢？为什么我没有和她一起度过这些自由美好的日子？我把她忘了吗？或者我竟然卑鄙得厌烦了和她那种纯洁的交往？我提到的这个玛丽·安·威尔逊无疑不如我的第一个朋友，她只能给我讲一些好笑的故事，告诉我一些很想了解的趣事。而海伦呢，如果要我说实话，她能够给予那些有幸听她讲话的人品味更高雅的东西。

真的，读者，我明白，也感觉到了这一点。尽管我是个有缺陷的人，有许多毛病，几乎没什么可取之处，但我从来没有对海伦·伯恩斯生厌过，始终珍惜与她的友情。这友情像任何使我的心振奋的情感一样，强烈、温柔而可敬。我怎么可能对海伦产生别的感情呢？无论任何时候，无论在任何情况下，她都向我表达着一种朴素而真诚的友谊，即使在心情不好时，我们也没让这种友谊恶化，即使在愤怒时，我们也从没让这种友谊受到干扰。只是海伦现在病了，几周来，我从没见到她，不知让她搬到楼上的哪个房间去了。我听说，她没和发烧病人一起待在这房子用作病房的地方，因为她患的是肺病，不是斑疹伤寒症。我无知地以为，肺病不是什么严重的病，只要加以注意，过些时间就会好转的。

在天气暖和、阳光充足的下午，她有一两次走下楼来，让坦普尔小姐领到花园里去，这更证实了我的想法。但在此时并不允许我走过去和她说话，我只能从教室的窗口看她，而且也看不清楚，因为她被裹得严严实实，坐在远处的阳台下面。

六月初的一天晚上，我和玛丽·安在林里待到很晚。我们像往常一样没和其他同学一起，而是漫步到很远的地方，以致迷失了方向。我们不得不去一个偏僻的村舍问路，那儿住着一男一女，他们照料着一群以林里的橡树果子为食的半家半野的猪。我们回去时，已过了月出时分，只见一匹小马——我们知道是那个医生的——站在花园门口。玛丽·安说她猜想某人一定病得很重，这么晚了还把贝茨先生叫来。她走进房子，我在后面待了一会儿，把我在林里挖到的一束植物的根种在花园里，担心留到次日早上时，它会枯萎。待种好后，我又逗留片刻，此时滴着露水，花儿多么芬芳啊！这是一个令人愉快的夜晚，如此宁静温和，西边仍然发出亮光，预示着第二天又是一个十分晴朗的日子。月亮庄严地在黯淡的东方升起。我像小孩们那样观察着、欣赏着这一切，随后突然产生了以前从未有过的念头：“要是躺在病床上，面临死亡的危险，那真是可悲呀！这个世界真美好，要是被叫走，那该多凄凉啊！”

接着，我的头脑第一次非常认真地要弄明白，曾经灌输到它里面的关于天堂和地狱的东西。它也第一次感到畏缩和困惑了，第一次瞻前顾后，左顾右盼，看到周围全是无底深渊。它只能感觉到自己站立的地点，即眼前，而其余一切都是模糊不清的云雾和空空的深渊。一想到会踉跄着坠入那片混沌之中，它就不寒而栗。我细想着这个新的念头，听见前门打开，看到贝茨先生走出来，一个护士跟在他后面。她见他骑上马离开后，正要关门时，我朝她跑了过去。

“海伦·伯恩斯怎样了？”我问。

“很糟糕。”她回答。

“贝茨先生来看的就是她吗？”

“嗯。”

“他说了什么呢？”

“他说她在这儿的时间不多了。”

最后这句话假如昨天让我听到，它便只会让我觉得，她将要被转移到她自己的家乡诺森伯兰郡去。我不会认为这话意味着她要死了，可现在我立即就知道了这一点！我清楚地明白海伦·伯恩斯在这个世上的日子已屈指可数，她就要被带到阴曹地府——假如真有这样的地方。我惊恐不已，无比伤心难过，接着产生一种希望见到她的强烈愿望。我问护士她睡在哪个房间。

“在坦普尔小姐的房间。”护士说。

“我可以上去看她吗？”

“哦，不行，孩子！这是不可能的，现在你该进来了，已经下露，你待在外面，会发烧的。”

护士说罢，关上前门，我从通往教室的侧门进去，正好赶上时间。这时已九点，米勒小姐正在叫学生们上床睡觉。

大约两小时后，差不多十一点钟时，我仍然无法入睡；看见宿舍里十分安静，我想同学们都睡得很死吧，就轻轻起了床，把外衣套在睡衣上，鞋也没穿，就悄悄溜出房间，出去寻找坦普尔小姐的房间。它远在房子的另一端，不过我认识路，因为此时天上无云，夏夜的月光照进过道上的窗户，使我轻易就找到了它。一种樟脑味和烧煮过的醋味让我明白，那间发烧病房就在旁边。我赶紧从它门口走过去，唯恐那个整夜值班的护士会看见我。我担心被发现后送回去，因为我必须要见到海伦——在她死前，我必须拥抱她，最后再吻她一下，和她做临终前的告别。

我走下一段楼梯，穿过房子下面的一段路，然后悄悄打开并关上两扇门，来到另一段楼梯。我爬了上去，正好对面就是坦普尔小姐的房间。一线光从锁眼和门的下面射进来，周围一片沉寂。我走得更近一些，发现门微微开着，大概是这间病房不通风，需要透些新鲜空气。此地不宜久留，再说自己本来也急不可耐——巨大的痛苦使得我的心灵和意识都在颤抖。我便把门推开，往里看着。我的目光寻找着海伦，害怕会面对死亡。

在坦普尔小姐的床边，放有一张小床，用白色的幔帐半掩着。我看见被褥下面有个人影，不过脸让帘子挡住了。同我在花园里说过话的护士坐在安乐椅上睡了，一支没熄灭的蜡烛在桌上发出微光。坦普尔小姐没在这里，我后来才知道，她被叫到发烧病房里一个不省人事的病人那里去了。我走上前去，停在小床旁边，一只手放在帘子上，但我宁愿在拉开它前说说话。我仍然感到畏缩，害怕见到一具尸体。

“海伦！”我轻轻地说，“你醒着吗？”

她动了动身子，把床帘拉开，我看见她的面容，苍白而消瘦，但相当平静。她看起来并没什么变化，我的畏惧感立即消除了。

“是你吗，简？”她用温和的声音问。

“啊！”我想，“她并不会死的，他们弄错了。如果她要死了的话，说话和神态就不会如此镇静了。”

我爬上她的小床，吻了她。她的额头冷冷的，面颊又冷又瘦，手和手腕也一样。但她仍旧面带微笑。

“你为什么来这儿，简？已经十一点了，几分钟前，我听见钟声了。”

“我来看你，海伦。我听说你病得很重，要是不和你说说话，我可睡不着。”

“那么你是来和我告别的，也许正好赶上呢。”

“你要到什么地方去吗，海伦？是要回家？”

“对，回我的长眠之家——我的坟墓。”

“不，不会的，海伦！”我痛苦地停下来。我极力把泪水往肚里咽，这时海伦一阵咳嗽，不过没惊醒护士。

之后，她精疲力竭地躺了一会儿，接着低声说道：“简，你还光着小脚呢，快躺下来，用我的被子盖上。”

于是，我躺下去，她把一只胳膊放到我身上，我紧紧偎依在她身边。沉默很久后，她又低声说起来：“我很高兴，简。待你听说我已死了时，你一定不要怀疑，不要伤心，没什么可伤心的。我们所有的人有一天都得死，让我离去的这种病并不痛，它来得温和缓慢，我的心得到了安宁。没有谁为我惋惜，只有个父亲，他最近已结婚，不会想念我的。我这么小就死了，所以也不会遭受巨大的痛苦。我没什么才能或本事，不会在世上干出什么大事来的，也许还老犯错误。”

“可是你要去哪里呢，海伦？你能看见吗？你知道吗？”

“我认为——也相信——我要到上帝那里去。”

“上帝在哪里呀？什么是上帝呢？”

“就是我和你的创造者，他永远不会毁掉自己创造的东西。我绝对信赖他的威力，毫不怀疑他的仁慈。我一小时一小时计算着，直到重大的时刻来临，那时会让我回到他身边。”

“这么说，海伦，你肯定有一个叫作天堂的地方，咱们死后，灵魂能够达到那里？”

“我肯定有来世，相信上帝是仁慈的，我可以毫无顾虑地将自己不朽的部分托付给他。上帝就是我的父亲，是我的朋友，我爱他，相信他也爱我。”

“我死后，会再见到你吗，海伦？”

“你会来到同一片乐土，无疑会受到同一个万能的宇宙之父的欢迎，亲爱的简。”

我再次提问，不过这回只是在心里问着。“那个乐土在哪里？它存在吗？”我双手把海伦搂得更紧，她好像比过去更加可爱，我仿佛觉得不能让她离开，把脸埋在她的脖子上。

片刻后，她用最温和的语气说道：“我真感到安慰啊！刚才那阵咳嗽让我有点累，似乎想要睡了。不过，别离开我，简，我喜欢让你待在我身边。”

“我会和你待在一起的，亲爱的海伦，谁也不会把我带走。”

“你暖和了吗，亲爱的？”

“暖和了。”

“晚安，简。”

“晚安，海伦。”

她吻了我，我也吻了她，不久我们俩睡着了。

我醒来时，天色已亮，一种异常的动作把我惊醒。我抬头一看，自己正让某人抱着，是护士，她穿过通道，把我带回宿舍。我没有因为离开自己的床而受到责备，人们还有别的事情需要考虑。也没有谁对我提出的许多问题做出任何解释，但一两天后，我得知坦普尔小姐黎明回到自己房间时，发现我躺在那张小床上，脸靠着海伦·伯恩斯的肩膀，双手搂着她的脖子。我是睡着的，但海伦已经——死了。

她的坟在布罗克桥的墓地里。在她去世后十五年来，这坟都只是一个杂草丛生的土墩，但如今在那地点竖起了一块灰色的大理石墓碑，上面刻着她的名字和“我将再起[①]”几个字。

① 原文为拉丁文，系宗教术语，表示基督教复活信念的用语。

第十章

至此，我详细记录了在自己微不足道的生活中所发生的事件，用了差不多十章篇幅来描写我生命中的最初十年。不过，这并非是一部通常的传记，我只力求对某些情况进行回忆，我明白这些记忆中有一些让人产生兴趣的东西。所以，我现在对后八年的生活几乎忽略不提，只说几句必要的话，以便能前后连贯。

那场斑疹伤寒病给罗沃德带来巨大的毁灭后，便渐渐消失了，不过，其毒害及受害者的人数已经引起社会对这所学校的关注。人们开始调查这场灾难的起因，各种事实逐渐浮出水面，让公众感到极大愤慨。这个场所很不利于健康；孩子们的食物数量和质量都存在问题；做饭用的水十分糟糕，发出恶臭；学生们的衣服和住处也肮脏不堪——这一切都被查出，虽然让布罗克赫斯特先生难堪，但对于学校是有好处的。

为了新建一所更加便利、条件更好的学校，这个郡有几个富裕仁慈的人慷慨解囊。学校制定了新的规章，学生的饮食和穿着得以改善。学校的资金交由一个委员会管理。布罗克赫斯特先生由于有钱，加之具有一定的家庭关系，因此也不能不顾，仍然让他担任财务主管；只是在履行职责中，有一些胸襟非常宽广并且很富有同情心的人协助。他督察员的职责也由另外一些人分担，他们知道如何将理性与严格、舒适与节约、同情与正直结合起来。学校就这样得到了完善，终于成为一个真正有益的出色机构。在学校得以新生后，我又在校园里生活了八年——六年做学生，两年做教师，无论以哪种身份，我都能证明它所具有的价值和重要性。

在这八年里，我的生活始终如一，但不是不快乐的，因为它并非死水一潭。我在力所能及的范围内获得了最好的教育，对某些学科产生喜爱，渴望出类拔萃，同时特别讨老师们高兴，尤其是那些我喜欢的老师，这一切都在催我奋进。凡是我能得到的有利条件，我都充分利用。我终于成为第一班里最优秀的学生。然后，我被授予教师的职位，并满怀热情地工作了两年，这时有了变化。

在上述一切变化中，坦普尔小姐始终担任着学校的主管，我所学到的最好东西都归功于她的教育。对于我而言，她担当起了母亲和老师的角色，最近又成为我的同事。这期间，她结了婚，同丈夫（一个牧师，也是一位优秀的男人，与这样一个妻子基本上是相配的）迁到一个遥远的郡，并从此与我失去联系。

从她离开那天起，我就发生了变化，使罗沃德在一定程度上成为我的家的每一种深厚情感、每一种联想，都随她而去了。我已从她的品性中吸取到某种东西，养成了她的很多习惯。我忠于职责和制度，遇事平静，自认为是满足的。在其他人眼里，甚至在我自己眼里，我都好像是个遵守纪律、善于克制的人。

可是命运之神，借着史密斯牧师的外形来到我和坦普尔小姐之间。我看见她婚礼刚一结束，就穿上旅行服，登上一辆驿递马车[①]。我注视着马车爬上小山，消失在山顶那面。然后我回到自己房间，在那儿孤独地度过了这个半天休假日的大部分时间——这假日是为庆祝老师的婚礼而特许的。

那段时间我多半在房间里踱来踱去，自以为只是为自己的损失感到惋惜，想着如何进行弥补。但是等我想完之后，我抬起头来，发现下午已过，甚至傍晚都已过去好一会儿，这时我才又有了一个发现，即在这段时间里，我经历了一个脱胎换骨的过程，在精神上抛弃了所有从坦普尔小姐身上借来的东西——或者说，有她在身边时，我一直呼吸到的平静空气，她都随身带走了。现在我又回到了本我，开始觉得昔日的情绪

---

① 18 世纪和 19 世纪初期，运载旅客及邮件的一种四轮车厢式马车。

在躁动。我生活的世界多年来一直局限于罗沃德学校，我体验着它的一切规章制度。如今我意识到真正的世界是很辽阔的，一个充满希望与恐惧、激动与兴奋的丰富多彩的领域，正等待着勇于投入其危险重重的广阔天地的人们，去寻求生活真谛。

我来到窗旁，打开它，往外看去。那儿是这座房子的两个边房，那儿是花园，那儿是罗沃德的边缘，那儿是丘陵起伏的地平线。我的视线略过其他一切东西，落在最遥远的地方，落在呈现蓝色的顶峰——我渴望的就是要翻过那些顶峰，而在它们满是石头和荒野的界线以内，仿佛都是监狱的场地，是流放的场所。我顺着那条白色的道路看去，它沿着山脚向前蜿蜒，消失在两山间的一个峡谷里。我多么渴望顺着它看得再远一些啊！我回想起自己正是坐着一辆马车穿行在那条路上，记得是在黄昏时分从那小山上下去的，而自从那天我第一次来到罗沃德后，似乎已过了一个时代，我从此就没离开过学校。我的假期都是在校园里度过的，雷德太太从没叫人来让我回盖茨黑德，无论她，还是她的任何家人，都从没来看过我。我也根本没有通过信件或消息与外界联系。学校的规章、学校的职责、学校的习惯和观念，以及学校的声音、面孔、用语、服饰、喜好及憎恶——这些就是我所了解的生活。

现在我感到这还不够，我一个下午就厌倦了八年单调乏味的日子。我渴望自由，为获得自由，呼吸都急促起来，为获得自由，我做祈祷。然而，我的祈祷好像在微风中消散，我放弃这样的愿望，又提出一个更加卑微的恳求，意在改变一下，寻求一点刺激。可是连这种恳求也被吹散到了茫茫的空中。“那么，”我半绝望地叫道，“至少允许我接受一种新的工作[①]吧！”

这时响起了晚饭的铃声，我下楼去。

我的思绪被打断了，直到就寝时间，我才有机会继续思考。但即便这时，一个和我同住一间屋的老师，还在没完没了地闲聊着，使我无法

---

① 原文为 servitude，有“服务”“苦役”等含义。

接着思考未来。我多么希望睡眠会让她闭嘴呀。

格雷丝终于打鼾了，她是个身体肥胖的威尔士女人，老爱打呼噜，我厌烦不已。而今夜，我为她发出的第一声低沉的鼾声，心里满意地欢呼着。不会有谁干扰我了，我那快要被抹去的思绪立即复苏起来。

“一份新的工作！这里面包含着什么意味，”我自言自语地说（要知道只是在心里，并未说出来），“我知道里面包含着什么意味，因为它听起来不是很美好，不像自由、兴奋和享受那样。这些词语听起来确实可喜。但它们在我看来，也不过就是声音而已，如此空洞，转瞬即逝，倾听这些声音只是在浪费时间。可是工作就不同了！它是实实在在的。任何人都会工作，我在这儿学习工作了八年，现在我一心希望到别处去工作。这样的意愿我都不能实现吗？这件事不可行吗？是的，是的，这个目标并不太难，只要有一个足够活跃的大脑，探寻出实现这目标的办法就行了。”

为了唤醒这个大脑，我在床上坐起身。这是一个寒冷的夜晚，我用围巾盖住肩头，然后又极力思考起来。

“我想要的是什么呢？一个新的职位，在一个新的机构里，置身在新的面孔中，处在新的环境下。我想得到这些，因为想要更好的东西是没用的。人们如何得到一个新的职位？我想他们需要求助于朋友，而我任何朋友都没有。其他许多人也没有朋友，他们得自己去寻找，自己帮助自己——他们用什么法子呢？”

我不知道，我得不到任何答案。于是我调动起大脑，让它尽快找到答复。它开始飞快地思考，我感到头脑里和太阳穴的脉搏在怦怦跳着，但是在近一小时里，它都处于混乱之中，尽管努力了，却毫无结果。由于徒劳无益，我急躁不安，站起来在屋子里转了一圈。我拉开窗帘，发现有一两颗星星，我冷得哆嗦了一下，又爬到床上。

一个仁慈的精灵肯定在我离开时，把我需要的建议搁到了枕头上，因为我躺下去时，这建议静静地、自然地出现在我脑中：“那些想要职位的人会打广告。你得在《××郡先驱报》上打个广告才行。”

“怎么打广告呢？我对这事一窍不通。”

答复顺利而迅速地冒出来：“你得把广告词和广告费装进信封里，直接寄给《先驱报》的编辑，一有机会，就把它交到罗唐的邮政所。回信要写给罗唐邮政所的J·E[①]。把信寄出大约一周后，你可以去查看一下，如果有回信，照着办就是啦。”

我把这办法仔细想了两三遍，并完全弄明白，具体可行。我感到满足，之后便睡着了。

我一大早就起了床，把广告词写好，装进信封里，并在信封上写下地址。之后才响起了让全体学生起床的铃声。广告内容如下：

> 兹有一位以教书为业的年轻女士（我不是做了两年的教师吗），欲在私人家庭谋求一份工作，小孩需在十四岁以下。（我想自己刚满十八岁，不宜指导与我年龄相仿的学生。）该女士能让学生受到良好的英国教育，教授各门常规学科，并能讲授法语、绘画和音乐。（读者，这种现在看来算是有限的技能，在当时则被认为是比较全面的了。）

这封信在我抽屉里锁了一整天。吃过茶点后，我向新任的主管请假去罗唐，以便为自己和一两个同事办点小事，她欣然答应了。我便出发，走了两英里路。这时雨蒙蒙的，不过白天仍然很长。我去了一两家商店，把信投进邮政所，回来时，下起大雨，我的衣服都湿透了，不过我感到一阵轻松。

随后的一周似乎很漫长，然而它也像天底下所有的事一样，最终还是过去了。在一个令人惬意的秋日，我又走在了去罗唐的路上。顺便说一下，一路都是景色如画，沿途有那条小溪伴随，它所经过的弯弯曲曲的溪谷可爱极了。不过那天我想得更多的是信件（它们或许在我要去的

---

① 简·爱的英文缩写。

那个小镇等待着我，或许根本就没有），而不是这迷人的草地和溪水。

我这次外出，表面上的任务是去量尺寸，定做一双鞋。于是，我首先办完此事，之后便从鞋店穿过那条清洁安静的小街，朝邮政所走去。邮政所由一个老妇人管理，她鼻子上架着一副牛角眼镜，手上戴一双黑色连指手套。

“请问有 J · E 的信吗？”我问。

她打量了我一下，然后打开一个抽屉，在里面摸了很久，我甚至都感到失望了。最后，她把一封信拿在眼镜前看了近五分钟，将它从柜台上递过来，同时再一次用好奇的和不信任的眼光打量我——因为这封信是寄给 J · E 的。

“就一封吗？”我问。

“再没有了。”她说。我把信放进衣兜里，转身往回走。这个时候我不能打开，按照校规，我必须八点回去，而此时已经七点半了。

有各种事务等待着我回去。在学习时间里，我得坐在一旁守候姑娘们，然后该我念祈祷文，接着负责让她们上床睡觉，这时我才和其他教师一起吃晚饭。即使我们最后都该睡觉，仍有格雷丝小姐在我身边滔滔不绝。烛台上只有一小截蜡烛了，我担心她会一直谈到蜡烛燃完。不过所幸她晚饭吃得太多，变得昏昏欲睡起来，我还没脱完衣服，她就已在打鼾了。这时，只剩下一截很短的蜡烛，我赶紧取出信，只见封印是一个大写字母 F。我把信拆开，信的内容很简短：

> 假如上星期四在《×× 郡先驱报》上刊登广告的 J · E，确有所提及的造诣，假如她对其品德和才能可以提供令人满意的证明材料，那么她可在本处获得一份工作。本处只有学生一名——一个不足十岁的小姑娘。工资每年三十英镑。需要 J · E 将证明材料、姓名、地址和所有详细情况寄至：×× 郡，米尔科特附近，桑菲尔德，费尔法克斯夫人收。

我把这封信仔细看了很久，只见笔迹是老年人的，很不平稳，像是个上了年纪的妇人写的。这种情况让我满意，因为我一直在暗暗担心，害怕我这样自作主张会遇到什么麻烦。我感到那个年老的妇人是有利于我手头这件事的。费尔法克斯夫人！我仿佛看见她穿着一件黑色的长袍，戴着一顶寡妇帽。她也许显得冷淡，但并非不礼貌。她是一位可敬的英国老妇中的模范。桑菲尔德！那无疑是住宅的名称，肯定是一个整洁有序的地方。虽然我努了力，但也没能从英国地图上想出它的位置，但我好像看到了它，它就在我目前居住的这个郡里，这对我来说就是一个可去之处。我渴望去活跃、有生气的地方，而米尔科特是埃克斯河边一座大工业城市，必定很热闹。这就好多了，至少会是一个彻底的改变。倒并不是说我为想到那些长长的烟囱和一团团烟雾感到很着迷。“不过，”我为自己争辩说，“大概桑菲尔德离镇上还有很远距离。”这时最后那点呈窝形的蜡烛已融化，蜡烛芯熄灭了。

第二天，我应该采取新的措施，自己的计划不能再隐藏在心里，为了获得成功，我得向别人提出来。中午娱乐时，我找到主管，对她说我有希望得到一份新的工作，薪水是我现在的两倍（我在罗沃德学校每年只有十五英镑）。我请求她替我把这事告诉布罗克赫斯特先生或委员会的某个人，看看他们是否能对我的品德与才能提供证明。她乐于帮助我，答应在此事上做中间人。次日，她便把这事告诉了布罗克赫斯特先生，他说必须给雷德太太写封信去，因为她才是我自然的监护人。于是给这位夫人寄去了一封短信，她回信说我愿意做什么都行，她早已不再干预我的事情。此信在委员会当中传阅，终于在经过了我觉得极其漫长、令人厌烦的拖延之后，他们正式同意我离开，以便改善我的条件——如果我能够做到的话。并且他们保证，由于我在罗沃德期间，无论是当教师，还是做学生，都表现出色，所以会马上给我提供一份由学校督察员签署的、证明我品德与才能的材料。

于是，大约一个月后，我得到了这份证明书，并给费尔法克斯夫人寄去一份副本，她回复说感到满意，并定于两周后我即可开始在她家担任家庭教师。

我现在忙于做准备，两周时间是会很快过去的。我的衣物不是太多，也只需要那么多，用最后一天收拾箱子就足够了——它仍然是我八年前从盖茨黑德带来的那口。

箱子用绳捆扎好后，别上卡片。再过半小时，搬运工就会来把它带到罗唐，我自己则将在次日一早赶到那里去坐马车。我已把黑色的呢绒旅行服刷干净，准备好帽子、手套和皮手笼，在自己所有的抽屉里查找了一下，注意别丢下什么东西。此时再没什么事可做，我坐下来，试图休息一会儿，但无法做到，虽然我一整天都没坐过。我现在一刻也静不下来，太兴奋了。今晚我就将结束自己的一段生活，从明天开始的一种新生活即将展开，所以这段时间，我是不可能睡着的。当这种变化在进行中时，我得热切地注视着它。

“小姐，”一个仆人在走廊里遇见我时说，我在那儿像个困惑的幽灵似的走来走去，“下面有个人想见你。”

“无疑是搬运工。”我没问一问，就跑下楼去。我经过后厅——或者说是教师休息室，它的门半开着。我朝厨房走去，这时有人向我跑过来。

“是她，我肯定！——不管在哪里，我都能认出她来！”那人站在我面前大声说，握住我的手。

我看着她，眼前是个仆人装束的妇女，衣着很不错。她又像个结了婚的主妇，但仍然年轻，也长得很好看，黑头发、黑眼睛，显得富有生气的样子。

“瞧，我是谁？”她问，那声音和微笑我还认得出来，“我想，你并没把我完全忘了吧，爱小姐？”

随即我就满怀狂喜地和她拥抱起来，并亲吻她。“贝茜！贝茜！贝茜！”我叫道。她又是笑又是哭，我们一起走进客厅。这儿炉火旁站着一个三岁大的小孩，穿一身格子花呢衣服。

“这是我的小儿子。”贝茜立即说道。

“这么说，你结婚了，贝茜？”

“嗯，大约五年前，嫁给马车夫罗伯特·利维的。除了那个博比外，我还有个小女儿，施洗礼时，我把她命名为简。”

“你没住在盖茨黑德了？”

“我住在门房那里，那个老守门人走啦。”

“嘿，他们都过得怎么样？快把一切都告诉我吧，贝茜，不过先坐下来。嗨，博比，来坐在我膝上行吗？”可博比宁愿侧着身子，走到他母亲那里去。

“你长得并不很高，爱小姐，也不结实，”利维夫人继续说，“我猜想你在学校里生活并不太好。雷德小姐可比你高出了一个肩头，乔治亚娜小姐比你胖一倍。”

“我想乔治亚娜长得很漂亮吧，贝茜？”

“很漂亮。她去年冬天和母亲一起去了伦敦，在那儿，人人都赞美她，有一位年轻的贵族爱上了她。但他的亲戚们反对他们结合，你猜猜怎么啦？他和乔治亚娜打算私奔，但被发现了。是雷德小姐发现的，我想她是嫉妒吧。现在她和姐姐老是吵个不停。”

“唔，约翰·雷德情况如何呢？”

“哦，他没像他妈妈希望的那么好。他进了大学，后来被开除了——我想他们是那样说的吧。然后他的舅舅们想让他成为一名律师，学习法律，可他是个非常放荡的小子，我看他们根本无法让他有多大出息。”

“他长得怎么样了？”

“很高大，有些人说他是个英俊的小伙子，只是他的嘴唇很厚。”

“雷德太太呢？”

“太太看起来胖胖的，非常不错，但我认为她心里很不舒畅。约翰先生的行为并不让她开心——他挥霍掉的钱不少。”

“是她派你来这儿的吗，贝茜？”

“当然不是，不过我早就想见你了。听说你寄来了一封信，得知你要到另一个地方去，我想应该前来看看你，以免找不着你了。”

“恐怕你对我失望了吧，贝茜。”我笑着这样说，注意到贝茜的眼光虽然表现出敬意，但毫无赞美的意思。

“不完全如此，爱小姐。你很有教养，像一位淑女，正是我对你所料想的那样。不过，你小时候是不漂亮。”

我对贝茜坦率的回答置之一笑，觉得她说得对，但我承认自己对于其中包含的意味并非漠不关心。多数人到了十八岁时是想讨人喜欢的，当他们深信自己没有那种讨人喜欢的外表时，绝不会感到满意。

“但我敢说你很聪明，”贝茜继续说道，给我安慰，“你能够做什么？能弹钢琴吗？”

“会一点。”

屋里有一架钢琴，贝茜走过去打开它，然后让我坐下来为她弹支曲子。我弹了一两支华尔兹舞曲，她听得很高兴。

“那两个雷德小姐可弹不到这么好！”她欢喜地说，“我一直就说你会在学识上超过她们。你能画画吗？”

“我画了一些，壁炉台上的画就是其中一幅。”我回答。那是一幅水彩山水画，是我为感谢学校主管送给她的一件礼物——她乐于帮助我，为了我，尽力做委员会的工作。她还把画拿去装上了玻璃框。

“啊，真漂亮，爱小姐！它并不比雷德小姐请的任何一个画师画得差，更不用说小姐们自己了，她们是无法接近这个水平的。你学过法语吗？”

“学过，贝茜，我能读也能说法语。”

“能做各种刺绣吧？”

“能。”

“哎哟，你真是个了不起的女子，爱小姐！我就知道你会行的。不管你的亲戚是否关照你，你都会过得很好。我想问你一件事，你有自己父亲那边亲戚的消息吗，就是那些爱氏家的人？”

“从来都没有。”

“瞧，你知道，太太总是说他们不仅贫穷，而且可鄙。他们也许穷，但我相信他们也和雷德家一样出身贵族，因为有一天，大约在七年前，有个姓爱的先生来到盖茨黑德想见你。太太说你在五十英里外的学校读书，他由于不能驻留，好像非常失望。他要远航去某个国家，轮船一两天后就要起程。他看起来很像个绅士，我觉得他是你的叔叔。”

“他要去哪个国家，贝茜？”

“数千英里以外的一个岛国，他们在那儿酿酒，男管家对我说过。”

“是马德拉[①]吧？”我提示说。

“对，是的，就是那个词。”

“这么说，他去了吗？”

“去了，他没有在房子里待多久，太太对他很傲慢，后来还说他是个‘卑鄙的贩子’。我那位罗伯特认为他是个酒商。”

“很有可能，”我回答，“或者是个酒商的职员或代理人。”

我和贝茜又聊了一小时过去的事情，之后她不得不离开。次日早上，我在罗唐等马车时又见到了她。我们最后在“布罗克赫斯特徽”[②]的门旁分手，各奔东西，她去罗沃德山冈顶等着乘车回盖茨黑德，我则爬上另一辆车子，它将把我载到米尔科特那片陌生的地方，开始新的工作和生活。

---

① 位于北大西洋的中东部。

② 授予城镇、公司、家族等或为其采用的作为一种标志或商标的徽章。

第十一章

一部小说新的一章有些像一出戏里新的一场，当我这次拉开幕布时，读者，你可以想象见到了米尔科特“乔治旅店”里的一个房间。它像其他旅店里通常的房间一样，墙上贴着大张的图形纸，还有地毯、家具、壁炉架上的种种装饰物，以及各种印刷品——包括一幅乔治三世[①]的肖像、一幅威尔士王子的肖像，以及表现乌尔夫[②]之死的画像。天花板上悬挂着一盏油灯，炉火也燃得正旺，借着它们的光，这一切你都能看得清楚。我穿着大衣，戴着帽子，坐在炉火旁取暖，把皮手笼和雨伞搁在桌上。在十月那个阴冷的日子里，我暴露在户外达十六个小时之久，浑身都冻僵了。我清晨四点钟离开的罗唐，现在米尔科特镇八点的钟声正好敲响。

读者，虽然我好像舒适地安顿下来，但心里并不很平静。当马车在这儿停下时，我以为会有人来接我，在我走下“擦靴人[③]”为了方便我专门为我安放好的木梯时，我焦急地环顾四周，以为会有人叫我的名字，看见某种马车等着把我送到桑菲尔德去。可根本见不到这样的情况，我问一个侍者是否有人打听过一位姓爱的小姐，他回答说没有。所以我没别的办法，只好让人把我带到一个僻静的房间里等待着，各种各样的疑虑和担忧让我不得安宁。

一个缺乏经验的青年，感到在这个世界上孤苦伶仃、漂泊无依，失去了一切联系，不知道自己是否能到达要去的港口，而要回到已离开的

---

① 乔治三世（1738—1820），英国国王（1760—1820）。

② 乌尔夫（1727—1759），英国将领。

③ 指旅店中给旅客擦皮鞋的杂役。

地方，又困难重重——这样的感觉是相当奇异的。这种冒险所具有的魅力使那种感觉变得可爱，而自豪所焕发的光彩又使它变得温暖。但是剧烈的恐惧让它不能平静，当半小时过去，我仍然孤身一人时，我就觉得十分担忧了。于是我想到打响铃子。

“附近有个叫桑菲尔德的地方吗？”我问听见铃响走过来的侍者。

“桑菲尔德？我不晓得，女士。我去柜台处问问。”他消失了，随即又回来。

“你姓爱吗，小姐？”

“对。”

“这儿有个人在等你。”

我一下跳起来，拿起手笼和雨伞，急忙走入旅店的过道里。有个男人在打开的门旁站着，我隐隐看见灯光照着的街上有一辆单马马车。

“我想这是你的行李吧？”这男人看到我时，指着过道里的箱子，突然问。

“对。”我回答。于是他把箱子提到那辆有车厢的交通工具上，然后我上了车。在他关上车门前，我问去桑菲尔德有多远。

“六英里左右。”

“咱们要多久才能到达那儿呢？”

“也许一个半小时。”

他把车厢门扣住，爬上车厢外自己的座位，我们便出发了。我们一路不慌不忙地走着，我因此有了足够的时间思考。我很高兴终于快到目的地了，便靠在虽不雅致但舒适的马车上，轻松自在地沉思起来。

“这仆人和马车都显得朴素，”我想，“由此看来，我想费尔法克斯夫人并非是个很浮华的人。这样更好；我只在高贵的人当中生活过一次，和他们在一起时，我多么痛苦啊！我不知除了那个小女孩外，是否就她一个人，如果这样，如果她态度和蔼一些，那我一定能够和她处得很好。我会尽最大努力去做，遗憾的是，即使尽了力，也并不总能奏效。确实，在罗沃德时，我就下了那样的决心，并付诸行动，也得以讨人喜欢。但在雷德太太面前，我记得即便自己做得再好不过，也总是被她轻蔑。我祈求上帝保佑别让费尔法克斯夫人成为第二个雷德太太，如果她真是那样，我一定不会待下去的！即使出现最糟糕的情况，我会再打广告。这时我感到纳闷，不知现在已赶了多远的路呢？”

我打开窗子，往外面看去，米尔科特被抛在我们后面。从灯光的数量上看，它似乎是个相当大的地方，比罗唐大得多。就我所见，我们此时来到某种公地[①]，这里四处都分布着房子，我觉得我们到了一个不同于罗沃德的地区，这儿人口更多，但没那么优美；也更活跃，但没那么浪漫。

道路不好走，夜晚雾蒙蒙的。来接我的人一路让马缓缓走着，我肯定一个半小时的路程延到了两小时，最后他才从座位上转过身说：“就快到桑菲尔德了。”

我再次往外看去。我们正经过一座教堂，我看见一座宽宽的矮塔映衬在天空下，教堂的钟声正敲响一刻钟。我还看见在一座山坡上有一些狭长的灯光，表明那是一个村庄或没有教堂的小村。大约十分钟后，车夫跳下车去，把两扇门打开，我们从门口经过，门在身后砰的一声关上。这时我们慢慢爬上一个车道，来到一座房子长长的正面。只见烛光从拉上窗帘的凸肚窗里透射出来，其他地方都是黑暗的。马车在前门停下，一个侍女过来打开，我下了车，走进屋里。

“往这边走好吗，小姐？”女佣说。我跟随她穿过一间门楣高大的方形大厅，她把我带到一间屋子里，这儿燃着炉火，点着蜡烛，我最初被强烈的光线弄得眼花缭乱。相比之下，在先前的两小时里，我的眼睛已习惯了黑暗。不过在我能够看清周围后，一个舒适而惬意的情景便呈现在眼前。

这是一间暖和的小屋，在令人欢快的炉火旁，有一张圆桌。屋里另有一把高背老式扶手椅，上面坐着一位整洁、个子不高、上了年纪的妇女。她头戴寡妇帽，身穿黑丝长袍，系着雪白的棉布围裙，正与我所想

---

① 指村、镇等的公用地段。

象的费尔法克斯夫人的模样差不多，只是没那么威严，显得更温和一些。她忙着编织东西，一只大猫娴静端庄地蹲在她脚边。总之，再不需要什么来完成这幅尽善尽美、令人舒适的家庭生活画了。对于一个新来的家庭女教师而言，我觉得这是最让人安心不过的开端了，根本用不着去克服任何高贵的权势，要对任何威严的行为感到难堪。然后，在我进去时，那位上了年纪的妇人站起身，急忙亲切地走过来迎接我。

“你还好吗，亲爱的？恐怕马车坐得心烦了吧，约翰把车子赶得太慢了。你一定很冷吧，快到炉火旁来。”

“我想你是费尔法克斯夫人吧？”我问。

“对，不错。快坐下。”

她让我坐到她自己的椅子上，接着为我取下围巾，解开帽绳。我请她别为我麻烦了。

“哦，一点不麻烦。我猜想你的手都快冻僵了吧。利娅，弄一点热尼格斯酒，切一两块三明治。这是储藏室的钥匙。”她从衣兜里拿出一大串主妇管家的钥匙，交给仆人。

“好啦，来，靠炉火旁近一些，”她继续说，“你把行李也带来了，对吧，亲爱的？”

“带来了，夫人。”

“我让人把它带到你的房间去。”她说，又去忙起来。

“她把我像个客人一样对待，”我想，“我简直没想到她会这样接待我，只料想她会冷淡生硬地待我。这与我听说过的家庭女教师受到的那种待遇可不一样，但我也不要高兴得太早啦！”

随后，她又回来了，并亲手把编织用具和一两本书从桌上拿开，以便放上利娅端来的一盘东西，然后她亲自把食物和饮料给我。我受到从未有过的关照，而且这关照来自雇主和上司，因此感到相当困惑。她自己似乎并不认为她的行为有失身份，所以我就恭敬不如从命了。

“今晚我可以见到费尔法克斯小姐吗？”在分享了她给我的东西后，我问。

“你说什么，亲爱的？我耳朵有点背。”好心的太太问道。

我把问题更清楚地重复了一遍。

“费尔法克斯小姐？哦，你是说瓦伦斯小姐！你今后的学生姓瓦伦斯。”

“是吗？这么说她不是你女儿？”

“不是——我什么家人都没有。”

我本可以接着询问下去，问问瓦伦斯小姐和她是什么关系，但我想问得太多了可不礼貌，况且我迟早会听说的。

“我太高兴了，”她继续说，在我对面坐下来，把猫抱在膝上，“我真高兴你来了，现在有了你做伴，住在这儿会是很舒适的。当然任何时候都让人舒适，桑菲尔德可是一座优雅古老的府第，也许近几年没照管好，但它仍然是个体面的地方。但即使在这样最好的住处，你知道冬天时一个人孤零零的，也会感到沉闷无聊。我说孤零零的——利娅无疑是个好姑娘，约翰和他妻子也是很正派的人，但是你瞧他们都只是仆人，你总不能和他们平起平坐地谈话吧。你得和他们保持一定距离，以免失去威信。的确，去年冬天（如果你记得的话，那真是一个酷冷的冬天，没下雪的时候就刮风下雨），从十一月到次年二月，只有卖肉的人和邮差才来过这座房子。我一晚又一晚孤零零地坐着，真的太让人郁闷了。有时我让利娅给我念书，可感到那个可怜的姑娘并不太喜欢这差事。她觉得行动不自由。在春夏两季情况好一些，这时有了阳光，日子也长了，与冬天大不一样。然后，这个秋季一到，小阿黛尔·瓦伦斯就和保姆一起来了，这孩子一下让整个房子充满生气。现在你又来了，我会非常快乐的。”

听到这位可敬女士的话，我心里真的对她产生了好感。我把椅子拉得离她更近一点，对她表达着我真诚的希望，说她会看到我将像她所期望的那样，成为一个好伙伴的。

“但我不会让你今夜睡得太晚了，”她说，“现在十二点已到，你赶了一整天路，一定累了吧。如果脚已经很暖和，我就带你去你的卧室。

我把你的房间安排在我隔壁，屋子虽然小，但我想你会更喜欢它，而不是前屋的大房间。它们的家具固然更好，可那些屋子太沉闷孤寂，我自己都不睡在里面。”

我感谢她这么周到地为我选择房间，因为长途旅行后，确实感到疲劳，我也想睡了。她便拿起蜡烛，我跟着她离开屋子。她先去把大厅的门锁好，从锁孔里抽出钥匙，领着我上楼。楼梯和扶栏是橡木的，楼梯的窗口很高，装有格子。无论窗口，还是各卧室的门面向的长廊，都好像是教堂里的那种，而不是住宅里的。楼梯和长廊弥漫着一种浓浓的寒意，仿佛在墓穴中一般，使人因为感到孤寂空旷而郁郁不乐。我被带进自己房间时，发现它虽然不大，但布置得很现代化，我便高兴起来。

费尔法克斯夫人亲切地和我道过晚安后，我把门关好，悠闲地看看四周；我发现这间小屋显得更富有生气，因此多少消除了那宽阔的大厅、那黑暗空旷的楼梯和那阴冷的长廊给我留下的奇异印象。我记起自己一天来身体疲惫，精神焦虑，现在终于到达了安全的港湾。我顿时心里充满感激，在床边跪下，表达着应该表达的感激之情。我起身前，也没忘记恳求上苍在我未来的道路上赐予帮助，给予我应该获得的那种仁慈的力量——这仁慈似乎在我还没赢得它前，就如此坦然地赐予了我。那晚我的床上并没有任何荆棘，我孤独的房间里也没有任何恐惧。我既疲倦，又满足，不久便甜甜地睡了，醒来时天已大亮。

阳光从鲜艳的蓝色棉布窗帘的缝隙中照射进来，小小的房间看起来多么明亮，纸糊的墙壁和铺有地毯的地板都显露出来，它们与罗沃德光秃秃的地板和墙上有污点的泥灰迥然不同。看到这情景，我感到情绪激动。外部环境对于年轻人有着巨大的影响。我想，自己人生的一个更加美好的时代开始了，这时代既有鲜花与快乐，也有荆棘与艰辛。面对这环境的变化，这给人希望的新天地，我所有的官能似乎都被唤醒，开始躁动起来。我无法准确说出它们期望着什么，不过总是某种令人愉快的东西。也许不在哪一天哪一月里到来，而在一个并不确定的未来时期。

我起了床，细心地穿好衣服。尽管我只好穿得简朴——我没有一件衣服不是做得相当简朴的——但我天生很爱整洁。忽视自己的外表，或对自己给人留下的印象漠不关心，这可不是我的习惯。相反，我总是希望尽量打扮得好看一些，尽量让自己并不美丽的容貌讨人喜欢一些。我有时遗憾自己怎么不长得再漂亮一点，有时真希望长着玫瑰似的面颊、高高的鼻子和小小的樱桃嘴。我渴望长得很高，有气派，身体发育完美。我感到真不幸，自己个子这样矮小，脸色这样苍白，面容这么不匀称。为什么我有这些渴望和遗憾呢？这是个难以回答的问题，我当时自己都说不清楚。不过，我有个理由，也是个合乎逻辑、自然形成的理由。我把头发梳得光光的，穿上黑色长袍——虽然像个贵格会[①]教徒，但至少相当合身——并把干干净净的白抵肩调整好，这时我想到这样出现在费尔法克斯夫人面前就很像样了，我的新学生至少也不会在我面前畏缩，产生反感。我打开卧室的窗，看见自己所有东西都整整齐齐地放在梳妆台上，我便大胆地走了出去。

我穿过铺有垫子的长廊，走下光滑的橡木梯级，然后来到大厅，在这儿停留片刻。我看着墙上的一些画像（记得有一幅是个身穿胸甲、表情冷酷的男人，有一幅是个头发经过修饰、戴着珍珠项链的女士），看着天花板上悬挂的一盏青铜灯，以及一口大钟——钟框用橡木精雕细刻，由于年深日久，经常摩擦，它黑得像乌木似的。一切在我看来都是那么富丽堂皇，但我那时对于富丽堂皇的东西并不怎么习惯。大厅的门一半是玻璃，这时开着，我跨过门槛，走了出去。这是秋天一个晴朗的早晨，初升的太阳安然地照耀在褐色的小树林和仍然呈绿色的田野上。我来到草坪，抬头观察着宅邸的正面。它有三层高，各部分比例不是很大，尽管也不小。这是一座绅士的宅邸，而不是一座贵族的别墅，顶部周围的墙垛看起来很独特。它灰色的正面十分突出，其后面是白嘴鸦筑巢的地方，那些呱呱叫的房客此时飞出去了。它们飞过草坪和庭院，在一大片草地上落下来——一堵矮墙把它们与这些地方相隔。这儿有一排极其古

---

① 贵格会属于基督教新教的一个分支，兴起于17世纪的英国，创始人为乔治·福克斯。

老的荆棘树，坚固多节，像橡树般粗大，这说明了此座宅邸名称的由来。①再远一点是些小山，它们不像罗沃德周围的山那么高大，那么峻峭，也不像是与世隔绝的障碍物。不过这些山倒十分宁静、孤寂，仿佛将桑菲尔德紧紧包围，使它与外界隔离。米尔科特如此活跃、热闹，我没想到在它附近竟然能见到如此隐蔽的地方。有个小村落散布在一座山腰上，其房顶与树木掺和在一起。本地的教堂离桑菲尔德不远，它那古老的塔顶高高地俯瞰着房子与大门之间的一座圆丘。

我正在享受这宁静的美景和惬意的新鲜空气，欢喜地倾听白嘴鸦呱呱的叫声，观看宅邸宽大灰白的正面，思考费尔法克斯夫人这样一位孤独矮小的夫人住在一个多么大的地方，这时太太忽然出现在门口。

“什么？已经出来了？”她说，“我看得出你是个早起的人。”我朝她走过去，她温和地亲我一下，和我握手。

“你觉得桑菲尔德怎么样？”她问。我说我非常喜欢。

“不错，”她说，“这真是一个美丽的地方。不过，我担心它会管理不善，除非罗切斯特先生想到来这儿长住，或至少来得更勤一些。庞大的宅子和漂亮的庭园是需要有主人的。”

“罗切斯特先生？”我叫道，“他是谁呢？”

“桑菲尔德的主人，”她平静地回答，“你不知道他叫罗切斯特？”

我当然不知道，以前从未听说过他。可老太太好像认为他的存在是所有人都明白的事实。

“我原以为，”我接着说，“桑菲尔德宅邸是你的。”

“我的？上帝保佑你！孩子。你想到哪里去了！我的？我只是个管家，就是管理家务的人。不错，从母亲一边来说，我与罗切斯特家是远亲，或至少我丈夫是——他曾是个牧师，负责黑伊片区，即山那边那个小村，大门附近的那座教堂是他的。现在这个罗切斯特先生的母亲是个姓费尔法克斯的人，是我丈夫的第二个表姐。但我从不利用这种关系，我完全

① 指“桑菲尔德”，原文为 Thornfield，“荆棘地”的意思。

把自己看作一个普通的管家。我的雇主总是很有礼貌，这就足够了。”

“那个小姑娘呢——就是我的学生！”

“她是受罗切斯特先生监护的人，先生委托我找一个信得过的人教她。瞧，她来啦，还有她的‘bonne①’，她就是那么叫保姆的。”谜这下解开了：这个和蔼可亲的矮小寡妇并不是什么贵妇人，而只是个和我一样寄人篱下的人。可我对她的喜欢并没因此减少，相反，我比先前还感到高兴。我和她的确是平起平坐的，她并没有屈尊来对待我，这样更好——我的处境还更加自由。

一个小姑娘从草坪上跑过来，后面跟着保姆。我看着自己的学生，她最初好像没注意到我。她还完全是个孩子，大约七八岁，身材瘦小，小小的面容显得苍白，长长的鬈发披散到腰部。

“早上好，阿黛尔小姐，”费尔法克斯夫人②说，“和这位小姐说说话，她今后要教你知识，让你将来成为一个聪明的女人。”女孩走过来。

“这就是我的家庭教师呀！”她指着我，用法语对保姆说。

保姆也用法语回答：“是的，当然啦。”

“她们是外国人？”我听见法语，吃了一惊。

“保姆是，阿德拉出生在欧洲大陆③，我想她六个月前才离开那里。她刚到这儿时，什么英语也不会讲，现在她能勉强讲一点了。我听不懂她说的话，她总是掺杂些法语在里面，不过我想你会很明白她的意思的。”

有幸的是，我曾跟一位法国女士学过法语，并总是注重尽可能多地与皮埃罗夫人交谈。另外，最近七年来，我每天都坚持背一些法语，在语音上很下功夫，尽可能模仿老师的发音，所以我的法语在一定程度上说还算流畅正确，不会被阿黛尔小姐弄得不知所措。她听说我是她的家庭教师，走过来和我握握手。我领着她进屋去吃早餐，用她讲的语言与她讲了几句。最初她回答得很简短，但在餐桌旁坐下后，她用淡褐色的

---

① 法语意为保姆、女佣、女仆。

② 因为简·爱现在知道了她的身份，所以应称夫人，而非太太了。

③ 即除英伦三岛外的欧洲。

大眼睛打量了我大约十分钟之久，便突然开始喋喋不休地讲起来。

“哈！”她用法语大声说道，“你讲我的话就像罗切斯特先生一样讲得好。我可以和你交谈，就像我可以和他交谈一样，索菲也可以。她会高兴的——这儿谁都听不懂她，费尔法克斯夫人总是讲英语。索菲是我的保姆，她和我坐一艘大船，从大海那边过来的，船上的烟囱冒着烟呢——它的烟真大！我晕船恶心，索菲和罗切斯特先生也一样。罗切斯特先生躺在一间叫作交谊厅的漂亮屋子的沙发上，我和索菲躺在另一个地方的小床上，我都快从床上掉下去了，它像一块搁板一样。另外，小姐——你姓什么？”

“姓爱——简·爱。”

“艾？唉！我说不好。噢，早晨咱们的船在一个大城市停了，那是个很大的城市，那时天还没大亮。那里的房子黑黑的，都冒着烟，完全不像我来的那个漂亮干净的城镇。罗切斯特先生抱着我，从一块厚木板上走到地面，索菲跟在后边，我们都上了一辆马车，到了一座漂亮的叫作旅店的大房子，比这座房子还大，也更漂亮些。我们在那里待了快一周，我和索菲每天都去一个有很多树的宽阔的绿地散步，它被叫作公园。那儿除了我之外，还有不少孩子，有一个池塘，里面有一些美丽的鸟儿，我喂面包屑给它们吃。”

“她话说得这样快，你能听懂吗？”费尔法克斯夫人问。

我完全能听懂，因为早已习惯了皮埃罗夫人讲的流利法语。

“我想，”这位好心的夫人继续说，“请你就她父母的事问她一两个问题，我不知道她是否还记得他们。”

“阿黛尔，”我便问道，“你在那个你说的漂亮干净的城镇时，和谁住在一起呢？”

“很久以前，我和妈妈住在一起，可她到圣母马利亚那儿去了。妈妈经常教我唱歌跳舞，背诵诗文。有很多先生、女士来看妈妈，我常给他们跳舞，或坐在他们的膝上唱歌——我很喜欢。我现在就唱给你听，好吗？”

她已吃过早餐，所以我就让她展示一下才艺。她从椅子上跳下去，过来爬到我膝上，然后把一双小手认真地合在胸前，将卷曲的头发甩到身后，抬眼看着天花板，开始唱起某歌剧里的一支歌。这支歌讲述的是一个被抛弃的女士，她最初为情人的不忠感到悲伤，后来她凭着自尊，让侍女用最明亮的珍珠和最富贵的衣服打扮她，决心要在那晚的舞会上见到负心的人，并以自己欢快的举止向他证明，他的背叛并没给她带来多大影响。

选这样的题材让一个少儿歌手去唱似乎有些出奇，不过我想这种表演的目的，在于听到爱情与嫉妒的曲调如何从稚嫩的孩子嘴里发出来。这个目的的趣味是相当低级的，至少我这么认为。

阿黛尔以她那种年龄所具有的天真烂漫，把这支短歌唱得十分悦耳。唱完之后，她从我膝上跳下去，说："现在，小姐，我给你背诵一些诗吧。"

她做好姿势，开始用法语背诵拉·封丹[①]的寓言《老鼠同盟》。她背诵这首小诗时，很注重有标点和强调的地方，声音抑扬顿挫，姿势得体恰当，这对于她这般年龄的人而言，的确是极不同寻常的，也证明了她曾受过精心培养。

"这首诗是你妈妈教的吗？"我问。

"嗯，她过去就是经常这样用法语说的：'你怎么啦？一只老鼠问道。快说出来吧！'"她让我举起手，让我想到提出这个问题时要抬高声音，"现在我跳舞给你看，好吗？"

"不用，行啦。在你妈妈像你说的那样到圣母马利亚那儿去后，你又同谁一起生活呢？"

"同弗雷德里克夫人和她丈夫。她照顾我，不过她根本不是我的亲戚。我想她并不富裕，房子没有我妈妈的好。我在那儿没住多久。罗切斯特先生问我是不是愿意和他一起去英国生活，我说愿意，因为我先认识罗切斯特先生，后来才认识弗雷德里克夫人。他一直对我都很好，还送我

---

① 拉·封丹（1621—1695），法国寓言诗人。

好看的衣服和玩具。可是你瞧他说话不算话，把我带到英国，现在自己又回去了，我再没见到他。”

早餐过后，我和阿黛尔回到书室，好像罗切斯特先生已经让人把这间屋子当作教室。多数书都锁在玻璃门后面，但有一个书架是开着的，上面有各种所需要的书籍，包括基础知识类图书、几部通俗文学作品、诗歌、传记、游记，以及一些传奇故事等。我想他大概考虑到，所有这些就是一个家庭教师自己读书时需要的书。我在罗沃德时，只能时时采集到一点微不足道的知识，与之相比，这些图书目前已充分满足了我，似乎让我大获丰收，获得足够的乐趣和知识。在这个房间里还有一架小巧的钢琴，成色很新，音质很好；另有一个画架和一对地球仪。

我发现自己的学生非常听话，虽然她并不情愿多下功夫。无论做什么规律性的事情，她都不习惯。我感到一开始就把她限制得太死是不明智的，于是在和她谈了不少话后，我让她学了一点东西。见上午已快过去，我便允许她回到保姆那里。然后，我打算一直忙到午餐时间，画些小小的素描，供她学习。

我正要上楼去拿文件夹和铅笔，费尔法克斯夫人把我叫住，说：“我想你上午上课的时间结束了吧。”她在一间有折叠门的房间里，门这时开着。听到她招呼我，我便走了进去。这是一间十分气派的大房间，有一些紫色的椅子和窗帘，铺着土耳其地毯，墙上装饰有胡桃木护壁板，一扇大窗户镶着不少彩色玻璃，高高的天花板精雕细刻。餐具柜上有一些精美的紫色晶石做的花瓶，费尔法克斯夫人正掸着上面的灰尘。

“多么漂亮的屋子啊！”我惊叫道，看着四周，以前连这一半富丽堂皇的房间都没见过。

“对，这就是餐厅。我刚把窗子打开，透点空气和阳光进来；凡是少有人居住的房间，样样东西都很潮湿。那边的起居室让人觉得像个地窖似的。”

她指着一间宽大的拱形屋子，它与这窗户相对应，也像这扇窗一样挂着用推罗紫[1]染的帘子，此时用绳环系起来。我踏上两级宽大的台阶，往那边看过去，瞥见一个仙境般的地方，那情景在我这个没见过世面的人眼里显得多么豪华啊。但这不过是一间很漂亮的起居室而已，里面有一个供女人会客或化妆的地方，都铺着白地毯，上面好像放着一些鲜艳的花环。天花板上都雕刻着白葡萄和葡萄叶，下面是深红色的有靠背和无靠背的长椅，色彩鲜艳，与之形成鲜明对比。淡白色伯利安壁炉架上的装饰物用波希米亚玻璃制成，像红宝石一般，光彩熠熠。窗户之间是些大镜子，它们使这屋里彼此融合的雪白与火红两种色彩相得益彰。

“你把这些房间管理得多么井井有条呀，费尔法克斯夫人！”我说，“没有灰尘，没有遮盖家具的帆布。除了空气让人觉得有点冷外，别人会认为它们天天都住着人呢。”

“唉，爱小姐，尽管罗切斯特先生很少来这儿，可一来就猝不及防，非常突然。我注意到，他到来时发现一切东西都遮得严严实实的，都得收拾整理忙乱一阵子，他就会不高兴，所以我想最好随时把屋子收拾好。”

“罗切斯特先生是那种苛求、严厉的男人吗？”

“也不是特别严苛，但他具有一位绅士的爱好和习惯，也希望样样事情都要做得相吻合才行。”

“你喜欢他吗？大家都喜欢他吗？”

“哦，是的，这个家庭在此地一直受人尊敬。如你所见到的，附近几乎所有的土地很久以前就属于罗切斯特一家了。”

“唔，不过，抛开土地的事不说，你喜欢他吗？他本人受人喜欢吗？”

“我没有理由不喜欢他，我想佃户们都认为他是个公正慷慨的地主，只是他居住在这儿的时间很少。”

“难道他就没有什么特性？总之，他的品性怎样？”

“啊，我想他的品性无可指责。也许他十分奇特吧，他去过很多地方旅游，我认为是见过很多世面的。我猜想他很聪明，只是我和他谈话

---

① 一种红紫色的染料。

的时候并不多。”

“他是怎样奇特的呢？”

“不知道——不好形容，也没什么突出的，但你和他说话时，就会感受到。你总无法确信他是开玩笑呢还是当真的，是高兴呢还是不高兴。总之，你无法彻底弄懂他，至少我弄不明白。但这并不要紧，他是一个非常好的主人。”

这便是我从费尔法克斯夫人那里听到的关于她和我雇主的所有情况。有些人好像根本没想到要对一个人的品性加以概括，或者就突出的地方进行评说和描述，不管对人还是对事。这位好心的夫人显然属于此类人，我的问题只是让她费解，并没能从她嘴里掏出什么来。在她眼里，罗切斯特先生就是罗切斯特先生，他是一位绅士、一位土地拥有者，仅此而已。她并不进一步了解探寻，对于我希望更加明确地认识他的个性显然感到吃惊。

我们离开餐厅时，她提出带我去看看这房子其他地方，我便跟着她上楼下楼，见一切都收拾得井井有条，十分美观，我边走边赞赏。我觉得前面的大房间尤其气派，三楼的一些屋子虽然又黑又矮，但它们显得古色古香，颇有趣味。随着时尚的变化，曾经适合楼下房间的家具时时被搬到这里，微光从狭窄的窗扉照射进来，让人看到一些有百年之久的床架。柜子用橡木或胡桃木做成，上面雕刻着奇特的棕榈枝和小天使头形，像希伯来约柜[①]。另有一排排历史悠久、比较狭窄的高背椅。一张张凳子更加古老陈旧，上面安放有衬垫；衬垫上是手工做的刺绣，可那些刺绣的手指化为尘土已有两代人之久了，并且已被抹掉一半，只留下一些明显的痕迹。所有这些遗物，使桑菲尔德府的三楼仿佛成了昔日的住宅——一种记忆中的神殿。我喜欢这个隐蔽地方白天时的那种安静、朦胧与离奇，但绝不想晚上睡在某个宽大、笨重的床上。这些房间有的用橡木门关着，有的则用精美、古老的英国式帘子遮掩，帘子上有不少图案，

① 据《圣经》记载，约柜系犹太人保存两块十诫碑的木柜。

如奇异的花朵、更加奇异的鸟儿、最为奇异的人体——在苍白的月光下，这一切确实显得十分奇特。

“仆人们在这些房间里睡觉吗？”我问。

“没，他们住后面一排小些的房间，没有人在这儿睡。人们时常会说，如果桑菲尔德府有个鬼魂的话，这里会是它经常出没的地方。”

“那么我想，这里没有任何鬼魂吧？”

“我从没听说过有鬼魂。”费尔法克斯夫人微笑着回答。

“任何传说中的鬼魂也没有吗？任何关于鬼魂的传奇或故事都没有吗？”

“我想没有吧。不过，据说罗切斯特家的人在兴旺时是狂暴而并非文静的。也许，正因为如此，他们现在在坟墓里才平静地安息着。”

“对——‘经过一阵阵狂热的生活后，他们平静地睡了①’，”我低声说道，“你这会儿要去哪里，费尔法克斯夫人？”我见她要离开。

“到铅屋顶上，你愿意去那儿看看这片景色吗？”我静静地跟在后面，爬上一段十分狭窄的楼梯，来到顶楼，并由此爬上一把梯子，穿过一扇天窗，来到宅邸的房顶。我这时与那群乌鸦一样高了，能够看见它们的巢。我靠在高高的墙垛上，往下俯瞰，观察着像地图般展开的地面。这宅邸的基础部分呈灰色，鲜明、柔和的草地将其紧紧环抱。田野像猎园一样宽大，四处散布着古树，这些暗褐色的树已干枯。一条显然长满植物的小路横穿其中，因为有不少苔藓看起来比尚有叶子的树更绿。那座大门旁的教堂，那条大路，那些宁静的小山，这一切都静静地沐浴在秋日的阳光里。与地平线邻接的地方是吉祥的天空。这片景色虽然没什么突出的特点，但一切是如此宜人。我离开这儿，再次经过那扇天窗时，简直看不清下面的梯子。我先前抬头望到的是蔚蓝的苍穹，是阳光明媚的树林、草地和青山，宅邸置于其中——我一直津津有味地观赏这片美景；相比之下，这顶楼却如地窖一般黑暗。

---

① 引自莎士比亚的戏剧《麦克白》。

费尔法克斯夫人在后面待了一会儿，以便关好天窗。我摸索着找到顶楼的出口，然后从顶楼狭窄的梯子上下去。我在楼梯所通往的长长走廊里逗留片刻，走廊两边是三楼前后的房间，它狭窄、矮小而昏暗，只在远远的另一端有一扇小窗，由于两边黑暗的小门全关着，所以犹如某种蓝胡子[①]城堡里的走廊一般。

我轻轻向前踱去，突然听到在这寂静地方最没想到会听见的声音——一种笑声。那是一种古怪的笑，清楚而凄凉。我停下来，那声音也停止了，但只有片刻时间，随即又笑起来，声音更大。笑声最后变得极其响亮，好像在每间寂静的屋里回荡，不过它只是从一间屋里发出来，我也能指出是从哪扇门发出的。

“费尔法克斯夫人！”我叫道，此时我听见她走下楼梯，“你听见那个响亮的笑声了吗？是谁呢？”

“很可能是某个仆人，”她回答，“也许是格雷丝·普尔。”

“你听见了吗？”我又问。

“听见了，很清楚。我经常听见她笑——她在这其中一间屋子里做针线活儿。有时利娅和她在一起，她们一起时常吵吵闹闹的。”

笑声一次次传来，音调轻微而有节奏，最后成了喃喃低语，有些出奇。

“格雷丝！”费尔法克斯夫人喊道。

我的确并没想到有某个格雷丝会回答，因为这笑声是我所听到过的最悲惨、最异乎寻常的。但时值正午，在这种奇异的狂笑之后，也没出现什么幽灵鬼怪，无论从地点和时间上讲，都不会让人害怕——我感到害怕也许属于迷信上的。

离我最近的那扇门打开了，一个仆人走出来。她大约三四十岁，身材宽大呆板，头发呈红色，面容冷漠平淡。她像个幽灵般的人，你再也想象不出比这更缺少传奇色彩或更不像幽灵鬼怪的了。

“你闹得太大声啦，格雷丝，”费尔法克斯夫人说，“记住对你的吩

① 法国民间故事中连续杀害六个妻子的人。

咐！”格雷丝默默行个屈膝礼，又走了进去。

“她是我们安排来做针线活儿的，也帮利娅干些杂活儿，”这位寡妇接着说，“她在某些方面有些惹人讨厌，但活儿是干得很好的。顺便问一下，今天上午你和自己的新学生处得怎么样？”

谈话就这样转到了阿黛尔身上，一直继续到我们走到下面明亮欢快的地方。阿黛尔跑到大厅里来迎接我们，用法语喊道：“女士们，午饭准备好啦！”又补充一句：“我都饿坏了！”我们发现午饭准备好了，已在费尔法克斯夫人的房间里摆放好。

第十二章

我最初就这样平平静静来到了桑菲尔德府，工作也似乎一帆风顺，并且在随后我进一步熟悉了这个地方以及住在这里的人后，事实也证明了这种情况不假。费尔法克斯夫人表里如一，是个性情温和、亲切和蔼的女人，她受过良好教育，不乏一般的智慧。我的学生是个活泼的孩子，被纵容和宠坏了，所以会时时任性。但因为他们把她完全交给了我负责教育，谁也不能无理地干扰，阻止我让她取得进步的计划，因此她很快就忘了自己小小的怪异举动，变得服服帖帖了。她并没多大天赋，没什么突出的个性，没有什么特有的感情或喜好，使她能超过一般的孩子；不过，她也没什么缺点或恶习，使她不如一般的孩子。她取得了适当的进步，对我很有好感，虽然情感上还算不上十分深厚。她天真淳朴，极力讨人高兴，那富有孩子气的谈话真是快活，使我反过来又对她喜爱有加——这足以让我们彼此都很满意地相处在一起。

顺便说一下，那些对于天使般的孩子持有神圣学说的人，那些承担着教育孩子的责任，对他们具有一种偶像崇拜似的献身精神的人，会认为我说的话毫无感情。不过，我写作不是为了取悦父母们，满足他们的私心，跟着别人说假话，或者支持欺骗的行为，我只是在讲述事实。凭良心说，我对阿黛尔的幸福和进步是十分关切的，心里也喜欢她那可爱的个性。正如我因为费尔法克斯夫人仁慈、善良而对她怀有一种感激之情一样，乐意和她在一起——因为她心里也尊重我，思想和品格都比较公道、温和。

有时我会独自在庭园里散步，沿路向大门口走去，穿过它们，看着外面的天地；或者在阿黛尔与保姆一起玩耍时，或费尔法克斯夫人在储藏室里做果子冻时，我会爬上三楼，打开顶楼的天窗，来到铅屋顶，遥望着僻静的田野和山冈，以及隐隐约约的天际。这时，我就渴望有一种能超越那一界限的视力，可以看到我听说过但从未见过的繁忙世界、充满生机的城镇与地区。我渴望获得比现在更多的人生经验，与我同类的人有更多交往，认识各色各样的人，而不只局限于这片地方。我很看重费尔法克斯夫人和阿黛尔身上的长处，但我也相信世上还有其他更鲜明活泼的个性，因此我希望亲眼看看自己所相信存在的东西。

谁会责备我呢？无疑有很多人，我也会被人称为是个不知满足的人。可我有什么办法呢，我天性不愿过平平静静的生活，因此我有时焦虑不安，觉得痛苦。唯一的安慰是在三楼上的走廊里来回踱步，在这个寂静孤独的地方感到安全可靠，用心灵的眼睛凝视着前方任何欢快明亮的景象——这众多的景象无疑光彩熠熠。再一个安慰就是，我为这种令人欢欣的举动心潮起伏，它虽然使我心中充满烦恼，但也使得它生机勃勃。重要的是，我心灵的耳朵向着一个永无终结的故事张开——一个我想象出来的故事，这故事被不断讲述下去，因为呈现出我所渴望而实际生活中并不存在的种种事件、人生、激情与感悟，而变得情趣盎然。

我孤独一人的时候，常常听见格雷丝・普尔的笑声，仍然那么响亮持久，仍然是那么低沉而迟缓！我最初听到时，感到心惊胆战。我也听到她那奇怪的低语，比她的笑声还奇怪。在有些日子，她变得相当沉静，而在另外的日子里，我也说不清她发出的是什么声音。有时我看见她端着一只盆子、盘子或碟子，从一个房间走出来，朝厨房走去，不久又回来了，通常端着一壶黑啤酒。（啊，富于想象的读者，原谅我说出这个简单明白的事实。）尽管她嘴上唱些怪异的东西，令人好奇，但其面容总是让人扫兴——粗陋而呆板，毫无趣味可言。我曾极力引她谈话，但她似乎是个少言寡语的人，一般只简短地回答一下，就让你无法接话了。

这个家的其他成员，即约翰和他妻子、女佣利娅、法国来的保姆索菲，都是些端庄正派的人，但他们没什么引人注目的地方。我常和索菲讲法语，有时我问一些关于她本国的问题，可她并不善于描绘或叙述，通常回答得索然无味，令人迷惑，使人觉得她是要阻止你，而不是鼓励你问下去。

十月、十一月、十二月相继过去。一月的一天下午，费尔法克斯夫人替阿黛尔请了一天假，这孩子得了感冒。阿黛尔极力赞成这一请求，这让我想起自己小时候偶尔请到几天假，会觉得多么珍贵呀。于是我就同意了，认为在这个问题上表现出灵活性是对的。那是一个晴朗、平和的日子，尽管天气很冷。整整一个漫长的上午，我都静静地坐在藏书室里，感到疲倦了。费尔法克斯夫人刚写完一封信，等着拿去邮走，所以我就戴上帽子，披上大氅，自愿把它带到黑伊镇去投递。那段路程有两英里，在冬季的下午出去走走将是令人惬意的。我看见阿黛尔舒舒服服地坐在费尔法克斯夫人的客厅炉边那张小椅子上，并把最好的蜡制洋娃娃（我常用银纸包好，放在抽屉里）给她玩，为了变化一下消遣方式，又给了她一本故事书，在她用法语说过“早点回来呀，好朋友，亲爱的简妮特①小姐”后，我吻了她一下作为回答，就出发了。

地面很坚硬，空中没有一丝风，道路是寂静的。我走得很快，待身子暖和后，才放慢了脚步，欣赏着、观察着此时此地呈现在眼前的各种有趣东西。时值三点，我经过钟楼下面时，教堂的钟声正好敲响。此刻的魅力就在于昏暗的天色渐渐笼罩起来，暗淡的太阳在低低地滑行。我离桑菲尔德已有一英里远，所走的一条小路夏天以野玫瑰著称，秋天则以坚果和黑莓著称，甚至现在也还长有少数珍贵的呈珊瑚色的蔷薇果和山楂；不过，其冬天最大的趣味在于这儿万籁俱寂，十分安宁，树叶全掉光了。假如吹来一丝微风，也不会在这儿发出一点声音，因为既无冬青树又无常绿树会沙沙作响，光秃秃的山楂和淡褐色的矮树丛像铺在路中间磨得发白的石头一样静寂。路两边都只是极其宽阔的田野，不见任何牛吃草。时而在树篱里跳动的棕褐色小鸟，像一片片忘记掉落的褐色树叶一般。

这条山上的小路一直向上延伸，直通黑伊镇。我走到一半路程时，

---

① 简妮特是简的昵称。

在一段通往一片田野的阶梯上坐下。我把大氅紧紧裹在身上，双手插在皮手笼里，所以并不觉得冷，虽然天气冷得很厉害，这从覆盖在堤道上的一层冰就可得到证实。那儿有一条小溪现已冻结，而几天前它迅速解冻后，满盈盈的溪水曾源源不断地流着。我从坐的地方可以俯瞰整个桑菲尔德，在我身下的山谷里，那座雉堞墙的灰色宅邸是主要的物体，树林和黑压压的白嘴鸦则衬托在西边的天空下。我一直待到明亮鲜艳的太阳从树林里落下去，消失在它们后面，才转身向东边走去。

在我上方的山顶上，月亮徐徐升起，它像云块一样苍白，不过时时发亮。它高高地俯瞰着黑伊镇，镇子半掩在树林里，几只烟囱冒出青烟。尽管还相距一英里远，但在这万籁俱寂中，我已能清楚地听到其生活的低声细语。我的耳朵也感觉到水在流动，它来自怎样的溪谷、怎样的深处，我不得而知。但在黑伊那边，是有不少山冈的，无疑还有许多小溪穿过山口。这宁静的傍晚，同样让人听到了离得最近的溪水发出的潺潺声，以及从最远处传来的飒飒声。

这些潺潺声和飒飒声真是美妙，但此时猛然掺进一种杂音，这声音既遥远，又清晰。那一定是什么东西重重踏在地上的声音，一种铿锵的咔嗒咔嗒声，它将柔和的水声和风声都压过了。这正如在一幅画中，在最显著的位置又黑又浓地画着坚固的悬崖，或一棵大橡树粗壮的树干；相比之下，那呈现蓝色、显得空灵的远山，阳光普照的地平线，色彩相互融合、彼此混合的云块，就不那么突出了。

堤道上传来杂音，是一匹马在飞奔而来，蜿蜒的小路挡住了它的身影，而它也越来越近。我正要离开阶梯，但由于道路狭窄，我便仍然坐着不动，让马过去。那时候我很年轻，脑子里充满各种各样或明或暗的想象。记忆中幼儿时听到的故事掺和在其他无聊的废话中，当它们再次出现时，我这逐渐成熟的青春又在儿童时代所能给予的东西里面，为那些记忆添加了一种活力与生机。这匹马在不断向我靠近，我透过黄昏的天色，观察着它即将出现的身影。这时我记起贝茜讲的某些故事，其中塑造了一个英国北方叫作“杰特拉希”的幽灵。它会以马、骡或大狗的体形出没在偏僻的路上，时而会碰上天晚了仍然在赶路的人，就像这匹马此刻遇上我一样。

马离得很近了，但仍然没有出现。除了重重的脚踏声外，我还听见树篱下面有一种奔跑的声音，一只大狗悄然穿行在褐色的树干之间。它的身子呈黑白色，使其在树林里十分明显。这正是贝茜说的“杰特拉希”的形体，那是一种像狮子般长着长长鬃毛和大脑袋的动物。它从我身边经过，然而非常平静，并没像我预料的那样用它那双大眼睛盯着我的脸。马跟在后面，是一匹高头大马，马背上骑着一个人。这是个男人，他一下就把魔法破除了。因为“杰特拉希”身上是不会骑着任何东西的，它总是独来独往；而在我看来，虽然妖怪有可能利用牲畜哑口无言的身躯，但它们几乎不会用普通的人形掩饰自己。这绝不是“杰特拉希”，只是一个旅行者在抄近路去米尔特。他从我身边经过，我则继续向前，可走了几步，我便转过身去，一种滑倒的声音、一声“该死，这下怎么办”的叫喊，以及一阵哗啦啦的跌倒声引起了我的注意。人和马都栽倒在地上，堤道上光滑的一层冰让他们溜倒了。狗从前面跑回来，见主人陷入困境，又听见马在呻吟，它便吠叫起来，直到这黄昏的山冈里回荡起它的声音——由于它体形高大，所以声音也很洪亮。它跑来跑去，嗅了嗅倒在一堆的人和马，然后朝我跑来，此外它也没别的办法，周围再没有什么可以求助的。我跟着它过去，来到旅行者旁边，此时他正极力从马身上脱身。他用力不小，我想他不会伤得很重的，不过我仍然问道：“受伤了吗，先生？”我想他当时是在诅咒吧，但我也说不准，其实他正讲着什么话，这使他没能立即回答我的问题。“需要帮忙吗？”我又问。

“你站到一边去好啦。”他爬起来时回答，先是跪着，然后站起身。我便站到一边，这时马喘息起来，跺着脚，发出嘚嘚的声音，狗也吠叫起来，确实让我退了好几码远。不过，没看到结果，我是不会走开的。总算幸运，马又站起来，狗听见主人喊“下去，皮罗”，也不叫了。骑马的人弯下腰，摸摸脚和腿，好像看看它们是否还完好。显然他觉得有些疼痛，跛着脚走到我刚才起身的地方，坐了下去。

我想帮他一下，或至少出出主意，于是我又走近他。“如果你受伤了，需要帮助，先生，我可以从桑菲尔德府或黑伊镇叫人来。”

“谢谢，我还行，没有折断骨头，只是扭伤了。”他又站起身子试试脚，结果他又情不自禁地“哎哟”了一声。

这时天仍然没有彻底变黑，月亮发出苍白的光，我可以清楚地看见他。他的身子裹在一件宽大的马服里，毛皮领子，铁纽扣。我能看出他的大体模样——他中等个子，胸部宽大；长着黝黑的脸，面容严肃，十分忧愁；眼睛和紧锁的眉头显得很气愤；他已不再年轻，但也没到中年，也许三十五岁吧。我一点也不害怕他，只是有点羞怯。假如他是个英俊的、看起来富有英雄气概的年轻绅士，我也就不敢这样站着，在他并不情愿的情况下问他问题，在他并没要求时提出帮助。我以前几乎从未见过一位英俊的男青年，一生中也从未和这样的青年说过话。从理论上讲，我对于美丽、高雅、英勇和魅力是怀有崇敬之心的，但假如这些特性体现在男性身上，我也许就会本能地知道，它们不会也不可能在我身上产生什么感应；我会极力避开它们，就像一个人极力避开火、闪电或别的什么一样——它们虽然光彩明亮，但也会引起反感。

在我对这个陌生人说话的时候，如果他高高兴兴地拒绝我提出的帮助，并表示谢意，那么我会继续走自己的路，不会再次询问他。可是看见这个骑马赶路的人皱着眉头，行为粗暴，我倒没有了顾虑。他挥手让我离开时，我也待着不动，说：“天这么晚了，这路上又没别的人，我怎么能想到丢下你呢，除非我看见你可以上马了。”我这样说时，他看着我，在此之前，他还从没往我这边盯一眼。

“我想你应该回到自己家去，”他说，“要是你家在附近的话。你从哪里来的呢？”

“就从那下面。有月光时，我一点不担心会在外面待得晚了。如果你愿意，我会很乐意为你到黑伊镇跑一趟。事实上，我正要去那儿交一封信。”

“你就住在下面呀，你是指有墙垛的那座房子吗？”他问，指着桑菲尔德府，此时灰白的月光照着它，使它在树林里显得白白的，十分清晰。那片林子在西天的衬托下，犹如一团阴影。

“对，先生。”

“房子是谁的？”

“罗切斯特先生的。”

“你认识罗切斯特先生？”

“不认识，我从没见过他。”

“这么说，他并没住在那儿？”

“嗯。”

“你能告诉我他在哪里吗？”

“不能。”

“你当然不是个仆人。你是——”他停下来，打量着我穿的衣服，我像往常一样非常简朴——一件黑色的棉毛混纺大衣，一顶黑色的海狸皮帽，不管哪一样都不如贵妇人的贴身侍女穿的一半好。他似乎迷惑不解，难以判断我究竟是做什么的。我告诉了他。

“我是个家庭教师。”

“啊，家庭教师！”他重复道，“真该死，要是我没忘记的话！家庭教师！”他再次仔细查看着我穿的衣服。两分钟后，他从阶梯上站起身，在试着移动时，脸上现出痛苦的表情。

“我不能让你去找人来帮我，”他说，“不过，你自己倒是可以帮一下，如果你愿意。”

“行，先生。”

“你没有带一把伞吗？我可以用它来做手杖。”

“没有。”

“那么去抓住缰绳，把马牵到我这里——你不害怕吧？”

单独一个人，我是会害怕去碰一匹马的，可有人让我这样做时，我甘愿照办。我把皮手笼放到阶梯上，朝那匹高头大马走去。我极力想抓住缰绳，但那是个性情猛烈的家伙，不让我靠近它的头。我做了一次又一次努力，可是都毫无用处。同时，我对它那不断跺着的前蹄也怕得要命。赶路的人在一旁等着，看了一会儿，最后笑起来。

“我明白，”他说，“你是绝不可能把大山搬到穆罕默德[①]面前的，所以你只能帮助穆罕默德到大山那儿去。我得请你过来一下。”

我走了过去。“请原谅，”他接着说，“我不得不让你帮忙。”他把一只手重重地放到我肩头上，并用力靠在我身上，跛着脚走到马旁。他一抓到缰绳后，就把它控制住了，跃上马鞍，同时脸上露出极其痛苦的表情，因为上去时又触到了伤处。

“现在，”他说，紧绷的下唇放松了，“把马鞭递给我一下就行啦。它在树篱下面。”我找到马鞭递给他，“谢谢。现在你赶紧把信带到黑伊去吧，尽量早些回去。”说罢，他用装有马刺的脚后跟碰了一下马，使它先是一惊，后腿站起，然后飞奔而去。狗也跟在后面跑了，人、马、狗都转眼消失。

像荒野里的石楠一般，
被呼啸的狂风卷得很远。[②]

我拾起皮手笼，继续往前走。对于我而言，这件偶然的事现在已结束了。从某种意义上讲，它微不足道，毫无浪漫和趣味可言，然而它给我单调乏味的生活带来了变化，留下了一小时的印记。有人需要让我帮助，我也给予了这样的帮助。我乐意做点什么，尽管这种短暂的行为并不十分重要，但它是积极有用的，而我对一切被动消极的生活也厌倦了。那张新的面孔，也像是引起记忆画廊里一幅新的绘画一般，它与悬挂在那儿的所有绘画都不同。首先，画中的人是个男性；其次，它显得阴郁严峻，色彩强烈。我来到黑伊，把信投入邮局，其画像仍然浮现在眼前。

---

① 伊斯兰教的创始人。传说他为了让奇迹发生，命令萨法把山移到他面前来，山没有移动，他说这是由于真主仁慈，不让山来压死民众，所以他要自己到山那儿去。

② 引自英国诗人蒲柏（1688—1744）的《群愚史诗》。

我又回到了那段阶梯，稍停片刻，环顾四周，并倾听着，心想或许堤道上又会传来嘚嘚的马蹄声；一个身穿大衣的骑手和一只像“杰特拉希”一样的纽芬兰狗，又会出现在眼前。可我只看到前面的树篱和一棵修剪过的柳树，它平静而挺拔地迎向月光；我只听见从一英里远处的桑菲尔德周围的树林里吹来阵阵微风。我往发出轻微人声的方向望去，视线扫过那座宅邸的正面时，瞥见一扇窗户里点着一盏灯。这使我想到自己回去晚了，于是加快步子。

我不想再回到桑菲尔德。经过它的门槛，就会回到停滞不动的生活状态中去。穿过寂静的大厅，爬上阴暗的楼梯，找到我自己那间寂寞的小屋，然后见到平静安然的费尔法克斯夫人，和她一起度过漫长的冬夜——只和她一人——这会将我从此次步行中获得的一点点兴奋彻底扑灭，千篇一律、过分平静的生活再次像无形的枷锁一样束缚住我的才能，而那样的生活虽然能让人享受到安稳舒适的特殊待遇，但我现在已无法赏识了。在那个时候，自己一心要在变化莫测的生活中去拼搏，去经受风暴的袭击。在获得艰难痛苦的经历后，再渴望得到我此时所抱怨的平静生活，那对我会有什么好处呢！是的，一个人在“超级安乐椅”里静坐久了，也会厌烦，而上述好处与这人所得到的没有两样。我在目前的情况下，也像那人一样，自然希望活动活动一下身子。

我徘徊在大门口，在砾石路上来回踱步。那扇玻璃门上的窗板已关闭，我看不见里面。我的两眼和内心好像被从那座阴暗的房子移开，转向展现在前方的天空。那是一片蓝色的大海，没有任何云彩。月亮庄严地冉冉升起，它离开山顶时，似乎仰望着上空，把那些山顶远远地抛在下面，一心要升到最高点，那儿像午夜的黑暗深不可测，无限遥远。颤动的星星一路跟随着它，我观察它们的时候，心也在震颤，热血沸腾。但琐碎的事情又会把我们召回到世间，大厅里敲响了钟声，这就足够了。我把视线从月亮和星星那儿转移开，打开一扇侧门，走进去。

大厅里并不黑暗，这儿没有明亮的灯光，只点着一盏高高晃挂的青铜灯。温暖的光线充满了屋子和下面的橡木楼梯，这片红光是从大餐厅里发出来的，其双页门打开着，让人看到壁炉里欢快的火光。火光照耀在大理石壁炉地面和黄铜火炉用具①上，显露出紫色的帏帐和光亮的家具，其光辉令人极为惬意。火光还显露出壁炉旁的一群人。但我刚刚瞥到那儿，刚刚发觉那儿发出各种愉快的声音——我好像听出其中有阿黛尔在说话——门就关上了。

我赶紧来到费尔法克斯夫人的房间，这儿也生着炉火，却没点蜡烛，不见费尔法克斯夫人。相反，我看见一条长着黑白长毛的大狗独自蹲在地毯上，一本正经地盯着火焰，就像我在小路上遇到的那只“杰特拉希”。它实在太像了，我甚至走过去，对它叫了一声“皮罗”，它随即站起身，朝我走来，并嗅了嗅。我抚摸着它，它摇起大尾巴。可是它看起来太怪异可怕了，让人无法和它单独在一起，我也不知它是从哪里冒出来的。我打响了铃子，需要一支蜡烛，也想知道这个来客是怎么回事。随后，利娅走进来。

“这狗是谁的？”

“它和主人一起来的。”

“和谁？”

“和主人罗切斯特先生，他刚到。”

“真的吗？费尔法克斯夫人和他在一起？”

“对，还有阿黛尔小姐。他们在餐厅里，约翰叫医生去了。主人出了意外，他的马摔倒了，让他扭伤了脚跟。”

“马是在黑伊路上跌倒的吧？”

“嗯，从山坡上滚下去的，在冰上溜倒了。”

“啊！给我拿一支蜡烛来好吗，利娅？”

于是利娅去拿来蜡烛，她进来时，后面跟着费尔法克斯夫人。夫人把这个消息又讲了一下，补充说医生卡特先生来了，此时在罗切斯特先生那里。接着，她赶紧出去吩咐茶点的事，我则上了楼，把外衣脱掉。

---

① 如火钳、通条、火铲等。

第十三章

那晚，好像医生要求罗切斯特先生早点睡觉，次日他也没有很早起床。等到他下楼的时候，就着手处理正事了。经纪人和一些佃户这时已赶来，等候着和他说话。

我和阿黛尔现在不得不腾出图书室，它每天都被用来作为接待室接待来客。楼上的一个房间里生着炉火，我把我们俩用的书拿到那儿，再将屋子收拾好，准备以后做教室。这天上午，我发觉桑菲尔德府有了变化，不再像教堂一般寂静，每过一两小时，就回响起敲门声，或者打铃声。大厅里也经常走过脚步声，下面传来新出现的说话声，音调各不相同——来自外界的一条小溪正穿过其中。这座房子有了主人，就我而言，我更加喜欢它了。

这天，阿黛尔真是难教，她无法专心，老是跑到门口，从栏杆上往下瞧，看能否见一眼罗切斯特先生。然后，她又找些借口要下楼，我机警地发觉她是想去看看图书室，我知道并不需要她去那儿。这时我有点生气了，让她坐着别动，于是她又一个劲儿地用法语说“朋友，爱德华·费尔法克斯·德·罗切斯特先生”。她就是这么叫他的（我以前从未听说过他的名，只听到过他的姓）。她还猜想着罗切斯特先生给自己带来了什么礼物，好像头天晚上他暗示过待行李从米尔科特送来时，里面会有一只小盒子，盒里的东西会让她感兴趣的。

“就是说，”她说道，“那里面有一件送我的礼物，或许还有送给你的，小姐。先生提到过你，他问我家庭教师叫什么名字，还问她个子是不是很小，长得很瘦，脸色有些发白。我回答说是，事实就是这样，对吧，小姐？[①]”

我和自己的学生通常在费尔法克斯夫人的房间里用餐。下午又是刮风又是下雪，我们便待在教室里。黄昏时，我准许阿黛尔放下书本和作业跑下楼去，因为这时下面比较平静了，也没有谁再打响门铃，我便猜想罗切斯特先生此刻有了空闲。屋里只剩下我一个人，我走到窗口，可从那儿什么也看不到。黄昏和雪花让空气变得模糊不清，连草坪上的灌木丛都隐藏了。我放下窗帘，回到炉边。

这时，费尔法克斯夫人突然走进来："今天晚上，要是你和你的学生能在客厅里和罗切斯特先生一同吃茶点，他会高兴的。"她说："他一整天都很忙，没能见你。"

"他什么时候吃茶点呢？"我问。

"哦，六点钟。他在乡下的作息时间都较早。你最好现在去把外衣换了，我和你一起去，帮你扣钮子。给你蜡烛。"

"我一定要换外衣吗？"

"是的，最好换掉。罗切斯特先生在这儿时，我晚上总是要打扮一下。"

这个额外的礼节似乎有些庄严，然而我还是回到自己的房间，在费尔法克斯夫人的帮助下换掉黑色呢绒外衣，穿上一件黑丝绸服。除另外一件浅灰色的衣服外，就数这件衣服最好；按照我在罗沃德时对于服饰的看法，我觉得那件浅灰色的衣服太好了，简直穿不出去，除非在重大的场合。

"你需要一枚胸针。"费尔法克斯夫人说。我自己只有一个小小的珍珠饰品，那是坦普尔小姐分别时送我的纪念品。我把胸针戴上，走下楼去。我不习惯和生人见面，所以如此正规地被召见到罗切斯特先生面前，还真是一个严峻的考验。我让费尔法克斯夫人领着走进餐厅，一直在她的遮掩下穿过屋子，并经过帘子已经放下的拱门，进入里面高雅的房间。

只见桌上点着两支蜡烛，壁炉架上也点着两支。皮罗趴在地上，沐

① 此段原文为法语。

浴在熊熊炉火的光热里，阿黛尔跪在它旁边。罗切斯特先生半靠在长椅上，一只脚搁在软垫上面。他正看着阿黛尔和狗，脸充分映照在火光中。我认出了遇见过的那位赶路的人——他长着十分明显、乌黑发亮的眉毛，额头方方正正，加上一头黑发梳得平平整整，额头就更显得方正了。我认出他那只鼻子，鼻孔显现出怒容。嘴、下巴和下颚看上去都很严厉。他这时脱去了外衣，我发觉他的体形也像面容一样方正。我想，从运动员的意义上讲，这是一副好身材——宽宽的胸膛，单薄的两侧，虽然他既不高大，又不优雅。

罗切斯特先生一定注意到费尔法克斯夫人和我走进去，但他并不想搭理我们，我们走近时，也没抬一下头。

"爱小姐来了,先生。"费尔法克斯夫人用她平静的方式说。他点点头，眼睛仍然盯在狗和孩子身上。

"让爱小姐坐吧。"他说。他点头时，显得勉强、呆板，语调好像既不耐烦，但也并不失礼，似乎要进一步表明的是："爱小姐来不来究竟关我什么事？我这会儿不想和她说话。"

我非常安然地坐下来。假如我受到彬彬有礼的接待，也许我会感到困惑不安。而面对他任性无常的行为，我倒可以正正当当地静静待在那儿。此外，这种奇异的举动也给人刺激，我倒有兴趣看看他下一步又会如何。

他继续像一尊雕像似的，就是说他既不说话，又不动动身子。费尔法克斯夫人好像觉得某人有必要表现得友好一些，便说起话来。她像平常那样温和，言谈举止也完全是老一套——她安慰他，说他紧紧张张忙了一整天，加上因为扭伤疼痛，一定感到心烦。然后她又称赞说，他多么坚忍顽强地经受住了这一切。

"夫人，我想喝点茶。"这便是她得到的唯一回答。她赶紧打响铃子，待端来托盘时，她便摆好杯子、匙子等，相当敏捷。我和阿黛尔来到桌旁，但主人并没离开长椅。

"你把罗切斯特先生的杯子端过去好吗？"费尔法克斯夫人对我说，

"阿黛尔也许会弄洒的。"

我照办了。他从我手中接过茶杯时，阿黛尔心想这是为我提出要求的有利时机，便用法语大声说："先生，你那个小盒子里有一份礼物要送给爱小姐吧？"

"谁说礼物了？"他粗声粗气地问，"你想要个礼物吗，爱小姐？你喜欢礼物？"他用一双阴郁生气却敏锐的眼睛打量我的脸。

"我不知道，先生。我几乎没遇到过这样的事。人们通常认为它们是让人高兴的东西。"

"通常认为？可你是怎么想的？"

"我得先用些时间想想，先生，然后才能做出你能接受的回答。一种礼物有很多方面，对吧？一个人应该考虑到所有方面之后，再对它的性质发表看法。"

"爱小姐，你可不像阿黛尔那么单纯。她一看见我就吵着要礼物，你却转弯抹角的。"

"因为我对自己的功过不像阿黛尔那样有信心。她可以提出老熟人应有的要求，以及按照习惯该得到的权利——她说你有送她玩具的习惯。可假如让我必须提出自己的理由来，我就会为难，因为自己是个外人，没做什么可以让人感谢的事。"

"哦，别过于谦虚了吧！我已检查过阿黛尔，发现你花了不少工夫教她。她并不聪明，也没什么天赋，可你在这样短的时间里让她取得了很大进步。"

"先生，你已经送给了我'礼物'，我很感谢你。这是做老师的最想得到的奖赏，即对他们的学生取得的进步给予赞扬。"

"哈！"罗切斯特先生说，静静地喝着茶。

"到炉子旁边来吧！"主人说，这时茶盘已拿走，费尔法克斯夫人坐到一角，去编织东西。而阿黛尔则牵住我的手，绕着屋子走动，带我看那些漂亮的图书，以及放在托架和五斗橱上面的装饰品。阿黛尔想坐到我膝盖上，但主人让她去和皮罗玩。

“你在我家里已住了三个月吧？”

“是的，先生。”

“你是从哪里来的呢？”

“×× 郡的罗沃德学校。”

“啊！是一所慈善机构。你在那里生活了多久？”

“八年。”

“八年！你一定够坚韧顽强了。我想，在那种地方住上一半的时间，什么样的身体都会搞垮！难怪你的样子更像是属于另一个世界的。昨晚我们在黑伊路相遇时，我莫名其妙地想到了童话故事，真想问问你是否对我的马施了魔法，我现在还不确定呢。你父母是谁？”

“我没有父母。”

“我看以前就没有了吧——你记得他们吗？”

“不记得。”

“我想也是。这么说，你坐在那个阶梯上的时候，是在等你们的人吗？”

“等谁，先生？”

“等那些绿衣仙子呀，那可是个有月光的夜晚，很适合他们出来。是不是我冲破了你们围起来的圈子，你们就在堤道上铺了一层该死的冰？”

我摇摇头。“绿衣仙子一百年前就都离开英国了，”我像他一样认真地说，“即使在黑伊路或它周围的田野里，你都见不到他们的踪迹。我想无论在夏季、丰收的秋季还是冬季，夜晚的月光再也不会照耀着他们狂欢时的情景了。”

费尔法克斯夫人放下手中的编织活，吃惊地抬起眉头，好像弄不明白我们谈的是什么样的话。

“唔，”罗切斯特先生接着说，“如果你不承认有父母，肯定也有某种亲戚吧，比如舅父、舅妈？”

“没有，我从没见过那样的亲戚。”

“那你的家呢？”

“我没有家。”

“你的兄弟姐妹住在哪里？”

“我没有兄弟姐妹。”

“是谁推荐你来这儿的？”

“我登的广告，费尔法克斯夫人回复了我。”

“是的。”好心的夫人说，她这时明白了我们谈的话题，“我每天都在感谢上天引领我做出了这种选择。爱小姐一直是我可贵的同伴，也是阿黛尔的一位和蔼、细心的老师。”

“别费心对她做品德鉴定了，”罗切斯特先生回答，“对她歌功颂德是不会让我产生偏见的，我自己会判断。她一开始就把我的马弄倒了。”

“怎么回事，先生？”费尔法克斯夫人问。

“我扭伤了脚还得感谢她呢。”

寡妇表现出迷惑不解的样子。

“爱小姐，你在某个城镇里住过没有？”

“没有，先生。”

“有很多社会交往吗？”

“只和罗沃德的学生和老师们有交往，现在是住在桑菲尔德府里的人。”

“读过很多书吗？”

“只是碰到什么读什么，并不很多，也不是很有学问。”

“你过着一种修女般的生活，无疑在宗教方面受到过十分严谨的训练。我听说罗沃德由布罗克赫斯特管理，他是个牧师，对吧？”

“对，先生。”

“你们这些姑娘大概很崇拜他，正如修道院的修女会崇拜她们的院长一样。”

“哦，并不崇拜。”

“你真是太冷漠了！并不崇拜！什么呀！一个新基督教徒并不崇拜她的牧师，这听起来可是亵渎神明的。”

“我不喜欢布罗克赫斯特先生，并且不喜欢他的也不是我一人。他是个很苛刻的人，既浮华自负，又爱管闲事。他剪掉我们的头发。为了节约，给我们买些劣质的针线，简直无法缝制。”

“那样节约可就太糟糕了。”费尔法克斯夫人议论道，她此时又听出了我们谈话的大意。

“这就是他得罪人的主要原因吗？”罗切斯特先生问。

“以前学校的委员会还没成立时，供应部由他一人管，可把我们饿惨了。他每周都要给我们做一些冗长的讲道，晚上读一些他自己编写的关于暴死和天罚的册子，弄得我们心烦，不敢睡觉。”

“你去罗沃德时多少岁？”

“大约十岁。”

“你在那儿待了八年，这么说现在十八岁了？”

我表示认可。

“你瞧，算术真管用，没有它，我简直猜不出你的年龄——这一点很难确定，因为你的面容特征和面部表情大不一致。你在罗沃德都学了些什么呢？会弹钢琴吗？”

“会一点。”

“当然，那可是个既定的回答。到图书室去——我的意思是，如果你乐意的话。原谅我用命令的口气。我习惯说‘把这做了’。我总不能因为家里新来了一个人，就改变我的习惯吧。那么，到图书室去，带上一支蜡烛，让门开着。坐到钢琴前，弹一支曲子吧。”

我便走过去，照着他的吩咐做了。

“好啦！”几分钟后，他叫道，“我看出你会弹一点，就像其他任何一个英国女生一样。也许比她们弹得好一些，但不是很好。”

我合上钢琴，又走回来。罗切斯特先生继续说道：“今天早上阿黛尔给我看了一些草图，她说是你画的。我不知道它们是不是由你独立完成的，也许某个老师帮了你一下？”

“没有，真的！”我突然插话说。

“哈！这下伤了你的自尊心了。唔，如果你能保证画夹里的东西都是你自己画的，就去把它拿来吧。不过别发誓，除非你能肯定，我可是能够认出拼凑物来的。”

“那我就什么也不说，你自己判断好啦，先生。”我把画夹从书室里拿过去。

“把桌子靠近一些。”他说。我便把它往他的长椅旁移动一点。阿黛尔和费尔法克斯夫人也走过来看我的画。

“别挤得太近，”罗切斯特先生说，“把我看过的画拿过去，但别把你们的脸贴到我脸上了。”他慎重地仔细查看每一幅草图和绘画。有三幅被他放到一边，其余的他看完后猛然拿开。

“把它们拿到另一张桌上去，费尔法克斯夫人，”他说，“和阿黛尔一起看看。你，”他看我一眼，“坐到你位子上去，回答我的问题。我发觉那些画都出自一个人的手——是你画的吗？”

“是。”

“你哪来的时间画它们呢？那可需要很多时间，还得思考思考。”

“我是在罗沃德最后的两个假期里画的，那时我没别的事干。”

“你是从哪儿弄来临摹本的？”

“从脑袋里想出来的。”

“就是我现在见到的你肩头上的那个脑袋？”

“对，先生。”

“你脑袋里面还有类似的东西吗？”

“我想也许还有吧，我希望会更好一些。”

他把画在面前铺开，再次交换着仔细查看。

在他忙着的时候，让我告诉你，读者，它们都是些什么。我首先要提出的是，这些画并不是什么奇妙的东西。不错，那样的主题曾鲜明生动地出现在我脑子里。在我用心灵的眼睛看到它们，没把它们具体体现出来前，它们是非常动人的。可是我的手没能与想象配合好，每次都把我心里想到的画面画得大为逊色。

这些画都是水彩画。第一幅画上描绘的是低沉的阴云，它们翻滚在汹涌澎湃的大海上空。所有的远景都显得很黯然，近景也同样如此——或者说是离得最近的巨浪，因为画中没有陆地。一线微光让一只半沉没在水中的桅杆显露出来，桅杆上蹲着一只鸬鹚，又黑又大，翅膀上溅有斑驳的水沫。它嘴上叼着一只镶有宝石的金手镯，我尽可能用颜料将它画得鲜明一些，尽可能用铅笔描得光亮突出一些。在鸟和桅杆下面，一具被淹死的尸体下沉着。唯一清晰可见的是一只白皙的胳膊，那只手镯就是从它上面被冲脱或扯掉的。

第二幅画上，近景只有一座模糊暗淡的小山顶，草和树叶仿佛被微风吹得斜斜的。山的那边和上方是一片辽阔的天空，犹如在黄昏时一般，呈现出深蓝色。一个女人的半身像升入空中，我尽可能用既昏暗又柔和的色彩把它描绘出来。其暗淡的前额顶部有一颗星章，下方的面容部分好像笼罩在弥漫的雾气之中，隐约可见。一双眼睛黑黑的，显得疯狂的样子。阴影般的头发飘扬着，像被剧烈的风暴或闪电弄乱的阴云。脖子上投下月光般苍白的光影。我将同样的微光也勾画在一些薄薄的云块上，傍晚的金星从它们当中升起，并俯瞰着下面。

第三幅画上呈现出的是一座冰山顶峰，它直刺北极冬季的天空。一束束北极光高耸着，犹如沿地平线密密麻麻地竖起朦胧的长矛。而在近景处，一个巨大的头耸立起来，把一切都远远抛向后面；它向着冰山倾斜，并靠在它上面。两只瘦小的手一起在前额下面支撑着它，于面部拉起一幅黑面纱。额部毫无血色，白如骨头。一只眼睛凹陷凝滞，除了木然的绝望外，便毫无意义。在太阳穴上面，在用黑色布料扎成的穆斯林头巾当中，闪烁着一个发出白光的环状物，其外在特性和密度也像云块一般不确定，仿佛镶嵌着更加苍白的光芒。这个发白的月牙“就像君主的王冠”，加冕在“无形之形”的头上。

“你画这些画时，快乐吗？”罗切斯特先生随即问。

“我画它们时，全身心都沉浸到了里面，先生。不错，我是快乐的。总之，在画它们时，我享受着一种我所知道的最大乐趣。”

“这并没有表明多少东西。从你自己的讲述中，可知你的乐趣并不多。

不过，我敢说，当你在对那些奇异的色彩进行融合与排列时，你确实生活在某种艺术家的梦境里。你每天都要长时间坐下来画它们吗？”

“由于是在假期里，我没别的事可做，就从早上到中午、从中午到晚上坐下来画它们。仲夏里的日子漫长，有利于让我专心于自己的喜好。”

“你对自己满怀热情画出的东西感到满足吗？”

“还差得很远。我心里想的与手工画出来的所形成的差异，也使我感到痛苦。无论在哪一种情形里，我都想象着某种自己完全无力实现的东西。”

“也不完全是那样。你获得了心中的影像，不过也许仅此而已。你没有艺术家的技能与学识，无法充分赋予影像以生命。然而这些画对于一个女生而言，也算是很不一般了。至于其中包含的思想，是属于小精灵的那种。金星的这双眼睛，你一定是在梦中见到的吧。你怎么能让它们显得如此清晰，然而又一点不鲜明呢？上方这颗行星将它们的光线压制下去。它们显得阴沉、幽深，其中有什么意味呢？是谁教你画的风？那片高高的天空中和这座山顶上都有一阵大风。你在哪里见到拉特莫斯山[①]的？因为那就是拉特莫斯山。好啦！快把这些画拿走吧！”

我刚系好画夹上的带子，他看过表后，就突然说道：“已经九点钟了。你怎么搞的，爱小姐，让阿黛尔这么晚了都不睡？快带她去睡觉！”

阿黛尔离开屋子前，走过去吻他。他忍受着亲吻，对此似乎并不如皮罗那样喜欢。

“好啦，你们大家都晚安吧。”他说，一只手往门口指了指，表示他不想让我们陪着了，希望把我们打发走。费尔法克斯夫人叠起她的编织物，我拿起画夹。我们向他行了屈膝礼，见他冷冰冰地点过头后，就离开了。

“你说过罗切斯特先生并不怪异，费尔法克斯夫人。”我让阿黛尔上床睡觉后，来到她房间时说。

① 指小亚细亚爱琴海附近的一座山。

“唔，难道他很怪异吗？”

“我认为是这样。他太反复无常、唐突无礼了。”

“是的，在一个外人看来，也许如此，不过我对他的举止已习以为常，从来没那样去想。再说，如果他的性情真的怪异，应该体谅他才是。”

“为什么？”

“一方面由于他的性格，另一方面由于他心里感到痛苦烦恼，心理上不平衡。”

“怎么回事？”

“首先是家庭上的麻烦。”

“可他并没有家庭。”

“现在是没有，但他曾经有过——或至少有过亲戚。几年前，他失去了哥哥。”

“他哥哥？”

“对。现在这个罗切斯特先生继承这儿的财产并没多久，大约只有九年时间。”

“九年也不算短了。他过去很喜欢他哥哥，甚至现在还为失去他伤心吗？”

“唉，也许不。我认为他们之间有些误解。罗兰·罗切斯特先生对罗切斯特先生不太公平，或许他还让父亲对爱德华怀有偏见。那个老先生喜欢钱，很希望让家产保持完整。他不喜欢把家产给分了，但他也很想让罗切斯特先生得到财产，以便维护自己家族的重要名声。所以，在爱德华刚成年后不久，家里便采取了一些不公正的措施，对他造成了极大的伤害。为了让罗切斯特先生赚到钱财，老罗切斯特先生和罗兰先生联合起来，使他陷入一种他认为很痛苦的处境。那处境究竟是怎么回事，我从来不清楚，不过他精神上就是不能容忍自己受到那样的对待。他可不是个宽容的人，与自己的家庭断绝了关系，很多年来一直过着不安定的生活。他哥哥死后，并没留下遗嘱让他成为这座房产的主人，打那以后，我想他从来没在桑菲尔德府连续住上两周吧。所以他要避开这座老房子，确实也不足为奇。”

“他干吗要避开它呢？”

“大概觉得使他伤心吧。”

这是个闪烁其词的回答。我本想了解得更清楚一些，但是对于罗切斯特先生所遇到的麻烦是如何产生的，具有怎样的性质，费尔法克斯夫人要么不能要么不愿给我提供更加明确的信息。她声称那些事对于她来说都是一个秘密，她所知道的情况也主要靠猜测得来。的确，她显然希望我不要再谈这个话题，我也就不说了。

第十四章

在随后几天里，我很少见到罗切斯特先生。早上他似乎忙于处理事情，下午会有一些从米尔科特或附近来访的先生，他们有时留下来和他共餐。他扭伤的脚恢复得可以骑骑马后，他就经常骑马出去，大概是要回访吧，他通常夜里很晚才回来。

在这段时间里，甚至阿黛尔都很少被叫到他跟前，而我与他的一切交往就只局限于在大厅内、楼梯上，或走廊里偶尔相遇一下。在这种情况下，他时而会傲然冷漠地从我身边经过，只远远点一下头或冷冷看我一眼，时而会像个高雅的绅士亲切和蔼地向我又是点头又是微笑。他这种情绪的变化并没有伤害到我，我明白自己与之毫无关系，使得他那样反复无常的原因与我一点牵连也没有。

一天，有客人在家用餐时，他叫人把我的画夹拿过去，无疑是要让客人们看看里面的画。先生们早早离开了，费尔法克斯夫人告诉我是去米尔科特参加一个公共集会。但由于这天夜里下着雨，天气不好，罗切斯特先生就没有陪他们去。待他们走后不久，他打响了铃子，让人叫我和阿黛尔到楼下去。我给阿黛尔梳好头，把她收拾整洁。我看到自己像往常那样一身教友派信徒似的装束，没什么可修饰的，一切都显得如此整齐、朴素，包括发辫在内。阿黛尔纳闷，不知那个小盒子是否要亮相了，因为不知道出了什么差错，它拖到现在也没出现。我们走进餐厅的时候，发现有一只小盒子就放在桌上，这下她满意了。她好像凭直觉就认出了它。

“我的盒子！我的盒子！”她用法语叫起来，朝它跑去。

“是的，你的‘盒子’终于送来了。把它带到一边去，你这个真正的巴黎的女儿，将里面的东西解剖出来，自个儿去寻开心吧。”罗切斯特先生低沉而颇具讽刺意味的声音，从壁炉边那把安乐椅上传来，“注意，”他继续说道，“别来打扰我，不要把你解剖过程中的细节告诉我，或者来通知我它的内脏情况如何。安安静静去做你的手术吧，别出声，孩子，明白吗？”

阿黛尔似乎根本用不着这样警告，她已经拿着自己的珍宝退到一张沙发上，忙着解开系住盖子的绳索。在把这个障碍清除后，她拿起一些银色的薄纸封套，只一个劲儿地用法语叫道：“天哪！好漂亮呀！”然后，她一直欣喜若狂地仔细看着。

“爱小姐来了吗？”主人这时问，从座位上半撑起身子，转过头看看门口，我仍然站在它旁边。

“啊！哦，过来吧，在这儿坐下。”他说，将一把椅子拉到他自己的椅子旁，“我不喜欢听到孩子们叽叽喳喳的，”他接着说，“因为我是个老单身汉，他们咿咿呀呀的声音不会给我留下什么愉快的联想。要让我整晚都和一个乳臭未干的小孩‘促膝谈心’，那可受不了。别把椅子拉开，爱小姐，我放哪儿坐哪儿——就是说假如你愿意的话。这些该死的礼节！我老是忘了它们。我也不是很喜欢那些头脑简单的老太太。顺便提一下，我自己那位老太太可不能忘了，忽略她是不行的。她是一个费尔法克斯家的人，或者嫁给了一个费尔法克斯家的人，人们说血是浓于水的。”

他打响铃子，要把费尔法克斯夫人叫来，她随即出现了，手里还拿着编织篮。

“晚上好，夫人。我是让你来做一件好事的。我不允许阿黛尔对我谈论她那些礼物，她现在有满肚子的话要说。请你来听她讲讲，并和她说说吧，这将是你有过的最慈善的行为。”

真的，阿黛尔一看见费尔法克斯夫人，就把她叫到自己的沙发上坐下，并很快在她的膝盖上放满装着的瓷器、象牙制品和蜡制品的“盒子”。同时，她又喋喋不休地用学到的支离破碎的英语解释，高兴不已。

“现在我已尽到一位好主人的责任啦，”罗切斯特先生继续说，“已把客人们安排好，让他们自寻其乐，所以我也该专心找点自己的乐趣了。爱小姐，把你的椅子再往前拉一点，你坐得太靠后了。我在自己的椅子里坐得舒舒服服的，但必须要移动一下位子，才能看清你，我又不想那样做。”

我照着他的吩咐做了，尽管我很想继续待在某些阴影里。可罗切斯特先生总是直截了当地发出命令，好像马上服从他是理所当然的事。

如上所说，我们是在餐室里面，已经点燃准备吃饭用的灯火，让屋子充满光辉，喜气洋洋。熊熊的炉火又红又亮。在高大的窗户和更加高大的拱门上面，挂着华丽宽大的紫色帏幔。一切都很安静，只有阿黛尔在低声嘀咕着（她不敢大声说话）。在她没说话时，可听见冬天的雨水拍打在窗玻璃上。

罗切斯特先生坐在套着花缎的椅子里，与我先前看到他的模样不同，没有那么严厉了，也远没有那么阴郁。他的嘴上挂起一丝笑容，两眼闪烁，我不能确定是否由于喝了酒，但我想很可能是吧。总之，他正处于用餐后的那种心境中，更加放开，更加温和，也更加放纵自己，而不是像上午那样冷淡生硬。但他看起来仍然够严厉的，把大大的头靠在隆起的椅背上，让火光照着大理石般的面容和乌黑的眼睛——他长着一双又大又黑的眼睛，也十分好看。

他盯着炉火，有两分钟时间，而我也盯了他这么久，然后他突然转过身，发现我正紧盯着他的面容。

“你在查看我，爱小姐，”他说，“你觉得我漂亮吗？”

我如果仔细考虑一下，就会按照人们通常的某种方式既含糊又礼貌地回答这个问题，然而不知怎的，我下意识地说：“不，先生。”

“哈！哎呀！你这人真够奇特的，”他说，“你像个小修女，坐在那儿两手放在前面，除了这双眼睛直盯着我的面容外，比如刚才那样当有人问你问题，或谈论某个你必须回答的意见时，你便突然直言不讳地回答——如果说这并不生硬，至少也是唐突的。你那样说是什么意思呢？”

“先生，我太直率了，请你原谅。我应该回答说我很难立即就容貌问题作出回答，人的鉴赏力大不相同，美貌并不十分重要，或诸如此类的回答。”

“你本来就不应该有这样的回答。美貌并不十分重要，真的吗？因此，你表面上要让前面的侮辱缓和一些，给我以安慰，让我平静下来，实际却又在我耳朵下面刺入阴险的一刀！继续说下去，请问你发现我哪儿有毛病呢？我想自己也像别的任何男人一样，长着完整的手脚和面容吧？”

“罗切斯特先生，请允许我取消最初的回答。我并没存心要做出那种尖锐的回答，那只是一个大错而已。”

“正是如此，我也这么认为。可你得对此负责。指出我的毛病来吧，是我的额头让你讨厌吗？”

他拂起平平整整地披在额头上的黑发，露出结实宽大、富有智慧的额头，不过你一下会看出缺少了什么——这儿本来也应该让人看到仁慈温和的迹象来。

“瞧，小姐，我是个傻瓜吧？”

“一点也不傻，先生。也许，如果我反过来问你是不是个慈善家，你会认为我粗鲁无礼吧？”

“又来啦！在你假装轻轻拍着我的头时，你又刺了我一刀，这是因为我说过自己不喜欢与孩子和老太太交往。（说话小声点！）不，小姐，我虽然不是通常的那种慈善家，但也是有良心的。”他指指自己突出的额头，据说那儿表明具有此种功能，而有幸的是他的额头非常显著，头的上面确实显得宽大突出，“另外，我曾经也怀有一颗相当温柔的心。在我像你这么大时，我是个很富有感情的人，对幼小的、没人抚养的、不幸的人都很偏爱。可后来命运让我受到沉重打击，甚至让我受到巨大折磨。如今我为自己感到高兴，因为我变得像印度皮球一样坚韧，不过仍然有一两处可以透气的缝隙，在中间也有一个敏感点。是的，我还有希望吧？”

“什么希望，先生？”

“最后重新得到改造，从印度皮球变成有血有肉的人？”

“他一定是酒喝得太多了。”我想，不知如何回答他那奇怪的问题。

我怎么知道他是否能重新得到改造呢?

“你看起来大为不解，爱小姐。虽然你并不美丽，正如我不漂亮一样，但迷惑的神情倒是适合你。另外，这样也有利，可以使你那双敏锐的眼睛从我脸上转移开，去盯着地毯上那些精纺的花朵。所以继续迷惑下去吧。小姐，我今晚是愿意和人在一起畅谈一番的。”

说罢，他从椅子里站起身，一只胳膊靠在大理石壁炉架上，处在这种姿势中，他的体形和面容都被看得清清楚楚。他的胸膛异常宽大，几乎与其四肢的长度不成比例。我敢肯定很多人都会认为他是个丑男人，然而他无意中表现出十分骄傲的姿态和非常心安理得的举止。他对于自己的外表似乎完全不放在心上，极其傲然地凭借着其他特技——无论内在的，还是外在的——去弥补仅仅外表魅力上存在的不足，以至于你在看到他时，都不可避免地会和他一样对此漠不关心，甚至盲目地、片面地相信他的这种自信。

“我今晚是愿意和人在一起畅谈一番的，”他重复道，“所以我才把你叫来。炉火与枝形吊灯还不足以与我做伴，皮罗也不行，它们都不能谈话。阿黛尔好一点，但仍然远远不合要求。费尔法克斯夫人也一样。我相信你能适合我，只要你愿意。第一晚我请你下来时，你就把我弄得迷惑不解。那以后我几乎把你忘了，别的想法把你从我脑子里赶走。但今晚我决心要放松放松，排除那些让人烦恼的事，想想使人高兴的东西。现在能让你开口说话，更多地了解你，我就会觉得高兴，所以快说说吧。”

我并没说话，而是面带微笑。

“说说吧。”他催促道。

“说什么，先生？”

“你想说什么都行。不管是话题，还是谈话的方式，都由你决定。”

我因此坐在那儿一言不发。“如果他指望我仅仅为了谈话和显示自己而进行谈话，他就会发现自己找错了说话的对象。”我想。

“你哑了吗，爱小姐？”我仍然哑口无言。他把头向我微微倾斜，快速瞥了我一眼，似乎要往我眼里深深地探究一下。

“仍然固执不说？”他问，“你也心烦了。啊！这是不矛盾的。我在用一种可笑的几乎是无礼的方式提出要求。爱小姐，请你原谅。事实上，我永远也不会觉得你比我低一等。就是说，”他纠正自己，“我只是因为年龄与你相差二十岁，生活阅历上比你多一个世纪，才声称自己比你优越一些。这是合理的，正如阿黛尔会用法语说‘我坚信这一点’。凭借这种优越，只是这种优越，我希望你现在和我说说话，让我散散心——不然，它老是盯着一个问题，像锈钉一样腐蚀掉。”

他做出了一个解释，几乎在道歉，而我对于他这种屈尊俯就的态度并非无动于衷。

“我是愿意使你高兴的，先生——非常愿意。但我不知谈什么话题，我怎么知道什么让你感兴趣呢？你问我问题吧，我会尽力回答的。”

“那么，首先，凭着我前面说的理由——我这般年龄足以做你的父亲，我曾经拼搏过，与许多国家的许多人有过种种经历，把半个地球都游遍了，而你只是平平静静地与某座房子里的一群人一起生活过——凭着这样的理由，你同意我有权专横一点，唐突一点，也许有时苛求一点吗？”

“随你怎么都行，先生。”

“这根本不叫回答，或者更确切说是一种非常让人不快的回答，因为这太闪烁其词了。回答得明明白白的吧。”

“我并不认为，先生，仅仅由于你年龄比我大，或者由于你比我见的世面多，你就有权支配我。你是否有权获得优越的地位，取决于你是否充分利用了自己的时间和经验。”

“哼！说得真快呀。但我不允许这样，这根本不适合我，对于那两种有利条件，我虽然不能说利用得不好，但也利用得不坏。那么，姑且不去考虑优越的问题吧，你仍然得同意时时听候我的吩咐，而不要因为我命令的口气而感到生气或受到伤害。行吗？”

我笑了，心想罗切斯特先生真是奇怪——他似乎忘了自己每年要付我三十英镑钱，让我听候他的吩咐。

“你笑得很不错，”他说，立刻瞥见我瞬间露出的笑容，“不过也说点什么吧。”

“我在想，先生，很少有主人会去操那份心，问受雇用的下属是否因为自己的吩咐感到生气或受到伤害。”

“受雇用的下属？什么？你是我雇用的下属，是吗？哦，是的，我倒把薪水忘了！那么，凭着那种雇用的理由，你同意让我耍点威风吗？”

“不，先生，那种理由不行。但要是你的确把薪水的事忘了，要是你关心一个处于从属地位的侍从是否过得舒适，那么凭着这种理由，我衷心表示同意。”

“你是否同意省略掉大量传统的礼节和套话，而又不认为这种省略是傲慢的表现呢？”

“我相信，先生，我绝不会误把随和当成傲慢。对于前者，我非常喜欢，而对于后者，任何一个生来自由的人都是不会屈服的，即便为了薪水。”

“胡说！大多数生来自由的人为了薪水都会屈服，因此你还是克制一些吧，别对你全然不懂的一般原则贸然发表意见。不过，我心里还是在为你的回答，对你表示赞赏。你的方式坦率而真诚，如今这样的方式并不常见了。相反，坦率通常得到的回报，便是虚伪、冷淡，或是对一个人的意思产生愚蠢而粗俗的误解。在三千个刚当上中小学女生的家庭教师的人当中，没有三个人能够像你刚才那样回答。但我并不是要夸赞你。假如你生来就与众不同，那也不是你的功劳，而是造物主的功劳。不过，毕竟我也太急于下结论了，因为就我所知，你也许并不比其余的人强，你也许存在无法忍受的缺点，你那少数几个优点并不能抵消它们。”

“你也许一样。”我想。我心里产生这个想法时，我的目光与他的相遇。他似乎明白了那种眼神，做出如下回答。

“是的，是的，你讲得对，”他说，“我自己有很多过错，我明白这点。我向你保证，自己并不希望使它们得到减轻。上帝知道我用不着对别人过于苛刻，我自己心中有一段往昔的经历、一系列的行为和一种多彩的生活需要思考，这很可能引来邻居们对我加以嘲笑和责难。我在二十一岁时就走错了路，更确切说是被人推向一条错误的路上。像别的过失者一样，我也喜欢把一半的过失归咎于运气不好和环境不利，从此再没回到正确的道路上来。而我本来是可以变得迥然不同的，本来可以和你一样纯洁无瑕。我嫉妒你那宁静的内心、清白的良心和洁净的记忆。小姑娘，没被玷污的记忆必定是一种极其宝贵的财富、一种无穷无尽的纯洁养料，不是吗？”

“你十八岁时的记忆如何呢，先生？”

“那时是很不错的，清澈透明，十分有益，没有任何污水涌出来，将它冲进恶臭的水坑里。我十八岁时和你一样，完全与你不相上下。总的说来，造物主曾意欲让我成为一个好人，爱小姐，一个更好的人，但你看到我并非如此。你会说你并没有看出这点来，至少我自信从你的眼神里看出了那种意味。顺便说一下，请当心你用那器官显露出的表情，因为我很善于领会它所表达的意思。所以相信我的话吧，我并非是个恶棍，你不要那么认为，不要把他们的任何大毛病归到我身上。不过我确实认为，由于环境而非我天生的喜好所致，我是一个陈腐平庸的罪人，因为从事卑鄙放荡的活动而变得平庸起来——有钱人和可鄙的小人总是过着放荡不羁的生活。我这样向你承认，使你感到惊奇吗？要知道，在你未来的生活里，你会经常发现自己不知不觉中被选作熟人相识的知己，让你倾听他们的秘密。人们会本能地发现——正如我一样——其长处不在于讲述自己，而在于倾听别人讲述自己。他们还会觉得，你在倾听时，对于他们的鲁莽行为毫无恶意的轻蔑，而是怀有一种天生的同情，这仍然可以给人安慰和鼓舞。”

“你怎么晓得呢？你怎么能猜测到这一切的呢，先生？”

“我非常清楚，所以我讲得很直率，几乎就像我在把自己的思想写进日记一样。你也许会说，我应该不受环境影响。我是应该那样，可是你瞧我并非如此。在命运对我不公的时候，我无法保持冷静，而是变得绝望，然后堕落。瞧，当任何可恶的笨蛋说出粗俗下流的言语，让我反感时，我并不能自以为比他高明，而是不得不承认我和他同在一个水准上。

我希望自己曾经坚定过——天知道我是有这种心愿的！当你被引诱走上歧途时，你会悔恨不已，爱小姐。悔恨是生活的毒药。”

“据说忏悔是医治它的良方，先生。”

“这个良方不是忏悔。也许是改过，而我是能够改过的——我还有改过的力量，虽然我无论如何都得不到幸福，但我也有权在生活中寻欢作乐，不管付出怎样的代价，我都会得到这种欢乐。”

“那样你会越来越堕落下去，先生。”

“有可能。但是假如我能得到甜蜜而新鲜的乐趣，为什么不呢？我所得到的乐趣，会像蜜蜂在荒野里采集到的野蜂蜜一样甜蜜新鲜。”

“它会给人带来刺激，也会有苦涩的感觉，先生。”

“你是如何知道的呢？你从来就没试过。你显得多么严肃庄重，你像这个浮雕头像一样对此一无所知。”他从壁炉架上取下一尊雕像，“你根本无权对我说教，你这个初出茅庐的家伙，你连生活的门槛还没跨过去呢，对于生活中的一个个谜，也全然不明白。”

“我只是让你想到自己说的话，先生，你说过失会带来悔恨，你还声称悔恨是生活的毒药。”

“谁现在说过失了？我绝不会认为刚才从大脑中一闪而过的念头是一种过失。我认为那是一种灵感，而非诱惑，它十分亲切，给人极大的抚慰——我知道这点。它又来了！它绝不是魔鬼，我向你保证。假如它是魔鬼的话，也穿着阳光[①]天使的外衣。我想，当一位如此美丽的客人要求进入我内心时，我一定得接纳它。”

“别相信它，先生，它不是一个真正的天使。”

“我再问你一次，你是如何知道的呢？你根据什么本能，假称能把堕落在深渊中的六翼天使和来自上帝宝座的使者区分开呢——或者说把一个向导和一个骗子区分开？”

“我是凭借你的面容判断的，先生——你说自己又产生那个念头时，

① 宗教上指“圣灵亮光”。

表现出焦虑不安的样子来。我敢肯定假如你听从它，你会感到更加痛苦。”

“一点也不会。它给我带来了世上最亲切的消息，至于其余的，你又不是我良心的监护人，所以别担忧啦。喂，进来吧，美丽可爱的流浪儿！”

他仿佛在对一个幻影说话，这幻影只有他自己的眼睛才能看见。他把先前半伸开的双臂抱在胸前，好像拥抱着那个无形的生物。

“瞧，”他接着又对我说，“我已接待到了这位香客——我深信是一位伪装起来的神。它已经给我带来了好处，我这曾经像停尸房一般的心胸，现在将会变成一座神祠。”

“说实话，先生，我根本无法理解你。我不能够继续这样谈下去，因为自己明白不了。我只知道一件事，你说你没有像自己希望的那样好，说你后悔存在着那些不足。你说过拥有受到玷污的记忆将会受害一生。在我看来，假如你不断努力，最终你就会发现成为你自己所赞赏的人不是不可能的；假如你从今天起坚决纠正你的思想和行为，几年后，你就会贮存起不少新鲜、纯洁的记忆，你产生了这些记忆时，便会感到欣喜。”

“想得不错，说得正确，爱小姐。就在此刻，我正干劲十足地在地狱里铺设道路呢。”

“什么，先生？”

“我正铺设下良好的意愿，我相信它们会像燧石一样持久耐用。当然，我所交往的人和追求的东西都将与过去的不同。”

“更好一些吧？”

“更好一些——像纯净的矿石远比肮脏的废渣好一样。你好像怀疑我，我可不怀疑自己。我知道自己的目标和动机是什么。此时我在通过一项法律——它像米堤亚人和波斯人的法律[①]一样不可更改，我的目标和动机都是正确的。”

“那不可能，先生，假如它们需要一项新的法令来使其合法化。”

“它们是正确的，爱小姐，尽管绝对需要一项新的法令。从未听说

---

① 英语中常以“米提亚人和波斯人的法律”来比喻不可更改的法规和习俗。

过的结合或环境需要有从未听说过的规则。”

“这听起来是一个危险的箴言，先生，因为人们可以立即看出它易于遭到滥用。”

“真是个说话尖锐的圣人！就这么回事。不过我以我的家人起誓，上帝是不会滥用它的。”

“你是一个人，可能会犯错。”

“对，你也一样——那又怎么样呢？”

“既然是人，可能会犯错，就不应该冒称拥有神圣的人和完美的人才能被赋予的权力。”

“什么权力？”

“即谈论任何离奇的、未经认可的行为准则——‘就算它是正确的吧’。”

“‘就算它是正确的吧，’就是这些话，你已经说出来了。”

“那就说但愿它是正确的吧。”我一边说，一边站起身，觉得这样的谈话再继续下去毫无用处。另外，我发觉自己无法洞察到这位对话者的内心世界，至少无法了解他目前的心境。

“你要去哪里？”

“让阿黛尔睡觉，已经超过了她睡觉的时间。”

“你害怕我，因为我谈话像个斯芬克司[①]。”

“你的语言不可思议，先生，不过虽然我弄不明白，但我真的并不害怕。”

“你害怕了——你的自爱担心犯下大错。”

“从那个意义上讲，我的确感到担忧——我一点也不想撒谎。”

“要是你感到担忧的话，你就会表现得严肃沉静，我会误把这当作为了理智。你从来都不笑吗，爱小姐？别费心回答啦。我很少看见你笑，不过你是能够笑得非常开心的。相信我，你严肃得并不自然，正如我败

① 希腊神话中带翼的狮身女怪。喻指难于理解的人、猜不透的人。

坏得并不自然一样。你在罗沃德受到的制约仍然存留在你身上，它控制着你的面容，压抑着你的声音，束缚着你的手脚。面对一个男人和兄弟，或父亲，或主人，或不管什么，你感到害怕，以致无法笑得很开心，谈得很随意，或行动得很快速。但我认为你迟早会和我相处得很自然，因为我发现不可能以传统守旧的方式对待你。那时你的表情和行为就会更加活泼多样，而现在你是不敢如此的。我时时看见密闭的铁笼子里某种奇特的鸟儿在向外张望着。那里关着一只活泼、不安而坚定的俘虏，一旦获得自由，它就会展翅高飞。你仍然一心要走吗？”

“已过九点了，先生。”

“没关系，等一会儿吧，阿黛尔还不想睡觉呢。我背朝炉火，面向房间，这个位置有利于观察，爱小姐。在和你谈话的时候，我也在时时观察阿黛尔。我有理由认为她是一个奇特的研究对象，而且，这些理由我愿意在某一天告诉你。大约十分钟前，她从盒子里取出一件小巧的粉红色丝绸长裙，打开时，喜形于色；女人的那种风情流动在她的血液里，混合在她的脑髓中，并调配着她的骨髓。‘我得试试！’她用法语叫道，‘现在就试！’然后冲出了屋子。她这时和索菲在一起，试穿着裙子。几分钟后，她又会回来，我知道会看见什么——塞莉纳·瓦伦斯的缩影，就像过去，当幕拉开，她常出现在舞台上那样。无论如何，我这最柔弱的感情将经受一个冲击，这便是我的预感。待一会儿吧，看看是否会实现。”

不久，便听见阿黛尔小小的脚轻快地穿过大厅。她走了进来，变得正像她的监护人所预料的那样。她换掉了先前那件褐色的裙子，身穿一件极短的玫瑰红绸缎裙，下摆特大，额头上戴着一个玫瑰花环，脚上穿着长袜和又小又白的绸缎鞋。

“我的裙子合适吗？”她大声用法语问道，跳着跑过来，“我的鞋子呢？我的袜子呢？我要跳舞啦！”

她撑开裙子，以快步舞的姿势滑过屋子，直至滑到罗切斯特先生身边。然后她踮起脚尖，在他面前轻轻旋转，接着将一只膝盖跪在他脚旁，又大声用法语嚷道：“先生，谢谢你的好意。”她站起身，补充道：“这和我妈妈做的一样，对吧，先生？”

“说得完全对！”他回答，“并且就像这样，她使用魔法，把我的英国金币从我的英国马裤里弄了出去。我一度也是富有青春活力的，相当具有青春活力。那曾经使我充满朝气的青春色彩，一点也不比你现在的差。可我的春天已经消逝，不过它留给了我那朵法国的小花，在心情不好时，我真愿意将它摆脱。如今我已不再看重它从什么根生长出来；我发现它这种花只有金粉才可以做肥料，所以对它也不是十分喜欢，尤其是它像刚才那样显得多么虚假。我之所以留着它并培养它，完全是凭着罗马天主教的原则，即做一件善事，以此赎清众罪。来日我会对这一切做出解释的。晚安。”

第十五章

罗切斯特先生的确利用后来的某个机会，对此做了解释。那是一个下午，他碰见我和阿黛尔在庭园里。在阿黛尔和皮罗一起玩着羽毛球时，他让我在一条两边长有山毛榉的林荫长道上来回散步，这儿看得见阿黛尔。

然后他说她是一个法国歌剧舞蹈演员塞莉纳·瓦伦斯的女儿，他对她曾如他所说的那样满怀热恋[1]。对于这种感情，塞莉纳也曾公开声称要用甚至更热烈的感情做出回报。他自以为是她的偶像，尽管他其貌不扬。如他所说，他认为她更喜欢的是他的“运动员的身材”，而不是阿波罗[2]的优美。

“然后，爱小姐，这位法国美女竟然偏爱她的英国侏儒，真让我不胜荣幸。于是，我把她安顿在一家旅店里，让她得到包括仆人、马车、羊绒服、钻石、蕾丝等在内的全套装备。总之，我像任何痴情者一样，按照公认的方式开始了自我毁灭的进程。我罪有应得，遭遇到所有痴情人一样的命运。一天晚上，出乎塞莉纳的预料，我前去拜访她，并发现她出去了。那是一个温暖的夜晚，我漫步穿过巴黎时走累了，于是在她的房间里坐下来，高兴地呼吸着她不久前使这里变得神圣的气息。不，我夸大其词了，我从来就没想到她身上具有什么神圣的美德，她留下的只是某种含有芳香剂的香味，一种麝香和琥珀的气味，而不是神圣的气息。我正要被温室里的花儿和喷洒的香精气味弄得窒息时，忽然想到打开窗户，走到阳台上去。这时既有月光，又亮起了煤气灯光，十分宁静。阳台上有一两

---

① 原文为法语。后面一些地方同。
② 指陈列在梵蒂冈贝尔维德尔美术馆的阿波罗神雕像。

把椅子，我坐下来，取出一支雪茄——对不起，我现在要抽一支了。”

他暂时停止说话，取出一支雪茄，并点燃。他把雪茄放到嘴上，将一缕哈瓦那雪茄的香味吐入阴暗的冷空气中，然后继续说：“那时候我也喜欢吃法国的小糖果，爱小姐，我一边响亮地嚼着——别在意我那么粗鲁——嚼着巧克力糖，一边抽烟，同时还看着一辆辆马车沿时髦的街道驶向附近的歌剧院。这时我突然发现有一辆雅致密闭的车由两匹漂亮的英国马拉着，在光辉闪耀的城市夜色下清晰可见——我由此认出了自己送给塞莉纳的‘车辆’。她回来了，当然我的心在靠着的铁围栏上怦怦直跳。如我所料，马车在旅店门口停下，我的情人下了车。尽管她用大氅把自己裹得严严实实——顺便说一下，在六月里如此暖和的夜晚，那是个不必要的累赘——但就在她从马车的梯级上快速下来时，我看见她的一只小巧的脚从裙摆下露出来，因此立即认出了她。我从阳台上俯下身子，正要低声说出‘我的天使’——那语调当然只有情人的耳朵才能听见——这时忽然有个身影跟随她从车上跳下来，也裹着大氅。不过，这人的鞋上装有马刺，走路时，在砾石路上发出回响，他戴着帽子，这时经过了旅店那扇能通车辆的拱形门。

“你从来没感到过妒忌，对吧，爱小姐？当然没有，我用不着问你，因为你从来没感到过爱。这两种感情你都需要去经历，你的灵魂处于睡眠之中，你将受到震动，从而使你的灵魂惊醒。你以为一切生活都在平静的流水中消逝，就像你的青春年华至此在那条流水中消逝一样。你漂浮在水面上，紧闭着双眼，严严实实地捂住耳朵，既看不到在急流不远处的河床里竖立着暗礁，又听不见在它们下面翻腾的浪涛。不过，我告诉你——你可以记住我的话——有一天你会在这条河道上遇到礁石密布的关口，在那儿，整个生命的溪流都将被彻底打乱，形成旋涡，汹涌翻腾，白沫与噪音四起，你要么会被撞在一个个暗礁上，粉身碎骨，要么像我一样，被某个大浪卷起，并抛进更加平静的水流里。

“我喜欢这样的日子，喜欢这铁灰色的天空，喜欢严寒下这严峻而宁静的世界。我喜欢桑菲尔德府，以及它的古老、幽静，它那些栖息着乌鸦的树和荆棘林，它灰白的房屋正面，它那一排排反射着暗淡苍穹的黑黑的窗户。然而在相当长的时间里，我曾经一想到它，就感到厌恶，对它像一座大瘟疫房一般避而远之。至今我仍然厌恶。”

他磨着牙齿，沉默不语。他这时止住了脚步，用靴子在坚硬的地上踏着。某种厌恶的念头似乎将他攫住，紧紧控制住他，让他无法向前移动。

这时我们正爬上林荫道，宅邸就在前面。他抬眼看着那些墙垛，向它们投去一种我以前或以后都没见过的眼神。一双眼睛在他乌黑的眉毛下面睁得大大的，痛苦、耻辱、愤怒、烦躁、厌恶、憎恨似乎一时在他眼中剧烈冲突着。这个疯狂的斗争应该是至高无上的，但这时另一种感情产生出来，并取得胜利，是某种冷酷无情和愤世嫉俗的感情，它固执而坚决，使他激动的心平静下来，并且让他发呆。他接着说：“就在我沉默的时间里，爱小姐，我正与自己的命运商谈一件事。她就站在那儿，在那棵山毛榉树干旁——像在弗尔斯石楠树丛里出现于麦克白[①]面前的一个女巫。‘你喜欢桑菲尔德吗？’她问。然后她在空中比画着，仿佛用奇特的象形文字在整个房屋正面、在上下两排窗户之间写下两句告诫的话：‘如果你能够喜欢它，就喜欢吧，如果你敢于喜欢它，就喜欢吧！’”

“‘我会喜欢它，’我说，‘我敢于喜欢它。’再说，”他闷闷不乐地补充道，“我也会信守承诺。我会冲破各种障碍，获得幸福，变得善良——是的，变得善良。我希望变得比过去和现在更好。正如约伯[②]的海怪将长矛、镖枪和铠甲折断一样——这些防护物别人都看作是铁和铜，而我只视为稻草和腐木。”

这时阿黛尔拿着羽毛球跑到他面前。“走开！”他严厉地吼道，“到一边去，孩子，或者进屋去找索菲！”然后，我继续静静地跟着他散步，并大胆地让他回到自己刚才突然离开的话题。

“塞莉纳小姐进去时，”我问，“你离开阳台了吗，先生？”

我提出这个极不合时宜的问题后，以为会遭到他冷落，但相反他正

① 莎士比亚悲剧《麦克白》中的主人公。

② 《圣经》中的人物。

从自己闷闷不乐的恍惚状态中清醒过来，两眼转向我，眉头上似乎没有了阴影。

“哦，我把塞莉纳忘了！瞧，咱们继续说吧。我看见自己可爱的人儿由一个殷勤的男人陪着走进来时，好像听见一种咝咝的声音，那只嫉妒的青蛇正从月光照耀的阳台上一起一伏盘绕上来，在我的背心里蠕动，一路咬啮着，只两分钟，就进入了我的心脏。真是奇怪！”他忽然再次离开这个话题，“真奇怪，我竟会选中你作为知己，让你听取这一切秘密，小姐。真奇怪，你竟会静静地倾听我讲述，好像我这样一个男人对你这样一个离奇幼稚的女子，讲述他演歌剧的情人的故事，是世上再平常不过的事情。不过，如我曾经讲过的，最奇异的情况最能说明问题。正因为你庄重、体贴和谨慎，我才把自己的秘密告诉你。另外，我也明白我选择了怎样一种心灵来与自己的心灵交流，我明白它是不容易受到感染的。它是一种稀奇古怪的心灵。我很高兴自己并无意伤害它，而假如我是有意的，它也不会从我这儿受到伤害。咱们越交谈越好，因为即便我不能损害你什么，你也会让我精神振作起来。”之后，他又言归正传——

“我仍然待在阳台上。他们一定会来到她房间的，我想，让我埋伏好吧。于是我把一只手伸进打开的窗子，将窗帘拉拢，只留下一丝我可以向里观察的缝隙。然后我关上窗扉，只留了一条缝，以便我能听到那两个情人的窃窃私语、山盟海誓。接着我悄悄回到椅子上，这时那两人进来了。我很快把眼睛凑到缝隙处，只见塞莉纳的女佣走进来，点燃一盏灯放到桌上，然后便出去了。一对男女就这样清楚地出现在我眼前，他们俩都脱去大氅。你看那个‘塞莉纳’，她身穿绸缎衣服，戴着珠宝——当然都是我送的礼物——光彩照人。她的男伴穿一身军官服，我知道他是个年轻放荡的子爵——我曾在社交场上遇到的一个无头无脑的坏小子。我从来没想到过恨他，我对他鄙视到了极点。在认出他以后，嫉妒之蛇的毒牙立即断掉了，因为我对于塞莉纳的爱同时被扑灭。一个为了这样的情敌就能背叛我的人，是不值得去争夺的。她只应该受到轻蔑，但更应该受到轻蔑的是我——我过去一直被她愚弄来着。

“他们开始谈话，谈话内容让我轻松了许多，因为它们显得十分轻佻，唯利是图，既冷漠无情，又毫无意义，与其说让听的人愤怒，不如说使其厌烦。我的一张名片放在桌上，待被发现后，他们就议论起我的名字来。他们用自己卑鄙的方式尽可能粗俗地侮辱我，尤其是塞莉纳，她甚至很善于夸大我身上的缺陷——她所说的畸形。但这之前，她一直对她口中的‘美男子’大加赞美。这一点她可与你截然不同，你在第二次和我见面时，就直截了当地告诉我你认为我并不漂亮。这个差异当时让我感到震惊，并且——”

此刻，阿黛尔又跑了过来。

“先生，约翰刚才说你的代理人来了，想要见你。”

“哦！那我就得长话短说了。我把窗子打开，径直朝他们走过去，不再管塞莉纳的事。我通知她从旅店搬出去，给了她一点钱应急。虽然她发出尖叫，歇斯底里，不断恳求，表示抗议，还浑身抽搐，但我都不予理睬。我与那个子爵相约在布伦林[①]决斗。次日早上，我很高兴与他相遇，并把一颗子弹射进了他的一只柔弱苍白的胳膊，把它打得软软的，就像刚出壳的小鸡的翅膀。这时我以为自己将那两个狗男女的事解决了。但不幸的是，早在六个月前，塞莉纳曾把阿黛尔这个小姑娘交给了我，她断言这孩子是我的女儿。也许是吧，可我从她脸上看不出任何密切的父女关系，皮罗还比她更像我呢。我与她母亲断绝关系几年后，她抛弃了这孩子，和一个搞音乐的人或歌手跑到意大利去了。我以前并不承认阿黛尔应该让我来抚养，即便现在我也不承认，因为我不是她父亲。但我听说她孤苦伶仃的，就把这个可怜的东西从法国的泥污里弄出来，移植到这儿，使其在一个英国乡村花园的健康有益的土壤里茁壮成长。后来费尔法克斯夫人找到你来培育她。可是如今你知道了她是一个法国歌剧舞女的私生子，你也许对自己的职位和学生有了不同看法。有一天你会来到我身边，通知我说你另外找到一份工作，请我重新找一个家庭教师，

① 法国北部港口城市。

如此等等——是吗？”

“不，无论是她母亲的过错，还是你的，都不该让阿黛尔来承担责任。我对她怀有一种尊重。现在我知道了她在某种意义上已丧失了父母——一方面被母亲遗弃，另一方面你又不承认是她父亲，先生——所以我会对她更加亲密。一个富裕家庭里的被惯坏的宠儿，会把自己的家庭教师当作是个讨厌的人而不喜欢她，但一个孤苦伶仃的小小孤儿，会把她当朋友一样地亲近她，所以我怎么可能更喜欢前者而不是后者呢？”

“唔，那是你看问题的方式！瞧，我现在得走了，你也一样，天色已暗下来了。”

我留下来，又与阿黛尔和皮罗待了一会儿，和她一起赛跑，打羽毛球。我们回到屋里后，我替她脱掉帽子和外衣，把她抱到我膝上坐了一个小时，让她随意叽叽喳喳地说着。我甚至也没对她的一些小小的放肆行为和浅薄表现加以指责——当备受关注的时候，她便容易如此，这显露出她品性上的浅薄、无知，此种情况大概是从她母亲身上继承下来的吧，与一个英国人的性情并不相投。但她仍然有自己的长处，我也总爱对她身上存在的优点大加赞赏。我极力从她的面容特征上寻找与罗切斯特先生相似的地方，可什么也没发现。没有任何特征任何表情表明他们具有血缘关系。真遗憾，只要能证明她和他相像，那么他也许会对她更加关心。

直至我回到自己房间去睡觉后，我才得以静静地回顾着罗切斯特先生对我讲述的故事。正如他说的，故事本身实质上也许根本没有什么非凡之处，一个有钱的英国人热恋上一个法国舞蹈演员，她背叛了他，这样的故事在社会上无疑司空见惯。但是，他在表达着自己目前满足的心情，自己近来对这座古老宅邸及其周围所产生的乐趣时，突然有了一种激情，这当中确实包含着某种奇异之处。我思考着此事，觉得奇怪，但渐渐不再去想它了，发现一时难以理解；我转而考虑起主人对我的举止来。他认为可以寄予我信任，似乎是对我行为谨慎的一种称赞。几周以来，他对我的态度不像最初那么反复无常了。我好像从来都不妨碍他，他也没有时时表现得傲慢自大、冷漠无情。偶然遇见我时，他总是有话对我说，有时还对我笑一笑。在被正式请到他面前去时，我有幸受到他热情的接待，感到自己真的能够使他开心，觉得晚上安排这样的会谈既让他高兴，又对我有利。

我的确谈得相对少一些，不过他倒是说得津津有味。他天生就健谈，乐意让一个不知世事的人看到外面的广阔天地。我想象着他所描绘的新画面，在思想上跟随他穿过他所展现的新天地。

他举止轻松自然，这倒使我从痛苦的制约中解脱出来。他友好而坦诚地对待我，这就把我和他拉得更近了。我有时觉得他好像是我的亲戚，而非主人，不过他仍然时不时会显得专横傲慢。我对此并不介意，明白那是他的习惯。我对生活中增添的这个新的乐趣感到高兴和满足，甚至不再一心渴望得到亲人。我这柔弱的月牙形的命运似乎在扩展，生活的空白被填补。我的身体越来越健康，越来越丰满有力。

现在罗切斯特先生在我眼里难看吗？不，读者。感激和许多无不令人愉快亲切的联想，使得我最喜欢见到他的面容。他出现在屋里时，比最明亮的炉火还让人欢喜。然而我也没忘记他的毛病，我实在是无法忘记，因为他经常在我面前表现出来。他对各种各样地位不如自己的人显得自负苛刻，爱挖苦嘲笑。在我隐秘的心里，我知道他如此善意地对待我，与如此苛刻不公地对待其他很多人是成反比的。他也无缘无故地喜怒无常。我不止一次被叫去为他念书，发现他独自坐在书房里，头俯在合拢的双臂上。他抬起头来时，脸上露出一种忧郁的、几乎是恶狠狠的愁容。但我相信他之所以喜怒无常、严厉苛刻，和先前在道德上存在着不足（我说先前，因为他现在仿佛都改正了），都可在命运某个残酷的十字路口找到根源。我认为他天生是个有着更好脾性、更高尚原则和更纯洁品位的人，而不是像现在，由于环境的影响、教育的灌输，或命运的怂恿，他最终成了目前的样子。我觉得他身上存在着杰出的东西，尽管它们一时纠缠在一起，多少有些杂乱。我不可否认自己为他的不幸感到悲哀——无论那不幸是什么——为了减轻它，我愿意付出许多。

虽然我此时已将蜡烛熄灭，并躺到了床上，但想到他在林荫道上停下时的表情，想到他说命运之神如何出现在他面前，问他是否敢于在桑菲尔德获得幸福，我便无法入睡。

“为什么不敢呢？”我问自己，“有什么让他对这座房子感到抗拒的？他不久又会离开它吗？费尔法克斯夫人说他每次在这儿住的时间少有超过两周的，而他这次已住了八个星期。如果他走了，生活的改变将会令人悲哀。假定他春、夏、秋三个季节都不在这里，那些充满阳光的美好日子将会多么无趣啊！”

在这样沉思之后，我简直不知道自己是否睡着了。不管怎样，听到一种模糊的低语时，我一下子被惊醒，那声音奇特而可悲，我觉得就是从我上方发出来的。我真希望没把蜡烛熄灭才好。这夜晚黑得可怕，我感到精神压抑。我起身坐在床上，倾听着。这时，声音没有了。

我又试图入睡，但是心焦虑不安地跳着，内心的平静已被打破。远在楼下大厅里的钟敲响了，是两点。就在这时，我房间的门好像被触动了一下，似乎人的手指摸过了门板，在外面黑暗的走廊里摸索着向前移动。我问：“谁在那儿？”没有回答。我不寒而栗。

我马上记起也许是皮罗，碰上厨房的门开着时，它常会跑上楼，来到罗切斯特先生房间的门口——有几天早上，我曾亲眼见到它趴在那儿。这想法让我稍微平静下来，于是我又躺下去。寂静会使神经得到镇定，由于整座房子现在又鸦雀无声了，我便又有了睡意。可我那晚注定无法入睡。梦刚一降临，就被一种使人的骨髓凝结的声音吓跑了。

这是一种恶魔般的笑声，低沉而压抑，好像就从我房间门上的锁眼里发出来。我的床头就靠近门口，我最初觉得那个发笑的妖怪就站在我床边，或者就蹲在我的枕头旁。我坐起身，环顾四周，什么也没看到。此刻房间里又响起那个超自然的声音，我知道它就是从门外传来的。我立刻起身去把门闩紧，接着问道：“谁在那儿？”

什么东西发出咯咯声和呻吟声。不久，脚步声又沿着走廊，朝三楼的楼梯走去。最近在那段楼梯做了一扇门，以便把它关上；我此时听见它被打开后，又关闭了，一切归于寂静。

是格雷丝 · 普尔吗？我现在不可能再独自待下去了，我得去找费尔法克斯夫人。我赶紧穿好外衣，披好围巾，用一只发抖的手把门闩拉开，打开了门。外面走廊里的垫子上燃着一支蜡烛。我对这一情景感到意外，但更让我吃惊的是，我发觉空气相当浑浊，好像充满了烟雾。我往左右两边瞧一下，看看这缭绕的青烟是从何处发出来的，这时我又意识到有一种强烈的燃烧气味。

什么东西发出吱嘎的声音，原来是一扇半开的门，而那是罗切斯特先生的房门，一团烟雾从那儿一下冒出来。我不再想费尔法克斯夫人，不再想格雷丝 · 普尔或者那笑声，立即冲进那个房间。只见火舌不断在床周围喷射着，蚊帐已经着火。罗切斯特先生还睡得很死，一动不动地躺在火焰与浓烟之中。

“醒来！快醒来！”我喊道。我摇动他，可他只是喃喃低语，把身子转过去。烟雾已把他熏得迷糊了，此时连被单都燃了起来。我冲到他的脸盆和水罐旁，把它们端起来，往床上泼去，又冲回我自己房间，端来一罐水，像是再次给床进行洗礼一般，把水倒下去。上帝保佑，我终于扑灭了正在将它吞没的火焰。

被熄灭的火发出的嘶嘶声，我倒完水罐里的水把它丢开时发出的破裂声，尤其是我把水大量倒在床上时发出的泼溅声，终于将罗切斯特先生惊醒了。我听见他发现自己躺在一团水里时，奇怪地诅咒着。

“发洪水了吗？”他叫道。

“没有，先生，”我回答，“不过刚才着火了，快起来。你床上的火被扑灭了。我去给你拿支蜡烛来。”

“天啊，真让人吃惊，你是简 · 爱吗？”他问，“你都对我做了什么，你难道是一个女巫？巫婆？除了你，还有谁在房间里？你密谋要淹死我吗？”

“我去给你拿支蜡烛来，先生。看在上天的份儿上，快起来吧。有人密谋了什么，你越早查清楚越好。”

“瞧你的！我已经起来了，可你那么危险，还要去拿蜡烛。等两分钟吧，让我穿上干衣服，假如还有干衣服的话——对，这儿有我的晨衣[①]。快跑！”

我真的跑了过去。我拿来还搁在走廊里的那支蜡烛，他从我手里接过去，举得高高的，照了一下他的床——已完全发黑烧焦了，被单已湿透，周围的地毯漂浮在水里。

“怎么回事？谁干的？”他问。

我向他简短讲述了发生的事——我听见走廊里传来奇怪的笑声，听见脚步声朝三楼爬去；然后是烟雾，燃烧的气味把我引到他房间；我发现里面是怎样一种情景，如何把能弄到的水全部倒在了他身上。

他十分严肃地听着，脸上的表情与其说是震惊，不如说是担忧。我说完后，他没有立即开口。

“需要我去把费尔法克斯夫人叫来吗？”我问。

“费尔法克斯夫人？不，她能做什么！让她安心睡觉吧。”

“那我去把利娅叫来，把约翰和他老婆叫醒。”

“根本不用那样做，只是静静待着就是了。你身上披着围巾，如果不够暖和的话，可以把我那边的大氅也拿去裹在身上，在扶手椅上坐下。来，我给你披上吧。现在把你的脚放到凳子上，以免打湿。我要离开你一会儿，得把蜡烛拿走。待着别动，等我回来，别弄出任何声音。我得去三楼看看。记住别动，也别叫任何人。”

他走了，我看着烛光渐渐消失。他轻手轻脚地经过了走廊，打开楼梯口的门时，尽可能不弄出声音，然后随手关上，这样最后一点光线也消失了。我被留在一片漆黑之中。我倾听着什么声响，但什么也听不到。这样过去了很长时间，我变得厌倦了。我感到很冷，尽管裹着大氅。然后我看到再待下去也没有用，我又不会把房子里的人吵醒。我正要冒险违背罗切斯特先生的命令，这时烛光隐约映照在走廊的墙壁上，我听见

① 指梳妆、休息等时罩于睡衣外的衣服。

他的脚在垫子上走过。

“希望是他，”我想，“而不是什么更糟糕的东西。”

他又走进房间，脸色苍白，十分忧郁。“我把情况都查明了，”他说，将蜡烛搁到脸盆架上，“事情正是我想到的那样。”

“怎么回事，先生？”

他没有回答，而是抱着胳膊，站在那儿，眼睛盯着地上。片刻后，他用一种非常奇特的语调询问道：“我忘了你是否说过，在你打开房间的门时看见了什么。”

“没有，先生，只是看见地上搁着蜡烛。”

“但你听到了一种奇怪的笑声吧？我想你以前也听到过那种笑声，或类似的声音吧？”

“嗯，先生，这儿有个做缝纫的女人，叫格雷丝·普尔——她就是那样笑的。她是个奇特的人。”

“正是这样。格雷丝·普尔——你猜对了。她正像你说的，非常奇特。唔，我会好好考虑一下这个问题。同时，我很高兴除了我以外，只有你对今晚发生的事知道得非常详细。你不是个爱说话的傻瓜，此事别说出去。我会把这个情况解释清楚的（他指指床），现在回到你屋里去吧。这晚剩下的时间，我在书房的沙发上完全能对付过去。快四点了，再过两小时，仆人们就起床了。”

“那么晚安，先生。”我准备离开。

他表现出吃惊的样子，这太前后矛盾了，因为他刚才还说让我走的。

“什么？”他大声叫道，“你就要这样离开我了吗？”

“你刚才说我可以走的，先生。”

“可你连一两句感谢的和友好的话都不让我说，唉，你可救了我的命啊！把我从可怕的死神手中抢救出来！你却像个与我素不相识的人一样从我身边走过！至少握握手吧。”

他伸出一只手，我也向他伸出一只手。他先是一只手握着，然后两只手握着。

“是你救了我的命，我很高兴欠下你这么大一笔债。我不能再说了。别的任何有生命的东西成为我的债主，对于我都是无法容忍的。可你就不同了，我觉得你给我带来的利益绝不是任何负担，简。”

他一时停住，盯着我，我几乎可以看见他的话在嘴唇上颤抖，声音却发不出来。

“再说声晚安吧，先生。在这件事上不存在任何债务、利益、负担和义务什么的。”

“我明白，”他继续说道，“你在某个时候会以某种方式给我带来好处。第一次见到你，我就从你的眼里看出来了。我可贵的保护人，晚安！”

他的声音里产生出奇异的活力，他的面容上出现了奇异的激情。

“我有幸碰巧醒着。”我说，之后我便准备走了。

“什么？你要走了吗？”

“我觉得冷，先生。”

“冷？是呀，一直站在一滩水里！那么走吧，简，走吧！”可他仍然握住我的手，让我无法抽出来。我想着用什么办法解脱。

“我想我听见费尔法克斯夫人在走动，先生。”我说。

“噢，那就去吧。”他松开了手，我这才离开了。

我回到床上，但毫无睡意。直到黎明时，我都被抛向一个欢快而不安的海上，那儿烦恼的巨浪在汹涌的欢乐下面翻腾着。我有时觉得自己看见了汹涌海水的彼岸，就像比乌拉[①]的山一样可爱；一阵阵令人精神鼓舞的大风被希望惊醒，成功地将我的灵魂带向目的地。然而我无法到达那里，即便在想象中——有一阵风从陆地上迎面刮来，不断将我往后驱赶。理性会抵抗狂乱的精神，判断会向狂热的激情提出警告。我太兴奋了，无法入睡，天一亮就起床了。

---

① 《圣经》中的以色列国土。

第十六章

在那个不眠之夜随后的一天里，我既希望见到罗切斯特先生，又害怕见他。我想再次听到他的声音，却又害怕遇见他的眼神。这天早上刚刚到来时，我时刻期待着他的来临。他平常不爱到教室里来，不过时而也会进来待上片刻，我觉得他这天肯定会到教室里来的。

但早上像平常一样过去了，并没发生什么打断阿黛尔平静的学习。只是早饭后，我听见从罗切斯特先生房间附近传来某种忙碌的声音，其中有费尔法克斯夫人、利娅和厨子（即约翰的妻子）的声音，甚至还有约翰自己粗哑的声调。只听他们惊叫道："主人没在床上被烧着，真是幸运！"

这时传来擦洗和收拾东西的声音和大家七嘴八舌的交谈声。我经过那房间下楼去吃午饭时，从打开的门口看见一切都已恢复得井井有条，只是床没有了帐子。利娅站在窗台上面，擦洗着被烟熏得模糊的窗玻璃。我正要问她，想知道他们对此事有何解释，但就在我走上前去时，我看见屋里还有一个人——一个女人坐在床边的一把椅子里，正在给新帐子缝制环扣。这个女人不是别人，正是格雷丝·普尔。

她像平常那样静静坐在那儿，沉默寡言的样子；穿着褐色的呢绒外套，系着方格围裙，戴着白帽子，另外系着一张白手帕。她专心干活，整个思想似乎全集中到了上面。一个企图谋杀的女人，昨天晚上被她要害死的对象跟踪到了自己的窝里，并且（正如我所相信的）指控她蓄意要犯下的罪行；对于这样的人，人们也许以为会看见她脸表现出苍白的或绝望的表情，然而在她那冷漠的额头和平常的面容上，根本见不到这种表情。我既吃惊，又迷惑。她抬起头来，我一直盯住她。她一点也不意外，脸色既不发红，又不发白。她用冷静而简短的方式说道：“早上好，小姐。”然后拿起另一副环扣和更多线带，继续缝她的。

“我要检验一下她，”我想，“她这样深不可测，真是令人费解。”

“早上好，格雷丝，”我说，“这儿发生什么事了吗？我刚才听见仆人们都在议论来着。”

“没别的，只是主人昨晚一直在床上看书，没灭蜡烛就睡着了，让帐子着了火。幸好他被惊醒，赶紧用大水罐里的水把火扑灭，才没让铺盖或木头床架烧着。”

“真是一件怪事！”我压低声音说，然后盯着她问，“难道罗切斯特先生没叫醒谁吗？没有谁听见他行动的声响？”

她又抬眼看我，这次她表现出意识到什么的表情来。她似乎机警地打量着我，然后回答道：“仆人们睡的地方都很远，你知道，小姐，他们不可能听见。而费尔法克斯夫人和你的房间离主人的最近，不过费尔法克斯夫人说她什么也没听到。人上了年纪后，常常睡得很沉。”她停下来，然后带着一种假装漠然但仍然引人注目、意味深长的语调，补充道：“可是你很年轻，小姐，我敢说是个容易惊醒的人。也许你听到了什么杂乱的声音？”

“我确实听到了，”我压低声音，以免让还在擦洗窗玻璃的利娅听见，“最初我以为是皮罗，可皮罗不能够笑。我肯定听到了笑声，一个奇怪的笑声。”

她又拿了一根线，细心地给它打蜡，用一只平稳的手穿着针线，然后十分镇静地说道：“我想主人遇到那样的危险，几乎不可能会笑的，小姐——你当时一定是在做梦吧。”

“我并没有做梦。”我有些激动地说，她那厚颜无耻的冷漠态度惹怒了我。她又看着我，同样带着那种仔细打量的、心照不宣的眼神。

“你告诉主人自己听见一种笑声了吗？”她问。

“我今天早上还没机会和他说话来着。”

“你没想到打开门看看外面的走廊？”她又问。

她好像盘问我似的，想在不知不觉中从我身上了解到情况。我因此想到假如她发现我知道或怀疑她犯下的罪过，她就会恶意地作弄我。我想还是警惕些为好。

“正相反，”我说，“我把门闩上了。”

“这么说，你每天晚上睡觉前都不习惯把门闩上？”

“魔鬼！她想知道我的习惯，从而计划她的阴谋！”我想。愤怒再次压倒了审慎，我严厉地回答道：“我经常不闩门，心想没那个必要。我先前并没觉得在桑菲尔德府会有任何危险或麻烦让人担忧。不过今后，我得非常小心，把一切弄得很安全了，才敢大着胆儿睡觉。”

“这样做是明智的，”她回答，“就我所知，这附近是最安静的自从这座宅子建起来后，我从没听说有谁要来抢劫它，尽管大家都知道餐具柜里放着价值数百英镑的金银餐具。你瞧，就是这么大一座房子，仆人也很少，主人难得住在这里。他是个单身汉，即便来了，也不需要怎么侍候他。但我总觉得为了安全起见，即使做错了什么，也没什么坏处。把门闩上只是一眨眼的工夫，再说拉上门闩，把一个人和周围可能出现的坏事隔开，也是无妨的。有很多人，小姐，都爱把一切托付给上帝，但我认为上帝也需要措施，而他也常赐福于那些小心谨慎地采取措施的人。”说到这儿，她才结束了自己的长篇大论——说的时候，她像个贵格会教派的女信徒一样端庄、严肃。

我仍然站在那儿，对她那显得异常镇静并且虚伪得不可思议的举止震惊不已，这时厨子忽然走进来。

“普尔夫人，”她对格雷丝说，“饭菜快弄好了，你下楼来吗？”

“不。把我的黑啤酒和布丁放到托盘里吧，我会把它拿到楼上来。”

“你要点肉吗？”

“只要一点点，再要少量的干酪，就这些。”

“要西米①吗？”

① 由西谷椰子茎髓制成的淀粉质食物。

“现在不要，在吃茶点前，我会下来自己做。”

接着厨子朝我转过身，说费尔法克斯夫人在等我，于是我就离开了。

吃饭时，费尔法克斯夫人讲述了帐子是怎么燃起来的，可我几乎没听见，因为一心为格雷丝·普尔那谜一般的个性感到摸不着头脑，同时还考虑着她在桑菲尔德的地位问题，并自问那天早上为什么没把她扣留起来，或至少不让她侍候主人。那晚他差不多已断言自己确信是她犯下的罪行，是什么神秘的原因使他没有指控她呢？他为什么让我也要保守秘密？真奇怪，一个大胆、好报复并且傲慢的绅士，好像不知什么原因竟然受制于自己的一个最卑微的仆人。甚至在她举起手要他的命时，他都不敢公开指责她，更不用说惩罚她了。

假如格雷丝年轻漂亮，我就会认为出于某些温柔的情感，而非由于审慎或担心，罗切斯特先生才为她着想的；然而她面容粗陋，像个主妇似的，所以无法让人产生那样的想法。“不过，”我又想到，“她曾经年轻过，她和主人的青春同处于一个时代。费尔法克斯夫人对我说过，她在这儿已居住了许多年。我并不认为她过去长得漂亮，但也许她具有一种富有魅力的独特个性，从而弥补了她在容貌上的不足。罗切斯特先生喜欢行为果断和古怪的人，而格雷丝至少是古怪的。假如以前某个离奇的行为（他的性格如此鲁莽任性，这样的离奇行为是很有可能的），使他受到了她的制约，如今她在暗中左右着他的行动——这都是他自己不谨慎造成的，他也无法摆脱，不敢置之不理——那么又会如何呢？”可在我猜想到这一点后，普尔夫人那扁平的身材，那并不标致、显得干瘪甚至粗糙的面容，又清晰地浮现在我心里，使我想到：“不，不可能！我的推测不可能是正确的。然而……”在我们心中与我们谈话的那个隐秘的声音这时提出，“你也不漂亮呀，可也许罗切斯特先生就赞赏你。不管怎样，你经常觉得他是这样的，就在昨晚——记住他的话，记住他的表情，记住他的声音！”

我清楚地记得这一切，他的语言、眼神和语调似乎此刻又栩栩如生地出现在眼前。我这时在教室里，阿黛尔正在画画，我俯在她身上指导她如何用笔。她有些吃惊地抬起头来。

“你怎么啦，小姐？”她用法语问，“你的手像树叶一样在抖动，你的脸红得像樱桃！”

“我这样弯着腰，阿黛尔，真是不好受！”我说。她继续画她的，我继续想我的。

我厌恶地想到有关格雷丝·普尔的事，这时急忙打消这个念头，它让我恶心。我把自己与她相比较，发现我们各不相同。贝茜曾说我完全是个小姐，她说得对——我是一个小姐。如今我的外表又比贝茜见到我时好多了，我有了更多血色，不像过去那样瘦弱了，也更具有生机与活力，因为我有了更加灿烂的希望和强烈的兴趣。

“傍晚来临了，”我对自己说，看着窗外，“今天还没听到罗切斯特先生在这座房子里说话或走动的声音呢。不过，晚上肯定会见到他。我早上怕见到他，现在却很想见到他，因为期待得太久，变得不耐烦了。”

当暮色真正笼罩时，当阿黛尔离开我去儿童室和索菲玩耍时，我太渴望见到他了。我倾听着楼下将传来的铃声，倾听着利娅会不会给我捎信来。有时想象自己听见了罗切斯特先生的脚步，于是我转向门口，期待着打开门时他进来。然而，门仍然关着，只有夜色从窗口透入。现在时间还不晚，他常在七八点钟时把我叫去，而此刻才六点。我今夜肯定是不会彻底失望的，我有好多事情要对他说啊！我想再次提到格雷丝·普尔这个话题，听听他如何回答；我想直截了当地问他，他是否真的认为昨晚犯下那种可怕企图的人就是她，如果真是她，他干吗要对她邪恶的行为保守秘密。我的好奇心是否会惹怒他，又有什么要紧呢。我知道如何一会儿惹他生气，一会儿又给他安慰，并从中获得乐趣。这是一件很让我高兴的事，出于一种必然的本能，我绝不会做得太过分。我绝不会冒险去激怒他，但我又喜欢在那个极端的边缘试试自己的本领。我时刻都会自尊自重，绝不做有失自己的身份的事，所以在和他争论时，我仍然能够毫无畏惧，或者毫无拘束。

我终于听见楼梯上传来吱嘎的脚步声。利娅出现了，不过她只是通知茶点已准备好，放在费尔法克斯夫人的房间里。我便朝那儿走去，很高兴至少要下楼了，心想这样就可以离罗切斯特先生更近一些。

“你一定想吃茶点了吧，”我来到费尔法克斯夫人身边时这位好心的夫人说，“午饭吃得那么少。我担心，”她继续道，“你今天不太好吧——你看起来脸红，像发烧的样子。”

“哦，很好呀！我从来没觉得这么好过。”

“那你得证明自己有个好胃口才行。趁我把这根针编好时，你把茶壶灌满水，好吗？”她干完后，起身去把窗帘放下，这之前她一直把它拉开，以便尽可能多地吸收阳光，不过现在黄昏，很快就要变得漆黑一片了。

“今晚天气晴朗，”她说，透过窗玻璃看着外面，“尽管没有星光。总的说来，罗切斯特先生这天出门还算顺利。”

“出门？罗切斯特先生去什么地方了吗？我可不知道他出去了。”

“唔，他一吃过早饭就走啦！去了里斯，那是伊斯唐先生的府第，在米尔科特另一面十英里远处。我想那儿聚了不少的人，有英格拉姆勋爵、乔治·林恩爵士、登特上校，等等。”

“他今晚会回来吗？”

“不会——明天也不会，我想他很可能待上一周或者更长。这些出色时髦的人聚在一起时，他们便置身在高雅与欢乐的气氛中，让人高兴开心的东西应有尽有，所以他们并不急于离开。这样的场合通常特别需要有绅士，而罗切斯特先生在社交界又如此活跃，我认为他是很受大家欢迎的。女士小姐们非常喜欢他，尽管你会觉得他的相貌并不怎么样，不会特别受她们青睐，但我认为他的造诣和才能，也许还有他的财富和优良血统，会弥补他在容貌上的小小不足。”

“里斯还有女士和小姐？”

“有伊斯唐夫人和她的三个女儿，她们的确都是雅致、年轻的小姐；有可敬的布兰奇·英格拉姆和玛丽·英格拉姆两姐妹，我觉得她们都非常漂亮。我确实见过布兰奇，那是六七年前的事，那时她才是个十八岁的姑娘。她来这里参加一个罗切斯特先生举办的圣诞舞会和聚会。你真该看看那天的餐厅，它装饰得多么富丽堂皇！我想当时有五十位女士、先生在场吧，他们都是这个郡上等家庭的人，而布兰奇小姐被看作那晚的美女。”

“你说你见过她，费尔法克斯夫人，她长什么样子？”

“是的，我见过她。餐厅的门打开着，由于是圣诞节，仆人们便可以聚在大厅里，听一些女士唱歌演奏。罗切斯特先生总是让我进去，我就静静坐在一个角落里观看他们。我从没见过那样壮观的场面，女人大多穿着华丽的衣服，至少多数年轻小姐是这样，她们看起来很漂亮。不过，美王后当然是布兰奇小姐了。”

“她长得什么样子？”

“身材修长，胸部丰满，肩膀微斜；长长的脖子优美好看；呈橄榄色的肤色黑而清晰；面部特征显得高贵；眼睛很像罗切斯特先生的，又大又黑，像她身上的宝石一样闪烁。然后，她还有一头美丽的头发，乌黑光亮，梳理得恰到好处——头后面盘着粗粗的辫子，头前面是我所见过的最长、最光滑的鬈发。她穿一身洁白的衣服，琥珀色的围巾披在肩上和胸前，扎在身子侧面，长长的须边一直垂到膝盖以下。头发里还扎着一朵琥珀色的花儿，与她乌黑的鬈发搭配得相当完美。”

“她大受赞美吧？”

“对，的确是那样，不仅因为她美丽，还因为她很有才艺。在唱歌的小姐中，她是其中之一，有一位绅士弹钢琴给她伴奏。她和罗切斯特先生唱了一个二重唱。”

“罗切斯特先生？我还不知道他会唱歌呢。”

“啊！他的男低音唱得真好，对音乐他也很有鉴赏力。”

“布兰奇小姐呢，她的嗓音怎么样？”

“非常圆润有力。她的歌声让人惬意，听她唱歌是一种享受。后来她又弹琴来着。我对音乐是外行，但罗切斯特先生可是内行，我听见他说她的琴弹得相当不错。”

“这位既美丽又有才艺的小姐，却还没有结婚。”

“好像没有，我猜想无论她还是她姐姐都没有什么钱财。老英格拉姆的财产大多是限定继承的，那个长子几乎把所有东西都弄走了。”

“可我觉得奇怪，怎么就没有一个有钱的贵族或绅士喜欢上她，比如说罗切斯特先生吧，他就很富有，不是吗？”

“啊！是的。不过你瞧，他们的年龄相差悬殊，罗切斯特先生都快四十岁了，而她才二十五岁。”

“那又怎么样呢？每天都有越来越多不般配的人成为夫妻。”

“不错，但我觉得罗切斯特先生会认为不妥。瞧你什么也没吃，从一开始吃茶点，你就简直什么也没尝一下。”

“是没有，我太口渴了，不想吃东西。我再喝一杯茶行吗？”

我正要再次回到罗切斯特先生与那位美丽的布兰奇是否可能结合的问题上，阿黛尔进来了，于是话题转到了另一边。

在我又一次单独待着时，我回顾了自己所了解到的情况。我审视着自己的内心，检查着其中的思想和感情，极力用一只严厉的手将那些迷失于想象中的无边无际、无路可寻的荒野中的思绪，带回到正常意识的安全围栏里。

我在自己的法庭上受到谴责，这时“记忆”对昨晚以后我一直怀着的种种希望、感情以及近两周来我的整个心境给予了证明。我大致这样做出了评判：生活中再没有比简·爱更傻的人了；再没有谁像她那样荒唐得出奇，竟然沉溺于甜蜜的谎言，把毒药当神酒一样吞下去。

“你，”我说，“是罗切斯特先生的意中人吗？你天生具有讨他欢心的能力吗？你不管怎样对他都很重要？去你的吧！你这种愚蠢的行为真让人恶心。你从别人时时表现出的偏爱中得到了快乐——那是一位出身名门的绅士和老于世故的人，对一个侍候他人的新手所表现出的暧昧的偏爱。你怎么敢那样呢？可怜、愚蠢的受骗者！难道甚至利己之心都无法让你变得更聪明一些吗？今天早晨，你反复对自己提到昨晚那短暂的一幕，快羞耻地把你的脸蒙住！他说了什么赞扬你眼睛的话吗？真是个瞎眼的自负女子！睁开你模糊的眼睛吧，看看自己那可憎的无知！女人受到上司奉承，但又不可能嫁给他，可没有任何好处。所有女人，一旦让隐秘的爱在心中点燃，将会是一种疯狂，这样的爱如果得不到回应，不为人知，它将会使自己的生命走向毁灭；而即使被发觉并得到回应，它也会像鬼火一样走向泥泞的荒野，无法解脱。

“那么，简·爱，听着对你的宣判吧。明天，把镜子搁在面前，用粉笔画一幅自画像，要真实，不要减少一个缺陷；不要省去任何粗糙的线条，不要消除任何让人不快的畸形之处。然后在下面写上‘一个无亲无友、又穷又丑的家庭女教师的画像’。

“然后，取出一块平滑的象牙——你在自己的画盒里准备了一块——再取出调色板，调配出最鲜艳、最美丽、最均匀的色彩。挑选出你最精致的驼毛画笔，精心画出你所能想象出的最可爱的面容。按照费尔法克斯夫人对布兰奇·英格拉姆的描述，用你最温和漂亮的色彩来作画。要记住那乌黑的鬈发和东方人的眼神。什么？你又拿罗切斯特先生当模特！注意！不要哭泣！不要动感情！不要后悔！我只能接受理性与意志。要记住那尊贵而和谐的容貌，那希腊人的脖子和胸部。要让丰满耀眼的胳膊和娇嫩的手显露出来，别忘了画上钻戒和金手镯。要如实地画出服饰，画出轻薄的花边和闪光的绸缎，以及优雅的围巾和金色的玫瑰花。把这画称作‘一位多才多艺、地位显赫的布兰奇小姐’。

“以后无论任何时候，只要你偶然想到罗切斯特先生对你有好感，你就取出这两幅画来比较，说：‘罗切斯特先生或许能赢得那位高贵的小姐的爱，如果他愿意为此努力。难道他会把一个严肃的想法浪费在这样一个微不足道、地位低下的穷女子身上吗？’”

“我会这样做的。”我下定决心后，变得平静起来，睡着了。

我说到做到。一两个小时就足以用粉笔画完我的自画像，不到两周，我就在象牙上面画完了想象中的布兰奇·英格拉姆的微型画。它的容貌可爱极了！我从这绘画的任务中获得了益处，头和手都没闲着，它也给予了我希望留在心里的不可磨灭的新印象的力量，使其变得牢固起来。

不久，我就有了理由庆幸，因为我采取了健康有益的戒律——我就是这样迫使自己的感情屈从于此种戒律的。正因为这一点，我才能够十分沉着地面对随后发生的事；而假如在我猝不及防的时候遇到它们，我大概就无法承受了。

第十七章

一周过去了，仍然没有罗切斯特先生的消息，十天后，他也没有回来。费尔法克斯夫人说即使他直接从里斯去了伦敦，再从那里去欧洲大陆，随后一年里不在桑菲尔德露一下面，也不足为奇。他会突然离开这座宅邸，这样的事也不是没发生过。听到这话，我心里感到一种异样的扫兴和失意。实际上我在经受着一种令人难过的失望，但是我冷静下来，记起了自己的做人准则，立即让意识恢复正常。说起来真是让人惊讶，我终于克服一时犯下的大错，消除了这样的误解——以为自己有理由为罗切斯特先生的行为给予必要的关心。我并没让自己低三下四，产生一种自卑的奴性十足的想法，相反，我告诫自己："你与桑菲尔德府的主人没有任何关系，只不过因为教了他的监护对象，从他那里领取薪水罢了；如果你尽心尽责，你还可以得到他的尊重和仁慈。毫无疑问，这是他真正承认的你和他之间的唯一关系，所以别把你那些美妙的感情——你的狂喜、苦恼等都倾注到他身上。他和你不是同一类人，待在你的社会阶层里吧，要自尊自重，别把充满魅力的爱情都慷慨地给予出去，这样的礼物不仅不需要，而且还会遭到鄙视。"

我静静地干着自己日常的工作，但在我理性的大脑中，不时会掠过一些自己应该离开桑菲尔德的朦胧念头。我无意中对于新的工作不断构思着广告词，并做出种种猜想。我认为不必对这些想法加以阻止，如果可能的话，它们会发芽结果的。

罗切斯特先生已离开两个多星期了，此时邮差给费尔法克斯夫人送来一封信。

"是主人寄来的，"她说，看着收件人地址，"我想这下咱们就知道是不是要等他回来了。”

她把信封拆开并仔细读信件时，我继续喝着咖啡（我们正在吃早餐）。咖啡很烫，我因为脸突然变得通红，就把这归咎到咖啡上面。为什么我的手会发抖，为什么我不知不觉把杯中一半的咖啡溢到碟子里，我不愿去想。

“唉，我有时觉得咱们太清静了，不过这下要忙一小阵子。”费尔法克斯夫人说着，把那封短信拿在眼镜前。

我把阿黛尔的围裙系好，它碰巧松了。我又让她吃了一块小圆面包，给她杯里添满牛奶，然后才淡淡地问：“我想，罗切斯特先生不会很快回来吧？”

“当然会——他说是三天后，那就是下周四，还不是一个人回来呢。我不知道他会从里斯带来多少上流人士。他吩咐把所有最好的卧室准备好，把书房和客厅都打扫干净。我还要去米尔科特的乔治旅店和其他能去的地方，请来更多的厨房帮手。女士小姐们会把自己的贴身侍女带来，先生们也会带来贴身男侍，所以这座房子会住得满满的。”说罢，费尔法克斯夫人几下就吞下早餐，急忙去安排了。

这三天正如她预言的，非常忙碌。我原以为桑菲尔德的房间无不漂亮干净，布置得井井有条，但看来我弄错了。有三个女人被请来帮忙，大家不停地把油漆的东西洗刷得干干净净，地毯被拍打过，一幅幅画被取下来或挂上，镜子和枝形挂灯擦得亮亮的，卧室里生起了炉火，被单和羽毛褥垫在炉边烤干——这一切情景我以前或以后都从未见过。阿黛尔在这当中简直变成野孩子。这种迎接客人的准备，以及对他们将要到来的期望，似乎让她欣喜若狂。她总是让索菲全面检查一下她的服饰。她的学习任务也免除了，费尔法克斯夫人一再让我去帮她，我整天待在储藏室里，帮助（或妨碍）她和厨师，学着做奶油冻、干酪饼和法国馅饼，捆扎野味，给餐后用的甜点心加调料。

我们期待着客人们在星期四下午到达，以便赶上六点钟用餐。这段时间我无暇去胡思乱想，觉得我像任何人一样欢快活跃——只是阿黛尔除外。但我的欢乐仍然偶尔会突然受到阻止，我会不由自主地被拉回到疑虑、不祥及模糊的猜想之中。这时从里面走出来格雷丝·普尔的身影，她戴着整洁端庄的帽子，系着白色的围裙，拿着手帕。这时我看见她悄然溜过走廊，由于穿着布拖鞋，所以听不到她的脚步声。我还看见她往忙忙碌碌、乱作一团的卧室里张望，或许对女佣说上一句话，告诉她怎样擦洗壁炉、打扫大理石壁炉架或从纸糊的墙壁上弄掉污迹才恰当，然后就走过去了。每天她会这样下楼去厨房用一次餐，在炉边抽着一支不大不小的烟斗，随后又回去，同时带着一壶黑啤酒，以便在楼上自己那间鬼魂出没的黑屋子里自得其乐。一天当中只有一小时她才下楼来和仆人同伴们待在一起，其余时间都待在三楼那间低矮的有橡木护壁板的房间里。她在那儿坐着干缝纫活儿，大概还要独自发出可怕的笑声——就像囚犯被关在地牢里那样孤身一人。

而这一切最为奇怪的是，除了我以外，这座房子里没一个人注意到她的习惯，或对她的习惯显得吃惊。谁也不谈论她的状况或所干的活儿，没人同情她的寂寞或孤独。有一次，我确实无意中听到利娅和一个女佣的某些对话，她们谈论的对象就是格雷丝。利娅先前说的什么我没有听到，只听那个女佣说："我想，她的工资不错吧？"

"嗯，"利娅说，"要是我有那么多就好啦，我倒不是抱怨自己的工资太少——桑菲尔德府是绝不会小气的；不过，我的工资还不到普尔夫人的五分之一呢。她一直在存钱，每个季度都要去米尔科特的银行。要是她已存了足够的钱，即使离开这里，也可以独立生活了，我也不会觉得奇怪。但我想她大概习惯了这个地方，再说她还不到四十岁，不管怎样，又健康又能干。现在就不工作，还太早了点。"

"我敢说，她是一把好手。"女佣说。

"哈！她对自己必须干好的事很在行，谁也不如她，"利娅意味深长地说道，"不是每个人都能把她那份工作干好，尽管给她那么多工资。"

"是这样的！"对方回答，"我不知道主人是否——"

女佣正说着时，利娅转过身来发现了我，马上轻轻推一下同伴。

“她不晓得吗？”我听见那女人低声问。

利娅摇摇头，谈话当然终止了。我从她们的谈话中所推测到的是，在桑菲尔德府有一个秘密，而大家都有意把我排除在那个秘密之外。

星期四前一晚，所有的工作都做完了。地毯重新铺上，帐子用花彩装饰好，床上铺起了十分洁白的床罩，梳妆台也摆设好了，家具擦得干干净净，花瓶里插满鲜花，无论卧室，还是公用的房间，都被人打扫收拾得再清爽明净不过了。大厅被擦洗得很彻底；那口有雕刻的大钟以及楼梯的梯级和扶栏，被擦得如镜子一般光亮；在餐厅里，餐具柜反射出金银餐具的光彩；而在起居室和女人的会客室里，一瓶瓶从外地引进的花儿在各处开放。

随后到了下午。费尔法克斯夫人穿上自己最好的黑色绸缎长袍，戴上手套和金表，因为她要接待客人，把女士小姐们领到各自的房间，等等。阿黛尔也要穿戴好，虽然我认为至少在那天几乎不可能把她介绍给客人们。然而，为了让她高兴，我仍然让索菲给她穿上一条细薄宽大的短裙。至于我本人，我用不着有什么变化，因为不会让我离开自己圣所般的教室的——它现在已经成了我的圣所，“一座遇到麻烦时可以藏身的非常惬意的避难所”。

那是一个温和宁静的春日，这样的日子已临近三月末四月初，每天都阳光明媚，预示着夏天的到来。虽然白天过去了，但傍晚还是很热，我坐在教室里工作着，窗户开着。

“已经迟到了，”费尔法克斯夫人说，穿着长袍走进来，“真高兴我让晚饭比罗切斯特先生吩咐的晚了一小时，现在已六点过了。我已经叫约翰去大门口看看路上有什么情况，在那儿可以往米尔科特那边看得很远。”她走到窗旁，“他回来啦！”她说，“喂，约翰，”她探出身去，“有消息吗？”

“他们来了，夫人，”他回答，“十分钟后，他们就会到达这里。”

阿黛尔一下冲到窗边。我跟在后面，小心地站到一边，有窗帘遮着，我就可以看到外面而不会被发觉。

约翰所说的十分钟好像太漫长了，不过终于传来车轮的声音，只见四名骑手沿着车道飞奔而来，他们后面跟着两辆无篷马车。车上飘扬摆动着许多纱巾和羽毛。有两个年轻的骑手，看起来像是风度翩翩的绅士。第三个是罗切斯特先生，他骑着自己的黑马美索尔，皮罗奔跑在他前面。骑马跑在他旁边的是一个小姐，他们俩在队伍的最前面。只见她紫色的女式骑装几乎拂到地面，长长的纱巾在微风中飘扬，浓密乌黑的鬈发混在纱巾透明的褶层里，并透过它们，发出光亮来。

“布兰奇小姐！”费尔法克斯夫人叫道，急忙跑下楼去履行她的职责去了。

这支队伍沿着弯曲的车道，很快绕过房子的墙角，我看不见了。这时阿黛尔请求让她下楼去，但我把她抱在膝上，让她明白无论如何都不能贸然出现在女士小姐们的面前，不管现在，还是其他任何时候，除非有人明确叫她去——否则罗切斯特先生会非常生气的，等等。听到这话，“她自然流下几滴泪水[①]”，可我显得很严肃的样子，她最后也就答应把眼泪擦干了。

此时可以听见大厅里传来欢快的骚动，绅士们深沉的语调和女士们银铃般清脆的口音协调地融合在一起。而最清晰可辨的，是桑菲尔德府的主人那引人注目的声音，虽然声音并不是很大——他在欢迎来到自己屋檐下的美丽、殷勤的客人们。然后轻盈的脚步踏上了楼梯，并穿过走廊，同时伴有温和的欢笑，以及门打开关上的声音，最后一时安静下来。

“她们这时在换衣服。”阿黛尔用法语说，她聚精会神地听着，并叹息，“和我妈妈一起时，有客人来，我总要处处跟着他们，跟到客厅里，还要跟到她们的房间去。我常看见使女给那些女士小姐们梳头和穿衣服，太有意思了。像那样看看，是有好处的。”

“你不觉得饿吗，阿黛尔？”

“饿呀，小姐，咱们有五六个小时什么也没吃了。”

---

① 引自英国诗人弥尔顿的诗句。

“唔，那么，趁女士们、小姐们待在自己房间时，我试着下楼去给你弄点吃的东西。”

我小心翼翼地从自己的避难所走出去，找到一扇直接通往厨房的门。在那个地方，尽是火光和忙乱的人们，汤和鱼就要端出来了。只见厨子靠在一口口锅边，她那身心好像处于即将自发燃烧的状态。在供仆人停留的大厅里，两个马车夫和三个绅士的男侍围着炉火站着或坐着。我想，使女们都上楼到女主人那里去了吧。从米尔科特新雇请来的仆人在各处忙碌着。我穿过这片忙乱之处，终于来到贮藏食品的地方，拿了一只冷鸡、一卷面包、一些果馅饼、一两个盘子、一把餐刀和餐叉。带着这些战利品，我赶紧返回，又来到了走廊，正要随手把后门关上时，突然传来越来越大的嗡嗡声，提醒我女士小姐们就要从房间里出来了。我必须经过她们的门口，才能到达教室，所以拿着这些食物，有被碰上的危险。于是，我静静站在这一端。由于没有窗户，这儿很暗，相当黑暗，因为太阳已西沉，暮色越来越浓。

随即，那些房间把它们美丽的房客一个个放出来，人人都显得轻快活泼的样子，衣服在黄昏里闪闪发光。她们先在走廊的另一端站到一块儿，用一种柔和轻快的语调交谈着，然后走下楼梯，几乎就像一片鲜亮的薄雾无声地飘下山去。她们的外表给我留下了高贵优雅的印象，这种印象我过去从未有过。

我发现阿黛尔把教室的门微微打开，朝外面窥视着。“好漂亮的女士、小姐呀！”她用英语叫道，“哦，要是我能到她们那里去就好了！你认为吃过饭后，罗切斯特先生会很快把我们叫去吗？”

“我认为不会，真的，罗切斯特先生有别的事要考虑。今晚就别管那些女士、小姐啦，也许你明天能见到她们。这是你的晚饭。”

她的确饿了，因此鸡肉和果馅饼一时转移了她的注意力。我弄的这些食物真是不错，要不然我和她以及索菲有可能晚饭什么都吃不到。楼下的每个人都很忙，考虑不到我们。餐后甜点直到九点过后才端上来，十点钟时，男佣们还在端着盘子和咖啡杯跑来跑去。我让阿黛尔待得比平常晚很多，她说楼下的门不断打开关上，大家还忙来忙去，她怎么能睡着。另外，她补充说，如果脱了衣服睡觉，也许罗切斯特先生又会让人带什么消息来的。那多么遗憾哪！[①]

只要她愿意，我就尽可能久地讲故事给她听，然后我把她带到走廊里去，以便调剂一下。大厅这时点亮了灯，她从栏杆上俯过身，观察仆人们来来回回地走着，觉得有趣。傍晚过去很久时，客厅里传来音乐声，钢琴先前已搬到了那儿。我和阿黛尔坐在楼梯最高的梯级上听着。不久，一个声音与钢琴洪亮的音调融合在一起，是一位小姐在唱歌，她的声调相当悦耳。独唱之后是二重唱，接着是无伴奏的合唱，每一支歌唱完后，大家都高兴地低声交谈片刻。我倾听了很长时间，忽然发现自己在专心地分辨着各种混合的声音，极力从不同的口音中把罗切斯特先生的区别出来。我很快听出来了，并进一步努力把那些音调组合成话语，因为隔得较远，听得不是很清楚。

时钟敲响十一点。我看看阿黛尔，她的头靠在我肩上，眼睛越来越沉重，于是我把她抱在怀里，带到床上去。快一点了，那些先生女士们才回到自己房间。

次日天气仍然晴朗，客人们便去附近某个地方看看。他们上午早早地出发了，有的骑马，其余的坐马车。他们出去和回来我都看在眼里。布兰奇小姐也像先前一样，是唯一骑马的女人；而罗切斯特先生也同样骑着马，奔跑在她身边，两人与其他的人稍微隔着一点距离。我把这种情况向费尔法克斯夫人提出来，她这时和我一起站在窗旁。

“你曾说他们不可能想到结婚的事，”我说，“但你瞧，罗切斯特先生显然最喜欢她这位小姐了。”

“我猜想是吧，他无疑很赞赏她。”

“她也很赞赏他，”我补充道，“看看她把头朝他靠得多近，好像她在对他私下说着什么。要是能看到她的面容就好了，我至今还没能看上

① 原文为法语。

一眼呢。”

“你今天晚上就会看到她了，”费尔法克斯夫人回答，“我偶然对罗切斯特先生说过，阿黛尔多么希望把她介绍给那些女士小姐们，他因此说道：‘哦！让她用过餐后到客厅里来吧，叫爱小姐陪她一起来。’”

“是的，他那样说纯粹是出于礼貌，我当然用不着去。”我回答。

“唔，我对他说你不习惯人多的地方，所以我想你不会喜欢来到一群如此喧闹的人面前——你和他们素不相识。他像平常那样急躁地回答道：‘胡说！如果她不同意，就告诉她我特别想让她过来。如果她还拒绝，就说我会亲自去找她，以免她拒不服从。’”

“我怎么会给他添那样的麻烦呢，”我说，“假如没有更好的办法了，我会去的，不过我并不喜欢这样。你会在那儿吗，费尔法克斯夫人？”

“不，我请求过不去那里，他也同意了。让我告诉你怎样做，就可以避免正式进去时遇到那种尴尬场面——这是最令人不快的。你得在女士小姐们离开餐桌前，趁客厅里没人时进去，找个你喜欢的僻静角落坐下。待先生们也进去后，你用不着待得太久，除非自己乐意。只要让罗切斯特先生看到你在那儿就行了，然后就溜走——谁也不会注意到你的。”

“你觉得这些人会待得很久吗？”

“或许两三个星期吧，当然不会更久了。待复活节休假过后，乔治·林恩爵士——他最近被选为米尔科特的议员——必须到城里去任职。我猜想罗切斯特先生也会陪他去，他在桑菲尔德迟迟不走，已经让我感到意外了。”

我发觉把受自己托管的人带到客厅去的时间越来越近，有些战栗起来。阿黛尔听说自己晚上要被带到女士小姐们面前，整天高兴得不得了，直到索菲着手打扮她时，她才安静下来。最后她的鬈发被梳理得光光滑滑的，完美地披在头上；她也穿上了粉红色绸缎上衣，系着长长的腰带，绣有花边的手套被调整好，这时她看起来就像任何法官一样庄严。不需要告诫她别把衣服弄乱了。她穿戴好后，就十分端庄地坐在自己的小椅子上，事先已注意将绸缎裙子提起来，以免把它弄皱了。她向我保证，在我收拾好前，她是不会动的。我也很快准备好，穿上自己那身最好的衣服（就是银灰色的那件，是专为参加坦普尔小姐的婚礼穿的，以后再没穿过）。我的头发很快梳理好，唯一的装饰物——那枚珍珠胸针——被戴上。然后，我们就下楼了。

幸好可以从另一道门口去客厅，而不必穿过客人们都坐在那儿用餐的餐厅。我们发现客厅现在空着，大理石炉子里静静地燃着熊熊的炉火，一支支蜡烛孤独地发出亮光，它们周围是一些用来装饰桌子的精美花儿。深红色的门帘悬挂在拱门前。尽管用这种帷幔并没把隔壁屋子的人隔得很开，但他们说话的音调相当低，除了轻柔的窃窃私语外，什么也听不出来。

阿黛尔好像还受着极其庄严的气氛影响，一言不发地坐在我指给她的一把脚凳上。我来到一个窗台边，从近旁的桌上拿了一本书，试图看起来。阿黛尔把凳子搬到我脚边，一会儿后，便碰碰我膝盖。

“怎么啦，阿黛尔？”

“我能从这些漂亮的花儿中摘一朵吗，小姐？我只是想把自己打扮得好看一点。”她用法语说。

“你把自己的‘服饰’考虑得太多了，阿黛尔。不过，拿一朵花是可以的。”说罢，我从一只花瓶里摘了一朵玫瑰，把它别在她的腰带上。她发出一声满足得无法形容的赞叹，仿佛自己幸福的酒杯已被斟满。我转过脸去，以免她看到自己难以克制的笑容。这个法国小姑娘对于服饰的事天生那么热心投入，让人觉得既滑稽，又麻烦。

此时可以听见人们轻轻起身的声音，拱门上的门帘被拉开，餐厅呈现在眼前。只见那里灯光通明，在一张长长的餐桌上，还摆放着装在银制餐具和玻璃杯里的极好的甜点。客人们走了进来，门帘在她们身后放下。

尽管她们只有八个人，但不知怎的，她们一起涌进来时，让人觉得人数远不止那些。她们当中有的个子很高，许多人都穿着白色衣服，所有人的服饰都很宽大，从而使她们的身材也显得宽大起来，就好像薄雾会让月亮显得更大一些。我起身向她们行屈膝礼，有一两个人点头回应一下，而其余的人只是盯着我。

她们在房间里分散开，行动轻盈活泼，让我想到一群长着白色羽毛的鸟儿。有的人一下把身子半靠在沙发和长软椅上，有的俯在桌子上看着花朵和书籍，其余的则聚集在炉火周围。她们都用低声而清晰的语调交谈着，好像习惯那样。我后来知道了她们的名字，不妨现在说一下。

首先是伊斯唐太太和她的两个女儿。她显然一度是个漂亮女人，至今也保养得很好。至于她的女儿，长女艾米个子相当小巧，她显得天真，面容和举止像个娃娃，外表淘气的样子。她穿着十分得体的白色薄纱裙，扎着蓝色的腰带。小女儿路易莎个子更高，也更文雅，她长着非常可爱的小脸蛋儿。两姐妹都像百合花一样白净。

林恩太太大约四十岁，她身材宽大矮胖，腰板很直，相当傲慢的样子。她穿着闪现出各种光彩的华丽的绸缎长袍，黑头发在蓝色羽毛的衬托下显得富有光泽。

登特上校的太太没那么爱炫耀，她身材苗条，白白的面容温文尔雅，头发呈金黄色。她身上的黑色绸缎裙、富贵奇异的花边，以及那些珍珠饰物，比那位有头衔的太太所焕发出的彩虹般的光彩更让我欢喜。

但那三位最出众的女人——也许一部分原因在于她们最高吧——是遗孀英格拉姆女士和她的两个女儿，即布兰奇和玛丽。她们在这群女人当中，身材最为高大。这位遗孀大约四五十岁，体形仍然完美，头发同样很黑（至少在烛光里是这样），牙齿也显然很好。许多人会说她这把年龄了，算是相当不错的——就身体而言，无疑如此；可她的举止和面容表现出一种几乎令人无法忍受的高傲。她有着罗马人的容貌特征，长着双下巴，下巴与脖子融为一体，变得像柱子一样。我觉得由于傲慢，这些特征不仅让人觉得她肿大，而且阴沉，甚至露出皱纹来。下巴也由于同样原因挺得高高的，差不多到了不可思议的程度。她还带着一种凶狠无情的眼神，让我想到雷德太太的眼神。她说话时装腔作势，声音低沉，音调时高时低，极其夸张和武断——总之，颇让人不能忍受。她穿着深红色的天鹅绒长袍，披着某种印度金丝织物做的头巾，的确显得像皇帝般高贵（我想她这么认为吧）。

布兰奇和玛丽的身材彼此相当，都像白杨一样挺直高大。玛丽那么高，显得很苗条，而布兰奇的体形又像个狄安娜[①]似的。我特别感兴趣地看着她。首先，我希望看看她的外貌是否与费尔法克斯夫人描述的一致；其次，它是否与我依靠想象所画的那幅微型图完全相像；最后——它是否像我想象的那样符合罗切斯特先生的品味。

就外表而论，她与我画的像和费尔法克斯夫人的描述都十分相符。那高高的胸部、斜斜的肩头、优美的颈脖、黑黑的眼睛和乌黑的鬈发完全存在。不过，她的面容呢？那就像她母亲的一样，只是显得年轻，没有皱纹，同样长着低低的眉头，同样显露出高贵的特征，同样表现出傲慢的样子。然而，这种傲慢没有那么严肃！她不断发出笑声，其中带着讽刺意味，那习惯性地噘起的高傲的嘴唇也一样如此。

据说天才富有自我意识。我不知道布兰奇小姐是否是个天才，但她是富有自我意识的——的确很富有自我意识。她与温文尔雅的登特太太谈论起植物学来。好像登特太太并没有学过植物学，不过如她所说，她喜欢花儿，'尤其是野花'。而布兰奇小姐是学过的，她神气十足地说着植物学上的词汇。我很快发觉她在拖着登特太太走（用当地的话说），戏弄着对方的无知。她这样做也许显得机灵、聪明，却不怀好意。她弹钢琴，演奏得妙极了；她唱歌，声音太好了；她侧到一边去和母亲说法语，说得相当好，不仅流畅，口音也纯正。

玛丽的外表比布兰奇的更温和坦然，容貌特征也显得更和蔼宽厚，皮肤还要白皙一些（布兰奇像个西班牙人一样黑）。不过，玛丽缺少生气——她的面容缺乏表情，眼睛没有光彩；她没什么可说的，一旦坐下来，就像壁龛里的雕像那样一动不动。她们两姐妹都穿着洁白的衣服。

布兰奇小姐会是罗切斯特先生的意中人吗？说不准——我并不知道

---

① 月亮和狩猎女神。

他在女性方面的品味。假如他喜欢显得高贵的，那么她正是那样一种人，并且她还多才多艺，欢快活泼。我想很多先生们都会喜欢她。

读者，你不要以为这段时间阿黛尔都一动不动地坐在我脚旁的凳子上。没有，女士小姐们进来时，她就站起了身，朝她们走去，庄重地鞠一个躬，认认真真地用法语说道："日安，女士们。"

布兰奇带着讥讽的神态，低头看着她，大声叫道："啊，这是一个怎样的小木偶呀！"

林恩太太说道："我想是罗切斯特先生的监护对象吧——就是他提到过的那个法国小姑娘。"

登特太太却亲切地握着她的手，亲了她一下。艾米和路易莎·伊斯唐同时叫起来："这孩子多可爱啊！"

然后，她们把她叫到沙发上，此时她坐在她们中间，喋喋不休地一会儿说着法语，一会儿说着蹩脚的英语。她不仅引起了小姐们的注意，而且引起了伊斯唐太太和林恩太太的注意——她正心满意足地接受她们的宠爱。

最后侍者送咖啡进来，并去请了先生们。我坐在阴暗处，让窗帘半遮着我。那扇拱形门上的帏幔再次打开，他们走进客厅。先生们的外表也像女士小姐们的一样给人留下深刻印象——他们都穿着黑色衣服，大多个子高大。亨利和弗雷德里克·林恩真是极其浮华的花花公子，登特上校则是一个有军人气概的英俊男人。伊斯唐先生是本地的地方官员，富有绅士派头。他的头发很白，眉毛和胡须仍然是黑的，让他看起来像是"戏里尊贵的长者[①]"。英格拉姆勋爵像他的姐妹们一样，个子很高，并且长得漂亮，不过他也像玛丽那样显得冷漠，缺乏生气，虽然身体强壮但血液和大脑缺少生机与活力。

罗切斯特先生在哪里呢？

他最后一个走了进来，我虽然没有看着拱门，却注意到他进来了。

---

① 原文为法语。

我极力把注意力放在那些编织针上，专心于自己正在编织的钱包的网线，希望只想到手里的活儿，只看到搁在膝上的银珠和丝线。然而，我清清楚楚地看到他的身影，也难免回想起自己最后见到他时的情景——就是在我给了他所认为的至关重要的帮助后，他握住我的手，低头看着我的脸，那双眼睛流露出一种激情与渴望，而我也产生了他那样的感情。在那一时刻，我离他多么近啊！那以后都发生了什么事，使得他和我的关系有了变化？现在我们又变得多么隔膜和疏远！太疏远了，我甚至都不指望他来和我说话。见他并没有看我一眼，而是在房间的另一边坐下，并与女士小姐们谈起来，我并不觉得奇怪。

我一发现他把注意力都放在她们身上，我可以盯着他，而不会被看到，我的双眼就不知不觉转向他。我就这样看着，并产生出一种巨大的喜悦，一种既宝贵又痛苦的喜悦。那是一种纯金般的东西，但又带着令人苦恼的尖刺。这喜悦就像一个渴得要死的人明知道自己爬过去的水池里下了毒药，但就是要弯下身去喝到颇有诱惑力的水。

人们说“情人眼里出西施”，真是千真万确。我主人的面容呈橄榄色，毫无血色；四方的额头很宽大，乌黑的眉毛也粗粗的；眼睛凹陷，面部特征十分突出，嘴部显得冷酷无情；他处处显示出活力、果断与意志，但这一切按照一般规律都是算不上美的。不过，在我看来，它们已超越了美的范畴，使得我无法控制自己的感情，让我的感情受制于他。我原先并没想到要爱他，读者知道我曾极力从心灵中根除萌生的爱的胚芽。此刻，我再次见到他时，它们又自发生长出来，多么富有活力！他连看都不看我一眼，就让我爱上了他。

我拿他与他的客人们比较。他的容貌显得朴素自然，具有真正的魅力，相比之下，林恩兄弟大献殷勤时所表现出的优美举止，英格拉姆勋爵所表现出的无精打采的雅致行为，甚至登特上校那富有军人气概的独特个性，又算得了什么呢？我对于他们的外貌和表情毫无好感，但我能想象到，见到他们的人多数都会说他们英俊漂亮，令人难忘；而对于罗切斯特先生，他们则会说他看起来既粗陋不堪，又忧郁消沉。我看见他们时而微笑，时而哈哈大笑，但这又算什么呢？我看见罗切斯特先生露出微笑时，他那严厉的面容便温和下来，眼神越来越富有光彩，亲切和蔼，目光既锐利，又可爱。这会儿他正在与路易莎和艾米·伊斯唐谈着话。他的眼神在我看来是多么尖锐，可我发现她们面对它时很平静，真让我吃惊——我以为她们会把眼睛耷拉下去，在他的注视下会脸红。不过，我发现她们根本就没有被他打动，所以我感到高兴。“他对于她们不像对于我，”我想，“他不属于她们喜欢的那种类型。我认为他和我是同类，我敢肯定这一点。我觉得和他有共同之处，我明白他的面容和举止所表达的意思。尽管地位和财富让我们产生距离，但在我的头脑和心中，在我的血液和神经里，有某种东西使我在被他吸引。就在几天前，我不是说自己除了从他手上领取薪水外，和他没有任何关系吗？我不是在克制自己，只把他当作一位主子来看待吗？真是违背天性的亵渎行为！我不无冲动地在他身上聚集起了种种美好真实、充满生机的情感。我明白必须将自己的情感隐藏起来，必须把希望扼制下去，必须记住他不可能很喜欢我。因为，当我说自己与他同属一种类型时，我并非说自己具有他那样的影响力、他那样的吸引力。我只是说自己具有和他相同的某些趣味和情感。因而我必须一再重复：我们是永远不会结合到一起的。然而，只要我一息尚存，只要能够思考，我就得爱他。”

此时侍者端来了咖啡。自从先生们进来后，女士小姐们就变得像云雀一样活跃了，谈话越来越轻快活泼。登特上校与伊斯唐先生在就政治进行争论，他们的夫人在一旁倾听。那两位骄傲的寡妇，即林恩太太和英格拉姆太太在相互交谈着。顺便说一下，乔治爵士是一位身材高大、显得富有活力的乡绅，他站在他们的沙发前，手里拿着一杯咖啡，时不时插上一句。弗雷德里克·林恩先生坐在玛丽·英格拉姆旁边，正把一本书中的精美的雕图给她看。她看着那些图，时时露出微笑，但显然很少说话。那个高大而冷漠的英格拉姆勋爵抱着胳膊，身子靠在矮小而活跃的艾米·伊斯唐的椅背上。她抬头望着他，叽叽喳喳，像一只鹪鹩似的。她更喜欢的是他，而非罗切斯特先生。亨利·林恩在路易莎脚旁的一张长软椅上坐下，阿黛尔和他在一起，他正极力和她说着法语，路易莎笑他犯下一个个错误。布兰奇·英格拉姆和谁在一起呢？她正独自站在桌边，优雅地看一本相册。她似乎等着谁去找她，但不会等得太久的——她自己去找了一个同伴。

罗切斯特先生离开伊斯唐家的人后，独自站在炉边，就像她独自站在桌边一样。她向他迎过去，在壁炉的对面停下。

“罗切斯特先生，我想你原来并不喜欢孩子吧？”

“现在我也不喜欢。”

“那么，你为什么要把那个小洋娃娃似的家伙管起来呢？”她指着阿黛尔，“你从哪儿把她捡来的？”

“我并没有把她捡来，她是被留在我手上的。”

“你该把她送到学校去才是。”

“我付不起那些钱，学校收费太贵了。”

“哎呀，我想你为她请了一个家庭教师吧，刚才我还看见有个人和她一起——她走了吗？哦，没有！她还在那儿，在窗帘后面。你当然要付给她钱了，我看花费也不会少——还更多呢，她们俩都要由你额外供养。”

我担心——或许应该说我希望吧？她对我的暗示会让罗切斯特先生往我这边看一眼。于是，我不由自主地往暗处缩了缩。然而，他根本没有看过来。

“我还没有考虑到这个问题。”他漠不关心地说，直盯着前面。

“是呀，你们这些男人从不考虑经济和一般的常识问题。你应该听听我妈是怎么谈论家庭教师的。我想，玛丽和我那时至少有过一打女家庭教师，她们一半令人讨厌，其余的都荒唐可笑，而所有的都像妖魔一般——不是吗，妈？”

“你在问我吗，宝贝？”她又解释着，把问题重复了一下。

“亲爱的，别提家庭教师啦，一听这个词，我就紧张不安。她们什么也做不好，还那么任性，可把我给害苦了。感谢上帝，我现在和她们没有关系了！”

登特太太此时朝这个虔诚的夫人俯过身，对她耳语了什么。从得到的回答看，我想那是在提醒她，在受到诅咒的那一类人中，有一个就在场吧。

“活该！”夫人用法语说道，“我希望那会对她有好处！”然后她用更低但我仍然能够听清的语调说，“我已注意到她了。我善于看人的面相，从她的面相上，我看到她那一类人的所有毛病。”

“是些什么呢，夫人？”罗切斯特先生大声问。

“等只有你一个人能听见时，我才告诉你。”她回答，带着不祥的暗示，摆了摆头巾。

“可那时我就不会好奇了，我现在很想知道呢。”

“去问布兰奇吧，她离你更近些。”

“唉，别让他来问我，妈！对于那一类人，我只有一句话：他们个个都让人讨厌。倒不是说我被他们害苦了，我一直小心地不让他们占上风。我常和西奥多[①]一起，对威尔逊小姐、格雷丝夫人和朱伯特夫人做恶作剧！玛丽总是打瞌睡，无法参加我们的密谋。朱伯特夫人最为有趣；威尔逊小姐是个多病可怜的家伙，老爱哭，无精打采的，总之不值得费心去征服她；格雷丝夫人则粗鄙无知，什么打击对她都不起作用。但是可怜的朱伯特夫人！我们把她逼得走投无路的时候，她会勃然大怒，那种情景至今还出现在我眼前——我们故意把茶水弄翻，把面包和黄油弄得稀烂，把一本本书抛到天花板上，用尺子、桌子、防护板和火炉用具大肆胡闹。西奥多，你还记得那些快乐的日子吧？”

“是的，我当然记得，”英格拉姆勋爵慢吞吞地说，“那个又老又可鄙的木头脑袋经常大声叫道‘你们这些可恶的孩子’，然后我们就斥责她，说她自己什么也不懂，还自以为是，企图来教我们这样聪明的人。”

“不错。还有，泰多[②]，你知道，我曾帮你告发你的男家庭教师，就是那个被吓得脸色苍白的瓦伊宁先生——我们爱叫他沮丧的牧师。他和

① 西奥多是英格拉姆勋爵的名字。
② 泰多是西奥多的昵称，也是在称呼英格拉姆勋爵。

威尔逊小姐竟然冒失地谈起恋爱来，至少我和泰多这么认为。我们曾偶然碰上他们露出种种温柔的目光，发出种种叹息——我们认为那就是‘美好的情感[①]’的象征。我向你保证，大家不久就会从我们的发现中得到好处，我们把这件事作为一种杠杆，将这两个累赘撬出了家门。瞧，咱们那个亲爱的妈妈，一旦对此事有所察觉后，就发现那是一个不道德的倾向。不是吗，我的母亲大人？”

“当然，最亲爱的。我当时做得很对。相信这一点吧：有一千种理由可以说明，为什么在任何一个规规矩矩的人家，男女家庭教师之间的私通都是绝不应容忍的。首先——”

“哎呀，天哪，妈妈！别再给我们一个个列举了！其余的我们都知道啦——那会给纯洁无辜的孩子树立坏榜样；会让恋爱的双方分心，从而疏忽自己的职责——他们结婚后相互依赖；由此产生私心，并伴随着无礼；接着发生背叛，家庭彻底崩溃。我说得对吗，英格拉姆园的英格拉姆男爵夫人？”

“我的百合花，你说得对，你总是对的。”

“那就不必再说什么了，谈谈别的吧。”

艾米·伊斯唐并没听见或注意到这个权威性的言论，用她孩子似的柔和声调插话道：“我和路易莎也常常嘲弄我们的家庭教师，但她是个相当和善的人，什么都能忍受，什么都不会激怒她。她从不生我们的气，是吧，路易莎？”

“不生气，从不。我们想做什么都行，搜她的桌子和针线盒，把她的抽屉翻个底朝天。她脾气很好，我们要什么，她都给我们。”

“瞧，我想，”布兰奇小姐说，不无讽刺地噘起嘴，“关于所有现在的女家庭教师，咱们就要有一部回忆录摘要了，为了避免这个灾难，我再次提议谈论一个新的话题。罗切斯特先生，你支持我的提议吗？”

“小姐，在这一点上，我支持你，正如在任何其他方面一样。”

---

① 原文为法语。

“那我就有责任把它提出来。爱德华先生，你今晚嗓子还可以吧？”

“唐娜·比安卡[①]，只要你吩咐，我会行的。”

“那么，先生，我就提出至高无上的命令了，请你把肺部和其他发声器官都打磨好，以便能替本陛下效劳。”

“谁不愿意做这样一位神圣的玛丽[②]的里齐奥[③]呢？”

“里齐奥又算得了什么！”她叫道，把一头鬈发一扬，朝钢琴走过去，“我觉得那个提琴家里齐奥一定是个平淡无奇的家伙。我更喜欢那个长得黑黑的博思韦尔[④]，我认为一个男人身上没有点邪气，就是个废物。历史也许会对詹姆斯·赫伯恩[⑤]做出评价，但在我看来，他正是那种我愿意嫁给的疯狂猛烈、像个强盗似的英雄。”

“先生们，听见了吗？瞧，你们哪个最像博思韦尔呢？”罗切斯特先生大声问。

“我得说最像的就是你。”登特上校应道。

“我以名誉担保，你真是让我感激不尽。”对方回答。

布兰奇小姐这时得意而优雅地坐在钢琴旁，像个女王一般把雪白的长裙展开，开始弹起一支美妙的前奏曲，一边谈着话。她这天晚上显得趾高气扬的样子，无论言谈还是神态都好像不仅要让听众赞美，而且要让他们惊讶。她显然一心想让他们感到自己的确非常时髦和勇敢。

“唉，我对如今的小伙子们感到厌恶！”她在钢琴旁喋喋不休地叫道，“他们是些多么柔弱的可怜虫，简直不宜跨出自己爸爸的园林大门一步，甚至没有妈妈的允许和守护，就不能走到那里去！这些家伙太关心他们漂亮的脸蛋，以及白白的手和小小的脚，好像一个男人与美有什么关系似的！好像漂亮不是女人的特权——她合法的封地和遗产！我承认一个丑女人给美丽的造物主白皙的脸上抹了黑，可至于先生们，就让他们热

---

① 这里代指布兰奇·英格拉姆。

② 指苏格兰女王玛丽·斯图亚特。

③ 里齐奥（约 1533—1566），意大利乐师，苏格兰女王玛丽·斯图亚特的秘书。

④ 博思韦尔（约 1536—1578），苏格兰女王玛丽·斯图亚特的第三个丈夫。

⑤ 原文为“James Hepburn”，同名同姓的人较多，待考。

心于只拥有力量和勇气吧，让他们的座右铭成为猎取、射击和搏斗，其余的都不值一文。假如我是个男人，这就应该是我的警句。”

“只要我结了婚，”见没人打断她的话，稍停片刻后，她继续说道，“我就决心不要让自己丈夫成为对手，而要让他成为我的衬托。我不允许在王座旁有任何竞争者，我会要求他一心一意效忠于我。罗切斯特先生，现在开始唱吧，我为你弹奏。”

“一切从命。”他回答，“那么唱一首海盗之歌吧。你知道我很喜欢海盗，为此，你要唱得精神抖擞才行。”

“从布兰奇小姐嘴里发出的命令，会让一杯牛奶和水也充满精神的。”

“那就小心点好啦。假如你唱得并不使我满意，我就会让你丢脸，让你看看这种事应该怎样做才对。”

“那不是在对无能进行奖赏吗？这下我可要极力唱不好了。”

“你还是小心点！[①] 如果你存心出错，我就要对你采取一个相应的惩罚。”

“布兰奇小姐应该宽厚一些才是，因为你能给予的惩罚是常人无法忍受的。”

“啊！解释一下看看！”小姐命令道。

“请原谅，小姐。用不着解释，你那么富有见识，一定知道只要自己一皱眉，就足以把人判死刑。”

“唱吧！”她说，又弹起钢琴，开始精神饱满地伴奏起来。

“现在我该溜走了。”我想，可是那穿过空中的声调吸引了我。

费尔法克斯夫人曾说罗切斯特先生有一副好嗓子，确实如此——他有着圆润有力的男低音，唱的时候，将自己的感情和力量投入其中，使之通过耳朵进入心里，在那儿，奇妙地将情感唤醒。我一直听到最后那深沉洪亮的颤音结束，等到一时终止的谈话浪潮重新掀起。这时我便从隐蔽的角落里出来，从侧门出去，它幸好就在旁边。从那儿有一条狭窄

① 原文为法语。

的通道进入大厅。我经过时，发现鞋带松了，于是停住，在楼梯脚边的垫子上跪下，把它系好。我听见餐厅的门打开，一位绅士走出来。我急忙站起身，随即面对面地和他站在一起。原来是罗切斯特先生。

“你好吗？”他问。

“很好，先生。”

“在房间里你干吗不来和我说话？”

我想自己本该用这个问题反问他，但我不会那么放肆，便回答道：“我不想打扰你，你看起来很忙，先生。”

“我离开这段时间，你都做了什么呢？”

“没什么特别的，像往常一样教阿黛尔学习。”

“你变得比先前苍白多了——我一眼就看出来了。怎么回事？”

“什么事也没有，先生。”

“那晚你把我淹得半死，你感冒了吗？”

“一点没有。”

“回客厅去吧，你走得太早啦。”

“我累了，先生。”

他看了我一会儿。

“还有点沮丧，”他说，“怎么啦？快告诉我。”

“没事——没事，先生。我并不沮丧。”

“但我肯定你很沮丧，甚至再说两句话都会让你流出泪来——你的眼里确实已经泪光闪闪了，一滴泪珠已经涌出睫毛，落到地板上。如果我有时间，又不是太担心某个喋喋不休、一本正经的仆人走过，我会弄清这一切是什么意思。好啦，今晚我就不让你说出来了，不过要明白只要客人们没走，我就希望你每晚都去一下客厅。我希望这样，别不放在心上。现在你走吧，让索菲来把阿黛尔带过去。晚安，我的——”他打住，咬紧嘴唇，忽然离开了我。

第十八章

这是桑菲尔德充满欢乐的日子，也是忙碌的日子。我在它屋檐下度过的最初三个月里，既寂静孤独，又单调乏味，相比之下，现在是多么不同啊！一切忧伤的感情似乎都被从这座房子里赶走，一切阴郁的联想都已被忘记。只见处处是生机，整天有活动。你只要经过走廊——它一度是那么安静——或者进入前屋——它们曾经空空如也——就会遇见某个灵巧的贴身女侍或某个衣着华丽的贴身男侍。

连厨房、食品室、仆人们待的大厅，以及门廊这些地方，都同样生机勃勃。当天空一片蔚蓝之时，宜人的春天放射出明媚的阳光，客人们便都被召唤到户外去了，只有此刻，一个个房间才会空荡而寂静起来。甚至遇上天气不好时，连绵的雨一下就是好几天，也绝不会让大家感到扫兴——由于不能去室外寻找乐趣了，室内的娱乐活动只会变得更加活跃丰富。

第一天晚上，有人提出改变一下娱乐方式时，我不知他们要做什么。他们谈到“字谜游戏[①]”，但我因为无知，不明白这话的意思。只见仆人们被叫进来，餐厅的桌子被弄走，灯光重新布置了，椅子摆放成半圆形放到拱门对面。罗切斯特先生和其他男人布置这些时，女士小姐们就在楼梯上跑上跑下，叫唤自己的侍女。费尔法克斯夫人则被叫去，让她告诉这房子里都有些什么样的披肩、衣服和帷幔。三楼的衣柜被洗劫一空，里面的东西，包括锦缎的和加了裙撑的裙子、宽大的绸缎上衣、黑色的服饰，以及花边垂片，等等，都被使女们搬到楼下来。然后是进行挑选，

① 指用动作、图画等表示某个字词的一种游戏。

被选上的就拿到了客厅内的那间女会客室里面。

与此同时，罗切斯特先生又把女士们、小姐们叫到身边，并从中挑选了一些加入他这一组。“布兰奇当然在我这一组里。”他说，随后又叫了伊斯唐小姐和登特两位太太。他看着我。我恰好在他身边，一直在替登特太太把松开了的手镯扣紧。

“你来玩吗？”他问。我摇摇头。他没有坚持让我参加，我生怕他那样做。他让我回到自己常坐的位子上去。

这时他和助手们退回到门帘后面，以登特上校为首的另一组人则在摆成月牙形的椅子上坐下。其中一位绅士，即伊斯唐先生，注意到我，似乎提出让我加入他们那一组。但英格拉姆太太立即阻止了这个提议。

“不行，”我听见她说，“她看起来太愚笨了，玩不好这样的游戏。”

不久，铃打响了，幕布被拉开。只见乔治·林恩爵士——罗切斯特先生也挑选了他——宽大的身影出现在拱门内，他用一张白被单裹着身子。在他前面的桌上，放着一本打开的大书，旁边站着艾米·伊斯唐，她披着罗切斯特先生宽大的外衣，手里也拿着一本书。某个没出现的人欢快地打响铃子，这时阿黛尔（她坚持要加入自己的监护人这一组）蹦蹦跳跳跑上来，把挎在胳膊上的一篮子花儿撒在自己周围。接着出现了布兰奇小姐高贵的身影，她穿着洁白的衣服，头上披着长长的面纱，额头上戴着玫瑰花环。罗切斯特先生走在她身旁，他们一起朝桌前走去，然后跪下。而登特太太和路易莎·伊斯唐也身穿洁白的服饰，在他们身后站住。随即仪式像一出哑剧那样开始，不难看出是一出婚礼哑剧。仪式结束后，登特上校和他的一组人交头接耳商量了两分钟，这时上校大声叫道：“新娘！”

罗切斯特先生鞠一下躬，随后幕布放下来。

过了相当长一段时间，幕布才再次拉开，让人看到这场表演比上一场准备得更加精心。如我所注意到的，这间客厅比餐厅高出两个台阶，在上面那个台阶的顶部往屋子里凹进去一两码处，有一只大理石做的大盆，我认出它是温室里的装饰品——它一直放在那儿，周围摆放着引进的植物，盆里面还有金鱼呢。它又大又重，一定费了不少劲儿才从那里搬到这儿来的。

大家看到罗切斯特先生坐在这只大盆旁边的地毯上，他披着披肩，头上戴着穆斯林头巾。他的眼睛黑黑的，皮肤也黑黝黝的，面容像个异教徒，这与其装束十分相配。他看起来完全像个东方的埃米尔[①]，一个不是把人绞死就是被人绞死的人物。随即走出来的是布兰奇小姐，她也穿着一身东方人的服饰——一条深红色的围巾像腰带一样扎在腰部；一张绣花手巾系在额头上；一双好看的胳膊露在外面，其中一只举起来优雅地扶住顶在头上的水罐。无论她的体形和容貌，还是肤色和整个神态，都让人想到族长制时代的某个以色列公主，而她无疑就是要扮演那样的角色。

她朝大盆走去，将身子俯在它上面，像是把水罐装满水，然后把它举到头上。这时水边的那个人似乎在对她说话，提出什么请求。“她就急忙拿下瓶来，托在手上给他喝。[②]”然后，他从长袍里取出一只首饰盒并打开，露出华贵的手镯和耳环来。她表现出惊异和赞叹的样子。他便跪下，把这些珍宝放在她脚旁。她的表情和举止都显得既怀疑，又欢喜。陌生人把手镯戴在她的双手上，又把耳环戴在她的两个耳朵上。他们扮演的就是埃利泽和利百加[③]，只是缺少了骆驼。

那组占卜似的人又把头靠在一起，显然他们不能同意这场演出所表明的字词含义。登特上校作为发言人，提出要有“完整的动人场面”，于是幕布又放了下来。

幕布第三次拉开时，只露出一部分客厅，其余的由一幅银幕挡着——是用某种黑色粗糙的布料挂在那儿充当的。那个大理石水盆已被搬走，取而代之的是一张松木桌和一把厨房的椅子，这些东西通过一盏牛角灯发出的极其微弱的光显现出来，因为蜡烛都已熄灭了。

---

① 伊斯兰国家的酋长、贵族或王公。

② 引自《圣经》第二十四章第十八节。

③ 《圣经》故事中的人物。

在这个阴暗的场景中，坐着一个男人，他把紧握的双手搁在两膝上，眼睛盯着地面。我认出那是罗切斯特先生，尽管他面部肮脏，衣服凌乱（外衣松松地搭在一只胳膊上，好像在一场打斗中从背后扯掉了），面容显得绝望愁闷，粗陋的头发直立着，这一切把他伪装得很好。他移动时，传来链条叮当的声音，他的双手被戴上了锁链。

“监狱！”登特上校大声叫道，这个字谜便猜中了。

又过了一段时间，演员们换好平常的衣服，然后他们重新走进餐厅。罗切斯特先生把布兰奇小姐领进来，她称赞着他的表演。

“你知道吗？”她说，“在那三个角色中，我最喜欢你扮演的最后一个角色。哦，你假如早生几年，就可以成为一个勇敢豪气、很有身份的强盗啊！”

“我脸上的煤灰都洗掉了吗？”他把脸转向她问。

“哎呀！洗掉了。这就更可惜啦！你那张脸打扮得像恶棍一样红红的，再合适不过了。”

“这么说，你喜欢那种剪径大盗了？”

“英国的剪径大盗仅次于意大利的强盗，后者也只有地中海的海盗才能超越。”

“唔，不管我是谁，记住你是我妻子了。一小时前，我们当着众人的面结了婚。”她咯咯地笑起来，脸上泛起红晕。

“现在，登特，”罗切斯特先生继续说，“该你们啦。”另一组人离开后，他和自己那组人便在腾出的位子上坐下。布兰奇小姐自己坐在领队的右边，其余猜字谜的人则在他俩两边的椅子上坐下。我这时并没有去观看演员们，不再兴致勃勃地等着幕布拉开，而是把注意力放在了观众身上。我的眼睛刚才还盯着拱门，现在不可抗拒地被吸引到那排半圆形的椅子上。登特上校和他那一组人玩了什么样的字谜游戏，他们选择了什么字词，是如何表演的，我已不再记得。不过，每一场结束后出现的那种商量的情景，至今仍然出现在我眼前——我看见罗切斯特先生转向布兰奇小姐，布兰奇小姐又转向罗切斯特先生；我看见她把头向他倾斜过去，直到一头乌黑的鬈发几乎碰到他的肩头，拂到他脸上。我还听见他们在窃窃私语，回想起他们在如何交换眼色甚至在那个场面所引起的某种情感，此刻又回到了我的记忆中。

我曾告诉过你，读者，我已学会了爱罗切斯特先生。我不能由于如下原因就不爱他——发现他不再注意我了；我在他面前度过几小时，他根本不往我这边看一眼；他的注意力完全被一位高贵的小姐吸引，她经过时，甚至不屑让自己的长袍边碰到我；假如她那阴郁傲慢的目光偶然落到我身上，会立即转到一边，好像碰到了某个卑劣得不值一看的东西。我不能因为如下理由就不爱他——自己确信他不久便会娶这位小姐；我每天从她身上看到一种他倾心于她的那种高傲的自信；我时时从他身上目睹到某种求爱的行为。这种行为如果说是漫不经心的，那么它正因为其漫不经心而富有魅力，正因为其充满自尊而不可抗拒。

可我并不嫉妒，或者说只有那么一点点——我所受到的这种痛苦无法用那个词来解释。布兰奇小姐是个不值得嫉妒的人，她太差劲了，不足以让我嫉妒。请原谅这看似自相矛盾的话，我怎么想就怎么说。她太炫耀了，但并不真诚。她身材很好，也有许多卓越的造诣，但她的头脑是可怜的，她的心灵本质上是贫乏的。在那片土壤上，任何花朵都不会自发地生长。她并不善良，也没有独创精神，而是经常重复书本上的那些响当当的词语。她从没有自己的看法。她在感情上唱高调，但并不懂得同情与怜悯，心中从来没有疼爱与真情。她太经常显露出这样的状况了，因为在对待小阿黛尔时，她总是过分发泄自己充满恶意的反感。如果孩子偶然靠近她，她就用某个侮辱性的话把她赶走，有时命令她从房间里出去,非常冷漠。除了我以外,别人也把她这些本性看在眼里。是的，这位未来的新郎，即罗切斯特先生本人，对他的未婚妻进行着无休无止的监视,正是他的这种聪敏,这种谨慎,这种对于情人的缺陷清楚的认识，这种显然对她缺乏深厚感情的情况，才使我陷入痛苦之中。

我看到他要娶她是出于家庭的也许是政治的原因，因为她的社会地位和社会关系适合他。我觉得他并没有给她爱，她还没有资格从他身上赢得那种宝贵的东西。她无法吸引他，这就是问题所在——是神经受到触动和嘲弄的地方，是狂热受到支撑和满足的地方。

假如她设法取得了胜利，他也屈服并真诚地拜倒在她脚下，那么我会蒙住自己的脸面，转向墙壁，对他们漠然视之。假如布兰奇小姐是个善良高尚的女人，富有魅力、热情、仁慈和理性，那么我会与两只老虎——嫉妒与绝望——展开生死搏斗。那时，哪怕我的心会被扯出并吞食，我也会钦佩她，承认她优秀，在未来的日子里默默地度过。她越是比我有绝对的优势，我对她的钦佩就越是深厚，因此也就越能真正保持平静。但事实上，看到布兰奇小姐极力去吸引罗切斯特先生，目睹她的这种努力一次次失败——她自己意识不到这一点，还徒劳地以为每一箭都射中了目标——目睹这样的情景，我既兴奋，又克制。

因为，当她失败时，我看出她做什么能获得成功。一支支箭不断从罗切斯特先生的胸部擦过，又一支支地落在他的脚旁；我知道，倘若由一只更可靠的手射出，它们就会深深地射入他那颗骄傲的心，就会让他严厉的眼神产生爱意，使他具有讽刺意味的面容变得温和。或者更为美好的是，也许不用武器，就会默默地将他征服。

"她享有那样的特权，和他离得那么近，为什么就不能对他产生更多影响呢？"我问自己，"当然是她无法真心喜欢他！要是她真心喜欢他，就用不着对他大肆做出虚假的笑容，一个劲儿地向他送秋波，煞费苦心地装出颇有风度的样子，并做出无数看似优雅的行为。在我看来，她只需静静地坐在他身旁，少说点话，少装腔作势，那么她也许离他的心会更近一些。我就曾见过他脸上露出一种截然不同的表情，而不是像他现在那样板起一副面孔，虽然她在如此主动地引诱他。不过，那种表情是要自然而然地产生的，不是靠庸俗的技巧和蓄意的表演。"

我并没有指责罗切斯特先生为了个人利益和社会关系，怀着个人的目的结婚。第一次发现他的用意时，我感到惊讶。我原以为，他这人在选择妻子上不可能受如此庸俗的动机影响。但我越是考虑到他们俩的社会地位和受到的教育，就越觉得自己没有理由去评判和责备他或布兰奇小姐。他们那个阶层的人都持有这些原则。

但在其他问题上，也正如在这个问题上一样，我对自己的主人变得宽厚了。我正在把他的缺点忘掉。我过去曾密切注意他的品性的各个方面，用好的去弥补不足的，通过对两者进行恰当权衡，形成一个公正的评判。可现在我看不到他的任何毛病。他那曾经令人反感的讽刺挖苦，那一度让我震惊的严厉和苛刻，不过像一盘美味佳肴里的调味品罢了。有它们时，你觉得辛辣刺鼻；没有它们时，你又觉得相对平淡无味。

与此同时，我想着主人和他未来的新娘——只看见他们，只听到他们在交谈，只考虑到他们举足轻重的行为——而其余的人则忙于寻找各自的兴趣和快乐。林恩太太和英格拉姆太太一直严肃地谈着话，她们戴着头巾，相互点头，举起双手，根据所闲聊的问题，彼此表现出惊讶、神秘或恐惧的样子，就像一对形状放大了的木偶。温和的登特太太与敦厚的伊斯唐太太在谈话，两人有时礼貌地对我说句话或微笑一下。乔治·林恩爵士、登特上校和伊斯唐先生讨论着政治、郡中事务或司法上的事情。英格拉姆勋爵在与艾米·伊斯唐调情。路易莎弹着钢琴，唱歌给林恩先生听，并和他一起唱着。玛丽·英格拉姆无精打采地听着另一人殷勤地讲话。时而所有人好像一致同意似的，暂时停止他们那些穿插性的动作，回过头来观察和倾听两位主要的演员，毕竟，罗切斯特先生和布兰奇小姐——因为她和他紧密相连——是这些人的生命和灵魂。假如他离开这屋子一小时，你便可以觉察到某种单调乏味似乎会悄然袭上客人们的心头；一旦他再次进来，必定又会使谈话充满新的活力。

有一天，大家好像特别感受到缺少了他那富有生气的影响，这天他因事被叫到米尔科特去，要很晚才能回来。下午下着雨，大家原先打算步行出去，看看最近在干草村那边的公地上搭起来的吉普赛人的营地，但现在也因此推延了。有的先生去了马房，年轻一些的则和小姐们在台球室里打台球。英格拉姆和林恩两位寡妇静静玩着牌，从中寻求安慰。布兰奇·英格拉姆先是傲然地一言不发，拒不参与到登特太太与敦厚的伊斯唐太太极力让她加入进去的谈话中，然后低声随着钢琴哼出某些感伤的曲调，接着又从藏书室里拿来一本小说，精神不振地一下倒在沙发上，准备借助小说的吸引力，消磨主人不在时的沉闷时刻。这间屋和整座房子都沉寂起来，只是偶尔听见从楼上传来玩台球的人的欢笑声。

快到黄昏时，时钟已经提醒大家更衣用餐的时间到了。这时客厅的窗台里跪在我旁边的小阿黛尔忽然用法语大声叫道："罗切斯特先生回来啦！"

我转过身去，布兰奇小姐一下从沙发里冲上前来，其余的人也都从各种消遣活动中抬起头。因为就在此刻，可以听见湿湿的砾石路上传来嘎吱嘎吱的车轮声，以及马蹄踏在地上的溅水声。一辆驿递马车驶近了。

"他怎么会那样子回来呢？"布兰奇小姐说，"他出去时不是骑的美索尔（那匹黑马）吗？还带着皮罗的——他把马和狗都怎么样了？"

她一边这么说着，一边极力靠近窗户，我不得不将身子往后弯曲，几乎快把脊骨折断了。她急于看到外面，起初没注意到我，当她看到我时，就噘起嘴，移到另一个窗口去了。马车停下来，车夫打响门铃，一个穿着旅行服的先生下了车。但那并不是罗切斯特先生，而是一个身材高大、显得时髦的陌生男人。

"真让人讨厌！"布兰奇小姐叫道，"你这只烦人的猴子！"她对着阿黛尔说，"谁让你待在这个窗口里散布谎话？"她气愤地瞥了我一眼。

大厅里，可以听见某些人在谈话。不久，那位新来的人走进来。他向英格拉姆太太鞠一下躬，认为她是在场的人当中最年长的女士。

"好像我来得不是时候，太太，"他说，"因为我的朋友罗切斯特先生不在家。不过，我打老远的地方来，我想自己可以就此利用一下老熟人的关系，在这儿住到他回来吧。"

他举止文雅，说话的口音让我觉得有些奇特——不完全是英国口音。他的年龄与罗切斯特先生差不多，大概三四十岁，肤色黄得出奇，否则他会是个好看的男人，特别是第一眼见到时。如果再仔细一看，你会发觉他脸上有什么东西让人讨厌，或者说不能讨人喜欢。他的容貌是匀称的，但太松散了。大大的眼睛长得不错，可是显得缺乏生气，神情茫然的样子——至少我这么认为。

这时传来更衣的铃声，大家便分散了。直到用完餐后，我才再次见到他，此刻他看起来相当自在。不过，我甚至比先前更不喜欢他的那副容貌了，它使我觉得既不安稳，又死气沉沉。他的目光毫无意义地转来转去，这就使他显得很古怪。这个男人虽然长得漂亮，待人看来也还和蔼，却让我大为反感。他那光滑丰满的椭圆形面容显示不出一点力量，从其鹰钩鼻子和樱桃小嘴上看不到任何坚定，又低又平的额头上没有任何思想，茫然的眼神里见不到任何给人指令的目光。

我坐在角落里，借助壁炉上的枝形烛台的烛光打量他，因为他坐在壁炉旁的一把扶手椅里，并不断靠近炉子，好像他很冷。

有两三个绅士坐在他旁边，我时时听见他们支离破碎的谈话从屋子那边传来。起初我不太能听懂他们说的话，因为路易莎·伊斯唐和玛丽·英格拉姆坐在我身边交谈着，把我偶尔听到的他们那些只言片语搅浑了。两个女人谈论的也是那个陌生人，她们称他为“一个漂亮的男人”。路易莎说他是个“可爱的家伙”，她“非常喜欢他”。玛丽则夸赞他“美丽的小嘴和好看的鼻子”。

“他的额头让人觉得很温和，”路易莎叫道，“如此光滑，他的眼神和微笑多么平和啊！”

不过让我大为舒心的是，亨利·林恩先生把她们叫到屋子另一边，商定被推迟了的、去干草村公地游览的事。

我这下能够把精力集中到壁炉旁的那些人身上了，并很快得知新来者叫梅森先生。我听说他刚从某个炎热的国家到英国，正因为这样，他面部才如此发黄，坐得离炉子那么近，在屋里还穿着大衣。不一会儿，传来“牙买加”“金斯敦”和“西班牙城”这些词语，表明他居住在西印度群岛。我没多久又极其惊讶地得知，他就是在那儿第一次见到罗切斯特先生，并与他相识的。他谈到朋友不喜欢那个地方的酷热、飓风和雨季。我知道罗切斯特先生曾遍游各地，是费尔法克斯夫人那样说的。但我心想他不会走出欧洲大陆，直到现在我才获悉他还到过更遥远的国家呢。

我正考虑着这些事情，一个意外的情况打断了我的思绪。有个人偶然把门打开，身子还在哆嗦的梅森先生要求再给炉子添些煤，这时熊熊的炉火已经燃完，尽管一大堆灰烬仍然发出热热的红光。男佣把煤带进来，出去时，在伊斯唐先生的椅子旁停下，低声对他说着什么，我只听到“老婆子”“真烦人”这些词。

“告诉她，要是不出去，就会给她的手脚戴上枷锁。”这位地方官员回答。

“不——等一等！”登特上校打断说，“别把她赶走，伊斯唐，咱们可以考虑一下这事，最好问问女宾们。”他大声说着，继续道，“各位女宾，你们说要去干草村公地参观那个吉普赛营地。这个山姆说现在仆人室里有个本奇大妈①，坚持要被带到‘贵族们’面前来，给他们算命。你们愿意见她吗？”

“上校，”英格拉姆太太叫道，“你一定不会怂恿这样一个可鄙的骗子吧？尽一切办法把她赶走，马上！”

“可是我无法把她劝走，夫人，”仆人回答，“我们哪个仆人都做不到。费尔法克斯夫人正和她在一起，请她离开，但她在壁炉旁的一把椅子上坐了下来，说不管怎样，她都不走，除非让她到这儿来。”

“她想干什么？”伊斯唐太太问。

“她说，‘给贵族们算算命’，太太。她发誓必须得这样。”

“她长得什么样子？”伊斯唐小姐们同时问。

“是个非常丑陋的老家伙，小姐，黑得像煤渣。”

“唉，她可是个真正的女巫哟！”弗雷德里克·林恩叫道，“当然得让她进来啦。”

“的确如此，”他的兄弟也附和说，“放弃这样一个娱乐的机会，就太可惜了。”

---

① 伊丽莎白时代一个著名的酒店女老板，善讲故事。后人常用其名泛指算命女人。

“亲爱的孩子们，你们想要做什么呀？”林恩太太大声问。

“我不可能支持这样一个意见不统一的事。”英格拉姆遗孀插话说。

“确实，妈妈。不过，你会办到的，”只听布兰奇传来高傲的声音，她此时从钢琴凳上转过身来——这之前她一直静静地坐在那儿，仔细看着各种乐谱，“我很想算命，所以，山姆，快把那个老婆子叫来吧。”

“亲爱的布兰奇！记得——”

“我记得——记得你能提出的一切建议。但我得满足自己的愿望。快去，山姆！”

“对——对——对！”所有的年轻人，无论女士还是先生都叫道，“让她进来，咱们可以好好消遣消遣！”

男佣还在犹豫。“她看起来很粗俗。”他说。“快去呀！”布兰奇脱口而出，于是男佣才出去了。

所有客人顿时兴奋激动起来，待山姆转来时，都在一个劲儿地相互开着玩笑。

“她现在不愿意来了，”他说，“她说自己没有义务来到一群‘庸俗的人’面前，她就是这么说的。我得把她一个人带到一间屋里，然后想去听她算命的人得一个个进去。”

“你瞧，高贵的布兰奇，”英格拉姆太太开始道，“她的要求也太过分啦。听我说，天使姑娘——”

“当然得把她带进书房去，”“天使姑娘”打断说，“我也没有义务要在一群庸俗的人面前听她说话。我的意思是我和她单独在一起。书房里有炉火吗？”

“有的，小姐。不过，她看起来像个吉普赛人。”

“别再那样喋喋不休了，傻瓜！照我说的做吧。”

山姆又出去了，神秘、兴奋与期待的氛围再次涌动起来。

“她这会儿准备好了，”男佣又出现时说，“她想知道谁第一个成为她的客人。”

“我想最好我先去拜访她，然后女宾们再去。”登特上校说。“告诉她，山姆，一位绅士先来。”

山姆去后又返回。“她说，先生，她不接待任何先生，他们用不着费神到她那里去。”之后，他又做出补充，好不容易才克制住没有偷偷发笑，“她也不接待任何太太，只接待年轻未婚的小姐。”

“天哪，她还挑食呢！”亨利·林恩惊叫道。

布兰奇小姐严肃地站起身，说“我先去”，那语调就像是个冲锋在前，向着突破口发起进攻的敢死队队长。

“啊，我的宝贝！唔，我最亲爱的！等等——想想吧！”她妈妈叫道，但她默默地从母亲身边经过，穿过了那扇登特上校拉开的门，我们听见她走进书房。

随后变得相当寂静。玛丽小姐说她是绝不敢去冒那个险的。艾米和路易莎·伊斯唐在窃笑着，显得有点害怕。

时间极其缓慢地一分分过去，直到十五分钟后，书房的门才又打开。布兰奇小姐穿过拱门，回到我们中间。

她会笑吗？她会把这看作是个玩笑吗？所有的眼睛都带着相当好奇的目光看她，她却用一种漠然冷淡的目光看着大家。她显得既不惊慌，也不快乐，呆板地走到自己的座位旁，默默坐下。

“怎么样，布兰奇？”英格拉姆勋爵问。

“她说什么啦，姐姐？”玛丽问。

“你认为如何？你觉得怎样呢？她真是一个算命人吗？”伊斯唐小姐们问。

“瞧，瞧，好心的人们，”布兰奇回答道，“别这样逼问我呀。你们那些好奇与轻信的感官实在容易被激发起来。你们都很看重这件事——包括我仁慈的妈妈——好像绝对相信这座房子里有个名副其实的女巫，她与魔王有着密切的关系。可我见到的只是一个流浪的吉普赛人，她用司空见惯的方式玩弄着手相术，告诉我他们那种人通常讲的话。我的好奇心得到了满足，现在我想伊斯唐先生可以照他威胁的那样，明天上午把这个女巫的手脚戴上枷锁了。”

布兰奇拿了一本书，躺在自己的椅子里，不再和大家说话。我观察了她近半小时，这期间，她根本没翻动一页，脸色变得更加阴沉，更加不满，也更加失望。她显然没有听到任何对自己有利的话。

与此同时，玛丽、艾米和路易莎·伊斯唐宣布她们不敢单独进去，然而她们又都希望去一下。于是通过使者山姆进行了一番协商，在他往返了无数次后，那个严厉的女算命师才准许这三位小姐一起去拜访她。

她们的拜访可不像布兰奇小姐那么安静，我们听见从书房里传来异常兴奋的笑声，以及短暂的尖叫。大约二十分钟后，她们突然把门打开，冲过大厅，好像被吓得不知所措。

“我肯定她这人有些异常！”她们同时叫道，“竟然对我们说出那样的事情！对我们了如指掌！”说罢，她们气喘吁吁，瘫倒在先生们为她们拿来的各种座椅上。

大家迫使她们做进一步说明。于是，她们宣称她讲了她们小时候说过的话和做过的事，描述了她们家中各自闺房里的书籍和装饰物，以及各位亲戚曾经送给她们的纪念品。她们又证实说她甚至对她们的想法进行占卜，对每个人耳语了她在世上最爱的人叫什么名字，并讲出了她们最希望得到什么。

这时先生们打断她们的话，最诚挚地恳求在最后两点上再给予他们一些启示；但尽管他们缠着不放，所得到的也只是她们泛红的面容，突然说出的激动言语、颤动的身子和哧哧的笑声。同时年长的太太们则为她们拿出香料嗅瓶，并挥动扇子，一次次反复表达着她们的焦虑——她们的告诫最终没有被接受。年长的先生们笑起来，年轻的便一心要为激动不安的漂亮小姐们效劳。

在这一片喧闹之中，我全神贯注地看眼前的情景，这时我听见旁边传来哼的一声。我转过身去，见到了山姆。

“对不起，小姐，那个吉普赛人声明这屋里还有一个单身小姐没有去见她，她发誓要把所有单身小姐见完了才走。我想一定是你吧，再没有别的人了。我怎么对她说呢？”

“哦，我一定去。”我回答，很高兴有这个意外的机会满足一下自己的好奇心。因此我溜出屋子，谁也没注意到我——客人们都聚集在三位刚刚回来、浑身颤动的小姐们身边，我悄悄地把门随手关上了。

“如果你愿意，小姐，”山姆说，“我会在大厅里等你。如果她吓唬你，只要叫一声，我就会进来。”

“不用，山姆，回厨房去吧。我一点不害怕。”我说。我真是一点都不害怕，而是满怀着兴趣和兴奋。

第十九章

我进去的时候，书房显得极其安静，那个女算命师——假如她是算命师的话——舒适地坐在壁炉旁的一把安乐椅上。她穿着一件红色外衣，戴一顶黑色帽子，或者说一顶吉普赛人的宽边帽，将一条有斑纹的手巾系在下巴上。桌上放着一支熄灭的蜡烛。她正朝炉火俯过身去，好像借着火光，在读一本黑色的小书，它像祈祷书一样。她一边读着，一边独自嘀咕什么，就像很多上了年纪的妇女那样。我进去时，她并没立即停下，似乎想把某一段读完。

我站在地毯上，在炉前暖和着双手，因为我坐在客厅里离炉子较远的地方，手冷得厉害。我像往常一样镇静，吉普赛人的那副模样一点也不会让人感到不安。她合上书，慢慢抬起头，脸部虽然有一部分被帽檐遮住，但她抬起头来时，我仍然看出那是一副奇异的面容。它完全呈黑褐色，一绺绺打卷的头发从绕在下巴上的一条白色带子下伸出来，半挡住她的面颊或者说颌部。她的目光立即落到我身上，直直地盯住我。

“哦，你想要算命吗？”她问，声音像她的目光一样坚定，又像面容一样严厉。

“我并不在乎，大妈，你愿意怎样都行。不过，我得提醒你，我是一点也不相信的。”

“你这样说是因为你轻率冒失，我先前就预料到了。你跨过门槛时，我就从你的脚步声中听出来了。”

“是吗？你的耳朵真灵敏。”

“不错，并且我的眼睛和大脑也都很灵敏。”

“你干这一行，这些都需要。”

“是需要，特别是要面对像你这样的客人时。你怎么不颤抖呢？”

“我不冷。”

“你的脸色怎么没发白呢？”

“我没有不舒服。”

“你干吗不请教一下我的算命术？”

“我并不愚蠢。”

这个干瘪的老太婆从她的帽子和带子下面发出一声窃笑，接着取出一支黑色的短烟斗，点燃后，便抽起烟来。她这样镇静了片刻，挺起弯着的身子，从嘴里取出烟斗，一边目不转睛地盯住炉火，一边不慌不忙地说：“你是冷的，也不舒服，还愚蠢。”

“请证明看看。”我回答。

“我会的，用几句话就行了。你是冷的，因为你独处一边，没有任何东西燃起你身上的火焰。你不舒服，因为最美好的情感，人类所得到的最高尚、最温柔的情感，都远远离你而去。你是愚蠢的，因为尽管你蒙受痛苦，却不愿召唤那情感向你接近，也不愿跨出一步，去它等候你的地方迎接它。”

她又把黑色的短烟斗放在嘴上，再次狠狠抽起来。

“住在一座大宅里的孤独的食客，凡是你知道的，几乎都会对他们说同样的说辞。”

“我几乎都会对他们那样说，可是对任何人都真实吗？”

“对我是这样的。”

“是的，正是如此，对你是这样的。不过，再给我找一个处境和你完全相同的人吧。”

“不难给你找出上千个人来。”

“你会很难给我找到一个的。你要是明白的话，你的情况是很特殊的——因为幸福就在你身边，是的，唾手可得。一切材料都已具备，只需要采取行动，把它们组合起来就行。机遇将它们稍微分开了，一旦让它们合在一起，就会产生无穷的幸福。”

“我理解不了一个个的谜，一生都猜不出一个谜来。”

“如果你希望我说得更清楚些，就把你的手掌给我看看。”

“我想得在上面放上银币吧？”

“当然。”

我给她一先令，她把钱放入一只从衣兜里取出的旧长袜里，完全系好后，又放回去，并让我伸出手。我照着去做，她把脸靠近我的手掌，对着它沉思了一会儿，并没有碰它。

“太细腻啦，”她说，“这样的手我什么也看不出，几乎就没有线条。再说，手掌上又有什么呢？命运可不是写在那儿的。”

“我相信你说的话。”我说。

“不会的，”她继续道，“它表现在面部——在额头上，在眼睛周围，在眼睛里面，在嘴上的线条里。请跪下，把头抬起来。”

“啊！这下你要回到现实了，”我服从她，“我这会儿倒是对你产生一些信任了。”

我在离她很近的地方跪下。她拨动着炉火，火光顿时从被搅动的煤炭中亮起来。然而，由于她是坐着的，耀眼的光线只把她的面容投入到更深的阴影里，却照亮了我的面容。

“我不知你今晚怀着怎样的心情来到我这里，”她仔细打量了我片刻后说，“你一直和那些高雅的人坐在那边的屋里，他们像幻灯里的人影一样在你面前窜来窜去，我不知你心里都在想些什么。你和他们之间存在隔阂，好像他们真的只是人的影子。”

“我经常觉得劳累，有时困倦，但很少有悲哀的时候。”

“这么说，某种隐秘的希望使你受到鼓舞，对未来的憧憬使你感到欢心？”

“没那么回事。我最大的希望就是存到足够的钱，以便某一天在自己租用的一座小房子里办一所学校。”

“一种让精神得以生存的低级营养。你坐在那个窗台里——你瞧，我知道你的习惯。”

“你是从仆人们那里听说的。”

“哈！你自以为精明。唔，也许是吧。说实话，我认识他们当中的一个人，即普尔夫人。”

听到这个名字，我一下惊跳起来。

“你——是吗？”我想，“这么看来，此事真是邪门了！”

“别惊慌，”这个怪人接着说，“普尔夫人是个没有危险的仆人，她不爱说话，安安静静的，你可以信她。不过，如我刚才说的，你坐在那个窗台上时，除了自己未来的学校，就什么也没想吗？你对坐在面前那些沙发和椅子上的人就没有一个感兴趣的？没有一个人的面容要仔细打量的？没有一个人的身影让你的眼睛至少会好奇地跟随着？”

“我喜欢观察所有人的面容和所有人的身影。”

“可你就没有从其中挑选出一个人？”

“我确实经常那样——当他们的姿势或模样好像在表明某个故事时。看到他们，我真开心。”

“你最喜欢听到什么故事呢？”

“哦，没有什么选择的余地！它们通常说的是相同的主题——求婚，并且会遇到相同的悲剧性结局——结婚。”

“你喜欢那个单调乏味的主题？”

“说实在的，我并不在乎，它对我无关紧要。”

“对你无关紧要？作为一名小姐，既年轻，又充满生机，身体健康，美得可爱，也许会被赐予高贵的地位和财富，坐在那儿，面带微笑，让某位先生注意着，而这位先生又是你——”

“我怎么啦？”

“你认识的——也许对他有好感。”

“我并不认识这儿的先生们。我难得和他们中的某个人说上一个字。”

“你不认识这儿的先生们？你没和他们中的某个人说上一个字？这座房子的主人也包括在内吗？”

“他眼下不在家。”

“多么意味深长的话！多么机灵的双关语！他今天早上去了米尔科特，晚上或明天就会回来。难道这种情况也把他排除在你熟人的名单以外吗？”

“不。但是，我几乎看不出罗切斯特先生与你提出的话题有什么关系。”

“我刚才谈着先生们眼中的小姐们的微笑，而最近有太多的微笑流入了罗切斯特先生的眼里。你就从未注意到吗？”

“罗切斯特先生有权享有与客人们交流的乐趣。”

“可是你就从来没注意到，在这儿讲述的所有关于婚姻的故事中，罗切斯特先生是被谈得最多的？”

“听故事的人越是热心，讲故事的人越是积极。”这句话与其说是对那个吉普赛人说，不如说是对我自己，她那奇异的谈话、声音和举止此时已把我笼罩在一种梦幻里。意想不到的话一句接一句从她嘴里冒出来，直到我被纠缠在一张神秘的网中。

“听故事的人越是热心！”她继续说，“不错，罗切斯特先生一小时一小时地坐着，耳朵倾向那些津津有味地讲述故事的迷人的小嘴。罗切斯特先生非常愿意听这样的故事，看起来他很荣幸得到这样的消遣。你注意到这点了吧？”

“我看不出他脸上荣幸的表情。”

“这么说，你分析过了。假如不是荣幸，那你又看出什么来了呢？”

我无言以对。

“你看出了爱，不是吗？而且你还预见到了以后，发现他结了婚，注意到他的新娘幸福吧？”

“哼！根本不是那样。你的巫术有时会大错特错。”

“那你究竟看到什么了？”

“那有什么要紧！我是来这儿询问的，不是忏悔的。大家都知道罗切斯特先生要结婚了吗？”

“对，要和美丽的布兰奇小姐结婚。”

“很快？”

“从各种表面情况看，可以得出那样的结论，并且毫无疑问他们也会成为相当幸福的一对。尽管你好像不太相信，你如此胆大妄为，真该受到惩罚。他一定会爱上这样一位漂亮、高贵、机智和多才多艺的小姐，大概她也爱他，或者说如果不是爱他本人，至少也是爱他的钱包。我明白她认为爱德华的财产极其够格，虽然大约一小时前，我就此对她说了点什么，使她显得无比阴沉，连嘴角都耷拉得很厉害。我会让她那位脸色黝黑的求婚者留神——要是再出现一个求婚者，其一，租金收入，更多，那么他可就完蛋了。”

“可是，大妈，我不是请你给罗切斯特先生算命的，而是请你给我自己算命的，但你什么也没对我说。”

“你的命尚不确定，我查看你的面容时，发现各个特征相互矛盾。你曾经离幸福只有咫尺之遥，就靠你自己伸出手去把它抓住了。但你是否会把它抓住，就是我要研究的问题。再次在地毯上跪下吧。”

“别让我待得太久，炉火把我烤得太热了。”我跪下去。她并没有向我弯下身，只是注视着我，身子靠在椅子上。她开始咕哝起来：“火焰在目光里闪烁；目光像露珠一般发亮，它看起来既温柔，又充满感情；它嘲笑我算命的行话；它是那么多情；它那清澈的眼球里给人留下一个又一个印象；凡是没有笑容的地方，就会有悲伤；眼睑上无意识地笼罩着一种困乏，这表示因为孤独而产生了忧郁。那目光在避开我，它好像带着一种嘲弄的眼神，否认我的发现是真实的，否认说它既敏感，又懊恼。而它的骄傲和矜持只会证实我的看法。你那目光是有利的。

“至于嘴，它在发笑时让人喜欢，愿意把大脑里的所有想法都讲出来，它灵活机动，从来不甘被压制在孤独生活那永恒的寂寞里。它是一张应该经常说话和微笑的嘴，对于与之对话的人怀着情感。这部分特征也是有利的。

“对于命运的问题，我只在眉头上才看到敌意，那眉头表示：‘假如自尊和环境需要的话，我可以独身。我不必为了换取无上的幸福而出卖灵魂。我内心珍藏着一种宝贵的东西，假如一切外在的欢乐我都无法得到，或者让我付出难以承受的代价后才给予，那么我还可以靠它生活。'额头这时声称：'理性稳坐在那里，把握住情感，她不会让这些情感奔涌出去，匆忙地把她带向荒凉的深渊。而狂热的激情像虔诚的异教徒一样勃然大怒，但在任何争论中，正义仍然最有发言权，在任何决定中，拥有决定票[①]。强风、地震和烈火会过去，但我将跟随那个微小的声音的指引——正是这声音在传达着良心的旨意。'

"说得好，额头，你的宣言将会受到尊重。我已有了自己的计划——我认为它们是正确的——我也在它们当中加入了良心的主张和理性的忠告。我明白，假如在所给予的幸福的酒杯里，发现了一点耻辱的沉渣或悔恨的滋味，那么青春将很快消失，鲜花将转眼枯萎。而我并不想要牺牲、悲哀和消亡，这可不是我的喜好。我希望茁壮成长，而不是凋谢下去；希望赢得感激，而不是勉强得到血与泪。我的收获必须在于微笑、爱慕与甜蜜——这样才是可行的。我想自己正沉迷于某种美妙的梦境吧。我此时真希望延长这一无限的时刻，可是我不敢。至今为止，我都完全把自己控制着，像我内心所发誓的那样表演着。而假如再表演下去，我可能就受不了啦。起来吧，爱小姐，快离开我，'这出戏演完啦'。"

我身在哪里呢？是醒着还是睡了？我一直在做梦吗？此刻还在做梦？这个老婆子的声音变了，她的口音、姿态等一切我都熟悉，熟悉得就像镜中自己的面容，就像自己亲口说出的话。我站起身，但并没有走。她把帽子和帽带拉得更紧，并再次示意我离开。火焰照亮了她伸出去的手。我这时清醒过来，我立即注意到了那只手。它不再显得干瘪，而是像我的一样；它圆润灵活，手指光滑，十分匀称。一只大戒指在小指上闪闪发光，我俯过身去看它，看到一枚我曾见过上百次的宝石。我又看看那张脸，它不再避开我——相反，帽带解开了，帽子也脱掉了，头向我伸过来。

---

① 指赞成与反对票数相等时，会议主席所投的起决定作用的票。

"嗨，简，你认出我了吗？"那个熟悉的声音问。

"只要把外面的红大衣脱掉就行了，先生，然后——"

"可是衣带打结了，帮一下我吧。"

"把它弄断，先生。"

"那么，好吧——'脱下来，你们这些身外之物！[①]'"随即，罗切斯特先生脱去了他的伪装。

"瞧，先生，你这主意真是奇特呀！"

"表演得还好吧，嗯？你不这样认为吗？"

"对于那些小姐们来说，你一定表演得很好了。"

"可对你不行吗？"

"对于我，你并没有诠释好一个吉普赛人的角色。"

"那诠释出什么角色来了呢？我自身的角色？"

"不，是某种说不清楚的角色。总之，我认为你一直在极力引我说话，或诱使我进入你的话中。你一直在胡扯，让我也跟着胡扯。这简直不公平，先生。"

"你原谅我吗，简？"

"这要等我仔细想过后才知道。要是我认真考虑后，发现自己并没陷入任何很荒唐的事中，我会尽量原谅你的。不过这件事做得不对。"

"唔，你一直就很端庄，也很谨慎、敏感。"

我细细想着，觉得自己大体上是那样的。这是一种安慰，我也确实从与他见面起就提防着。我猜想到那是某种化装舞会。我知道，吉普赛人和算命者们不像这个假装的老婆子那样表现自己，另外我也注意到她那做作的声音，以及她急于掩饰自己面部特征的行为。但我心里怀疑是格雷丝·普尔——那个我所认为的活生生的谜，那个谜中之谜。我根本没想到竟然是罗切斯特先生。

"喂，"他说，"你在想什么呢？你笑得那么严肃，是什么意思？"

---

① 引自莎士比亚《李尔王》中的台词。

“是惊奇和自我庆幸，先生。我想你允许我走了吧？”

“不行，再待一会儿，对我说说那边客厅里的人在干什么。”

“我猜想在谈论吉普赛人。”

“快坐下！让我听听他们都谈论了我些什么。”

“我还是不要待久了的好，先生，快十一点钟了。哦，你知道吗，罗切斯特先生，自从你今天早上走后，这儿来了一个陌生人。”

“一个陌生人！不知道，会是谁呢？我没有预料谁会来呀，他走了吗？”

“没有，他说他早就认识你，可以自个儿在这儿安顿下来，等你返回。”

“该死！他说了名字没有？”

“他叫梅森，先生，从西印度群岛来。我想是从牙买加的西班牙城来的吧。”

罗切斯特先生正站在我旁边，他握住了我的一只手，好像要把我领到一把椅子上。我说话时，他紧张地捏了一下我的手腕，嘴唇上的笑容凝固了。显然，他的呼吸一下子急促起来。

“梅森！西印度群岛！”他说，那语调仿佛让人觉得是一台说话的机器人在吐出一个个词，“梅森！西印度群岛！”他又重复道，反复说了三遍，随后他的脸色变得十分苍白。

“你不舒服吗，先生？”我问。

“简，我遭到了一次打击，我遭到了一次打击，简！”他身子踉跄起来。

“啊，靠在我身上吧，先生。”

“简，你曾经让我靠着你的肩头，现在也让我靠靠吧。”

“好的，先生，好的。抓住我胳膊。”

他坐下来，让我坐在他身边。他双手握住我的手，擦热它，同时带着最忧郁不安的表情注视我。

“我年轻的朋友！”他说，“真希望只有我们俩待在一座平静的岛上，让我不再有烦恼、危险和可怕的回忆。”

“我能帮助你吗，先生？为了能服侍你，我愿意献出生命。”

“简，如果需要帮助，我会让你帮我的。我保证会这样。”

“谢谢，先生。告诉我该做什么，至少我会努力去做。”

“现在去餐厅里给我带一杯葡萄酒来吧，简。他们会在那儿用晚餐，告诉我梅森是否和他们一起，他在干什么。”

我去了餐厅，发现所有的客人都在餐厅里用晚餐，正像罗切斯特先生说的那样。他们没有坐在餐桌旁，因为晚餐放在餐具柜上，每人都选取了自己喜欢吃的东西，手里拿着盘子和杯子，三三两两地站在一块儿。人人都兴高采烈的样子，随处是生气勃勃的笑声和谈话声。梅森先生站在炉火旁，与登特上校及其太太交谈着。我斟上一杯酒，此时看见布兰奇小姐皱着眉头看我，大概她觉得我很冒失吧，然后我回到书房。

罗切斯特先生的脸色已不再那么煞白了，他从我手里接过那杯酒。

“为你的健康干杯，侍候人的小精灵！”他把酒一口喝下，将杯子还给我，“他们在干什么呢，简？”

“在又说又笑，先生。”

“他们没有显得严肃和神秘兮兮的吗，就好像听到了什么奇异的事情？”

“一点也没有，他们都在尽情寻欢作乐呢。”

“梅森也是？”

“他也在发笑。”

“要是这些人都一起走进来朝我吐口水，你会怎样做，简？”

“把他们赶出这屋子，先生，如果我能够的话。”

他露出一丝微笑。“但要是我跟随他们过去，而他们只是冷冷地看着我，对我加以讥笑，然后一个个离我而去，那又怎么样呢？你会和他们一起离开吗？”

“我当然不会，先生。我会更乐意和你待在一起。”

“以便安慰我？”

“是的，先生，尽我所能安慰你。”

“假如他们因为你站到我一边而指责你呢？”

“我也许根本就不会知道他们的指责，如果知道了，我会毫不在乎的。”

“这么说，为了我，你不怕他们的指责？”

“为了任何值得我支持的朋友，我会敢于面对它的，我相信你就是这样一个朋友。”

“那么你现在回到餐厅去，静静地走到梅森身边，低声对他说罗切斯特先生来了，想见他。把他带到这儿来，然后你就离开。”

“好的，先生。”

我照着他的吩咐去做，当径直从客人身边经过时，他们都盯着我。我找到梅森先生，把口信带给他，并领着他走出餐厅，把他带进书房，随后我就上楼去了。

很晚了，我已经上床躺了一会儿，才听见客人们回到各自的房间。我听出罗切斯特先生的声音，听到他说：“这边，梅森，你住这间屋子。”

他高兴地说着话，那愉快的语调使我放下心来。不久，我便睡着了。

第二十章

我忘了拉上帐子，平常我总要把它拉上，还要把窗帘也放下来。因此，当又圆又亮的月亮沿着它的轨迹运行到我窗口对面的天空，并穿过没有遮掩的窗户往里看着我时，它那明亮的光辉把我照醒了。在这万籁俱寂的时候，我睁开眼睛，看见圆圆的月亮，它呈银白色，像水晶般明净。它很美丽，却太庄严了。我半撑起身子，伸出一只手，把帐子拉上。

天啊！此时突然传来一声尖叫！

这个夜晚，它的寂静，它的安宁，被一种粗野、尖利、刺耳的声音打破，这声音从桑菲尔德府的一端传到另一端。

我的脉搏停止了跳动，心脏也静止了，我伸出的胳膊变得麻木。那叫声消失了，没有再响起。的确，无论什么生物发出那种恐怖的尖叫，都不可能很快再次发出来，即便是安第斯山脉[①]那种长着极宽翅膀的秃鹰，也不可能连续两次从笼罩着它巢穴的云层里发出这样的叫声。发出此种声音的东西必须休息一下，才能够再次叫出来。

声音是从三楼发出来的，因为它从头顶上飘过。是的，从头顶上飘过，并且就在我房间的天花板上方。我此时听到某种挣扎，根据发出的杂音，好像是在拼命挣扎，一个快要窒息的人急速喊了三次："救命！救命！救命！"

"没有人来吗？"声音叫道。然后，当上面有人剧烈地摇晃着身子时，我透过厚厚的木板和墙壁听出叫喊声："爱德华！爱德华！看在上帝的份儿上，快来呀！"一扇卧室的门打开，有人在走廊上跑着或向前冲去。

① 位于南美洲西部。

从上面的地板上传来另一个脚步声，什么东西跌倒了，随后是一片寂静。

虽然被吓得浑身发抖，但我还是穿上一些衣服，跑出房间。睡觉的人都被惊醒了，每个房间里都响起突然的尖叫和受到惊吓的低语。门一扇又一扇打开，一个接一个的人往外探看，走廊里也堆满了人。男宾和女宾们都下了床。“啊！怎么回事呀？”“谁受伤害了？”“发生什么事啦？”“快拿一支蜡烛来！”“起火了吗？”“有强盗？”“咱们往哪里跑？”人们从各处慌乱地问着。要不是有月光，大家会处在一片漆黑之中。他们跑来跑去，挤着一团，有的在哭泣，有的被绊倒，这种混乱的状况简直无法摆脱。

“见鬼，爱德华去哪里了？”登特上校叫道，“他床上找不到人。”

“这儿！这儿！”有人大声回应道，“大家请镇静，我来了。”

这时，走廊尽头的那扇门打开，罗切斯特先生拿着一支蜡烛走上前来，他是刚从上面一层楼下来的。有一位小姐径直朝他跑去，抓住他的胳膊——原来是布兰奇小姐。

“发生什么可怕的事了？”她问，“快说呀！赶快把最糟糕的情况告诉我们吧！”

“可是别把我拉倒或勒死啦。”他回答，因为两个伊斯唐小姐正紧紧抓住他，另外两个穿着宽大白色晨衣的寡妇正像全力张帆的船一样向他迎去。

“没什么问题！没什么问题！”他喊道，“不过是在排演《无事生非》[①]罢了。女士们，快离开，不然我就会变得危险了。”他真的显得危险起来，黑黑的眼睛射出火光，然后他极力让自己镇静，补充道，“是一个仆人做了噩梦，就这么回事。她是个容易兴奋、神经紧张的人，无疑以为梦见了一个幽灵或类似的东西，惊慌得突然发作。所以，现在我得让你们都回到各自的房间，只有等这座房子都安定了，才能够照顾她。先生们，行行好，给女士们做个榜样吧。布兰奇小姐，我相信你不会对无端的恐

① 莎士比亚写的一出喜剧。

惧感到害怕吧。艾米和路易莎，你们俩像是一对鸽子，快回到自己的窝里去。夫人们，要是继续在这个寒冷的走廊里待下去，你们绝对会感冒的。”

这样，他一会儿好话相劝，一会儿发号施令，极力让所有人回到了各自的寝室。我没有等到被叫回自己屋里，而是悄然回去了，正如我悄然从屋里走出来一样。

然而，我并没回到床上，反而小心翼翼地把衣服穿好。那尖叫过后，那声音以及那些话语，大概只有我才听到了，因为它们就是从我上方发出来的。不过，它们让我确信，那给整座房子带来惊恐的并非是某个仆人的梦，罗切斯特先生的解释仅仅是他为了安慰客人编造出来的。于是，我穿好衣服，准备面对紧急情况。然后我在窗旁久久地坐着，看着外面静静的庭院和银色的田野，等待即将发生的未知状况。我好像觉得在那些奇怪的尖叫、挣扎和呼唤过后，一定会发生什么。

什么也没发生，此时又平静起来。每一种低语和行动都逐渐停止，大约一小时后，桑菲尔德府再次变得像沙漠一样悄然无声，仿佛睡眠和黑夜又回到了它们的帝国。月亮就要沉下去了。我无意坐在寒冷与黑暗中，心想还是躺在床上好，尽管我穿着衣服。于是，我离开窗口，轻手轻脚走过地毯。正当我俯下身脱掉鞋子时，有人小心地轻轻拍了一下门。

“有事找我吗？”我问。

“你没睡吧？”是主人的声音。

“嗯，先生。”

“衣服穿好了？”

“是的。”

“那么，轻轻走出来吧。”

我照办了。罗切斯特先生拿着一支蜡烛，站在走廊里。

“我需要你，”他说，“走这边，别着急，不要弄出声音。”

我的拖鞋很薄，所以在有垫子的地板上，我可以走得像猫一样轻盈。他悄悄溜过走廊，爬上楼梯，在三楼那黑暗低矮的过道上停下。我紧跟在后面，然后站在他旁边。

“你屋里有海绵没？”他轻声问。

“有的，先生。”

“有盐吗，就是那种嗅盐？”

“有。”

“回去把这两样东西都带来吧。”

我折回身去，在脸盆架上找到海绵，在抽屉里找到嗅盐，再返回去。他仍然等在那儿，手里拿着一把钥匙。他来到一扇又小又黑的门边，把钥匙插进锁孔里，这时停下来问我：“你不会见到血迹就恶心吧？”

“我想不会的——我还没试过呢。”回答他时，我感到一阵发抖，但并不觉得发冷和发晕。

“把你的手给我就行了，”他说，“让你晕倒了，是不行的。”

我把手指给他。

“手是暖和的，也还稳定。”他说着，转动钥匙，打开了门。

我曾见过这间屋子，就在费尔法克斯夫人带我参观这座宅子那天。它挂着帷幔，不过帷幔现在用环扣扣到一边，露出一扇门来，门先前被隐藏着。它这时开着，一线光从屋里照射出来，我听见那儿发出一种带着嗥叫般的抓扯声，几乎就像一只狗在吵闹。罗切斯特先生放下蜡烛，对我说：“等一下。”然后往前走进里屋。他一进去，里面就发出一声大笑，先是传来嘈杂声，最后是格雷丝·普尔本人那种女妖似的哈哈声！这么说，她在那儿。他一言不发地做好某种安排，虽然我听到一个轻微的声音在对他说话。他走出了房间，并随手关好门。

“这儿，简！”他说。

我绕过去，走到一架大床的另一边。床头旁有一把安乐椅，一个男人坐在上面，只脱掉外衣。他的头往后仰靠，眼睛闭上。罗切斯特先生拿着蜡烛，在他旁边俯着身子，我从那好像已失去生命的苍白的脸上，认出是陌生人梅森。我还看到他衣服的一边和一只胳膊差不多浸在血泊中。

“拿着蜡烛。”罗切斯特先生说，我便接过它，他从脸盆架上端来一盆水，说，“快端着。”我也照办。他拿来海绵，在水里蘸了一下，把那死尸般的脸打湿。他让我把嗅盐瓶递过去，并把它放到陌生人的鼻孔处。梅森先生很快睁开了眼睛，呻吟起来。罗切斯特先生解开这个伤者的衬衣，他的胳膊和肩膀都扎了绷带。只见血还在不断地流，主人用海绵擦拭着。

“马上有危险吗？”梅森先生低声问。

“没什么危险，只是擦伤。别害怕，老弟，坚持住！我现在亲自去为你请个医生来，希望你早上就能被转移走。简。”他接着说道。

“先生？”

“我要把你留在这个屋里，陪这位先生一小时，也许两个小时。他身上流血时，你要像我一样，用海绵把它擦掉。要是他觉得头晕，你就把那个架子上的一杯水端到他嘴边，再把嗅盐拿到他鼻子旁。不管发生什么，你都不要和他说话——梅森，如果你和她说话，那会要你命的。如果你随便乱动，后果我可就不负责了。”

可怜的男人又呻吟一下，好像不敢动弹似的，对死亡或别的什么的恐惧似乎使他麻痹了。罗切斯特先生此时把沾满血的海绵交到我手里，我开始像他那样擦拭着。他看了我片刻，然后说：“记住！什么话也别说。”便离开了屋子。钥匙在锁孔里发出摩擦声，他离去的脚步声渐渐听不到了，这时我产生出一种异样的感觉。

我这时身在三楼，被关在其中一间神秘的屋内，周围是一片黑暗，我的两眼和双手之下是一个脸色苍白、沾满血迹的怪人，一个女凶犯与我仅仅被一扇门隔着。是的，那是极其恐怖的，别的我都能忍受，只是一想到格雷丝·普尔突然向我扑来，我就不寒而栗。

然而，我必须坚守岗位。我得守护着那可怕的面容，那一动不动、颜色发青、不准张开的嘴唇，那一会儿闭上、一会儿睁开的眼睛——它有时扫视着屋子，有时直盯住我，总是流露出惊恐、呆滞的目光。我得把手一次次蘸进那盆血水里，将他身上渗出的血擦掉。我得看着未掐灭的烛光渐渐熄灭。

周围古老精美的帷幔上的阴影越来越浓，由于被那架旧式大床的幔帐遮挡着，变得黑黑的，并在对面一个大橱柜的门上奇异地颤动着，橱柜的正面分隔成十二块镶板，上面是一些冷酷的图案，它们是耶稣十二使徒的头像，每个头像镶在各个镶板中。而在它们顶端，竖着一个乌木十字架和垂死的耶稣基督。

阴影晃动着，烛光摇曳着，不是影子晃到这里，就是光线照到那里。由此看来，就好像一会儿是那个满脸胡须的医师路加[①]正埋着头，一会儿是圣约翰长长的头发在飘动着。不久，犹大[②]恶魔般的面容从镶板上显现出来，他好像越来越有生气，似乎大叛逆者撒旦本人就要以其化身出现了。

处在这种环境当中，我既要观察，又要倾听——倾听隔壁那个洞穴里的野兽或魔鬼的一举一动。但自从罗切斯特先生进去后，它好像被咒语镇住了一样，整个晚上，我只听见传来三次声响，每次相隔的时间都很长——一次是脚步发出的吱吱声，一次是狗发出的短暂的嗥叫，一次是人发出的低沉呻吟。

然后我为自己的想法感到焦虑。那是个什么魔鬼呢？它以人体的化身居住在这座僻静的宅邸里，主人既不能把它赶走，又无法使它屈服。是什么神秘的东西，在夜深人静的时候，一会儿造成火灾，一会儿弄出鲜血？是什么样的家伙装扮成一个普通女人，时而发出魔鬼般的嘲笑声，不久后又发出猛禽那种寻找肉食的声音？

这个我俯身照顾的男人，这个平凡而沉静的陌生人，他是怎么卷入这张恐怖之网的呢？愤怒之神为何攻击他？在本来应该睡在床上的时候，他却为何不合时宜地找到此座房子的这个地方呢？我曾听见罗切斯特先生在下面给他安排了一间屋子，是什么让他来到这儿？对于自己所受到的暴力或背叛，他现在为何变得如此屈服？他为什么如此安静地顺

① 《圣经》中早期基督教教会人物。
② 《圣经》中的十二使徒之一。

从于罗切斯特先生？罗切斯特先生干吗要强迫他隐瞒此事呢？他的这位客人受到了伤害，他自己先前也曾遭到谋害，而这两次事情，他都极力掩盖下去！最后，我还看见梅森先生对罗切斯特先生俯首帖耳，后者那强烈的意志完全左右了麻木的前者。他们之前简短的几句话使我确信了这点。可当罗切斯特先生听到梅森先生到来时，他那惊慌又来自哪里呢？为什么几小时前，他仅仅听到这个毫不反抗的人的名字，就像一棵橡树遭到雷劈一样呢？而现在他只要一开口，就足以把这人像个孩子一样控制住？

啊！我无法忘记他在对我低声说出如下话时所显露的表情，以及他那苍白的面容："简，我遭到了一次打击，我遭到了一次打击，简！"我无法忘记他靠在我肩头上时，他的胳膊是怎样在颤抖——能够这样使爱德华·费尔法克斯坚强的精神屈服，使他健壮有力的身躯发抖的，绝非是小事一桩。

"他什么时候回来？他什么时候回来？"我心里叫道。这时夜晚迟迟不去，这个流血的病人在呻吟着、难受着，而此时既没天亮，又没谁来相助。我一次次把水递到梅森发白的嘴唇边，一次次把刺激性的嗅盐放到他鼻子旁。但我的努力似乎是徒劳的，因为身体上或精神上受到的痛苦，或因为失血过多，或由于这三方面的原因，他越来越没有力气。他在发出呻吟，显得如此虚弱、狂乱和无望。我害怕他就要死了，我甚至不可以和他说话。

蜡烛终于燃尽，熄灭了，这时我发觉窗帘的边缘出现了灰白的光线——黎明到来了。不久，我听见皮罗从下面庭院远处的狗窝里吠叫起来，于是又有了希望。又过五分钟，门外传来钥匙的咔嚓声和锁的转动声，提醒我可以休息一下了。时间过了不到两小时，但好像比几个星期都漫长。

随后，罗切斯特先生走进屋里，并带来了他去请来的医生。

"瞧，卡特，做好准备，"他对后进来的人说，"我只给你半小时敷好药，扎好绷带，并把病人弄下楼去。"

“他可以移动吗？”

“没问题。他并不严重，只是紧张，得让他打起精神。来，开始工作吧。”

罗切斯特先生拉开厚厚的窗帘，收起荷兰式百叶窗，尽量让阳光照射进来。我又惊又喜地看到早上红艳艳的阳光照亮了东方。然后罗切斯特先生走近梅森，医生已在着手为梅森处理伤口。

“嗨，好家伙，怎么样？”他问。

“恐怕她要让我完蛋了。”对方微弱地回答。

“勇敢些！过两周你就会完全好起来的，你只是失了一点血，就这些。卡特，向他保证没有任何危险。”

“我可以发自内心地保证这一点，”卡特说，他这时已把绷带解开，“不过，要是我能早点来就好了，那样他就不会失血太多。可这是怎么回事？肩膀上被撕咬过的肉就像被砍过一样——这伤口不是用刀砍的，这儿还有牙齿印呢！”

“是她咬了我，”他低声说，“爱德华把刀从她手里夺走后，她就像只母老虎一样来撕咬我。”

“你不该让步的，你应该立即和她拼命。”罗切斯特先生说。

“可是在那种情况下，你能怎么样呢？”梅森回答，“啊，太可怕啦！”他又哆嗦着补充道，“我事先也没想到会那样，她最初看起来还挺安静的。”

“我提醒过你的，”他朋友回答，“我说过，你靠近她时，可得防备着。再说，你也可以等到明天，让我和你一起去。今晚就要去见她，并且要一个人去，那只是在犯傻。”

“我以为能够做点什么好事。”

“你以为！你以为！是的，我都听得不耐烦了。不过，你吃了这么些苦，也许还会因为不听我的劝告，尝到更多的苦头，我就不再说什么了。卡特，抓紧！抓紧！太阳快升起来了，我得把他弄走。”

“马上，先生，肩膀刚包扎好。我得看看胳膊上的另一处伤，这儿似乎也被咬伤了。”

“她吸了我的血，说还要把我的心吸掉。”梅森说。

我看见罗切斯特先生战栗了一下，一种包含着厌恶、恐怖与憎恨的表情，使得他的面容几乎扭曲了，但他只说道：“喂，快闭嘴，梅森，别在意她那样胡言乱语，别再说起她的话。”

“我倒是希望能忘掉。”对方回答。

“你离开了这个国家，就会办到的。等你回到西班牙城时，你会想到她已死了，并且被埋葬——或者说，你根本就用不着想到她。”

“要忘掉今晚的事是不可能的！”

“并非不可能，振作一些吧，老弟。两小时前，你还以为自己快要死了，可现在又充满了活力，说个不停。瞧！卡特快要给你处理完了吧，我会很快让你穿得像样一些。简，”自从他回来后，第一次转身对着我，“拿着这把钥匙，到楼下我的卧室去，直接走到梳妆室，然后打开衣柜最上面的抽屉，取出一件干净的衬衣和一条围巾，把它们带到这儿来。动作快。”

我去找到他说的衣柜，再找到他提及的衣物，随后拿着它们回去。

“好啦，”他说，“我给他换衣服时，你到床那边去吧。但别离开屋子，还会需要你的。”

我照他说的离开一下。

“你下楼时，有谁起床没有，简？”罗切斯特先生接着又问。

“没有，先生，一切都很安静。”

“我们会小心把你弄出去的，梅森，这样无论对你，还是对那边那个可怜的家伙都更好些。这么久以来，我一直极力不让此事暴露，所以我也不想到了最后让人知道。喂，卡特，帮他穿上这件背心吧。你把毛皮大衣搁在哪里了？这个该死的寒冷天气，我知道没有它，你一英里也走不了。在你屋子里吗？简，快跑到梅森先生的屋里去，就是我隔壁那间，把你见到的那件大衣拿来。”

于是我又跑下去，拿到一件里衬和边缘都是毛皮的大衣后返回。

“瞧，我还有一件事要你去做，”我那不知疲倦的主人说，“你得再去一下我的房间。你穿着丝绒鞋真是幸运，简！在这个节骨眼上，笨手笨脚是绝对不行的。你得把我梳妆台中间的抽屉打开，取出一小瓶药和一只小玻璃杯——赶紧！”

我飞快地跑到那里，把需要的药瓶和杯子拿了回来。

“很好！哦，医生，我要自己给他施一剂药，由我本人负责。我是在罗马从一个意大利江湖医生那里弄到这药的——那样的家伙你也许会一脚踢开，卡特。简，弄点水来。”

他把小玻璃杯递过来，我从盥洗台上拿来开水瓶，倒了半杯水。

“行了，现在把药瓶边擦湿一下。”

我照着吩咐去做。他量了十二滴深红色的液体，递给梅森。“喝吧，梅森，未来一小时，它就会让你精神振奋的。”

“它会伤害我吗？会给人刺激？”

“快喝！快喝！快喝！”

梅森先生顺从了，显然反对是没有用的。他已穿好衣服，尽管脸色仍然显得苍白，但身上不再血迹斑斑，而是干干净净的了。他喝下那种药液后，罗切斯特先生让他坐了三分钟，然后扶起他胳膊，说：“唔，你能站起来吧？试试看。”

病人便站起身子。

“卡特，扶着他的另一只肩膀。振作一些，梅森，走出去——就这样！”

“我确实觉得好些了。”梅森先生说。

“我肯定你确实好些了。现在，简，你先走到后楼梯去，打开那扇侧道的门，告诉驿递马车夫做好准备，我们要来了。我已告诉他别把吱嘎作响的马车驾到砾石路上来。还有你，简，要是周围有人，你就到楼梯下边哼一声。”

时值五点半，太阳即将升起，但我发现黑黑的厨房仍然静静的。侧道的门被闩着，我尽可能小声地打开它。整个院子都悄然无声，但大门已打开，马车停在那儿，几匹马都已上好马具，车夫坐在车厢外的驾驶座上。我朝他走过去，说先生们就要来了，他点点头。然后我小心地看看四周，倾听着。清晨时分，四处都很宁静，仆人寝室的窗户仍然拉着窗帘。小鸟在开满白花的果树林里鸣啭，树枝像白色花环一样低垂在围绕着院子一边的墙上。拉马车的马儿在马厩里时时跺脚，一切都很安静。

这时先生们出现了。梅森由罗切斯特先生和医生搀扶着，好像走得还比较轻松。他们把他扶上马车，卡特也跟上去了。

“照顾好他，”罗切斯特先生对后者说，“让他在你家里待到完全康复为止。我过一两天会来看看他的情况。梅森，你怎么样？”

“清新的空气又给我带来了活力，爱德华。”

“把他这边的窗子打开，卡特，没有什么风。再见，梅森。”

“爱德华——”

“唔，什么事？”

“把她关照好，尽量对她温和些，让她——”他没说下去，突然涌出眼泪来。

“我在尽最大努力，过去这样，今后也会这样。”罗切斯特先生说，他关好车门，马车驶走了。

“愿上帝保佑，让这一切都结束了吧！”罗切斯特先生说完，把厚重的院门关闭、闩上。

之后，他脚步缓慢、神情恍惚地朝一堵墙中的门移去，这堵墙将果园围住。我想他现在用不着我了，刚准备回到宅子去，便听到他在喊“简”。他已把那扇门打开，站在它旁边等着我。

“来这儿待一会儿吧，这里的空气清新一些，”他说，“那房子只不过是一座地牢，你不觉得吗？”

“在我看来，它是一座豪华的宅邸，先生。”

“无知的魔力笼罩着你的双眼，”他回答，“你透过一种迷人的介质来看它，所以识别不了那些镀金的东西是用黏土做的，那些丝绸帏帐都是一张张蜘蛛网，大理石不过是污秽的板岩，光亮的木头只是废弃的碎片和劣等的树皮。而这里，”他指着我们刚进去的枝叶茂盛的果园说，“一切都是真实、可爱、纯洁的。”

他沿一条过道漫步着，路的一边有黄杨、苹果树、梨树和樱桃树，另一边是狭长的花坛，里面满是各种普通的花草，有紫罗兰、美国石竹、报春花和三色堇，其中混合着青蒿、多花蔷薇和种种芳草。它们此时显得清新鲜艳，因为四月的雨水和阳光连续不断，接着又出现了春天里一个明媚的早晨——阳光照亮了枝叶缠绕、露珠欲滴的果树林，进而洒到它们下面静静的路上。

“简，你想要一朵花吗？”

他采摘到一朵半开的玫瑰，那是在这片矮树林里开出的第一朵花，他把它给了我。

“谢谢，先生。”

“你喜欢这样的日出吧，简？你看那天上的云块多么远、多么轻，随着日子越来越暖和，它们必定会散去的——你喜欢这平静、温和的气候吧？”

“非常喜欢。”

“你度过了一个奇特的夜晚，简。”

“是的，先生。”

“它让你脸色发白——我把你单独留下，和梅森在一起时，你害怕吗？”

“我怕从那间里屋内跑出个什么人来。”

“不过，我把门关好了，钥匙还在我衣兜里呢。要是我把一只羔羊——我宠爱的羔羊——毫无保护地留在离狼穴如此近的地方，我不就成了一个粗心大意的牧羊人了吗。你是安全的。”

“格雷丝·普尔还会住在这儿，先生？”

“啊，是的！别为她操心了，把这件事忘掉吧。”

“可我好像觉得，只要她待在这里，你的生活就不会安全。”

“千万别担心，我会照顾好自己。”

“你昨晚担忧的危险过去了吗，先生？”

“在我看来，简，生活就像站在一个火山口上，它随时都会裂开，并喷发出火焰来。”

“但梅森先生好像是个容易控制的人。他从来不会违抗你或存心伤害你。”

“哦，绝对不会！梅森是不会违抗我的，要知道他也不会伤害我。不过，他也许会因为无意中说了某句轻率的话，让我永远丧失幸福——如果不是丧失生命的话。”

“告诉他要小心些，先生，让他明白你害怕什么，并向他指出如何避免危险。”

他发出带嘲讽的笑声，急忙抓住我的手，又急忙放开。

“要是我能够那样做，傻瓜，哪里还有危险呢？自从我认识梅森后，我便只需对他说‘把那办了’，事情就办了。但我不能在这件事上命令他，我不能说：‘小心别伤害我，梅森。’因为我一定不能让他知道我可能会受到伤害。你看起来糊涂了，我还会让你更加糊涂的。你是我年轻的朋友，不是吗？”

“我愿意为你效劳，先生，只要是正确的，我都服从你。”

“我明白。你帮助我，并让我开心时，也就是像你一贯说的那样，在‘所有正确的事上’既替我干活，又和我一起干——我从你的脚步和神态上看到你确实是真心诚意的。因为，假如我让你去做你认为错误的事，你就绝不会跑得那么轻快，动作绝不会那么干净利落，眼神和面容绝不会那么富有生气。于是，你这位朋友就会带着苍白的脸色静静地转向我，说：‘不，先生，那不可能。我不能那样做，那是错误的。’然后变得像恒星一样不可动摇。唔，你对我也有影响力，会给我带来伤害；而我并不敢告诉你我哪儿容易受到攻击，以免你会一下将我刺穿，尽管你对我忠诚友好。”

“假如你对我也像对梅森先生一样不会担忧的话，你就是非常安全的。”

“上帝保佑会是这样！简，这儿有个凉亭，坐坐吧。”

凉亭是修在园内的一个拱形建筑，上面爬满了常春藤，里面有一个粗糙的座位。罗切斯特先生坐下，给我留出了位子。

“坐吧，”他说，“这凳子足以坐两个人。你不会不愿坐在我身边吧？这是错误的吗，简？”

作为回答，我坐了下去，如果拒绝，就不明智了。

“现在，我年轻的朋友，当太阳将露珠吸干时，这个古老花园的花儿醒来并开放，鸟儿从桑菲尔德府为小鸟弄早餐，早起的蜜蜂开始了一天的忙碌——我将向你提出一种情况，而你得努力把它设想成自己的情况。但你要先看着我，对我说你感到安然自在，并不担心我把你留下是错误的，或者你让自己留下来是错误的。”

“不担心，先生，我心甘情愿。”

“那么，简，借助你的想象——设想你不再是个受到良好培养和教育的姑娘，而是一个从小被纵容的野小子。想象你自己身处于一个遥远的异国他乡，在那儿犯下了一个极大的错误，不管那错误是什么性质或动机，反正其后果总得一辈子缠着你，让你一生留下污点。注意，我并没有说一件罪恶的事，没有说流血事件或其他任何犯罪行为——那会使犯罪者受到法律的制裁。我只是说错误。你所造成的后果最终让你无法忍受，于是你采取措施，获得安慰——采取不同寻常的措施，既不违法，又不该受到惩罚。但你仍然痛苦，因为希望已从你的生活当中离去。正午的太阳也在日食中变得黑暗，你觉得要到日落的时候，日食才会消失。悲哀和可鄙的联想成为你记忆中唯一的养料。你四处游荡，好像在放逐中寻求安宁，在快乐中寻求幸福。我指那种毫无感情的、满足感官的快乐，这种快乐使人的智力变得迟钝，使感情变得枯萎。你感到内心疲惫，心灵凋谢，经过若干年的自我放逐后，回到家里。你又新认识了一个人，不论是怎样的人或是在哪儿认识的。你在这个外人身上发现不少优良美好的品质，这些品质你寻求了二十年，却从未遇到，它们是那么清新、健康，没有受到任何污染。这样的交往使你得到复苏和新生，你感到美好的日子又回来了——有了更高尚的希望、更纯洁的感情。你渴望着重新开始生活，以一种不朽的方式度过余生。为了达到这个目标，你得越过一个世俗的障碍——一个纯粹是传统的绊脚石，你的良心不尊崇它，你的判断力也不赞同它——你这样做是正当的吧？”

他停下来，等我回答。我说什么呢？啊，要是某个好心人给我提示一个明智而满意的回答就好啦！可这种愿望是徒劳的！西风在我周围的常春藤里飒飒作响，但是根本没有什么温和的埃里厄尔[①]借它的微风来为我捎句话。鸟在树梢上唱着歌儿，它们的歌声虽然悦耳，却不知说的什么。

罗切斯特先生再次提出问题：“那个人虽然四处流浪，犯下严重错误，但他如今在寻求安宁，感到悔恨——为了让自己永远与这个温和、亲切、仁慈的陌生人相依为命，从而使他的心灵得到安宁，生命获得再生，他应该勇于面对世俗的偏见吗？”

“先生，”我回答，“一个流浪者的安宁或一个罪人的新生，绝不应该依靠某个同类。人都是要死的，哲学家们会在智慧上支吾，基督徒们则会在德行上颤抖。假如你知道有谁犯了错误，并遭受痛苦，就让他向比自己同类更崇高的生灵寻求力量，予以改进，寻求慰藉，最终治愈。”

“可用什么办法呢？负责此项工作的上帝，赐予我们这样的办法。我直言不讳地告诉你，我曾经是个世故俗气、游手好闲的男人，我相信我找到了治愈自己的办法，在——”

他暂停下来。鸟儿在继续欢叫，树叶在沙沙作响。我几乎感到惊奇，它们怎么就不停止自己的歌声和低语，以便我听到那没说出的话呢。他沉默的时间太长了。最后我抬起头来看着这个说话拖拉的人，他正热切地看着我。

“年轻的朋友，”他说，语调大变，表情也不一样了，失去了它所有的温柔与庄重，变得严厉起来，还带着讽刺的意味，“你已注意到我对布兰奇小姐的一片温情。难道你不认为假如我娶了她，她就会使我获得巨大的新生吗？”

---

① 莎士比亚戏剧《暴风雨》中的精灵。

说罢，他立即站起身，走到小路的另一端，待又走回来时，哼着一支曲子。

“简，简，”他说，停在我面前，“你守了一晚上的夜，脸色那么白。难道你不因为我打扰了你休息而骂我吗？”

“骂你？不，先生。”

“握握手吧，证实一下你说的话。你的手指真冷！昨晚我在那间神秘卧室的门口摸到时还暖和些。简，你夜里什么时候又来守候在我身边呢？”

“只要用得着我，任何时候都行，先生。”

“比如，在我结婚的前一夜！那时我肯定是睡不着的。你答应那天晚上陪陪我吗？我可以对你谈谈我的爱人，你现在已见到并认识她了。”

“是的，先生。”

“她是个极不平常的人，对吧，简？”

“是的，先生。”

“她是一个身材高大的人——的确个子不小，简。她长着褐色的皮肤，体态也丰满，头发一定就像过去迦太基[①]的女人们的那样。哎呀！登特和林恩到马房里去了！快沿着灌木林，从那扇小门进去吧。”

我从一个方向走开，他则从另一方向走开。这时我听见他在院子里欢快地说道：“今天梅森比你们谁都起得早，他日出前就走了。我四点钟起来送他走的。”

① 在非洲北部。

第二十一章

预感是一种奇怪的东西！感应及征兆也一样奇怪，这三者加起来形成一个人类至今都未找到答案的谜。我有生以来从未嘲笑过预感，因为我自己就有过一些奇异的预感。至于感应，我相信是存在的（比如长期不在一起、完全生疏的远亲之间，他们尽管彼此疏远，但仍然声称有着同一起源，每个人都能由此寻到自己的出身），其作用人类无法理解。而征兆或许不过是大自然对于人类产生的感应亦未可知。

我还是个小姑娘时——那时只有六岁，一天晚上，我听见贝茜对阿博特说她刚做了一个关于小孩的梦，而梦见孩子必定会有麻烦的征兆，不管对做梦的人，还是对他的亲戚。这种说法本来已从我记忆中消失，但紧接着发生了一件事，使它不可磨灭地留在我心中——第二天，贝茜就被叫回家去，赶到她临死的小妹妹的床前。

近来，我常回想起这一说法和这样的事，在过去一周里，几乎每晚我睡着时都要梦见一个幼儿。我时而把他抱在怀里，哄他安静，时而放在膝头上逗弄，时而看着他在草地上玩弄雏菊，或者又在流水里弄湿双手。今晚可能是个号啕的孩子，明晚又会是个欢笑的孩子；他有时紧紧依偎着我，有时又从我身边跑开。但这幻影不管以什么方式出现，不管他的样子如何，在连续七个夜晚里，一旦我进入梦乡，他就无一例外地向我迎来。

我不喜欢这个反复产生的念头、这个反复出现的奇怪幻影，当就寝时间到来，幻影出现的时刻临近时，我就变得紧张起来。在那个月光皎洁的夜晚，我正是和这个幼儿幻影在一起时，被一声尖叫惊醒；也正是在随后的那天下午，我被叫到楼下，得知有人要在爱德华·费尔法克斯的房间里见我。到了那儿，我发现有个男人等着我，他那模样像是某个先生的仆人——他戴着重孝，连拿在手里的帽子都缠上了黑纱。

“我猜想你几乎记不得我了吧，小姐，”他见我进去时，站起身，“我姓利维，你八九年前住在盖茨黑德府时，我就是雷德太太的马车夫，我至今还住在那里。”

“啊，你叫罗伯特吧！你好！我记得你，你过去还时不时让我骑乔治亚娜小姐的那匹枣红色马呢。贝茜怎么样了？你和她结婚了吧？”

“结婚了，小姐。我妻子心真好，谢谢你。大约两个月前，她又给我生了个孩子，他们母子俩都很不错。我们现在有三个孩子了。”

“府里的那家人还好吗，罗伯特？”

“很遗憾，对于他们，我不能给你带来更好的消息，小姐。他们眼下非常糟糕，遇到大麻烦了。”

“希望没有谁过世了吧。”我说着，瞥了一眼他的一身黑服。

他也低头看看自己帽子上的黑布，回答道：“约翰先生一周前死了，就死在他伦敦的屋子里。”

“约翰先生？”

“嗯。”

“他母亲怎么受得了呢？”

“唉，你瞧，爱小姐，这可不是一般的灾难。他一生都很放荡，近三年来，一直放纵自己，走歪门邪道。他的死让人震惊。”

“我过去就听贝茜说他不学好。”

“他变得再坏不过了，和那些最坏的男女混在一起，把身体和钱财都毁掉了。他欠下债务，被送进监狱。他母亲两次把他救出来，可他只要一自由，就回到那帮老伙伴当中去，染上坏习惯。他的头脑不太灵光，那帮和他混在一起的无赖用我从未听说过的法子愚弄他。大概三周前，他回到盖茨黑德，想让太太把一切都给他。太太拒绝了，她的钱财已被他挥霍掉不少。所以他又回去了，接下来就听到他死去的消息。他是如何死的，鬼才知道！人们说他是自杀的。”

我沉默不语，这消息太可怕了。

罗伯特·利维接着说："太太身体垮了，她本来是很结实的，但也经受不住这种打击呀。由于损失了不少钱财，她担心会变得贫穷，简直要崩溃了。约翰先生的死亡，以及用那种方式死去的消息来得太突然，弄得她中风了。她三天都没有说话，但上个星期二，她好像好多了，似乎想要说什么，不断示意我妻子，嘴里还咕哝着。不过，只是到了昨天上午，贝茜才明白她在说你的名字，最后贝茜听出她说的是：'把简带来——把简·爱带来，我要和她说说话。'贝茜拿不准她的神志是否正常，或者她的话是否有什么意义。但她把这事告诉了雷德小姐和乔治亚娜小姐，建议她们把你叫回去。小姐们最初把这事搁着，可是见到母亲越来越烦躁不安，说了好多遍'简，简'，她们才终于同意了。我昨天离开盖茨黑德的，要是你能准备好，小姐，我想明天一早就把你带回去。"

"行，罗伯特，我会准备好——我觉得是该回去一下。"

"我也这样想，小姐。贝茜说她肯定你不会拒绝的。不过，我想你得先请了假再走吧？"

"对，我现在就去请假。"我说。我把他带到仆人室里，托付给约翰的妻子，也让约翰本人关照好他，然后我就去找罗切斯特先生了。

他不在楼下的任何一间屋里，也没在院子、马房或庭园里。我问费尔法克斯夫人是否见到过他，她说见到过，认为他在和布兰奇小姐打台球。于是我赶紧向台球室走去，只听那儿传来咔嗒咔嗒的球声和嗡嗡的说话声。罗切斯特先生、布兰奇小姐和两位伊斯唐小姐，以及她们的爱慕者，都忙着玩这个游戏。他们玩得兴致勃勃，要打断他们是需要有相当的勇气的；但我的差事又无法推迟，所以我就走近站在布兰奇小姐身旁的主人。我过去时，她转过身，高傲地看着我，那双眼睛好像在问："这个偷偷摸摸的家伙想干什么？"听见我低声说"罗切斯特先生"，她移动了一下，似乎要命令我走开。我此刻还记得她那副模样——看起来非常高雅，也非常引人注目。她穿一件天蓝色的绉纱晨衣，一条深蓝色的薄纱围巾扎在头发上。她一直玩得兴致勃勃的，尽管她的自尊被激怒，但其傲然的表情丝毫未减。

“那个人是找你的？”她问罗切斯特先生，他便转身看看谁是“那个人”。他的面部奇异地扭曲了一下——那是一种不可思议、模棱两可的表情。然后丢开球杆，跟着我走出屋子。

“什么事，简？”他背靠在他已关好的教室的门上。

“对不起，先生，我想请一两周假离开一下。”

“做什么？去哪里？”

“看一位生病的太太，是她让我去的。”

“哪个生病的太太？她住在哪儿？”

“在××郡的盖茨黑德。”

“××郡？那里离这儿有一百英里远呢！她是谁，让人这么远去看她？”

“她叫雷德，先生——雷德太太。”

“盖茨黑德的雷德？过去有个盖茨黑德的雷德，是个地方官员。”

“我就是去看他的遗孀，先生。”

“你和她有什么关系？你是怎么认识她的？”

“雷德先生是我舅舅——我母亲的兄弟。”

“见鬼！你从没对我说起过，你老是说自己没有任何亲戚。”

“没有任何承认我的亲戚，先生。雷德先生已去世，他太太又把我抛弃了。”

“为什么？”

“因为我穷，是个累赘，她讨厌我。”

“可雷德留下了孩子吧？你一定有表兄弟、表姊妹吧？乔治·林恩爵士昨天还谈起盖茨黑德府的一个雷德，他说雷德是全城十足的无赖之一。布兰奇也曾提到那地方的一个叫乔治亚娜·雷德的人，说一两个社交季节前，她曾因为自己的美貌在伦敦大受赞美。”

“约翰·雷德也死了，先生。他毁了自己，几乎把家庭也毁了，据说是自杀的。这消息太让人震惊，他母亲因此中风。”

“可你能对她有什么帮助呢？胡扯，简！我简直无法想象跑一百英里去看一个老太太，她也许没等你赶到就死了。另外，你不是说她把你抛弃了吗？”

“是的，先生，可那是很久以前的事了，那时她的情况大不一样。要是现在我把她的愿望放到一边，我是不会安心的。”

“你要去待多久呢？”

“尽可能短一些吧，先生。”

“向我保证只待一周——”

“最好不要保证，我也许不得不食言。”

“无论如何，你都要回来。你不会在诱导下找出什么借口，永远和她住在一起吧？”

“哦，不会的！要是没什么问题了，我当然会回来。”

“谁陪你去？你不会一个人赶一百英里路程吧。”

“不会，先生，她让她的马车夫来接我了。”

“是个可以信任的人？”

“对，先生，他在那个家里生活了十年。”

罗切斯特先生思考着：“你想什么时候走？”

“明天一早，先生。”

“瞧，你得有点钱才行，我敢说你也没有多少。到现在我还没付你工资呢。你究竟有多少钱呀，简？”他微笑着问。

我取出钱包，它干瘪瘪的。

“五先令，先生。”

他接过钱包，把我积攒的钱倒在手掌上，看着它，哧哧笑起来，好像这点微薄的钱让他觉得有趣。一会儿后，他拿出自己的皮包，说“拿去”，给了我一张钞票。是五十英镑的，而他只欠我十五英镑。我说没有零钱找他。

“我不需要找钱，你知道的。把你的工资拿去吧。”

我不接受超过自己应得部分的钱。他起初露出愁容，然后好像想起什么，说：“好吧，好吧！最好现在不要把钱都给你，假如你有了五十英镑，也许三个月都不会回来。给你十英镑，这不是足够了吗？”

“是的，先生，不过你还欠我五英镑。”

“那就回来时拿吧，我给你存着四十英镑。”

“罗切斯特先生，现在有这个机会，我不妨跟你谈谈另一件工作上的事。”

“工作上的事？我倒很想听听。”

“你已告诉我了，先生，你不久就要结婚了吧？”

“对，怎么？”

“那样的话，先生，阿黛尔就该去上学了。我肯定你会觉得有这个必要的。”

“让阿黛尔不会妨碍我的新娘，不然我的新娘或许会对她不好？这个建议有意义，毫无疑问。正如你所说，阿黛尔得去上学，而你，当然也得走向——该死的地方？”

“我希望不会，先生，但我得在什么地方另外找一份工作。”

“一个个地走吧！”他叫道，说话带着一种土音，扭曲的面容显得古怪而可笑，他看了我几分钟，接着说，“我想，你会请求那个雷德老太太，或者她的两个小姐帮你找一份工作吧？”

“不，先生，我和这些亲戚的情分还不足以让我寻求她们的帮助。不过，我会打广告。”

“你会爬上埃及的金字塔的！”他抱怨，“你打广告会自冒风险的！真希望我只给了你一英镑，而不是十英镑。把那九英镑还给我吧，简，我用得着它们。”

“我也用得着，先生，”我回答，把双手和钱包放到身后，“不管怎样，我拿不出那些钱来。”

“小气鬼！”他说，“在钱的方面，还拒绝我的要求！给我五英镑吧，简。”

“五先令都不行，先生，五便士也不行。”

“就让我看看吧。”

“不，先生，我信不过你。”

“简！”

“先生？”

“答应我一件事。”

“先生，只要我能办到，什么事我都会答应你。”

“别打广告，把这个求职的事交给我吧。我会及时给你找个工作。”

“我会很高兴这样的，先生，假如你也答应，在你的新娘进门前，我和阿黛尔都能平平安安地离去。”

“很好嘛！很好嘛！我保证会做到这一点。这么说，你明天走了？”

“对，先生，一早就走。”

“吃过饭后，你会下楼到客厅里来吗？”

“不了，先生，我得为这次出门准备一下。”

“那么，你和我就得暂时告别了？”

“我想是吧，先生。”

“人们是怎样举行告别仪式的，简？教教我吧，我不是很在行。”

“他们说‘再见’，或采取他们更喜欢的方式。”

“那就说吧。”

“现在，再见吧，罗切斯特先生。”

“我得怎么说？”

“如果你愿意，也一样，先生。”

“现在，再见吧，爱小姐。就这些？”

“嗯。”

“我觉得这太不够意思了，既枯燥，又不够友好。我喜欢再来点别的，给这仪式增添点什么。比如握握手什么的，但也不行，那也不会让我满意。这么说，除了说再见，你就没别的表示啦，简？”

“已经足够了，先生——一个满怀真情的词语，也会像许多话一样表达出良好的意愿来。”

“很有可能，不过这也显得单调淡漠了点——‘再见’。”

“他还要站在那儿，背靠在门上多久呢？”我问自己，“我想开始收拾行李了。”此时响起用餐的铃声，他突然一个字也没说，就离开了。这天我没再见到他，次日早晨，他还没起床时，我已出发了。

五月一日下午大约五点钟的时候，我到达盖茨黑德的门房。我在朝宅邸走去前，先进了这间屋子。这小屋干净整洁，装饰性的窗户悬挂着白色小窗帘；地板一尘不染；壁炉和火炉用具擦得亮亮的，炉火燃得正旺。只见贝茜坐在炉边，给刚出生的婴儿喂奶，小罗伯特和他妹妹在一角静静地玩着。

“上帝保佑！我就知道你会回来的！”我走进屋里时，利维夫人惊叫道。

“是呀，贝茜，”我吻过她后说，“我相信没回来得太迟吧。雷德太太怎么样了？我希望她还活着。”

“是的，她还活着，比先前更明白事理，也更镇静。医生说她也许会再拖一两周，但他认为她最终不会康复了。”

“她最近提到我了吗？”

“她今天早上还谈到你呢，希望你会回来。不过，她这时睡着了，或者说我十分钟前去宅子时，她睡着了。她一般整个下午都像昏睡了似的，大约六七点钟才醒来。你在这儿休息一个钟头好吗，小姐，然后我陪你一起上去？”

这时，罗伯特进来了，贝茜把入睡的孩子放进摇篮里，走过去迎接他。之后，她坚持让我脱掉帽子，吃些茶点，说我脸上没有血色，显得劳累的样子。我很高兴接受她的盛情款待，任她脱去我身上的旅行装，就像我小时候一样顺从地任她给我脱衣服。

我看着她忙来忙去——用茶盘端出最好的瓷器用具，切开面包和黄油，烤出一块茶点心[①]，时而轻轻拍一下或推一下小罗伯特或简，就像过

① 一种葡萄干小圆饼，吃时烤热并涂上奶油。

去她常那么对我一样——此刻，往昔的时光又迅速涌进我的脑中。贝茜不但保持了她那轻盈的脚步和好看的容貌，也保持了她敏捷的性情。

茶点准备好后，我正要向桌子靠过去，但她要求我静静坐着，语气简直就像她过去那么强硬。她说她得在炉边招待我，并在我面前放了一张小圆台，我的杯子和一盘面包搁在上面——完全和她以前拿东西给我吃一样，那时她是把什么悄悄偷来的美味食物搁在一把幼儿椅上的。我微笑着，也像原来一样听候她安排。

她想知道我在桑菲尔德府是否快乐，女主人是个什么样的人。我告诉她只有一个男主人时，她又问他是不是一位漂亮的绅士，我是否喜欢他。我说他长得其貌不扬，不过是一位很不错的绅士；我还说他对我很好，我感到满意。接着，我向她描述了最近来府里的那些寻欢作乐的客人，贝茜听得津津有味。

在这样的谈话中，一小时很快过去，贝茜又把我的帽子递给我，陪着我离开门房，朝宅子走去。九年前，我也是由她陪着走下这条我现在正爬上去的路。那是在一月的某个阴暗湿冷、笼罩着薄雾的早晨，我带着一颗痛苦而绝望的心离开了一个充满敌意的家——那是一种被放逐被抛弃的感觉——出去寻求罗沃德那个寒冷的港湾——那个地方既遥远，又陌生。这个同样充满敌意的家此时又伫立在我前面，我仍然怀着一颗痛苦的心。我还感到自己在世上是个无家可归的流浪者，不过我对自己的力量更加坚信，并减少了畏缩与恐惧。我那受到冤屈的创伤也已完全愈合，愤怒的火焰已经熄灭。

"你得先到早餐室去，"贝茜领着我穿过大厅，"小姐们会在那儿。"

随即我便来到那间屋子。每样家具都和我当初被介绍给布罗克赫斯特先生的那天早上没有两样，他踩着的那块地毯仍然铺在壁炉前的地面上。我看一眼书架，心想我还能辨别出搁在老地方的比尤伊克著的两册《英国鸟史》，以及就搁在它们上面的《格列佛游记》和《一千零一夜》。这些没有生命的东西原封未动，而那些有生命的就变得认不出来了。

两个小姐出现在我面前，一个很高，和布兰奇差不多。她也很瘦小，有一副菜色的面容和严肃的神态。她那样子有一种苦行僧的味道，加之她穿着直摆的黑色呢绒服，亚麻领子是浆硬过的，头发从额头上梳开，还戴着修女那样的饰物——一串乌木珠子和一个十字架——这极其朴素的模样使得那种苦行的味道有增无减。我确信这就是伊丽莎白，虽然从她那拉长的苍白的面容上，我难以找到她过去的痕迹。

另一个当然就是乔治亚娜了，但不是我所记得的那个乔治亚娜，那个身材苗条、像个仙女似的十一岁小姑娘。这是一个十分成熟、极其丰满的女人，犹如蜡像一般白皙，面容标致漂亮，有一双含情脉脉的蓝眼睛和一头黄色鬈发。她的衣服也是黑色的，不过样式与姐姐的大不一样，更平滑得体，显得美观时髦，而不像她姐姐的那么呆板拘谨。

这两姐妹身上都具有她们母亲的某个特点，也只有一个特点：瘦而苍白的大女儿有着母亲水晶似的眼神，像鲜花一般盛开的小女儿却有着母亲那种形状的下巴——也许要柔和一点，但仍然让其面容显露出一种无法形容的强硬来，否则会是相当优美好看的。

我走上前去时，两个小姐都站起身迎接我，叫了我一声“爱小姐”。伊丽莎白招呼我时，声音短促，没有一点笑容，随即她又坐下了，眼睛直盯住炉火，好像把我忘了。乔治亚娜说过“你好”后，还讲了几句关于旅行、天气等的家常话，语调显得有气无力。她还斜睨着，从头到脚打量我，一会儿瞧一眼我土褐色的美利奴呢绒上衣的折痕，一会儿又老盯着我那顶装饰朴素的乡村女帽。这些小姐们都有一种奇特的方式，既让你知道她们认为你是一个“怪人”，而又不说出来。只需一种傲然的神态、冷淡的举止、漠不关心的语调，就足以表达出她们在这个问题上的看法，而不需用言语或行动，以任何无礼的方式显露出来。

然而，这样一种讥讽，不管是隐秘的，还是公开的，如今都不再像过去那样影响着我。我坐在两个表姐中间，虽然一个完全对我置之不理，另一个半讥半讽地关心着我，但我吃惊地发现自己感到多么轻松自在——伊丽莎白不能让我苦恼，乔治亚娜也无法使我生气。事实上，我还有其他事情要考虑，近几个月来，我心里所涌动的情感太强烈了，不是她们给我造成的任何影响所能比的。我所经受的痛苦和快乐太巨大，太不一般了，而她们根本无法给我带来那种情感，所以她们对我态度如何，我都不会放在心上。

“雷德太太怎样了呢？”我不久问道，同时静静地看着乔治亚娜。

“雷德太太？哦，你是指我妈。她的身体情况很不好，我怀疑你今晚是不是能见到她。”

“只要你上楼去告诉她我来了，”我说，“我会非常感谢你的。”

乔治亚娜几乎要惊跳起来，她把一双眼睛睁得大大的。

“我知道她特别想见我，”我补充道，“我希望现在就满足她的愿望。”

“我妈不喜欢晚上有人打扰她。”伊丽莎白说。一会儿后，我站起身，在没有谁要求的情况下，就静静脱掉帽子和手套，并说我要出去找贝茜，我猜想她在厨房里，让她去看看雷德太太今晚是否愿意见我。于是，我就走了，找到贝茜后，吩咐她去替我看一下，然后进一步采取行动。在此以前，我对于傲慢自大的态度总习惯避而远之。一年前，要是受到今天这样的对待，我会在次日早上一走了之，而现在，我认为那是个愚蠢的主意。我赶了一百英里路来看望自己的舅妈，我得待在她身边，等到她好些了，或者去世为止。至于她女儿那傲慢或愚蠢的态度，我得置之不理，让自己不受其影响。所以，我便对女管家说给我找个房间，我大概要在这儿住上一两周，并让她把我的旅行箱弄到屋里去，我自己也跟着走向那儿，在楼梯平台上遇到了贝茜。

“太太醒着，”她说，“我已告诉她你来了。来吧，咱们去看看她认不认得你。”

我用不着别人带路，在过去的日子里，我常被叫到那儿去，要么受到惩罚，要么遭到痛骂。我先于贝茜赶到那里，轻轻打开门，只见桌上放着一盏挡住光线的灯，因为这时天色已黑。那架挂着琥珀色帐子、有四根帷柱的大床仍旧搁在那儿，梳妆台、扶手椅和脚凳依然如故——我曾上百次受到处罚，让我跪在那张脚凳上，为自己并未犯下的过错请求原谅。我往近旁的一个角落看去，以为会见到一根细长的曾经多么可怕的鞭条——它曾一直潜伏在那儿，抽打我那颤抖的手掌或畏缩的脖子。我朝床走过去，拉开蚊帐，身子俯向高高叠起的枕头。

我还清楚记得雷德太太的面容，急切地寻找着那副熟悉的模样。时间会让复仇的渴望平息，让愤怒与厌恶的情绪得以安宁，这是一件令人愉快的事。我是怀着辛酸与憎恨离开这个女人的，现在我回到她身边时，没有别的感受，只是为她巨大的痛苦产生某种怜悯，并渴望着忘掉和原谅她所造成的一切伤害——与她紧握双手，和睦相处。

那张熟悉的面容就在那儿，仍然是那么严厉无情；还有那微微皱起的眉头，显得专横霸道。那张面容曾多么频繁地把威胁和憎恶投到我身上！小时候那些恐怖与悲哀的回忆又重现在我脑里！然而我仍然俯下身去吻她，她看着我。

"是简·爱吗？"她说。

"嗯，雷德舅妈。你好吗，亲爱的舅妈？"

我曾发誓再也不叫她舅妈了，但我认为现在忘记和违背那个誓言也绝非罪过。我紧紧握住了她搁在被子外面的那只手。假如她也温和地握住我的手，我那时就会感受到一种真正的快乐。可是冷漠无情的天性是不会很快变得温和起来的，与生俱来的憎恶也不会轻易被根除。雷德太太把手抽开，脸转向一边，说这晚有点热。然后她又冷冰冰地看着我，我立即觉得她对我的看法和对我的感情都没有改变，也是无法改变的。从她那铁石心肠的眼神里，我知道她到最后一刻也要把我看成是个坏人。

我感到痛苦，然后是愤怒，决心要战胜她，成为她的主人。我的眼泪就像小时候那样涌出来，我让它们退了回去。我将一把椅子端到床头，坐下来，身子俯向枕头。

"你让我来，"我说，"我就来了，打算待下去，看看你的情况后再说。"

"哦，当然！你见到我的女儿们了吧？"

"见到了。"

"唔，你可以告诉她们，我想让你一直在这儿待着，直到我能和你谈谈心里的事。今天太晚了，再说我也不容易记起来。不过，我真的有些事想和你说说。让我想想——”

她精神恍惚，说话也不再像过去，这说明她那一度健壮的身躯遭到了损毁。她不安地转动着身子,用铺盖裹紧,但我的肘部压住了它的一角，顿时把她惹怒了。

“你快起来！”她说，“别把被子压得紧紧的，让我心烦。你是简·爱吗？”

“我是简·爱。”

“那个孩子给我惹了太多的麻烦，谁也不会相信有那么多。把这样一个累赘丢给了我，她每天每小时都让我觉得无比讨厌，她那种性格真是让人无法理解。她会突然发起脾气来，还老是稀奇古怪地看着别人的一举一动！我敢说她有一次像个魔鬼一样和我说话——哪个孩子会像她那样说话？我真高兴把她赶出了家门。他们在罗沃德是如何对她的呢？那儿爆发了热病，不少学生都死了。而她还活着，但是我曾说她已死了——要是她死了才好！”

“真是一个奇怪的愿望，雷德太太。你为什么那么恨她呢？”

“我总是讨厌那孩子的母亲，因为她是我丈夫唯一的妹妹，他特别喜欢她。她要与一个卑贱的人结婚时，他又反对家人和她断绝关系；听到她去世的消息后，他哭得像个傻瓜。他一定要让人把婴儿送到我们家来，尽管我恳求他宁可把孩子送出去，给钱请人喂养。我第一眼看到她就讨厌，那是一个体弱多病、老爱呜呜哭的东西！她会在摇篮里哭个通宵——不像别的孩子那样大声尖叫着哭，而是呜咽着，呻吟着。雷德可怜她，经常照料她，关心她，就好像是他自己的孩子。确实，他自己的孩子那么大时，他都没那样关心过。他会极力让我的孩子们对那个小乞丐友好，这让我的宝贝们受不了，见他们表现出讨厌的样子，他就对她们发怒。他最后生病时，不断让人把孩子带到床边，临死前一小时，还让我发誓要收养那东西。我宁愿马上去贫民院领养一个穷小子。可是她很虚弱，生来就很虚弱。约翰一点不像他父亲，我对这感到高兴。他像我和我的兄弟们。唉，要是他不再用一封封要钱的信来折磨我就好啦！我已没有更多的钱给他，我们越来越穷了。我得把一半的仆人打发走，把这座房子关闭一部分，或者出租。那样做真是受不了，可是咱们又如何过下去呢？我收入的三分之二都拿去付抵押借款的利息了。约翰的赌瘾很吓人，又老是输。可怜的儿子！他中了骗子的圈套，一再堕落，那样子太可怕了。我看到他时，真为他感到可耻。”

她变得非常激动不安。“我看最好现在离开一下。”我对贝茜说，她站在床的另一边。

“也许吧，小姐。不过，她到了晚上，经常这样说话，早上又平静一些。”

我于是站起身。

“停一停！”雷德太太叫道，“我还有一件事要说。他威胁我，不断用他死或我死来威胁我，我有时梦到他的尸体躺在那儿准备殡葬，要么脖子上有一个大大的伤口，要么面容肿胀发黑。我来到一个奇怪的关口，遇到了大麻烦。怎么办呢？如何弄到钱呢？”

贝茜这时极力劝她服一剂镇静药，费了很大的力气，才把她说服。不久，雷德太太变得安静起来，开始打瞌睡。然后我离开了她。

十多天后，我才有了再次和她说话的机会。她继续处于神志不清的状态，医生不准我们做出任何会引起她痛苦的事。同时，我尽量与乔治亚娜和伊丽莎白相处得好一些，她们最初的确相当冷漠。伊丽莎白会一直坐着缝纫、看书或写东西，几乎不和我或她妹妹说一个字。乔治亚娜则一小时一小时地和她的金丝雀叽叽喳喳地胡扯些什么，对我毫不理睬。

我常拿着一盒画笔和几张纸，坐在远离她们的窗旁，忙着速写一些奇异的小图形，描绘着任何一种场面——它会出现在不断变化、充满幻想的万花筒中——在两座礁石之间，忽然瞥见的大海；徐徐升起的月亮，一只船从圆圆的月亮前驶过；一簇芦苇和菖蒲，一个戴着睡莲花冠的水中仙女从它们当中冒出来；一个坐在某只小禽鸟巢里的小精灵，它戴着一顶山楂花花冠。

一天早上，我着手画一幅肖像，至于什么样的肖像，我并不关心，也不知道。我拿了一支软和的黑笔，把笔尖弄得很粗，然后就开始画起来。

很快，我就在纸上画出一个宽大突出的额头，以及这张脸方正的下部轮廓。这轮廓让我觉得有趣，我继续兴致勃勃地给它画上各种特征。在那个额头下面，必须要画上显著的眉毛。接着，自然要画一个线条分明的鼻子，它有着直直的鼻梁和丰满的鼻孔。然后是显得柔和的嘴部，它绝不能画得太狭小了。然后是结实的下巴，下巴中间有一个明显的凹痕。当然还需要些黑胡须，以及一些乌黑的头发——让它一绺绺地蜷曲在太阳穴两边，仿佛飘动在额头上方。现在该画眼睛了，我把它们留到最后，因为它们需要精心地描画。我把眼睛画得大大的，形状画得很好看，睫毛画得又长又黑，眼球富有光泽。“不错！但还不完全让人满意，”我想，一边仔细看着效果如何，“它们还需要更有魅力更精神一些。”于是，我把阴影部分涂得更黑，使它们更有光彩。我只需适当画上一两笔就做到了。瞧，我眼前是一张朋友的面容，那两个小姐不理睬我，又算得了什么呢？我看着它，对着这张栩栩如生的画微笑。我被吸引住了，感到心满意足。

“你画的是某个认识的人吗？”伊丽莎白问，她已悄悄靠近了我。我回答说只是一幅想象出来的肖像，并赶紧把它搁在其余几幅画下面。我当然撒了谎，事实上，它就是完全按照罗切斯特先生的样子画出来的。但除了我自己以外，那对别人来说又有什么意义呢？乔治亚娜也走上前来观看，她很喜欢其他的画，而把这张画说成是个“丑陋的男人”。两姐妹对我的技能似乎感到惊讶。我主动提出为她们画肖像，于是，她们依次坐着，让我勾画。随后，乔治亚娜取出她的相册。我答应再给她画一幅水彩画，她马上高兴起来。她提出去庭院里走走，出去后不到两小时，我们便十分亲密地交谈起来。她对我产生了好感，向我描述了两个社交季节前她在伦敦度过的那个极其美妙的冬天——她在那儿所受到的瞩目。我甚至得到暗示，她曾征服了某位有头衔的人物。到了下午和晚上，她又对那些暗示进一步描述——向我报告各种温柔的谈话，描述种种充满柔情的场面。总之，她那天好像为我即兴创作了一部小说。我们的交流一天天继续着，这交流总是涉及相同的主题——她自己、她的爱情和悲哀。奇怪的是，她从不谈到母亲的病或弟弟的死，或她们这个家庭所面临的阴暗的未来。她心里似乎只回想着自己往日的欢乐和对新的寻欢作乐的渴望。她每天只在母亲的病房里待上五分钟，不会更多。

伊丽莎白仍然很少说话，她根本就没时间谈话。我从未见过比她更忙碌的人，而你又难以说出她在忙什么，或者说，难以看出她那么勤奋，都得到了什么结果。她有一只闹钟，每天早早地把她叫起来。我不知道早餐前她是如何度过的，不过那以后她就把时间有规律地分成各个部分，每一小时都有各自的任务。她每天要认真地读一本小书三次，我仔细一看,发现是一本《祈祷书》。我问她这本书最大的吸引力是什么,她说是“礼拜规则”。她还要花三小时用金线缝一块方形红布的边缘，这块布大得几乎可以做地毯。我问拿它来做什么，她回答说是用来铺在一座新教堂的圣坛上的，那教堂最近才在盖茨黑德附近修建起来。此外，她要用两小时写日记，两小时独自在家庭菜园里干活，一小时用来核对账目。她好像不需要任何人陪着，不需要任何交谈。我相信她那样生活是快乐的。这种日常的安排使她满足，而最使她烦恼的，莫过于发生什么偶然的事情，让她不得不改变自己颇有规律的生活方式。

一天晚上，她比平常更愿意交谈时对我说，约翰的行为及这个家庭可能面临的毁灭，曾是她深感痛苦的原因。但她说，如今她已平静下来，并下定了决心。她静静地说，母亲是完全不可能康复或拖得很久的，她已小心保管好自己的钱财，等母亲去世后，她将采取一个计划，即找一个隐僻的地方，在那儿有规律地生活，永远不会受到干扰，她将在那里，在她自己和浮华的世界之间架起安全的屏障。我问乔治亚娜是否陪她一起去。

“当然不会。我和乔治亚娜没有任何共同之处——从来就没有过。不管出于怎样的考虑，我都不愿和她在一起，让她成为我的累赘。乔治亚娜应该有自己的生活道路，而我伊丽莎白也有自己的生活道路。”

而乔治亚娜在没有向我吐露心中的话时，多数时间都躺在沙发上，为这座单调乏味的房子感到发愁，一次次希望吉布森舅妈会请她到城里去。“只要我能离开一两个月，”她说，“等到一切都过去了，那才好得多呢。”我没有问“一切都过去了”是什么意思，但我猜想她是指预料中的母亲的死和接着要办的那个让人忧伤的葬礼。对于妹妹的懒惰和抱怨，伊丽莎白不予理睬，就像这个唠叨懒惰的家伙根本没在她面前一样。然而有一天，她把账本搁在一边，打开刺绣物，突然对妹妹这样责备道：“乔治亚娜，你根本就无权出生，因为你简直是在浪费生命。你不是在为自己而活，而只是将软弱的你紧紧依附在坚强的别人身上。要是你找不到任何人愿意负担起你这样一个肥胖、疲软、自负、无用的东西，你就哭叫着说自己受到了虐待，被人忽视，多么可怜。生活对于你也必须是一场不断变化和让人兴奋的戏，否则这世界就是一个地牢。你必须要有人赞美，有人求爱，有人奉承；你得听音乐、跳舞和社交，不然你就要憔悴下去，就要颓废。难道你就没意识到要想出一个办法，让你完全依靠自身的努力和意志吗？以一天为例吧，把它分成若干部分，每一部分都要有事可做。不要让一刻钟、一分钟、一秒钟浪费掉，所有时间都要利用起来。要有条不紊地依次做好每一件事，要非常有规律。这样，还没等你意识到一天已开始，它就几乎要过去了，而你对于任何帮助你摆脱每一个空闲时刻的人，都用不着感激。你也用不着寻求任何人与你做伴和谈话，同情和宽容你。总之，你会像一个独立自主的人那样生活。接受这个忠告吧，这是我给予你的第一个也是最后一个忠告。以后无论发生什么事，你都不需要我或别的任何人了。如果你对我的忠告置之不理，仍然满怀欲望，抱怨不止，无所事事，那么你就会为自己愚蠢的行为所造成的后果而痛苦，无论那些后果多么恶劣难忍。我把这明明白白地告诉你，你要听好，因为我不再重复我现在说的话，并且对已说过的话，我一定会落到实处。等母亲去世后，我就不再管你的事了，从她的棺材被抬到盖茨黑德教堂的坟地那天起，你我将互不相干，就像咱们从不认识一样。你用不着认为由于我们碰巧是由相同的父母生的，所以我就该让你依附着我。我可以告诉你：即使世上只剩下咱俩了，我也会把你留在旧世界，而我则要到新世界去。”

说罢，她闭紧了嘴唇。

“你本来就用不着费心发表那样的长篇大论，”乔治亚娜回答，“人人都知道你是世上最自私、最无情的家伙，我也明白你对我怀恨在心。先前你在埃德温·维尔勋爵身上玩的那个把戏，就是一个例子。你无法忍受我比你高出一筹，拥有一个头衔，在你不敢露面的圈子里受到欢迎，于是你就充当起间谍和告密者来，把我的前途永远毁了。”乔治亚娜取出手帕，在随后一小时里，不断地擤鼻子。伊丽莎白冷漠无情、无动于衷地坐着，仍然很勤奋地忙着她手头的事。

那是一个刮风下雨的下午，乔治亚娜读着一本小说时，在沙发上睡着了，伊丽莎白则去新教堂参加一个圣徒节礼拜——就宗教而言，她是一个刻板的形式主义者。不管天气如何，她都严格履行她所认为的虔诚义务；无论天气好坏，她每个星期都要去做三次礼拜，只要有祈祷，她就会去。

我想到上楼去看看那个生命垂危的女人情况如何，她躺在那儿，几乎没人理睬，连仆人们也只是偶尔去关照一下。那个雇来的护士，由于没人管她，所以一有可能就溜出房间。贝茜是忠实的，但她有自己的一家人要照顾，只能时不时到宅子里去一下。我发现那间病房像我所预料的那样无人看管，根本不见护士的身影。病人静静地躺着，好像昏睡了一样，铁青的脸凹陷在枕头里，壁炉里的火也快要熄灭。我又添进一些燃料，重新把被子整理好，看了一眼此时无法盯着我的她，然后移步到窗旁。

雨水猛烈打在窗玻璃上，风狠狠地刮着。

“那儿躺着一个人，”我想，“她不久就要摆脱世间万物的纷争。她的灵魂此时正在极力脱离肉体，在最终得到解放时，会飘到哪里去呢？”

我想到了海伦·伯恩斯，回忆起她临终时的话、她的信仰，以及关于无形的灵魂平等的理论。我此时仍然在心里倾听着她的话语，仍然想象着她苍白而神圣的外表、她消瘦的面容和庄严的注视——那时她静静躺在床上，喃喃低语着，她渴望回到圣父的怀抱。就在此刻，从病床后面传来一种微弱的声音："那是谁呀？"

我知道雷德太太已几天没说过话了，难道她苏醒过来了吗？我朝她走去。

"是我，雷德舅妈。"

"谁——我？"她回答，"你是谁？"她诧异地看着我，带着某种惊慌，"我完全不认识你，贝茜在哪里？"

"她在门房那儿，舅妈。"

"舅妈？"她重复道，"谁叫我舅妈？你又不是吉布森家的人，不过我认识你——你的脸、眼睛和额头，我都很熟悉。你像是——唉，你像是简·爱！"

我什么也没说，担心讲出自己是谁后使她震惊。

"可是，"她说，"我担心会是一个错误，我的想法会欺骗我。我先前希望见到简·爱，现在我就以为见到了一个与她相像的根本不存在的人。再说，八年来，她一定也变化不小。"这时，我温和地明确告诉她，我就是她认为的和很想见到的那个人。见她明白了我的话，她也十分镇定了，我便解释说贝茜怎样让她丈夫到桑菲尔德府把我接来的。

"我病得很重，我明白，"片刻后，她说，"刚才我努力想翻一下身，却发现一点也动弹不了。看来，临死前我还是把心事说出来的好。身体好时我们考虑得很少的事，在这样的时刻却困扰着我们，就像我现在这样。那个护士在这里吗？或者这屋里只有你？"

我让她确信只有我们两人。

"唔，我对你做了两件让我后悔到现在的错事。一件是我没有履行向丈夫许下的诺言，把你当成我自己的孩子一样带大。另一件——"她停一下，"毕竟说来，也许不是很要紧的，"她嘀咕道，"说出之后，我或许会好受些。这样让自己在她面前低声下气真是痛苦。"

她尽力改变一下姿势，但是不行。她的表情变了，心里好像生产出了一种感觉——也许是临终的剧痛出现的先兆吧。

"唉，我得克服一下。来世就在我面前——我最好告诉她——到我的梳妆盒那里去吧，打开它，取出一封信。”

我听从她的吩咐。

“看看信吧。”她说。

信不长，这样写道：

太太：

请您帮帮忙好吗，能否把我侄女简·爱的地址告诉我，并说说她的情况？我打算不久就给她写信，希望她到马德拉来找我。上帝保佑，让我通过努力获得了足以过上温饱生活的收入。我没有结婚，也没有孩子，所以希望在有生之年收养她，等我死后，让她继承我所有的财产……

约翰·爱

于马德拉

写信的日期是三年前。

“为什么我从没听说过这事呢？”我问。

“因为那时我对你满怀厌恶，根本就不想帮你过上好日子。我无法忘记你曾经对我表现出的愤怒，你把我当成世上最坏的人；你带着并不像个孩子的表情和声音，断言一想到我就恶心，声称我对你无比残酷。你那样惊跳起来，大肆发泄你心中的怨恨时，我忘不了自己当时的感受。我觉得害怕，好像一只我打过或推过的动物在用人的眼睛望着我，用人的声音诅咒我——给我弄点水来！唉，快点呀！”

“亲爱的雷德舅妈，”我说，把她要喝的水递给她，“别再去想那一切了，让它从你脑子里消除吧。原谅我那些言辞激烈的话，当时我还是个孩子，那件事已过去八九年了。”

她对我说的话毫不理睬，待喝了点水，喘了口气后，她继续说道：“我告诉你我无法忘记，并进行了报复——让你被叔父收养，过上安逸舒适的生活，我是难以忍受的。我给他回了信，说很遗憾让他失望了，因为简·爱已不在人世，她在罗沃德时，得伤寒症死了。现在你想怎么办就怎么办吧。给他写信，否认我说的话，尽快向他揭露我的谎言。我想你生来就是要折磨我的，在临终时刻，我还因为回想到某种行为而感到痛苦，而除了对你外，我是绝不会对任何人采取那种行为的。”

“要是你能听我劝告，别再想那事了，舅妈，带着仁慈和宽恕的心看待我——”

“你的脾气相当恶劣，”她说，“我至今都无法理解。九年来，无论别人怎么对待你，你都静静地忍耐着，到了第十年的时候，你会突然变得激烈和狂暴起来，我真是弄不懂。”

“我的脾气不像你想的那么坏了。我是性情暴躁，但一点报复心也没有。有好多次，我还是个孩子时，如果你愿意，我是乐意喜欢上你的。即使现在，我也真诚地渴望着与你和好。吻吻我吧，舅妈。”

我把脸颊贴近她的嘴唇，她不愿碰我。她说我身子俯在床上，把她压住了。她再次要水喝。我把她放下去——她喝水时，我用胳膊将她扶起来，紧握住她那只冷冰冰的手，可她又把软弱无力的手指抽回去，一双呆滞的眼睛避开我的目光。

“不管你爱我，还是恨我，都随你便，”我最后说，“但我彻底地原谅你了。现在请求上帝饶恕，获得安宁吧。”

受苦受难的可怜女人！现在要改变她习以为常的心绪，已经太晚了——她活着时恨我，此刻快要死了，一定仍然恨我。

这会儿，护士走了进来，贝茜跟在后面。我又待了半小时，希望看到舅妈某种友好的表示，然而根本没有。她深深地陷入昏迷之中，大脑也不再正常，当夜十二点钟，她就去世了。我没有在场为她闭上眼睛，她的两个女儿也没有。次日早上，人们来对我们说一切都过去了，那时他们已为她做好殡葬的准备。伊丽莎白和我一起去看她，乔治亚娜大声哭泣之后，说她不敢去。莎拉·雷德曾经那么健壮活跃的身躯就躺在那儿，变得僵硬呆板。她那像燧石般强硬的目光被冰冷的眼睑遮盖了，唯有眉毛和突出的面部特征还显露出冷漠无情的心灵。

伊丽莎白静静看着母亲，沉默片刻后，她说道："她那么好的身体，本来应该活得很久的，是烦恼使她过早离开了人世。"她突然激动得一时说不出话，待恢复过来后，她转身离开屋子，我也一样出去了。我们谁都没流下一滴眼泪。

第二十二章

罗切斯特先生本来只给了我一周的假，但是过了一个月，我才得以离开盖茨黑德。葬礼一结束，我就马上想走的，可乔治亚娜求我待到她能去伦敦时，她姑父吉布森先生这时终于邀请她去那儿了。吉布森先生是来这儿安排姐姐的葬礼和处理家事的。乔治亚娜说她害怕单独和伊丽莎白在一起，说自己难过时，丝毫得不到姐姐的同情；恐惧时，得不到她的支持；不管准备做什么，都得不到任何帮助。所以，我就尽可能忍受着她那些愚笨的哭诉和自私的抱怨，尽力替她做针线活儿，替她收拾衣物。的确，我干活的时候，她就闲着，因此我心里想："假如你我注定总是要生活在一起，表姐，咱们就要以不同的关系重新开始。我不会温顺地成为忍耐、宽容的一方，我会让你承担起自己该干的活儿，逼着你去完成它，要不然就让它搁着。我还要坚持让你把一些期期艾艾的抱怨隐藏在心里。就因为我们的交往是在很短的时间里发生的，并且是在一个特别令人悲哀的时节，我才愿意如此忍耐着，顺从着。"

我终于把乔治亚娜送走，但现在又轮到伊丽莎白求我再待一周了。她说，她的计划需要自己集中所有时间和精力，她要去一个不为人知的地方。她一整天都待在自己房间里，门从里面闩着。她又是装箱，又是腾抽屉，又是烧信件，与谁都不交往。她想让我照顾好这个家，去见客人，并回复那些表示哀悼的信件。

一天早上，她对我说，我可以不用再陪她了。"另外，"她补充道，"我很感谢你给了我这么可贵的帮助，你的行为是多么明智！和你这样的人生活在一起，与和乔治亚娜生活在一起是大不一样的。你履行着自己的生活职责，不给任何人增加负担。明天，"她继续道，"我就要出发去欧洲大陆了。我将住在莱尔[1]附近的一座宗教建筑里——你会把它叫作女修道院。我将静静地住在那里，不受任何干扰。我会用一段时间考察罗马天主教教义，仔细钻研一下它们那种体系的运行方式。假如我发现它正如我有所猜想的那样，确保让一切事情办得既正派得体，又有条不紊，那么我就会接受罗马的信条，也许会成为一名修女。”

我对她的这一决定并没表现出吃惊的样子，也没极力劝阻她。“那个行业完全适合你，”我想，“会对你大有好处的！”

我们分手时，她说：“再见了，简·爱表妹，我祝你好运。你是个有些见识的人。”

于是，我回答道：“你也并非没有见识，伊丽莎白表姐。不过，我想，一年后，你的禀赋就会被活活地囚禁在一座法国的女修道院里。可那不关我的事，它很适合你。”

“你说得对。”她说完这些话后，我们就各奔东西了。由于我将不再有机会提到她或她妹妹的事，所以不妨在这儿说一下，乔治亚娜与上流社会一位行将就木的男人结了婚，这对她十分有利。伊丽莎白真的成了修女，如今是那座女修道院的院长——她在那儿度过了自己的见习期，并将她的财产全部捐赠给了它。

人们离开家一段时间后——不论长短——回去时会有怎样的感觉呢，我不得而知。我自己是从未有过激动的心情的。我曾知道，自己小时候有一次走了很远的路，回到盖茨黑德时是个什么样子——我看起来不是哆嗦，就是一副忧郁的模样，因此受到责骂。后来那次，我从教堂回到罗沃德，渴望着饱餐一顿，并在熊熊的炉火前暖暖身子，可什么也没得到，我知道那是一种什么滋味。那两次回家都不太让人愉快，或者令人向往。没有任何东西把我吸引到一个特定的地点，随着我离家越近，它的吸引力就变得越大。而这次回到桑菲尔德去，情况会如何，还得试试看。

我的旅行似乎是沉闷的，非常沉闷。第一天赶了五十英里路，然后

① 法国北部城市里尔（Lille）的旧名。

在一家客栈过夜，第二天又赶了五十英里。在前十二个小时里，我想到雷德太太临终的时刻，仿佛看见她那变了形的毫无血色的脸，听见她那变得异样的声音。我沉思着葬礼那天，那棺材、灵车、一长列身穿黑服的佃户和仆人——因为亲戚寥寥无几——打开的墓穴、寂静的教堂，以及庄严的仪式。然后，我想到伊丽莎白和乔治亚娜，似乎一个成为舞厅里众人注目的对象，另一个则置身于一座修道院的房间里。我仔细考虑和分析着她们各自奇特的外表与性格。夜晚来临时，我便把她们完全置之脑后。我躺在旅行床上，不再回忆过去，而是料想着以后的事情。

我正回到桑菲尔德去，可是我要在那儿待多久呢？不会太久的，我对此很确信。在离开的那段时间，我曾收到费尔法克斯夫人的信，得知府里那些客人已各自散去，罗切斯特先生三周前去了伦敦，不过当时预料两周后返回。费尔法克斯夫人猜测他是去为婚礼做准备的，因为他曾谈到买一辆新马车。她说，他要娶布兰奇小姐的念头仍然让她觉得奇特，但根据她听别人说的或亲眼看见的，她不再怀疑这件重大的事不久就会发生。“如果你确实不相信的话，你就疑心得出奇了，”我心里评说道，“我是相信的。”

接下来的问题是：“我要去哪里呢？”我整夜都梦见布兰奇小姐，在天亮前的一个栩栩如生的梦里，我看见她把桑菲尔德的大门关闭，并向我指着另一条路，罗切斯特先生则抱住双手，在一旁看着，好像既对她也对我面带嘲笑。

我没有通知费尔法克斯夫人我具体哪一天回去，不想让人用车来米尔科特接我。我打算一个人平平静静走过那段路程，在把行李箱留给客栈的马夫照管后，我于六月里的一个傍晚大约六点钟时溜出了乔治客栈，沿那条老路，向桑菲尔德走去。这条路大多从田野里穿过，此时行人很少。

那并非是一个光辉灿烂的夏日傍晚，虽然天气晴朗、温和。沿途都是些忙着晒制干草的人。天空尽管远说不上万里无云，但看来今后的天气还是不错的。它呈现出的蓝色很柔和，云层又高又薄。西方也是一片暖色，仿佛那儿点燃了一团火，一座圣坛在它那层冷冷的雾气后面燃烧，金红色的光芒从裂缝中照射出来。

当眼前的路越来越近时，我感到高兴——非常高兴，我甚至有一次停下来问自己这种喜悦意味着什么，并提醒自己，我要去的不是自己的家，不是一个永久的安息之地，也不是一个深情的朋友们会守候、等待我到达的地方。“费尔法克斯夫人肯定会微笑着平静地对你表示欢迎，”我说，“还有小阿黛尔，她会拍着手跳出来见你。不过，你很清楚，你心里想的是另一个人，而不是她们，可那个人并没想你。”

但还有什么像青春一样顽固而任性呢？有什么像幼稚无知那么盲目的呢？只要能享有特权，再次深情地看一眼罗切斯特先生——不管他是否那么看我——就是很令人快乐的了。然后它们又说：“赶紧！赶紧！只要可能，就和他在一起，哪怕最多只有几天或几周，之后你就要永远和他分别！”于是，我将一个新生的让人苦恼的东西扼杀了——那是一个畸形的东西，我无法说服自己去承认它。随后，我向前跑去。

人们也在桑菲尔德的草地上晒制干草，或者说在我到达的时刻，劳动的人们刚放下活儿，肩上扛着耙子，正各自回家。我只需要穿过一两块地了，然后跨过那条大路，到达大门口。树篱上的玫瑰真多啊！可我没有时间去采摘，我想回到宅子里。我经过了一棵高大的石楠，它将花叶繁茂的树枝伸过小路。我看见了那段狭窄的石头台阶，随即看见罗切斯特先生坐在那儿，手里拿着一本书和一支铅笔。他在写着什么。

瞧，他又不是个幽灵，但我的每一根神经都像绷断了似的，我一时无法控制自己。这是怎么回事呢？我觉得自己看见他时，并不应该这样发抖，或者当着他的面说不出话来，或者失去了行动的能力。一旦能够动弹，我就要转回身去，用不着让自己大出洋相。我知道另一条回宅邸的路，可即便我知道二十条路，也没有意义，他看到了我。

“嗨！”他收起书和笔，“你终于回来了！快请过来吧。”

我想我确实过去了，尽管不明白是怎么过去的。我几乎没意识到自己的行动，一心只惦记着要显得镇静些，尤其是要控制住我面部抽搐的肌肉——我感到它傲慢无礼，完全违背我的意愿，极力表现出我一心要隐藏的东西。不过，我有一副面纱，它正好放了下来，我可以设法应付一下，让自己看起来不那么慌张。

“你是简·爱吧？你是从米尔科特回来的？是步行？是的，这正是你的一个把戏。不让人派车去接你，像一般人那样坐着车子咔嗒咔嗒地驶过街道和公路，而是在黄昏悄悄溜进自己家的附近，就好像你是一个梦幻或影子一样。这一个月来，你究竟干什么去了呢？”

“和我舅妈在一起，先生。她现在已死了。”

“这真是一个‘简·爱式’的回答呀！善良的天使快保佑我吧。她是从另一个世界来的，从那些死者的住处来的，并在这个黄昏时刻单独遇见我时，告诉了我！要是我敢的话，我就想碰一下你，看看你是实实在在的人还是幻影，你这个小精灵！不过，我宁愿提出去碰一下沼泽地里某种蓝色的磷火。你是个逃避者！逃避者！”稍停片刻后，他补充说，“离开了我整整一个月，我敢说你把我彻底忘了！”

我知道与主人再次相见会使我感到快乐，罗切斯特先生身上总是存在着许多魅力，让人在与他的交往中获得快乐。甚至品尝一点他撒给像我这种离群的外来鸟的面包屑，都会是一件美好的事情。他最后说的话令人安慰，好像表明我是否把他忘记对他来说是有关系的。他还谈到桑菲尔德是我的家——它要是我的家就好啦！

他没有离开那个台阶，我也不愿提出从他身边过去。一会儿后，我问他是不是去了伦敦。

“去了，我看你是用超人的眼力发现的吧。”

“是费尔法克斯夫人在一封信里告诉我的。”

“她对你讲我去做什么了吗？”

“哦，讲了，先生！人人都晓得你是去干什么的。”

“你得去看看那辆马车，简，告诉我你是否觉得它很适合罗切斯特太太，她靠在那些紫色的衬垫上，是否看起来像博阿迪西亚王后[①]。简，我

① 指古不列颠爱西尼人的王后。

真希望自己在外表上与她相配一些。告诉我——因为你是个仙女——难道你就不能对我施个魔力，或给我个灵丹妙药，或类似的东西，让我变成一个英俊的男人吗？”

“即便使用魔力，也是办不到的，先生，”我说，心里又补充道，“魔力所需要的也不过是一种爱慕的眼神，就此而言，你算是够漂亮了，或者更准确地说，你的那种严厉就具有一种超越美貌的魅力。”

罗切斯特先生有时用某种我无法理解的敏锐目光，仔细审视着我尚未说出来的心思。以眼前为例，他对我贸然的回答置之不理，而是带着一种他特有的微笑看着我，这样的微笑他只在罕有的场合才表露出来。他似乎认为在一般的情况下，那种微笑显得太慈善了。

“过去吧，简妮特，”他让出地方，等我走过台阶，“回家去吧，让你那双四处漫游、疲惫不堪的小脚待在一个朋友的屋里。”

我现在唯一要做的就是默默照他说的办，根本不需要我再说什么。因此我沉默地走过阶梯，打算静静地离开他。一种冲动紧紧把我抓住，一种力量使我转回身去。我说——或者我心中的什么在不顾我的反对替我说：“谢谢你深厚的好意，罗切斯特先生。真是奇怪，我很高兴又回到你身边，无论你在哪里，都是我的家——我唯一的家。”

我飞快地向前走去，快得即便他想追上来，也是不可能的。小阿黛尔看见我时，高兴得都快发疯了。费尔法克斯夫人以她平常那种简单朴实的方式迎接我。利娅露出微笑，甚至索菲也高兴地用法语对我说一声“晚安”。这太令人愉快了，世上最幸福的莫过于受到你的同伴朋友们的喜爱，莫过于感觉到你的出现给他们增添了安慰。

那晚，我对于未来的事坚决视而不见，对于不断警告我将要分别和遭受痛苦的声音充耳不闻。吃过茶点后，费尔法克斯夫人又做起了她的编织活儿，我在她旁边一个低矮的座位上坐下，阿黛尔则跪在地毯上，紧紧偎依在我身边。这时，我默默祈祷着我们不会分离得太远或者太快。忽然间，正当我们那样坐着时，罗切斯特先生一声不响走了进来，看见我们那个样子，好像眼前一群人显得如此友好和睦让他觉得开心。然后他说，他想老太太又没事了吧，因为她的养女又回来了。他还补充说，他看见阿黛尔“正想着要把自己的英国小妈妈一口吞下去[①]”。我斗胆希望即便他结婚以后，也会让我们大家一起留在什么地方继续受到他的庇护，而不会把我们远远地赶出他所散发的光芒之外。

我回到桑菲尔德府后，又度过了两周虽然平静但满怀疑虑的日子。关于主人结婚的事，人们只字未提，我也没看见为这样一件大事所做的任何准备。每天我都要问费尔法克斯夫人是否听到什么确切的情况，她总是予以否定。有一次她说，她曾经问过罗切斯特先生什么时候把新娘带回家来，可他只是开个玩笑，做出一种奇异的表情，以此来回答她，使她弄不明白他究竟是什么意思。

有一件事特别让我吃惊，那就是，主人没去英格拉姆庄园拜访。不错，那儿有二十英里远，在另一个郡的边缘，但对于一个热恋的人，那点距离又算什么呢？像罗切斯特先生这样一个经验丰富、不知疲倦的骑手，也不过一上午就赶到了。我开始产生自己无权奢求的希望，我希望这个婚事破裂了，那个传言是错误的，有一方或双方都改变了主意。我常观察着主人的脸，看看它是忧愁的呢还是凶狠的，可我已不记得它从什么时候开始，一切阴云或恶劣的心情已彻底烟消云散。每当我和我的学生与他在一起，我显得精神不振、沮丧不堪时，他甚至会变得乐滋滋的。他比以前更频繁地把我叫到他跟前，我去后，他对我也从没那么好过。并且，我也从没像现在这样爱他。

① 原文为法语。

第二十三章

英格兰沐浴在光辉灿烂的仲夏里。天空如此纯净，阳光如此明媚，一连好长时间，都是这样，而我们这片被波涛包围的岛国很难得有这种好天气。仿佛有一连串意大利那样的日子，像一群美丽的旅行之鸟从南边飞来，并在阿尔比恩①的悬崖上停下休息。干草都已收割完毕，桑菲尔德周围的田野呈现出一片绿色和收割后的情景。树林处于最茂盛时期，树篱和树木都叶子丰满，色彩浓郁，与它们之间一片片经过清理的草地所显现出的明媚色彩形成鲜明对比。

在施洗约翰节②的前夕，阿黛尔在干草巷采摘了半天野草莓，疲倦得已按时睡觉了。我看着她睡去，然后离开她，来到花园。

这是一天中最可爱的时刻，“这天燃烧的火焰已经熄灭③”，凉爽的露珠滴落在喘息的平地和焦灼的山顶。在朴实无华的太阳落下去的地方呈现出一片庄严的紫色，仿佛在一座山顶上的某个地点，焕发出红宝石和炉火的光芒。那片紫色越来越柔和，将半边天都覆盖了。东方则呈现出美丽的深蓝色，它有自己的魅力，有着自己那颗纯朴的宝石——一颗正在独自升起的星星。

我在石子路上走了一会儿，这时一种我很熟悉的气味从某扇窗户悄然钻出来——是雪茄烟的味道。我看见书房的窗口打开了一点，由于知道可能会有人从那儿看见自己，我便离开，走进了果园。在庭院里，没有一个角落比这更隐蔽、更像伊甸园了，这儿树木密布，鲜花盛开。一

---

① 英格兰或不列颠的雅称。

② 即六月二十四日，英国四个结账日之一。

③ 引自英国诗人坎贝尔（1777—1844）的诗。

边有一堵很高的墙将它与庭园相隔，另一边又有一条山毛榉林荫道将草坪挡住。它的底部是一堵低矮的围栏，也是它唯一与寂静的田野隔开的东西。一条蜿蜒的小路通向围栏，路的两边长着月桂树，末端是一棵巨大的七叶树，树的底部围着一圈凳子。在这儿漫步是不会让人看见的。此时蜜汁[①]滴落下来，四处静悄悄的，夜色越来越浓，我仿佛觉得自己可以永远流连于这样一片僻静之处。我穿过这园子上端长满鲜花和果实的地方，因为这时升起的月亮将月光洒在这片更加宽阔的地面，把我往那儿吸引过去。但就在这时，我停止了脚步，并不是因为我听到或看到了什么，而是我闻到了一种让我警觉的香味。

那些多花蔷薇、青蒿、茉莉、石竹和玫瑰早就在将它们夜晚的香气散发出来，而这种新的气味既不是灌木的，也不是花儿的，它是罗切斯特先生的雪茄烟的气味。我看看四周，倾听着。我看到一棵棵树上结满成熟的果实，听到一只夜莺在半英里远的树林里鸣啭。根本见不到任何移动的身影，听不到任何走来的脚步声，然而那种香味越来越浓。我必须逃离。我朝通往灌木林的那扇小门走去，却看见罗切斯特先生走了进来。我便钻进旁边长着常春藤的隐蔽处。他不会待得很久的，他很快会哪里来哪里去，假如我静静地坐着，他就绝不会看到我。

可情况并非那样，这黄昏让他和我一样惬意，这古老的果园同样让他觉得迷人。他悠闲地向前走着，一会儿扶起醋栗树的树枝，看看果实，它们像李子一般大，结得满满的；一会儿从墙上摘下一颗熟透的樱桃；一会儿朝一簇鲜花俯下身去，要么闻闻它们的香味，要么赞赏地看一下花瓣上的露珠。一只大蛾嗡嗡地从我身边飞过，停在罗切斯特先生脚旁的一棵植物上。他看到了它，弯下腰，仔细打量着。

“瞧，他正背对着我呢，”我想，“还看得那么专心。要是我悄悄走开，也许他不会注意到我。”

我沿着草坪轻轻走过去，以免走在石子路上，弄出吱吱的声响，把

---

①天气炎热时，某些树的树叶渗出的带甜味的汁液。

自己暴露了。他正站在花坛当中，离我必经之路有一两码远，那只飞蛾显然吸引了他的注意。“我会很好地溜过去。”月亮此时还升得不高，把他的身影长长地投在地上，正当我从他的影子上跨过去时，他忽然身子也没转一下，就平静地说：“简，快来，看看这家伙。”

我并没有弄出声音呀，他后面也没长眼睛——难道他的影子感觉得到？我吃了一惊，然后向他走过去。

“你看它的翅膀，”他说，“它让我想起西印度群岛的一种昆虫。在英国，人们很难见到这么大一只色彩鲜艳的夜游者。看呀！它飞走了。”

蛾悠闲地飞走了，我也怯生生地退回去，但罗切斯特先生跟在后面，我们来到小门处时，他说：“出去转转吧，夜晚这么可爱，在屋子里坐着，真可惜。现在是日落和月出交界的时刻，肯定谁也不会想去睡觉的。”

我有一个毛病，虽然我的舌头在回答别人时，有时很敏捷，但有时也可悲，不能给我找出一个借口。而这种失误又总是出现在某个节骨眼上，此时本来特别需要找个合理的托词，使我摆脱痛苦的困境。在这样的时刻，我不喜欢单独和罗切斯特先生在这个阴暗的果园里散步，但我又找不到一个离开他的理由。我慢吞吞跟在他后面，一心想着找到什么脱身的办法。可他本人看起来那么镇静，也那么端庄，因此我为自己心烦意乱觉得可耻。

这时我们进入两边是月桂树的小道，缓缓朝着低矮的围栏和那棵七叶树走去。

“夏天的桑菲尔德是个愉快的地方，对吧？”

“嗯，先生。”

“你对这座宅子一定有些依依不舍了。你这个人对于自然美景有着很好的鉴赏力，是吗？”

“我对它的确是依依不舍。”

“尽管我不明白是怎么回事，但我发觉你对那个傻里傻气的小孩阿黛尔产生了一些好感，甚至对那个头脑简单的费尔法克斯夫人也一样，对吧？”

“是的，先生，我对她们俩都以不同的方式怀有感情。”

“与她们分别，你会感到难过吧？”

“嗯。”

“真是遗憾！”他说，叹口气，稍停一会儿，“生活中的事总是这样，”片刻后，他继续说道，“你刚在某个舒适安宁的地方安顿下来，一个声音就召唤着你起身离开，因为休憩的时刻已经结束。”

“我得走了吗，先生？”我问，“我得离开桑菲尔德了吗？”

“我想是的，简。真遗憾，简妮特，不过我真的认为你得走了。”

这真是当头一棒，但我没被它打倒。

“哦，先生，要我动身时，我会准备好的。”

“现在就需要你动身了——我今晚就要你动身。”

“这么说，你要结婚了，先生？”

“确实——如此——一点——没错。你像平常一样机敏，说得完全正确。”

“很快吗，先生？”

“很快，我的——我是说，爱小姐，你要记住，简，最初我自己或者传言都向你表明，我打算将自己老单身汉的脖子钻进神圣的套索，进入圣洁的婚姻阶段。总之，就是把布兰奇小姐搂在怀里。把她抱在怀里真有一大堆呀，但那并不是问题的关键。像我美丽的布兰奇那么杰出的女人，再大一抱都不算多的。唔，我刚才在说——听着，简！你该不是回头去寻找另一只飞蛾吧？那不过是一只瓢虫罢了，孩子，它‘正飞回家去[①]’。我想提醒你的，是你最先对我说——说的时候，带着你所具有的、让我产生敬意的谨慎，带着远见、慎重和谦卑，这些都与你那负责而可靠的态度是相称的。你说万一我娶了布兰奇小姐，你和小阿黛尔最好马上离开。在这个意见中，包含着对我爱人品性的指责，我对此可以置之不理。的确，等你走得很远以后，简妮特，我会把它忘了的，我会只注

① 当时流行的儿歌中的歌词。

意到其中富有智慧的见解，我已把这样的见解当作了自己的行为准则。阿黛尔得去上学。你呢，爱小姐，也得找个新的工作。”

“不错，先生，我要立即登广告，同时，我想——”我正要说，“我想我也许可以待在这儿，直至找到另一个可以去的住处。”不过，我停下了，感到冒险说出一长串话来是不行的，因为我的声音已不受控制了。

“我希望大约一月后就当上新郎。”罗切斯特先生继续说，“在这期间，我会亲自为你找一份工作和一个住的地方。”

“谢谢，先生；对不起，给你添——”

“哦，用不着抱歉的！我认为当一个生活在别人家的人像你一样把职责履行得那么好时，她就有着某种权利，要求雇主提供力所能及的帮助。通过我未来的岳母，我听说有个适合你的工作——去爱尔兰康诺特省[①]的苦果山庄，做狄奥尼修斯·欧高尔太太五个女儿的家庭教师。你会喜欢上爱尔兰的，我想，人们说那儿的人都很热心。”

“那儿太远了，先生。”

“没关系，像你这么一个富有见识的姑娘，是不会反感那样的航程或距离的。”

“不是航程，而是距离太远了，再说那大海也是一个障碍——”

“挡住什么啦，简？”

“挡住英格兰和桑菲尔德了，还有——”

“什么？”

“挡住你了，先生。”

我的眼泪顿时不由自主地涌了出来。然而，我没有哭出声，也没有抽泣。一想到欧高尔太太和苦果山庄，我的心就凉凉的。而想到那白浪翻腾的大海，好像注定要汹涌地横挡在我和主人中间，我的心就变得更凉；而最让我觉得冰凉的是，我记起了那片更加辽阔的海洋，即财富、地位和习俗，它们不可避免地横挡在我和我喜爱的人之间。

① 位于爱尔兰岛西部。

“那儿太远了。”我又说。

“是的，确实很远。等你去了爱尔兰康诺特省的苦果山庄后，我就再也见不到你了，简。我绝不会到爱尔兰去，我本人对那个国家不是很喜欢。咱们一直是好朋友，对吧，简？”

“嗯，先生。”

“朋友们分别前夕，总是乐意在剩下的一点时间里待在一起的。好啦！咱们趁星星在那边的天空上闪耀着，花半小时左右，静静地谈谈你的航程和分别的事吧。这是七叶树，这是它古老的根旁的凳子。来吧，咱们今晚就静静坐在那儿，虽然今后我们注定再也不会坐在那里了。”他让我和他坐了下来。

“这离爱尔兰太远了，简妮特，我很遗憾让自己年轻的朋友踏上如此令人厌倦的旅程。但假如我又没更好的办法，该怎么办呢？你觉得，你和我存在着什么相似之处吗，简？”

我不敢做出任何回答，我的心是平静的。

“因为，”他说，“我时而对你有一种奇怪的感觉——尤其当你离我很近的时候，就像现在这样。似乎我的左肋下什么地方有一根弦，被紧紧系在另一根相似的弦上，解也解不开，而那根弦又系在你小小身躯上某个相应的部位。如果那片汹涌狂暴的英吉利海峡和大约两百英里远的陆地横挡在我们中间，我就担心那根连接我们的弦会被猛然拉断。再说，我现在感到紧张不安，想到那时，我心里会流血的。至于你——你会把我忘了。”

“我绝不会，先生，你知道——”我无法再说下去。

“简，你听见林中夜莺在歌唱了吗？快听呀！”

我倾听着，不禁一次次抽泣起来。我不得不屈服，怀着巨大的痛苦浑身哆嗦。待我能说出话时，我只是表达着自己强烈的希望——希望自己没出生才好，或者从没来过桑菲尔德。

“是因为你要离开它，很难过吗？”

我内心的悲伤和爱意激起了强烈的情感，这情感要求成为主宰，拼搏着要控制一切，声称它有支配、征服、生存、奋起以及最终的统治权。是的，它要发表意见。

“要离开桑菲尔德，我感到忧伤。我爱桑菲尔德，我爱它，我在这里度过了一段完美而惬意的生活。我没有受到蹂躏，没有变得僵化。我没有被卑劣的念头埋没，没有被排除在任何光明高尚、充满活力的东西之外。我曾面对面地与自己敬重和喜爱的人谈过话，与一个具有创新精神、精力旺盛、思想开阔的人谈过话。我认识了你，罗切斯特先生，想到自己将与你永远分别，我就无比害怕，痛苦万分。我看到分别是必然的，就好像看到死亡是必然的一样。”

“你从哪儿看到那种必然的呢？”他突然问。

“哪儿？是你，先生，是你把它摆在了我面前。”

“具体是个什么样子？”

“就是布兰奇小姐那个样子，她是个又高贵又美丽的女人——是你的新娘。”

“我的新娘？什么新娘？我哪里有新娘呀！”

“但你会有的。”

“不错——我会有的！——我会有的！”他紧咬牙。

“然后我就得离开，你自己说过的。”

“不，你得留下！我发誓你得留下——我会信守这个誓言。”

“告诉你，我必须得走！”我反驳道，“你以为我能留下来，做一个对你来说无足轻重的人吗？你以为我是一台没有感情的机器？能够容忍自己嘴里的一口面包被夺走？你以为，由于我贫穷无名、相貌平平、地位低微，我就没有灵魂、缺乏感情吗？你想错了！我的灵魂并不比你的差，我的感情并不比你的少！假如上帝赐予我一些美貌和足够的财富，我就会让你难以离开我，就像我现在难以离开你一样。我此刻不是通过习俗和传统的东西和你谈话，甚至也不是通过人的肉体，而是通过我的

旁——因为咱们本来就是平等的！”

“因为咱们本来就是平等的！”罗切斯特先生重复道，“是这样呀，”他把我抱在怀里，让我紧靠在他胸前，又用他的嘴唇紧贴着我的嘴唇，“是这样呀，简！”

“对，是这样，先生，”我回答，“可又不是这样，因为你是一个已婚男人——或者说即将成为已婚男人，与一个不如你的人结婚。你对她一点感情也没有，我想你并不是真正爱她，我曾看见和听到你讥笑她。我会看不起这样的结合的，所以我还比你强一些。让我走吧！”

“去哪里，简？去爱尔兰？”

“是的，去爱尔兰。我已说出了自己的想法，现在可以去任何地方了。”

“简，安静些，别那样挣扎呀，就像一只疯狂的鸟儿绝望时，在把自己身上的羽毛撕碎一样。”

“我可不是什么鸟儿，我是一个有着独立意志的自由人，我现在就要凭着这种意志离开你。”

我再次努力摆脱了他，直直地站在他面前。

“你可以决定自己命运的，”他说，“我会给你提供帮助，给你鼓励，并让你分得我的一部分财产。”

“你表演了一出滑稽剧，我对它只是一笑置之。”

“我求你在我的身边生活吧，成为我的知心朋友，成为我世间最好的伴侣。”

“既然你已经为那样的命运做出了选择，你就必须遵守。”

“简，安静一会儿，你太激动了。我也会安静一下的。”

一阵风刮过两边种满月桂树的小道，颤动着穿过七叶树的树枝，然后，飘向一个不确定的地方，消逝了。此刻只听见夜莺的歌声，我一边倾听，一边又哭泣起来。罗切斯特先生静静地坐在那儿，温和而认真地看着我。过了一些时间后，他才终于说道：“快到我的身边来吧，简，让咱们说明一下，彼此不要有误解。”

“我绝不再回到你身边，我已被扯开了，无法回来了。”

“可是，简，我要你做我的妻子——我只想娶你。”

我沉默了，心想他在嘲弄我。

“来吧，简，到这儿来。”

“你的新娘挡在我们中间。”

他站起身，一大步就跨到我旁边。

“我的新娘就在这儿，”他把我拉到他身边，“因为与我相配的人就在这儿，也是与我相似的人。简，你愿意嫁给我吗？”

我没有回答，扭动着身子要挣脱他，因为我仍然信不过他。

“你怀疑我吗，简？”

“非常怀疑。”

“你一点不信任我？”

“一点也不。”

“我在你眼里是个撒谎的人吗？”他情绪激动地问，“小怀疑论者，我会让你相信的。我对布兰奇小姐有什么爱情？！根本没有，这你也知道。她对我又有什么爱情？！也根本没有。我曾努力证实过，设法让她听到一种传言，说我的财产还不到人们认为的三分之一。之后我就看到了结果，不管是她，还是她母亲，都对我冷冰冰的。我不会也不能够和布兰奇小姐结婚。而对你——你这个离奇的、超世俗的东西，我是喜爱的，好像你就是我身上的一部分。你虽然贫穷无名、微不足道、相貌平平，但我恳求你，让我做你的丈夫吧。”

“什么，我呀！”我脱口而出，见他那么认真，我开始相信他是有诚意的，“怎么可能是我呢？在这个世上，除了你，我一个朋友也没有——假如你是我朋友的话。除了你给我的钱，我就身无分文了。”

“就是你，简，我一定要拥有你，完全拥有你。你愿意嫁给我吗？说愿意，快说呀。”

“罗切斯特先生，让我瞧瞧你的脸，把你的脸转向月光。”

“干吗？”

“我想仔细瞧瞧你的面容——转过去呀！”

“哎呀！你会发现它比一张涂得皱巴巴的书页好不了多少，看不到什么东西的。仔细瞧吧，不过要抓紧，这让我难受。”

他的面容显得非常不安，也非常红，整个脸都剧烈地抽搐着，眼里露出奇异的目光。

“啊，简，你是在折磨我呀！”他大声叫道，“你在用那种锐利的，然而又是真诚宽厚的目光折磨我呀！”

“我怎么会那样做呢？如果你是真诚的，你的求婚是真心实意的，我对你除了感激和忠诚外，还会有什么呢？”

“感激！”他突然大声说，并急切地补充道，“简，快答应我吧。说，爱德华[①]，叫我名字——爱德华，我愿意嫁给你。”

“你是认真的吗？你真的爱我吗？你真心实意希望我做你的妻子？”

“是的，假如必须发誓才能让你满意，我就对此发誓。”

“那么，先生，我愿意嫁给你。”

“叫爱德华——我可爱的妻子！”

“亲爱的爱德华！”

“快到我这儿来——彻彻底底投入我的怀抱，”他用脸颊紧贴着我的脸颊，以最低沉的语调对着我的耳朵说，“让我获得幸福——我也会让你获得幸福的。”

“上帝饶恕我吧！”一会儿后，他又说，“任何人都不要来干涉我。我拥有了她，会把她紧紧抓住的。”

“谁也不会来干涉，先生。我没有任何亲戚来插手这事。”

“那就再好不过了。”

假如我没那么爱他的话，我会认为他那狂喜的口音和表情显得粗鲁。不过，我坐在他身旁，从分别的噩梦中惊醒，被召唤到婚姻的天堂，因此我只想着自己尽情饮到的幸福美酒。他一次又一次问：“你幸福吗，简？”我也一次又一次回答，“幸福。”然后，他喃喃低语道，“会赎罪的——会赎罪的。难道我不会给她保护、珍爱和慰藉吗？难道我的心中

① 罗切斯特的姓。

没有爱情，我的决定中没有忠诚吗？会在上帝的法庭上赎罪的。我知道造物主赞成我的行为。对于世俗的评判，我才不会去管它；对于世人的看法，我会不予理睬。”

这晚怎么啦？月亮还没有落下去，我们就全部被挡在阴影里。我几乎看不见主人的脸，尽管我们离得很近。是什么折磨着那棵七叶树？它扭动着，呻吟着，风在月桂树那条路上呼啸，从我们身上扫过。

“咱们得进屋去了，”罗切斯特先生说，“天气变了。我本来可以和你坐到天亮的，简。”

“我也可以和你坐到天亮的。”我想。若不是我正看到的那块云突然闪现出铅灰色的亮光，并发出噼啪的声响，紧接着是隆隆的声音，我也许就把那话说出来了。

雨哗哗地下起来。他赶紧让我走上那条小道，穿过庭园，进入宅邸，但没等我们跨过门槛，身上就被淋得很湿了。他在大厅里为我脱去披肩，替我擦拭头发上的雨水。就在此时，费尔法克斯夫人从她屋里走出来。我起初没注意到她，罗切斯特先生也没注意到。灯点着，十二点的钟声敲响了。

“赶紧去脱掉你身上的湿衣服，”他说，“离开前，说一声晚安吧——晚安，亲爱的！”

他不断吻我。我抬起头来，正要离开他的胳膊，突然发现寡妇站在那儿，她表现出苍白、严肃和吃惊的样子。我只是对她微微一笑，跑上楼去。“下次再做解释吧。”我想。我回到自己房间时，想到她甚至会对见到的情景一时产生误解，我仍然觉得很痛苦。但喜悦不久就将其余所有心情彻底抹去，尽管在长达两个小时里，风呼呼地刮着，深沉的雷声在附近隆隆作响，闪电时时发出凶猛的亮光，暴雨像瀑布一般倾盆而下，我却根本不感到恐惧和害怕。这段时间，罗切斯特先生三次来到我门口，问我是否安然无恙，[illegible]

第二天早晨，我还没下床，小阿黛尔就跑进来对我说，果园末端那棵巨大的七叶树夜里被闪电击中了，树身被拦腰劈断。

第二十四章

我起身穿好衣服，仔细想着发生的事，不知那是不是一个梦。在见到罗切斯特先生，并听见他再次说出自己的爱意和许诺之前，我对这件事无法确信。

我一边梳理头发，一边在镜子中瞧着自己的脸，觉得它不再是那么平凡了。它那模样里有了希望，面色中有了生命，我的眼睛也似乎看到实现希望的源泉，从那波光闪闪的涟漪中获得了光彩。我过去常不愿意看主人，害怕会惹他不高兴。但我相信现在可以抬起头来看他了，他也不会因为看到我的表情显得冷冷的。我从抽屉里取出一件朴素但干净轻便的夏衣，穿在身上，好像从没有任何衣服这样适合我，那是因为我不管穿着什么样的衣服，都未曾怀着如此快乐的心情。

我跑下楼，来到大厅，看到经过一夜的暴风骤雨之后，出现了一个光辉灿烂的六月的早晨；通过打开的玻璃门，我感觉到一阵清新芳香的和风吹来。在我如此快乐的时候，大自然也一定是高兴的。一个女乞丐带着她的小儿子沿着小路走来，两人都面色苍白，衣衫褴褛。我跑过去，把钱包里所有的钱都给他们了，大约有三四先令吧。不管是好是坏，都要让他们分享我这喜庆的日子。

费尔法克斯夫人倒是让我吃了一惊，她带着一副愁容望着窗外，一本正经地说："爱小姐，来用早餐吗？"吃饭时，她显得平静而冷淡，而我也可以不去和她谈什么。[illegible]一些东西，然后赶紧跑上楼去，并遇到阿黛尔从教室里走出来。

"你去哪里？该上课啦。"

"罗切斯特先生让我到儿童室去。"

“他在哪儿呢？”

“那里。”她指着自己刚离开的屋子。我走进去，见他站在那儿。

“快来向我道早安呀。”他说。我欢喜地走上前去，现在我得到的不只是一句冷淡的话，或是握握手，而是他的拥抱和亲吻。这似乎是自然的事，他这么爱我，拥抱我，让我觉得真是惬意。

“简，你真像是盛开的鲜花，笑得那么可爱，”他说，“今天早上你实在可爱呀。这就是我那个面色苍白的小精灵吗？这就是我那个芥子小仙[①]吗？这个长着酒窝和玫瑰嘴唇的、脸上阳光灿烂的小姑娘！你那淡褐色的头发像绸缎一样光滑，那双淡褐色的眼睛也精神焕发。”（读者，我的眼睛是绿色的，不过你得原谅他弄错了，我想在他看来，它们只是新染过了罢。）

“是简·爱，先生。”

“不久将成为简·罗切斯特，”接着，他又补充道，“再过四周，简妮特，一天也不会多。你听见了吗？”

我听见了，但是不太明白，我头晕目眩。我想大概是出于恐惧吧。

“你刚才脸红啦，这会儿又发白啦，简。怎么了？”

“因为你给我起了个新的名字——简·罗切斯特，好像太奇怪了。”

“是的，罗切斯特太太，”他说，“年轻的罗切斯特太太——费尔法克斯·罗切斯特的小新娘。”

“绝不可能，先生，这听起来不可思议。在这个世上，人绝不会享受到完全的幸福。这种命运降临到我身上，那是在童话里才有的事，是白日做梦。”

“我能够也愿意让这梦想实现。今天我就着手办这件事。早晨我已给伦敦的银行代理人写了信，让他把保存的一些珠宝寄给我——它们是桑菲尔德府的女主人们的传家宝。过一两天后，我就希望把它们倒进你[illegible]

① 莎士比亚剧中的一个人物。

族的女儿——假如我要娶她为妻的话。”

“啊，先生！别在意那些珠宝了！我不喜欢听你说到它们。珠宝在简·爱听起来是不自然的，是异常的，我宁愿不要它们。”

“我会亲自把钻石项链戴到你脖子上，把环形饰物戴到你额头上，它会适合你的。因为，至少大自然已将其高贵的特征印到了这个额头上，简。我还会将手镯戴到你这双纤细的手腕上，并给这些仙女般的手指戴上戒指。”

“不，不，先生！想想其他问题吧，说说其他事情吧，用另外一种语调说话吧。别那样对我说话，我又不是美人。我只是你雇请的其貌不扬、像贵格会教徒似的家庭教师。”

“你在我眼里就是一个美人——娇小可爱。”

“你的意思是弱小得微不足道吧。你是在做梦，先生，要么就是在嘲笑。看在上帝的分上，别讽刺啦！”

“我也会让世人承认你是一个美人。”

我对他所使用的口气感到不安起来，因为我觉得他要么在欺骗他自己，要么就是在极力欺骗我。

“我会让我的简穿上绸缎，她将在头发上扎起玫瑰。我会用极其贵重的面纱盖在自己最爱的人的头上。”

“那时你就认不出我来了，先生，我将不再是你的简·爱，而是一只身穿丑角夹克的猴子、一只披着借来的羽毛的鸟儿。我仿佛会很快看到你，罗切斯特先生，用舞台上的那些服饰打扮出来，就像我自己用宫廷女的服饰打扮出来一样。我不会说你漂亮的，先生，尽管我非常爱你——我太爱你了，不愿意奉承你。你也别奉承我啦。”

然而，他继续那样说着，对我的反对置之不理。

“今天我就要用马车把你带到米尔科特去，你得为自己选些衣服。我告诉你，咱们四周后就结婚，婚礼将在下面那个教堂里静静地举行，然后我就马上把你带到城里去。在那儿逗留几天后，我就要把我的宝贝带到天涯海角——到法国葡萄园和意大利平原，不管是古代小说中写的，还是现代档案中记录的任何著名地方，你都将看到。你还会体验到都市的生活，通过与他人比较，学会珍视自己。”

“我要旅行吗？——和你一起，先生？”

“你将去巴黎、罗马和那不勒斯[1]，还要去佛罗伦萨、威尼斯和维也纳[2]。凡是留下过我脚印的地方，你那仙女般的脚也将留下足迹。十年前，我曾半疯半癫地穿行于欧洲，陪伴我的是厌恶、憎恨与愤怒；如今，我要带着给我安慰的天使重游它，但我的创伤已被治愈，心灵已得到净化。”

我笑他这样说话。“我不是一个天使，”我声明道，“直到死的那一天也不会是，我会是我自己。罗切斯特先生，你既不要期望，也不要强求从我身上得到什么美妙的东西，因为你是得不到的，正如我从你身上也得不到一样——我也根本没有期望要得到。”

“那你料想我会怎么样呢？”

“在不长的时间内，你也许会保持现在这个样子，这个时间是很短暂的。之后你会变得冷淡，然后变得反复无常，然后是严厉苛刻，那时我得千方百计讨你欢心。而等你对我非常习惯以后，你也许又会喜欢我——我说的是喜欢我，不是爱我。我想，你的爱会在半年或更短的时间内化为泡影。在男人们写的书里，我曾注意到一个丈夫的热情最多也就持续一段时间。然而，作为朋友和伴侣，我绝不让自己亲爱的主人对我太反感。”

“我会让你承认，我确实不仅喜欢你，而且爱你——怀着真心、热情与忠贞。”

“可你不是反复无常吗，先生？”

“对于只凭漂亮脸蛋讨我高兴的女人，当我发现她们既无灵魂，又无感情，让我看到的是平淡琐碎，也许还粗鲁无能、脾气暴躁，这时我的确是那样的家伙。不过，面对明净的眼神和善辩的舌头，面对火一般 [illegible]

① 意大利西南部港口城市。

② 奥地利首都。

而真诚的。”

“你遇到过那样的性格吗，先生？你爱过那样的人吗？”

“我现在就爱上了。”

“我是问以前——假如我真的从各方面都符合你那个难以达到的标准。”

“我从没遇到过像你这样的人。简，你让我欢喜，把我征服。我喜欢你所带来的那种柔顺的感觉。当我把这束柔软光滑的丝线绕在指头上时，它就通过胳膊传入我心中。我被感染了，被征服了，这感染所带来的甜蜜难以形容，这征服所具有的魅力是我赢得的任何胜利都无法比拟的。你干吗笑呢，简？你那副难以理解、不可思议的表情，是什么意思呀？”

“我想到，先生——你会原谅我这个想法，因为它是无意中产生的——我想到海格立斯①和参孙②，以及他们的迷人的女人——”

“你这个精灵般的小——”

“嘘，先生！你此刻说话就不太明智，和那两个男人表现出的差不多。然而，要是他们结了婚，毫无疑问，他们就会以丈夫的那种严厉姿态，极力为自己求婚时的软弱进行补偿。我担心你也会那样。一年后，如果我求你帮助，而又让你觉得不便或不高兴的话，我不知道你会怎样回答我。”

“你现在就求我什么吧，简妮特——哪怕是最微小的事，我很希望你求我——”

“我确实会求你，先生。我已把请求准备好了。”

“快说吧！”

“我只求你这件事：别让人把那些珠宝弄回来，别在我头上戴玫瑰。你不妨把你那张朴素的手帕饰上金边。”

“不如说我不妨‘给纯金镀金③’。我知道的，你的请求我答应了——

① 主神宙斯之子，力大无穷。
② 古代犹太人领袖之一，以身强力壮著称。
③ 莎士比亚剧中的台词。

眼下答应了。我会取消给银行代理人写信。但你什么东西都没有要到呀，你只是请求取消一件礼物罢了——再试试吧。”

“唔，瞧，先生，请你满足我的好奇心吧，我对某一个问题产生了很大的好奇。”

他现出困惑的样子。“什么？什么？”他急切地说，“好奇是一个危险的请求，幸好我没有发誓要满足你的所有请求——”

“可是答应这个请求不会有任何危险的，先生。”

“说出来呀，简。不过我希望是你想得到我的一半财产，而不仅仅是要查询一个什么秘密吧。”

“瞧，亚哈随鲁国王[①]！我拿你那一半财产来干什么？你以为我是个放高利贷的犹太人吗，一心想在土地上寻求有利可图的投资？我宁愿得到你所有内心的秘密。要是你在心里接纳我，你就不会把我排除在你的秘密之外吧！”

“凡是你必须知道的秘密，我都会告诉你的，简。但是看在上帝的分上，别一心想知道某种无用的累赘吧！别渴望得到毒药——别在我手里成为一个十足的夏娃！”

“为什么不呢，先生？你刚才还一直对我说你多么喜欢被征服。难道你不认为我最好充分利用一下你的认可，开始哄你，恳求你——必要的话，甚至哭起来，对你生气——就为了试试我有多大的能力？”

“你怎么试，我都不害怕。假如你做得太过分了，为所欲为，就别玩这个花招了吧。”

“是吗，先生？此时你看起来多么严厉啊！你的眉毛皱得像我的手指一样粗，你的额头像我曾在一首让人惊讶无比的诗中读到的那样，‘层层叠着乌云的雷霆[②]’。我想，你结婚后就会是那副模样吧，先生？”

“假如你结婚后会是那个模样，我作为一名基督徒，很快会打消与一个仅仅像小妖精的人结合的念头。可你有什么要问的，小东西，快说

① 《圣经》中的波斯国王。

② 引自英国诗人弥尔顿的诗句。

出来吧。”

“瞧，你现在可不那么礼貌了，不过与奉承比起来，我更喜欢粗鲁。我宁愿做一个小妖精，也不愿做天使。我要问的是你为什么那么费尽心机，让我相信你想要娶布兰奇小姐呢？”

“就这些？”这时他松开了紧皱的眉毛，低头微笑着看我，同时抚摸我的头发。

“我想是可以承认的，”他继续说，“即使会让你有点气愤，简——我见识了你气愤时会变成怎样一个火怪。昨晚当你与命运进行抗争，声明你与我是平等的时候，你在冷冷的月光下燃烧着怒火。顺便说一下，简妮特，是你向我提出来的呀。”

“当然是我。不过，请直截了当些吧，先生——布兰奇小姐是怎么回事？”

“哦，我是假装向布兰奇小姐求婚的，因为我希望让你疯狂地爱上我，就像我这么爱你一样。我知道嫉妒是我能召集到的最好同盟，它将帮助我达到目的。”

“太妙啦！你现在真是渺小，一点也不比我小指大。你那样做实在是丢尽了脸面。你丝毫没有考虑到布兰奇小姐的感情吗，先生？”

“她的感情都集中在一点上——骄傲自负，她是需要压压气焰的。你嫉妒了吗，简？”

“别在意，罗切斯特先生，再次真诚回答我吧。你那样对布兰奇小姐虚情假意地献着殷勤，就不觉得会让她痛苦吗？她不会感到被人抛弃了吗？”

“不可能——等我告诉你她反过来是如何将我抛弃时，你就知道那是不可能的。一想到我破产了，她的热情一下就冷却了。”

“你的头脑真是古怪而精明，罗切斯特先生。”

“我的行为准则从未受到过训练，简，它们也许会因为缺少约束，变得有点离经叛道。”

“我再认真地问一次，我会享受到赐予我的好事，而不用担心有人像我不久前所感受到的那种巨大痛苦吗？”

“你会的，我善良的好姑娘——世上没有任何人像你一样对我怀着如此纯洁的爱，因为，简，我相信你对我的感情是真诚的，我的心灵因此得到了很大安慰。”

我转过头去吻着他搁在我肩膀上的手，我太爱他了，这种爱我相信自己是无法表达的，甚至任何语言都无法形容。

“再要求点什么吧，”片刻后，他说，“我高兴被你请求，高兴听从你的话。”

于是，我又准备好提出自己的请求。“把你的打算对费尔法克斯夫人说说吧，先生。她昨晚看见我和你一起在大厅里，吃惊不小。对她做些解释，我再和她见面。”

“回到你屋里去吧，戴上帽子，”他回答，“我想让你今天上午陪我去米尔科特。趁你准备坐车出发的时候，我就去向老太太说明一下吧。难道她以为，简妮特，你为了得到爱情，把什么都献出了，却什么都没有得到吗？”

“我想她是以为我忘了自己的地位，还有你的地位，先生。”

“地位！地位！你的地位在我心中，在那些要侮辱你的人的脖子上，无论现在，还是以后。快去吧。”

我很快就穿好衣服，听见罗切斯特先生离开费尔法克斯夫人的房间时，我赶紧走过去。老太太一直在念她早上的那部分《圣经》经文——就是这一天选读的部分，只见书打开搁在她面前，她的眼镜放在书上。听到罗切斯特先生宣布的事后，她似乎忘了自己在做什么，眼睛直盯住对面那堵光秃秃的墙，表现出惊讶的样子。她看见我时，动了动身子，做出某种努力，想微笑一下，讲几句祝贺的话。然而微笑刚一露出，就终止了，话还没说完，就结束了。她收起眼镜，合上《圣经》，把椅子往后推一推，离桌子远一点。

“我真是非常吃惊，”她开始道，“简直不知道对你说什么，爱小姐。我肯定没有做梦吧？有时我一个人坐着打盹儿时，会想象一些从未发生过的事情。不止一次我在打瞌睡的时候，好像觉得我已故十五年的亲爱的丈夫进来了，并在我身边坐下。我甚至听见他像生前经常那样叫我艾丽丝。唔，你能告诉我，是不是罗切斯特先生已向你求婚了？别笑话我，我真的觉得他五分钟前刚进来过，还说再过一个月，你就是他妻子了。”

“他也是那么对我说的。”我回答。

“是吗？你相信他？你答应他了？”

“嗯。”

她迷惑不解地看着我。

“我怎么也想不到会这样。他是一个自负的男人，罗切斯特家所有的人都是自负的，至少他的父亲很喜欢钱。他也总被说成是个比较吝啬的人。他要娶你吗？”

“他是这么对我说的。”

她把我全身上下打量了一番。

“我实在无法相信！”她继续说，“可既然你都这样说了，还有什么怀疑的。至于结果会如何，我可说不清，真的说不清。在这样的情况下，通常要门当户对才是恰当的，并且你们的年龄相差二十岁。他几乎都可以做你父亲了。”

“不，真的，费尔法克斯夫人！”我生气地叫道，“他根本就不像我父亲！不管谁看见我们在一起，绝不会认为他是我父亲的。罗切斯特先生看起来就像二十五岁的男人那么年轻，他真的很年轻。”

“他真的是因为爱你才要和你结婚的吗？”她问。

她这么冷淡和怀疑，使我受到很大伤害，眼里涌出了泪水。

“对不起，让你伤心了，”寡妇接着说，“可你这么年轻，对男人了解得太少，我是希望你防着点。有句古谚说‘并非闪光的都是金子’，在这件事上，我确实担心会发生什么出乎你我意料的事。”

“为什么？难道我是个怪物吗？”我说，“罗切斯特先生就不可能对我怀有真情吗？”

“不是那样的，你很好，并且近来大有进步。我猜想罗切斯特先生也是喜欢你的，我一直注意到你是他的某种宠儿。有时，我对他那种明显的偏爱感到有点不安，希望让你有所防备。我知道这种念头会让你吃惊，也许使你受到伤害。你那么慎重，非常端庄和明智，所以我希望你能保护好自己。昨晚，我找遍了这座房子，都没找到你和主人，然后到十二点钟时，却看见你和他一起进来了，那时我心里是多么难受，简直无法对你说。”

“唔，现在别在意那事了，”我不耐烦地打断她，“一切都平安无事，这就够啦。”

“我希望到头来，一切都好，”她说，“不过相信我，你再怎么小心都不为过的。尽量和罗切斯特先生保持一定距离吧，别太相信自己，也别太相信他。像他那种地位的绅士通常不会娶自家的家庭教师的。”

我真的变得恼怒起来，幸好这时阿黛尔跑进来了。

“让我去吧——让我也去米尔科特吧！”她叫喊道，“罗切斯特先生不让我去，可那辆新马车的空位子还多着呢。求他让我去吧，小姐[1]。”

“我会的，阿黛尔。”说罢，我带着她匆忙走了，很高兴离开了给我告诫的那个忧郁的女人。马车已准备好，正被弄到房子前面，主人在砾石路上踱着步，皮罗来来回回地跟着他。

“阿黛尔可以陪咱们去吧，先生？”

“我对她说过不行。我不想带着任何小家伙去！我只想带你去。”

“请让她去吧，罗切斯特先生。”

“不行，她是个累赘。”

无论是他的表情，还是声音，都显得相当武断。我此时仍然为费尔法克斯夫人的告诫感到扫兴，为她的怀疑觉得沮丧。某种虚无缥缈的东西困扰着我，我感到对他的影响力已丧失了一半。我正要机械地服从他，不再提出异议时，他在扶我上车的时候盯着我的脸。

“怎么啦？”他问，“兴致全没有了。你真的想把这小家伙带去？把

① 原文为法语。

她留在家里，你会不高兴吗？”

“我真的很愿意带她去，先生。”

“那就去把你的帽子戴上吧，要像闪电一样跑回来！”他对阿黛尔大声叫道。

于是，孩子照他的吩咐，飞快地跑开了。

“毕竟，打扰一个上午也不怎么要紧，”他说，“我不久就会得到你了——得到你的思想、谈话和陪伴——永远。”

阿黛尔被抱到车里时，亲吻起我来，以此表示感激，因为我替她求了情。但她立即就被搁在主人另一边。她转过头来，探看我坐在哪里，可她旁边的人太严厉了，她太受限制了。他此时心情不好，她根本不敢说话。

“让她到我这里来吧，”我请求道，“她也许会惹你烦的，先生。这边还空得很。”

他便把她递过来，就好像她是一只供赏玩的小狗。

“我会把她送到学校去。”这时，他微笑起来。

阿黛尔听到他的话后，问她是不是去学校时‘不让小姐陪着[①]’。

“是的，”他回答，“绝对不让小姐陪着。因为我要把小姐带到月球上去，在那儿的一座火山顶上的某个白色山谷里找一个洞穴，小姐就和我住在那里，只和我一个人。”

“那里什么吃的也没有，你会把她饿死的。”阿黛尔说。

“我会每天为她采集吗哪[②]，阿黛尔。”

“她需要暖暖身子——如何弄到炉火呢？”

“月球上的山会冒出火来，她冷的时候，我会把她抱到一个山顶，再把她放到火山口的边上。”

“啊，她在那儿多么糟糕，多么不舒服啊！[③]还有她的衣服，它们会

① 此处和以下几处为法语。

② 《圣经》故事所述古以色列人经过荒野时所得的天赐食物。

③ 原文为法语。

穿坏的，她如何能得到新衣服呢？”

罗切斯特先生假装不解的样子。“哼！”他说，“你会怎么办呢，阿黛尔？敲敲你的脑袋，想个妙计出来吧。你认为用一块白色的或粉红色的云做长裙怎么样？人们还可以从彩虹上裁剪出一块非常漂亮的围巾。”

“可她现在的情况要好得多。”阿黛尔思考一会儿后断定，“另外，只和你一个人在月球上生活，她会厌倦的。我要是小姐，不会答应跟你去。”

“她已经答应了，还发了誓的。”

“可是你没办法把她弄到那儿去，根本没有上月球的路，上面全是空气，你和她都无法飞起来。”

“阿黛尔，看那片田野。”他说。我们坐的车这时已出了桑菲尔德府的大门，正轻快地沿着平坦的道路，向米尔科特快速驶去。因为下过雷雨，路上的灰尘都冲干净了，两边低矮的树篱和高大的木材树展现出绿色，被雨水冲刷一新。

“大约在两周前的一个较晚的黄昏，阿黛尔，我正走在那片地里——就是你帮我在果园的草地上晒干草那天的黄昏。我耙草耙得很累了，就坐下来，靠在一堵墙上休息，并取出一本小书和一支铅笔，开始写着很久以前发生在我身上的一个不幸，写着我如何希望幸福的日子到来。我写得很快，尽管阳光正从树叶间消失，这时什么东西忽然沿路走来，在离我两码远的地方停下。我看着它，那是一个头上戴着薄面纱的小东西。我招手，让它走近一些，没多久，它就站在我的膝旁。虽然我没有对它说一个字，它也没有对我说一个字，但是我读懂了它眼里的意思，它也读懂了我眼里的意思。我们那种无言的对话大意是这样的：

“她说她是从仙境来的仙女，任务是要让我幸福。我得跟随她离开这个尘世，去一个寂静的地方——比如月球吧，她把头朝向干草山上缓缓升起的月牙，对我说，我们可以住在那儿的雪花石膏洞里和银谷里。我说我是愿意去的，可我提醒她——就像你提醒我一样——我没有可以飞的翅膀。

“‘哦，’仙女回答说，‘那有什么要紧！这儿有一个可以排除一切困难的护身符。’说罢，她递给我一枚漂亮的金戒，‘把它戴到我左手的第四个指头上吧，’她说，‘然后我就是你的了，你也是我的了。咱们将离开地球，朝那边我们自己的天堂飞去。’她又向着月球点一下头。那枚戒指，阿黛尔，就在我的裤兜里，看起来像是一块金币，不过我很快会让它又变成戒指的。”

“可是小姐与她有什么关系呢？我不喜欢那个仙女，你说的是要把小姐带到月球上去吧？”

“小姐就是一个仙女。”他神秘地低声耳语着。我让阿黛尔别管他开的玩笑，她却把地道的法国人的怀疑论表达得非常彻底。她把罗切斯特先生说成是“一个十足的撒谎者”，声明她把他的那些“童话”毫不放在眼里。“再说，根本就没什么仙女，即使有的话”[①]，她也肯定她们绝不会出现在他面前，也不会给他戒指，或提出和他去月球上生活。

在米尔科特度过的那段时间，真让我有些心烦。罗切斯特先生一定要让我去一家丝绸商店，让我必须在那儿挑选半打衣服。我讨厌这事，请求推迟一下再说，可是他不准，现在就得办好。我极力低声恳求他，才把半打衣服的布料减少到两件，而这两件衣服的布料他郑重其事地说要自己来挑选。我焦急不安地看着他的目光游移在琳琅满目的商品上，最后落在一块最为富贵华丽的紫色丝绸和一块高级的粉红色缎子上。我又一再对他低声耳语着，说他不妨给我买一件金色的长裙和一顶银色的女帽——我当然绝不敢穿他挑选的那些衣服布料。好不容易才说服他换成一件庄重的黑色缎子和一件珠灰色的丝绸。“暂时就这样吧，”他说，“不过，我倒是愿意看到你打扮得像花坛一样焕发光彩。”

我真高兴让他离开了丝绸商店，然后又离开了珠宝商店。我们又上了马车，我焦虑而劳累地坐靠在那儿。就在忙着这些事情时，我突然想起了忘得一干二净的另一件事，即我叔父约翰·爱写给雷德太太的信——他打算收养我，并让我成为他的遗产受赠人。“如果我能有那么一点点

① 以上几处引语为法语。

足以使我自立的财产，”我想，“的确也是一种安慰。我怎么也忍受不了被罗切斯特先生打扮得像个洋娃娃，或者坐在那儿像又一个达娜厄[1]，每天都有金雨在我身边落下来。我一回到家里，就要写封信寄到马德拉群岛去，告诉叔父约翰我要结婚了，以及和谁结婚。只要有一天我也给罗切斯特先生增添一份财产，我现在让他供养着就更好受些。”这个愿望使我多少得到点安慰（我当天就把这事办了），我便再次大胆地与我的主人也是情人的目光相对，而他一直在不断搜寻着我的目光，尽管我极力避开他的注视。他微笑着，我觉得他的微笑在令人极其快乐的时刻，有着苏丹[2]那样的威力，它被赐给了一个让他的金银财宝装饰一新的奴隶。他老是一心要来握住我的手，我使劲捏一下他的手——之后，猛然推回去，我握得那么富有感情，甚至把他的手都弄红了。

“你用不着表现出那个样子，”我说，“你要是那样，我就会永远只穿自己罗沃德的那些旧衣服。我就穿这件淡紫色的方格花布衣服吧，你可以用那块珠灰色的丝绸给自己做一件晨衣，用那块黑缎子做很多背心。”

他咯咯笑起来，搓着双手。“啊，听她说话太有趣了！”他大声说，“她是那么新颖独特吗？她是那么让人兴奋吗？即使把土耳其宫廷里所有的美人都给我，我也不愿用这个身材小巧的英国姑娘去换！尽管她们有羚羊般的大眼睛和天堂女神般的身段。”

他提到那些东方美女，再次刺伤了我。“我根本不可能成为你的一个宫廷美人的替代品，”我说，“所以别拿我和她们相提并论。假如你在那方面有什么爱好，你就马上离开，先生，到伊斯坦布尔[3]的集市上去，在那个巨大的奴隶交易场所，花掉你在这儿好像不知如何才花得满意的多余现金。”

“简妮特，我在讲价购买许多的肉体和各种各样长着黑眼睛的人时，你又会做什么呢？”

---

① 阿哥斯国王之女，为主神宙斯所爱。宙斯化作金雨，和她在铜塔中幽会。
② 旧时土耳其君王的称号。
③ 土耳其西北部港口城市。

“我会做好准备，出去当一名传教士，对受到奴役的人宣讲自由——你那些宫廷里的人儿也在其中。我会去那里，激励她们起来反抗。而你呢，由于你是个三尾帕夏[①]，先生，你将刹那间发现自己被我们戴上了镣铐。在你签署一份宪章前——那将是任何君主曾经批准过的最为开明的宪章——我个人是不会同意解开你的镣铐的。”

“我会请求得到你的怜悯，简。”

“要是你带着那样的眼神来请求，罗切斯特先生，我绝不会有任何怜悯。从你那个样子来看，我肯定你在强制下不管签署了什么宪章，一旦释放后，你首先就会违背其中的条款。”

“唉，简，你想要做什么呀？我担心咱们除了要在圣坛上举行婚礼外，你还会迫使我举行一个秘密婚礼。我看出，你会规定一些奇特的条件——会是些什么呢？”

“我只想有一颗平静的心，先生，而不要被太多的债务压得粉碎。你还记得自己是怎样说塞莉纳·瓦伦斯的吗，还有你给她的那些钻石和羊绒衣服？我不会成为你英国的塞莉纳·瓦伦斯。我会继续做阿黛尔的家庭教师，以此挣得自己的吃住费用，另外每年三十英镑的薪水。我会用那笔钱给自己添置衣物，你什么也不用给我，除了——”

“唔，除了什么？”

“你的尊重。而假如我也对你尊重的话，咱们就谁都不欠谁了。”

“瞧，你天生冒失，又显得如此冷静，天生有自尊，又显得如此纯洁，真是无可比拟。”他说，这时我们驶近了桑菲尔德，“你今天和我共餐好吗？”我们进入大门时，他问。

“不，谢谢你，先生。”

“干吗要拒绝？”

“我从没和你一起用过餐，先生，而我也看不出有任何理由要这样，直到——”

---

① 土耳其的最高级军衔，以三根马尾的标志。

“直到什么？你总是不把话说完。”

“直到我不得已的时候。”

“你以为我吃饭像个怪物或食尸鬼，所以害怕陪着我用餐？”

“我一点也没有想到这个问题，先生，我只是希望再像往常一样生活一个月。”

“你现在就不要再受苦受累做家庭教师了。”

“真的，请你原谅，先生，我不会那样。我只会一如既往地生活。我会像平常一样，整天都不会打扰你。晚上你觉得想见我时，你可以叫我，我也会来的，但在其他任何时候都不行。”

“我想抽烟，简，或吸一小撮鼻烟，也让我经过这一切之后得到一点安慰，正如阿黛尔会用法语说‘以便让我镇定一下’。不幸的是，我既没有雪茄烟盒，又没有鼻烟盒，不过现在是你说了算的时候，小暴君，用不了多久，就该我说了算啦。一旦我把你紧紧抓牢了，拥有并控制住了你，我就会这样把你系在一根链子上。”他碰碰自己的表链，“是的，可爱的小东西，我会把你佩戴在胸前，以免把自己的宝石弄丢了。”

他扶我下车，趁他把阿黛尔抱着放下来后，我走进了房子里，并顺利回到楼上。

晚上，他按时把我召到他跟前。我已为他准备好了一个消遣的活动，因为我决意不要把所有时间都用来和他私下谈心。我记得他有一副好嗓子，知道他喜欢唱歌——好的歌手通常都这样。我自己绝非是个歌手，按照他那挑剔的判断，我也绝不是个爱好音乐的人。但假如别人演唱得不错的话，我是喜欢听的。那个富于浪漫的黄昏时刻，我站起身，打开钢琴，请求他看在上天的份上为我唱这个歌。他说我是个反复多变的女巫，他宁愿别的时候再唱。但我断言现在时候是最好的。

“你喜欢我的嗓音吗？”他问。

“非常喜欢。”我并不乐意极力去满足他那易受影响的虚荣心，但就这一次，为了采取一个权宜之计，我甚至还给他的虚荣心以抚慰和激励。

“那么，简，你得为我伴奏才行。”

“很好，先生，我会努力的。”

我的确努了力，可不久就被他从凳子上推开，被他说成是个“小笨蛋”。他随意地把我推在一边，将我取代，开始为自己伴奏起来。他既唱得好，又弹得好。我走到窗前，坐在那儿看着外面静静的树林和暗淡的草坪。这时他用圆润的声音伴随着悦耳的曲调，唱出如下一支歌：

心儿在燃烧的心窝
所感受到的最真诚的情爱，
犹如生命之潮迈着快速的步伐，
涌动着穿过每一根血脉。

每天她的到来就是我的希望，
她的离去就是我痛苦的到来；
她的脚步会延迟的可能，
就是我每根血脉中的冰块。

当我爱和被爱的时候，
我梦想着那幸福非同一般；
我确实在极力追求这个目标，
尽管盲目无知到了极点。

但是那段距离连路也没有，
无比宽广地横挡在我们中间；
绿色的大海汹涌澎湃，
翻腾不息的白浪多么危险。

我的心里老是被什么东西缠绕，
像荒野或林中强盗出没的小路一般；

因为强权、公理、悲哀和愤怒，
久久地阻挡在我们的灵魂面前。

危险我无所畏惧，障碍我予以鄙视，
我对种种凶兆发起挑战：
不管受到任何威胁、折磨和警告，
我都狠狠地将它们推到一边。

我仿佛在梦幻中高高飞翔；
我的彩虹在向前飞奔，犹如闪电，
因为那风雨与微光之子
出现在我眼前，多么灿烂。

痛苦不堪的阴云上空，
仍然照耀着那温柔而神圣的狂欢；
无论灾难变得多么密集和可怖，
我都不会为它们感到心烦。

在这甜蜜的时刻，我毫不在乎，
尽管我勇敢地冲过的一切阻难，
会乘着强有力的翅膀迅速飞来，
声称要报复，让人悲惨。

虽然高傲的憎恨会把我打倒，
公理也在把我极力阻拦；
咬牙切齿的强权紧皱起眉头，
发誓要与我们不共戴天。
我的爱已将她的小手

搁到我手里，真诚无限，
她发誓我们的生命将把婚姻，
那神圣的纽带紧缠。

我的爱带着深切的亲吻，
发誓要与我同生共死，把人生走完；
我终于获得了无比的幸福：
因为我实现了爱与被爱的心愿！

他站起身，朝我走来。我看见他一脸的兴奋激动，猎鹰般的目光剧烈地闪耀着，脸上各个部分无不显现出温柔与热情。我一时感到恐惧，然后我努力振作起来。我不愿见到温柔的场面和大胆的表示，我面临着这双重危险。我得准备好防备的武器——我把舌头磨利，在他靠近时，我厉声地问道："他现在打算娶谁呢？"

"这个问题让我亲爱的简提出来，真是奇怪。"

"说实在的，我认为这很自然，也很有必要，因为他谈到自己未来的妻子要和他一起死。他提出这样一个异教的想法是什么意思呢？我可不想和他一起去死——这一点他不用怀疑。"

"哦，他所渴望和祈祷的，不过是你会与他一起生活罢了！死神可不会找上你这样的人。"

"不错，当我的时间像他的一样来临时，我也同样有死去的权利。但我应该等待那个时刻，而不是匆忙去殉夫自焚[①]。"

"你会原谅他这个自私的念头，用一个表示和解的吻来证明你原谅他了吧！"

"不，我宁愿请求他的宽恕。"

这时我听见自己被称作"铁石心肠的小东西"，接着听见他补充说：

① 印度旧时习俗。

“任何别的女人听到自己受到那些歌词的赞扬，都会给彻底融化的。”

我明确告诉他自己天生就铁石心肠——非常强硬，他会经常发现我这样。而且，我决意不等之后的四周过完，就要让他看到我性格中存在的种种粗鲁的毛病。他在还来得及取消交易的时候，应该充分知道自己买到了怎样一种东西。

“你安静一些，说话理性点好吗？”

“要是他希望，我会安静的。至于说话理性点，我自认为现在我就很理性。”

他烦躁不安,发出哼哼的声音。“很好，”我心想，“你要那样生气发怒，坐立不安，随你的便吧。不过，我敢肯定，这是我对待你的最好办法。我无法说出自己有多么爱你，但我不会陷入矫揉造作的感情中。我也会用这种让人不快的回答，使你离开那深渊的边缘。另外，我将保持你我之间的距离——这距离对于咱们俩的确是大有好处的。”

我弄得他越来越生气，甚至勃然大怒起来，并气愤地远远冲到屋子的另一端。这时我站起身，用平常那种自然而礼貌的方式说：“祝您晚安，先生。”然后从侧门溜出去，离开了。

在这整个见习期里，我一直采取此种办法对待他，并大获成功。固然，他被弄得相当生气暴躁，但总的说来，我能看出他是非常高兴的。而如果我像羔羊一般顺从他，像斑鸠一样易受他的影响，也许会更不符合他的期待，更不能满足他的趣味。

有别人在场时，我仍然像往常那样恭敬而安静。只有到了晚上会面时，我才让他受点挫折，给他点苦恼。他坚持着，每当七点的钟声一敲响，他就准时叫我过去，虽然如今我出现在他面前时，他嘴上已不再挂着“我的爱”和“亲爱的”这些甜言蜜语。他对我最好的称呼不过是“惹人恼火的木偶”“恶毒的小气鬼”“小妖精”和“又笨又丑的小孩”，等等。我现在得到的也不是他的爱抚，而是他的鬼脸；不是他紧紧握住我的手，而是在我胳膊上捏一下；不是他在我脸颊上亲吻，而是在我耳朵上使劲一拧。不过，这样很好。目前，我确实更喜欢这些虽然狂暴却不无善意的行为，而不是更加温柔的举动。我看到费尔法克斯夫人是赞许我的，她不再为我担忧，我也因此确信自己做得对。同时，罗切斯特先生断言我把他磨得像皮包骨一般，并威胁在不久的将来要对我目前的行为进行报复。我对于他的威胁暗中觉得好笑。“既然现在我都能合理地把你控制，”我想，“我相信今后也能办到。假如某个办法失效了，就得想出另一个办法来。”

然而，我要做的事毕竟不轻松，我更愿意讨他开心，而不是嘲弄他。我未来的丈夫正在成为我的整个世界；岂止是世界，他几乎成了我那天堂的希望。他伫立在我和每个宗教思想之间，像日食一样把人类与明亮的太阳遮挡。在那些日子里，因为上帝创造了这个人，我倒看不见上帝了。我已把他当作了自己的偶像。

第二十五章

求婚的这个月已过去，最后剩下的时间屈指可数。举行婚礼的日子是不会推迟的，一切都已为它的到来准备就绪。至少我已无事可做。我的行李箱已收拾好，锁好，并用绳子捆好，沿着我的小房间的墙壁摆成一排。明天这个时候，它们就将被送上去伦敦的远途，我（要是上帝允许）也会踏上那个远途——或者更确切地说，不是我，而是简·罗切斯特，一个我还不认识的人。只有寄送地址的卡片没有别上去，它们是四张方形的小卡片，搁在抽屉里。罗切斯特先生亲自在每张卡片上写下收件人的地址："寄伦敦 ×× 旅店，罗切斯特太太收。"我无法把它们别上，或让别人去弄。罗切斯特太太！她并不存在，她要在明天上午八点钟以后才会诞生，我也要等到弄确切了她已来到这个世上，才会把所有财产都给她寄去。在那边的壁橱里，就在我梳妆台的对面，那些据说是她的衣服已经取代了我在罗沃德穿的呢绒服和草帽，这已使我够受的了。因为那套结婚礼服、那条珍珠色的长袍和薄如烟雾的面纱，它们从被侵占的旅行箱里拿出来，正挂在那儿，这些都不是属于我的。我把壁橱关上，以免看见里面那件像鬼魂般奇异的衣服，它在这个夜晚九点钟的时刻，透过我房间的阴影，散发出一种幽灵似的微光。"我让你独自留在那儿，白色的梦幻，"我说，"我太热了，我听见外面刮起了风，我要出去吹吹。"

我浑身发热不仅仅是因为忙于准备婚礼，也不仅仅是因为我预料到新生活的巨大变化明天就要开始。我之所以激动不安，这么晚了还急着要到外面一片黑暗的庭园里去，与上述两种情况都是有关的。不过，还有第三种原因，它对我的影响胜过了其他。

我心里有一种焦虑的感觉。曾发生了一件让我无法理解的事，除我自己以外，谁也不知道。它发生在前一夜。罗切斯特先生那晚离开了家，还没有回来，他因事被叫到三十英里外那个有两三个农场的小庄园去了。他先前已打算出国，但离开前，必须亲自去处理那件事。我现在等着他返回，一心要消除自己的思想负担，从他那儿寻求那个使我困惑不解的谜团的答案。

我来到果园，被风刮到隐蔽的地方。这风一整天从南面极其猛烈地卷过来。夜晚降临时，它不仅没减退，反而好像刮得越来越猛，呼啸声越来越大。树林始终被吹向一边，从没回过一下头，整整一小时，那些树枝都没抬起过头。大风一直把它们多枝的树梢吹向北面，云快速地从南向北飘去，层层叠叠，一块紧跟着一块。在这个七月的一天里，根本见不到一丝蓝天。

我在狂风前奔跑着，并非没有怀着某种狂喜。我将自己心中的烦恼，抛向呼啸着穿过空中的无限广阔的大风里。我走下那条两边是月桂树的小道，来到被摧毁的七叶树面前，它已被劈开，焦黑地伫立在那儿。它的树干一分为二，张着可怕的大口。但被劈开的两半彼此并未完全脱离，因为下面牢固结实的根基还将它们固定着，不过生命已被破坏——树液已不再流出来，两边的大树枝也已死去，这年冬天的风暴必定会把某一半或两半都劈倒在地。但是到此为止，可以说它们还是一棵树，虽然被毁坏，但并没有相互分离。

“你们彼此紧紧相拥在一起是对的，我想，尽管你们看起来受了损伤，被烧得又黑又焦，但你们身上必定还有一点生命意识，因为你们紧连着忠诚可靠的根基。你们将永远不再有绿叶，永远不再见到鸟儿在自己的树枝上筑巢和歌唱。你们的快乐和恋爱时光已结束，可你们并不忧伤，彼此都有一个伴侣，在对方衰微时予以同情。”我抬头望着它们，月亮出现在它们裂缝中间的那部分，它呈现出血红色，被云块半掩着。风绕着桑菲尔德缓缓地刮了一会儿，而在远处的树林和海面之上，它发出一种疯狂悲哀的呼啸，听起来让人难过，于是我又跑开了。

我在果园里游荡着，把散布在大树根部周围草坪上的密密麻麻的苹果捡到一起，然后忙着把成熟的苹果挑出来，将它们拿到房子里的储藏室内放好。接着我又来到书房看看炉火是否点燃，因为尽管是夏天，我知道在这样一个阴郁的夜晚，罗切斯特先生喜欢进屋时看见生着欢快的炉火。是的，炉火已点燃了一段时间，燃得正旺。我把他的扶手椅放在壁炉旁，把桌子也移到它旁边，并放下窗帘，将蜡烛拿进来，准备点燃。这时我更加焦虑不安，把这些事安排好后，也无法静静地坐着，甚至无法待在房子里。这间屋里的一口小钟和大厅里的那口旧钟同时敲响了十点的钟声。

“已这么晚了！”我说，“我要跑到大门口去。这会儿时时有月光出现，我能看到路上很远的地方。他也许正在赶回来，去接他可以减少一点担忧的时间。”

风在覆盖着大门的大树上空高高地咆哮着，而就我所能看到的，那条路的左右两面显得无比寂静。只有当月亮探出头来时，才时而有云影从它上面穿过，这是一条苍白的长道，上面见不到任何移动的小点。

此时，孩子般的眼泪模糊了我的视线，那是一种失望和焦急的眼泪。我感到羞愧，把它擦干。我走来走去，此刻月亮完全把自己关进屋里，将厚厚的云帘拉上。夜晚越来越黑暗，雨乘着大风猛然下起来。

“要是他回来就好了！要是他回来就好了！”我大声喊道，为不祥之兆深感忧郁。茶点前，我就期待着他回到家，现在天都这么黑了。什么会让他脱不开身呢？发生了什么意外吗？我又想起昨晚那件事，我把它看作是一个灾难的警告。我怕自己的希望无法实现。近来我已享受到太多的快乐，我的命运已透支太多，现在开始还债了。

“唔，我不能回到那座房子里去，”我想，“他还在外面恶劣的天气里，我不能心安理得地坐在炉火边，也不愿让心里紧张不安，我要继续往前去接他。”

于是，我迈步快速向前走去，但并没走多远。我还没走完四分之一英里，就听见了马蹄的嘚嘚声，一位骑手骑着马飞奔而来，一只狗跑在他旁边。是他，他来了，骑在美索尔上，后面跟着皮罗。他看见了我，因为月亮在天上开出一片蓝色的地方，它飘浮在上面，发出苍白的光。他摘下帽子，在头上挥舞着。这时我跑过去迎接他。

“嗨！”他喊道，伸出手，从马鞍上俯下身，“显然你没有我是不行的。踩在我靴子尖上吧，把双手给我——上！”

我照着他说的做了，喜悦使我变得灵活敏捷。我纵身跃到他前面。他亲切地吻我一下，表示欢迎，还现出得意扬扬的样子。而我对这些都尽可能地接受了。然后他抑制住自己的狂喜，问：“不过，有什么麻烦吗，简妮特，这么晚了，你还来接我？是不是出了什么问题？”

“没有，只是我以为你再也不会回来了。我受不了在房子里等你，特别是在这种刮风下雨的时候。”

“刮风下雨，确实！是的，你就像一条美人鱼一样湿淋淋的。快把我的大衣拉过去，披在你身上——不过，我觉得你在发烧，简，你的脸和手烧得滚烫。我再问一次，是不是出了什么问题？”

“现在没事啦，我既不害怕，也不难过了。”

“那你先前既害怕，也难过？”

“当然，可不久后，我会把情况告诉你的，先生。我猜想你只会笑话我那么痛苦。”

“等明天过去了，我就会开心地笑你，但在那以前，我是不敢的。这就是你吗？近一个月来，你就像一条鳗鲡滑溜溜的，像犬蔷薇[①]一样刺人。不管我用手指碰到你身上哪里，都会被刺，而现在我好像抱起了一只迷路的羔羊似的。你是从羊栏里跑出来找牧羊人的吗，简？”

“我需要你，但别自夸。咱们到桑菲尔德了，放我下去吧。”

他把我放在石子路上。约翰牵过马，他跟着我进了大厅，让我赶紧去换上干衣服，再回到书房里，他会在那儿。我朝楼梯走去的时候，他又让我停下，让我必须答应不会去得太久——我确实也没耽搁很久，五分钟后，我就回到他身边了。他在用晚餐。

---

① 也叫狗牙蔷薇、野玫瑰。

“坐下陪我吃吧，简，要是上帝愿意的话，这是倒数第二顿——你将很久以后才能在桑菲尔德府用餐了。”

我在他身边坐下，但对他说我吃不下去。

“是因为你就要出去旅行了吗，简？是因为想到要去伦敦，你才没有了食欲？”

“今晚我对自己的前景看得不是很清楚，先生，我真不知道自己头脑里是怎么想的。生活中的一切好像都是虚幻的。”

“除了我，我可是实实在在的——摸摸我吧。”

“先生，你比什么都更像是个幻影。你只是一个梦幻。”

他伸出一只手，笑起来。“这是一个梦幻吗？”他把手紧贴在我眼前。他的手滚圆丰满，强健有力，长长的胳膊也很结实。

“是的，虽然我碰到了它，但它仍然是一个梦幻。”我把他的手从我脸前放下去，“先生，你用完餐了吗？”

“吃完了，简。”

我打响铃子，让人把餐盘拿走。我拨弄着炉火，然后在主人膝旁的一张矮凳上坐下。

“快到半夜了。”我说。

“不错，但是记住，简，你答应过在婚礼前夕要和我一起守夜的。”

“我是答应过，也不会食言的，至少一两个小时吧。我现在一点也不想睡觉。”

“一切都已安排好了吧？”

“一切都安排好了，先生。”

“我的事也办完了，”他回答，“我把所有的事都处理完毕了，咱们明天从教堂回来后，半小时内就离开桑菲尔德。”

“很好，先生。”

“你说‘很好’时，笑得多么不同寻常啊，简！你的目光多么奇特！你还好吧？”

“我认为是好的。”

“认为？怎么啦？快告诉我你心里是怎么想的。”

“我说不出来，先生。我希望眼前这个时刻永远持续下去。谁知道明天的命运会如何呢！”

“你得了忧郁症，简。你过于紧张了，或者过于疲劳了。”

“你感到平静幸福吗，先生？”

“平静？不。可我是幸福的——打心眼里幸福。”

我抬起头来，仔细看着他脸上无比幸福的表情，只见他的脸满面容光，显得红红的。

“把内心的秘密告诉我吧，简，”他说，“快把它透露给我，也好减轻你心里的压力。你害怕什么呢？我不会是个好丈夫吗？”

“我根本就没想这个问题。”

“那是你对即将进入的新领域感到担忧了？也就是对你要进入的新生活不放心？”

“不是那样的。”

“你真让我费解，简。你的表情和语调显露出大胆无畏，其中也带着悲伤，让我又困惑，又痛苦。我需要一个解释。”

“那么，先生，听着。昨晚你离开家了吧？”

“离开了,这我是知道的。刚才你曾暗示在我出去时发生了什么事情，也许不是很严重的吧，但总之使你不安了。说出来让我听听。费尔法克斯夫人也许说了什么，或者你无意中听到仆人们的谈话了。你那敏感的自尊受到伤害了吗？”

“没有，先生。”这时十二点的钟声敲响，我等待着，让屋里的钟发完它那银铃般的声音，大厅里的钟也发完粗哑的声音，然后我才接着说下去。

“昨日我一整天都很忙碌，在无休无止的忙碌中也很快乐，因为我并不像你认为的那样，对新生活感到不安。我认为和你一起生活是一件美好的事，因为我爱你。别，先生，现在别爱抚我，别打扰我说话。昨天我对上天满怀信任，相信为了让你我生活得好，事事都在共同努力。

如果你没忘记的话，那可是个晴朗的日子，天空是如此平静，根本不会让人担心你途中是否安全或舒适。吃过茶点后，我在石子路上走了一会儿，心里想着你。我想象着看见你离我很近，实际上我几乎就没离开过你。我想到自己眼前的生活，还有你的生活，先生，它比我的生活要开阔得多。我不明白为什么道德家把这个世界说成一个凄凉的荒野，在我看来，它像玫瑰一样盛开着。就在日落的时候，空气转冷，天空阴云密布。我走进屋里，索菲叫我上楼去看看自己的礼服，他们刚带来的。我在它下面的盒子里发现了你送的礼物——那副面纱。你像王子一般奢侈，让人从伦敦寄来。由于我没有要珠宝，我想你是决心要骗取我接受什么同样贵重的东西。我打开它时笑了，心里计划着如何对你嘲弄一番，为你那贵族式的爱好和你要把自己的平民新娘打扮得像个贵族夫人所做出的努力。我想到如何戴着自己准备的那块未加修饰的方形原色花边丝巾来到你面前，问你对于一个既不能给丈夫带来财富和美貌，又不能给他带来高贵亲戚的女人，头上盖着这种面纱似的东西是否还不够好。我清楚地看到你高傲地说，就你而言，没必要娶一个富婆来增加你的财富，或者提高你的地位。”

“你这个女巫般的人把我看得真透啊！”罗切斯特先生打断道，“不过，除了那面纱上的装饰，你还发现什么了？你这会儿看起来如此悲哀，是发现毒药，还是匕首了？”

“没有，没有，先生，除了那精美富贵的织物外，我只发现了费尔法克斯·罗切斯特的骄傲。而这并没使我恐惧，因为我对于那个魔鬼般的人已司空见惯了。但是，先生，随着天色越来越暗，刮起了风。昨晚的风和现在的不同，它带着一种更奇异可怕的‘阴郁的呻吟[①]’。要是你在家里就好了。我走进这间屋时，看见那把空空的椅子和没有生火的炉子，不寒而栗。我上床后，一段时间无法入睡，一种焦急不安的感觉使我难过。风越刮越大，我听见它好像压抑着某种极其微弱的呜呜声。我最初不知

① 引自英国作家司各特（1771—1832）诗中的词句。

道那声音是在屋里还是屋外，不过每次风一停，它就又传来了，飘忽不定，十分阴沉。最后我听出来一定是远处的某只狗在嗥叫。我高兴的是后来它不叫了。我最初睡着时，梦见自己沿着一条弯弯曲曲的陌生道路走去，周围一片模糊，雨水打在我身上。我抱着一个小孩，他是个极小的生命，柔弱得无法走动，在我冷冷的怀里哆嗦着，我听见他发出可怜的哭声。我想到，先生，你在我前面很远的路上，我千方百计要赶上你，一次次努力喊出你的名字，求你停下。可是我好像怎么也移动不了，我的声音也模糊不清地消失。而你呢，我觉得每一时刻都离我越来越远。”

“在我离你这么近时，那些幻想现在还使你心情沉重吗，简？你这个神经紧张的小东西！忘掉那种虚幻的悲哀吧，只想想真实的幸福！你说你爱我，简妮特。是的，我不会忘记，你也无可否认。那些话像音乐般悦耳：‘我认为有希望和你一起生活是一件美好的事，爱德华，因为我爱你。’你爱我吗，简？——再说一遍。”

“我爱你，先生——我爱你，用我全部的心爱你。”

“啊，”他沉默几分钟后说，“真是出奇。不过，那句话打动了我的心，让我痛苦。为什么呢？我想是因为你说这话时显得如此认真和虔诚，充满活力。因为你现在望着我的眼神，正表现出崇高的信任、真情和忠诚。简，你很懂得如何做出那种表情来的。装出一种疯狂的、腼腆的或让人恼怒的微笑，对我说你恨我，取笑我，激怒我吧，除了使我感动，做什么都行。我宁愿被激怒，也不愿感到伤悲。”

“等我把故事讲完，我就会取笑你，激怒你，让你心满意足的，不过先听我讲完吧。”

“我还以为你把一切都告诉我了呢。我以为你忧伤的根源来自梦里。”

我摇摇头。

“什么？还有呀？但我认为没什么要紧的事了。让我预先提醒你，我不会相信的。说下去吧。”

他表现出焦虑不安的神态，举止有点担忧烦躁，使我觉得吃惊，不过我继续讲下去。

"我还做了一个梦，先生，梦见桑菲尔德府成了一片凄凉的废墟，成了蝙蝠和猫头鹰栖息的场所。它只剩下一堵骨架般的墙体，十分高大，看起来也很脆弱。我在一个有月光的夜晚，慢慢穿过长满杂草的院内，这儿被大理石炉子绊一下，那儿跌倒在残缺的楣柱上。我头上裹着围巾，怀里仍然抱着那个不知名的小孩。不管我抱得多么累，我都不会把他搁下，无论带着他我走得多么艰难，我都必须抱住他。我听见从远远的路上传来马嘚嘚的奔跑声，我肯定那是你。你将离开许多年，去一个遥远的国家。我冒着危险，急忙爬上那薄薄的墙壁，渴望从墙的顶端再看你一眼。石头从我脚下滚开，我抓住的常春藤也被扯脱了，孩子惊恐地把我的脖子紧紧抱住，都快将我扼死了。我终于爬到顶端，看见你像个小点一样在白白的路上移动着，越来越小。风猛烈地刮着，我无法站稳身子，便在一个狭长的突出物上坐下。我把受到惊吓的婴儿放到膝上，哄他别哭。这时你转过路的一角，我俯身看你最后一眼。墙塌了，我身子摇晃起来，孩子从我膝上滚落下去。我失去平衡，也跌倒了，然后被惊醒。"

"简，这下说完了吧？"

"才讲了个开头呢，先生，故事还在后面。我被惊醒时，一道光把我弄得眼花缭乱，我想——啊，都天亮了吗？可是我弄错了，那不过是烛光而已。我以为是索菲进来了。只见梳妆台上点着一支蜡烛，壁橱的门开着——我睡觉前，曾把自己的婚礼服和面纱挂在里面。我听到那儿发出沙沙声，问道：'索菲，你在做什么？'没人回答，然而有个影子从壁橱里出现，它拿起蜡烛，并高高举起，仔细打量着从皮箱里拿出来挂在那儿的衣服。'索菲！索菲！'我又喊道，它仍然默不作声。我已从床上坐起来，身子俯向前，先是感到惊讶，接着是迷惑不解，然后我血管里流动的血都凉了。罗切斯特先生，那并不是索菲，不是利娅，也不是费尔法克斯夫人，甚至也不是那个奇怪的女人格雷丝·普尔。"

"一定是他们其中的哪个。"主人插话道。

"不，先生，我严肃地向你保证根本不是。站在我面前的那个人影，我以前从未在桑菲尔德府的范围内见到过一眼，身高和体形都是我不熟悉的。”

“描述一下吧，简。”

“好像是个女人，先生，身材高大，浓密的黑发长长地披散在后面。我不知道她穿的什么衣服，白色的，是长袍，被单，还是寿衣，我都说不准。”

“你看清她的面容了没有？”

“最初没看清。但不久，她把我的面纱从挂着的地方取下来，举得高高的，仔细盯了很久，然后披在自己头上，转向镜子。这时，我才从那块阴暗的长方形镜子里清清楚楚地看到她的整个面部特征。”

“是个什么样子呢？”

“我觉得阴森可怕极了。啊，先生，我从未见到过那样的面容！脸上一点血色也没有，那是一张野蛮粗鲁的脸。我真希望能忘了那双转动着的红眼睛和黢黑肿胀得吓人的面容！”

“鬼魂通常是脸色苍白的，简。”

“但我看到的是紫色，先生，嘴唇又肿又黑，眉头紧皱着。我能告诉你她让我想到了什么吗？”

“说吧。”

“想到了那邪恶的德国鬼魂，那个吸血鬼。”

“啊！她又做什么了？”

“先生，她把我的面纱从自己令人生畏的头上拿开，撕成两半，一下丢到地上，还狠狠地踩在上面。”

“然后呢？”

“她把窗帘拉开，看着外面，也许是看见快天亮了吧，它拿着蜡烛，朝门口退去。就在那身影来到我床边时，她停下了，一双火红的眼睛盯着我——她把蜡烛猛地一下举到我面前，在我眼皮底下把它弄灭。我意识到她像在对我喷射出火焰似的，然后失去了知觉。我有生以来第二次被吓得晕了过去。”

“你苏醒过来时，谁和你在一起？”

“没有谁，先生。天亮了，我起了床，把头浸泡在水里，狠狠地喝了一口。尽管我觉得软弱无力，但我并没有生病，我决定只把见到的那个情景对你讲。现在先生，告诉我那个女人是怎么回事好吗？”

“肯定是过分受到刺激的大脑幻想出的东西。我得小心照看好你，我的宝贝，像你那样的神经，是经受不住任何粗暴的刺激的。”

“先生，请你相信吧，我的神经没有毛病。那件事是真的，它实实在在发生过。”

“那你先前做的梦呢，它们也是真的吗？桑菲尔德府是一片废墟吗？那些不可逾越的障碍把我和你分离了吗？我不说一个字就离开你了吗？”

“还没有。”

“我会那样做？一旦我们结合在一起了，你就不会再出现这些精神上的恐惧——我保证不会的。”

“精神上的恐惧，先生！我倒希望它们仅仅是这样，我现在比什么时候都希望是这样，因为甚至连你都无法向我解开那个可怕的来访者之谜。”

“既然我无法解开，简，它就一定是虚假的。”

“可是，先生，我今天早晨起床也这样对自己说。我环顾房间，极力从每一样熟悉的、让人高兴的东西上获得勇气和安慰时，瞧，我看见就在地毯上——那个与自己的假设截然相反的证据，即那块从上到下被撕成两片的面纱！”

我感到罗切斯特先生吃惊地战栗了一下，突然把我紧紧抱住。“感谢上帝！”他喊道，“假如昨晚有什么恶毒的东西出现在你身边，也只是损坏了这块面纱而已。啊，想想还可能会发生什么事呀！”

他呼吸急促，把我紧紧抱在胸前，使我几乎喘不过气来。沉默了一会儿后，他继续愉快地说道：“好啦，简妮特，我会对你解释这一切的。它一半是梦幻，一半是事实。我不怀疑有个女人进了你房间，而那个女人一定是格雷丝 · 普尔。你自己说她是个怪人，根据你所了解到的，你有理由那样说她。她对我做了什么？对梅森做了什么？你处在半睡半醒的状态中,她进来做出那些举动。但由于你太兴奋紧张,差不多神志不清,所以你觉得她像个吸血鬼，而不是平常的样子——那蓬乱披散着的长发、那又肿又黑的面容、那高大的身材，都是想象出来的东西，是噩梦的结果。面纱被恶狠狠地撕坏是真的，也像她做的事。我看出你会问我为什么要把这样一个女人留在家里，等我们结婚一年零一天后，我会告诉你的，但现在不行。你满意了吗，简？你同意我这样来解释这个谜吗？”

我想了一下，觉得这的确是唯一可能的解释。尽管我并不满意，但为了让他高兴，我极力表现出满意的样子。不过我感到了安慰，所以就用一种满意的微笑来回答他。此时早已过了一点钟，我准备起身离开。

“索菲没和阿黛尔一起睡在儿童室吧？”我点燃蜡烛时，他问。

“嗯，先生。”

“在阿黛尔的那张小床上，还有足够宽的地方供你睡。今晚你得和她睡在一起，简。你讲过的那件意外的事会使你神经紧张，这不奇怪，我想让你睡的时候有人陪着。答应我到儿童室去。”

“我很高兴这样，先生。”

“从里面把门关好。你上楼时，把索菲叫醒，要求她在明天适当的时间把你叫醒，因为你得在八点钟前打扮好，并吃完早餐。现在，别再有那些忧愁的想法了，将焦虑赶走，简妮特。难道你没听见风已变得柔和了吗？窗玻璃上已没有雨水了，瞧这儿，”他拉起窗帘，“多么可爱的夜晚啊！”

不错，半个天空都变得纯洁无瑕。风向已转变成东风，云块在风前面结伴而行，正排成银白色的长队向东飘去。月亮静静地照耀着。

“哦，”罗切斯特先生带着询问的目光，盯着我的眼睛，“简妮特现在怎么样了？”

“夜晚平静下来，先生，我也平静了。”

“那今晚你不会梦到分离和悲哀的事啦，而会梦到幸福的爱情和快乐的婚姻的。”

这个预言只实现了一半。我的确没梦到悲哀的事，但也没梦到高兴的事，因为我根本就没有睡。我搂住小阿黛尔，观察着入睡的孩子——她多么安然，多么平静，多么天真。太阳一升起，我就起了床。我记得离开阿黛尔时，她紧紧抱住我，记得我把她的一双小手从我脖子上松开时，亲吻她。我怀着奇异的感情俯在她身上哭着，然后离开了她，担心自己的哭泣会打扰她平静而甜蜜的睡眠。她好像是我昔日生活的象征，而我现在要把自己打扮好，去面对他，那个在我陌生的未来日子中既让我担忧，又让我爱慕的人。

第二十六章

七点钟时，索菲过来替我穿着打扮，这事她用了很长时间，我想罗切斯特先生见我迟迟没出现，都不耐烦了，让人上楼来问我为什么没下去。她此时正把我的面纱（毕竟还是那块未加修饰的方丝巾）用一根针别在我头发上，一弄好，我就急着下楼。

“等等！”她用法语喊道，“在镜子里照一下吧，你还没看一眼呢。”

于是我在门口转过身，看见一个身穿婚礼服、戴着面纱的身影，与平常的我大不一样，好像是个陌生人的形象。

“简！”一个声音喊道，我赶紧下去，罗切斯特先生在楼梯下面接我。

“拖沓的家伙！”他说，“我急躁得脑袋都冒起火来了，你却耽搁了这么久！”

他把我带到餐厅里，仔仔细细打量我一下，说我“像百合一样白皙，不仅是他生活里的骄傲，也是他渴望得到的东西”。然后他说只给我十分钟吃点早餐，接着便打了铃。他最近雇用的一个男仆应声走来。

“约翰把马车准备好了没有？”

“准备好了，先生。”

“行李带下来了吗？”

“他们正在拿下来，先生。”

“你去一下教堂，看看沃德先生，就是那个牧师，以及执事是否在那儿，然后回来告诉我。”

正如读者所知道的，教堂就在大门那边，所以男仆很快就回来了。

“沃德先生正在法衣存放室里穿法衣，先生。”

“马车呢？”

“他们正在给马上马具。”

“我们不需要坐马车去教堂，不过我们回来时，它得准备好才行。所有的箱子和行李都要收拾好，用绳子捆好，马车夫要坐在位子上等着。”

“好的，先生。”

“简，你准备好了吗？”

我站起身。没有男傧相，没有女傧相，也没有任何亲戚在那儿等候或排列着——只有罗切斯特先生和我。我们经过时，费尔法克斯夫人站在大厅里，我本来想和她说说话，可我的手仿佛被一只铁爪抓住。罗切斯特先生迈着大步，把我急匆匆地拉向前去，我几乎跟不上了；我看看他的脸，感到不管出于什么原因，他一刻也不会允许耽搁的。我不知道，除了他之外，还有哪个会像他那个样子——那么专注于达到一个目的，坚定不移，显得那么无情；或者说，像他那样皱起不可动摇的眉头，总是露出一双火红发光的眼睛来。

我不知道天气是好是坏，走下车道时，我既没看天也没看地。我的两眼和心在一起，而这两者又似乎被移到了罗切斯特先生的体内。我想见到那个无形的东西，而就在我们向前走去时，他似乎用一种凶狠可怕的目光盯着它。我想捉摸到那么一些想法，而他似乎在对它们的力量加以抵抗。

来到教堂院子的侧门时，他停下，发现我喘不过气来。

“我对我的爱人太残酷了吗？”他说，“稍停片刻吧，快靠在我身上，简。”

我至今还记得上帝那座灰白古老的房子的模样，它静静伫立在我面前，一只白嘴鸦在尖塔上盘旋着，再过去便是早晨那红红的天空。我也记起了那一片绿色墓地里的什么东西。我还没忘记，有两个陌生人的身影在低矮的山丘间游荡，看着雕刻在几块长满青苔的墓碑上的纪念文。我注意到他们，他们看见我们后，就绕到教堂背后去了。我并不怀疑他们会从侧面的过道进入教堂，目睹我们的婚礼。罗切斯特先生没有注意到他们，他正认真地看着我的脸，我猜想它一时苍白无血吧，因为我觉得额头带着露水，脸颊和嘴唇都冷冷的。我不久恢复过来，然后他温和地同我一起沿着小路，朝门廊走去。

我们走进宁静简陋的教堂，牧师身穿白色法衣，在低矮的圣坛旁等候，执事站在他旁边。一切都是静静的，只有那两个人影在远处的一角移动。我猜测对了，那两个陌生人已先于我们溜进来，此时站在罗切斯特家的坟地[①]边，背对我们，看着围栏里面被岁月侵蚀的大理石古墓，那儿有一个跪着的天使，它守护着在英国内战时期[②]于马斯顿荒原[③]被杀害的戴默·德·罗切斯特和他妻子伊丽莎白的尸骸。

我们站在圣栏边。我听见后面传来谨慎的脚步声，便回头瞥了一眼。只见其中一位绅士正向着高坛[④]走近。婚礼开始了。先说明了婚姻的目的，然后牧师向前跨出一步，身子微微俯向罗切斯特先生，继续进行仪式。

“既然在可怕的审判日那天，你们会做出回答，那时所有心中的秘密都将被揭露出来，我要求并告诫你们二人，假如你们当中有谁，知道任何你们不可以合法结为夫妻的障碍，现在就坦白吧。因为你们要明确的是，许多没按照《圣经》的旨意结合在一起的人，都不是上帝让他们相结合的，而他们的婚姻也是不合法的。”

按照惯例，他稍停片刻。在牧师说完那句话后，何时被回答打破那短暂的沉默呢？也许一百年里都没有一次。牧师继续说着。他的手已伸向罗切斯特先生，正张开嘴唇要问：“你愿意娶这个女人为合法妻子吗？”这时，忽然近旁一个清晰的声音说：“这个婚姻不能进行。我声明存在着一个障碍。”

牧师抬头看着说话的人，站在那儿哑口无言，执事也一样。罗切斯特先生微微移动一下，好像脚下发生了地震。他站稳身子，眼睛也不转地对牧师说道：“说下去。”

---

① 指教堂内设的家庭坟地。
② 指1642—1646和1648—1652英国议会与保皇党人之间的内战。
③ 英国内战中这里曾有过马斯顿荒原战役。
④ 指教堂内圣坛周围供牧师和唱诗班用的高坛。

他用低沉、微弱的语调说出这话后，教堂内寂静无比。不久，沃德先生说："我得先对刚才的声明调查一下，看看它是否真实，然后才能继续。"

"仪式要完全中断，"我们后面的那个声音补充说，"我能够证明我说的话，这个婚姻存在着一个不可逾越的障碍。"

罗切斯特先生听着，但并没留意。他坚定不移地站着，毫不动摇，紧紧地握住我的手。他握得多么热切有力！此刻他那苍白、坚强和宽大的面容多么像挖掘出的大理石一般！他的目光多么闪耀、机警，而那目光下面，又显得多么疯狂！

沃德先生似乎不知所措。"那障碍是怎样一种性质呢？"他问，"也许可以克服——可以通过解释消除？"

"很难，"对方回答，"我已把它说成是不可逾越的障碍，并且我是经过认真考虑，才这样说的。"

说话的人走上前来，靠在圣栏上，继续清晰、镇静地说出每个字："罗切斯特先生有个妻子现在还活着。"

这些低声说出的话也使我的神经震颤起来，而以前连巨大的雷声都没使它们受到过这样的震动。我的血液也感受到了它们微妙的冲击，而以前连严寒或烈火都没使其有过这样的感受。我看着罗切斯特先生，让他也看着我。他的整个面容就是一块苍白的石头，他的眼神像燧石一般闪现出火光。他什么都不否认，好像对一切都不屑一顾。他一言不发，毫无笑容，只是用胳膊搂着我的腰，将我牢牢地固定在他身边。

"你是谁？"他问那个不速之客。

"我姓布里格斯，伦敦 ×× 街的一名律师。"

"你要把一个妻子强加给我吗？"

"我要提醒你，你的太太还活着，先生。你不承认她，法律却是承认的。"

"对我说说她的情况——她的名字、出身和居住地。"

"当然。"说罢，布里格斯先生静静地从衣兜里取出一份材料，用一种官方的、带有鼻音的声音念道："我断言并能证实，公元 ×× 年十月二十日（十五年前的一天），英国 ×× 郡桑菲尔德府及 ×× 郡芬丁庄园的爱德华·费尔法克斯·罗切斯特，曾与我姐姐伯莎·安托万内塔·梅森——商人乔纳斯·梅森及其妻子安托万内塔（一个克里奥耳人[①]）之女——在牙买加的西班牙城某教堂结为夫妻。该婚礼于上述教堂里记录在案，我手头现有副本一份。签字人：理查德·梅森。"

"就算有一份真实的文件说我结过婚，它并不证明被说成是我妻子的那个女人还活着。"

"她三个月前还活着。"律师回答。

"你怎么知道？"

"对这一事实，我有一个证人，他的证词甚至连先生你都不会质疑。"

"让他站出来，不然就见鬼去。"

"我会让他站出来，他就在现场。梅森先生，请你走上前来吧。"

罗切斯特先生听见这个名字，咬紧牙关，他也在剧烈地震颤着。我就在他身旁，能感觉到他狂怒或绝望中浑身都在痉挛似的颤动。那第二个陌生人一直在后面逗留着，这时走上前来。一张苍白的脸从律师的肩头上转过来——是的，那是梅森本人。罗切斯特先生转过身盯住他，目光像我常说的那样显得阴沉，而现在阴沉中又带着一种血红色的光。他的脸红起来，发青的面颊和苍白的额头好像因为不断升起的心火而泛出某种红光。他动了动身子，抬起强有力的胳膊，差点要把梅森打倒在教堂的地板上，并无情地致他于死命。但梅森缩回身子轻轻叫道："上帝啊！"鄙视冷冷地向罗切斯特先生袭来，他的怒火熄灭，仿佛一种疫病使其枯萎。他只是问道："你有什么要说的？"

梅森发白的嘴唇吐出一个模糊不清的回答。

"要是你不能回答得清楚些，就是其中有鬼。我再问一次，你有什么要说的？"

---

① 指出生于美洲的欧洲人的后裔。

“先生——先生，”牧师打断道，“别忘了你是在一个神圣的地方。”然后他转向梅森，温和地问，“先生，你是否知道这位绅士的妻子还活着？”

“勇敢些，”律师鼓励说，“大胆讲出来吧。”

“她现在就住在桑菲尔德府，”梅森说，语调更加清晰，“我四月份还看见她在那里。我是她弟弟。”

“在桑菲尔德府！”牧师脱口而出，“不可能！我在这一带生活了很多年，从没听说过在桑菲尔德府有一位罗切斯特太太。”

我看见罗切斯特先生扭曲的嘴唇上露出一丝狞笑，他在低声咕哝道：“是没听说过，老天做证！我极力不让任何人听到这件事。”

之后，他沉思起来，自己在心里商讨了十分钟，最后做出决定，并宣布道：“够啦！一切都浮出水面吧，就像子弹从枪管里射出去一样。沃德，把你的书合上，脱掉你的法衣。约翰·格林，离开教堂，今天不举行婚礼了。”那个男人便照办了。

罗切斯特先生继续大胆无畏地说：“重婚是个难听的词！不过，我还是打算做一个重婚者。但是命运已将我击倒，或者说上帝使我受到挫败。我此时比魔鬼好不了多少，正如这位牧师会对我说的，我无疑应该受到上帝最严厉的审判，甚至应该受到不灭的火焰和不死的虫子的折磨[①]。先生们，我的计划破灭了，这位律师和他的当事人说得对：我结过婚，我所娶的那个女人还活着！你说，你从没听到过在那座房子里有个叫罗切斯特太太的人，沃德，但我敢说你曾许多次把耳朵向别人凑过去，听他们议论那儿被日夜看护着的一个神秘的疯子吧。有人曾对你窃窃私语，说她是一个私生子，是我的同父异母的姐妹，有人又说她是被我抛弃的情人。我现在正式告诉你，她是我妻子，十五年前，我就和她结了婚——她叫伯莎·梅森，是这个决心已定的人的姐姐。他虽然四肢哆嗦，面颊发白，却让你看到男人具有一个怎样勇敢顽强的心。振作起来吧，

① 指入地狱。此系据《圣经》所言。

迪克[1]！别怕我！我不会打你，就像我不会打一个女人。伯莎·梅森是个疯子，她出身于一个发疯的家庭，他们家三代都是些白痴和精神病患者！她的母亲，就是那个克里奥耳人，既是个疯女人，又是个酒鬼！这都是我把她女儿娶过来后才发现的，因为他们先前都对这个家庭的秘密闭口不谈。伯莎就像一个孝顺的孩子，在那两个方面都学她母亲的样儿。我曾有过一位迷人的伴侣，她纯洁、聪明而端庄，你们会以为我是一个幸福的男人。我的经历多么美妙，要是你们知道就好了！可我没有义务再向你们解释什么。布里格斯、沃德、梅森，我请你们都到我家里去看看普尔夫人照看的病人——我的妻子！你们可以看到我被骗，娶到的是怎样一个人，并判断一下我是否有权打破那份契约，至少寻求到某种符合人性的同情吧。这个姑娘，"他看着我，继续说，"对那个可憎的秘密并不比你知道得多，沃德。她认为一切都是公平合法的，做梦也没想到过自己会落入陷阱，与一个受到欺骗的可怜人结合成一对虚假的夫妻，而这个人已经被束缚在一个疯狂恶劣、变得残忍的伴侣身上！你们都来吧——跟着我！"

他离开教堂，仍然紧紧地握住我的手，另外三个男人跟在后面。来到宅邸的前门，我们看到了马车。

"把它弄到马车房去，约翰，"罗切斯特先生冷冷地说，"今天不需要它了。"

见我们进去，费尔法克斯夫人、阿黛尔、索菲和利娅都上前来迎接，并表示致意。

"站到一边去！所有的人！"主人吼道，"去你们的祝贺！谁需要？我不需要！它们已经晚来十五年了！"

他穿过去，爬上楼梯，仍然握住我的手，同时也在招呼先生们跟上，他们照办了。我们爬上第一段楼梯，经过走廊后，来到三楼。罗切斯特先生用他那把万能钥匙将那扇低矮、阴暗的门打开，我们便进入一个挂

① 迪克是理查德的昵称。理查德是梅森先生的名字。

着帷幔的房间，里面有一张大床和一个有图案的橱柜。

“你认识这个地方，梅森，”带我们去的主人说，“她就在这儿对你又咬又刺的。”

他把帷幔从墙上拉开，露出第二扇门，他又把这扇门打开了。这是一个没有窗户的房间，里面燃烧着炉火，炉子用又高又结实的围栏隔开，一盏灯用链子从天花板上垂下来。格雷丝·普尔在炉火上俯着身子，显然用一口炖锅煮着什么。在屋子较远一端，一个影子在阴暗的地方跑来跑去。它是什么，是野兽还是人，一眼你是看不出来的。它好像在地上爬行着，像什么奇怪的野兽一样又是抓又是号叫。不过，它身上穿着衣物，一大堆花白的头发像鬃毛似的蓬乱不堪，遮住了它的头和脸。

“早上好，普尔夫人！”罗切斯特先生说，“你好吗？你照看的人今天怎么样了？”

“还算可以，先生，谢谢你，”普尔回答，把锅里煮着的热气腾腾的东西小心放到架子上，“总想咬人，很暴躁，但还不算太疯狂。”

这时传来一种凶狠的吼叫，好像指责着普尔是在说谎。只见那只穿着衣物的狗一样的东西站了起来，高高地立在后脚上。

“啊！先生，她看见你了！”格雷丝喊道，“你最好快走开。”

“只几分钟，格雷丝，你得让我待一会儿。”

“那要小心，先生。看在上帝的份上，你可要小心！”

那个疯子又号叫起来，她把蓬乱的头发从脸上弄开，发狂地盯住来客们。我清楚地认出那张发青的脸、那副肿胀的面容。普尔夫人走过来。

“你别挡着，”罗切斯特先生把普尔推到一边，“她现在又没带有刀子，我提防着呢！”

“谁也不晓得她身上有什么，先生。她太狡猾了，一般人是猜不透她要耍什么鬼把戏的。”

“咱们最好离开她。”梅森低声说。

“见鬼去吧！”这就是他姐夫的建议。

“注意点！”格雷丝喊道。三个男人同时退出去。罗切斯特先生一下把我拽到他身后，那个疯子朝他扑去，恶狠狠地抓住他的喉咙，用牙齿咬他的脸颊，他们扭打在一起。她是一个大个子女人，身材与丈夫几乎不相上下，并且长得肥胖。在这场搏斗中，她显示出了男性的力量，不止一次几乎要把他勒死，尽管他体格强健。他本来可以对准她就是一拳，让她安静下来，但他不愿出手，只是和她扭打着进行抵抗。最后他把她的两只胳膊控制住，格雷丝·普尔递给他一根绳子，他将她的双手反绑在后面，再用搁在近旁的其他绳索把她绑在一把椅子上。他这样做时，她发出凶猛无比的号叫，并极其猛烈地一次次挣扎着。然后罗切斯特先生转向旁观的人，用一种既刻毒又沮丧的微笑看着他们。

“这就是我妻子，”他说，“这就是我唯一知道的夫妇间的拥抱。而这才是我所希望得到的，”他把手搁在我肩上，“这个年轻的姑娘，她站在地狱之门时，显得如此庄严平静，泰然自若地看着一个魔鬼是如何又蹦又跳的。在吃过让人难受的大杂烩后，我只是想得到她，改变一下口味。沃德和布里格斯，看看她们的差别吧！把这双清澈的眼睛和那边那两个发红的眼球，这张面容和那副面具，这个苗条的身材和那个庞大的身躯，做一番比较吧。然后对我进行审判，传布福音的牧师和法律的代言人，要记住你们的审判将来也会受到审判的！现在你们都出去吧，我得把我捕获到的东西关起来了。”

我们都退了出去。罗切斯特先生在后面停留片刻，又对格雷丝·普尔做了些吩咐。律师走下楼梯时，对我说着。

“你，小姐，”他说，“是没有任何责任的。你叔父会很高兴听到这一点，要是梅森先生回到马德拉群岛时，他还活着的话。”

“我叔父？他怎么样了？你认识他吗？”

“梅森先生认识他。爱先生许多年来一直是他公司驻丰沙尔[①]的异地代理商。你叔父收到你的信，信中宣布你经过认真考虑后，将与罗切斯特先生结婚。当时，返回牙买加去的梅森先生正逗留在马德拉群岛恢复

---

① 马德拉群岛首府。

身体，碰巧和你叔父在一起。爱先生提到你要结婚的消息，因为他知道我这位当事人认识一位叫罗切斯特的先生。可想而知，梅森先生听说后，十分吃惊和焦虑，并说出了事情的真相。我很遗憾地说，你叔父现在还躺在病床上，鉴于他的肺病程度，要痊愈是不可能了。他已无法亲自赶到英国，把你从陷阱里解救出来。不过，他请求梅森先生要千方百计阻止这个错误的婚姻。他让梅森来找我帮忙，我以最快的速度把事情办理完，令人欣慰的是我还不算太迟——无疑你也是感到欣慰的。假如我不是确信没等你赶到马德拉群岛，你叔父就会去世，我会建议你陪梅森先生一起回去的。但现在的情况是，我想你最好待在英国，等到你进一步收到爱先生的信或听说他的消息后再说。咱们留下来还有别的事吗？”他问梅森先生。

“没有，咱们走吧。”对方焦虑地回答。他们没等与罗切斯特先生告别，就退出了宅邸门口。牧师留在那儿，要与他高傲的教区居民交流几句，不是给予忠告，就是加以责备。尽到这个义务后，他也离开了。

我这时已回到自己房间，站在半开的门旁，听见他走过去。房子里没有了客人，我便把自己关在屋里，将门闩了，以免任何人闯进来，然后我机械地脱掉礼服，把昨天穿的那件自以为只穿最后一次的呢绒服换上。之后我坐下，感到软弱疲劳。我将两只胳膊靠在桌上，头耷拉在胳膊上。现在，我开始思考了。

这天上午还算平静的，与那个疯人短暂的会面除外。在教堂里举行仪式的那段时间并没吵闹，没有谁大发脾气，没有大声的口角和争论，也没有挑衅或质询，没有眼泪和哭泣。只不过有人说了几句话，冷静地对这桩婚事表示反对；罗切斯特先生提出几个严厉而简短的问题；别人做出回答和解释，提出证据，主人公开承认事实存在，然后大家就看到了那个活着的证据；最后闯进房子的人都走了，一切就过去了。

我像平常一样待在自己房间里——就我一个人，没有什么明显的变化，我没有受到任何打击或损伤。然而，昨天的简·爱哪里去了呢？她的生命在哪里呢？她的前途在哪里呢？

简·爱本来已是个充满热情和希望的女人，马上就要成为新娘了，可现在又成了一个冷漠孤独的姑娘。她的生命变得苍白无力，她的前途一片凄凉。一场圣诞时节的严寒降临到仲夏，六月飞雪。冰雪使成熟的苹果发出冷冷的光，大量的吹积物[①]把盛开的玫瑰摧毁。干草地和小麦田里铺起了一层冰霜。昨晚还开着鲜花的小路，今天却因为铺上杳无人迹的雪而变得无路可寻。那些树林，十二小时前还像热带的小树林一样摇曳着茂盛芬芳的树叶，此时却变得像挪威冬季里的一片片松树林，满眼是白色，极其荒凉。我的希望全破灭了。我审视着自己的心愿，它们昨天还鲜花盛开，充满光彩，今天却躺在那儿，成了僵硬冰凉、浑身发青的死尸，永远不能复活了。我看着自己的爱——那是我主人的情感，是他创造出来的情感——此时它在我心中颤抖，犹如一个在寒冷的摇篮里受苦的孩子。疾病与痛苦折磨着它，它找不到罗切斯特先生的手臂，无法从他的胸膛获得温暖。啊，它再也不能寻求他的安慰，因为信念已打破，信心已摧毁！在我看来，罗切斯特先生已不是从前那个样子，他在我心中已发生了变化。我不会说他是个邪恶的人，不会说他背叛了我，但他心里已不再有纯洁无瑕的真诚。我也必定会离开他，这一点我非常清楚。至于什么时候，如何离开，到哪里去，我还不得而知；可我毫不怀疑他会很快把我赶出桑菲尔德的。他好像对我并未怀有真情，他有的只是一时的激情。既然这激情受到阻碍，他就不再需要我了。我现在甚至害怕从他面前走过，他看到我，一定会觉得讨厌。啊，我曾多么盲目！我曾多么软弱！

我紧紧地闭上眼睛，黑暗似乎将我笼罩，种种事情浮现在我脑海里，像流水一样黯然而混沌。我自暴自弃，松懈消极，好像躺在一条大河干涸的河床里。我听见洪水从远处的大山里奔涌而来，感到洪流将至，但我根本无意起身，也没有力气逃跑。我瘫软地躺在那儿，渴望着死去。我心里只有一个念头颤动着——我想到了上帝。因此我默默做了一个祈

① 如雪、沙和树叶等。

祷："求你不要远离我，因为急难临近了，没有人帮助我。[1]"

洪水临近了，由于我没有向上帝提出请求，将它避开，既没合上双手，又没下跪，也没动动嘴唇，所以它就卷来了，汹涌澎湃地向我卷来了。我的生命被遗弃，希望被浇灭，信念被摧毁。那痛苦的时刻无法形容。"众水要淹没我，我陷在淤泥中，我感到没有立足之地。我到了深水中，大水漫过我身。[2]"

---

① 引自《圣经·旧约·诗篇》第二十二篇第十一节。

② 引自《圣经·旧约·诗篇》第六十九篇第一至二节。

第二十七章

在下午的某个时候，我抬起头看看四周，发现西边的太阳正将徐徐下落的金光映照在墙上，这时我问："我该怎么办呢？"

而我心里做出的回答是如此迅速，如此恐怖，我赶紧捂住了耳朵："马上离开桑菲尔德。我已从最光辉灿烂的美梦中醒来，我必须迅速、彻底地离开他，这真让我受不了。我做不到。"

然而，这时我体内的一个声音断言我能够做到，并预言我应该这样做。我与自己的决心较量着。我希望变得软弱，以免再次经受那可怕的痛苦——我看见它就在前面等着我。良心已变成暴君，他掐住激情的喉咙，嘲笑地说自己才把她那只秀丽的脚浸进泥潭里，并发誓要用自己的铁臂将她抛进深不可测的痛苦深渊。

"那就把我拉走吧！"我叫道，"让另一个人来帮帮我吧！"

"不，你要自己离开，没有谁会来帮你。你要挖掉自己的右眼，砍掉自己的右手。你的心将成为牺牲品，而你要变成刺穿它的牧师。"

我突然站起身，为我的孤独处境深感恐惧。我站直身子时，感到头晕。我发觉自己因为焦虑和虚弱，觉得恶心，那天我没吃没喝，连早餐也没有吃。我感到一种奇异的剧痛，想起虽然我已在这儿关了这么久，但并没有让谁来问我怎么样了，或请我下去。甚至连小阿黛尔都没来敲门，连费尔法克斯夫人都没来找我。"朋友总会忘记那些被命运抛弃的人。"我咕哝道，把门闩拉开，走出去。我被什么障碍物绊住，因为我的头仍然在晕眩，视线模糊，四肢发软。我不可能很快恢复过来。我跌了一下，但没跌倒在地，一只伸出的胳膊扶住了我。我抬起头——原来是被罗切斯特先生扶住的，他坐在一把横挡在我房间门口的椅子里。

“你终于出来啦！”他说，“瞧，我等待了你这么长时间，一直倾听着，却没有听到任何动静，也没有任何哭泣。再有五分钟那死一般的沉寂，我就会像个夜盗一样强行把门打开。你是在躲避我吗？你把自己关起来独自忧伤！我宁愿你过来，对我狠狠责骂。你是个易动感情的人，我以为你会发脾气的。我为你那倾盆的热泪准备着，只希望它们落在我怀里，现在它们却落到麻木的地板上，或者你那张手帕里。但我弄错了，你根本没有哭泣！我看到的是一副苍白的脸颊和暗淡的目光，一点泪痕也没有。我因此想，你的心哭出的是血吗？

“唉，简啊！一个字也不责备？没有任何怨言和尖刻的话？我把你放到哪儿，你就在哪儿静静地坐着，用一种厌倦消极的目光看着我？

“简，我从未想要这样伤害你。假如某个男人只有一只雌性小羔羊，它在他看来像女儿一般可爱，吃着他的面包，喝着他的美酒，并躺在他怀里，却在屠宰场把它误杀了，那么他为自己该死的大错所感到的悲伤，也不比我现在感受到的强烈。你会原谅我吗？”

读者，我当场就原谅了他。他目光里带着深深的悔恨，举止颇有男子气概。此外，他的整个表情和神态都显露出忠贞不渝的爱，因此我彻底原谅了他——这原谅并没说出来，也没表现出来，只是隐藏在我内心深处。

“你认为我是一个无赖吧，简？”不久，他热切地问道。他见到我继续沉默着，无精打采的样子，我想他一定迷惑不解。而与其说我是有意那样，不如说是因为虚弱所致。

“是的，先生。”

“那就彻彻底底、毫不留情地说出来，别饶恕我。”

“现在不能，我太累了，不舒服。我想喝点水。”他战栗着，发出一声叹息，把我抱在怀里，带下楼去。起初我不明白他把我带到哪个房间，在我呆滞的眼里，一切都是模糊的。片刻后，我感到了温暖的、使人复苏的炉火，尽管是夏天，但我在自己房间里已变得浑身冰凉了。他把葡萄酒端到我嘴边，我尝了尝，有了一点精神。然后我吃了些他递过来的东西，不久便恢复正常。此刻我待在书房里，坐在他的椅子上，他就在旁边。“要是我现在能够结束生命，不会有太剧烈的痛苦，那就好了，”我想，“那样我就不会因为离开他而感到撕心裂肺的痛苦了。看来我不得不离开他。我不想离开他，我不能离开他。”

“你现在怎么样，简？”

“好多了，先生。我很快会好起来的。”

“那就再饮一点点酒吧，简。”

我听了他的话，他把酒杯放在桌子上，站在我面前，热切地看着我。忽然他把身子转向一边，发出模糊不清的感叹，充满了某种强烈的感情。他快速地穿过屋子，随即又走回来，俯下身子，好像要吻我。但我觉得现在是不能爱抚亲吻的，于是我把脸转开，并将他推到一边。

“什么？怎么回事？”他急忙叫道，“哦，我知道了！你是不愿吻伯莎·梅森的丈夫吧？你认为我的怀里已有了别人，我的拥抱已另有所属了吧？”

“不管怎样，既没有我的位置，又没有我的权利，先生。”

“为什么，简？让我为你省掉麻烦，不用你说太多的话吧，我来替你回答——你会回答因为我已有了一个妻子。我猜得对吗？”

“对。”

“如果你这样想，你必定对我有一种奇异的看法。你一定把我看成一个内心装着阴谋的放荡家伙，是个卑鄙粗俗的浪子，一直打着爱你的旗号，把你拉进设好的陷阱，使你失掉贞操，把你的自尊剥夺。你对这些有什么说的呢？我看出你无话可说。首先，你仍然很虚弱，呼吸还很困难；其次，你还不习惯指责和辱骂我；另外，你眼泪的闸门已打开，一旦你说得太多，它们就会奔涌而出；最后，你一点不想劝诫、谴责，或大吵一场。你在想着如何采取行动，你认为谈话是毫无用处的。我了解你——我提防着呢。”

“先生，我并不希望和你作对。”我说，颤抖的声音提醒我要少说话。

“照你的话是那个意思，但在我看来，你是存心要毁掉我。你说出了我是一个已婚男人——既然是一个已婚男人，你就会躲着我，离我远远的——刚才你就拒绝吻我。你打算和我保持距离，只是作为阿黛尔的家庭教师生活在这个屋檐下。假如我对你说了一句友好的话，假如你又对我产生出一种友好的感情，你就会说：'那个男人差点让我做了他的情妇，我得对他冷若冰霜，像一块石头。'于是，你就会变得像冰霜和石头了。"

我清了一下嗓音，稳定自己的情绪后说："我身边的一切都发生了变化，先生，我也得有变化，这是毫无疑问的。为了避免感情波动，避免与各种回忆和联想不断做斗争，只有一条路可走——必须给阿黛尔另请一位家庭教师，先生。"

"哦，阿黛尔会去学校念书，我已经安排好了。我也不想让你受折磨，老是怀着关于桑菲尔德府的可怕回忆和联想。这是个该死的地方，是亚干[①]的帐篷，是无耻的地下灵堂——它呈现在辽阔明亮的天空下的，是阴森恐怖的行尸走肉。它是用石头筑起来的狭小地狱，里面有一个真正的魔鬼。简，你不会留在这儿，我也不会。我把你弄到桑菲尔德府本来就是一件错事，因为我知道它经常有鬼魂出没。在我见到你以前，我就叫他们对你完全隐瞒这个祸根。我那样做只是由于我担心，假如请的家庭教师知道了自己和怎样一个家伙同住在一座房子里，阿黛尔就再也找不到老师了；而我又不打算把那个疯子弄到别处去，尽管我还有一座古老的费恩丁庄园，它甚至比这里更隐僻。我本来可以十分保险地让她住在那儿，但那地方在林子中央，环境对健康不利，我因此有些顾虑，这使我良心上过不去，打消了那样的念头。也许那些潮湿的墙壁很快会让我摆脱她这个累赘，但每个邪恶的人也是坏得不一样的，我并不想采取间接的谋杀，即便是自己恨之入骨的人。

"而不让你看到那个疯女人周围的情况，就像是用什么东西把一个孩子盖住，并把它放在一棵见血封喉[②]旁边。但我会将桑菲尔德府关闭，

---

① 据《圣经》记载，以色列人攻打耶利哥城时，犹大的支派亚干私自把夺来的财物隐藏在自己的帐篷里。上帝发怒了，让以色列人用石头把他打死。

② 一种桑科毒树。

我要把正门钉牢，把下面的窗户用木板挡住。我会每年给普尔夫人两百镑，让她和我妻子——正如你这样称呼那个可怕的女巫——住在这里。为了挣钱，格雷丝会努力工作，她还可以让自己儿子，就是格里斯比疯人院的那个看守人，来陪她，遇到我妻子病情发作时，也好帮她一下。我妻子一见到她的客人，就会激动不安，会在夜里把他们烧死在床上，用刀子刺他们，把他们身上的肉咬掉，等等。”

“先生，”我打断他，“你对那个不幸的女人是无情的。你说到她时，怀着憎恨。这太残酷了，她又不是自己想变疯的。”

“简，我的小宝贝，你不知道自己在说什么。你又误解我了。我恨她并不是因为她疯了。假如你疯了的话，你以为我会恨你吗？”

“我确实会那样想，先生。”

“那你就错了，你对我根本不了解，根本不知道我对你怀有怎样的爱。你身上哪怕是最微小的部分，都像我自己的一样珍贵，在你痛苦和生病时，它仍然是珍贵的。你的思想就是我的宝贝，如果它被打破了，也仍然是我的宝贝。要是你狂叫不止，把你紧紧控制住的将是我的拥抱，而不是狭小的马甲。如果你像那个女人今天早上一样疯狂地朝我扑来，我会用拥抱来迎接你，至少这种对你的约束当中，也包含了对你的喜爱。我不会像躲开她一样躲开你，在你安静的时候，除了我，不用任何人来看守你，照料你。我可以不知疲倦、十分温柔地陪在你身边。我会盯着你的眼睛而不厌倦，尽管它们不再显露出一丝对我认可的目光。可是我干吗要想那一连串的问题？我刚才说要把你从桑菲尔德转移走，你知道一切都已准备好，很快就要动身了。明天你就会离开这里。我只请求你在这个屋檐下再忍受一夜，简，然后你就永远与它的不幸和恐惧告别了！我给你准备了一个去处，那里将是一个安全的圣所，它不会让人想起种种可恨的事情，不会有任何讨厌的人来打扰，甚至不会有欺诈和诽谤。”

“那就把阿黛尔带上吧，先生，”我插话说，“她可以陪着你。”

“你这是什么意思，简？我告诉过你，我会把阿黛尔送去上学。我让一个小孩来陪我做什么？况且她又不是我自己的孩子，而是个法国舞女的私生子。你干吗老是拿她的事缠住我！你为什么要让阿黛尔来陪我呢？”

“你说到引退的事，先生，而引退和孤独的生活是枯燥乏味的，对你来说，太枯燥乏味了。”

“孤独！孤独！”他愤怒地重复道，“看来我不得不解释一下。我不知道你那张脸上表现出的是怎样一种谜一般的表情。你将会分担我的孤独，明白吗？”

我摇摇头。他现在如此紧张不安，即便我冒着危险默默地表示反对，都需要有一定的勇气。他在屋子里急得团团转，这时停下来，好像突然被固定在某一点上。他久久地盯着我，我把眼睛转向一边，看着炉火，极力表现出冷静安然的样子。

“现在看看简这个人身上的麻烦吧。”他终于说道，而从他的表情上，我没想到他会说得这样平静，“这一轴丝线迄今为止都卷得很顺利，但我知道它终究会打结的。这会儿不是就出现了吗？看看那些烦恼、愤怒和无尽的麻烦吧！上帝啊！我多么渴望能使出一点参孙的力量，将这些让人困惑的事情像乱麻一样砍断！”

他又开始走起来，但不久又停下了，这次就停在我面前。

“简！你愿意听我说理吗？”他弯下腰，把嘴凑近我耳朵，“因为，要是你不愿意，我就会采取暴力行为。”他的声音嘶哑，表情像个就要冲破某种难以忍受的束缚而变得疯狂放肆的男人。我看出再过片刻，假如我再对他狂躁一点，我就会拿他没办法了。眼下是我唯一能支配和制约他的时候。而假如我表现出排斥、逃避和惧怕来，那么我和他的命运也就完蛋了。但我并不害怕，我感到一种内在的力量，一种能产生影响的意识支撑着我。这个紧要关头是危险的，但并非没有魅力。这也许正如印第安人在独木舟上飞快漂过急流时所感受到的那样。我握着他紧紧捏住的手，将弯曲的手指松开，安慰他：“坐下吧，只要你愿意，不管多久，我都会和你交谈，听你把话说完，无论是合理的，还是不合理的。”

他坐下了，但我并没让他马上把话说出来。很长一段时间，我一直在与眼泪抗争，极力把它们压制下去，我知道他不喜欢看见我哭泣。然而现在，我觉得应该让眼泪尽情地流，想流多久都行。所以我不再克制自己，一时间痛哭起来。

很快我听见他真诚地恳求我冷静些。我说他的情绪那么激动，我又如何能冷静呢。

“可我并没有生气，简，我只是太爱你了。而你那张发白的小脸变得像钢铁一般，如此断然冷漠，让我无法忍受。好啦，别哭了，擦干眼泪吧。”

他的声音变得温和起来，表明他克制住了自己，因此我也镇定下来。这时他极力要把头搁在我肩头上，我不让。然后他又要把我拉到他怀里，我也不同意。

“简！简！”他的语调极其悲哀，使我的每一根神经震颤着，“这么说，你不爱我了？你看重的只是我的地位和我妻子的身份？现在你认为我没有了做你丈夫的资格，你就不让我碰你，好像我是什么讨厌的蟾蜍或猿猴似的。”

这些话刺伤了我，可我能说什么呢？大概我本来什么都不该做或什么都不该说。但我又为伤害了他的感情悔恨，备受折磨，止不住想在被自己弄伤的地方敷上止痛的香膏。

“我确实是爱你的，”我说，“比以前任何时候都爱。但我不能表露或放纵这种感情——而这也是我最后一次必须表达出来。”

“最后一次，简？什么呀？难道你可以和我住在一起，天天看到我，而又对我冷淡疏远——假如你还爱我的话？”

“不，先生，我肯定自己办不到。因此我明白只有一条路可走，不过要是我说出来，你会大发雷霆的。”

“唉，说出来吧！如果我狂怒起来，你不是会玩哭那一招吗？”

“罗切斯特先生，我得离开你。”

“多长时间，简？用几分钟梳理一下你的头发吗？它有点儿蓬乱。也洗洗你的脸，它好像在发烧。”

“我得离开阿黛尔和桑菲尔德，得一生都离开你。我必须在陌生的地点开始新生活。”

“当然,我对你说过你应该这样。对于你说的离开我的那种疯狂行为,我姑且不论。至于新生活，那是没问题的。你还将成为我妻子，我并没结婚。你将成为罗切斯特太太，不管是实质上的，还是名义上的。只要你我活着，我就会只守候在你身边。你将去我在法国南部的房子，那是位于地中海岸边的一座白色别墅。你会在那儿过上幸福安全、极其纯真的生活。别担心我把你引入歧途——让你成为我的情妇。你为什么摇头呢？简，你得理性一些，不然我真的又会变得发狂。”

他的声音和手都在发抖，大大的鼻孔在膨胀，眼里冒着怒火。

“先生，你妻子仍然活着，你今天早上还亲自承认这个事实呢。如果我照你希望的那样和你一起生活，我不就成了你的情妇吗？”

“简，你忘了，我可不是一个脾气温和的男人，没有多少耐性，无法平心静气。可怜可怜我和你自己吧，摸摸我的脉搏，看看它跳得多么厉害！”

他露出手腕，伸到我面前。他的脸颊和嘴唇都没有了血色，越来越发青。我悲伤到极点。弄得他那么焦虑不安是很残酷的,而对他做出让步,又不可能。于是，我便采取人们在走投无路时本能的行为，求助于比人更高级的东西——我脱口而出：“上帝保佑我吧”。

“我真是个傻瓜！”罗切斯特先生突然叫道，“老是对你说我并没结婚，却不向你解释为什么。我忘了你对那个女人的特性一无所知，或者对我与那女人结合到一起的情况一无所知。我敢肯定你知道了一切以后，会同意我的看法的！你只需把手放到我手上，简妮特，让我感受到你就在我身边——然后我会用几句话告诉你事情的真相。你能听我说吗？”

“能，先生，你要是愿意，我听几个小时都行。”

“我只要求几分钟。简，我不是家里的长子，你是否晓得我曾有过一个哥哥？”

“我记得费尔法克斯夫人对我说起过。”

“你是否听说过我父亲是个十分贪婪、一味攫取的男人？”

“我大致了解一些。”

“瞧，简，他就是那么一个人，所以决心要让自己的财产完好无损。想到要把财产分开，让我得到应该属于我的部分，他就受不了。他一心要把所有的财产都留给我哥哥罗兰。但另一方面，他也同样受不了让自己的某个儿子变成穷人。他得通过一个富裕的婚姻，让我有吃有穿。因此他及时为我找到一个伴侣。他的老相识梅森先生，当时是西印度群岛的一名种植园主和商人。他确信梅森先生拥有大量的不动产，于是做了调查。他发现这位商人有两儿一女，并从商人那里得知他愿意给女儿一笔三万英镑的财产。这就足够了。我离开大学后，便被送到牙买加，去娶一位新娘。我父亲对她财产的事只字未提，但他对我说，梅森小姐因为其美貌而成为西班牙城值得夸耀的人物——这倒没有说假话。我发现她是个漂亮的女人，就像布兰奇·英格拉姆那样，高大、黝黑而高贵。她的家人希望把我弄到手，因为我的家族不错，她也这么想。他们在一些聚会上让我看到她，把她打扮得十分华丽。我很少与她独自见面，也很少和她私下谈话。她设法让我开心，为了使我高兴，她极力向我展示自己的魅力和才艺。她圈子里的所有男人似乎都在赞美她，并且羡慕我。我处于兴奋的状态，由于自己无知，缺乏经验，我自以为爱她。社交界那种愚蠢的竞争对抗，青年人的那种淫欲、轻率和盲目，无不让一个男人匆忙做出种种傻事来。她的亲戚们鼓励我，竞争对手们激怒我，她又引诱我，于是我几乎还不知道自己身在何处时，就和她结了婚。唉，现在想起那个行为，我都没有一点自尊！内心的鄙视使我痛苦不已。我从来没爱过她，甚至不了解她。但我娶了她，我真是个粗俗卑鄙、鼠目寸光的笨蛋！要不是犯下那么大的罪过，我也许就——不过让我记住自己此刻是在和谁说话吧。

“新娘的母亲我从未见过，听说她已经死了。蜜月结束后，我才知道自己搞错了，她只是疯了而已，被关在一家疯人院里。新娘还有一个更小的弟弟，完全是个哑巴白痴。大的那个弟弟你见过（尽管我憎恨他所有的亲戚，却无法憎恨他，因为他对他可怜的姐姐很关心，也曾对我无比忠诚)，大概有一天也会变成相同的情况。我父亲和哥哥罗兰对这一切都了解，但他们心里只有那三万英镑，他们密谋来对付我。

“这些就是我发现的恶劣、可耻的情况，但要不是他们对我隐瞒，这些也不会成为我指责妻子的理由——即使我发现她的性格与我的格格不入，她的趣味让我反感，她的气质是那么庸俗、卑鄙和狭隘。我还发现自己无法舒适地与她度过一个晚上，或甚至一天当中的一个小时。我们之间难以有温和、亲切的谈话，因为我不管说到什么话题，她都会立即转到粗鄙、陈腐、无理和愚蠢的事情上。我发现自己绝不会有一个安静或稳定的家，她老是蛮横无理地大发脾气，没有一个仆人忍受得了。我极力躲开她的责骂，减少和她的冲突。我将悔恨和厌恶暗自吞下，将自己深深的反感压制下去。

“简，我不愿意用这些讨厌的细节来惹你心烦。我和那个女人在楼上生活了四年，而没等那段时间过完，她就让我饱受折磨。伯莎·梅森拖着我经历了所有既可憎又可耻的痛苦。

“那期间，我哥哥去世了，四年后，我父亲也去世了。这时我变得相当富裕——可是又贫穷得可怕。一种我曾见过的最粗俗、肮脏、堕落的生命与我的连接在一起，法律和社会都把它说成是我的一部分。我无法通过任何合法的程序摆脱它，因为医生此时发现我妻子已经疯了。简，你不喜欢我讲这些事吧，你几乎表现出恶心的样子——我改天再讲别的情况好吗？”

“不，先生，现在把它讲完吧。我同情你，真的很同情你。你发现她疯了之后怎样了呢？”

“简，我濒临绝望的边缘，身上还残存的一点自尊是唯一阻挡我掉入深渊的东西。在世人眼里，我无疑浑身肮脏可耻，但我决心要洁身自好，不受她那些罪恶行为的玷污，努力让自己与她的精神毛病互不相干。但社会仍然把我的名字和我这个人与她联系在一起，我得天天看见她听到她，她的某种气息与我呼吸的空气混合。此外，我也记着自己曾是她的丈夫，这种记忆让我感到说不出的讨厌。我也知道只要她活着，我就绝不能够娶到另一个更好的妻子。尽管她比我大五岁（即使在年龄这样的细节上，她的家人和我父亲都对我撒了谎），她有可能活得和我一样长久。她虽然脑子有毛病，但身体很健壮。我在二十六岁的时候就陷入了绝望之中。

“一天晚上，我被她的号叫声惊醒（医生们已诊断出她疯了，所以她被关起来），那是西印度群岛的一个火热的夜晚，随着这种夜晚到来的常常是强烈的飓风。我躺在床上，无法入睡，便起身打开窗户。空气像含有硫黄的蒸汽一般——我在任何地方都闻不到清新的空气。蚊子嗡嗡地飞进来，在屋里发出沉闷的声音。我从窗口能听见大海像地震一样阴郁地隆隆作响，一块块乌云飘浮在大海上空。月亮正消失在浪里，又大又红，像一枚火热的炮弹——它用血红的目光，最后瞥一眼这个因为酝酿着风暴而颤抖的世界。这样的气氛和场面确实使我受到影响，我的耳里充满那个疯子尖叫着发出的诅咒；她会时刻叫骂我的名字，语气中带着魔鬼般的仇恨，语言肮脏无比！虽然隔着两间屋子，但我每个字都听得很清楚——西印度群岛那座房子薄薄的墙体，并不能阻挡她那狼一般的号叫。

“‘这样的生活，’我最后说道，‘就是地狱。这空气以及那些声音就是从无底深渊发出来的！这种致命的状态里的种种痛苦，都将随着困扰我灵魂的沉重肉体离我而去。对于宗教狂热者那种极端恶劣的来世，我毫不害怕。未来的任何情形都不如我目前的糟糕。让我挣脱这一切吧，让我回到上帝那儿去吧！’

“我这样说着时，跪在一口箱子前，并把它打开，里面有两把装有子弹的手枪——我打算自杀。不过，那种念头只持续了片刻，因为我并未神经错乱，我在自我毁灭的危险关头悬崖勒马。

“一阵清新的风从欧洲卷来，吹过大海，又一下吹进了我打开的窗户。暴风雨突然降临，顿时倾盆而下，雷声大震，电光闪闪，空气也越来越纯净。然后我构想着，并做出一个决定。当我漫步在自己湿淋淋的花园里滴着雨水的橘树下，漫步在湿透的石榴和菠萝中间，当热带那灿烂的黎明在我周围亮起来，此时我便这样思考着，简。现在听着，正是真正的智慧之神使我在那一时刻得到安慰，让我看到所要走的正确道路。

“从欧洲吹来的芳香宜人的风仍然在被洗刷一新的树叶间飒飒作响，大西洋正高兴自在地发出隆隆的声音。我的心已经干涸枯萎了很长时间，现在变得富有活力，仿佛充满新鲜的血液——我的生命向往着新生，我的灵魂渴望呼吸到纯洁的空气。我看见希望在复苏，感到有了再生的可能。我从花园末端一个多花的拱门处凝望着大海，它比天空更蓝——那面便是旧世界[①]，光明的远景这样展现出来。

“‘去吧，’希望之神说，‘回到欧洲去生活。在那儿，谁也不知道你有这个污名，你可以把那个疯子带到英国去，将她禁闭在桑菲尔德，给予应有的照顾和防范。你想去哪里旅行都可以，想建立什么新的关系都行。那个女人长期使你遭受巨大痛苦，玷污你的名声，毁损你的荣誉，摧残你的青春；她并不是你妻子，你也不是她丈夫。她处于那样的状况，务必让她受到应有的关照，你就尽到了上帝和人性赋予你的责任。让她的身份和她与你本人的关系彻底埋没吧，你一定不要透露给任何人。将她放到安全舒适的地方，把她堕落卑劣的事隐瞒起来，然后离开她吧。’

“我完全照着这个意思去做。我父亲和哥哥并没有让他们的熟人知道这个婚姻，因为就在我写给他们的第一封通知我已结婚的信里，我另外提出了一个紧急的要求，希望他们对此保守秘密。不久，父亲为我选定的妻子所犯下的无耻行为，使得他连承认她是自己的儿媳妇都脸红。他根本就不想把这层亲戚关系公开，像我一样急于把这事隐瞒起来。

“于是，我就把她送回英国。带着这样一个怪物，我经历了一次多么可怕的航行啊。让人欣慰的是，我终于把她弄到了桑菲尔德，看见她被安全地关在那间三楼的屋子里。十年来，她已把设在屋内的那间密室变成一只野兽的洞穴——一个女怪的牢房。我费了不少麻烦才为她找到一个侍者，因为必须要挑选一个忠实可靠的人才行。她经常说疯话，难

① 指欧洲。

免会暴露我的秘密。另外，她有时几天或甚至几个星期都神志清醒，这时她就会对我大加辱骂。最后我从格里斯比疯人院雇来了格雷丝·普尔，她和医生卡特（那晚梅森被刺伤和受折磨时，就是他包扎的伤口）是唯一知道我秘密的两个人。费尔法克斯夫人或许猜想到什么，但她对事情的真相无法了解得很确切。总的说来，格雷丝是个不错的护理，虽然她不止一次放松了警惕，没有能够看护好——这部分是由于她自己的毛病，而这个毛病好像无法根治，随时都伴随着她那种使人烦恼的职业。那个疯子既狡猾，又恶毒，总能够利用看护自己的人，一时疏忽。有一次她用藏在身上的刀向弟弟刺去；有两次她弄到那间密室的钥匙，夜里跑了出去，第一次企图把我烧死在床上，第二次她像个鬼一样出现在你面前。感谢将你看护着的上帝，她当时只把自己的怒气发泄在了你的婚礼服上，也许它使她隐约回想起了自己做新娘的日子。但对于还可能会发生什么，我不忍去细想。我想到那东西今天早上还扑上前来抓我的喉咙，想到她那又黑又红的面容时，我的血液都凝固了……"

"先生，"趁他暂时停下，我问道，"你把她安置在这儿后又怎么样了呢？你去了哪里？"

"我怎么样了，简？我把自己变成了一个幽灵。我去了哪里？我像游移不止的幽灵一般疯狂地四处飘荡。我去了欧洲大陆，绕来绕去，把它都走遍了。我一心要找到一位善良明智的女人，能够去爱她。她要与我留在桑菲尔德的那个狂暴的人完全不同——"

"可是你不能够结婚，先生。"

"我已确定并深信自己能够也应该结婚。我最初并不打算像欺骗你一样欺骗别人。我是打算明明白白讲出自己的事来，打算公开求婚的。在我看来，我完全可以自由地爱和被爱，我毫不怀疑会找到某个愿意也能够理解我的处境，并接受我的女人，尽管我被那个祸根拖累着。"

"哦，先生？"

"你显得好奇的时候，简，总要让我发笑。你像只急切的鸟儿一般睁大眼睛，时时表现出不安的举动。不过，在我讲下去之前，你先告诉我你那‘哦，先生’是什么意思？你老爱说这句简短的话，很多次都使得我无休无止地讲个没完。我不太明白为什么。”

“我的意思是——接下来呢？你随后怎么样了？这事情结果如何？”

“确切一些！你现在想知道什么呢？”

“你是否找到了自己喜欢的人？是否求过她嫁给你？她又说了什么？”

“我可以告诉你是否找到了喜欢的人，是否求过她嫁给我，但至于她说的话，只会记录在《命运》一书里了。十年来，我漫游各地，先住在某个首都，然后又住在另一个首都，有时在圣彼得堡[①]，在巴黎的时间多一些，偶尔在罗马、那不勒斯和佛罗伦萨[②]。由于我有很多钱和名望作为我的通行证，我愿意选择什么社交界都行，没有任何圈子向我关闭。我在英国小姐、法国女伯爵、意大利女士和德国太太中寻找着自己理想的女人，却无法找到。有时，就在转眼间，我以为碰见了一个目光，听到了一种语调，或发现了一个身影，似乎表明可以实现我的梦想——但我很快又醒悟过来。你不要以为我追求完美，无论在内心，还是外貌方面，我只渴求适合我的对象，渴求与那个克里奥尔人截然相反的女人，但此种渴望是徒劳的。我在她们当中没发现一个人，即使没受到什么约束，我也不会请求她嫁给我——因为我已得到警告，那种不相称的结合危险可怕，令人厌恶。我在失望中变得无所顾忌，设法去寻欢作乐——绝非是放荡，这一点过去和现在都很讨厌。放荡是我那位印度的梅萨利纳[③]的德行，我对她的德行和她这个人怀有根深蒂固的厌恶，因此我很克制，即使在寻欢作乐的时候。

“可是我不能一个人生活呀，所以我就找情妇来陪我。我找到的第一个情妇就是塞莉纳·瓦伦斯，这是我迈出的又一步，当一个男人回想起他们一步步走过的那些路时，便会自暴自弃。你已知道她是怎样一个

---

① 俄罗斯西北部的港口城市，曾名列宁格勒。
② 三处均为意大利都市名。
③ 罗马皇帝克劳狄的第一个妻子，淫乱阴险。

人，我和她的关系是如何结束的。继她之后，我又有了两个女人，一个是叫贾钦塔的意大利人，另一个是叫克拉拉的德国人，这两人都异常漂亮。但几周后，我发现贾钦塔没有原则，性情狂暴，三个月后，我就对她厌倦了。克拉拉倒是诚实文静，然而太沉闷了，没有头脑，对什么都无动于衷，不合我的喜好。我给了她一大笔钱，让她在一个不错的行业找到工作，就这样体面地打发了她。可是，简，从你脸上，我看出你此刻对我没有什么好感。你认为我是一个冷漠无情、没有道德原则的放荡家伙，对吧？”

“我确实不像过去那么喜欢你了，先生。难道你那样生活，一会儿和这个情妇，一会儿和那个情妇的，就一点过错也没有吗？你把这说成一件理所当然的事情。”

“我过去是那样的，再说我也不喜欢那种生活。那是一种令人不悦的生活方式，我决不愿意再回到过去了。用钱包下一个情妇的恶劣程度仅次于购买奴隶，两者无论从性质上还是地位上都是低人一等的，而与比自己低下的人亲密同居是可耻的。我现在很讨厌回想起与塞莉纳、贾钦塔和克拉拉一起度过的那些时光。”

我感到他说的这些话都是真的，我从中得出某种结论：假如我变得忘乎所以了，把灌输在自己头脑中的一切教导都彻底忘记，以致步起那些可怜女子的后尘，那么，他有一天也会对我产生同样的感觉。我没有把我的内心想法说出来，我把它铭记在心里。

“瞧，简，干吗你不说‘哦，先生’呢？我还没讲完呀。你那样板着一张脸，我看出你仍然反对我。不过，让我切中要害吧。去年一月，我把情妇们统统摆脱了。我的心境是极其痛苦难受的，我深感失望，对所有的人都怀恨在心，尤其是对所有女人，加之生意上的事又需要我，我便回到了英国。

“在冬天那个寒冷的下午，我骑马回来，看到了桑菲尔德府。多么恐怖的地方！我并不期望会在那儿得到任何安宁和快乐。在干草巷的一段阶梯上，我看到有个小身影独自坐在那儿。我漫不经心地路过她，就像我路过她对面那棵被修剪了的柳树一样。我根本没有预料到她会对我怎样，内心也丝毫没警觉到我生活中的主宰、我的守护神，正穿着朴实的装束等候在那里。我并没认出她，即使当美索尔遇到意外，她走上前来一本正经地要帮助我时，也没认出。她是个身材苗条并且带着孩子气的东西！她仿佛是一只红雀跳到我脚边，提出要用自己弱小的翅膀将我带走。我对那东西粗暴无礼，但她不愿走开，异常坚定地站在我身边，眼神和语言中都表现出一种权威。我必须得到帮助，并且要得到她的帮助，她也确实帮助了我。

“有一次，我紧紧抓住你那柔弱的肩头，什么新鲜的东西——一种清新的活力与意识悄然流入我的身躯。有幸的是，我得知那个小精灵一定会回到我身边，她就住在我下面的那座房子里，否则感觉到她从我手下走开，看见她消失在昏暗的树篱后，我必然会后悔无比的。那晚，我听见你回家，简，尽管你大概并没意识到我想着你或留意着你。第二天，我又观察了你半小时，没有谁看到我，那时你和阿黛尔在走廊里玩耍。我记得那天下着雪，你们不能够出门。我待在自己房间里，门微微打开，我既能听见，又能看见你们。你对阿黛尔很有耐心，我的小简，你和她说话，好一会儿都在逗她开心。当她最后离开你时，你又马上陷入了沉思，在走廊里踱来踱去。经过一扇窗口，你会时时看一眼外面下着的大雪，听着呜呜的风声，又继续一边缓缓踱步，一边幻想着什么。我想那些白日的幻想并不阴暗，因为你的眼神里时而流露出愉快的光彩，面容上微微表现出兴奋的样子，表明你并没有陷入痛苦、烦躁和忧郁的沉思。你的表情显露出年轻人美好甜蜜的心思，其精神正乘着坚定的翅膀，跟随希望之神飞向一个理想的天堂。这时传来费尔法克斯夫人和大厅里一个仆人说话的声音，使你回过神来。你意味深长地微笑，显得很精明、机灵，好像对自己那种出神的表现不屑一顾，好像在说：‘我那些美好的幻想都很不错，但我告诫自己它们绝对是虚假的。我的心中有一片灿烂的天空和鲜花盛开、充满生机的伊甸园[1]。但在我的身外，我十分明白脚下是崎岖不平的土地，周围也聚集起阴沉的暴风雨。’你跑下楼去，让费尔法克斯夫人找个什么事给你做，我想是诸如整理家庭一周来的账目或类似的东西吧。你从我的视线中消失了，让我心烦意乱。

“我不耐烦地等候着晚上来临，那时我可以把你叫到我面前。在我看来，你的性格异乎寻常，完全是另一番模样。我很想更深入地对它加以探寻，更好地认识它。你走进屋子时，表情和神态既腼腆，又不受约束。你的穿着也离奇有趣，就像你现在这样。我让你谈话，不久发现你身上不乏与众不同的东西。你的穿着和举止都受到社会习俗的限制，你的神态常常显得胆怯，虽然天性完全超凡脱俗，但绝对是与社会格格不入的；你非常害怕由于某个失礼的行为或错误而惹人注意，给自己带来不利。而在有人对你说话时，你会抬起敏锐大胆、富有生气的眼睛看着说话者的脸。你的目光中无不显露出敏锐与洞察力，当有人一个接一个地对你提出问题时，你能做出迅速有力的回答。不久你似乎对我习惯了。尽管我会发出吼叫，但你对我的乖僻根本不感到意外、害怕、讨厌或恼怒。你看着我，时时带着一种天真而富有远见的、难以形容的优雅姿态向我微笑。我立即对自己所见到的感到满意，深受鼓舞。我喜欢眼前的情景，并希望见得更多一些。然而，很长一段时间来，我对你都较冷淡，很少和你在一起。我是一个明智的享乐主义者，希望延长那种满足感——那种与你相识让我既新奇又兴奋的满足感。另外，我有一阵子还老是觉得不安，担心假如我随便去触摸那花儿，它就会凋谢下去，就不再会有芳香清新的魅力。我当时并不知道它绝非昙花一现，而是那种雕刻在永不毁灭的宝石上的、光彩焕发的花朵。再者，我想看看要是我极力避开你，你是否会来找我。但你没有，而是待在教室里，就像你的桌子和画架那么安静。假如我偶然遇见你，你总是很快从我身边经过，不失尊重地和我打招呼。在那些日子，简，你一贯带着沉思的表情。你并不消沉，

---

① 《圣经》中指人类祖先居住的乐园。

因为你身体好好的，但你也不轻快活泼，因为你几乎没什么希望，也没有快乐。我不知道你是如何考虑我的，或者是否考虑过我，我决心要把这弄个明白。

“我又开始注意你。你说话的时候，目光里显露出某种喜悦，举止显得和蔼可亲。我看出你有一颗喜欢交际的心，是那寂静的教室和你单调沉闷的生活，使你忧伤难过。我对你亲切友好，这不久就感动了你。你的面容和语调都变得温和起来，我喜欢听到你带着感激幸福的声音说出我的名字。在这个时候，简，我常为能偶然遇见你感到欢喜。你的举止表现出一种奇异的踌躇，你看着我时，微微有点困惑，犹豫不决的样子。你不知道我心里会有什么怪念头，我是要做一个严厉的主人呢，还是一个仁慈的朋友。此刻我已太喜欢你了，不会假装成严厉的主人的。我诚恳地向你伸出手时，你那富有朝气、充满渴望的脸上仿佛鲜花盛开，阳光灿烂，欢乐无比，我好不容易才克制住自己去拥抱你。”

“别再谈论那些日子啦，先生。”我悄悄擦干涌出的眼泪。

他接着说：“我在青年和中年时期一半时间过着极其痛苦的生活，一半时间过着忧郁孤寂的生活，那以后我才第一次发现自己真正恋爱了——我找到了你。你和我有着共鸣，你是我的天使。我十分热烈地爱上你，觉得你善良可爱，于是我心中怀着一种炽热而神圣的激情。它倾慕着你，把你拉到我生命的中央和春天里，让我的生活处处包绕着你，并点燃纯洁而强烈的火焰，将你我融为一体。

“正因为我感觉并明白这一点，我才决心要娶你。说我已经有了妻子，是在徒劳地嘲笑。你现在知道她不过是个可怕的魔鬼。我不应该极力欺骗你，可我又害怕你那倔强的个性。我害怕过早地让你产生偏见，希望在冒着危险把秘密告诉你前，能得到你。这是怯懦的表现，我一开始就应该像现在这样，坦白地向你表明我苦恼的生活，向你描述我对于更加崇高、可贵的生活所怀有的强烈渴望，我也会因此获得忠实和彻底的爱。然后我就该请求你接受我忠诚的誓言，同时也请求你向我这样发誓。简，现在就向我发誓吧。”

两人一时都默不作声。

“你为什么不说话呢，简？”

我经受着一场考验，一只炽热的铁手抓住了我的命脉。多么可怕的时刻，充满了挣扎、险恶与烈火！世上没有一个人能指望得到我这样强烈的爱，而我又对如此深爱着自己的人无比崇拜。可我还得放弃自己的爱情与偶像。一个阴郁的词包含了我那无法忍受的责任：“离开！”

“简，你明白我希望你做什么吗？就这个许诺：‘我会成为你的，罗切斯特先生。’”

“罗切斯特先生，我不会成为你的。”

又是一阵久久的沉默。

“简！”他又开始说道，其表现出的温柔使我悲伤不已，因为那平静的声音是一只醒来的狮子发出的喘息，“简，你是要我们从此天涯永别吗？”

“是的。”

“简，”他俯下身来搂住我，“你现在是这个意思吗？”

“是的。”

“现在？”他问，轻轻吻着我的额头和脸颊。

“是的。”我回答，极力摆脱他。

“唉，简，这太让人痛苦了！这太不道德啦！爱我又不是不道德的事。”

“服从你才是不道德的。”

一种狂怒的表情掠过他的脸，他皱起眉头。他站起身，不过克制住了自己。我用一只手撑着椅子的靠背，因为我身子发抖，感到害怕——不过，我下定了决心。

“再待一会儿吧，简。看看你走后我这可怕的生活，所有幸福都将随着你的离去被撕得粉碎。然后留下了什么呢？我楼上还有一个疯疯癫癫的妻子。你让我去找她，与让我去找那边教堂墓地里的某具尸体差不多。简，我去哪里寻求伴侣和希望呀？”

“就像我这样做吧，相信上帝和你自己。相信上天吧，希望咱们在那儿再次相遇。”

“那么你不会让步了？”

“不会。”

“你忍心我过着悲惨的生活，死了还受到诅咒吗？”他抬高了声音。

“我劝告你过一种清白的生活，希望你能平静地死去。”

“你要把爱情从我身上夺走吗？你想让我回到过去，让我拿肉欲当爱情，拿邪恶当消遣？”

“罗切斯特先生，我并没有让你去接受那样的命运，正如我自己也没急于接受它一样。我们生来就是要抗争和忍受的，你我都一样，所以就这样去做吧。在我忘掉你以前，你会先忘掉我的。”

“你这样说，就让我成了撒谎的人，使我的名誉受到玷污。我表明过自己不会改变的，虽然你当面对我说我不久就会改变。你的行为证实了你的判断多么不正确，你的看法多么反常！你宁愿把一个同胞逼得走向绝望，也不肯违反一条人为的法规，即使违反之后谁也不会受到伤害，因为你和我一起生活，用不着担心会冒犯任何亲戚或朋友。”

这倒是真的。他说这些话的时候，就连我的良心和理性都转而反对我，指责我违抗他是在犯罪。它们的声音几乎和感情一样响亮，因为这时，感情急切地喊道：“啊，听从他吧！想想他的痛苦，想想他的危险，看看他被孤单地抛下后的处境吧；不要忘了他那轻率的天性，考虑一下他绝望之后会变得怎样鲁莽吧——安慰安慰他，救救他，爱他吧；告诉他你爱他，愿意成为他的人。世上谁在乎你呢？或者你的行为又会让谁受到伤害呢？”

我的回答仍然是不可屈服的：“我在乎自己。我越是孤独，没有朋友，得不到支持，我就越是尊重自己。我会遵守上帝所赋予的，同时又被人们认可的法律。法律和原则不是为没有诱惑的时候制定的，它们正是为眼前这种时候制定的——此时身心都共同起来抗议它们过于严厉。它们确实严厉，不容违抗。假如为了我个人方便就予以违抗，那它们还有什么价值？它们是有价值的，我一直这么认为。如果我此时不能相信它了，那是因为我头脑不健全，非常不健全，以致流动的血脉在燃烧。以前我形成的观点和下定的决心，就是我此刻所要坚守的——我要牢牢地坚守住它们。”

我也这样做了。罗切斯特先生仔细打量着我的面容，看出我是那样做了的。他因此愤怒到极点，他得一时屈服于这种愤怒，不管随后会发生什么。他走过地板，紧紧抓住我的胳膊，抱住我的腰部。他好像要用自己燃烧的目光将我烧毁。我这时感到自己的身体已无能为力，但精神上我仍然拥有着自己的灵魂，有了它，我确信自己最终是安全的。我抬眼望着他，看到他那凶猛的面容，我无意中发出一声叹息。他把我抓得很疼，我也因为太用力而感到精疲力竭。

“从来没有，”他说，一边磨着牙齿，“从来没有任何东西会如此柔弱，同时又如此不屈不挠。她在我手里不过像一根芦苇而已！”他抓住我，用力摇动着，“我用手指都能把她弄弯，可我把她弄弯、拔起、压碎后，又有什么好处呢？想想那个目光，想想目光里发出的那种坚决、疯狂、自由的东西，她更加勇敢地违抗我，坚决地战胜了我。这个凶猛而美丽的家伙，我怎样都无法得到她！你要是愿意，会自己轻轻飞过来，偎依在我胸前，而如果我强行把你抓住，你就会像香气一样跑开——我还没来得及呼吸到你的芬芳，你就消失了。啊！算啦，简！”

他放开了我。他的目光远比疯狂的搂抱更难以抵抗，然而，这时只有傻瓜才会屈从他。我已经勇敢地面对并挫败了他的愤怒，我得避开他的悲伤，于是我退回到门口。

“你要走了吗，简？”

“我要走了，先生。”

“要离开我？”

“是的。”

“你不愿回到我身边？不愿安慰我，给我救助？我深深的爱、无比的悲哀、狂热的祈祷对于你都无关紧要吗？”

他的声音里充满了无法形容的感伤！而我要坚定地重复说“我要走了”又是多么艰难。

“简！”

“罗切斯特先生！”

“那么走吧，我让你走，不过记住，你把万分难过的我留在了这儿。到你自己的房间去吧，仔细想想我说过的话，然后，简，看一看我受到的痛苦——想想我吧。”接着，他低沉而剧烈地抽泣起来。

他转过身，一下扑倒在沙发上。“啊，简！我的希望——我的爱情——我的生命！”他突然极其悲哀地说出这些话来。

我本来已经走到门口，但是读者，我又走了回去——就像我走开时那么坚定地走了回去。我跪在他身旁，把他的脸从垫子上转过来面朝我。我吻着他的脸颊，用手抚平他的头发。

“上帝保佑你，亲爱的主人！”我说，“上帝保佑你免受伤害和不犯错误，给你指引和安慰——因为你过去对我那么仁慈而奖赏你。”

“小简的爱是我最好的奖赏，”他回答，“没有它，我的心就会破碎。但是，简会给我爱。是的，她会高尚而慷慨地给我爱的。”

血液一下涌到他脸上，两眼闪现出火光来。他突然直起身，伸出双臂，但是我避开他的拥抱，立即走出屋子。

“别了！”我离开他时，心中喊道，“永别了！”

那晚我根本没想到要睡觉，但是我一躺到床上就睡着了。我梦到自己出现在小时候的那些场景中，躺在盖茨黑德的那间红屋里，夜晚很黑，我心里怀着恐惧。在这样的情景中，我又回想起许多以前使我发晕的那种微光，它好像慢慢爬上墙壁，战栗着停留在昏暗的天花板中央。我抬头望着，只见屋顶幻化成云块，又高又模糊，而那微光便是月亮投射到它将穿过的云雾中的光影。一个白色的人体出现在蓝天，朝着地球显露出灿烂的表情。它目不转睛地盯着我，向我的心灵说话，那声音既无比遥远，又十分接近，在我心里耳语道：“女儿，逃离诱惑吧。”

“母亲，我会的。”

我从恍恍惚惚的梦里醒来时，这样回答。此刻仍然是夜晚，但七月的夜很短，午夜后不久天就发亮了。长痛不如短痛。衣服是穿好的，先前只脱了鞋。我知道在抽屉里哪儿能找到自己的一些衣物、一只盒子和一枚戒指。在寻找这些东西时，我见到了罗切斯特先生几天前非要我收下的一串珍珠项链。我把它留下，它不是我的，是那个已融入空气里的虚幻的新娘的。我把其他物品打成一包，把装有二十先令（我一共就这么多钱）的钱袋放入衣兜。我系好草帽，别好披肩，拿起包裹和拖鞋，悄悄溜出了屋子。

"别了，好心的费尔法克斯夫人！"我溜过她的门口时，喃喃低语，"别了，亲爱的阿黛尔！"我往儿童室看一眼，根本不能进去拥抱她。我得骗过一双灵敏的耳朵，就我所知，这双耳朵也许此时正倾听着。

我本来会一刻不停地走过罗切斯特先生的寝室，可我来到他的门口时，心脏瞬间停止了跳动，脚步也被迫停下。没有任何人睡觉，里面的人正在不安地从这个墙边走到那个墙边，我听见他还在一次次发出叹息。假如我愿意的话，在这个房间里，我就会得到一个极乐世界——一个短暂的极乐世界，只要我走进去说："罗切斯特先生，我会一辈子爱你的，和你生活在一起。"这时，一种狂喜的源泉就会涌到我嘴边。我想着这一点。

仁慈的主人现在无法入睡，正焦急地等待着天亮，那时他就会让人来叫我，我也已经走了。他会派人来找我，但是白搭。他会觉得自己被抛弃了，他的爱被拒绝了。他会痛苦，也许变得不顾一切。我也想到了这点。我的手移向门锁，随即抽了回来，我继续向前悄然离去。

我犹犹豫豫地下了楼，知道自己必须做什么，也机械地做了。我在厨房里找到侧门的钥匙，也找到一瓶油和一支羽毛，把钥匙和门锁上都涂上油。我又弄到一些水和面包，因为也许得走很远的路。我的力气最近消耗了不少，身体一定不能垮掉。我毫无声息地做完这一切，把门打开，又轻轻关上。院子里已微微发亮。宅子的大门是锁着的，不过它们上面的一扇小门只是闩着。我就从那扇小门走了出去，并把它关好。现在我走出了桑菲尔德府。

在田野那面一英里远，有一条路朝着与米尔科特相反的方向延伸而去，我从没走过它，只是常常注意到，不知它通向哪里。我的脚步迈向了那条路。此刻是不容许有任何思考的，不能回头看一眼，甚至也不能往前看看。既不能想过去，又不能想未来。过去是无比甜蜜的一页，也让人极其悲伤。而未来又是一页可怕的白纸，就像世界刚被洪水冲刷过一般。

我绕着田野、树篱和小径走去，直至日出以后。我想那是夏日一个可爱的早晨吧。在离开宅邸时,我便穿上了鞋,它们不久就被露水打湿了。可我既没看初升的太阳和晴朗的天空，又没看醒来的大自然。被带到断头台去的人在经过一片美丽的风景时，不会想到在他路上微笑着的花儿，他所想到的是砧板与斧口，是骨与肉的分离，是最后那阴暗的墓穴。我想到这令人忧郁的逃跑，这无家可归的流浪，啊！我还万分痛苦地想到自己所抛下的一切，那也是没办法的事。我现在想到了他，他正待在自己的房间里，看着日出，希望我不久就会去对他说我愿意和他一起生活，成为他的人。我渴望成为他的人，很想回去。现在时间还不晚，我还能让他免受那种丧亲般的巨大痛苦。因为我确信还没人发现我逃跑了。我可以回去给他安慰，成为他的骄傲，成为他免受不幸也许是毁灭的救世主。啊，我对于他丧失自制的恐惧远比我本人丧失自制还糟糕！我心中有一支箭头，当我极力拔出时，它将我撕裂，当记忆又将它往里插得更深时，它使我恶心作呕。鸟儿在灌木丛和杂树林唱起歌儿，它们对自己的伴侣是忠诚的；鸟儿是爱情的象征。我是什么呢？处于心灵的痛苦与道德原则的努力中，我憎恶我自己。从这种自我满足中，甚至从自我尊重中，我得不到任何安慰。我伤害了也抛弃了主人，我在自己眼里都是可恨的。但我仍然不能转回身去，也不能往回走一步。上帝已在指引我向前。我沿着孤寂的路走去,痛哭不止,像个神志昏迷的人一样走得很快。体内的虚弱延伸到四肢，使我浑身无力，我因此倒下了。我趴在地上有几分钟时间，脸紧贴着湿湿的草皮。我有些担心——或希望——自己会死在这儿。但我不久又立起身,用双手和膝盖往前爬着,然后再次站起来,像先前一样坚定地走向那条大路。

我到达那儿时,不得不在树篱下坐着休息,这时我听见了车轮声,看到一辆马车驶过来。我站起身,举起手,马车停下了。我问车是去哪里的,马车夫说了一个很远的地方,我确信罗切斯特先生在那儿没有任何亲友。我问要多少钱他才肯把我带到那儿去,他说三十先令;我说自己身上只有二十先令,他说就凑合着吧。他还让我坐到车子里面,因为车上是空的。我进了车厢,关上门,然后马车又往前辘辘驶去。

好心的读者,但愿你绝不会有我当时的那种心情!但愿你的眼睛绝不会像我的那样,源源不断涌出万分悲伤的热泪。但愿你绝不会像我处于如此绝望和痛苦时,向上天发出祈求。因为你绝不会像我一样,担心成为与自己深爱着的人作对的邪恶工具。

第二十八章

两天过去了。那是一个夏日的傍晚，马车夫让我在一个叫作怀特克罗的地方下车，就我付的那点钱，他不能把我载得更远了，而我已经身无分文。这时马车已离去一英里远，把我孤零零地留下。此刻我发现忘了把自己的一小包行李从马车上的口袋里取出来，先前为了安全，我曾把它放在里面。它一定还搁在那儿，而我一贫如洗了。

怀特克罗并非是个镇子，甚至也不是村庄，它只是一根竖立起来的石柱，有四条道路在这儿交会。柱子被刷得白白的，我想是为了在远处和暗中更显眼一些吧。柱子顶部伸出四根臂状物，从上面刻的文字来看，离这儿最近的镇也有十英里远，最远的二十多英里。根据这些镇子众所周知的名字，我得知自己是在哪个郡下的车。这是中部靠北的一个郡，到处是阴暗的沼泽地和起伏的大山，我看出了这一点。我的周围是广阔的沼泽地，我的脚下是深深的山谷，在山谷那面的远处，就是连绵的高山。这儿一定人烟稀少，路上不见一个行人。这一条条的路伸向东、西、南、北，又白又宽，十分孤寂，全穿过沼泽，高高的石楠一直疯长到路边。偶尔会有行人走过，而我现在根本不想让人看见。陌生人会纳闷，不知我在做什么，因为我在这根标志柱旁走来走去，漫无目标，显然迷了路。我可能会被质问，而不管我怎样回答，听起来都难以置信，会引起别人猜疑。此时我与人类社会失去了一切联系——没有任何吸引力或希望把我召回到自己同胞那里，凡是看见我的人，都不会对我怀有仁慈的想法或美好的愿望。我没有任何亲人，有的只是大自然这个万物的母亲。我要去寻求她的怀抱，请求得到安息。

我径直钻进石楠，向前朝着一个凹地走去，我看见它像深沟一样穿过褐色的沼泽边缘。我艰难地走过深至膝盖的阴暗植物，顺着一处处转角往前走，在一个隐蔽的角落，我发现一块覆盖着暗色苔藓的花岗岩峭壁，于是在它下面坐下来。我周围都是沼泽地高高的土埂，那块峭壁保护着我的头部，它的上面是天空。

甚至在这儿，我也过了一些时间才平静下来。我隐隐约约担心附近会有野牛，担心某个爱好运动的人[①]或偷猎者会发现我。假如一阵风刮过荒野，我会抬起头，害怕是一头公牛冲过来了。假如一只鸻[②]发出鸣啭，我会误以为是个人。不过，我发现自己的惧怕是没有根据的，加上随着夜晚降临，这儿一片死寂。

接下来我该怎么办呢？到哪里去呢？啊，这些问题真让我无法忍受，因为此时我什么也做不了，哪儿也不能去！要想到达有人居住的地方，我还得拖着疲乏哆嗦的双脚，走很远的路；要想找到一个寄宿地点，我还得恳求别人给予冷冷的施舍。也许没等我把自己的情况讲完，就被拒之门外！

我摸一下石楠，干干的，并且在夏日里晒了一天后，也变得暖暖的。我看看天空，它是那么纯洁，只见一颗亲切友好的星星闪烁在这凹陷不平的沟埂上方。白天已过去，此刻一丝微风也没有。大自然好像对我和蔼可亲，我想她是爱我的，尽管我被抛弃在外。而我，虽然只会从人身上预见到猜疑、排斥和侮辱，却怀着子女般的喜爱，紧紧偎依在她身旁。至少今晚我会成为她的客人，因为我是她的孩子——我的母亲会不收一分钱，不让我付出任何代价留我住下。我还有一点面包，中午路过一个镇子时，我用最后一块硬币买了一卷面包，现在还剩下一点。我看见成熟的越橘在周围发出微光，就像石楠丛中的黑珠子一般，于是我摘了一把，就着面包吃下去。我先前饿得太厉害了，现在饥饿得到了缓解。吃完后，我做了晚祷，接着开始选择睡觉的地方。

峭壁旁的石楠长得很深，我躺下时，两脚都隐藏在里面。由于两边

---

① 尤其指钓鱼、打猎的人。
② 鸟的一种，多生活在水边、沼泽和海岸。

的石楠都是高高的，所以只留下一点狭窄的空间，让夜风侵袭进来。我把披肩折叠成双层，将它像被单一样盖在我身上，一块生着青苔的矮土堆成了我的枕头。

我本来会休息得很好，只是一颗忧伤的心使我不得安宁。这颗心为其巨大的伤口、内在的流血和断裂的情弦哀诉着。它为罗切斯特先生和他不幸的命运焦虑，它怀着深深的同情为他惋惜，也怀着无尽的渴望希望得到他。尽管它像一只双翅折断的鸟儿那么无能为力，但仍然振动着破碎的翅膀，徒劳无益地寻求他。

心中的悲哀把我折磨得精疲力竭，我两膝跪起来。夜晚降临，一个行星升上天空。这是一个安全而宁静的夜，宁静得让人不会产生恐惧。我们知道上帝无处不在，但当他将自己创造的东西散布在我们面前最广阔的天地时，无疑最能让我们感受到他的存在。我起身跪着为罗切斯特先生祈祷。我抬起被泪水模糊的眼睛仰望着，看见巨大的银河。我记得它是怎么回事——那儿有无数的星系像柔和的光影一样横扫太空，我感到了上帝的无穷威力。我肯定他能有效地拯救自己所创造的万物。罗切斯特先生是安全的，他是上帝之子，将会得到上帝的保佑。我再次紧贴着山的胸膛，不久在睡眠中忘了忧伤。

第二天，小鸟早已从它们的巢里飞出去，蜜蜂早已赶在露干前，于一天中最美好之际，飞来采集石楠花蜜，早上长长的影子已经缩短，阳光普照着大地和天空——我这时起了身，看看四周。

这是多么宁静、温暖而美好的一天！这广阔的沼泽是怎样一片金色的荒野啊！处处是阳光，我真希望自己能生活在其中，并且靠它过日子。我看见一只蜥蜴在峭壁上爬着，又看见一只蜜蜂在芳香的越橘间忙碌。此刻我宁愿变成一只蜜蜂或蜥蜴，这样我就可以在这儿找到适当的食物和永久的住处。可我是一个人，有着人的需求。我不能在根本无法提供这些需求的地方待着。我站起身，回头看看自己离开的那个睡觉的窝。我对未来已绝望了，只希望晚上在我睡着时，造物主想到我的灵魂还是可取的。而我这疲劳的身躯，死神已不让其再与命运抗争，现在只能静静地衰败下去，在平静中与这荒野的泥土合为一体。然而我又还有着生命，有着它的一切需求、痛苦和责任。这个沉重的负担我必须扛着，需求必须满足，痛苦必须忍受，责任必须履行。因此我走出了石楠丛。

我又回到怀特克罗，沿着一条背向太阳的路走去，这时炽热的太阳升得很高。我无意再做别的什么选择。我走了很长时间，都快走不动了，因此在身边的一块石头上坐下，就在此时，我听见钟声，是从教堂里传来的。

我朝着钟声的方向转过身，在那儿，在富有浪漫气息的山冈中间——对于山的变化和面貌，我一小时前已不再注意，我看到一座村庄和一座尖塔。我右面的山谷全是牧场、麦田和树林，一条波光粼粼的小溪蜿蜒着穿过颜色深浅不一的绿地、柔和的谷地、阴暗的林地和清晰明亮的草地。这时前面的路上传来辘辘的车轮声，我回过神来，看见一辆载着沉重货物的四轮马车正吃力地爬上山，那边不远处有两头母牛和它们的贩子。人类的生活与人类的劳动就在近旁。我得努力挣扎下去，像别人一样为生活而抗争，辛勤地去操劳奔波。

大约下午两点钟，我走进村子。它只有一条小街，街的尽头有一家小店铺，橱窗里放着一块块面包。我多么渴望吃到一块面包啊。有了那种食物，我也许能恢复一点体力，而没有它，我就难以再坚持下去了。我一旦置身在同胞当中，就又产生了要获得一些力量与活力的希望。难道我身上就没有任何东西可以换取一卷面包吗？我脖子上系着一条丝绸小手帕，我还有手套。我不知道男人和女人们在穷困到极点的时候会怎样做，不知道这两样东西是否会被接受。也许别人不要，但我得试试。

我走进店铺，里面有一个女人。她看见是一位穿着体面的人，以为是个小姐，就礼貌地走上前来。她问我需要什么帮助，我感到羞愧。我不敢提出用自己戴得半旧的手套和皱巴巴的手帕换吃的东西，再说我也觉得这是可笑的。于是我请求能坐一会儿，因为我太累了。她很失望，冷漠地答应了我的请求，指着一个座位，我坐了下去。我很想哭出来，但意识到这样的举动不合时宜，便强忍着。片刻后，我问她："村子里有女服裁缝或普通女工吗？”

“嗯，有两三个。这儿的活儿就只需要这几个人。”

我思考着。自己现在被逼到了这一步，面对着贫困的处境。我目前的状况是既无办法，又无朋友，身无分文。我得做点什么事，可做什么呢？我得找个活儿干，去哪里找呀？

“你晓得附近有什么人家需要仆人吗？”

“不晓得。”

“这个地方主要是干什么的？人们大多在做什么呢？”

“有些是农场工人，大多在奥利弗先生的缝纫针厂和翻砂厂干活。”

“奥利弗先生雇用女人吗？”

“不，都是男人干的活儿。”

“女人们干什么呢？”

“不晓得。”她回答。

她好像对我的问题厌烦了。确实，我有什么权利缠着她问个不停呢？这时走进来附近的两个人，显然想要坐我的椅子。我便起身离开。

我沿街走去，一边走，一边看着左右两边所有的房屋，可我找不到任何借口，也看不到任何吸引人的东西，让我想走进屋子。我就在村里荡来荡去，此刻我已精疲力竭，饥饿不堪，我转身走进了一条小巷，在树篱下面坐下来。然而只过了几分钟，我又站起身，再次要去寻求什么——一个解决问题的办法，或至少是一个能提供信息的人。小巷尽头有一座漂亮的小房子，房子前面是一个花园，精美优雅，鲜花灿烂。我在它旁边站住，我干吗要来到这扇白色的门前去碰那个闪闪发光的门环呢？住在这座房子里的人怎么可能有兴趣帮助我？但我还是走近并敲响了房门。一个面容温和、衣着整洁的年轻女人把门打开。我用一种心中绝望、身体衰弱的人才有可能发出的声音——一种低得可怜、支支吾吾的声音，问这儿是否需要一个仆人。

“不需要，”她说，“我们不雇仆人。”

“你能告诉我在哪儿可以找到活儿干吗？”我继续说，“我是个外地人，在这地方一个熟人也没有。我想找个活儿干，不管什么活儿都行。”

可她并没有义务替我找工作。她摇摇头：“很遗憾不能给你提供任何情况。”接着就把白色的门关上了。要是她的门开得久一点，我想自己就会求她给一块面包，因为我已变得十分卑下了。

我无法忍受回到那个可怜的村子，再说也见不到任何可以得到帮助的希望。我看见不远处有一片林子，它处处是浓荫，好像愿意为我提供诱人的藏身处。

我走近一座座房子，下午消逝着，而我像一只迷失的饿狗一样四处游荡。经过一片田野时，我看见前面是那座教堂的尖塔，便赶紧朝它走去。离教堂墓地不远，在一个花园中央，有一座尽管不大但建造精良的房子，我毫不怀疑那就是牧师住宅。我记得陌生人到了一个没有任何朋友的地方，如果需要找工作，有时就可请求牧师给予指点和帮助。帮助希望得到帮助的人是牧师的职责——至少他们可以给我提点建议。我似乎具有某种权利在这儿寻求忠告，因此我重新鼓起勇气，聚集起仅存的一点点力量，继续向前。我走进房子，敲响厨房的门，一个老太太把门打开。我问这是不是牧师住宅。

“是。”

“牧师在家吗？”

“不在。”

“他不久会回来吧？”

“不，他出门了。”

“去很远的地方？”

“不太远——正好三英里。他父亲突然去世，把他叫走了。眼下他在‘沼泽角’，很可能还要在那儿待上两个星期。”

“女主人在吗？”

“不在，除了我，什么人也没有，我是这里的管家。”读者，虽然我因为缺少吃的，身体虚弱不堪，但我也不忍请求她给予救济。我还不能乞讨，便又慢慢走开了。

我再次取下手帕，再次想到小店里的一块块面包。啊，哪怕给一点面包皮也好！哪怕能吃上一口，减轻点饥饿的疼痛也好！我本能地又把脸转向村子，找到那家店铺，走进去。尽管除了那个女人，店里还有其他人，我仍然壮着胆子请求道："你愿意让我用这条手帕换一卷面包吗？"

她看着我，显得带着怀疑，说："不行，我从没这样卖过东西。"

我几乎绝望了，请求给半块面包也行，她却再次拒绝。

"我怎么知道你是从哪里弄到那条手帕的呢？"她说。

"用手套换行吗？"

"不行！我拿它们来做什么？"

我并不责怪任何把我拒之门外的人。那是预料中的事，因为一个普通的乞丐常常会被人怀疑，而一个衣着不错的乞丐就更是难免了。

天快要黑下来时，我路过一家农舍，有个农夫正坐在打开的门旁，吃着当作晚饭的面包和干酪。

我停在那儿并问道："给我一块面包好吗？我太饿了。"他吃惊地看我一眼，也没回答一声，就从一条面包上切下厚厚的一块给我。我想他并没把我当成乞丐，而只是某个行为古怪的小姐，喜欢上了他的黑面包。我离开后直到见不到他家的房子时，就坐下吃起来。

我无法指望在屋檐下找到一个住处，便在我先前提到的林子里去寻找。可是夜晚很恶劣，让我不得安宁。地面潮湿，空气也冷冷的；另外，有人不止一次从我近旁走过，打扰着我，使我不得不一次次改变住的地方，没有一点安全感。早晨时下起了雨，在随后的一整天里，都下着小雨。读者，别让我对那天做细致的说明吧。

我像先前一样去找工作，也像先前一样遭到拒绝，忍饥挨饿，不过嘴里确实也碰过一点食物。在一座村舍的门口，我看见有个小姑娘要把一些乱糟糟的冷稀饭倒进猪槽里，就问："把它给我好吗？"

她盯住我。"妈！"她大声喊道，"有个女人要我把这些稀饭给她。"

"哦，孩子，"里面有个声音回答，"她要是个乞丐，就给她吧。猪不吃那些稀饭的。"女孩便把一堆发霉变硬的东西倒进我双手，我狼吞虎咽地吃下去了。

这时下着小雨的天越来越阴暗，我在一条不通车辆的孤寂的马路上停住，我已经走了一个小时或更久。

“我已经没有力气了，啊，上帝！再让我坚持一会儿吧！帮帮我吧！快给我指引呀！”

我目光呆滞，望着眼前昏暗模糊的景色，发现自己已远离村子了。连它周围的那些耕地都从视野中消失。我走过一条条岔道，再次靠近那片荒野。现在只有几块地隔在我与那座朦胧的小山之间，它们像石楠地一样贫瘠荒凉，几乎没有开垦。

“唉，我宁愿在那儿死去，也不愿死在街上或人来人往的路上，”我想，“就算让乌鸦和渡鸦来啄掉我身上的肉，也远比把它搁在一口济贫院的棺材里，在叫花子的墓中腐烂更好。”

于是，我转向那座小山，来到它跟前。现在只需要找到一个我能躺下的坑地了，如果不能感到安全，至少不应让人看见才行。可是这儿的荒地表面都很平坦，除了色彩不同，没别的变化。

我的目光仍然扫视着这片阴郁的山冈和沼泽地边缘，它们正从荒凉的景色中隐退。此时远处沼地和山脊当中的一个昏暗地点，忽然出现了一种光。它在雨中昏暗平稳地亮着。我再次努力迈出脚步，拖着疲惫的四肢，慢慢朝它靠近。它指引我弯着身子翻过小山，穿过一片宽阔的沼泽。我两次跌倒，但都站了起来，鼓起勇气继续。那一线光是我渺茫的希望，我必须到那里去。

穿过沼泽后，我看见荒野上呈现出白色的东西，便走过去。原来是一条道路或小径，直通那一线亮光——光这时从一些树丛中的某个小丘上发出来，根据我透过昏暗的夜色辨别出的树身与树叶的特征，它们显然是冷杉。在我走近时，我的那颗星星却消失了，什么障碍物挡在了我和它之间。我伸出手去触摸眼前一团黑乎乎的东西，识别出是一堵矮墙粗糙的石头，墙的上方是木栅一样的东西，里面是高大多刺的树篱。我摸索着前进，一种发白的东西又闪现在我前面，原来是一扇门——一扇侧门。我碰到它时，铰链就转动开了。门内两边都是黑黑的灌木丛，不是冬青，就是紫杉。

我进入门内，走过灌木丛，一座房子的轮廓出现在眼前，它又黑又矮，并且相当长。但那一线指路的明灯不见了，完全模糊一片。屋里的人都睡觉了吗？恐怕是这样。我转过一个角落，找到门口，友好的光线又从这儿照射出来——是从离地不到一英尺的一扇很小的菱形格构窗射出来的。窗户旁长着常春藤或其他匍匐植物，使其显得更加狭小。植物的叶子非常浓密，爬满了窗户周围的墙。由于窗口被遮挡得十分狭小，所以屋里的人认为没必要拉上窗帘或百叶窗。我俯下身，把掩蔽着窗子的树叶拨开，一清二楚地看到里面的房间。它的地板呈沙灰色，擦洗得干干净净；有一个胡桃木的碗柜，锡铅合金的盘子一排排摆放在里面，反射出一个泥炭炉子散发出的红光。我还看见一口钟，一张白色的松木桌和一些椅子。那支蜡烛在桌上燃着——它的光线不久前还是我的明灯呢。烛光旁有一个上了年纪的妇女，样子有些粗陋，但收拾得很整洁，像她周围所有东西一样。她正在织着一只长袜。

炉子旁边有两个人静静地坐在那儿，置身于宁静而暖和的玫瑰色火光当中。有两个年轻雅致的女人，一个坐在一把矮小的摇椅里，另一个坐在一张更矮的凳子上。两人都穿戴着用黑绉纱和丝经毛纬做成的重孝丧服，这身阴暗的装束将她们白皙的脖子和面容衬托得异常明显。一条很大的老猎狗将它颇大的头搁在一个姑娘的膝上，而另一个姑娘的膝盖上则趴着一只黑猫。

这两个人待在这个简陋的厨房里，真是奇怪！她们是谁呢？不可能是桌旁那个老妇的女儿，她像个乡下人，她们却那么雅致，富有教养。像她们那样的面容，我在任何地方都没见过，可当我注视着她们时，又好像对每个面部特征都非常熟悉。姑娘们都埋头各自看着书，露出一副严肃的模样。在她们中间，有一张台桌，上面另外点了一支蜡烛，并放着两本大书。她们时时去里面查阅，好像用它们与自己手里的小书进行比较，就像人们在做翻译工作查词典时的那样。这个场面太安静了，仿佛她们都只是一个个人影，这火光照耀的房间只是一张图画似的。它静得出奇，我能听到煤渣从炉栅上掉下去，时钟在阴暗的角落嘀嗒作响。我甚至相信，自己能够辨别出老妇人的编织针发出的咔嗒咔嗒声。因此，当一个声音终于打破这奇特的寂静时，我是听得很清楚的。

“你听，黛安娜，”其中一个专心致志的学生说，“弗朗兹和老丹尼尔两人都在夜里，弗朗兹正讲着一个梦——他已从惊恐中醒来——快听！”说罢，她低声地念着什么，我一个字也听不懂，因为是用一种我不熟悉的语言念的——既不是法文，也不是拉丁文，我也说不准是希腊文还是德文。

“很有说服力，”她念完后说，“我喜欢。”另一个把头抬起来听姐姐念的姑娘，这时一边盯着炉火，一边重复刚才念过的一行句子。在后来的某一天，我才懂得了那句话，并知道了那本书，所以我将在此引用一下——虽然我初次听到时，觉得它不过像敲打在空洞的黄铜上发出的声音一般毫无意义：“‘此刻一个人走了出来，容貌像满天星星的夜空。①’”“不错！不错！”她叫道，黝黑深沉的目光闪烁着，“有一个隐约朦胧但威力强大的天使长恰好就在你面前！这句话比一百页浮夸的语言更有价值。‘我用愤怒的天平衡量自己的思想，用带着怒气的砝码衡量自己的行为②。’我喜欢！”

两人再次沉默起来。

“有哪个国家的人是那样子说话的吗？”老妇人问，从编织的东西上抬起头。

“是的，汉娜，有个比英国大得多的国家，那儿的人就是这样讲的。”

“哦，我确实不知道他们怎么能相互听得懂。要是你俩去了那里，我想能明白他们说的什么吧？”

“咱们大概能明白他们在说什么，但不会全懂——我们不像你以为的那样聪明，汉娜。我们又不会讲德语，读它必须有词典才行。”

“那对你们有什么好处呢？”

---

① 原文为德语，引自席勒的《强盗》。

② 出处同上。

“我们打算今后教它，或至少像人们说的教教基础知识。然后我们就会比现在多挣些钱。”

“很可能吧。不过别再学了，今晚你们已学得够久啦。”

“我想是够久了，至少我已很累。玛丽，你呢？”

“累得要死。这样刻苦学习一种语言，除了一本词典外，连老师也没有，毕竟是一件很艰苦的事。”

“是呀，特别是学这种只是看起来光彩却并不好懂的德语。不晓得圣约翰什么时候回来。”

“肯定不会太久的，现在就要十点了（她看一眼从腰带上取出的一只小金表）。雨下得真大。汉娜，你去看一下客厅里的炉火好吗？”

那个女人站起身，打开一扇门，我透过它，隐约看见一条通道。不久，我听到她在里面的屋子里拨动着炉火，片刻后又回来了。

“啊，孩子！”她说，“现在让我到那间屋里去，真是觉得不安。它太冷清了，椅子搁在一角，空空的。”

她用围裙擦着眼睛。两个姑娘先前现出一副严肃的样子，这时显得忧愁起来。

“不过，他在一个更好的地方，”汉娜接着说，“咱们不应该再希望他到这儿来。再说，任何人都不会死得比他更平静了。”

“你说他从没提到过我们？”一个小姐问道。

“来不及了，孩子，他转眼就离开了人世，那就是你们的父亲。他像头一天一样有点不舒服，但也无关要紧。圣约翰先生问他愿不愿意把你俩中的哪一个叫去时，他还把圣约翰好好笑话了一番。第二天，他的头又开始沉重起来——也就是在两个星期以前。然后他就睡着了，再没有醒来。你们的哥哥走进房间发现他时，他看起来几乎都僵硬了。啊，孩子！他是老一派的人当中最后的一个人，因为你俩和圣约翰先生与那些去世的人相比，好像属于另外一种类型。你们和自己的母亲很相像，她也很有学问。你的容貌像她，玛丽。黛安娜更像你父亲一些。”

我认为她们都长得很相像，看不出那个年老的仆人（此时我断定她是）所见到的差别。两姐妹都皮肤白皙，身材苗条，面容与众不同，显得聪明睿智。固然，一个的头发更黑一点，并且梳理的方式也有所不同。玛丽的淡褐色头发从中分开，梳得平整光滑；黛安娜略黑的鬈发则浓密地披散在脖子上。这时十点的钟声敲响了。

“我想，你们要吃晚饭了吧，”汉娜说，“圣约翰先生回来时也要吃的。”然后她便着手去准备晚饭。小姐们站起身，好像要回到客厅里。直到此刻，我一直全神贯注地观察着她们，她们的外表和谈话引起了我极大兴趣，使我几乎忘了自己悲惨的处境，现在才又想起来。对照之下，我的处境似乎变得更加凄凉，更加令人绝望。看来要让这座房子里的人关心我，让她们相信我的确陷入贫困和悲哀之中，并让她们在我四处流浪之后提供一个休息的地方，是多么不可能啊！我摸索到门，犹豫不决地敲响它，这时我觉得那最后一个念头只是痴心妄想而已。汉娜打开了门。

“有什么事吗？”她用吃惊的声音问，借着手里的烛光打量我。

“我可以和你的女主人说话吗？”我说。

“你最好告诉我你要对她们说什么。你打哪儿来的？”

“我是个外地人。”

“这会儿你来干吗呢？”

“我今晚想在一间外屋或什么地方找个住处，再要一口面包吃。”

怀疑显露在汉娜的脸上。“我会给你一块面包，”稍停一会儿后，她说，“可是我们不能让一个游民进来住宿。这是不可能的。”

“请让我和你的女主人说说吧。”

“不行，我不会的。她们能为你做什么？你现在不应该到处流浪了，这看起来很不好。”

“可要是你把我赶走，我又到哪里去呢？我该怎么办呢？”

“给你一便士，现在离——”

“我又不能吃一个便士，另外我也没力气再走了。别关门——啊，看在上帝的分上，别关门呀！”

“我不得不关上，雨水都飘进——”

“对小姐们说说吧，让我见一下她们——”

“我真的不会那样做。你是个不守规矩的人，不然你就不会这么大声说话了。快走吧。”

“可要是你把我赶走，我一定会死的。”

“怎么会呢？恐怕你心里打着什么坏念头，你这么晚了还到别人家的房子附近转来转去。要是你后面不远处还有什么人跟着的话，比如入室强盗或类似的家伙，你就可以对他们说这房子里不只是有我们，还有一位先生、一些狗和枪。”此时，这个诚实而毫不让步的仆人砰地把门关上，并在里面闩紧。

这下情况糟糕透了。一种剧烈的痛苦、一种真正陷入绝望的悲哀，将我起伏不止的心撕裂。我确实已精疲力竭，一步也走动不了。我瘫倒在湿漉漉的门阶上，呻吟着，痛苦地绞动双手，失声痛哭。啊，死亡的幽灵！啊，这临终的时刻，多么可怖地降临了！哎呀，我多么孤独，被自己的同类拒之门外！不仅是给人精神支柱的希望，连坚韧的毅力也没有了——至少一时丧失了。但我很快再次努力变得坚强起来。

“最多不过是死罢了，”我说，“我相信上帝。让我极力默默等待着他的意志吧。”

这些话我不但想着，而且也说了出来。我把一切痛苦都强忍在心里，努力不让它发泄——让它默不作声地待在那儿。

“所有人都得死的，”近旁一个声音说，“但并非所有人都会过早地死去，你要是在这儿被饿死，就会如此。”

“是谁在说话？”我被突如其来的声音吓住了，现在已不能指望有谁会帮助我。一个身影就在身边，至于是什么，在这漆黑的夜里，我由于视力模糊，无法辨别。来客用力地敲着门。

“是你吗，圣约翰先生？”汉娜大声问。

“是呀，是呀，快打开。”

“啊，今晚的雨下得这么猛，你一定又湿又冷！快进来，你妹妹们很为你着急，我想附近会有一些不讲道理的人。刚才就有一个女乞丐，我敢说她还没走呢！就躺在那儿。起来！真可耻！走开，听见了吗？”

“嘘，汉娜！我有话要对这个女人说。你已尽到责任把她赶走，现在让我尽自己的责任让她进来吧。我刚才就在旁边听你们俩说话。我想这是一个特殊情况——至少我必须仔细了解一下。姑娘，起来吧，快到屋子里去。”

我艰难地照着他说的做了，很快站在那间干净明亮的厨房里，就在炉子旁边。我浑身发抖，心里难受，意识到自己因为遭受风吹雨打一定显得粗野可怕透了。两个小姐、她们的哥哥圣约翰先生，以及那个年老的仆人，都吃惊地看着我。

“圣约翰，这是谁？”我听见一个人问。

“不知道，我发现她在门口。”另一人回答。

“她的脸色真苍白。”汉娜说。

“就像黏土或死人一样苍白。”有人应道，“她会倒下去的，让她坐下吧。”

我确实感到头晕，身子瘫软下去，不过一把椅子接住了我。我仍然还有意识，虽然刚才说不出话来。

“也许喝点水，她会恢复过来的。汉娜，弄点水来。可是她都变得不成样子了，瘦得皮包骨，一点血色也没有！”

“仅仅成了一个幽灵！”

“她是生病了，还是饿极了呢？”

“我想是饿极了吧。汉娜，那是牛奶吗？递给我，再去拿一块面包来。”

黛安娜（根据那些长长的鬈发，我知道是她，她向我俯下身时，我看见她的头发披散到我与炉子之间）掰下一些面包，在牛奶里蘸一下，放到我嘴边。她的脸离我不远，我看见其中带着怜悯，我也感到她急促的呼吸中带着这种同情。在她朴实的话里，也不无那种像止痛的香膏一样的感情：“尽量吃一点吧。”

“是的，尽量吃一点吧。”玛丽温和地重复道，她取下我湿透的帽子，扶起我的头。我吃着他们给我的食物，最初软弱无力，但不久急切地吃起来。

“先别吃得太多，让她忍着，”她们的哥哥说，“她已吃得够多了。”说罢，他把杯里的牛奶和盘里的面包拿开。

“让她再吃一点吧，圣约翰——你看她眼里多么渴望。”

“现在别让她再吃了，妹妹。试试看她能否说话了，问她叫什么名字。”

我觉得已经能够说话，就回答道：“我叫简·埃利奥特。”一心要避免被人发现，先前就决定用一个化名。

“你住在哪里？你的朋友们呢？”

我沉默不语。

“我们可以叫来一个你知道的人吗？”

我摇摇头。

“你能自己说明一下吗？”

不知怎的，当我跨进这家人的门槛，并且面对着主人们时，我就不再感到自己是个流浪者和游民，不再为大千世界所排斥。我勇于将那个乞丐赶走——恢复我自然的举止和特性，重新认识我自己。于是当圣约翰先生要求我做一个说明时，我说道：“先生，今晚我不能够告诉你任何详情。”

“可是，”他说，“你希望我为你做什么呢？”

“没什么。”我说，身上的力气只能让我做出简短回答。

“你的意思是，”黛安娜问，“我们现在已给了你需要的帮助吗？我们可以让你离开，到外面的荒野和雨夜里去了吗？”

我看着她，心想她有一副不同寻常的面容，充满活力与善意。我突然有了勇气，面对她那富有同情的目光，我微笑着，说：“我愿意信任你。如果我是一只没有主人的流浪狗，我知道你今晚不会把我赶出你的家门。事实上，我真的一点也不害怕。你想怎么对待我都行，只是别让我说太多话，我喘不过气来，一说话，就觉得难受。”三个人都看着我，一言不语。

“汉娜，”圣约翰先生最后说，“暂时让她在那儿坐一会儿，别问她任何问题。十分钟后，把剩下的那点牛奶和面包给她。玛丽和黛安娜，咱们到客厅里去商量一下这事。”

他们离开了，不久一位小姐走回来，我说不准是谁。我坐在温暖的炉火旁，渐渐产生一种恍惚而愉快的感觉。她低声对汉娜吩咐着什么，片刻后，在仆人的帮助下，我努力爬上一段楼梯。我换下了一身湿淋淋的衣服，一会儿，我便躺到一张暖和的干床上。感谢上帝，我在极度的疲惫中满怀感激的喜悦，然后睡着了。

第二十九章

随后大约三天三夜的情况，我只模模糊糊地记得。我能想起在那段时间里的一些感觉，但几乎没有形成什么想法，也没采取任何举动。我明白自己待在一个小房间里，躺在一张狭小的床上。我好像在那张床上生了根，像块石头一样一动不动地躺着，要把我从它上面拉开，几乎会要了我的命。我没去注意时间的流逝，注意从早上到中午，又从中午到晚上的变化。但有谁进来或离开房间，我却注意到了。我甚至能说出他们是谁，讲话的人站在旁边时，我也能明白她说的什么。可我就是无法回答，要张开嘴或移动一下手脚都不可能。仆人汉娜来看我的次数最多，她让我感到不安。我觉得她希望我离开——她对我怀有偏见。黛安娜和玛丽每天到房间里来一两次，她们会在我床边这样耳语说："咱们幸好让她进来了。"

"是的，假如一晚上都让她待在外面，早晨肯定会发现她死在门口。真不知道她都遇到了什么事。"

"我想，是些异常的苦难吧——她是个贫穷、衰弱、有病的流浪者吗？"

"从她说话的方式看，我想她并不是个没受过教育的人。她的语音很纯正，并且她脱下的衣服虽然被溅得湿湿的，还比较完好、精致。"

"她有一张奇特的面容，尽管又瘦又憔悴，但我很喜欢。我能想象出她在充满活力的健康时候，其容貌会是可爱的。"

他们这样热情地款待我，从其对话中，我从未听到他们对此感到后悔的话，也根本没听说他们对我怀疑或厌恶。我感到安慰。

圣约翰先生只来过一次。他看着我，说我这样昏睡都是因为长时间极度疲乏。他说用不着请医生，并肯定只要顺其自然，就会恢复得很好的。

他说我的每根神经都过分紧张，整个生命机体必须休眠一段时间。我什么病也没有，他认为一旦我开始恢复了，就很快会好起来。他三言两语表明了这些看法，声音平静轻微；片刻后，他补充道："的确是一副很不一般的相貌，看不出有什么庸俗或可鄙的东西。"

黛安娜搭话道："说真的，圣约翰，我很同情这个身材小巧的可怜人。我希望咱们能够长期帮助她。"

"那几乎是不可能的，"对方回答，"你会发现她可能是某位小姐，与朋友同伴们产生了误解，毫不明智地离开了他们。如果她不是很固执的话，咱们也许可以让她回到他们身边。但是我从她脸上发现一些坚定的迹象，让我怀疑她不会听我们的。"他站在那儿，端详了我几分钟，然后补充说，"她显得很明智，但不算漂亮。"

"她身体那么不好，圣约翰。"

"不管好不好，她总是相貌平平的。她的脸上根本没有美貌所具有的优雅与协调。"

第三天我就好些了，第四天便能够说话，移动身子，在床上坐起来，翻翻身。大约在吃午饭时，汉娜给我拿来一些稀粥和没涂黄油的面包。我津津有味地吃着。这食物真好吃，没有那种使人难受的气味——迄今为止，我狼吞虎咽吃下的东西都是那样的。她出去之后，我感到已恢复了相当的体力。不久，由于睡的时间太长，我很想活动一下，所以心里焦躁不安。我想要起床，可穿什么衣服呢？我只有那身皱巴巴的湿衣服，我曾穿着睡在地上，倒在沼泽里。我不好意思穿着它出现在恩人们面前。不过，我并没有遭遇那样的耻辱。

我的衣物全搁在床边的一把椅子上，已经晾晒干了，十分干净。我那条黑色的丝绸长裙挂在墙上，在沼泽地弄上的污渍已经消除，让雨水弄皱的地方也已熨平，看起来十分得体。连我的鞋袜都被清洗干净，变得很受看了。屋里有一些打扫卫生的工具，我用梳子和刷子把头发梳理好。我经过一番疲乏的努力，每隔五分钟就休息一下，终于穿好衣服。衣服松松地挂在身上，因为我消瘦了不少，但我用一条披肩将有欠缺的地方遮住，因此又显得干净体面起来——没有一点污泥，没有任何我所讨厌的不够整洁的痕迹，它们似乎让我脸上无光。我就这样扶着楼梯的栏杆，慢慢爬下一段石梯，来到一条狭窄、低矮的过道，不久便到了厨房。

这儿充满新烤的面包的香味，熊熊的炉火也让人暖洋洋的。汉娜正在烘烤面包。众所周知，一个人心中的土壤如果从未被教育松动过或施过肥，那么很难将偏见从中根除。它们会在那儿生长，像石头间的野草一样顽固。最初汉娜确实冷漠无情，可近来她开始温和了一点，现在看见我整洁体面地走进去，她甚至露出了笑容。

“什么，你都起床了！”她说，“这么说，你好些啦。你要是愿意，就坐在炉旁我那把椅子上吧。”

她指着摇椅，我便坐了下去。她忙来忙去的，时不时用眼角看我一下。在把一条条面包从炉子里取出后，她转向我，直截了当地问道：“你在来这儿前去要过饭吧？”

我一时感到愤怒，但告诫自己千万别生气，也明白我确实曾经在她眼里像个乞丐，于是我平静地应答着，话语中带着某种坚定：“你错把我当成一个乞丐了。我根本不是什么乞丐，就像你和你那两个年轻小姐一样不是。”

稍过片刻后，她说：“我真弄不明白。我看，你可能是没有房子住，也没有铜板吧？”

“没有房子或铜板，我想你指的是钱，并不会让一个人成为你所谓的那种乞丐。”

“你念过书吗？”她随即又问。

“是的，当然。”

“可是难道你从没上过寄宿学校？”

“我在寄宿学校待了八年。”

她把眼睛睁得大大的：“那你怎么不能养活自己呢？”

“我养活过自己，也相信以后还会养活自己。你用这些醋栗做什么？”见她把一篮子这种水果拿出来，我问道。

“做馅饼。”

“把它们给我吧，让我来挑选。”

“不，我什么也不想让你做。”

“可我得做点什么才行。把它们给我吧。”

她同意了，甚至还给我拿来一条干净的毛巾，铺在我衣服上，说：“免得把它弄脏了。”

“你并不习惯干仆人的活儿，我从你手上就看得出来，”她评说道，“大概做过裁缝吧？”

“不，你错了。好啦，别管我做过什么，别再为我的事伤脑筋。快告诉我咱们现在住的这个家叫什么吧。”

“有人说它是‘沼泽角’，有人又说它是‘沼泽宅’。”

“那位住在这儿的绅士叫圣约翰先生？”

“不，他不住这里，只是待一阵子。他的家在自己的教区莫顿。”

“就是那个几英里外的村子？”

“对。”

“他是干什么的？”

“他是个牧师。”

我记得在那座牧师住宅要求见牧师时，年老的女管家所回答的话。

“那么，这是他父亲的住房了？”

“对，圣约翰先生住在这里，还有他先前的父亲、祖父、曾祖父也都住在这里。”

“这么说，那位绅士叫圣约翰·里弗斯先生？”

“是的，老圣约翰可能是他的教名。”

“他的两个妹妹叫黛安娜·里弗斯和玛丽·里弗斯？”

“对。”

“他们的父亲去世了吗？”

“是三周前患中风死的。”

“他们没有母亲？”

“那位女主人已死了很多年。”

“你在这家生活了许多年吧？”

“我在这儿生活三十年了。他们三兄妹都是我带大的。”

“这证明你一定是个诚实可靠的仆人。我认为你很不错，虽然你曾无礼地把我说成是个乞丐。”

她再次吃惊地盯着我。

“我想，”她说，“我先前错看了你，不过附近有太多的骗子，你得原谅我才是。”

我继续严肃地说：“你当时要把我拒之门外。而在那样的夜晚，你连一只狗都不会赶走的。”

“唔，那是太无情了，可我一个人能怎么办呢？我想得更多的是孩子，而不是我自己。可怜的人！除了我，可能谁也不会关心她们。也许我看起来是很苛刻。”

几分钟里，我都严肃地保持沉默。

“你一定觉得我太不近人情了。”她又说道。

“确实如此，”我说，“让我告诉你为什么——不是因为拒绝让我躲避一下，或把我看成个骗子，而是因为你刚才把我没有一个‘铜板’和没有住房看成是一件耻辱的事。过去有一些最好的人也曾经变得像我一样穷困。假如你是一个基督徒，你就不应该认为贫穷是一种罪过。”

“不应该那样，”她说，“圣约翰先生也这样告诉我，我明白自己错啦。不过，我现在对你有了完全不同的看法。你看起来是个正正当当的小家伙。”

“这倒还行，这样我就原谅你。咱们握手吧。”

她把一只沾有面粉的粗硬的手伸出来和我握着，粗糙的脸上又露出更加亲切的微笑，我们从此便成了朋友。

汉娜显然喜欢交谈。我挑选醋栗，她一边准备馅饼用的面团时，一边继续向我讲述着有关已故男女主人和“孩子们”（她就是这样称年轻人的）的各种详细情况。

她说，老圣约翰先生是个很普通的人，但他是一位绅士，出身于一个极为古老的家族。“沼泽角”一建起来就是属于里弗斯家族的，她肯定它大约有两百年了，虽然显得又小又简陋，根本无法与奥利弗先生在下面“莫顿谷”的那座豪华大宅相比。不过，她记得比尔·奥利弗的父亲以前是个生产织针的熟练工，而里弗斯家族的人在亨利国王[①]那些年代都是贵族，这一点任何人在莫顿教堂的附属室里都能查到。她还承认说“老主人也像其他人一样，没什么很特别的地方，他非常喜欢打猎、干农活儿，以及做类似的事情”。女主人就不同了，她很爱读书，学了不少东西，“孩子们[②]”都像她。这一带没有谁像他们那样，以前也没有。他们喜欢学习，兄妹三人从能说话时起就喜欢读书，他们总是“显得很不一般”。圣约翰先生长大成人后，去上大学，做了一名牧师；姑娘们中学一毕业，就去做家庭教师。她们曾经告诉过她，说父亲几年前损失了一大笔钱——他把钱投资到一个男人那里，这人后来却破产了。如今他不再富有，无法给她们钱财，所以她们得自己去谋生。长久以来，她们很少住在家里，这次父亲去世了，她们才回来待几个星期。不过，她们很喜欢“沼泽角”和莫顿，以及附近所有的荒野和山冈。她们在伦敦和许多其他大城市都住过，可总是说任何地方都不如家乡。她俩也相当合得来，从不吵架或争辩。她不知道哪里还有这么和谐的家庭。

我把醋栗挑选完后，问两位小姐和她们的哥哥这时在哪里。

“散步去莫顿了，但他们半小时后就要回来吃茶点。”

他们在汉娜预定的时间内回来了，是从厨房门口进来的。圣约翰先生看见我时，点了一下头，就走过去了，两位小姐停下来。玛丽简短讲了几句，温和平静地说她见到我恢复得都能够下楼来了，真感到高兴。黛安娜则握住我的手，对我摇摇头。

“你应该等到我同意才下楼来的，”她说，“你看起来还那么苍白，那么瘦弱！可怜的孩子！可怜的姑娘！”

① 指亨利一世到八世的英格兰国王。
② 原文用的苏格兰方言。仆人带有不少苏格兰人的口音。

黛安娜说话的声音，在我听起来就像鸽子咕咕的叫声。我喜欢见到她的目光。我觉得她的整个面容都很迷人。玛丽的容貌也同样显得聪明伶俐，同样漂亮，但表情更沉静一些，举止虽然文雅，却没黛安娜的那么亲近。黛安娜的表情和言谈都具有某种权威。她显然有一种意志。我生来乐于服从她的那种权威，在我良心和自尊许可的范围内，屈从于一种积极的意志。

“你到这里来干吗？”她接着说，“这可不是你待的地方。我和玛丽有时会坐在厨房里，因为在家，我们喜欢自由自在的，甚至喜欢放肆一些。但你是个客人，得到客厅里去。”

“我在这里很好呀。”

“好什么，汉娜忙来忙去，弄得你一身是面粉。”

“再说，炉火对你而言也太热了点。”玛丽插话说。

“确实，”她姐姐补充道，“好啦，你得听话。”她仍然握住我的手，让我站起身，领着我走进里面的屋子。

“在那儿坐下，”她说，让我坐在沙发上，“我们去把外衣脱掉，然后准备茶点。”

之后，她把门关上，留下我和圣约翰先生单独在一起，他坐在对面，手里拿着一本书或一份报纸。我先仔细打量这间客厅，然后打量着里面的另一个人。

客厅是一间极小的屋子，布置得十分朴素，但令人舒适，因为它干净而整洁。旧式的椅子非常明净，那张胡桃木桌就像是一面镜子。在有污迹的墙上，装饰着几幅旧时男女奇特而古老的肖像画。在一个有玻璃门的小橱里，放着一些书和一套古瓷器。房间里没有多余的装饰物——没有一件现代家具，只有一对针线盒与一张小姐用的红木桌，桌子搁在另一张墙边桌旁边。所有东西，包括地毯和窗帘，看起来既陈旧，又保存得很好。

仔细一看，圣约翰先生真是够安然的，坐在那儿，平静得像墙上的一幅沾有灰尘的画，目不转睛地盯着正在细读的文字，嘴唇紧闭着。他很年轻，大概二十八至三十岁之间，身材修长，面容引人注目——它像一副希腊人的脸，轮廓极其完美。挺直的鼻子长得很有古典风格，嘴和下巴颇有雅典人的特征。他的眼睛又大又蓝，长着褐色的睫毛。高高的额头犹如象牙一样白，让几绺没梳理好的金黄色头发遮住了一些。

这是一副文静的容貌，不是吗，读者？然而，所描绘的人几乎不会让人觉得他的性格文静柔顺，或心平气和。他现在静静地坐在那儿，从其鼻孔、嘴唇和眉头上，我发觉有些基本的东西显示出他内心的不安、严厉或渴望。在妹妹们回到屋里前，他都没对我说一句话，甚至也没看我一眼。黛安娜进进出出地准备着茶点，这时给我拿来一小块在炉子顶端烤好的饼。

“把这个吃了吧，”她说，“你一定饿了。汉娜说早饭后你只喝了点粥。”

我没有拒绝，因为胃口已被唤醒，很想吃东西了。圣约翰先生这时合上书，靠近桌子，在一个座位上坐下，用他那双画中一般的蓝眼睛直盯着我。他此时的目光里，有一种不拘礼节的直率，一种洞察一切的坚定态度，表明其避开生人并非缺乏自信，而是怀有某种用意。

“你很饿了吧？”他说。

“嗯，先生。”这就是我的行为方式——用简洁对待简洁，用直率对待直率。

“你发低烧这三天不得不节制一下，这对你是好事。不然一开始就大吃大喝，会有危险的。现在你可以吃啦，尽管还不能吃得太多。”

“我相信不会在你这里白吃很久的，先生。”我十分笨拙、直截了当地回答。

“是不会，”他镇静自若地说，“等你说出你朋友的住址后，我们就可以给他们写信，你也会回到家里。”

“我得坦率地告诉你，这一点我是没法办到的，因为我根本没家也没朋友。”

三个人都看着我，但并非怀疑；我觉得他们的眼神里毫无疑心，有的只是好奇。特别是两个小姐。圣约翰的眼睛，虽然从实际意义上讲是够清澈，但又有些难以捉摸。他似乎更多地把它们作为洞察别人思想的工具，而不是显露自己思想的手段。其中的敏锐与含蓄更容易使人局促不安，而非受到鼓励。

“你的意思是说，”他问，“你完全没有亲友了吗？”

“对。我与任何活着的人都失去了联系，我在英国也没有丝毫权利要求被收留到任何人家里。”

“在你这般年纪，真是一个极其少见的情况！”

此时我看见他的目光盯住我双手，我正将它们合拢，搁在面前。我弄不明白他在那儿搜寻着什么，不过他的话很快说明了问题。

“你还没结婚吧？你是个大龄未婚青年吧？”

黛安娜哈哈笑起来。“哎呀，她不可能超过十七岁或十八岁，圣约翰。”她说。

“我快十九岁了，但我并没结婚。”

我感到脸上红得发起烧来，听见他提到婚姻，我又产生出令人痛苦不安的回忆。他们都看出了我的困窘和焦虑。黛安娜和玛丽把视线从我通红的脸上转到一边，让我松了口气；她们的哥哥却更加严厉无情，继续盯住我，我止不住流下泪来。

“你最后一次是住在哪里的？”他接着问。

“你问得太多啦，圣约翰。”玛丽低声咕哝道。可他仍然把身子俯过桌面，再次用坚定犀利的目光要求我做出回答。

“我住在什么地方，以及和谁住在一起，是我个人的秘密。”我简短地回答。

“在我看来，要是你愿意，你就有权不让圣约翰和其他任何询问的人知道你的秘密。”黛安娜说。

“可假如我对你或你的经历一无所知，我就无法帮助你，”他说，“并且你也需要帮助，对吧？”

“不错，我也一直在寻求帮助，先生，而真正的慈善家是会帮我找到我能够做的工作的，并让我得到生活所需的报酬——假如我只是为了解决生活所需的话。”

“我不知道自己是不是一个真正的慈善家，但我愿意竭尽全力帮助你实现这个如此正当的目的。这样吧，你先告诉我你通常习惯做什么，以及你能够做什么。”

我几下就把茶点吃完了。喝过饮料后，我精神大振，就像一个喝过酒的巨人一样。我衰弱的神经又有了新的活力，使我能够坚定地和那个敏锐的年轻牧师说话。

“圣约翰先生，”我转身看着他，他也看着我，我显得坦然而不无自信，“你和你妹妹帮了我一个大忙——这是人所能给予自己同胞的最大帮助。你们凭着崇高的热情，把我从死神那里救出来。你们对我所赐予的恩典，使我对你们充满无限的感激，并在某种程度上对你们怀着信任。我会把你们收留的这个流浪者的经历尽量讲出来，只要不让我心神不安，不会危及我自己和别人的安全——包括道德上的和身体上的。

“我是一个孤儿，父亲曾是一位牧师。父母在我还不知道他们时就去世了，我是被人收养长大的，在一所慈善机构受的教育。我甚至会告诉你那所机构的名字，我在那儿做了六年学生、两年教师——那是 ×× 郡的罗沃德学校。你一定听说过它吧，圣约翰先生？财务主管是罗伯特 · 布罗克赫斯特牧师。”

“我听说过布罗克赫斯特先生，也见过那所学校。”

“近一年前，我离开了罗沃德，成为一名家庭教师。我找到一份好工作，也很快乐。但在我来这儿的四天前，我不得不放弃了那份工作。我离开的原因不能也不应该做出解释，那毫无用处，也不安全，听起来难以置信。我是没有任何过失的。我遇到的那场灾难有着奇特而可怕的性质，是它迫使我离开了那个我先前认为是一座天堂的家。我在打算出走时，只注意了两点，即迅速和保密。为了达到这个目的，我不得不把自己的其他的东西都留下，只带了一个小包。可我当时十分慌张，心烦意乱的，竟忘了把它从那辆将我带到怀特克罗的马车上拿下来。然后我就到了这个地方，身无分文。我在野外睡了两个晚上，四处游荡了两个白天，没能跨进一个家门。不过那段时间，我确实有两次尝到点食物，当饥饿、疲乏和绝望把我弄得奄奄一息时，是你，圣约翰先生，没让我在你的门前被饿死，让我进了你的家里。那以后，你妹妹为我所做的一切我都清楚，因为那段时间我虽然看起来陷入昏迷，但仍然是有知觉的。我对她们自然、真诚而温和的同情感恩不尽，正如我对你那种福音传道者的慈善感恩不尽一样。”

“别让她再说什么话了，圣约翰，”我一时打住时，黛安娜说道，“她显然还不适合过于激动。快到沙发上来坐下，埃利奥特小姐。”

听见这个化名，我无意中有些吃惊。我已把这个新名字给忘了。好像什么都逃不过圣约翰先生的眼睛，他立即注意到了。

“你说过自己名叫简·埃利奥特吧？”他问。

“我是这样说过，我想这是一种权宜之计，只是暂时叫一下。这并非我的真名，所以听到它时，我觉得奇怪。”

“你不愿告诉我们你的真名？”

“不，我最害怕的就是暴露，凡是会使我暴露的事，我都要极力避免。”

“我确信你做得很对，”黛安娜说，“好啦，哥，让她安静一会儿吧。”

圣约翰沉思片刻后，又变得像先前一样冷静而机警地问起我来。

“我们虽然热情招待你，但你并不想长久依赖我们——我看得出，你希望尽快摆脱我妹妹们的同情，尤其是摆脱我的施舍，我说的没错吧？”

“对，这一点我已经说过。告诉我如何工作，或者如何找到工作，我现在只求这个。然后就让我离开，即便去最低劣的村舍。不过在那以前，让我待在这儿吧，我害怕再遇到流浪贫困的可怕日子。”

“你当然会待在这儿，”黛安娜说，把白皙的手搁到我头上，“你会的。”玛丽重复道，语调含蓄真诚——这对于她似乎很自然。

“你瞧，我妹妹们是乐意收留你的，”圣约翰先生说，“正如她们会乐意收留并珍爱一只快冻僵的小鸟——或许是某一阵冬天的寒风把鸟儿吹进了她们的窗口。我倒更愿意让你去养活自己，也会努力这样做；但是注意，我的活动范围很窄。我不过是一个贫穷的乡村教区的牧师，我的帮助微不足道。要是你对如今那些区区小事不屑一顾，那么你就去寻找某个比我更有本事的救助者吧。”

“她已说过,她愿意做任何能够做的正当事情,”黛安娜替我答道，“你知道，圣约翰，她根本无法选择让谁帮助，不得不忍受像你这么脾气不好的人。”

“如果实在不行的话，我可以当裁缝，可以做一个普通女工，可以做一个仆人，或一个保姆。”我回答。

“好的，”圣约翰先生非常镇静地说，“你要是有这样的心情，我答应用自己的时间和方式帮助你。”

这时，他又拿起那本吃茶点前一直看着的书。不久后，我也离开，因为已说了很多话，坐了很长时间，现在的体力只能让我做到这样。

第三十章

我越了解住在沼泽宅里的人，就越喜欢她们。几天后，我已恢复得相当好了，甚至可以坐一整天，有时去走走。不管黛安娜和玛丽做什么，我都可以加入，只要她们愿意，就和她们说话，无论何时何处，只要她们允许，就给予帮助。在这样的交往中，我感到喜悦，精神振奋，我以前从来没有体验到这种喜悦——这种在品味、情操和行为准则上意气相投的喜悦。

我喜欢读她们读的书，她们所欣赏的东西使我感到快乐，她们所赞同的东西也让我充满崇敬。她们爱自己这个幽静的家。而我在这座灰色古旧的小房子里，也发现了一种永恒的巨大魅力——它的房顶不高，装的是格构窗，墙体显得斑驳，林荫道旁长着古老的冷杉，都被山风吹向一边，紫杉和冬青隐隐地把花园遮挡。在这儿，只有那些最坚强的花儿才会开放。三兄妹依恋着这座住房后面和周围紫色的沼泽，以及空空的山谷——那条用石子铺成的小路从房子的大门口延伸下去，先在蕨类植物之间蜿蜒向前，然后伸入几块极为荒凉的小牧场。这些牧场的边缘总有一大片荒凉的石楠，为一群灰色的沼泽羊及它们面部呈青苔色的小羊羔提供草食。瞧，她们就依恋着这样的景色，这依恋中充满了热情。我能理解她们的心情，能分享其中的魅力与真诚。我看到这个地方的迷人之处，感受到在它的寂静中隐含着神圣。我尽情饱览着那突起的山地和连绵的区域，饱览着荒野的色彩——沼池、石楠、花儿点缀的草地，鲜明的欧洲蕨与柔和的花岗岩峭壁，将这种色彩投射到山脊和幽谷上面。这些细致入微的景色，在她们眼里，也正如在我眼里一样，给人带来许多纯洁而甜蜜的欢乐。这地方那种强烈的狂风与轻柔的和风，那种狂暴的与平静的日子，那种日出日落的时刻，那种月光照耀与乌云密布的夜晚，在我看来也正如在她们看来一样富有吸引力，不但使她们，也使我感到十分入迷。

在屋内，我们同样很合得来。她们俩都多才多艺，比我更有学问，但我热切地沿着她们所走过的知识之路向前迈进。我贪婪地阅读她们借给我的书，晚上我就把白天仔细读到的东西兴致勃勃地和她们讨论。思想与思想彼此融洽，观点与观点彼此相遇。总之，我们之间非常协调。

假如在我们三人当中有个领头的话，那就是黛安娜。从身体上说，她远远超过我，她很漂亮，又精力充沛。她的精神富有生机和活力，洋溢着某种实实在在的东西，既使我感到惊奇，又让我觉得不解。傍晚刚到来时，我能谈一会儿话，当最初生动而流畅的语言谈完之后，我便欣然坐在黛安娜脚旁的一张凳子上，将头靠着她的膝头，倾听她和玛丽你一言我一句地说着，充分谈论着我浅尝辄止的话题。黛安娜主动要教我德语。我喜欢从她那里学习知识，并看出她充当女教师这一角色既高兴又适合，正如我充当学生这一角色既高兴又适合一样。我们的性格吻合，便产生了最深厚的感情。她们发现我还能够绘画，因此画笔和颜料盒立即归我使用。我的技能在这一点上比她们的强，让她们惊讶和欢喜。玛丽总是长时间坐在那儿看我，然后要我教她。她真是一个听话、聪明、勤奋的学生。我们就这样度过快乐时光，一天过得像一小时，一星期过得像一天。

至于圣约翰先生，和我仍比较生疏。我们俩之所以存在距离，一个原因就是他较少待在家里。他大部分时间好像都置身于教区四处分散的人口中间，去访问病人和穷人。

任何天气都无法阻止他去进行牧师的这种巡回访问。无论晴天还是雨天，他一旦结束晨读后，就会拿起帽子，带着父亲的那只老猎犬卡罗，出去完成他要么出于爱要么出于责任的使命——我不知道他是以什么眼光看待这个问题的。遇到天气很不好的时候，妹妹们便会劝他别出门。他却总是带着特有的微笑说道："如果因为一阵风或一点点雨，我就不去完成这些轻而易举的任务了，这样懒惰下去，我为自己设想的将来又会怎样呢？”

对这个问题，黛安娜和玛丽通常的回答就是一声叹息，接着显然有些忧愁地沉思片刻。

但除了他经常不在家外，还有一个障碍阻止着与他建立友谊。他似乎天生含蓄，心不在焉，甚至郁郁寡欢。他很热心于自己的牧师工作，生活与习惯都无可挑剔，可他好像并未享受到精神上的宁静与内心的满足——而这应该是每个虔诚的基督徒和实际的慈善家应该获得的奖赏。晚上，他会坐在窗前的桌旁，桌上放着一些材料，这时他常常放下正在阅读或写作的东西，将下巴托在手上，让自己产生我弄不明白是什么样的思绪来。但从他那时时闪烁的目光里，可以看出他是心中困惑、很不平静的。

由于他不爱说话，我过了一些时间才有机会了解到他的内心世界。当我听到他在莫顿自己的教堂里布道时，我才初次对其品质有了一个概念。要是我能把那场布道描述出来就好了，可我没有这个能力。我甚至不能把它对自己产生的效果如实予以表达。

它最初是平静的——的确，就布道本身与其说话的声调而论，直到最后都是平静的。不久，在他那清晰的语调里，流露出一种真挚但内敛的热情。他的布道越来越有力，显得简短精练，节制有度。布道者说话的魅力使我内心震颤，头脑震惊。在整个布道中，我都产生出一种异样的痛苦，并未得到抚慰心灵的柔情。他常严厉地影射加尔文[①]教派，提及上帝的选拔、命运和被上帝摈弃，每次提到它们，听起来都像是在判处死刑似的。他讲完后，我并不因此觉得更加好受，更加平静，或受到更多启迪，而是经受着无法表达的悲哀。我觉得自己刚才听到的有力演讲是从某个深处涌现出来的，那儿留存着失望浑浊的残渣，跳动着让人困惑、无从满足的向往和令人不安的渴望。我确信圣约翰 · 里弗斯先生

① 加尔文（1509—1564），法国宗教改革者。

虽然生活纯洁，热心尽责，但他并没找到上帝所赐予的出人意料的宁静。我想，他没有找到这种宁静，正如我没有找到自己的宁静一样。我为自己打碎了偶像和丧失了极乐世界，内心怀着痛苦的悔恨。近来，我一直避免提及那些悔恨，可它们无情地折磨着我，对我暴虐不止。

时间过去了一个月。黛安娜和玛丽即将离开沼泽宅，在英国南方一座时髦的大城市里做家庭教师。在那儿，她们各自都要在不同的人家找到一份工作，而家中那些有钱而高傲的成员只会把她们看作是卑微的侍从，不会发掘她们的卓越之处，只是赏识她们所获得的才艺，就像他们赏识厨子的技能或侍女的品味一般。圣约翰先生对于他答应过的帮我找工作的事只字未提，而我现在又很急需获得工作。一天上午，趁我和他在客厅里单独待着的片刻，我大着胆子，走近窗户的凹处，他把这里当作一种神圣的书房，房间里搁着一张普通的桌子、一把椅子和一张书桌。我正要说话，忽然他让我免去了先开口的麻烦。

他抬起头问："你要问我什么问题吗？"

"嗯，我想知道，关于我能做的工作你是否有了什么消息？"

"三个星期前，我就为你想好了，但你在这儿好像既能帮上忙，又过得开心——我的妹妹们显然喜欢你，有你做伴，她们异常快乐——我便认为在她们将要离开沼泽角之前，就打破你们共有的愉快生活是不恰当的。"

"她们三天后就要走了吧？"我问。

"对。她们走后，我将回到莫顿的牧师住宅。汉娜会跟着我，这座古老的房子也将关闭。"

我等了几分钟，以为他会继续谈先前已经提出的话题，可他仿佛又进入了另一思绪当中，对我的事显得心不在焉的样子。我只好追问："你考虑的是什么工作呢，圣约翰先生？我希望这样的拖延不会让自己更难得到它吧。"

"哦，不会，因为只要我愿意提供，你又接受，这工作就能解决。"

他又停下，好像不情愿讲下去。我变得着急起来，不安地动了一两下，并急切而看着他。

“你用不着急于听到这事，”他说，“让我坦率告诉你吧，我根本没有什么符合条件或有利可图的工作给你。在我做出说明以前，请先回想一下我曾明确让你注意的情况，即要是我帮助你，那一定就像盲人帮助瘸子一样。我并不富有，我发现在把父亲的债都还清后，所有祖传的财产就剩下这座腐朽的农庄、后面那排受到损害的冷杉、那一片荒地，以及它前面那些紫杉和冬青树。”

圣约翰讲这些话时，就像在讲道一般，声音平静而低沉，脸色白白的，目光闪烁。他接着说：“由于我本人既不富裕，又不出名，所以我只能给你提供一份赚不了多少钱，也没有名望的工作。你甚至可以认为它有失体面，因为我现在看出你习惯过世人所谓的高雅生活。你的品味倾向于理想的东西，你交往的范围至少是在受过良好教育的人当中。但我认为,任何工作只要能改善自己同胞的生活,就不会有失体面。我觉得，上帝分配给一个基督徒所耕作的土地越是贫瘠、荒凉，他辛勤的劳动换来的奖赏越是稀少，那么，他得到的荣誉就越是崇高。在目前这种情况下，他接受着先驱者的命运，而《福音》最初的先驱者就是耶稣的十二使徒——他们的首领便是耶稣，即救世主自己。”

“然后呢？”他停下时，我说，“讲下去。”

“我想你会接受我提供的这个职位，”他说，“你会干一段时间，虽然不会永远干下去，就像我不会把一个英国乡村牧师既平静又隐蔽的工作永远干下去一样，它真是狭隘，而且变得越来越狭隘。在你的天性中，有一种成分不利于过平静的生活，就像我的天性中也具有的某种成分一般，尽管两者各不相同。”

“请说得明确一些吧。”见他又停顿下来，我催促道。

“我会的，你会听到这个建议多么可怜，多么微不足道，多么让人费解。现在我父亲已去世，一切由我自己做主了，我是不会长时间在莫顿待下去的。我大概会在一年之内离开这里，不过只要没走，我就会竭尽全力去改善这个地方。两年前我来到莫顿时，它连学校也没有，穷人的孩子没有任何使自己得到提升的希望。我为男孩们创建了一所学校，现在我打算再为女孩们创建一所。我已为此租用了一座房子，并把附属在它旁边的两间村舍也租给女教师住。教师的年薪为三十英镑，住房的家具已经由一位好心的奥利弗小姐提供，尽管很简单，但已足够了。奥利弗小姐是我这片教区那唯一一个富人的独生女——奥利弗先生是山谷里那家缝纫针厂和翻砂厂的老板。也是这位小姐出钱要让孤儿院里的一个孤儿受教育，给她买衣服，条件是她要帮助女教师做一些住所和学校里的仆人的活儿，因为老师要教书，没有时间自己去做。你愿意去担任教师吗？”

他提出这个问题时，十分慌张，好像以为我会对他的提议愤怒地加以拒绝，或是不屑一顾。他虽然猜测到我的一些心思和感觉，但并不完全了解，所以不清楚命运这样的安排在我眼里会是什么样子。它的确是微不足道的，可有住的地方，而我又需要一个安全的避难所。它也是单调乏味的，可与在富人家做家庭教师相比，它又是自由独立的。

“谢谢你提出这个建议，圣约翰先生，我全心全意接受它。”

“可是你明白我的意思吗？”他说，“那是一所乡村小学，你的学生只有穷人家的女孩，都是些佃农的孩子——最多不过是有点田产的农夫的女儿。你所要教的只是编织、缝纫、读写和算数。你自己那么多的才艺无处施展怎么办呢？”

“把它们留着，需要时会用上的。我不会把它们丢掉。”

“这么说，你明白自己在做什么了？”

“明白。”

这下他笑了。不是苦笑或悲哀的笑，而是非常高兴、深为满足的笑。

“那你什么时候开始履行职责呢？”

“我明天就去住处，如果你愿意的话，下周就开学。”

“很好，那就这样吧。”

他起身走过屋子，然后静静站着，再次看着我。他摇摇头。

“你有什么异议吗，圣约翰先生？”我问。

“你不会在莫顿待很久的，不，不会！”

“为什么？你干吗这样说？”

“我从你的眼神里看得出来。那样的眼神，表明你不会长期过一种平平静静的生活。”

“我又没有什么雄心。”

听到“雄心”一词，他吃了一惊：“你为什么想到雄心呢？谁有雄心？我知道自己是有雄心的，可你是如何发现的呢？”

“我是在说我自己。”

“唔，假如你没有雄心，你有——”他一时停下来。

“什么？”

“我正要说‘激情’，但也许你会误解这个词的意思，会不高兴。我是想说，人们的友爱和同情会对你产生巨大影响。我敢肯定你不会长期满足于在寂寞中度过闲暇，只将工作时间投入到毫无激情、单调乏味的劳动中。”然后，他又着重补充道，“正如我也并不满足生活在这儿一样，被埋没于一片片的荒野里，关闭在一座座大山之中——这与上帝赐予我的天性是不融洽的，我那些天赐的才能也会变得麻木起来，从而毫无用处。你现在听出我是多么自相矛盾。我一方面宣讲要满足于卑微的命运，说在为上帝效劳的过程中，即便伐木工和抽水工所做的也都是正当的职业；另一方面，我这个受上帝任命的牧师，却为自己不安的生活在胡言乱语。瞧，一个人的习性与原则必须通过什么途径得到调和才行。”

说罢，他离开了房间。在这短短的一小时里，我对他的了解胜过了在先前整整一个月里对他的了解。不过，我仍然搞不懂他。

随着离开哥哥和家的日子迫近，黛安娜与玛丽变得越来越忧愁、沉默。她们都极力显得像平常一样，但那种不得不极力克制的悲哀根本无法征服或隐藏。黛安娜暗示这次分别与她们以前所经历过的都不同。就圣约翰而言，这也许是几年，也许是终生。

“为了自己早就做好的决定，他会不惜牺牲一切，”她说，“圣约翰看起来很平静，简，可他骨子里藏着狂热的激情。你会认为他很温和，但在一些事上，他像死神一样毫不留情。而最糟糕的是，我的良心又不允许我去阻止他那严肃的决定。我当然一刻也不能为此责怪他。那样做是正确崇高的，是具有基督精神的。然而，它让我心都碎了！”这时，泪水一下涌出她那双美丽的眼睛。玛丽则低头做着手里的活儿。

“咱们已失去了父亲，不久又要离开家和哥哥了。”她喃喃低语。

此刻，发生了一件意想不到的事，真是祸不单行。只见圣约翰一边看着信，一边经过窗口，然后走进屋里。

“舅舅去世了。”他说。

两个妹妹表现出意外的样子，但不是十分震惊或胆寒。看来这个消息在她们眼里与其说使人痛苦，不如说十分重大。

“去世了？”黛安娜重复着问。

“嗯。”

她用询问的目光直盯住哥哥的脸：“然后怎么样呢？”她声音轻微地问。

“然后怎么样呢，黛[①]？”他回答，面容像大理石一般无动于衷，“然后怎么样呢？唉，不怎么样。拿去看吧。”

他把信丢到她膝盖上。她很快浏览了一下，又递给玛丽。玛丽默默地仔细看完后，再把信还给哥哥。三个人都你看我我看你，面带微笑——那是一种非常忧郁沉闷的笑容。

“阿门！咱们还能活下去呀。”黛安娜终于说。

“无论如何，这不会让咱们比以前过得更糟。”玛丽议论道。

“只是这迫使咱们想到可能会出现的情景，”圣约翰先生说，“并用它与现实情况做一个极其鲜明的比较。”

他把信折叠好，锁进书桌里，又走了出去。

一时间，谁也没说话。之后，黛安娜转向我。

“简，你会对我们和我们的秘密感到吃惊，”她说，“并觉得我们是

① 黛安娜的简称。

些铁石心肠的人，自己如此亲近的舅舅死了竟然不怎么伤心。可是我们从没见过他，也不认识他。他是我母亲的弟弟。很久以前，我父亲和他有过争吵。父亲就是听他的劝告，冒险把大部分钱财拿去做投机生意，结果却破了产。他们俩互相指责，从此再没和好。舅舅后来又开展了一项更加兴旺的事业，好像赚了两万英镑。他一直没结婚，只有我们和另一个人是他最亲的人，而那人与他并不比我们更亲。父亲总是希望他将来会弥补自己的过失，把财产留给我们。但那封信告诉我们他已把每一分钱都给了那个亲戚，只留了三十几尼[①]给圣约翰、玛丽和我平分，让我们去买三只纪念死者的戒指。他当然有权利想怎么做都行，可是听到这样的消息，难免让我们一时觉得扫兴。我和玛丽本来自以为每人有了一千英镑，就会富裕了，而对于圣约翰来说，这样一笔钱是很珍贵的，可以让他去做一些有益的事。”

她这样解释之后，就没再说这个话题，圣约翰先生或他的两个妹妹都没再提起过它。第二天，我离开沼泽角去了莫顿。第三天，黛安娜和玛丽去了某个遥远的城市。一周后，圣约翰先生和汉娜回到牧师住宅，于是这座古老的农庄就被遗弃了。

---

① 旧英国金币。

第三十一章

我终于有了一个家，我此时的家是一座村舍，一间墙体被刷白、铺着沙色地板的小屋，有四把漆过的椅子、一张桌子、一口钟、一个食橱、两三个大小盘子，以及一套代夫特[①]陶器。楼上有一间同样大小的屋子作为寝室，里面有一架松木床和一个衣柜。衣柜虽然不大，但放我那一点点衣物已绰绰有余。不过，我那些心地善良、慷慨大方的朋友又给了我一些必要的衣服。

时值傍晚，我给了那个作为我女佣的小孤儿一个橘子，把她打发走了，然后独自坐在炉旁。早上这所乡村小学开了学，我有二十名学生，只有三人能够读书，没有一个会写字或算数。有几个会编织，会缝纫的也不多。她们的地方口音相当重，眼下我们还很难听懂彼此的话。她们有的不懂礼貌，行为粗野，难以管教，也幼稚无知；但有的孩子温顺听话，想学习，表现出讨人喜欢的一面。我一定不会忘了这些衣衫褴褛的乡下人，有着与出身最高贵的孩子一样的血肉之躯，那些天生的美德、高雅、聪明与善意的细胞也可能存在于她们心里，就像存在于出身最好的人心里一般。我的责任就是要去开发这些细胞，在履行此种职责的过程中，我无疑会获得某种欢乐。我并不指望从眼前的生活里得到太多欢乐，可假如我能调整自己的心态，充分施展自己的才能，它无疑会让我获得足够的东西，一天天生活下去。

今天上午和下午，我在那间空空荡荡、十分简陋的教室里度过的数个小时快乐、安稳和满足吗？别欺骗自己了，我必须回答：不，我感到

① 荷兰城市。

有些凄凉。我感到很不光彩。我怀疑我所走出的一步不但没提高自己的社会地位，反而降低了。我对在自己身边耳闻目睹的一切愚昧、贫穷和粗俗，微微觉得沮丧失望。可是别因为这些感受过于讨厌、蔑视自己吧，我明白它们是错误的——这已是一个很大的进步，我会努力克服它们。我相信，明天我会多少战胜它们一些，几周后，也许它们就会被克制下去。几个月后，看见学生们取得了进步，一天天变好，有可能我会感到愉快，嫌恶的心情也被满足取代。

与此同时，让我问自己一个问题：走哪一条路更好些呢？是屈服于诱惑，听命于感情吗？不做任何艰苦的努力，不做任何挣扎，而只是让自己掉进柔软光滑的陷阱；睡在那个铺满鲜花的地方，醒来时已在南方的某个地方，身处于一座奢侈豪华的快乐庄园；而此时正作为罗切斯特先生的情妇生活在法国，一半时间都在为他的爱兴奋不已。因为他会那样的，啊，不错，他会爱我的。他确实爱我，再没有谁会爱我了。他喜欢我，并为我自豪，而其他男人是不会这样的。又讲到哪里去了呢，我在说什么呀，我心里是什么感受呢？我在问走哪一条路更好——要么在马赛一个傻瓜的天堂里做奴隶，一时为令人迷惑的极乐世界狂喜不已，接着便被悔恨与耻辱的痛苦弄得透不过气来；要么做一名乡村女教师，置身于英国有利于身心健康的肥沃土壤，在大山和风轻拂的幽僻之处，过着自由而正当的生活。

是的，我现在觉得自己坚持原则与法律，蔑视并粉碎一时产生的疯狂错乱，是做得对的。是上帝指引我做出了正确的选择，我为此感谢他！

时值黄昏，想到这儿，我站起了身，走到门口，望着收获时节的日落，望着小屋前那一片片宁静的田野，我的小屋和学校离村子有半英里远。此刻鸟儿正唱着它们最后的歌曲——

空气多么温和，露珠给人慰藉。

我觉得自己是愉快的，并吃惊地发现自己竟哭泣起来。为什么呢？

因为命运把我从主人身边夺走了，因为我再也看不到他，现在或许会使他走上歪路，以致让他失去希望。想到这里，我把脸从黄昏时那可爱的天空和孤寂的莫顿谷转开。我说孤寂，因为我只能在山谷的弯处看到教堂和牧师住宅两座建筑，它们半隐在树林里。在末端看到“谷宅”的房顶，那位有钱的奥利弗先生和他女儿就住在那里。我把眼睛遮掩起来，将头靠在门口的石框上。一会儿后，从那扇把小花园与外面的草地隔开的侧门附近传来微弱的声音，我又抬起了头。片刻后，我看见一只狗，是圣约翰先生的猎狗卡罗。它在用鼻子推大门，圣约翰先生则抱着胳膊，靠在大门上。他眉头紧皱，用严肃的目光直盯住我。我请他进来。

“不，我不能停留。我只是给你带来了我妹妹留给你的一小包东西，我看里面有一个颜料盒、一些铅笔和纸张。”

我走过去，接下包裹。这可是一件我喜欢的礼物。我走近他时，他在严厉而仔细地打量我的脸，上面的泪痕无疑还清晰可见。

“你觉得第一天的工作比预料的更辛苦吗？”他问。

“哦，不！相反，我感到自己最终会和学生们处得很好的。”

“但也许你的住处让你失望了。它们确实够简陋的，不过——”

我打断他说：“我的屋子很干净，又能遮风挡雨，家具也足够多了，这一切使我充满感激。我可绝不是一个白痴和享乐主义者，以至于会惋惜没有地毯、沙发和银盘。再说，五个星期前，我还什么都没有呢，成了一名流浪者、乞丐和游民，现在我却有了朋友、家和工作。我为上帝的仁慈、朋友的慷慨和命运的宽大感到惊讶，没有什么可抱怨的。”

“可是你觉得孤独使你压抑吧？后面那个小小的房子又黑又空。”

“我几乎连享受这片宁静的时间都没有，哪里还能为孤独感变得烦躁呢。”

“很好，我希望你像所表达的那样满足。我劝告你要顽强抵制住一切会使你回头的诱惑，坚定地做好眼前的工作，至少在几个月里能这样。”

“我正打算这么做。”我回答。

圣约翰继续说：“要控制一个人的爱好，并改变其习性，可不是一件容易的事，但根据经验，我知道那也是可以办到的。一年前，我本人也曾痛苦到极点，认为自己当上牧师，犯了一个错误。它那单调乏味的工作把我烦得要死。我渴望着世上更富有活力的生活，渴望着从事像文艺工作者那种更加刺激的艰辛工作，即做一名艺术家、作家或演说家，只要不做牧师就行。是的，在我那一身牧师的白色法衣下面，还跳动着一颗政治家、军人、荣耀的信徒、名望的恋人和贪求权力者的心呢。我思考着，自己的生活如此糟糕，一定得改变一下，不然我无法活下去。我在那段阴暗的时间里挣扎着，之后出现了一道亮光，我的痛苦得以减轻。我那狭隘的生活突然在一个无边无际的平原展开，我的掌权天使[①]听见上帝让它们站起来的号令，让它们聚集起全部力量，展开翅膀，飞向广阔的天地。上帝给了我一个使命，为了把这个使命带到远方，将它充分履行好，无不需要有技能与力量、勇气与口才，它们是军人、政治家和演说家所具有的最优秀的品质，而这一切都集中体现在优秀的牧师身上。

“我决心做一位牧师。从那时起，我的心态发生了变化，枷锁被彻底从我身上解开并抛下，我不再受到任何束缚。当然，我父亲是反对这一决定的，但自从他死后，我便没有了障碍。我要把一些事务处理好，为莫顿找到一个接班人，之后，我便会离开欧洲去东方。”

他用自己奇特、压抑却断然的声音说道。说完后，和我一样看着落日。我们俩都背对着那条沿田野伸向侧门的小路，没有听到长满杂草的路上传来脚步声。流动在山谷里的溪水是此时此地唯一使人平静的声音，所以当一个快乐得如银铃般的声音突然响起时，我们当然会大吃一惊了：“晚上好，圣约翰先生。还有你，老卡罗，晚上好。你的狗比你更快认出朋友来，先生。我在地的那一头时，它就竖起了耳朵，摇着尾巴，而你现在还背对着我呢。”

来人说得不错。尽管圣约翰先生最初听到那悦耳的口音时吃了一惊，仿佛头上的雷电将云块劈开，但听见对方说完话后，他仍然站在那儿，

---

① 宗教术语，指九级天使中的第六级。

保持着刚才吃惊时的姿势——一只胳膊靠在大门上，脸朝向西边。最后他才十分慎重、不慌不忙地转过身。我觉得好像有个幻影从他身旁出现似的。在离他不到三英尺远处，出现了一个穿着洁白服饰的人影，显得年轻而优雅，轮廓丰满、美丽。她俯下身去，抚摸着卡罗，然后抬起头来，将一副长长的面纱往后一甩，在他的眼皮下，出现了花儿般的、十全十美的面容。她的面容匀称雅致。眼睛的形状和颜色就像我们在美丽的画中看到的一样，又大又黑。长长的睫毛绕着漂亮的眼睛投下阴影，十分柔和、迷人。描过的眉毛显得极为清晰。脸颊呈椭圆形，光滑而富有生气。嘴唇也是同样富有生气的，红润健康，形状可爱。平整的牙齿毫无瑕疵。小小的下颚上长着酒窝。浓密的鬈发修饰一新。总之，集中体现在理想美人身上的种种长处，无不在她身上显露出来。我看着眼前这个大美人，惊讶不已，对她羡慕到了极点。大自然的确在构成她这副形体时，对她有所偏爱。

圣约翰·里弗斯如何看待这位人间天使呢？见他转过身看着她，我自然向自己提出这个问题，而且，我也自然是从他的脸上寻求答案。他这时已经将目光从那位仙女身上移开，正看着门边那一丛卑微的雏菊。

“这是一个可爱的傍晚，不过你独自出来，太晚了点。”他说着，用脚把已闭合的雪白的骨朵头压碎。

“哦，我今天下午刚从某某镇回来，”她说了一个大约二十英里外的城镇，“我爸说你又开办了一所学校，新来的女教师已到了。所以，我吃过茶点后就戴上帽子，翻过山谷来看她——这就是她吗？”她指着我。

“对。”圣约翰说。

“你认为自己会喜欢上莫顿？”她问我，语气和举止都直率天真，讨人喜欢。

“我希望会的。”

“你发现学生们像你预想的那么专心吗？”

“很专心。”

“喜欢自己的住处吗？”

“非常喜欢。”

“我把它布置得还好吧？”

“确实很好。”

“并且为你挑选到一个不错的侍者艾丽丝·沃德？”

“确实如此。她肯学习，手也灵巧。”我想，这就是那位女继承人奥利弗小姐吧，好像无论命运，还是大自然，对她都很宠爱，赐予她种种礼物。

“我有时会来帮你上上课，”她补充道，“偶尔来看看你，我也好改变改变。我喜欢生活上有所改变，圣约翰先生，我在 ×× 市的这些日子，真是开心得很。昨天夜晚，或者说今天凌晨，我跳舞跳到两点钟。××团打从发生骚乱以来，就一直驻扎在那里。那些军官真是世上最讨人喜欢的男人，他们让咱们所有年轻的磨刀工和剪刀商都脸上无光。”

我觉得圣约翰先生的下唇一时突起来，上唇也有所卷起。当姑娘笑嘻嘻地讲出那番情况时，他的表情异常严肃。他把目光从雏菊上转移开，抬眼看着她。那是一种没有笑意、意味深长的目光，她再次对他报以欢笑，而笑声很适合她的青春年华、红润的脸蛋，以及明亮的眼睛。

见他一言不语，严肃地站在那儿，她又去抚摸卡罗。“可怜的卡罗是喜欢我的，”她说，“要是它能说话，它是不会一言不发的。”

她轻轻拍着狗的头，它优雅地在年轻而严厉的主人面前俯下身去，这时我看见那个主人的脸上出现了容光。我看见他严肃的眼神突然被烈火融化，带着不可抗拒的情感在闪烁。他脸色发红，心中的火被点燃。他的胸部起伏了一下，似乎自己那颗巨大的心厌倦了约束，极力想要跳出来，获得自由。但是他又克制住了，我想，就像一个坚决的骑手会勒住一匹扬起前腿的战马一样。对于姑娘温和的表示，他既没说一个字，也无任何举动。

“我爸说你现在不去看咱们啦，”奥利弗小姐继续说，抬头望着，“你在咱们的‘谷宅’完全成了个陌生人。他今晚一人在家，又不太好。你愿意和我一起回去看他吗？”

“现在去打扰奥利弗先生，时间不合适吧。”圣约翰回答。

“时间不合适？可我敢说是合适的。这正是我爸需要有人陪的时候。他的工作已经结束，没什么事可做了。瞧，圣约翰先生，走吧。你干吗那么不好意思呢？干吗如此阴沉呢？”见他仍然沉默不语，她便自己做了回答。

“我倒忘了！”她大声说，摇动着她那长着美丽鬈发的头，好像对自己感到吃惊，“我太轻率、太粗心了！请一定原谅我。我没想到，你不愿和我闲聊是完全有理由的。黛安娜和玛丽离开了你，沼泽宅又关闭了，你很孤独。我是一定同情你的。去见见我爸吧。”

“今晚不行，罗莎蒙德[①]小姐，今晚不行。”

圣约翰先生说话像个机器人，只有他自己才知道这样表示拒绝多么艰难。

“唉，要是你这么固执，我就走啦。我不敢再停留下去，现在已下露了。晚安！”

她伸出一只手，他只轻轻碰一下。“晚安！”他重复道。她转身走了，但不久又回过身来。

“你没事吧？”她问。她提出这个问题是有道理的，他的脸色白得像她的长裙一样。

“我很好。”他清楚地回答，点一下头后，离开了大门。她走的是一边，他走的是另一边。她像仙女般轻快地沿着田间跑去，两次回过头看他；他却坚定地大踏步走了，一次也没回头。

眼见另一个人所受的苦和做出的牺牲，我不再一心只想着自己的痛苦和牺牲。黛安娜·里弗斯曾说她哥哥“像死神一样无情”，那不是夸张。

---

① 奥利弗小姐的名字。

第三十二章

我继续尽可能积极忠实地做着乡村小学的工作。最初，确实很艰难。过了好一段时间，尽了所有的努力，我才得以对学生们的性格有所了解。她们完全没有受过教育，反应相当迟钝，我觉得简直笨拙得没有希望了。然而当她们不再对我、我的语言及我的习惯方式感到惊异后，我发现有些看似笨拙的乡下孩子变成了十分机智、聪明的姑娘。许多孩子看起来乐于助人,也亲切友好。我还发现她们中间有不少人很有礼貌,富有自尊，也不乏极好的才能，赢得了我的好感和赞美。她们很快便乐于把功课认真做好，保持一身整洁，按时完成学习任务。有些孩子进步之快，甚至出乎预料。我为此感到一种充满快乐的自豪。另外，我本人开始喜欢上某些优秀的学生，她们也喜欢我。我的学生当中有几个是农夫的女儿，她们长得几乎像是年轻女人了。这些孩子已能够读写和缝纫，我便教她们基础语法、地理、历史和比较精细的刺绣。我发现她们中有一些可敬的人，这些人渴望知识，愿意进步——我和她们在其家中度过了许多个愉快的夜晚。她们的父母（农民夫妇）对我关爱有加。我接受他们淳朴的善意，并通过某种关怀，对他们的感情给予细致入微的重视。这是一件令人快乐的事，他们也许从来就不习惯有人那样对待自己，这既使他们喜悦，又让他们受益。

我觉得自己在附近成了一个很受大家喜欢的人。只要我一出去，就能听到热情的问候，见到人们带着友好的微笑欢迎我。我生活在众人的尊敬之中，我内心平静的情感在阳光下发芽、开花。白天我置身于学生中间，诚实努力地工作，晚上独自安心地画点画或读读书。可是，读者，毫不隐瞒地说，在这种平静而有益的生活里，我常于夜晚忽然做起一些怪梦来。各种各样的梦都有，让人兴奋激动，满怀理想，其中也不乏风暴。这些梦会出现在不同寻常的场面，充满冒险，也有浪漫的时候。在梦中，我仍然一次次遇见罗切斯特先生，并且总是在某个激动人心的紧要关头。然后，我感到自己投入他怀里，听着他说话，与他的目光相对，触摸着他的手和脸颊。我爱他，他也爱我，我又怀着最初的力量与激情，希望在他身边度过一生。然后我醒了，接着回想起自己是在哪里，处于什么样的状态。于是，我在没有床帘的床上坐起身，浑身哆嗦发抖。随即，那寂静黑暗的夜晚便目睹了我突然陷入绝望的情景，听见我一下焦虑地痛哭起来。第二天上午九点钟，我又准时开课，我已平静而安然地准备好完成一天规定的教学任务。

罗莎蒙德·奥利弗照她所许诺的来看我。她通常在晨骑的时候来到学校，骑着小马，慢跑到门口，后面跟着骑在马上的男仆。她穿着紫色的服饰，头戴黑色丝绒的亚马孙[①]帽，十分优美；长长的鬈发轻拂于面颊，披散在肩头，让人难以想象出比这更高雅的模样了。她就是这样进入乡村学校的，缓缓移过一排排被弄得眼花缭乱的乡村孩子。她来时，一般圣约翰先生都在上他的教理问答[②]课。我真担心女来客的目光会猛烈地刺穿这位年轻牧师的心脏。她进来时，好像有一种本能会提醒他，即便他并没有看见。在他的眼睛并未看着门口时，假如她出现在那里，他的脸颊便会发红，大理石般的面容尽管仍然拒不放松，但会发生变化，在极其平静的状态中，显露出一种受到压抑的激情，这激情比抽搐的肌肉或犀利的目光所显示出来的更加强烈。

尽管他坚持基督教的禁欲主义，但当她走上前来和他说话，在他面前露出欢乐温柔、鼓舞人心的笑容时，他的手就会发抖，眼睛就会放光，仿佛用忧愁而坚决的表情在说："我爱你，也知道你喜欢我。假如我主动表明自己的感情，我相信你会接受的。可是那份感情已被置于神圣的祭坛，它的周围是熊熊的烈火。很快，它就成为被烧毁的祭品。"

---

① 希腊神话中，相传是曾居住在黑海边的一族女战士中的一员。

② 指基督教问答式的口授教义。

然后，她就会像个失望的孩子一样噘起嘴，本来精神焕发的她会笼罩上一层阴云。她会急忙把手从他手上抽开，一时任性地转过身，不去看他那副既显得非常英勇，又很像个殉教者的面容。在她离开圣约翰时，他本可以放弃世间的一切，把她追回。然而，即使为了她这爱的极乐世界，他也不愿放弃进入天国的唯一机会，放弃进入那真正的永恒天堂的唯一希望。他不能放弃自己肩负着传教使命的激烈战场，而走进“谷宅”那舒适宁静的客厅。虽然他很矜持，但有一次我大胆地闯入他内心的秘密，因此对他本人有了许多认识。

奥利弗小姐经常到我住的小屋来看我。我对她的性格有了彻底了解，它并不神秘，也无掩饰。她爱卖弄风情，但并非冷酷无情。她很苛刻，但并不卑鄙自私。她从小就无拘无束，但并没完全宠坏。她性情急躁，但也具有善心。她虚荣，但并不做作。她慷慨大方，不因为有钱而傲慢。她直率坦然，极为聪明伶俐。她快乐活泼，有点不动脑筋。总之，她非常娇媚，即便在一个像我这样冷静的同性旁观者眼里，也是如此。可她也不是非常让人感兴趣或能给人留下极深的印象。比如，她与圣约翰的两个妹妹就有着截然不同的头脑。但我仍然喜欢她，就像我喜欢自己的学生阿黛尔一样。

她对我产生一种友好的怪念头，说我像圣约翰先生。她当然也承认只是“我还不如他十分之一漂亮，尽管我是一个很正派灵巧的小家伙，而他是一个天使”。不过，我倒是像他一样善良、聪明、沉着和坚定。她断定，作为一名乡村女教师，我是一个天然的怪人①。她确信假如我先前的经历被人所知，将会构成一个可喜的浪漫故事。

一天傍晚，她像平常一样带着孩子般的活跃、轻率而不算失礼的好奇，在我小小寝室里的橱柜和桌子抽屉中翻寻着。她先发现了两本法语书、一本席勒②的著作、一本德语语法和词典，接着发现了我绘画用的材料和一些速写，包括用铅笔画的一个天使般的漂亮小姑娘的头形（她

① 原文为拉丁文。
② 席勒（1759—1805），德国诗人、剧作家等。

是我的一个学生）和莫顿谷及其周围荒野里各种各样的自然景色。她最初惊呆了，然后感到十分惊喜。

“这些画是你画的吗？你懂法语和德语？你是一个多么可爱又多么使人惊奇的人啊！你比我在 ×× 城一流学校里的那个老师画得还好。你愿不愿意为我画一张速写，拿给我爸看一下呢？”

“非常愿意。”我回答，想到要画一个长得如此完美光彩的模特，我就怀着艺术家的喜悦激动不已。她当时身穿深蓝色的丝绸衣服，胳膊与脖子裸露着，唯一的修饰便是她那头栗色的鬈发，它自然卷曲着，飘动在肩头，优雅无比。我拿了一张很好的薄板纸，仔细勾画出她的轮廓，并答应为它着上色彩。因为时间已不早，我让她改天再来让我接着画。

她把我的情况向父亲做了汇报，奥利弗先生甚至次日傍晚亲自陪她来了——他是个身材魁梧、五官粗大、头发灰白的中年男人，可爱的女儿在他身边犹如古塔旁的一朵鲜花。他言语不多，也许还是个骄傲自负的人，不过他对我很友好。我为罗莎蒙德画的肖像使他大为开心，他说我一定要把它画完。他还非要我第二天傍晚时去“谷宅”玩。

我去了，看到那是一座漂亮的大宅，充分显示出主人的富有。我在那儿时，罗莎蒙德一直兴奋不已。她的父亲和蔼可亲，吃过茶点，他和我谈起话来，对我在莫顿小学做的工作大加赞赏，并说根据他的所见所闻，他只担心我待在这里会是大材小用，不久就会离开，去一个更加合适的地方。

“是呀，”罗莎蒙德大声说，“她那么聪明，即使在一个高贵人家做家庭教师也是绰绰有余的，爸。”

我想，我宁愿就待在这里，而不是英国别处什么高贵的人家。奥利弗先生说到圣约翰先生，说到里弗斯家族时，满怀崇敬。他说那是附近一个极其古老的姓氏，那个家族的祖先相当富有，整个莫顿都曾经属于他们。他甚至现在也认为，假如那个家族的代表愿意的话，是可以和上等人家联姻的。他认为，这样一位优秀而有才能的小伙子竟然想到出去当传教士，真是可惜，那简直是在抛弃一个珍贵的生命。看起来，罗莎蒙德这位父亲好像并不会阻止她与圣约翰结合。奥利弗先生显然觉得，这个年轻牧师良好的出身、古老的姓氏和神圣的职业，充分弥补了他在财产方面的欠缺。

那天是十一月五日，放假的日子。我那个小仆人把屋子打扫干净后走了，很满意自己为此挣到一便士钱。周围所有东西都一尘不染，窗明几净——地板被擦洗，壁炉被擦亮，椅子也被打扫得干干净净。我也把自己收拾得很整洁，这样下午想怎么过都可以了。

我用一小时翻译了几页德语，然后取出调色板和画笔，着手完成罗莎蒙德·奥利弗那幅小画像，这工作更轻松，所以也更加使人安慰。头部已经完成，只有背景需要着色，衣纹[①]需要着上阴影了。我还给她那成熟的嘴唇着上一点红色，让头发这儿那儿微微卷曲，把蓝眼睛下面睫毛的阴影处着得再深一些。我全神贯注地完成着这些微妙的细节，忽然传来急速的敲门声，随后门打开，圣约翰·里弗斯走了进来。

“我来看看你是如何度过这一天假的，”他说，“你没有陷入忧思吧？没有，那很好——你在作画时是不会感到孤独的。你瞧，我还是信不过你，尽管你迄今为止精神都相当不错。我给你带来一本书，好让你晚上消遣消遣。”说罢，他把一本新出版的书放在桌上。那是一部长诗，一本名副其实的出版物——它们经常被赐给那个时候幸运的大众，那是现代文学的黄金时代。哎呀！咱们这个时代的读者可没有得到那样的优待。可是别灰心！我不会停下来指责或抱怨的。我知道诗歌并没有死亡，天才也没有消失，财神并没有把两者控制住，没有将其束缚或扼杀。有一天，它们还会显示出自己的存在、自己的风采、自己的自由与力量。它们是威力强大的天使，在天堂里安然无恙！当灵魂卑鄙的人得意扬扬，柔弱不堪的人为自身的灭亡哭泣时，它们却面带微笑。诗歌毁灭了吗？天才消失了吗？没有！平庸的家伙，没有！别让嫉妒使你产生那样的想法。没有的，他们不仅活着，而且统治并拯救着世界。

---

① 指人物画、雕刻等上面的衣纹。

我热切地看着《玛米昂》[1]（那本书就是《玛米昂》）一页页光辉的诗句时，圣约翰俯下身，仔细看着我的画。突然他那高大的身子又直了起来，他什么也没说。我抬头望着他，他避开我的目光。我很了解他的想法，也能清楚地看出他的心思。此时我感到自己比他更沉着冷静。我暂时还比他强一些，我想尽量帮他一下。

“他那么坚定，极力自制着，”我想，“他也太难为自己了，把一切感情和痛苦都锁在心里，什么也不透露。我肯定他要是谈谈自己可爱的罗莎蒙德——他认为不应该娶她——那会对他有好处的。我要让他说说。”

我先开了口：“请在椅子上坐下吧，圣约翰先生。”可他像往常一样回答说自己不能逗留。“很好，”我心里应道，“你愿意，就站着好啦。但我决定还不能让你走，至少孤独对我也像对你一样不利。我要试试看能否发现你身上隐秘的泉水，在你那个冷漠的心中找到一点缝隙，通过它滴入一滴给予同情、安慰的香油。”

“这幅画像吗？”我直截了当地问。

“像吗？像谁？我并没有仔细看。”

“你仔细看了，圣约翰先生。”

他对我唐突的行为几乎惊跳起来，十分吃惊地看着我。

“哦，那也没什么，”我心里咕哝，“我并不想把你弄得有点僵，而使自己也难堪。我是准备好要全力帮助你的。”接着，我又在心里说道，“你看得既仔细，又清楚，但我不反对你再看一下。”于是，我站起身，把画像放在他手里。

“画得真好，”他说，“色彩很柔和、清晰。这幅画画得相当准确、相当优美。”

“是呀，是呀，这我都知道。可它和什么相似呢？它像谁呢？”

他克制着某种踌躇的心理，回答道：“我看像奥利弗小姐吧。”

“当然啦。现在，先生，为了奖励你猜得那么准确，我答应再认真

---

① 英国作家司各特创作的一部长诗。

给你另外画一张这幅画，只要你同意接受这份礼物。我不希望劳神把时间浪费在打算送给你而你又认为毫无价值的东西上。”

他仍然凝视着那幅画，好像越看越想得到它。“真像呀！”他喃喃低语，“眼神画得特别好，色彩、光线、表情都很完美。还带着微笑呢！”

“假如你有一幅相似的画，你会觉得是一种安慰还是伤害呢？告诉我吧。等你去了马达加斯加、好望角或印度时，手里有个纪念品会让你好受一些吗？或者看到它，会勾起你沮丧和痛苦的回忆吗？”

他这时悄悄抬起眼睛，看我一下，感到犹豫不决，心烦意乱。接着，他又看着那幅画，说：“我想得到它是无疑的，至于这样做是否明智或聪明，那又是另外一个问题。”

由于我已确知罗莎蒙德真的喜欢他，她父亲不可能反对他们结合，所以我极力想促成他们结为夫妻。我觉得假如他拥有了奥利弗先生的巨额财产，可以用它做出有益的事情，这远胜于他在热带的阳光下让自己的才华在那里枯萎，让自己的力量在那里浪费。带着这样的信念，我回答说：“在我看来，如果你同时也把画中的人得到，那会更加明智。”

这时，他已坐了下来，把那幅画放在身前的桌上，额头托在双手上，深情地俯身在它上面。我察觉他对我胆大的行为既不生气，也不震惊。我甚至看出，听到有人这样坦然对他谈到一个被他认为是不可触及的话题，听到它被说得如此无拘无束，他开始感受到一种新的快乐，一种出乎意料的安慰。内向的人常比外向的人更需要坦率地谈论他们的感情和悲哀。表面严肃的禁欲者毕竟也是人，而带着勇敢和善意“闯入”他们心灵中“寂静的大海”，常常是在给予他们最好的恩惠。

“我肯定她是喜欢你的，”我站在他椅子后面说，“她的父亲也敬重你。而且，她是一个可爱的姑娘，虽然没有什么思想，但你已有足够的思想供给你自己和她了。你应该娶她。”

“她喜欢我吗？”他问。

“当然，她是最喜欢你的。她不断谈起你，这是她最乐意或者说最经常谈论的话题。”

“听到这话，真让人高兴，”他说，“非常高兴，再谈一刻钟吧。”说罢，他居然取出表搁在桌上，以便计算着时间。

“可是继续说下去有什么用呢？”我问，“因为你可能准备着给予无情的反驳，或者正铸造着一副新的镣铐，将你的心灵束缚。”

“想象一下我在软化。我仿佛看见自己这时躺在谷宅的客厅里的软垫椅上，就靠在新娘罗莎蒙德·奥利弗的脚旁。她正用甜美的声音和我谈话，低头用她那双如水般的眼睛看我，用她那珊瑚红的嘴唇对我微笑。她成了我的人，我也成了她的人，眼前的生活和所经历的世界让我心满意足了。嘘！什么也别说，我心里充满了喜悦，我感到一阵狂喜。让我刚才规定的时间静静过去吧。”

我听从他的吩咐。表在嘀嗒嘀嗒地响，他呼吸急促而轻微。我静静站着。在这样的寂静中，一刻钟很快过去。然后，他把表收回去，把画放下，起身站在炉旁。

“瞧，”他说，“在那么短暂的时间里，我感到既狂乱，又迷惑。我将自己的额头靠在诱惑的胸膛，自愿让脖子受着她那些鲜花的束缚，并品尝着她杯里的酒。那枕头真烫手，酒的味道真苦呀。她的承诺是空洞的，她的付出是虚假的，这一切我都十分明白。”

我惊讶地盯着他。

“真奇怪，”他接着说，“一方面，我疯狂地爱着罗莎蒙德·奥利弗，满怀最高尚的情感，爱得无比热烈，因为我所爱的人是那么美丽、优雅而迷人；另一方面，我又平静、公正地意识到她不会成为我的好妻子，她并不适合做我的伴侣。婚后不出一年，我就会发现这一点；经过十二个月的狂喜之后，我就会悔恨终生。这我是知道的。”

“真是奇怪啊！”我忍不住脱口而出。

“在我内心，”他继续说，“我强烈感受到了她的某种魅力，但她的其他某些不足也给我留下很深的印象，比如，她的志向与我不同，无法协助我从事所做的工作。让罗莎蒙德去做一个受苦的人、一个劳动者、一个女性传道者，让罗莎蒙德做一个传教士的妻子，那怎么行呢！”

“可你用不着做一名传教士。你可以放弃那个计划。”

“放弃？什么？我的天职？我伟大的事业？我那座将基础建立在世间的天堂大厦？我希望成为那样一类人——他们把所有的雄心壮志都融合到改善自己同胞的光荣任务上，希望把知识传入无知的领域，以和平取代战争，以自由取代束缚，以宗教取代迷信，以上天的希望取代地狱的恐惧。难道要我放弃这一切希望吗？它们比我自身的血液还可贵呢。那正是我所期盼并为之献身的东西。”

过了好一阵子后，我才说道：“那奥利弗小姐呢？她的失望和悲哀，你就一点不关心吗？”

“奥利弗小姐任何时候都有求婚和奉承的人围着她转。用不了一个月，她就会把我从心中抹去。她会忘掉我，也许会嫁给一位远比我更能使她幸福的人。”

“你说得真够冷静的，可你在这种斗争中也并不好受。你都瘦了。”

“没有的事。要是我真瘦了一点，那都是由于在为自己变幻不定的前途焦虑——我离开的时间一拖再拖。就在今天上午，我还得到消息说，我的那位接任者再过三个月也不能准备好接替我。也许三个月还会延长到六个月。”

“可是不管什么时候，只要奥利弗小姐一走进教室，你就会颤抖、脸红。”

他的脸上再次掠过惊异的表情。他没有想到一个女人竟敢这样对一个男人说话。

“你这人富有独创性，”他说，“也不腼腆。你很勇敢，你的目光很犀利。不过，让我明确地告诉你，你对于我的感情有所误解。当我脸红的时候，在奥利弗小姐面前颤抖的时候，我并不同情自己。我鄙视那种软弱，知道它是可耻的。那只不过是肉体在发烧，我敢说灵魂是没有震颤的——它坚如磐石，牢固地坚守在涌动不止的大海深处。要知道我是一个什么样的人——一个冷漠无情的男人。”

我怀疑地笑了。

“你已赢得了我的信任，”他继续说，“现在我完全听任你安排了。我只是处于本来的状态——脱去了那件基督徒用来掩饰人身上缺陷的、被生命染白的长袍，还原成一个冷漠无情、雄心勃勃的男人。指引我的是理性，而非感情，我的雄心是极大的，我要将自己提升得更高。我对忍耐、坚定、勤奋和才能这些都怀着敬重之情，因为人们通过它们得以实现伟大的目标，攀登上显赫的高峰。”

说完这番话后，他拿起我搁在桌上的调色板旁的帽子，并再次看了一眼画。

“她确实很可爱，”他咕哝道，“真的完全可以把她称为‘世上的玫瑰’！”

“我可不可以给你画一幅这样的画呢？”

“有什么用处？[①] 不用了。”

他把一张薄纸拉去遮在画上——我画画时，常将手搁在纸上，以免弄脏纸板。他在这张薄纸上突然看到什么，我不得而知，但有什么东西引起了他的注意。他把纸拿起来，看着纸边，然后瞥我一眼。那眼神奇特得无法形容，难以理解，仿佛它注意到我身上、脸上和衣服上的每个地方，因为它像闪电般穿透一切，迅速而猛烈。他张开嘴唇，欲言又止。

“怎么回事？”我问。

“什么事也没有。”他回答，将纸放回去，但我看见他敏捷地从纸边撕下一小片。这片纸随即消失在他的衣袖里，他急忙点一下头，说声“再见”后，就离开了。

“啊！”我用一种当地的口音大声叫道，“可真让人摸不着头脑呀！”

我也仔细看了一下那张纸，但除了在我用画笔调配色彩的地方有点颜料留下的污迹外，什么也见不到。我对这个神秘的东西想了片刻，发现怎么也弄不明白。我肯定它也没什么重要的，就丢下它，不久便把这事忘了。

① 原文为拉丁文。

第三十三章

圣约翰先生走后，下起了雪，旋转的暴风雪持续了整整一夜。次日刮起一股强风，再次下起漫天大雪来。黄昏时，山谷里的雪已积得相当厚，几乎无法通行。我已关好百叶窗，并把一个垫子堵在门口，以免雪从下面吹入，同时把炉火生得更旺。我在炉边坐了近一小时，倾听着暴风雪闷声闷气的声音，之后点燃蜡烛，取下《玛米昂》，朗读起来：

> 夕阳照耀着罗哈姆城堡的悬崖，
> 以及特维德又宽又广的美丽河流呀，
> 还有切沃特那些孤寂的大山；
> 城堡的主楼和巨大的高塔，
> 守卫着将它们环抱的围墙啦，
> 这一切在金色的阳光多么灿烂。[①]

在这悦耳的诗歌中，我很快把暴风雪忘了。

这时我听见一种杂音，心想是风把门吹动的声音吧。不，原来是圣约翰·里弗斯，他把门插销拉开，从刺骨的寒风和呼啸的夜晚里走了进来，站在我面前。披在他魁梧的身子上的斗篷，完全白如冰川。我惊讶不已，简直没想到这天晚上从已雪封的山谷里会有客人到来。

“有什么坏消息？”我问，“发生什么事了吗？”

“没有。你可真是容易惊慌呀！”他把斗篷取下来，挂在门上，把垫

① 原文押 aabaab 韵，译文尽量体现这种韵律方式。

子推到门口，把靴子上的雪踏掉。

“我会把你这么干净的地板弄脏的，”他说，“不过，你得原谅我一次。”然后，他走近炉火，“我来这儿太困难了，”他在炉火上暖着双手，“有个地方的积雪淹没到我的腰部，幸好雪还相当松软。”

“可你干吗来这儿呢？”我忍不住问。

“向客人提出这样的问题，很不友好。不过，既然你问了我，就简单回答一下吧，我想和你聊一聊。我对那些哑口无言的书和空荡荡的屋子感到厌烦了。另外，我昨天像个听到没讲完的故事的人一样兴奋，现在急于想听到它的结局。”

他坐下来，把被雪花浸湿的头发从额头上拂开，让火光充分照射在苍白的额上和同样苍白的脸颊上。我等待着，指望他会说出什么至少我能明白的话，可他把一只手托在下巴旁，手指搁在嘴上，正思考着什么。我这才看到他的手也像脸一样消瘦。一阵怜悯涌上我的心头，我因此说道：“要是黛安娜或玛丽来和你一起生活就好了，你那么寂寞是很不好的，而你对自己的身体又满不在乎。”

“不是那样的，”他说，“必要时，我也关心自己。我现在很好呀。你看到我身上有什么毛病吗？”

他毫不在意、心不在焉的态度，表明了我的担忧在他看来是完全多余的。于是，我闭口不言。

他的手指仍然慢慢在上嘴唇上移动着，目光仍然恍恍惚惚地盯着火红的炉子。我感到急需要说点什么，一会儿后，问他是否觉得从身后的门那儿有冷风吹进来。

“没有，没有！”他马上回答，有些暴躁。

“唉，”我想，“假如你不想说话，你就不说吧，我现在要让你一个人待着，我自己要继续看书啦。”

于是，我剪掉蜡烛的烛花，使屋子里更亮一些，又认真读着《玛米昂》。不久后，他动起来，我立即把目光转过去，看他在做什么。他只是拿出一本摩洛哥皮的皮夹，从里面取出一封信默默读着，然后又叠好放回去，并再次陷入沉思。眼前有这么一个难以理解、一动不动的人，要想看书是徒劳的。而我又烦躁不安，不想什么也不说。他可以怠慢冷落我，可我是要说说话的。

“你最近有黛安娜和玛丽的信吗？”

“自从我一周前给你看过那封信后，就再没收到了。”

“你自己的安排还没有什么变化？按照预期的时间，你不会提前得到通知离开英国吗？”

“恐怕不会，真的。这样的机会太好了，不会落到我头上。”谈话难以为继，我得改变一下话题。我想到谈谈学校和我的学生。

“玛丽·加勒特的母亲好些啦，她今天上午回到了学校，下周还有四个新生要来——要不是因为下雪，她们今天就来了。”

“真的呀！”

“奥利弗先生替两个学生交了学费。”

“是吗？”

“他打算在圣诞节请全体师生吃一顿饭。”

“我知道。”

“是你建议的吗？”

“不是。”

“那是谁的？”

“他女儿，我想。”

“这像她做的事，她的心很好。”

“对。”

接着，又是一阵沉默。八点的时钟敲响，他回过神来。他放下交叉着的腿，坐直身子，转向我。

“把你的书放下一会儿吧，靠炉子近一点。”他说。

虽然我对此感到惊讶不已，但还是照他说的做了。

“半小时前，”他继续说，“我急于想听到一个故事的结局。经过思考，我发现由我来充当讲故事的人，而让你成为听故事的人，事情会更好处理一些。在开始讲述之前，我应该提醒你，这个故事你听起来会觉得有点陈旧，不过即便是陈旧的情节，当从另外的人嘴里讲出来时，也会有一定的新意。至于其余的，无论陈旧，还是新奇，反正故事不长。”

“二十年前，有一个贫穷的牧师爱上了一个富人家的女儿。她也爱他，并违背所有亲友的告诫，嫁给了他，因此婚礼后，她的亲戚便不再认她。不到两年，那对轻率的夫妻都死了，被悄悄地合葬在一块石板下面，我见过他们的坟墓，它在巨大的教堂墓地的人行道上占了一部分，墓地中间是一座让煤烟熏黑的阴森古老的大教堂。那儿位于 ×× 郡一个十分发达的工业城市里。他们留下一个女儿，她一出生，还在襁褓中，就被慈善机构收容。慈善机构又将那个无依无靠的小家伙带到她母亲那边富有的亲戚家，由盖茨黑德府一个叫雷德太太的舅母抚养。你惊了一下，是听见什么声音了吗？我猜想不过是一只老鼠在隔壁教室的椽木上爬着——在我把它修复并改变成教室前，它是一个仓库，而仓库通常是有老鼠出没的。我接着刚才的话说吧。雷德太太抚养了那个孤儿十年，对于她是否快乐，我没法说，因为从未听说过。后来，她把孩子转移到一个你知道的地方——正是那所罗沃德学校，你自己就在那里住了很长时间。好像孩子在那儿的生活十分让人可敬，她从一个学生成为一名老师，像你一样——我真的很吃惊你们俩有着相似的经历——然后她出去做了一名家庭教师，在这一点上，你们的命运又差不多。她教的是某个叫罗切斯特先生的监护对象。”

“圣约翰先生！”我打断他。

“我能猜到你的心情，”他说，“但克制一会儿吧。我快要讲完了，听我把故事讲完吧。罗切斯特先生是个什么样的人，我一点也不知道，只晓得一个事实，即他公开提出要正正当当与那个姑娘结婚，但就在圣坛上的时候，她发现他还有一个活着的妻子，虽然是个疯子。所以她走了——谁也说不清具体是在什么时候、去了哪里或怎么走的。她是在夜间离开桑菲尔德府的，人们四处搜寻她，都没有结果。方圆很远的地方都找遍了，根本没有她的任何消息。然而，要找到她又成了一件极为迫切的事，于是他们在所有报纸上登出寻人启事，我自己也收到一封叫布里格斯先生的律师寄来的信，信中讲述了我刚才讲的那些情况。这难道不是一个奇怪的故事吗？”

“你只要告诉我下面的情况就行，”我说，“既然你知道得这么多，你肯定能告诉我的——罗切斯特先生怎样了？他的情况如何？他在哪里？在做什么？他好吗？”

“我对罗切斯特先生的事一无所知，这封信除了说明那个欺诈性的非法企图外，根本没提到他。你应该问问那个女家庭教师的名字，问问究竟是什么样的事情需要让她出现。”

“这么说，没有谁去桑菲尔德府？谁也没见到罗切斯特先生？”

“我想没有吧。”

“可他们给他写信了吗？”

“当然写了。”

“他都说了什么？他的信在谁手里呢？”

“布里格斯先生说，对他的请求做出回复的不是罗切斯特先生，而是一位女士。信上的签名是‘艾丽丝·费尔法克斯’。”

我感到不寒而栗——自己最害怕的事大概是真的，他很可能已离开英国，在绝望中不顾一切地又跑到欧洲大陆某个常去的地方了。他在那儿为自己巨大的痛苦寻找麻醉剂。啊，可怜的主人，他曾经差点做了我丈夫。我还常叫他“亲爱的爱德华”呢！

“他一定是个品质不好的人。”圣约翰先生说。

“你不了解他，就别发表对他的看法。”我激动地说。

“好吧，”他平静地回答，“再说我头脑里确实想到的是别的事，而不是他。我得把故事讲完。既然你不愿问那个家庭教师的名字，那我就得自己说出来了。等一下！我把它放在这儿——看见重要的东西，白纸黑字清清楚楚地写下来，总是更让人满意一些。”

他再次慎重地拿出那个皮夹，打开它，在里面找寻着，从一个夹层里取出被撕掉的破旧纸片。根据其质地和上面沾有的佛青色[①]、胭脂红色和朱红色，我认出它正是从用来遮盖画的纸上被撕下的那点纸边。他站起身，把纸片递到我眼前，我看见上面有自己用墨汁亲笔写下的“简·爱”两个字——那无疑是在我某个心不在焉的时候写下的。

“布里格斯在给我的信中提到简·爱，”他说，“寻人启事要找的也是简·爱，而我知道有个叫简·埃利奥特的人。我承认先前自己有过猜疑，但只是在昨天下午，我才一下确定了。你承认自己叫那个名字吧？”

“是的，是的。不过，布里格斯先生在哪里呢？他也许对罗切斯特先生的了解比你更多。”

“布里格斯在伦敦。我看他对罗切斯特先生未必了解，他感兴趣的并不是罗切斯特先生。同时，你在追问一些琐事时，却忘了实质性的问题。你并没有问为什么布里格斯先生要找你，以及他想要你做什么。”

“哦，那他想要做什么呢？”

“只是想告诉你，你的叔父，即马德拉群岛的爱先生已去世；他把所有的财产都留给了你，你现在富裕了。就这些，没别的。”

“我——富裕了？”

“对，你，富裕了，完全成了一位女继承人。”

随后是一阵沉默。

“你当然得证明自己的身份才行，”圣约翰又说道，“但这一步毫不困难，之后你就马上能拥有那笔财产啦。那笔钱现在被投资到公债[②]上，遗嘱和必要的文件在布里格斯那里。”

这回又翻出一张新牌来啦！读者呀，转眼间就从贫穷变得富有是一件好事，一件很好的事，可你无法因此高兴。再说生活中也还有更令人激动和狂喜的事情。这样的事情是很实在的，是属于现实世界里的，里面毫无理想化的东西。一个人听见自己获得了一笔财富，不会一下跳起来，高声欢呼！他开始想到责任，考虑到义务。为了不断得到满足，他

① 一种深蓝色。
② 指被看作投资方式的公债。

又产生出某些焦虑担忧，于是我们克制自己，皱起紧锁的眉头，沉思着自己得到的天赐之福。

另外，像“遗赠”“遗产”这些词，同时也与“死亡”“葬礼”联系在一起。我已听到叔父死亡的消息，他是我唯一的亲戚。自从我知道他还活着后，就希望有一天能见到他，而现在我再也办不到了。然后，我得到的就只有那笔钱，它不是留给我和一个欢乐的家庭，而是留给我那个孤独的自我。它的确是一个很大的恩赐，能够不依赖他人是很美好的事。

“你终于没有紧绷着眉头啦，”圣约翰先生说，“我想刚才美杜莎①看了你一下吧，使你渐渐变成石头。也许现在你愿意问问自己有多富有了吗？”

“有多富有？”

“哦，有点！当然也没什么可说的——我想他们说的是两万英镑吧——怎么啦？”

“两万英镑？”

此时，我惊得目瞪口呆——我本来以为是四五千英镑呢。这一消息让我一时喘不过气来。以前我从没听到圣约翰先生笑过，这时他却笑起来。

“瞧，”他说，“假如你把谁杀了，我告诉你罪行已被发现，你也不会显得这么惊恐的。”

“那是很大一笔钱啊，你不认为有什么差错吗？”

“一点差错也没有。”

“或许你把数字看错了——或许是两千英镑呢！”

“那是用文字，而不是数字写的——两万英镑。”

圣约翰先生站起身，穿上大衣。

“如果今晚的天气不是这么恶劣，”他说，“我会让汉娜陪你下去的。

---

① 希腊神话中三个蛇发女怪之一，凡被她看一眼的人都变成了石头。

你看起来太难过了，不应把你一个人丢开。可是汉娜，可怜的女人！在积雪里有些行走不便，她的腿不够长。所以你那么悲哀，我也帮不上忙。晚安。”

他拉开门的插销，这时我突然产生一个想法。

“等一下！”我叫道。

“怎么了？”

“我弄不明白，为什么布里格斯先生要写信给你打听我的情况，他是如何知道你的，他怎么会想到住在如此偏僻地方的你能够找到我？”

“啊！我是一个牧师，”他说，“人们常常就一些稀奇古怪的事向神职人员求助。”然后，插销又发出咔嚓的声音。

“不,那并没让我满意！”我大声说。的确,在他那仓促草率的回答中，包含着某种东西，我的好奇心有增无减。

“这是一件非常奇怪的大事，”我补充道，“我必须了解得多一些才行。”

“改天吧。”

“不，就今晚！今晚！”趁他从门口转过身时，我挡在他与门之间。他显得相当为难。

“你一定得把一切告诉我了，才能走。”我说。

“可我不想现在说。”

“你应该说！——你必须说！”

“我宁愿让黛安娜或玛丽告诉你。”

我万分渴望知道。我必须得到满足,而且不能拖延。我把这对他说了。

“可我对你说过我是个无情的男人，”他说，“很难说服的。”

“我也是个无情的女人——不可能摆脱。圣约翰先生，就把我希望知道的事说出来吧。”

“唉，那么，”他说，“我屈服吧——如果不是屈服于你的认真，也是屈服于你的固执，正如水滴石穿一般。再说，你总有一天会知道的，所以现在知道与今后知道都一样。你的名字叫简·爱吧？”

“当然，这是先前就确定了的。”

“也许，你并没有意识到我与你是同姓，不知道我接受洗礼时，取名为圣约翰·爱·里弗斯。”

“没有，真的！我现在记起来，在你借给我的书上，我曾看见写着的姓名首字母里有 E[①]。但我从没问它代表什么名字。可那又如何呢？难道——”

我就此打住，无法相信自己会突然冒出来那种想法。没等圣约翰再说一个字，我就本能地明白了事情的原委。

“我母亲姓爱。她有两个兄弟，一个是牧师，他娶了盖茨黑德的简·雷德小姐，另一个是约翰·爱先生，就是在马德拉群岛的丰沙尔去世不久的那个商人。布里格斯先生是爱先生的代理律师，在八月，曾通知我们叔父死了，并说他把自己的财产留给了那个做牧师的兄弟的孤儿，而根本不管我们，因为他和我父亲之间曾发生过永远不会和解的争吵。几周前，他又寄来一封信，说女继承人失踪了，问我们是否了解她的情况。一个随意写在一张纸上的名字使我找到了她。其余的你都清楚了。”说完，他又要走，但我用背抵住门。

“请让我讲讲吧，”我说，“先让我喘口气，想一下。”我稍停片刻，他站在我面前，手里拿着帽子，显得相当镇静，我接着说，“你母亲是我父亲的姐姐？”

“对。”

“那么，也就是我姑妈了？”

他点点头。

“我的叔父约翰也是你的舅父约翰？你、黛安娜和玛丽是他姐姐的孩子，正如我是他哥哥的孩子？”

“这是无可否认的。”

“这么说，你们三个是我的表兄表姐了，咱们各自身上都有一半的

---

① 即“Eyre（爱）”的第一个字母。

血液来自相同地方？”

“咱们是表兄弟表姐妹，不错。”

我仔细打量他，好像找到了一个哥哥——一个我能引以为豪的哥哥，一个我能喜爱的哥哥，还有两个姐姐，她们的品性不错，甚至在我只把她们看作是陌生人时，她们就让我产生了真挚的感情和敬佩。我曾跪在湿漉漉的地上，透过沼泽宅的厨房那扇低矮的格子窗，带着极大的关切和绝望注视那两个姑娘，而她们就是我的近亲啊。眼前这位年轻庄重的绅士，是他发现我快要死在他家的门口。他竟然是和我有着相同血统的亲戚。这对于一个孤独的人，是怎样一个美好的发现啊！的确是一笔财富！一笔心中的财富！是一座充满纯洁与亲切感情的宝库。这是一种赐福，它光辉灿烂，令人喜悦。我的脉搏在跳动，血脉在颤抖。

“啊，我真高兴！——真高兴！”我大声说。

圣约翰笑了。“我不是说过你在追问一些琐事时，却忘了实质性的问题吗？”他说，“我说出你已继承了一笔财富时，你显得那么严肃；可现在，为了一件并不重要的事，你却如此兴奋。”

“你是什么意思？也许你并不需要，你有两个妹妹，不在乎有一个表妹。可我以前谁也没有，现在有了三个亲戚。我再说一遍，我真高兴！”

我在屋子里来回踱步。那些曾经救过我命的人，直到此时我都没能给予有益的爱护，如今我有能力帮助他们了。他们正受着束缚，我可以让他们获得自由。他们被分散在各处，我可以让他们团聚。我已获得了独立和财富，他们也会同样如此。咱们不是四个人吗？两万英镑平分，每人五千英镑，绰绰有余了。咱们将受到公平的待遇，得到共同的幸福。现在这笔财富并不让我觉得沉重，它不仅仅是遗赠的钱财，它也是遗赠的生命、希望和欢乐。

圣约翰先生将一把椅子搁在我身后，温和地让我坐下。他让我镇静一些。而我摆脱他的手，又在屋子里踱来踱去。

“明天就给黛安娜和玛丽写信，”我说，“让她们马上回家来。黛安娜说她们两姐妹各自有了一千英镑，就会觉得富有了，所以有了五千英镑，她们就会生活得相当不错。”

“告诉我在哪里可以为你弄一杯水，”圣约翰说，“你真的得努力让自己平静下来。”

“废话！这笔遗产会对你产生什么样的影响呢？会让你留在英国，让你娶到奥利弗小姐，像个普通人一样定居下来吗？”

“你精神恍惚，你头脑发热了。我突然把消息告诉了你，让你兴奋得无法自制啦。”

“圣约翰先生！你让我实在无法忍受。我足够理智，是你误会了。”

“要是你自己解释更详细些，我就会更加明白的。”

“解释？有什么需要解释的？咱们谈到的两万英镑在叔父的一个外甥和两个外甥女以及侄女当中平分，每人将获得五千英镑，这一点你不会不明白吧？你应该给两个妹妹写信，让她们知道自己得到了那笔财产。”

“你的意思是，你得到了那笔财产。”

“我已表明了对此事的看法，不能接受别的意见了。我不是个极端自私或忘恩负义的家伙。再说，我也决心要有一个家和一些亲戚。我喜欢沼泽宅，愿意住在里面。我喜欢黛安娜和玛丽，愿意永远和她们一起生活。有五千英镑，我就已经很高兴了，而有了两万英镑，我却会苦恼难受的——就公平而言，它们绝不是我的，虽然在法律上属于我。所以，我把对于自己完全不必要的部分交给你们。让咱们彼此取得一致意见吧，马上把这个问题决定。”

“这是在最初冲动时产生的行为，你得用几天时间考虑这件事。”

“啊！假如你所怀疑的只有我是否真诚，那我就放心了。你看出这样处理才公正吧？”

“我的确看到了某种公正之处，不过这与所有的习俗相违背。另外，那一切财产都是你有权利得到的。我叔父靠自己的努力获得了它，他想留给谁都行——而他把它留给了你。毕竟正义允许你留着它。你完全可以把它看作是你自己的财富。”

“对于我，”我说，“这全然是一件既充满感情又富有良心的事。我必须满足自己的感情，以前很少有这样的机会。即使你要为此争辩、反对，并让我烦恼一年，我也不会放弃自己已经瞥见到的那种美妙的喜悦，即对一种巨大的恩惠给予回报，并赢得终生的朋友。”

“你现在之所以这么想，”圣约翰回答，“是因为你还不明白你将拥有的是什么样的财富，因此也就不懂得如何享受它。你还不知道两万英镑对于你将会是多么重要，不知道它将让你在社会上有怎样的地位，它将为你展现出怎样的前途。你不能——”

“而你，”我打断他，“却根本想象不到我多么渴望得到兄弟姐妹般的爱。你不想承认我、接纳我，是吗？”

“简，我愿意做你的哥哥，我妹妹也愿意做你的姐姐，而用不着让你牺牲自己的正当权利作为条件。”

“哥哥？是的，相隔一千里格[①]远的哥哥！姐姐？是的，出门在外受苦受累的姐姐！我变得很富裕，你们却身无分文！多么美好的平等与兄弟情谊！多么密切的关系！多么亲密的感情！”

“可是，简，你对家庭纽带和家庭幸福的渴望，除了用你所考虑的办法外，也可以通过其他方式去实现。你可以结婚。”

“又说废话！结婚！我不想结婚，一辈子不会结婚的。”

“那就说得太过分啦，这种危险的言论证明了你正处于兴奋不安的状态。”

“并没有说得太过分。我明白自己的感受，一想起结婚，我就觉得反感。谁也不会为了爱才娶我的，而我又不愿让自己成为一种金钱上的投机买卖。我也不想要一个陌生的人——一个没有同情心、与我格格不入的人。我想要的是自己的亲戚，我和他们怀着深厚感情。请再说一遍，你愿意做我的哥哥，你那样说时，我就感到满足和幸福了。再真诚地说一遍吧。”

---

① 旧时长度单位，约为3英里或3海里。

“我想我能够做到。我知道自己总是很关爱妹妹们，我也清楚自己对于她们的感情基础是什么——是对她们的优秀品质的尊重，以及对她们的才能的钦佩。你也是个有原则和头脑的人，你与黛安娜和玛丽有着相似的爱好和习惯，和你在一起，总使我感到愉快，一段时间来，我从你的谈话中已经获得了某种有益的慰藉。我觉得自己很容易自然而然地在心中给你留出位置，让你成为我的第三个最小的妹妹。”

“谢谢，这话让我心满意足了。现在你最好走吧，如果再待下去，你也许又会用什么信不过的话来让我生气了。”

“还有学校呢，爱小姐？我想现在只好关门了吧？”

“不，我要继续当老师，直至你找到接替的人。”

他微笑着，表示赞许。我们握过手后，他便走了。

为了让有关遗产的事照我的希望去处理，我进一步做了努力与争辩，这里用不着详细叙述。我的工作虽然十分艰巨，但我决心已定，表兄表姐们终于看出我真的是坚定不移要把财产公平分配，他们在心里也一定感觉到我要求公平的诚意。另外，他们也已意识到假如处在我这样的位置，他们也会一样照我所希望的去做——由于这些原因，他们最后让了步，同意此事让法律做出裁定。奥利弗先生和一个能干的律师被选为仲裁者，两人都与我取得一致意见，于是我的意见被采纳。随即起草财产转让文书，圣约翰、黛安娜、玛丽和我每人都能够得到一份财产。

第三十四章

一切处理完毕后，已临近圣诞节，放大假的时间到了。我结束了在莫顿学校的教学工作，并注意就自己而言，不要让这次分别显得沉闷无趣。交上好运不仅使人心胸开阔，并且让人出手大方。而将我们大量获得的东西又给别人一些，不过是在表露着心中不同寻常的感情。我不无喜悦地感觉到许多乡村学生都喜欢我，在我们分别时，这种感觉得到了证实。她们将自己的感情强烈地表达出来。我发现自己确实在她们天真纯洁的心中占有一席之地，因此倍感满足。我答应她们以后一定每周都来学校看望她们，并给她们上一小时的课。

圣约翰先生走了过来，这时我已看见全班学生——现在已有六十名女孩——在前面列队，走出教室，于是锁好门，手里拿着钥匙，站在那儿，与六名最优秀的学生又特别说了几句告别的话，她们在英国农民阶级当中是最端庄、可敬、谦虚和见多识广的年轻女子。而这个评价是很高的，因为毕竟说来，英国农民在欧洲也是最有教养、最懂礼貌和最有自尊的。在那些日子里，我曾见过一些法国农妇和德国农妇，即便她们里面最优秀的人与我莫顿的姑娘们相比，在我看来也显得愚蠢无知、粗鲁无礼。

“你认为教了一段时间书后，已得到回报了吧？”她们走后，圣约翰先生问，“想到在自己年富力强时做了一件有益的事，让你觉得快乐吧？”

“这是毫无疑问的。”

“可你只辛勤工作了几个月！难道把一生献给能使你同胞获得新生的工作，不是一件很有意义的事吗？”

“不错，”我说，“可我不能永远这样下去呀。我既要施展自己的才能，又要去培养别人的才能。我现在得施展才能了，别把我的身心又召回到学校，我已走出了它，想要好好过一个假期啦。”

他现出严肃的样子。“现在是怎么回事？你为什么忽然显得如此急切呢？你想要做什么？”

“想要起点作用，尽可能起点作用。首先我必须请求你给汉娜自由，让另外的人服侍你。”

“你想把她留在身边？”

“是的，让她和我一起去沼泽宅。黛安娜和玛丽一周后将回到家里，我想在她们到达前，把一切弄得井井有条。”

“我明白了。我还以为你要飞到什么遥远的地方。这样更好，我会让汉娜和你一起去。”

“那就告诉她明天做好准备。这是教室的钥匙，明天早上，我会把屋子的钥匙给你。”

他接过钥匙。“我不太明白你为什么心情那么愉快，不知道你自己打算要做什么，以此取代眼前的工作。你现在生活中都有什么样的目标、意图和雄心呢？”

“我的第一个目标就是彻彻底底把沼泽宅从房间到地下室打扫干净。第二个目标就是用蜂蜡、油性物质和无数布料，把宅子擦洗得洁净光亮。第三个目标就是把桌椅、床和地毯安排布置得恰到好处。随后我要用掉很多煤炭，把每一间屋子的炉火都烧得旺旺的。最后，在你妹妹到达的前两天，我和汉娜将把蛋搅拌好，并拣选葡萄干，磨制香料，配制圣诞饼，把原料剁碎做碎肉馅饼，并严肃认真地完成厨房里的其他仪式。总之，我的目的就是要在下周四前，把所有的事完全安排停当，准备好迎接黛安娜和玛丽回来；我的雄心就是要在她们回家时，给她们一个尽善尽美的欢迎。”

圣约翰露出了微笑，但他仍然不满意。

“目前这样倒是很不错，”他说，“可说实在的，我相信在你最初的兴奋激动过去之后，你会显得更高尚一点，而不仅仅把自己局限于家庭的乐趣与喜悦当中。”

“它们是世上最美好的东西啊！”我打断道。

“不是的，简。这个世界可不是让人享乐的地方，它也不是个休息的场所，别让自己变得懒散啦。”

“正相反，我是打算要忙碌起来的。”

“简，我暂时原谅你，同意你在两个月里充分享受新的环境，从刚找到的亲情的魅力中寻求开心。不过，我希望你将会把眼光放得更远一些，而不只局限于沼泽宅和莫顿，局限于姐妹之间的交往，以及财富所带来的感官舒适。我希望那时你再次变得紧张忙碌起来。”

我吃惊地看着他。“圣约翰，”我说，“我希望变得像女王一般满足，你却一心要让我不得安宁！为了什么呢？”

“为了让上帝赋予你的才能发挥益处，有一天，他肯定会让你就自己的才能向他认真做出汇报。简，我会对你严密地加以看护，我为此提醒你。你怀着过分的热情置身于平庸的家庭乐趣中，努力克制一下吧。别太依恋那种血肉关系，把你的坚定和热情用到正当的事上，别把它们浪费在陈腐、短暂的东西上。你听见了吗，简？”

“听见了，就好像你在说希腊语一样[①]。我感到我有正当的事让自己快乐，再见！”

我在沼泽宅过得很快乐，也干得很努力。汉娜同样如此，她看到我在一个被弄得乱七八糟的家里忙前忙后时，多么快活。经过一两天时间，家里渐渐变得整洁起来，这真是让人高兴。在这之前，我已去了一次××市，买了一些新的家具。表哥表姐们已经全权委托我，并且留出了一些专用款。对于平常的起居室和寝室，我基本上让它们保持原样，知道黛安娜和玛丽重新看见过去那些家常的老桌椅和床，会比目睹一片经过最巧妙的革新后出现的景象更快乐。不过，某种创新还是必要的。我用上了深色漂亮的新地毯和新窗帘，精心挑选出一些古瓷器和青铜装饰品，进行布置，给梳妆台铺上新的桌布，安上新的镜子，放上新的梳妆

---

① 喻指令人难懂的东西。

盒，这些东西看起来新鲜，又不耀眼。我把一间备用的客厅和寝室的家具，用人们熟悉的红褐色和深红色彻底装饰一新。我在过道里铺上帆布，在楼梯上铺好地毯。一切准备就绪后，屋内变得明亮、端庄而舒适。

星期四终于来临。两姐妹预计天黑时到达，而在黄昏前，楼上楼下的炉火都已生起。厨房里已安排得十分妥当，我和汉娜都已收拾好，一切准备就绪。

圣约翰最先到来。我先前就曾请求他离房子远远的，等所有事情都安排好后，再回来。的确，一想到家里混乱不堪，既肮脏又杂乱的样子，足以把他吓跑。他发现我在厨房里，并观察着我是如何做茶点糕饼的。他走近炉子，问道："你最后对女佣干的活儿是否满意呢？"作为回答，我请他陪我总体检查一下自己的劳动结果，好不容易才让他在房子各处走了一遍。他只探头进去看看我打开的房门，在楼上楼下都看过之后，他说我在如此短的时间里就让房子焕然一新，一定颇劳累了一阵子，费了不少精力。可他对于看到自己的住处大为改观是否高兴，却只字未提。

他的这种沉默使我觉得扫兴。我想也许这些变化破坏了他所看重的有关往昔的回忆。我问情况是否如此——无疑，我说话的语调是有些懊丧的。

根本没有的事，相反他说我相当仔细，对每一种能够引起怀念的东西都未损害。他确实担忧我在这件事上花费了过多心思，不值得。比如，他问我用了多少时间去认真考虑如何布置每一个房间。一会儿后，他又问我能告诉他某本书放到哪里去了。

书就放在书架上面。他把它取下来，退回到自己通常待着的那个窗口看起书来。

瞧，我不喜欢这样，读者。圣约翰是一个好男人，但我开始觉得当他说自己冷漠无情时，他是讲了实话的。生活中普通人所具有的七情六欲他都没有。实际上，他活着无疑只是为了追求仁慈而神圣的东西，可他仍然不得安宁，也不赞赏那些在他身边获得安宁的人。我看着他高高的额头像一块白色的石头，那么平静苍白，看着他那凝目沉思的漂亮面容，突然明白了他是难以做个好丈夫的，明白了做他妻子是一件很麻烦的事。我懂得了他对奥利弗小姐的爱是怎样的性质，我同意他所说的不过是一种感官上的爱而已。我理解了，他如何会因为爱情使自己变得兴奋激动而鄙视自己，如何会希望将她扼杀和摧毁。我看出他是用特殊材料做成的，大自然用这样的材料造就出英雄，无论他们是基督徒，还是异教徒，其中包括立法者、政治家及征服者。他是伟大的事业可以依靠的坚强堡垒。可是，他待在炉火旁边的时候，又常常是一根冰冷的柱子，显得忧郁沮丧。

"这个客厅不是他待的地方，"我想，"喜马拉雅山脊或卡非[①]丛林，甚至被该死的瘟疫困扰的几内亚海岸沼泽，会更加适合他一些。他理应避开这种宁静的家庭生活，这不是他所需要的环境。他的才能会在那儿凝滞，难以发展。他只有在充满斗争和危险的环境中，勇气才会得到证明，能量才会得到发挥，坚韧才会派上用场，成为领头人和上级。而在这个炉子旁边，一个快乐的小孩都会比他更有优势。他选择传教士的职业是对的，我现在才明白了。"

"她们来啦！她们来啦！"汉娜喊道，一下把客厅的门推开。与此同时，老卡罗也欢快地叫起来。我跑出去。这时天色已暗，不过传来了车轮辘辘的声音。汉娜不久点亮一盏提灯。马车停在大门旁的小门边，车夫打开门，先下来一个大家熟悉的身影，然后是另一个。两姐妹戴着帽子，我把脸先贴到玛丽柔和的面颊上，然后贴到黛安娜柔滑的鬈发上。她们都笑了，和我亲吻，再和汉娜亲吻，又抚摸一下卡罗，它高兴得都快疯了。她们急切地问是否一切都好，得到肯定的回答后，便很快走进屋里。

她们从怀特克罗一路颠簸着，赶了很远的路，浑身都僵硬了，夜晚的寒风又让她们感到很冷。不过，她们高兴的面容展现在欢快的火光里。在车夫和汉娜把箱子搬进来时，她们问圣约翰在哪里，这时他才从客厅里冒出来。两姐妹同时扑过去，搂住他的脖子。他静静地分别吻一下她们，

---

① 在南非。

低声问候了几句；站在那儿听妹妹对他谈了片刻后，便表示说他想她们很快会去客厅和他在一起，然后又回到那里去了，好像去了一个避难的地方。

我将蜡烛点燃便上楼，不过黛安娜先吩咐要热情招待好马车夫，接着两姐妹才跟在我后面上去。她们对各个房间新的变化和装饰感到高兴，对那些新添置的帷幔和鲜艳的地毯，以及色彩富丽的瓷瓶都觉得满意。我不无喜悦地感到，我所做出的安排完全符合她们的意愿，我所做的工作使她们回家后的欢乐又增添了一份活泼的魅力。

那天晚上是很美好的。表姐们欣喜若狂，非常善于讲述和评说，其流畅的话语掩盖了圣约翰的沉默寡言。他见到妹妹们打心眼儿里高兴，但他不赞同她们那种过分外露的热情与喜悦。黛安娜和玛丽回到家里使他感到快乐，可那种欢快的吵闹声，那种接待她们时的叽叽喳喳的欢笑，惹得他心烦。我看出他真希望第二天平静的日子到来。就在这晚大家的欢乐达到高潮时，大约在茶点后一小时，传来了敲门的声音。汉娜走进屋说：“在这样一个不合时宜的时刻，有个可怜的少年来接圣约翰先生去看他母亲，她快要不行了。”

“她住在哪里，汉娜？”

“就在怀特克罗那边，差不多有四英里远，一路都是沼泽和荒原。”

“告诉他我会去的。”

“我想，先生，你还是别去的好。天黑后，那段路最不好走，沼泽地上根本就没有什么路。再说今晚又刮着如此寒冷的风。最好让人捎信去，先生，就说你明天会过去的。”

可他已经到了走廊里，并穿上大衣，不做任何反对，也没有咕哝什么，就出去了。那时是九点钟，直到午夜，他才回来。他又饿又累，不过显得比出门的时候更快乐一些。他尽到了一种义务，做出了一种努力，因此心情也更好些了。

在随后的整整一周时间里，他被弄得忍无可忍。那是在圣诞周，我们沉浸在一种家庭的欢乐之中。荒野的空气、家中的自由、兴旺时刻的到来，像某种长生不老药一般，让黛安娜和玛丽精神焕发。她们从早上到中午，从中午到晚上，都充满欢乐。她们总是讲个不停，谈话机智，简练新颖，使我深受吸引。圣约翰对我们欢快活泼的举动不加责备，却躲得远远的。他很少待在家里。由于所分管的教区很大，人口分散，他每天都能找到事做，可以去不同的区域走访病人和穷人。

一天吃早餐时，黛安娜显得有点忧思的样子，片刻后，她问圣约翰："你的计划是否还没有改变呢？"

"没有改变，也不可改变。"他回答。接着他告诉我们，他离开英国的时间现在已确定为明年。

"那罗莎蒙德·奥利弗呢？"玛丽问，这话好像不经意似的从她嘴里冒出来，因为她话一出口就后悔了。圣约翰手里拿着一本书——他吃饭时，习惯独自看书。这时他把书合上，抬起头来。

"罗莎蒙德·奥利弗，"他说，"就要嫁给格兰比先生了，他是弗雷德里克·格兰比爵士的孙子和继承人，是 ×× 市最有背景关系和最受人尊敬的居民。我是昨天从她父亲那里听说这事的。"

他的两个妹妹面面相觑，然后看着我，我们仨又看着他，可他显得异常平静。

"他们一定是被匆忙撮合到一块儿的，"黛安娜说，"不可能相互了解。"

"只有两个月呢。他们十月份在 ×× 市举行的全郡舞会上才认识，婚姻要想没有障碍，就必须要有背景关系才行。而他们的结合也没必要拖延下去，因为并不存在什么障碍，而且从各个方面看，这桩婚事也让大家十分如意。只要把弗雷德里克爵士让给他们的 ×× 府重新装修好，可以住人了，他们就会结婚的。"

这次谈话之后，我一见到圣约翰单独待着时，就想问他是否为这事感到难过。可他好像不太需要别人同情似的，所以我也就不再贸然向他做出更多的安慰，并且一想到自己曾经冒昧地做出的事，我就感到有些羞愧。另外，我也不习惯和他谈话了，他的沉默又变得像一层冰一般，我的坦然也因此被冻结了。他并没有遵守把我像亲妹妹一样对待的许诺，而是不断在我们之间做出一些小小的、使人扫兴的区别。总之，尽管现在我已被认作他的亲戚，和他同住在一个屋檐下，但我感到我们之间的距离远比他只把我看作乡村女教师时还大。每当记起自己曾经怎样成为他的知己时，我简直无法理解他眼前何以如此冷漠。

在这样的情况下，当他从俯着身子的桌上突然抬起头来，并说出如下的话时，我真是吃惊不小："你瞧，简，战斗已经打过，并取得了胜利。"

他的这番话让我十分意外，我没有马上回答，迟疑片刻后，才说道："可你确信自己不是处在那些征服者的位置上吗？他们所取得的胜利让自己付出了太大的代价，再有一个这样的胜利，不会把你毁了？"

"我想不是的，假如那样的话，也没什么关系。我永远不会再被召唤，去进行那种抗争了。这一次的斗争是决定性的。我的道路现在已经明朗，为此我感谢上帝！"说罢，他又回到自己的书报中去，默不作声了。

随着我们共同的快乐（即黛安娜、玛丽和我的）渐渐变得平和下来，我们又恢复了往日的习惯和学习，这时圣约翰待在家里的时间也更多了。他和我们一起坐在同一房间里，有时一坐就是几小时。玛丽在画画，黛安娜一页页读着已经开始阅读的百科全书式的书（这真让我敬畏和惊讶），我则刻苦学着德语，这时他便沉思着钻研自己的一种神秘学问，是某种东方语言，他认为学会这一语言对于自己的计划是有必要的。

对于一件在我看来是微不足道的事情，即每周都要按时去一趟莫顿学校——他必然一到此时，就会表现出满意的神态。更让我不解的是，假如遇上天气不好，假如下着雪或雨，或者刮起大风，他的两个妹妹都劝我不要去学校时，他就会无一例外地蔑视她们的关心，并鼓励我去完成那一使命，别在意天气的好坏。

"简可不是你们想要她成为的那种软弱的人，"他老是说，"她像我们任何人一样，能够经受住山风，或雨水，或几片雪花。她既健康，又有忍耐力，看来比许多更强壮的人都能经受各种气候。"

在我从学校回去后，有时相当累，可我从不敢抱怨一下，因为我看出他听到怨言，会恼火的。无论任何时候，坚韧都会让他高兴，而如果相反的话，他就会特别心烦。

不过有一天下午，我请了假，留在家里，因为确实感冒了。他妹妹代替我去了莫顿。我坐在那儿读席勒的书，他则在破解密码似的读着那些难懂的东方册子。我做完翻译，改做别的练习时，偶然看着他那边，发现他在用自己那总是机警而忧虑的目光盯着我。他在我身上彻彻底底、反反复复搜寻了多久，我不得而知。他的目光是那么敏锐，又那么冷漠，我一时感到自己迷信上什么一般，好像我正和某种古怪的东西坐在屋里。

"简，你在做什么？"

"学德语。"

"我希望你别学德语了，学印度语吧。"

"你不是说真的吧！"

"我是非常认真的，希望你一定这样。我会告诉你为什么。"

接着，他又解释自己目前学的就是印度语，随着学习深入，他老是将开头的知识忘了，说要是有个学生，就会帮他大忙的，他可以不断温习基础的东西，让它们永远牢记在自己脑子里。他在我与他妹妹之间做出选择时，已犹豫了一些时间，但最后选定了我，因为他看出我在三人当中最能长久地坐下来做一件事情。我会答应他吗？也许我不用牺牲很久的，因为现在只需要三个月时间，他就要离开了。

圣约翰不是一个可以轻易拒绝的人，每一个留给他的印象，无论痛苦的，还是快乐的，都特别深刻和持久。我于是同意了。黛安娜和玛丽回来时，前者发现自己的学生变成了哥哥的学生，因此笑起来——她和玛丽都认为圣约翰绝不可能说服她们走这一步。他回答说："我知道这点。"

我发现他是一个非常耐心、非常宽容，同时也很严格的老师。他希望我学的东西不少，待我完成了他规定的任务时，他便用自己的方式对我大加赞赏。渐渐地，他对我产生了某种影响，这影响把我心中的自由剥夺了。他的赞赏和关注比其冷漠更具有约束力。有他在身边，我已无法再随意说笑了，因为一种使人厌烦和困扰的本能在提醒我，那种欢快活泼的举止是让他反感的。我完全明白他只欢迎严肃的心境和事情。我受着一种使人僵化的符咒的影响。他说“走”，我就走，说“来”，我就来，说“这样做”，我就照办。可我并不喜欢受到奴役，许多次都想要是他仍然不把我放在心上，该多好。

一天晚上该睡觉的时候，我和他的妹妹们围在他身边，向他道晚安，他习惯性地分别吻了她们，也习惯性地向我伸出手来。黛安娜碰巧心情快活，大声说道："圣约翰！你常说简是你的三妹，可你并没有那样对待她。你也应该吻她才是。"

她把我朝他推过去。黛安娜真是让人恼火，我感到很不舒服，心烦意乱的。在我怀着这样的想法和感觉时，圣约翰俯下头来，他那希腊人一般的脸和我的脸处在同一水平，他的眼睛敏锐地向我的眼睛提出质疑——他吻了我。之后，他仔细观察着我，看看结果如何——实际没有那么惊人，我确信自己并没脸红，它或许变得有点苍白，因为我觉得他的吻仿佛是一个贴在我脚镣上的封条。以后他就从未忘记这个礼节，而我被吻时所表现出的严肃与缄默，在他看来似乎赋予了那样的吻一种魅力。

至于我，我每天都希望让他高兴，我感到自己必须放弃一半的个性，遏制一半的才能，把自己本来的爱好剥夺，迫使自己去做天生并不喜欢的事情。他希望培养我，使我达到根本无法达到的高度；要想上升到他所抬高的标准，时时都让我痛苦。这件事是不可能办到的，正如要把我这副并不标致的面容塑造成他那副端正漂亮的脸型，让我变化无常的绿眼睛变得像他的那样呈现出海蓝色和神圣的光泽，是不可能的一样。

而眼前使我感到不自在的，还不只是受到他的支配。近来，我很容易显得忧愁——一种能引起溃疡的恶魔潜伏在我心里，它把我的幸福从根源上耗尽——那是一种令人焦虑不安的恶魔。

我所处的地点和命运都发生了变化，读者，也许你认为我已把罗切斯特先生忘了。可我一刻也没有啊。我仍然想着他，因为这种忧思不是阳光能够驱散的雾气，也不是风暴能够刮掉的、用泥沙做成的塑像。它是一个雕刻在大理石碑上的名字，注定要保存得像石头一样长久。我无论走到哪里，都渴望知道他的情况。我在莫顿时，每晚一回到小屋，就会想起这事；眼下在沼泽宅，我每晚一回到寝室，也会忧郁地思考起来。

在我就遗嘱问题与布里格斯先生进行必要的通信期间，我曾询问他是否知道罗切斯特先生目前的住处和身体状况。可正像圣约翰推测的，他对有关罗切斯特先生的情况一无所知。于是，我写信给费尔法克斯夫人，请求她提供相关消息。我曾肯定这样做即可了解到情况，确信她会早早给我一个答复。可让我格外吃惊的是，两周过去了，仍然杳无音信，接着又过去了两个月，邮差一天天到来，我却什么邮件也没有，感到万分焦虑，深受折磨。

我又写了一封信，或许第一封信弄丢了。随着新的希望，又有了新的努力，它像先前的希望一样照耀了几个星期，然后也一样闪动着消失。我没有收到回信。半年时间在徒劳的期待中流逝，我的希望也已破灭，我真是感到悲观。

我虽然沐浴在美好的春天里，却无法享受。接着，夏天到了，黛安娜极力使我开心，她说我脸色不好，想陪我去海边。对此，圣约翰不同意，他说我需要的不是消遣，而是有事情做；我目前的生活太随意了，需要有一个目标。我想，他指出我存在的不足，是要把我学习印度语的课程拖得更长，并且也更加迫切地要求我完成好它们。我像个傻瓜似的，从来没想到反对他——我无法反对他。

一天，我学习的情绪比平常更低，原因是我强烈地感到一种失望。早上汉娜曾来告诉我有一封我的信，我下去拿信时，以为终于得到了盼望已久的消息，可我发现那只是布里格斯先生寄来的一份并不重要的公函。这一痛苦的打击使我涌出眼泪来。此时，当我坐在那儿，面对印度文字难懂的符号和夸张的比喻思考着时，眼里再次满含泪水。

圣约翰叫我到他身边去读书，可我发不出声音，话语淹没在啜泣之中。客厅里，只有我和他两个人，黛安娜在起居室里练习音乐，玛丽在花园里忙着。那是五月里一个十分晴朗的日子，阳光明媚，微风吹拂。

见我如此忧伤，身旁的他一点不显得意外，也不问问是怎么回事，只说道："咱们等一会儿吧，简，等你平静些再说。"我急忙克制住突然产生的难过心情，这时他忍耐着静静坐在那儿，身子靠在桌子上，像个医生用科学的眼光观察某个病人身上的疾病出现的危象[①]，而这种危象是在他的预料之中，并且被他充分了解的。我克制住啜泣，擦干眼泪，咕哝着什么这天早上不太舒服的话，就又开始学习起来，并完成了课程。圣约翰把我和他的书收拾好，锁上桌子，说："瞧，简，和我出去走走吧。"

"我把黛安娜和玛丽也叫上。"

"不，今天上午，我只需要一个陪伴，那一定是你。穿上外衣吧，从厨房门出去，走那条去沼泽谷顶端的路。我过一会儿就来。"

十分钟后，我便和他肩并肩地走上了峡谷里那条荒凉的路。

微风从西面吹来，它越过山丘，带着石楠和灯芯草的芳香。天空一片蔚蓝。刚下过春雨流下峡谷，丰盈而清澈，同时辉映出金色的阳光，以及天空蓝宝石般的色彩。我们向前走着，离开小路，踏上一片柔软的草地。它像青苔一样细腻，像绿宝石一样鲜绿，一种小小的白花精美地点缀在上面，另有一种黄色的花儿像星星一般闪亮着。这时，我们被包围在一座座小山当中，因为这个峡谷向着其顶端蜿蜒而去，直入中心地带。

"咱们在这儿休息吧。"圣约翰说，此时我们来到岩石丛中第一片蔓生植物，它们仿佛守卫着某种通道，在这个通道的那边，溪水涌下去，形成一个瀑布。在更远一点的地方，大山脱掉了草地和花朵，只有石楠作为衣裳，峭壁作为宝石。在这儿，大山将荒野变成了原始的模样，清新的环境转变成险恶的地方。大山守卫着孤独、渺茫的希望，成为寂寞中最后的避难所。

我在一处坐下，圣约翰站在我身旁。他顺着那个通道看去，再顺着山谷下面看去，目光随着小溪转移，然后又回过来扫视着给小溪增添色

① 医学术语。也指疾病的转折点。

彩的晴朗天空。他取下帽子，任微风吹乱头发，并轻拂额头。他仿佛在与这个常来之地的守护神交流着，用自己的目光与什么东西告别。

“当我睡在恒河[1]旁边时，”他大声说，“我还会在梦中再见到它的。到了更加遥远的时候，又会再次见到它，那时我会进入另一个睡眠——在另一条更加阴暗的溪水旁！”

怀着奇异的爱说出的奇异话语！一个朴实的爱国者对祖国所怀有的深厚感情！他坐下来，半个小时一言不语，他没对我说话，我也没对他说话。之后，他才又开始说道：“简，六个星期后，我就要走了，已订好六月二十日起航的一艘东印度商船的卧铺。”

“上帝会保佑你的，因为你所从事的是神职。”我回答。

“是的，”他说，“那是我的光荣和快乐。我是一位绝对正确的主的仆人。我不会在人性的指引下出发，受制于尚有缺陷的法律和软弱可怜的同胞错误的支配。我的国王、我的立法者、我的首领，是十全十美的。我似乎觉得奇怪，周围所有的人都不热心加入到相同的事业中去。”

“不是所有人都具有你那样的能力，弱小者希望与强大者并肩前进是愚蠢的。”

“我并没说弱小者，也没想到他们。我只是说那些值得做并且有能力完成这项工作的人。”

“那些人是很少的，也难以发现。”

“你说得对。可一旦发现了，就应该给他们鼓励，告诫并促使他们去努力；要让他们看到自己的才华，以及为什么要赋予他们那样的才华；要把上天的声音传入他们耳里；要直接代表上帝，为他们在他所选定的子民当中提供一席之地。”

“假如他们真的有资格从事此项工作，难道他们的内心不会首先让自己得知这一点吗？”

我感到好像有一种可怕的符咒正包围着我，将我笼罩。我哆嗦着，

---

① 流经印度北部边境的一条河流名。

害怕听见他说出什么致命的话语，它会立即使那符咒显形并奏效。

“你的心在说什么？”圣约翰问。

“我的心在沉默——我的心在沉默。”我觉得胆战心惊。

“那我得代它说话了，”那个低沉而无情的声音继续说，“简，和我一起去印度吧，作为我的合作者与同事，和我一起去吧。”

我顿时感到天旋地转！好像我听到上天发出召唤，好像有一个虚幻的使者，就像马其顿的使者一样，已经呼唤道：“快来帮助我们吧！”可我根本不是使徒，我看不见那个使者，无法感应到他的召唤。

“啊，圣约翰！”我叫道，“可怜可怜我吧！”

我在向一个人提出请求，他履行着自以为是的责任，既不知慈悲，也不懂同情。

他继续说：“上帝和大自然有意让你做一个传教士的妻子。他们所赐予你的不是身体上的姿色，而是精神上的禀赋。你被创造出来，是为了工作，而非爱情。你一定得成为一个传教士的妻子——你也会的。你会成为我的人。我要求得到你，不是为了让我快乐，而是为了替最高统治者工作。

“我并不适合，没有任何才能。”我说。

他已想到我最初会这样反对，所以并不为此生气。确实，见他靠在身后的那块岩石上，双手抱在胸前，表情凝固，这时我就看出他已准备好迎接一个长久而麻烦的对抗，并且储备好了大量的耐心，以便坚持到最后。无论如何，他都决心要征服对方。

“谦逊，简，”他说，“是基督美德的基础。你说得对，你是不适合这个工作。可谁又适合呢？或者，曾经被上帝真正召唤过的人，谁又自认为配得上那种召唤呢？比如，我就不过是让人失望的东西。和圣保罗[①]相比，我也自认为是个最大的罪人，但我并不因为个人的卑劣感，而变得沮丧胆怯。我了解自己的领袖，他既强大，又公正；既然他选定了一

① 《圣经》中《保罗书信》的作者，曾参与迫害基督徒，但后来成为基督教最强有力、最有影响的支持者。

个弱小的工具去完成一项伟大的任务，他就会自始至终用无穷的神力去弥补那工具的欠缺。像我一样思考吧，简，像我一样相信吧。我让你依靠的是‘世纪之石’，请相信它一定能承受住你那人性的弱点。”

“我可不懂得传教士的生活，我从未认真思考过做传教士的工作。”

“瞧，我虽然很卑微，但能够提供你所需要的帮助。我可以让你一小时一小时地完成任务，一直站在你身边，时刻帮助你。开始时，我可以这样做，用不了多久，你就会像我一样熟能生巧，不再需要我的帮助了。”

“可是我的能力——我从事这项工作的能力在哪里呢？我并没有感觉到。”

“我为你有了一个答案，听着。自从我们第一次见面，我就在观察你，十个月来，把你作为研究的对象。在那段时间，通过各种检验，我已证实了你是怎样一个人。我见到并得出了什么呢？在乡村小学里，我发现你工作干得相当不错，按时上课，为人正直，尽管它并不符合你的习惯和爱好。我看出你工作时既有能力，又很机智，你不但能管好人，也能赢得人心。你得知自己突然变富时十分平静，我看到你的头脑中没有底马[①]的那种邪恶——钱财绝不会对你产生过分影响。你坚决而欣然地将财富一分为四，自己只留下一份，而将其余三份放弃，为的是主张那种抽象的正义；我从中看到一个沉浸于牺牲的热情与激励的灵魂。为了满足我的愿望，你顺从地放弃了自己喜欢的学习，开始学习另外一门知识，就因为它使我感兴趣。从此，你不知疲倦、勤奋刻苦地坚持着，以不屈不挠的精神和毫不动摇的性情与困难斗争。我承认其中包含着我所寻求的可以弥补自己不足的品质。简，你温和、勤勉、无私、可靠、忠实、勇敢；你非常高尚，也非常有胆识。别不相信自己吧，我都能够完完全全相信你。你在印度的学校里当一名向导，在印度妇女的工作中做一名助手，会给我带来无价帮助的。”

铁一般的裹尸布把我紧紧裹住，说服的力量迈着缓慢而可靠的步伐。

---

① 《圣经》中的人物。

尽管我会闭上眼睛，但最后的那些话语让本来似乎已被阻碍的道路变得相当畅通了。我的工作原先显得如此模糊，散乱得让人绝望，但随着他不断讲下去而凝聚起来，经过他那能造就各种形状的手，便有了确切的形体。他等待着我回答。我要求思考一刻钟，才又大胆地回答了他。

“我等你的答案。”他站起身，沿通道往前走过去一点，倒在长满石楠的土墩上，静静躺在那儿。

“他想要我做什么，我都能够做，我不得不承认这点，”我沉思着，“可我感到自己的生命在印度的阳光下不会长久。那又怎么样呢？他才不在乎呢。在我面临死神的时候，他会十分平静而神圣地让我回到给我生命的上帝那里。我眼前的情形极其清楚明白。如果离开英国，我就会离开一个虽然热爱，但是空荡荡的土地——罗切斯特先生不在那里，即便在的话，又能怎么样呢？我现在要做的就是不需要他过日子。最荒唐软弱的，莫过于一天天拖延下去，好像我在等待着生活中发生某种不可能的变化，这变化会使我与他重新相聚。当然，我必须另外寻求一种生活的乐趣。难道他现在提供给我的工作，不正是人们所能选取的或上帝所分派的最为荣耀的工作吗？然而，我不寒而栗。哎呀！假如我与圣约翰结合在一起，我就会把自己抛弃一半。因为要是我去印度，我就会走向衰亡。在从英国去印度和从印度进入坟墓的那段时间，将如何度过呢？啊，我知道得很清楚！我会极力去满足圣约翰，直到弄得我肌肉疼痛，我会让他满意的，里里外外、彻彻底底完全达到他所期待的那样。假如我真的跟他一起走，假如我真的要做出他所迫切要求的牺牲，我会完全无条件地那样做。我会将一切抛向圣坛——包括整个身心，完全成为祭品。他永远不会爱我，但他会赞赏我。是的，我能够工作得像他一样卖力，也像他一样没有什么怨言。

“那么，答应他的要求是可以做到的，只是有一点，可怕的一点，那就是，他要我做他的妻子。他很珍惜我，就像一个士兵会珍惜一件不错的武器，仅此而已。在没和他结婚时，这根本不会让我伤心；可是我能让他完成自己的心愿吗？平静地使他的计划付诸实践，参加完婚礼仪式？

我能从他那里接受结婚戒指吗？我能忍受第一个爱的方式，都是根据原则做出的牺牲？不，这样的殉道十分荒唐。我绝不会去忍受。作为他的妹妹，我可以陪伴他，但不是作为他的妻子——我会这样告诉他的。”

我朝那块土墩看去，只见他躺在那儿，安静得像一根平卧的柱子。他的脸朝向我，眼里照射出机警敏锐的目光。然后，他站起身，朝我走来。

“我愿意去印度，要是我可以自由地去的话。”

“你的回答需要一个说明，”他说，“我听得不太明白。”

“你至今一直是我的义兄，我也是你的义妹。就让咱们继续保持这种关系吧，你和我最好不要结婚。”

他摇摇头：“义兄妹关系在这件事上并不可行。假如你是我的亲妹妹，情况又会不同，那样我就会带你去，而绝不会娶你为妻。但事实上，咱们要能在一起，就必须通过婚姻使其变得神圣而有约束力，要么就行不通。你明白了吗，简？考虑一会儿吧，你的见识会给你指引的。”

我确实予以了考虑，实际上我的感观让我明白这个事实：我们不像夫妻应有的感情那样爱对方，因此意味着我们不应该结婚。“圣约翰，”我回答，“我把你当作哥哥，你也把我当作妹妹。让咱们继续保持这种关系吧。”

“不行，”他简短而非常坚定地回答，“那不行。你已说过你要和我一起去印度，记住你说过这话。”

“那是有条件的。”

“最重要的一点是和我一起离开英国，在将来的工作中同我合作——这你并不反对。你本来都着手行动了。你是个言行一致的人，不会半途而废的。你只要盯住一个目标就行了，即如何把已着手的工作做得最好。让你那些复杂的兴趣、感情、思想、希望和目的简单化，将所有的考虑融合到一个目的当中，既有效又有力地完成好你伟大的主交给的使命。为了达到这个目的，你必须有一个帮手——这帮手不是哥哥，那种关系不紧密——而是丈夫。我也不需要一个妹妹，妹妹任何一天都可能从我身边离开。我需要一个妻子，她是我一生中唯一能有效地给予影响的伴侣，能够相伴到最后。”

听他说话时，我战栗着，觉得骨子里都受到他的影响，感到他将我的四肢紧紧控制住。

“我再说一遍，我完全同意作为你传教的同事，而不是你妻子，和你一起去。我不能嫁给你，成为你的一部分。”

“你必须成为我的一部分，”他坚定地回答，“否则所有商谈都是徒劳的。作为一个还不到三十岁的男人，我怎么能把一个十九岁的姑娘带到印度去呢？除非她嫁给我。我们如何能不结婚而又始终在一起，有时就咱们俩单独待着，有时在原始的部落当中？”

“那好吧，”我随即说道，“在那样的情况下，我完全可以做你的亲妹妹，或像你一样做个传教士。”

“大家都知道你不是我妹妹，我也不能那样向人介绍你。那会让人对咱们俩都产生不利的猜疑。至于其他的，虽然你有一个男人一般充满活力的大脑，可你也有一颗女人的心，所以那是不可行的。”

“完全可行，”我有些轻蔑地说，“我是有一颗女人的心，可并非你所担心的那样。对你，我只怀有一种同伴的坚定、战友的坦率、忠诚与兄弟情谊，如果你不反对的话；一种新信徒对于自己的导师所怀有的尊敬与服从，仅此而已——别害怕。”

“那正是我需要的呀，”他自言自语，“那正是我需要的呀。不过，路上有障碍，必须砍倒才行。简，你嫁给我不会后悔的，请相信这一点。咱们必须结婚。我再说一遍，没有别的路可走。”

“我蔑视你关于爱的想法，”我情不自禁地说，起身站在他面前，身子靠在岩石上，“我蔑视你所表达的虚假感情。是的，圣约翰，你那样表达感情时，我蔑视你。”

他死死盯住我，同时紧闭着他那好看的嘴唇。他是被激怒了呢，还是感到惊讶，或是别的什么，都难以看出，因为他能够完全控制住自己的面部表情。

“我简直没料到会听见你说那样的话，”他说，“我想，自己并没说过什么应该受到你蔑视的话。”

他温和的语调感动了我，他高尚沉着的风度使我敬畏。

“原谅我说了那些话，圣约翰；可我之所以说得如此轻率，都怪你。是你提出了一个与我们各自的性格都不协调的话题——这样的话题我们从来就不该讨论，甚至爱情这个名称都是存在于我们之间的祸根。假如需要讲实情，我们该怎么办呢？我们会有什么感受？亲爱的表哥，放弃你的结婚计划吧，忘了它。”

“不，”他说，“这个计划我已经酝酿很久了，只有它，才能使我达到自己的伟大目标。但眼下我不会再催促你的。明天我要离开家去剑桥，我应该向在那儿的许多朋友告别。我将出去两周，利用这段时间，考虑一下我的提议吧。别忘了，如果你不接受的话，你拒绝的不是我，而是上帝。他通过我赐予你一个崇高的职业，你只有作为我的妻子，才能从事这项职业。你要是不愿意，你就永远把自己限制在一条自私、安逸却无益、卑微的小路上。你会颤抖，唯恐被归入那些背弃信仰的人当中，比异教徒们还糟糕！”

说罢，他把身子转向一边，看着河流和小山。

但这一次，他把所有的情感都埋藏在心中。我不配听他把它们讲出来。我走在他身边一起回家时，从他的沉默中，我完全看出了他对我所怀有的一切心思。那是一种严厉而专制的性格所产生的失望，这性格在期待服从时，却遇到了反抗——一个冷静不屈的判断所做出的拒绝。简而言之，作为一个男人，他本来想迫使我屈从，只因为他是个虔诚的基督徒，才极力忍耐着我的任性，给我如此长一段时间去思考和忏悔。

那晚他吻过妹妹们后，觉得最好忘了和我握手的事，静静离开了屋子。我虽然对他没有爱情，却有着深厚的友谊，因此为他的疏离感到伤心，以致眼泪都流出来了。

“我看见你和圣约翰一直在争吵，简，”黛安娜说，“就是你们在荒地上散步的时候。跟上他吧，他这时在走廊里等着你——他会与你和好的。”

在这样的情况下，我已没有什么尊严了。我总是宁愿快乐，也不要尊严。于是，我跑过去追赶他——他就站在楼梯下面。

“再见，圣约翰。”我说。

“再见，简。”他平静地回答。

“那么，握握手吧。”我补充道。

他冷漠地碰了一下我的手指！那天发生的事使他非常生气，热情并不会使他温暖，眼泪也感动不了他。要与他愉快地和解是绝不可能的，他也不会露出欢笑，或说句什么大方的话。但这个基督徒还是耐心而平静的，我问他是否原谅我时，他回答说他可不习惯把烦恼的事记在心里，他没什么可原谅的，因为他并没受到什么冒犯。

说罢，他离开了我。我宁愿让他把我打倒在地。

第三十五章

次日，他并没有去剑桥，虽然他说过他会去。他把离开的时间推迟了整整一个星期，在那段时间，他让我感到，一个善良而威严、富有良心但又毫不宽容的男人，会给予使他受到伤害的人多么严厉的惩罚。他虽然没有敌对行为，也没有一句责备的话，但他顷刻间就让我深深感到，我是不可能赢得他的欢心的。

这倒不是说圣约翰有一种违反基督教精神的报复心理——即使他完全能够那样做，他也不会损害我一根头发。无论从本性和处事原则上讲，他都不屑于从报复中获得卑鄙的满足。我曾说自己蔑视他和他的爱情，对此他已原谅；可他并没忘记那些话语，只要我们活着，他就永远不会忘记它们。当他转向我时，我从他的表情上看出那些话总是写在我和他之间的空中。任何时候我一开口，它们就以我的声音在他耳际响起，然后又回荡着，把他的每一个答复传给我。

他并没有避开和我谈话，他甚至像平常一样每天早上把我叫到桌旁。在我看来，他已不再是个血肉之躯，而是成了大理石。他的目光成了又冷又亮的蓝宝石，他的舌头成了一种说话工具，仅此而已。

所有这些，对我都是折磨——文雅而缠绵的折磨。它始终缓缓地燃烧着愤怒之火，不断使我感到战栗和痛苦，将我彻底打垮。我觉得假如我是他妻子的话，这个好心的男人——虽然他像不见阳光的深泉一般纯洁——不久就会要了我的命，而不用从我身上抽取一滴血，也不会让他水晶般透明的良心沾染上丝毫的罪过。我极力谋求他的好感时，尤其感觉到这一点。他并不因为我的同情而产生悲哀。尽管我疏远他，可他并不因此觉得痛苦——他丝毫也不渴望与我和好。虽然我流下的泪水不止一次将我们俩身下的书页弄皱了，但它们对他并没什么影响，他简直铁石心肠。

就在他离开家的前一天晚上，我碰巧于日落时分看见他在花园里散步。我看着他的时候，想到虽然他眼下和我疏远，可他救过我的命，并且我们还是近亲呢，于是我又最后做了一次努力，想再次和他示好。我走出屋子，见他站在那儿靠在小门上，便走过去，并立即切入正题说道："圣约翰，我心里很难过，因为你仍然生我的气。让咱们成为朋友吧。"

"我也希望咱们是朋友。"他无动于衷地回答，仍然看着升起的月亮，我走近时，他一直在凝目沉思。

"可咱们不像过去那样是朋友了，圣约翰。你知道这点。"

"是吗？这就不对了。就我而言，我对你一点没有恶意，完全是一片好意呀。"

"我相信你，圣约翰，我肯定你没有任何恶意。可我是你的亲戚，很希望你能给予我更多的感情，而不只是你对纯粹的陌生人所表现出的那种善心。"

"当然，"他说，"你的希望是合情合理的，我也远不会把你作为一个陌生人看待。"

虽然他说这话时，语调沉着冷静，但使我受到伤害。我对表哥的才能和处事原则深为崇敬。他的友情对于我是很可贵的，失去它，会让我痛苦无比。我不愿这么快就放弃努力。

"咱们一定得这样分手吗，圣约翰？在你要去印度的时候，你就这样离开我吗，也不说点什么比先前更加亲切的话？"

这时，他不再望着月亮，转身面对着我。

"在我要去印度的时候，简，我就这样离开你？什么？你不去印度了？"

"你说过我必须嫁给你才能去。"

"而你不愿嫁给我！你仍然坚持那个决定？"

"圣约翰，我不愿嫁给你。我仍然坚持自己的决定。"

雪山抖动起来，向前滑动了一点，但还没有崩溃。

“我再问一次，为什么要拒绝呢？”他问。

“先前是因为你并不爱我，”我回答，“现在是因为你几乎讨厌我了。假如我嫁给你，你会要了我的命。你目前就在要我的命了。”

他的嘴唇和脸颊开始发白，白得相当厉害。

“我会要了你的命，我在要你的命吗？你不应该说这样的话，这些话显露出一颗不幸的心，理应受到严厉指责。它们看起来是不可原谅的，但饶恕自己的同胞是人的责任，即使饶恕到第七十七次。”

我这下把事情弄糟了。我本来真心希望将自己先前对他的伤害从他的大脑中抹去，然而我将它烙在了上面。

“现在你真的会恨我了，”我说，“想极力赢得你的好感是没有用的，我明白自己成了你的一个不共戴天的敌人。”

这些话又铸成了新的错误，并且更加糟糕。他那苍白的嘴唇抽动了一下。我知道自己给他带来的巨大苦恼，深感悲痛。

“你完全误解了我的话，”我立即抓住他的手，“我丝毫没有要使你难过或痛苦的意思——真的没有。”

他十分难受地露出苦笑来，断然把手抽回去。“我想，你现在要收回自己的许诺，根本不去印度了吧？”过了相当长一段时间后，他问。

“不，作为你的助手，我还是愿意去的。”我回答。

随后是极其长久的沉默。他在天性与神恩之间经历着怎样的斗争，我不得而知。只见他的眼里闪烁出异样的光泽，脸上掠过奇特的阴影。最后他才说道：“我先前曾向你表明，一个像你这般年龄的单身女人提出陪伴我这样一个单身男人出国，真是荒唐。我之所以说出那些话来，是因为我本来以为那样就会阻止你再次提到这个打算。我很遗憾，你又提了出来。”

我打断他。任何指责都会给我增添勇气。“理智一些吧，圣约翰，你假装为我说的话吃惊，实际你并不吃惊。你有着非同一般的头脑，不可能愚钝或自负得理解不了我的意思。我再说一遍，如果你愿意，我会做你的牧师助理，而绝不是你的妻子。”

他的脸又青一阵白一阵，不过他像先前一样很好地控制住感情，有力但平静地回答道：“一个不是我妻子的女助手，是绝不适合我的。这么看来，你不能同我一起去了。但假如你的提议是真诚的，我还在城里的时候会和一位已婚的传教士说说，他妻子需要一个助手。你自己的财产将使你不需要社会的帮助，这样你仍然不会因为食言和违背自己的约定而蒙受耻辱。”

读者知道，我至此从未正式许诺过什么或有过什么约定，他在这样的场合说出这些话来，实在太无情，太霸道了。于是，我回答说：“在这件事上，根本不存在什么耻辱，也没有违背什么。我没有要去印度的义务，尤其是和外人一起去。我倒很愿意同你一起去冒险，因为我钦佩你，信任你，并且作为妹妹，我也爱你。但我相信不管什么时候去，和谁去，我都不会在那个地方活得很久的。”

“哈！你担心起自己来啦。”他撇起嘴唇。

“不错。上帝给了我生命，并非让我随便糟蹋的；我开始想到，假如我照你的希望去做，就等于自杀。另外，在我明确下决心离开英国前，我要明确，是否待在国内就没有离开它发挥的作用更大。”

“你这是什么意思？”

“极力去解释，也会毫无意义。不过，我对某个问题长期以来都悲哀地怀有疑虑，在消除那种疑虑前，我是不能去任何地方的。”

“我明白你心向何处，依恋着什么。你所关心的事既不合法，又不神圣。你早就应该把它粉碎了，现在你还暗示这事，真应该脸红。你想到罗切斯特先生了吧？”

他说得对，我默认了。

“你要去找罗切斯特先生吗？”

“我得看看他的情况怎么样了。”

“那么，我在祈祷中还需要记住你，”他说，“并且非常虔诚地替你恳求上帝保佑你一定不要被人抛弃。我原以为从你身上看到了一个上帝的选民，可上帝的眼光和人的不同——他的选民要完蛋啦。”

他打开大门穿过去，顺着峡谷走了，不久便从眼前消失。

我又回到客厅的时候，发现黛安娜正站在窗旁，表现出沉思的样子。黛安娜比我高出许多，她把手搁在我肩头上，俯下身，仔细瞧着我的脸。

“简，”她说，“你这会儿老是焦虑不安的，面色苍白。我敢肯定出了什么问题。快告诉我你和圣约翰有什么事情。我在窗旁观察了你们半小时，你得原谅我充当这样一个密探，不过，这么长的时间里，我简直不知道在乱想些什么。圣约翰是个奇怪的家伙——”

她停下来。我没有说什么，片刻后，她又说道：“我敢肯定，我的那个哥哥对你怀有一种特殊的想法，他早就对你产生兴趣了，他从来没有对别人那样过。为什么呢？但愿他爱你，是吗，简？”

我把她冷凉的手放到自己发热的额头上。“不，黛安娜，一点不爱。”

“那为什么他的目光老跟着你，经常让你和他单独在一起，并一再让你待在他身边呢？我和玛丽都断定他希望你嫁给他。”

“他确实那样，他已请求我做他的妻子。”

黛安娜拍着双手。“那正是我们希望和想到的呀！你也会嫁给他的，不是吗，简？然后，他就会留在英国了。”

“远远不会那样，黛安娜。他向我求婚的唯一念头，是为了在印度的艰苦工作中找到一个合适的同事。”

“什么？他想让你去印度？”

“嗯。”

“疯了！”她大声叫道，“我相信你在那儿连三个月也待不下去的。你千万别去。现在还没有答应吧，简？”

“我已拒绝了嫁给他——”

“因此就让他不高兴了？”她问。

“相当不高兴，恐怕他永远不会原谅我。不过，我已提出以他妹妹的身份陪他一同去。”

“那样做真是荒唐、愚蠢，简。想想你从事的工作吧，它给人带来无尽的疲劳，连强壮的人都会丧命，而你还这么柔弱。圣约翰会让你去做不可能办到的事。和他一起，在炎热的时候也根本得不到休息。不幸的是，我已注意到无论他强求什么，你都迫使自己照办。所以，你竟找到勇气拒绝他的求婚，真让我吃惊。这么说，你不爱他了，简？”

“我是不会把他当作丈夫来爱的。”

“但他是个英俊的家伙呀。”

“可是你瞧，黛安娜，我却长得如此平淡。我们根本就不相配。”

“平淡？你？一点不。你非常可爱，也相当善良，不应该在加尔各答被活活炙烤的。”她再次真诚地恳求我放弃同她哥哥出国的想法。

“我必须这样，”我说，“因为就在刚才，我又提出做他的助理时，他为我缺少体面，显得很震惊。他似乎认为我提出只是陪伴他而不和他结婚，犯下了一个错误。好像我起初并没有希望发现他是自己的哥哥，没有习惯地把他当亲人看待。”

“你为什么要说他不爱你呢，简？”

“你应该听他亲口说说这事。他一次又一次解释，他希望结婚不是为了自己，而是为了工作。他曾对我说，我生来要的不是爱情，而是工作，这无疑是事实。但在我看来，假如我生来要的不是爱情，那么我生来要的也不是婚姻。黛安娜，一生被束缚在某个只把人当作工具的男人身上，不是太奇怪了吗？”

“简直无法忍受，违反常理，办不到！”

“另外，”我继续说，“虽然我现在对他只怀有妹妹对哥哥的那种感情，但假如我不得不做他妻子的话，我有可能对他怀有一种不可避免、非同寻常和使人痛苦的爱，因为他太有才能了。他的表情、举止和谈话中常常包含着某种英勇、高贵的东西。在那样的情况下，我的命运将会可悲得无法形容。他并不想要我爱他，如果我向他表露爱情，他会让我明白那是多余的事，他不需要，我那样做也不恰当。我知道他会的。”

“然而，圣约翰是一位好男人。”黛安娜说。

“他是个好男人，也是个了不起的男人。可遗憾的是，他在追求自己远大目标的时候，忘记了小人物的感情和要求。因此，那些微不足道的人最好别妨碍他，以免他在前进的道路上，把他们踩倒。瞧他来啦！我先走了，黛安娜。”看见他走进花园，我赶紧上了楼。

但吃晚饭时，我不得不和他见面，在这段时间，他显得和平常一样镇静。我原以为他不会和我说什么话的，并确信他已放弃自己的婚姻计划。而接着发生的事表明我在这两点上都错了。他完完全全像平常一个样子和我说话，表现得相当礼貌。毫无疑问，他已祈求圣灵帮助自己将我在他身上激起来的愤怒压制下去，此时认为他又再次原谅我了。

在晚祷前的《圣经》诵读中，他选取的是《启示录》第二十一章。当倾听着经文从他嘴里吐出时，总是令人愉快的。他那美妙的声音从来没有同时这么悦耳、洪亮过；他在传布神谕时，那既崇高又朴实的举止从没有给人留下如此深刻的印象。今晚他坐在一家人中间，说话的声音带着更加庄重的语调，他的举止显露出更加激动的意味（五月的月光从没拉上窗帘的窗口照射进来，使得桌上的烛光几乎没有了必要）。他就坐在那儿，身子俯在伟大而古老的《圣经》上面，根据书上的内容描绘着新的天堂与新的世间，讲述着上帝将如何到来，并与人们共同生活，他将如何把他们的眼泪全部擦干，并保证将不会再有死亡，不会再有悲哀与哭喊，也不会再有痛苦，因为先前的事情已不复存在。

接下来他说出的话使我异常激动，尤其是他在吐出那些文字时，声音发生了难以形容的变化，我感到他的目光转向了我。

“得胜的，必承受这些为业；我要做他的上帝，他要做我的儿子。”他缓慢而清楚地念道，“唯有胆怯的，不信的……他们的心就在烧着硫黄的火湖里，这是第二次的死。”①

从此以后，我便知道了圣约翰为我担心的是什么样的命运。

他清晰地诵读出那一章最后光辉的句子，其中明显表现出一种平静安然、受到压抑的喜悦，与满怀渴望的真诚融合在一起。诵读的人并不

---

① 引自《圣经·新约·启示录》第二十一章第七至八节。

怀疑，他的名字已写进了羔羊[①]的生命之书里，他向往着可以进入世间的君王赋予光荣与名誉的那个城市的时刻；那儿不需要有太阳和月亮的光辉，因为上帝的荣耀照亮了它，而羔羊本身就是那盏明灯。[②]

在读完那一章后所进行的祈祷中，他聚集起所有的活力——他那不可动摇的热情苏醒了。他满怀虔诚、十分热忱地祈祷着，决心要战胜什么。他为意志不坚的人祈求着力量，为那些从羊栏里跑出去的游荡者祈求指引，让他们即便在最后一刻也要返回——尘世和肉欲的诱惑正把他们从狭窄的路上引诱开。[③]他请求着，催促着，要求给予恩赐，把烧灼人的烙铁弄开。真诚总是极其庄重严肃的。最初，我倾听着祈祷时，为他的真诚吃惊；然后，随着祈祷继续下去，并进入高潮，我被感动了，最后产生了敬畏之情。他真心实意地感到自己的目标是多么伟大和善良，听见他祈求的人，也必然会产生这样的感觉来。

做完祈祷后，我们便离开他，他一大早就要出发。黛安娜和玛丽吻过他后，走出了屋子，我想是在照着他低声的暗示去做吧。我则向他伸出手，祝他旅途愉快。

“谢谢你，简。如我所说的，两周后，我将从剑桥回来，因此这段时间仍然留给你考虑。假如我听从于人的自尊，我就不会再向你提说和我结婚的事；但我听从于自己的职责，始终不忘自己的首要目标——做任何事情都是为了上帝的荣耀。我的主长期以来忍耐着，我也会的。我不能让你成为遭受天谴的人而被打入地狱，在尚有时间的时候进行忏悔并下定决心吧。记住，我们是得到指令要在白天工作的，并且被告诫说‘黑夜将到，就没有人能做工了’。[④]记住那个财主的命运[⑤]，他一生中享尽了荣华富贵。上帝会给你力量的，让你得到不会被夺走的更美好的福分！[⑥]”

---

① 指耶稣。
② 相关内容引自《圣经·新约·启示录》第二十一章第二十三至二十七节。
③ 相关内容引自《圣经·新约·马太福音》第七章第十三至十四节。
④ 引自《圣经·新约·约翰福音》第十六章第九至十四节。
⑤ 相关内容出自《圣经·新约·路加福音》第十六章第十九至三十一节。
⑥ 相关内容出自《圣经·新约·路加福音》第十章第三十八至四十二节。

他说出最后那些话时，把手搁在我头上。他说得真诚而温和。的确，他不是用情人的目光在看着自己女友，而是用牧师的目光在召唤四处游荡的羊回去，或者说，是用守护天使的目光在观察着他所负责照看的人。一切富有才华的人，不管他们是否怀有感情，是否为宗教狂热者，或有抱负的人，或专横霸道的人，只要他们是真诚的，一旦处于统治和支配地位时，他们就会有其卓越、非凡的时刻。

我对圣约翰怀着崇敬之情，这种感情如此强烈，以致在它的激励下，我又被一下抛回到了长久以来极力避开的地方。我受到诱惑，停止与他做斗争，就要冲下他的意愿的急流，投身于他生活的海湾，并在那儿失去自我。我现在受着他的困扰，几乎和先前那次受着另一个人的困扰差不多，只是方式不同。两次我都是个傻瓜。那次我假如屈从，就会犯下一个原则上的错误，现在我假如屈从，就会犯下一个判断上的错误。我通过静静的时间媒介回顾这种危机时，便这样想到，而在当时，我并没有意识到自己的愚蠢。

我一动不动地站着任自己的圣师触摸。我忘记了拒绝，克服了恐惧，我的斗争也变得麻木起来。那不可能的事，即与圣约翰结婚，也很快变得可能起来。一切都在转眼之间彻底发生了变化。宗教在召唤，天使在招手，上帝在发出指令——生命像画卷一般合拢，死亡的大门在打开，显露出那边的来世。好像为了获得那里的安全与快乐，这儿的所有东西都可以立即牺牲掉。这间昏暗的屋子里充满了幻影。

“你现在可以决定了吗？”传教士问，语调温和，并且也同样温和地把我拉到他身边。啊，他显得真是温和呀！这温和比强硬有力得多！我能够抵挡圣约翰的愤怒，但面对他的亲切态度，我变得像芦苇一样柔顺。然而，我始终明白，假如我现在屈服，有一天他同样会让我为自己先前的反抗忏悔的。他的本性不会因为一小时庄严的祈祷而改变，它只是显得崇高了而已。

“只要能够确信，我就可以决定，”我回答，“只要能确信我嫁给你是上帝的旨意，我就会在此时此地发誓嫁给你，管它以后会发生什么！”

“我的祈祷已经被主听见了！”圣约翰脱口而出。他把手更有力地压在我头上，好像要得到我似的。他用一只胳膊搂住我，几乎像是爱我（我说几乎，因为我知道其中的差别——我曾经感受到被爱的滋味，但我也像他一样，此时已根本不去考虑爱的问题，而只想到职责）。我与自己内心模糊的幻影进行着斗争，阴云仍然在它的前面翻卷。我真诚地、热切地渴望着做出正确的事，仅此而已。“快给我指引道路吧！”我恳求上天。我比过去任何时候都更激动，至于随后发生的情况是否因为激动所致，读者将会做出判断。

整个房子都很安静，我想除了圣约翰和我本人外，所有的人都休息了。仅有的一支蜡烛也快熄灭了，屋子里充满了月光。我的心跳得又快又重，我能听见它搏动的声音。一种无法形容的感觉贯穿其中，并立即传到头部和四肢，使它突然静止。这感觉虽不像触电，却是一样强烈奇异，令人震惊。它作用于我的感官，使我觉得它们最剧烈的活动至此也不过是处于蛰伏状态，而现在它们正被召唤着，不得不醒来。它们满怀期待地起身，眼睛和耳朵都在等待着什么，我身上的肌肉却在发抖。

“你听到了什么呢？你看见了什么呢？”圣约翰问。我什么也没看见，可我听到某个地方传来叫喊的声音——

“简！简！简！”此外再没有别的。

“啊，上帝！是什么呀？”我喘不过气来。

我本来会问：“是哪儿来的声音？”因为它好像不在屋里，也不在这座房子或花园里。它不是从空气中冒出来的，不是从地下钻出来的，也不是从头上传下来的。我已经听见它了，至于是从哪里来的，或怎么回事，永远也不可能知道！那是一个人发出的声音，是一种让人熟悉喜爱、记忆犹新的声音——那是爱德华·费尔法克斯·罗切斯特的声音。它痛苦且悲哀，显得狂躁、不安而急切。

“我来啦！”我喊道，“等等我！啊，我来啦！”我冲到门口，往走廊里看去，那儿黑黑的。我又跑到花园里，也空无一人。

“你在哪里？”我大声喊道。

沼泽谷那边的山丘将回答微微传回来：“你在哪里？在哪里？”我听

着。风在冷杉里发出低声的叹息，整个沼泽都处在荒凉和午夜的寂静之中。

“去你的吧，迷信！”当那个黑乎乎的幽灵从大门口阴暗的紫衫旁冒出来时，我说道，“这不是你的骗术，也不是你的巫术。它是自然的作用。自然被唤醒了，她不是在创造奇迹，而是在做自己力所能及的事。”

我从圣约翰身边挣脱开，他一直跟着我，本来会把我留住。现在，该我处于支配地位了。我的职权开始发挥作用和效力。我让他克制着别提问或说话，我很想让他离开我，我愿意独自待着。他立即服从了。只要借助力量，好好支配一下，服从总是不成问题的。我爬上楼梯，回到房间，将自己锁在里面。我双膝跪下，用自己的方式祈祷着。我似乎离“圣灵”很近，我的灵魂感激地冲到他脚旁。我感恩之后，站起身，然后躺下，我并不害怕，而且获得了启迪。我迫切地盼望着天亮。

第三十六章

天开始发亮了，我在黎明时醒来。我忙了一小时，把房间、抽屉和衣柜里的东西整理好，希望在离开的短暂时间里，让它们保持这个模样。同时，我听见圣约翰走出了屋子，他在我门旁停住，我真担心他会敲门。他没有，而是把一张纸从门下面塞进来。我拾起它，见上面写着：

> 你昨晚离开我时，走得太突然。假如再多待一会儿，你就会将自己的手搁在基督的十字架上和天使的桂冠上。两周后的今天，我回来时，将期待着你明确的决定。在这段时间，你既要小心，又要祈祷别受到诱惑。我相信精神是有意志的，但肉体是软弱的。我会时时为你祈祷。
>
> 圣约翰

“我的精神，”我心里回答，“乐意做正确的事；我也希望自己的肉体很坚强，足以完成上天的旨意，只要我清楚知道那旨意是什么。不管怎样，它足以从这块充满疑团的阴云里探寻出一条出路，找到确定的晴朗之日。”

时值六月一日，但早上仍然阴暗寒冷，雨水急速地敲打在窗户上。我听见前门打开了，圣约翰走了出去。透过窗户，我看见他经过花园，穿过雾蒙蒙的沼泽，沿着怀特克罗的方向走去——他将在那儿等候马车。

“再过几小时，我也会跟着走你那条路的，表哥，”我想，“我也要在怀特克罗等候一辆马车。在永远离开英国前，我也有某人要见见，问问情况。”

离早餐还有两小时。这段时间，我在屋里轻轻转来转去，沉思着那个幽灵显现的情景，它使得我的计划有了目前这种倾向。

“用不了多少日子，”我沉思过后说，“我就会知道一些他的情况。昨晚仿佛他的声音在召唤我。已经证明写信一点用处也没有，我需要亲自去看看才行。”

早餐时，我对黛安娜和玛丽说我要外出一趟，至少会离开四天。

“一个人出去吗，简？”她们问。

“嗯，去看看某个朋友，或者打听一下他的消息，一段时间来，我都为他担忧。”

她们本来会说原以为我除了她们，就没有别的朋友了，因为我的确也经常这样说。不过，她们确实天生灵敏细腻，克制着没说什么，只是黛安娜问我，是否肯定外出，身体是否受得了。她注意到我脸色十分苍白。我回答说身体没有任何问题，只是心里焦虑，我想不久就会好一些的。

进一步的安排就容易了，因为她们不再询问，也不再猜测。一旦我对她们解释，我现在对自己的计划还不能说得很明白，她们便对我所采取的沉默态度和蔼而明智地表示默认，给予了我自由行动的特权。

下午三点钟，我离开沼泽宅，四点钟，我便站在了怀特克罗那根标志柱脚旁，等待着将把我载到远处的桑菲尔德去的马车。我置身在寂寞偏僻的道路和荒凉的山丘之中，听见它从很远的地方驶近。仍然是那辆马车，一年前，我就在一个夏日傍晚走下它，来到这个地点的，那是多么凄凉绝望、无所适从啊！见我招手，它停下来。我上了车。现在不必再把我的全部家当拿去当作乘车的费用了。我再次踏上去桑菲尔德的路，觉得就像信鸽飞回家一般。

这是一段三十六小时的旅程。我在星期二的下午从怀特克罗出发，星期四一早，马车停在路边的一家客栈，给马喂水；这儿四处是绿色的树林、广阔的田野和低矮的田园式的山丘（与莫顿严酷的北方中部的荒野相比，这片景色多么温和，色彩多么翠绿），它们像曾经是那么熟悉的面容一般出现在我眼前。是的，我了解这片景色的特征，我相信我们快到目的地了。

“桑菲尔德府离这儿有多远呢？”我问客栈的马夫。

“只有两英里，小姐，就在田野那边。”

“我的旅行结束了。”我走下马车，把一个盒子交给马夫保管，以便我随后去取。我付了车费，使马车夫感到满意，然后我便准备离开。天已变得明亮，使客栈的招牌清楚显现出来，我看着上面“罗切斯特家徽”几个镀金的文字。我的心一下跳动起来，因为自己已经来到了主人的土地上。之后，心又沉下来，因为我的想法给了它一击——

“也许，你的主人在英吉利海峡那边呢。而即使他在你急于赶去的桑菲尔德府，除了他外，还有谁呢？有他那个疯老婆。你和他什么关系也没有，你不敢和他说话或者同他在一起。你已失去那份工作，最好就此打住吧，”告诫的声音极力劝道，“去客栈向人打听一下情况吧，你要了解什么，他们都能告诉你的。他们可以马上解除你的疑虑。过去问问那个男人罗切斯特先生是不是在家吧。”

这个建议是明智的，可我无法迫使自己去实行。我太害怕遇到会使我彻底绝望的回答。延长疑惑就是在延长希望。我还可以在希望之星的照耀下再次看见桑菲尔德府。前面就是那段阶梯，那片我曾经急忙穿过的田野——在我逃离桑菲尔德府的那天早晨，我是那么盲目，对什么都听不进去，被某种一直跟随我、折磨我和满怀仇恨的愤怒弄得心烦意乱。在我还不清楚自己决心要走哪一条路时，我就来到了这些田野当中。我走得真够快呀！

林子终于显露出来，白嘴鸦群居的地方黑压压的，一只乌鸦发出响亮的叫声，将早晨的寂静打破。奇异的喜悦激励着我，我继续迅速往前行进。又穿过了一片田野、一条小路，院墙就在那儿，还有后面那些下房[①]。然后是宅子本身，白嘴鸦群居处仍然被遮挡着。“我最先见到的将是它的正面，”我断定，“它那醒目的墙垛将马上清楚地映入眼帘，我可

① 指厨房、贮藏室等。

以从那里分辨出主人房间的窗口。也许他会站在窗旁，他总是起得很早；也许他正在果园里或前面的人行道上散步。要是我能见到他就好了！哪怕是片刻时间。在这样的情况下，我不会狂喜得向他冲过去吧？我说不清，我不能确定。假如我那样做了，那又如何呢？上帝保佑他！那又如何呢？当我再次体验到他的目光所带来的生机，受到伤害的会是谁呢？我发狂了——也许此刻他正观察着太阳从比利牛斯山脉[①]或者南边平静的大海上升起。”

我一直沿着果园较低矮的那堵墙缓缓而行，接着转过墙角。就在那儿，有一扇通往草地的大门，它的两边各有一根石柱，石柱顶端是石头做成的球。从一根石柱后面，我可以绕过去静静窥视到宅邸的整个正面。我小心翼翼探出头去，很想看看是否有哪一间卧室的窗帘拉起来了，因为墙垛、窗户和房子长长的正面，我都能从这个隐秘处看到。

我这样观察的时候，也许盘旋在头上的乌鸦正看着我。我不知道它们在想什么，一定认为我起初很小心胆怯，后来渐渐变得十分大胆，无所顾忌了。我先是窥探，然后久久地注视，再后从自己待着的地方走出来，游荡到草地上；之后就在大宅前面突然停下，长久地、无所畏惧地盯住它。“干吗最初要假装胆怯呢？”它们或许会问，“现在干吗又愚蠢得不顾一切了？”

请听我举个例说明一下吧，读者。

有个情人发现他的女友在一块生着苔藓的堤岸上睡着，他希望能看一眼她那美丽的脸蛋，而不惊醒她。他悄悄走过草地，注意不发出任何声音；他停住脚步，以为她动了动身子。接着，他退回去，无论如何也不愿让她看见。一切都很安静，于是他又继续向前，俯身在她上面。她的脸上盖着轻薄的面纱，他把它揭开，身子俯得更低。这时他期待着见到那个睡眠中的美人，她是多么温和，犹如鲜花盛开。他第一眼看得多么匆忙啊！但随后他又怎样紧盯住她！他是多么震惊啊！他突然热烈地拥

① 位于欧洲西南部，是法国与西班牙两国的自然国界。

抱着那个身躯，而刚才他连用指头碰它都不敢呢！他大声呼唤着一个名字，然后把抱着的身躯放下去，发狂地凝视着它！他就那样抓住它，喊叫着，注视着，因为他已不再担心自己发出的任何声音和做出的任何举动会把她弄醒。他以为自己所爱的人甜甜地睡着了，却发现她已完全死去。

我曾怀着胆怯的喜悦盼望见到一座庄严堂皇的房屋，可出现在眼前的是一片发黑的废墟。

不用畏缩地躲藏在门柱后面，真的！不用再窥望着那些房间的格子窗，担心它们后面会有活动的生命！草地和庭院都已被践踏和废弃，入口处徒劳地张着大口。房子正面犹如我曾在梦中见到的那样，不过是像空壳一般的墙体，非常高大，也显得非常脆弱，上面有一些没有玻璃的窗口。已没有了房顶，没有墙垛，没有烟囱，一切都已坍塌。

这儿是死一般的沉寂，处处是荒凉寂寞的景象。难怪那些写给这里的信件从没得到过回复，就好像把一封封书信寄到了教堂旁边的墓地一般。那些阴森发黑的石头，讲述着这座宅邸曾遭到什么厄运而倒塌——是大火吧，可火又是如何燃起来的呢？这场灾难背后有着怎样的故事？除了灰泥、大理石和木头外，还有些什么损失？生命和财产也遭受过摧毁吗？如果这样的话，是谁的呢？这是个可怕的问题。这儿没有人回答，甚至连不会说话的迹象和标记都没有。

我漫步绕过破碎的残墙，穿过房子里面的废墟，获得了证据——这场灾难不是最近才发生的。我想，冬季的雪花已经飘过了那废弃的拱门，冬季的雨水也已经敲打进那些空空的窗户。因为在一堆堆湿透的废墟当中，春天已使植物得以生长，在石头与倒塌的椽子间，这儿那儿长出各种草来。啊！这期间，此座被毁坏的房子的不幸的主人在哪里呢？他在哪一片土地上呢？我的目光无意中转移到大门附近那座灰暗的教堂高塔上，我问道：“难道他与戴默·德·罗切斯特一道，躺进那狭小的大理石住所了吗？”

对于这些问题，必须有个答案。我只能在那家客栈里找到它，于是我不久又回到那儿。店主亲自把早餐给我端进屋子里。我请他把门关好，并坐下，我有一些问题要问他。可当他坐下来时，我简直不知道怎样开口，对于可能的回答，我害怕极了。不过，刚才我见到的那一番凄凉景象，使我在一定程度上为倾听某个悲惨的故事做好了准备。店主是一位中年男人，显得很可敬的样子。

“你肯定知道桑菲尔德府吧？”我终于设法说出来。

“知道，小姐，我曾在那里住过。”

“是吗？”我心想不是在我那个时候，我不认识他。

“我是已故罗切斯特先生的管家。”他补充说。

已故！我好像遭受到了自己一直极力避免的最为猛烈的打击。

“已故？”我气喘吁吁地说，“他死了？”

“我是指现在这位绅士，即爱德华先生的父亲。”他解释道。我这才喘过气来，血液又开始流动。这些话让我完全相信爱德华先生，即我的罗切斯特先生（上帝保佑他，无论他在哪里）——至少还活着，总之，他就是“现在这位绅士”。这是多么令人喜悦的话语啊！看来我能够相当平静地听取后面所有的情况，既然他没有在坟墓里，我想即使自己听到他远在极地，也能够受得了。

“罗切斯特先生眼下住在桑菲尔德府吗？”我当然明白会得到什么回答，但我只是逃避他在哪里的问题。

“没有，小姐，没人住在那里。我想你不了解这个地方吧，不然你就会听到去年秋天发生的事了。桑菲尔德府现在完全成了一片废墟，它大约是在收获季节被烧毁的。那是一场可怕的灾难！那么多值钱的东西都烧毁了。家具几乎一件都没救出来。火灾是在深夜发生的，没等消防车从米尔科特赶到，整座房子就成了一片火海。那情景真够吓人，我都亲眼看到了。”

“深夜！”我嘀咕道，是的，那是桑菲尔德府致命的时刻，“知道是如何引起火灾的吗？”我问。

“他们猜测过，小姐，他们猜测过。真的，我应该说情况无疑已查明了。你或许还不知道，”他继续说，把椅子拉得离桌子更近一点，压低声音，“那座房屋里关着一位夫人——一个疯子吧。”

“我听说过这事。”

“她被非常隐秘地关闭起来，人们甚至好些年都根本不相信她生活在里面。谁也没见过她，人们只是从谣传中得知那座宅子里有这样一个人，对于她是谁或做什么的却难以推测。他们说爱德华先生曾把她从国外带回来，有人认为她过去是他的情人。但一年前，发生了一件怪事，一件非常奇怪的事。”

这时，我害怕听到关于自己的故事，便极力把他引到最重要的事实上面。

“那个夫人是谁呢？”

“那个夫人，小姐，”他回答，“原来是罗切斯特先生的妻子！这件事是通过极为奇特的方式发现的。曾有一个年轻小姐在那座宅子里做家庭教师，罗切斯特先生爱上了——”

“不过那场火灾是怎么回事？”我提问道。

“我正要说到，小姐，说到爱德华先生爱上了一个小姐。仆人说他们从没见过有谁像他爱得那么深的。他不停地追她。他们经常观察他，他把她看得比什么都重要，尽管除了他以外，谁也不认为她很漂亮。他们说她是一个小东西，几乎像个孩子。我本人从未见过她，不过我曾听到女佣利娅说起过她。利娅很喜欢她。罗切斯特先生大约四十岁，而这个女教师不到二十岁。你明白，当他那般年龄的先生爱上了姑娘时，他们常常像是中了魔似的。瞧，他想要和她结婚。”

“你换个时间给我讲这部分故事吧，”我说，“我现在有个特殊的原因，想听听那场火灾的所有情况。大家怀疑与那个疯子，即罗切斯特夫人有关吗？”

“让你说中啦，小姐。毫无疑问，不是别人干的，正是她放的火。有个叫普尔夫人的女人照顾她，那是个能干在行的女人，非常可靠，只是有个毛病——很多保姆和护理员都常有的毛病——她身上老藏着一瓶杜松子酒，时而取出来多喝一口。这是可以原谅的，她的生活也很不容易。

不过，那也很危险，因为普尔夫人喝过酒，熟睡之后，那个像女巫一样精明的疯女人，会从她衣兜里掏出钥匙，走出自己的屋子，在整座房里转来转去，想到什么疯狂的恶作剧就干起来。他们说有一次她差点把丈夫烧死在床上，可我不清楚那事。而就在那天晚上，她先把隔壁房间的帷幔点燃了，然后走到下面一层楼，去到那个女教师曾经住的房间，她不知怎的好像对发生的情况都了解，对女教师怀有敌意，并把床点燃，但幸好没有任何人睡在床上。女教师两个月前就跑掉了，虽然罗切斯特先生极力寻找她，好像她是世上最珍贵的东西，但他没有听到她的任何消息。他发狂起来，因为失望而发狂了。他从来不是一个狂暴的人，不过在失去她后，他就很危险了。他老是独自待着。他让女管家费尔法克斯夫人去了远方的朋友那里，但他做得很大方，给了她一笔终身养老金。那是她应该得到的，她是个相当好的女人。他的监护对象阿黛尔小姐，被送进了学校。他断绝了和贵族们的交往，像个隐士一般，把自己关在府里。”

“什么？他没有出国吗？”

“出国？愿上帝保佑你，那是根本没有的事！他连房子的门阶石都不愿跨过去，除非在晚上，那时他就像个幽灵似的在庭院和果园里荡来荡去，好像他神志失常了一般——我认为他是失常了，因为在那位小个子女教师遇到他以前，从没看见他那么勇敢、大胆、热烈过。他不是个沉迷于酒、牌或赛马的人，并且他也不很英俊。但他自身有一种勇气和意志。你瞧，打从他小时候起，我就认识他，就我而言，我常常希望要是爱小姐在去到桑菲尔德府前就葬身大海就好啦。”

“这么说，发生火灾时，罗切斯特先生在家？”

“是呀，他确实在家。大火上上下下燃起来时，他爬上了阁楼，把仆人们从床上叫起来，并亲自帮助他们下去，接着又回去，想把自己的疯老婆从那间黑屋里弄出来。然后，他们大声喊他，说她在房顶上，正站在那里，在墙垛上面挥舞双臂，并大叫着，他们在一英里远的地方都能听见。我是亲眼看见她喊叫的。她是个大个子女人，披着长长的黑发。她站在那儿时，我们能看见她的黑发映照在火光下。我和另外几个人都目睹着罗切斯特先生穿过天窗，爬上房顶，我们听见他喊贝莎！看见他朝她靠近。随后，小姐，她发出狂叫，纵身一跳，随即她就在人行道上摔得粉身碎骨。”

“死了？”

“死了！唉，像那些石头一样没有了气息，她的脑浆和鲜血在它们上面四处飞溅。”

“天哪！”

“你说得不错，小姐。那太可怕了！”他战栗了一下。

“后来呢？”我追问道。

“唔，小姐，后来整座房子就被烧垮了，现在只有一点墙壁还立着。”

“还有别的人丧命吗？”

“没有——要是有的话，也许还好些。”

“这是什么意思？”

“可怜的爱德华先生！”他脱口而出，“我几乎没想到会看见这样的场面。有人说这是对他公正的审判，因为他隐瞒了自己的第一次婚姻，在老婆还活着时，又想娶一个。不过，我个人是同情他的。”

“你说他还活着？”我大声问。

“对，对，他还活着；可很多人觉得他不如死了的好。”

“为什么？怎么回事？”我的血液再次冷下来，“他在哪里？”我问，“在英国吗？”

“他是在英国。我想他无法再出去了——他被困在英国了。”

多么让人痛苦啊！这个男人好像一心要拖延下去似的。

“他完全瞎了，”他终于开口说，“是的，爱德华先生完全瞎了。”

我本来担心情况会更糟。我先前担心他会疯。我鼓足力量，问他是如何遭到这个不幸的。

“都是因为他自己有那么大的勇气，有人也许会说在某种程度上是由于他善良，小姐。他不等到每个人都先出去了，是不愿离开房子的。在罗切斯特夫人从墙垛上跳下来后，他最后才从大楼梯上下来，这时传来猛烈的撞击声，整座房屋都倒塌了。他从废墟中被抬出来，虽然还活着，但伤势严重。一根梁落下来，保了他的命；不过，他的一只眼睛被敲掉，一只手被压碎，医生卡特先生不得不马上把它锯断。另一只眼睛红肿得厉害，也失明了。他现在成了瞎子，手也断了，不能自理啦。”

“他在哪里呢？他眼下住在哪儿呢？”

“在费恩丁，那是他在一个农场上拥有的一座庄园，大约有三十英里远。那里相当荒凉。”

“谁和在一起？”

“老约翰和他的妻子——罗切斯特先生只愿意和他们一起生活。他们说他彻底崩溃了。”

“你有什么交通工具吗？”

“我们有一辆轻便马车，小姐，一辆很漂亮的轻便马车。”

“那就立即把它准备好吧。要是你的马车夫能在今天黄昏前把我载到费恩丁去，我就按你平常收的租金的双倍付钱给你和他。”

第三十七章

费恩丁庄园是一座极其古老的建筑，中等大小，没有任何建筑上的矫饰，深藏于树林当中。我曾经听说过它。罗切斯特先生常常提到它，有时也去那儿。他父亲买下了这座房产，为的是打猎时落落脚。他本来要把房子出租，但找不到租客，因为那个地方不利于健康。这样，费恩丁就一直没人去住，也没添置什么家具，只有两三间屋子布置了一下，以便这位乡绅狩猎季节外出打猎时，去那里住一住。

这天傍晚天空阴暗，刮起寒风，不断下着寒气袭人的小雨。剩下最后一英里时，我下车步行，付了双倍的钱后，让马车和车夫走了。即使现在已离庄园如此近，我却根本看不到它，周围浓密的树林把它严严实实地遮挡着。花岗石柱两边的铁门引着我从那里进去，穿过它们后，我立即发现自己置身于茂盛树林的薄暮中。在灰白多节的树干之间和树枝构成的拱门下面，有一条长满杂草的小径沿着林间通道而下。我顺着它走去，以为不久就会到达那座房屋，可是它没完没了地向前延伸，弯弯曲曲越绕越远，丝毫见不到住所或庭院的影子。

我以为自己走错方向，迷了路。森林里的黄昏越来越浓地将我笼罩。我环顾四周，想另外寻找一条道路，根本没有，有的只是交错的树枝、圆形的大树干和夏季茂盛的树叶，简直见不到一点林间空地。

我继续向前，终于路变得宽了一些，树少了一点。随即我见到栏杆，然后是房子。因为光线昏暗，很难把它从林中分辨开，它那些腐朽的墙壁因潮湿而碧绿。我走进一扇闩着的门，站在一块被圈起来的地中间，呈半圆形的林子把它围着。没有开花的植物，也没有园圃，只有一条宽阔的沙砾路环绕着一块草地，它仿佛嵌入茂密的森林里。房子正面是两堵突出的山墙，狭小的窗户装有格栅；前门也较狭小，蹬上一个台阶，就到了它旁边。正如“罗切斯特家徽”的主人说的,它看起来是一个“极为荒凉的地方”。它像周日的教堂一般寂静，打在树叶上的滴答滴答的雨水是其附近唯一能听见的声音。

“这儿有人吗？”我问。

是的，有某种生命存在，因为我听到了行动声。狭小的前门打开了，有个身影正要从这座农庄里出来。

门打开得很慢，一个人影出现在黄昏里，站在台阶上。是个没戴帽子的男人，他伸出一只手，好像感觉一下是否在下雨。尽管是黄昏，但我仍然认出他来——他不是别人，正是我的主人爱德华·费尔法克斯·罗切斯特呀。

我停住脚步，几乎停止了呼吸，只是站在那儿观察他，仔细打量他！哎呀，我自己是没让他看见的！这是一次突然的相遇，我克制住，没叫喊出来，没匆忙走上前去。

他的身体仍然像以前那么强壮结实，腰板仍然直直的，头发仍然乌黑。他的面容也没什么变化，或者凹陷下去。在一年的时间里，任何悲哀都不会削弱他那运动员一般的体力。不过，从他的脸上，我看到了一个变化，它显得忧愁、绝望——这使我想起某只受到不公正对待和遭到束缚的野兽或鸟儿，在它忧郁痛苦时，要靠近它是危险的。这只被关在笼里的鹰——它那生着金环一样的眼睛已经被残酷夺去——会变得像那个瞎眼的参孙。

读者，你以为我害怕他那盲目的暴行吗？如果这样，你就不了解我了。在我的悲哀中，有着一个温和的希望，我不久就会去吻一下那个石头般的额头，吻一下那闭着的嘴唇。但现在还不行。我还不能和他搭话。

他走下那一级台阶，缓缓摸索着，朝草地移去。他那大胆的步伐哪里去了呢？他停下，似乎不知道该转向哪边。他抬起手，睁开眼睛，茫然地望着天空，望着由树林构成的那块半圆形场地。你能看出一切在他眼里完全是一片黑暗而已。他伸出右手(左手只剩半截手臂,垂在胸前)，似乎想通过触觉看看周围是个什么情况。他遇到的仍然是一片空无，树子离他站着的地方大约有几码远。他放弃了这种努力，默不作声地站在雨里，任雨水急速打在他没戴帽子的头上。这时，约翰朝他走来。

“挽住我的胳膊好吗，先生？”约翰说，“大雨就要来了，你最好还是进去吧。”

“让我独自待着好啦。”他回答。

于是，约翰走了，并没注意到我。罗切斯特先生这时试着转来转去，但毫无用处，一切都很不确定。他又摸索着回到房子，走进去，把门关上。

我这才走近房门，并敲了敲，是约翰的妻子为我开的门。“玛丽，”我说，“你好吗？”

她像看见个幽灵似的吓了一跳，我让她平静下来。只听她慌张地问道：“真的是你吗，小姐，这么晚了，还来到这个偏僻的地方？”我握住她的手，作为回答，然后跟着她走进厨房，约翰正坐在熊熊的炉火旁。我简短地对他们解释我听说了打从自己离开桑菲尔德后发生的所有情况，现在来看望罗切斯特先生。我请约翰去公路收费站把留在那里的箱子拿回来，我就是在那儿把马车打发走的。随后，我脱下帽子和围巾，问玛丽是否可以在庄园里住一夜，得知她可以这样安排后，我便对她说自己留下来住一晚上吧。就在此刻，客厅里的铃声响了。

“你进去时，”我说，“告诉主人有个人想和他说句话，但别讲出我的名字。”

“我想他不会见你的，”她回答，“他拒绝见任何人。”

见她回来，我问他说了什么。

“你得通报你的姓名，以及你是做什么的。”她回答。接着，她倒满一杯水，把它和几支蜡烛放在盘子上。

“他打响铃就是想要这些吗？”我问。

“是的。他天黑后，总让人把蜡烛带进去，尽管他是个瞎子。”

“把盘子给我，我带进去。”

我从她手里接过盘子，她给我指指客厅的门。盘子在我手中抖动着，水从杯里溅出来；我的心又响又快地敲打着身上的肋骨。玛丽替我打开门，待我进去后，又关上。

这间客厅显得很阴暗，壁炉里的火没人照管，微弱地燃着。屋里的盲人把身子靠在它上面，头部支撑在高大老式的壁炉架上。他的那只老狗皮罗趴在一边，蜷缩在那里，好像害怕被无意中踩着似的。我进去时，它竖起耳朵，跳起来，发出吠叫和呜呜声，接着蹦蹦跳跳地朝我跑来，差点儿把我手里的盘子撞落。我把盘子搁在桌上，抚摸着它，轻轻说道："趴下！"罗切斯特先生机械地转身看是什么在响动，可他什么也看不见，便又转过身去，叹息一声。

"把水给我吧，玛丽。"他说。

我把剩下的半杯水端到他身边，皮罗跟着我，仍然显得很兴奋。

"怎么回事？"他问。

"趴下，皮罗！"我又说。

他把正端到嘴边的水停住，似乎在倾听。随后他喝了水，把杯子放下。"是你吗，玛丽？"

"玛丽在厨房里。"我回答。

他一下就伸出手来，但由于看不见我站在哪里，他并没有摸到我。"你是谁？你是谁？"他问，好像极力用他那双茫然的眼睛看我，这是多么徒劳而痛苦的努力啊，"回答我，说话呀！"他命令道，十分专横，声音也很大。

"你想再喝点水吗，先生？杯里一半的水让我溅出来了。"我说。

"你是谁？你是谁？谁在说话？"

"皮罗认识我，约翰和玛丽都知道我在这里。我是今天傍晚才来到这儿的。"我回答。

"上帝啊！我产生了什么样的错觉呢？我疯狂得多么可爱呀！"

"根本不是错觉，你也一点不疯狂。你的头脑健全得不可能产生错觉，你的身体很健康，你不可能变得疯狂的。"

"说话的人在哪里？那只是一个声音吗？啊！我虽然看不见，可我必须得摸一下，不然我的心会停止跳动，大脑会爆炸的。不管你是什么，无论你是谁，让我感觉一下吧，不然我会活不下去的！”

他摸索着，我抓住他四处晃动的手，紧紧地用双手握着。

“正是她的手指！”他叫起来，“她细小的手指！如果是这样，一定还有她身上的其他地方。”

他把强健的手从我手中抽脱，并抓住我的胳膊和肩头，以及脖子和腰部——我被他紧紧抱在怀里。

“是简吗？怎么回事？这是她的身子，她就是这么个身材——”

“这是她的声音，”我接着说，“她整个儿都在这里，也包括她的心。上帝保佑你，先生！我真高兴又离你这么近了。”

“简·爱！简·爱！”他就这么说着。

“亲爱的主人，”我回答，“我是简·爱！我把你找到了——我回到了你身边。”

“真的吗？真是你本人吗？是我活生生的简吗？”

“你摸摸我，先生——你抓住我，抓得紧紧的。我不是像死尸一样发冷，也不是像空气一样什么都没有吧？”

“我活生生的亲爱的人儿呀！毫无疑问，这些都是她的手脚，她的面庞。可在经历了这一切苦难后，我哪能如此有福气呢。这是一个梦，晚上我再次把她抱在胸前时，就会做出眼前这样的梦来；在梦里，我会像现在这样吻她，并感到她爱我，相信她不会离开我的。”

“从今天起，我永远不会离开你了，先生。”

“是幻影在说永远不会吗？可我每次醒来，都发现是一个徒劳的假象。我变得孤独凄凉、自暴自弃，我的生活黑暗、寂寞和无望。亲切而温和的梦呀，你此时偎依在我怀里，但你也会飞走的，就像你的姐妹们都已比你先飞走了一样。不过在你离开前，吻我一下吧，快拥抱我，简。”

“好吧，先生，好吧！”

我把嘴唇贴到他曾经明亮而现在已变得昏暗的眼睛上，将他的头发从额头上拂开，并在那儿吻了吻。他好像突然醒悟过来，他已深信这一切都是实实在在的。

“是你吗，是你吗，简？这么说，你回到我身边来了？”

“嗯。”

“你没有死在什么溪水下面的沟里？你不是陌生人当中的一个憔悴的流浪者吗？”

“不是，先生！我现在是个独立自主的女人。”

“独立自主？这是什么意思，简？”

“我那个马德拉群岛的叔父死了，他给我留下五千英镑。”

“啊！这倒是实在的，这倒是真实的！”他大声说，“我做梦也不会想到这一点。再说，你的声音也很特殊，富有生气，使人兴奋，也很温和。它使我凋谢的心得到欢乐，使它有了生机。什么，简妮特，你是一个独立自主的女人吗？一个富裕的女人？”

“非常富裕，先生。如果你不愿让我和你一起生活，我能够在你的家门旁修一座自己的房子，你晚上想要人陪伴时，可以来我客厅里坐坐。”

“不过既然你富裕了，简，你现在必然有了朋友的关心，他们不会让你把自己交给一个像我这样又瞎又残的人吧？”

“我说过我独立自主了，先生，也富裕了，我是自己的主人。”

“你愿意和我一起生活？”

“当然——除非你反对。我愿意做你的邻居、你的保姆、你的管家。我发现你孤独一人，我愿意陪伴你——给你念书，陪你散步，坐在你身边，侍候你，成为你的眼睛和双手。别再那么忧郁了，亲爱的主人；只要我活着，就不会让你孤独凄凉的。”

他叹口气，半张开嘴，欲言又止。我感到有点尴尬。也许我太轻率了。我提出那样的建议，是想到他希望让我做他的妻子。我怀着一个期待，以为他会立即要求我成为他的人。然而，他没有丝毫那样的表示，他的脸色也变得更加忧愁，我因此突然想到自己或许完全错了，也许无意中正扮演着一个傻瓜的角色。于是，我轻轻从他怀里挣脱出来，却被他搂得更紧。

“不——不——简，你不能走。不——我已摸到你，听见了你，感受到你给我的安慰——你的安慰是多么亲切啊，我不能放弃这些欢乐。我自己身上已几乎丧失了一切欢乐，我一定要得到你。世人或许会嘲笑，说我荒唐、自私，但那有什么要紧呢。正是我的灵魂需要你，它会得到满足的，不然它就会向自己的躯体进行致命的报复。”

“唔，先生，我愿意和你生活，我已经这样说过了。”

“是说过了，但你和我生活，你理解的是一回事，而我理解的又是另一回事。也许，你可以下决心守候在我身边，像个好心的小保姆一样侍候我，因为你有一颗慈善的心和一种慷慨的精神，这使你愿意为所同情的人做出牺牲，而这无疑应该使我得到满足。可我想现在除了父亲般的感情外，我不应对你怀有其他感情。你这样认为吗？哦，告诉我。”

“你愿意怎么想我，就怎么想，先生。我乐意只做你的保姆，假如你认为这更合适的话。”

“可你不能永远做我的保姆，简妮特。你还年轻，有一天，你得嫁人。”

“我不在乎嫁人的事。”

“你应该在乎，简妮特。如果我还是以前那样，我会极力让你在乎的。可是，我成了一个什么也看不见的木头！”

他再次陷入忧愁之中。而我相反，变得更加愉快，也增添了新的勇气。最后那些话使我看到困难在哪里，而对于我来说毫无困难可言，所以我觉得很受安慰，一点不尴尬了。我谈话也显得更加活跃起来。

“该有人让你又像个人样了，”说着，把他一大堆未剪过的长发分开，“我发现你正在变成一头狮子，或类似的东西。你身上真有点旷野里的尼布甲尼撒[①]的那种‘虚假模样’，这是肯定的。你的头发让我想起鹰的羽毛。你的指甲是否长得像鸟儿的爪子，我还没注意到。”

“我这只胳膊上既没指甲，又没手，”他说着，从胸口里抽出那只断臂，伸给我看，“它只是一根残肢了——看起来多可怕啊！你不这样认为吗，

① 古巴比伦国王，攻占耶路撒冷，建空中花园。据《圣经》记载，他曾“被赶出离开世人，吃草如牛，身被天露滴湿，头发长长……”。

简？”

“看到它，看到你的眼睛，还有你额头上被火烧的伤痕，无不让人感到可怜。而最糟糕的是，尽管如此，有个人正陷入危险之中，她会非常爱你，非常看重你。”

“我原以为，简，你看见我的胳膊和我留下伤疤的脸时，会反感厌恶的。”

“是吗？别对我这样说，免得我会对你的看法说点什么鄙视的话。现在，让我离开你一会儿，去把炉火生得好一些，也把炉子打扫干净。我把火烧旺以后，你能看出来吗？”

“能，我用右眼能看到一种光，像是发红的薄雾一般。”

“能看见烛光不？”

“很暗淡，一支蜡烛好像就是一块发光的云。”

“你能看见吗？”

“不，我的仙女。不过，能听见你、摸到你，我就很感激了。”

“你什么时候吃晚饭？”

“我从不吃晚饭。”

“可你今晚得吃一些。我饿了，我敢说你也饿了，只是你忘了而已。”

我把玛丽叫来，不久就让屋子收拾得很整洁，令人惬意了。我还给他准备了一顿美味的晚餐。我精神振奋，在晚饭当中，以及随后的很长时间里，我都轻松愉快地和他谈着。我和他之间不存在任何令人烦恼的约束，因为我同他一起十分随和，因为我知道自己适合他，我所说的或做的一切似乎都使他安慰或振奋。我完全活在他的眼前，他也活在我的眼前。虽然他双目失明，但脸上还显露出微笑，欢乐还展现在额头，他的面容是那么温和、热情。

晚饭后，他开始问我许多问题，诸如我都去了哪里，一直在做什么，我是如何找到他的。但我只回答很少一部分，因为时间太晚，不宜讲得很具体。另外，我并不希望去触动那激动不已的心弦，不希望在他心中重新开辟感情的泉水。我现在唯一的目的就是要让他高兴。如上所说，他是高兴的，但是一阵阵的。假如谈话中出现片刻沉默，他就会变得烦躁不安，来触摸我，然后叫道：“简。”

“你完完全全是个人吗，简妮特？你能肯定吗？”

“我确实这么认为，罗切斯特先生。”

“可是，在这个黑暗阴郁的夜晚，你怎么突然出现在我这个孤寂的炉边呢？我伸出手去，要从仆人那里接过一杯水，但给我水的是你。我问一个问题，以为约翰的妻子会回答我，可耳旁传来你说话的声音。”

“那是因为我替玛丽端着盘子进来了。”

“即使现在我和你一起的时候，也有一种魔力。谁又知道，我数月来过着怎样阴暗、悲哀和绝望的生活？我无所事事，毫无指望，白天夜晚一个样；炉火熄了，才觉得寒冷，忘了吃饭，才感到饥饿。然后便是无尽的忧伤，有时精神陷入狂乱之中，极想再见到我的简。是的，我渴望着她归来，这远比我渴望恢复视力更强烈。现在简怎么会和我一起，说她爱我呢？难道她不会突然离开，像她来时一样吗？明天，我担心会再也见不到她了。”

他处在这样心烦意乱的状态，因此给他一个确定的回答，对他目前的心境是最有利的。我用手指轻摸着他的眉毛，说它们给烧坏了，我要采取什么办法让它们长得像以前一样又粗又黑。

“仁慈的精灵啊，不管怎样对我好，又有什么用呢？因为到了关键的时候，你又会抛弃我，像个影子一样消失，至于去了哪里和如何离开的我，都不得而知，以后也难以发现。”

“你身边有一把小梳子吗，先生？”

“做什么，简？”

“把你这堆像黑鬃毛一样的乱发梳理一下。我在近旁仔细打量你时，发现你相当吓人。你把我说成仙女，可我确信你更像个棕仙[①]。”

“我很可怕吗，简？”

① 传说中夜晚帮人干家务的精灵。

“很可怕，先生，你总是这样的，你明白。”

“哼！无论你去哪里生活过，都没有把你身上的邪气驱除。”

“可我是和好心的人在一起，他们远比你好，比你好一百倍；他们有着你一生都没有过的思想和观点，他们文雅高尚得多。”

“你都和谁在一起呢，简？”

“今晚你不会知道的，先生，你得等到明天。我只把故事讲一半，那么明天吃早饭时，我必定会来到你桌前，把它讲完。顺便说一下，我得注意那时别只端着一杯水出现在你炉边了。我至少得带来一个鸡蛋，更不用说炸火腿啦。”

“你这个由仙人所生、人所供养的家伙！你让我产生了一年来从未有过的感觉。假如扫罗[①]让你做了他的大卫[②]，用不着借助竖琴，也已将邪恶的精灵驱除了。”

“瞧，先生，你已经把你收拾整洁，弄得像个样子啦。现在我要离开你，颠簸了整整三天，我想自己是累了吧。晚安。”

“再问一句，简，在你待过的房子里，只有女士小姐们吧？”

我笑起来，走出了房间，跑上楼去时，仍然笑着。

“一个好主意！”我高兴地想到，“我明白自己有了办法，可以让他在一段时间有烦心的事了，免得他那么忧伤。”

第二天一大早，我便听见他起床活动了，从一个房间游荡到另一个房间。玛丽一下楼，我就听到他问：“爱小姐在这儿吗？”然后又问：“你把她安排在哪个屋子了？屋子干燥吗？她起床了没有？去问问她需要什么，什么时候下来。”

我一想到要吃早餐，就下楼去了。我轻手轻脚走进屋子，在他发现我到来前，先看见了他。目睹那个曾经健壮有力的人被征服，成了一个残疾，确实够使人伤心的。他坐在椅子里，虽然一动不动，但并不安宁。他显然期待着什么，那坚定的面容上也习惯地出现了几分忧愁。他那张

---

① 《圣经》故事人物，以色列第一个国王。

② 以色列王国第二代国王。

脸让人想起一盏熄灭的灯，等待着被再次点燃。哎呀！如今他自己已无法让那一度生气勃勃的面容焕发光彩了，他需要另一个人的帮助！

“这是一个阳光明媚的早晨，先生。”我说，“雨已下过了，出现了温和的阳光。一会儿后，你可以出去走走。”

我唤醒了他脸上的红光，他的面容有了喜色。

“啊，你真的在那儿，我的云雀！到我这儿来吧。你没有离开，没有消失吧？一小时前，我听见你的一只同类在林子里高唱着，可它的歌声并不悦耳，就像升起的太阳没有光芒一样。在我听来，世上所有悦耳的声音都集中体现在了我的简的舌头上（我很高兴它并不是天生寡言少语的那种），所有我能感受到的阳光都因为她而出现。”

听见他声明自己得依赖他人，我的眼里涌出泪水。这就好像一只王室的鹰，被用链子锁在一根栖木上，不得不恳求一只麻雀做自己的伙食管理员。可我不会哭泣的，我急忙擦干咸咸的眼泪，忙着准备早餐去了。

这天上午大多在户外度过。我领着他走出潮湿的原始树林，来到一些使人欢快的田野。我向他描述着它们多么鲜明翠绿，花儿和树篱看起来多么清新，充满光辉的天空多么蔚蓝。我在一个隐秘可爱的地方为他找到一个坐的地方，那是一个干枯的树墩。待他坐下来后，我没有拒绝让他把我搁在他的膝上。当我和他在一起比分开更幸福时，我干吗要拒绝呢？皮罗趴在我们旁边，一切是那么安静。可就在他把我搂在怀里的时候，他突然发作起来——

“多么残酷无情的逃亡者！啊，简，我发现你已逃离了桑菲尔德，任何地方都找不到你了；我仔细查看了你的房间，确定你一点钱也没带走，也没拿走任何傍身之物，那时我感到多么痛苦啊！我送给你的那条珍珠项链，原封不动放在小首饰盒里。你的箱子捆好锁好，搁在那儿，好像已把它们收拾妥当，为结婚旅行做好了准备。我问自己，亲爱的人儿身无分文，穷困潦倒，会怎么样呢？现在说给我听听吧。”

在他的催促下，我开始讲述自己前一年的经历。我尽量淡化那三天四处流浪、忍饥挨饿的情况，因为把一切都告诉他，会给他造成不必要的痛苦。

他说我不应该那样离开他，自己任何求生的办法也没有。我应该把自己的意图告诉他。我本应该把心事讲给他听，他也绝不会迫使我做他的情妇。尽管他在绝望时好像很狂暴，但事实上他非常爱我和疼我，不会让自己成为我的暴君。他宁愿把一半财产给我，甚至不会要求我给他一个吻作为回报，也不会让我无依无靠地投身于荒野世界。他肯定，我所忍受的苦难比向他承认的更严重。

“唔,不管我遭受了怎样的苦难,它们都是很短暂的。”我回答。然后，我又告诉他自己如何在沼泽宅受到欢迎，如何当上了老师，等等。我也自然而然地讲到继承财产和找到亲戚的事，在讲述过程中，当然经常提到圣约翰的名字。待我讲完后，这个名字立即被问起。

“这么说，那个圣约翰是你表哥了？”

“嗯。”

“你经常说到他，你喜欢他吗？”

“他是一位很不错的男人，先生，我免不了喜欢他。”

“一位不错的男人。这是说，他是一位行为端正、值得尊敬的五十岁的男人吗？或是什么意思呢？”

“圣约翰只有二十九岁，先生。”

“‘还年轻’，正像法国人说的。他是个身材矮小、冷淡普通的人吧？那人的长处在于自己没犯下什么罪过，而不是在于有什么杰出的美德吧？”

“他是个精力旺盛、充满活力的人。他在生活中的行为既伟大，又崇高。”

“不过他的头脑呢？大概相当差劲吧！他的心意是不错，可你听他说话时常会耸肩膀吧？”

“他很少说话，先生，但他说的话总是切中要害。他的头脑是一流的，我想虽然不那么敏感，但富有活力。”

“这么说，他是个能干的人了？”

“确实很能干。”

“受过充分的教育吗？”

“圣约翰是个博学多才的人。”

“我想，你说过他的举止不合你的意吧——显得一本正经，处处像牧师那样？”

“我从没提到过他的举止。不过，它们是合我的意的，除非我的趣味太糟糕了。他是那么高雅沉着，像绅士一般。”

“他的外表——我忘记你是如何描述他外表的了——就像个缺乏经验的助理牧师，几乎快要被他白色的围巾勒死了，脚上穿着一双厚底的高帮缚带靴，是吗？”

“圣约翰衣着讲究。他是个英俊的男人，高大，白皙，长着一双蓝色的眼睛，一副希腊人似的体形。”

“该死！”他转向我，“你喜欢他吗，简？”

“喜欢，罗切斯特先生，可你已问过我这个问题啦。”

我当然察觉到了对方的意向。嫉妒已经控制住他，将他刺伤；不过，这种刺伤是有好处的，它缓解了他被忧愁狠狠咬伤后的痛苦。我因此也不想马上用魔力将这条蛇镇住。

“或许你不想再坐到我膝上了吧，爱小姐？”接下来，他有些意外地说。

“为什么呢，罗切斯特先生？”

“你所描绘的情景让人想到一个巨大的反差。你的话很好地勾勒出一位漂亮的阿波罗①来，他出现在你的想象里——高大，白皙，长着一双蓝色的眼睛，一副希腊人似的体形。虽然你的眼睛盯着一个伍尔坎②——一个真正的锻工，皮肤黑黑的，肩头宽大，并且还眼瞎手残。”

“先前我从来没想到这点，不过你确实很像个伍尔坎，先生。”

“好啦，你可以离开我，小姐，但在离开前，”他把我抓得更紧一些，

---

① 希腊、罗马神话中的主神之一，主管光明、音乐、诗歌、健康、医药、畜牧等。也喻指美男子。

② 罗马神话中火与锻冶之神。也喻指瘸子、跛子。

“请再回答我一两个问题就是了。”他一时打住。

“什么问题，罗切斯特先生？”

于是，他接着盘问起来。

“圣约翰在知道你是他表妹前，就让你做莫顿的教师了？”

“是的。”

“你常见到他吧？他会时时去学校看看？”

“每天去。”

“他总是赞赏你的计划吧，简？我知道你的计划是明智的，因为你是一个有才能的人！”

“不错，他是赞赏。”

“他会在你身上发现许多意想不到的东西吗？你的有些造诣可非同一般。”

“这我倒不知道。”

“你说，你在学校旁边有一间小屋。他去过那儿看你吗？”

“偶尔去一下。”

“往往在晚上？”

“有一两次是。”

他暂停一会儿：“在发现你们是表兄妹后，你又同他和他的妹妹住了多久呢？”

“五个月。”

“圣约翰同家中的女人在一起的时间多吗？”

“很多，那间后厅既是他的，也是我们的书房。坐在窗口旁，我们坐在桌子旁。”

“他学习很努力？”

“非常努力。”

“学什么？”

“印度语。”

“那你同时又在做什么呢？”

“我先是学的德语。”

“他教你？”

“他不懂德语。”

“他什么也没教你？”

“教一点印度语。”

“圣约翰教你印度语？”

“对，先生。”

“也教他的妹妹？”

“不。”

“只教你？”

“只教我。”

“是你要求学习的吗？”

“没有。”

“他想要教你的？”

“对。”

他再次打住。

“为什么他想要教你？印度语对你有什么用处？”

“他想让我和他一起去印度。”

“哈！这下我找到事情的根源了。他想让你嫁给他吗？”

“他请求过让我嫁给他。”

“这是编造的——你无礼地编造出来，是要使我烦恼。”

“请原谅，确确实实是那样的。他不止一次请求我，对自己的意愿十分迫切，不可动摇，就像你一样。”

“爱小姐，我再说一遍，你可以离开我了。同样的事我要说多少遍呢？我已让你离开了，你干吗还固执地待在我膝上不走？”

“因为我坐在这儿很舒服。”

“不，简，你并不舒服，你的心不在我这里，它在你表哥那里，在圣约翰那里。啊，在这以前，我一直以为小简都是我的呢！甚至在她离开我时，我也认为她是爱我的，那真是一颗多么苦涩的糖果呀。尽管我们分别了很久，我为此也流下过热泪，但我从没想到就在我为她感到痛心时，她爱着另一个人！可悲伤有什么用呢。简，离开我吧，去嫁给圣约翰吧。”

“那你就把我甩下去好啦，先生，把我推开，我是不会自己离开你的。”

“简，我总是喜欢你说话的音调，它仍然给人增添希望，听起来是如此真诚。我听到它时，又被带回到一年前里去了。我没想到你又有了新的纽带。不过，我并非是个傻瓜——”

“我得去哪里呢，先生？”

“走你自己的路吧——和你选定的丈夫在一起。”

“谁？”

“你知道——那个圣约翰·里弗斯。”

“他不是我丈夫，也永远不会是。他并不爱我，我也不爱他。他爱的是一位叫罗莎蒙德的漂亮年轻的小姐。他之所以想和我结婚，只是由于他认为我很合适做一个传教士的妻子，罗莎蒙德却做不到。他人好，很了不起，但太严厉了；在我看来，他像冰山一样寒冷。他不像你，先生，我在他身边，或在他附近，或和他一起生活时，都感觉不到快乐。他对我并不迁就、宽容，一点也不喜爱。他看不到我身上任何吸引人的东西，甚至看不到我的青春朝气——他只看到我有用的才智。既然如此，先生，我也得离开你，去他那儿吗？”

我无意中哆嗦了一下，本能地紧贴在自己虽然眼瞎却很可爱的主人身上。他微笑起来。

“什么，简？这是真的？你和圣约翰之间真的是那样一种情况？”

“绝对是，先生！啊，你用不着嫉妒！我是想逗弄你一下，让你不要那么悲哀。我想气愤会比忧伤好一些。但假如你希望我爱你的话，只要你能看出我确实爱你，你就会自豪和满足的。我整个心都是你的，先生，它属于你。”

当他吻我时，痛苦的思绪再次使他显得阴郁起来。

“我这被烧坏的眼睛！我这被摧残的体力！”他悔恨地喃喃低语。

我爱抚着他，给他安慰。我明白他在想什么，想替他说出来，可我不敢。他转过脸去，我看见一滴泪水从那紧闭的眼里涌出来，顺着富有男子气的脸颊流下去。我情绪十分激动。

“我并不比桑菲尔德果园里的那棵遭到电击的老栗树强，”不一会儿，他又说，“那个废物有什么权力，要让一棵含苞待放的忍冬以其清新饱满的身体掩护它那腐朽的树干呢？”

“你绝不是废物，先生，绝不是遭到电击的树——你既鲜绿，又茂盛。植物会在你的根周围生长，不管你是否请求它们，因为它们喜欢留在你宽阔的浓荫下；它们生长时，便会向你倾斜，把你盘绕，因为你的力量使它们得到可靠的支撑。”

他又笑了，是我给了他安慰。

“你说的是朋友吧，简？”他问。

“对，朋友。”我极其犹豫地回答，因为我明白自己不仅仅指朋友，可又不知怎样说才好。他帮了我。

“啊！简。但我想要的是个妻子呀。”

“是吗，先生？”

“是的，你觉得是一件新闻吗？”

“当然。你以前从没说过这事。”

“是一件不受欢迎的新闻？”

“这要视情况而定，先生——取决于你的选择了。”

“你替我决定吧，简。我会听从你的。”

“那就选择吧，先生——选择最爱你的她。”

“我至少还会选择——选择我最爱的她。简，你愿意嫁给我吗？”

“愿意，先生。”

“嫁给一个可怜的瞎子，你将不得不牵着他走来走去？”

“是的，先生。”

“嫁给一个比你大二十岁的残疾，你将不得不侍候他？”

“是的，先生。”

“真的吗，简？”

“千真万确，先生。”

“啊！亲爱的人！上帝保佑你，奖赏你！”

“罗切斯特先生，假如我一生中曾经有过善行——假如我曾经有过好的想法——假如我曾经做过虔诚而无可指责的祈祷——假如我曾经有过正当的心愿——此时，我便得到了奖赏。对于我，做你的妻子就是我在世上最幸福的事了。”

“那是因为你乐于牺牲。”

“牺牲？我牺牲什么？牺牲饥饿得到食物，牺牲期待得到满足。能享有特权，拥抱我所珍视的人，亲吻我所喜爱的人，寄希望于我所信任的人，难道是在做出牺牲吗？如果这样，那么我无疑乐于牺牲。”

“还有忍受我的残缺，忽视我的不足。”

“根本没这回事，先生。现在我真正能帮上你，比你处于骄傲自豪、能够独立的时候更爱你了，那时你除了赐予者和保护者外，对一切角色都不屑一顾。”

“迄今为止，我都不喜欢受人帮助，让人牵着走。从今以后，我感到自己再也不会讨厌受人帮助了。以前我不喜欢让一个仆人牵着，但让简的小手握着，是使我高兴的。我宁愿十分寂寞，也不愿经常让仆人来照料我，不过简温柔的帮助将给我带来永恒的快乐。简适合我，我适合她吗？”

“完完全全适合，先生。”

“既然这样，咱们就没有什么要等待的了。咱们应该马上结婚。”

他的表情和话语都显得很热切，又像过去那样冲动急躁起来。

“咱们应立即成为一体，简，只需要领到结婚证，咱们就结婚。”

“罗切斯特先生，我才发现太阳早已过了正午，皮罗实际上已回家吃饭去了。让我看看你的表。”

“把它系在你的腰带上吧，简妮特，今后都留着它吧。我不需要它了。”

“都快下午四点了，先生。你不觉得饿吗？”

“从今天算起，第三天，咱们一定要结婚，简。现在别管什么好衣服、好珠宝的啦，那一切都微不足道。”

“太阳把雨水都晒干了，先生。一点微风都没有，天气真热。”

“你知道吗，简，我此刻就把你的小珍珠项链系在领结下面这褐色的脖子上。从那天我失去自己唯一的珍宝后，我就一直戴着它，作为对你的纪念。”

“咱们穿过林子回去吧，那是最阴凉的路。”

他并不理睬我，自顾自地想自己的事。

“简！我猜想你认为我是个没有信仰的小人，不过我的心现在对仁慈的上帝充满了感激。他与人的见识不同，看得更清楚；他也与人的判断不同，他更明智。我过去错了，差点玷污了自己无辜的花朵，使其纯洁沾染上罪恶，是万能的上帝一下把它从我身边救走。我却在顽固的反抗中，几乎诅咒天意。我不是屈从于上天的安排，而是违抗它。神圣的正义坚持其主张，我遭受了一个个灾难，被迫穿过阴暗的死神之谷。他的惩罚是巨大的，使我受到沉重打击，永世不得翻身。你知道我曾经为自己的力量得意，可它现在变成什么样了呢？我得让别人引着走，就像弱小的孩子那样。最近，简，我开始明白并接受自己命中所遭受的天灾了。我开始自责和忏悔，并希望屈从于造物主。我开始时时祈祷，它们虽然十分短暂，但是非常虔诚的。

“几天前，更确切地说是在四天前，即星期一晚上，我产生一种异样的心情，那时悲伤替代了狂怒，我感到忧愁而阴郁。我早就觉得既然任何地方都找不到你，你一定是死了。那晚夜深时分，也许在十一点到十二点之间吧，在我闷闷不乐地要去睡觉的时候，我向上帝祈求说，假如他认为合适，我宁愿不久就从今生被带走，让我进入来世，在那儿，我还有希望与简重逢。

“我待在自己屋里，坐在打开的窗前，在温和的夜风吹拂下，感到安慰；尽管我看不到任何星星，只能透过朦胧的影子知道月亮的存在。我多么渴望见到你，简妮特！啊，我的身心都渴望着你！我既痛苦又谦卑地问上帝，是否我凄凉的日子和遭受折磨的时间不够长，还不可以再次获得快乐与安宁。我承认自己所忍受的一切都罪有应得，我恳求说自己已无法再忍受下去了。我心中的全部希望都不知不觉地用这几个字从嘴里吐露出来——‘简！简！简！’”

“你是大声在说这些话吗？”

“是的，简。要是有哪个人听见，他会以为我发疯了——我用尽了浑身力气来喊。”

“那是在星期一晚上，接近午夜的时候？”

“对，不过时间一点也不重要，奇怪的是后面发生的事。就在我大声喊‘简！简！简’时，有个声音回答道：‘我来啦，等等我吧。’片刻后，风中又传来这样的低语：‘你在哪里？’

“要是我能够，我会告诉你这些话在我头脑里展现出的意念和情景，但要表达出我想表达的东西不容易。正如你所看到的，费恩丁深埋在密林里，声音在这里会变得沉闷呆滞，毫无回响地消失。山中好像有谁在说‘你在哪里’。因为我听见这些话在山中回荡。一阵大风吹到我额头上，似乎变得更加凉爽清新。我本来相信在某个荒凉孤寂的地点，我和简正在见面。精神上，我相信我们已经见面了。在那个时刻，你无疑处在毫无意识的睡眠中，简。或许你的灵魂从它的密室里游离出来，给我的灵魂以安慰，因为那些话带着你的口音，它们就像我活着一样确定无疑——是你的口音！”

读者，正是在星期一晚上，在接近午夜的时候，我也得到了那些神秘的召唤。我也正是用那些话来回应它的。我听着罗切斯特先生的叙述，但丝毫没有透露什么。这个巧合太使我震惊费解了，我无法对它进行讲述或谈论。如果我说出什么来，我的故事必然会给听的人留下深刻印象，而这个人的头脑因为遭受苦难变得太多愁善感了，不必再给它笼罩上更深的神秘阴影。于是我对这些事保持沉默，只在心里沉思。

“你现在不会觉得奇怪了，”主人继续说，“你昨晚突然出现在我眼前时，我难以相信你，只认为你不过是一个声音和幻觉而已，是某种融化后变得沉寂并消失的东西，就像先前午夜的低语和大山的回应那样融化一样。瞧，我感谢上帝！我明白它不是这么回事。是的，我感谢上帝！”

他把我从膝上放开，站起身，虔诚地把帽子从头上揭起来，双眼俯向大地，站着默默祈祷。只有最后几句祈祷的话我听到了。

“我感谢造物主，他在审判的过程中，也没忘了怜悯。我恭敬地恳求救世主赐给我力量，从此引领着我过上更加纯洁的生活！”

然后，他伸出手来让我牵着。我握住这只亲爱的手，举到嘴边，吻它一下，再让它摸着我的肩头。我比他矮小许多，支撑并引领着他。我们进入树林，慢慢朝家里走去。

第三十八章

读者，我嫁给了他。我们静静地举行了婚礼，在场的只有我、他、牧师和执事。我们从教堂回去后，我走进庄园的厨房，玛丽正做着午饭，约翰在处理刀具。我说道："玛丽，今天上午我和罗切斯特先生结婚了。"这个女管家和她丈夫都是那种端庄镇静的人，任何时候都可以安然地把一件不同寻常的消息告诉他们，而不会听到他们突然发出刺耳的尖叫，随后又被一连串惊讶的话语弄昏头脑。玛丽的确也抬起头来，确实也吃惊地盯住我。她正在炉火上烤着一对小鸡，用来涂抹汁液的勺子在空中停留了大约三分钟；在同样长的时间里，约翰手里正在打磨的刀具也停着不动。但随后玛丽又俯着身子继续烤肉，只是说道："是吗，小姐？哦，当然啦！"片刻后，她接着说，"我看见你和主人出去，可我不知道你们是去教堂结婚。"说罢，她又给烤肉涂着汁液。我转过身去时，看见约翰笑眯眯的。

"我对玛丽说过事情会怎样的，"他说，"我晓得爱德华先生（约翰是个老仆人，早在主人还是这家里的小儿子时，就认识了他，所以常说主人的教名）——我晓得爱德华会那样。我还肯定他不会等得很久，也许他做得对。祝你快乐，小姐！"然后，他礼貌地拂开额上的头发。

"谢谢你，约翰。罗切斯特先生让我把这个给你和玛丽。"我将一张五英镑的钞票放到他手里，没等他们再说什么，我便离开了厨房。

后来，在经过那个私人房间的门时，我偶然听到下面的话："她恰好会比任何一个大小姐更适合他。"随后，我又听到："尽管她长得并不非常漂亮，可她也一点不傻呀，心地也很善良。在他眼里，她是很美丽的，谁都可以看得出来。"

我马上给沼泽宅和剑桥写信，告诉他们我做了什么，也对我这样做的原因做了充分解释。黛安娜和玛丽完全赞成我走这一步，黛安娜还说等我度完蜜月后，她就过来看我。

“她最好别等到那时，简，”听我把信念完后，罗切斯特先生说，“要是她等的话，那就太迟了，蜜月将久久地照耀着咱们的生活，它的光彩只会消失在你我的坟墓上。”

至于圣约翰先生得到这个消息时情况如何，我不得而知，他从没回复那封信。六个月后，他给我写了一封信，然而并没提到罗切斯特先生的名字，也没暗示一下我们的婚姻。他的信显得平平静静，虽然不苟言笑，却是和蔼友好的。从此以后，他定期和我通信，尽管并不经常。他希望我幸福，相信我在生活中不是一个没有上帝、只顾俗事杂务的人。

你没有把小阿黛尔完全忘记吧，读者？我可没有，不久我就征得罗切斯特先生的同意，到他送她去的那所学校看望她。再次见到我时，她高兴得发狂，我深受感动。她看起来苍白瘦弱，她说自己并不快乐。我发现学校的规章制度过于严格，学习的课程对于她那般年龄的孩子来说太苛刻了，我便把她带回了家。我打算再次做她的家庭教师，但很快看出这是不切实际的。现在另一个人也需要我的照顾了——我的丈夫完全离不开我。所以，我就找到一所更加宽松的学校，离得也很近，我可以经常去看她，并且时时把她带回家。凡是能让她过得舒适的，我都要满足她。没多久，她就在自己新的处所安顿下来，在那儿过得十分快乐，学习上也取得了极大进步。随着她不断长大，一种健全有效的英国式教育在很大程度上修正了她在法国式教育上的不足；她离开学校时，我发现她成了我的一个可爱而体贴的同伴——性情温和，脾气良好，原则性强。她满怀感激，对我和我的家人十分关心，充分报答了我有能力时对她做出的那点小小的善意行为。

我的故事快讲完了。对我婚姻生活的经历，只需再做个简要说明，对于名字最常出现在本故事中的人的命运，再简单提及一下，我就可以结束了。

如今我已结婚十年。我明白在这个世上，完全为最爱的人活着以及同最爱的人一起生活，是什么滋味。我自认为是最幸福的人，幸福得无法用语言表达，因为我成了丈夫的生命，就像他成了我的生命一样。不曾有任何女人像我这样与丈夫如此亲近，也不曾有任何女人像我这样与丈夫彻彻底底融为一体。与爱德华在一起，我从来不知厌倦，他与我在一起，也同样如此，就像心儿在我们各自的胸中跳动，不知厌倦一样。因此，我们总是形影不离。就我们看来，在一起既像独处时那么自由，又像与人为伴时那么快乐。我想，我们整天都在交谈着——彼此交谈不过是一种更加活泼的、听得见的思考而已。我完完全全地信任他，他也完完全全地信任我，我们十分融洽。

在我们结婚后的前两年里，罗切斯特先生一直失明，或许正是这种情况，才把我们拉得如此之近——它使我们十分紧密地结合在一起，因为我当时成了他的眼睛，就像现在我仍然充当他的右手一样。实际上，我成了他的瞳仁（他经常这样叫我）。他通过我，看见大自然，看到书本。我替他观看注视，把眼前的风景描绘出来——诸如田野、树木、城镇、河流、云块和阳光，以及我们周围的天气，把光线不能给他视觉留下的印记通过声音传进他耳里。我从不厌倦替他念书，从不厌倦带他到他想去的地方，替他做他想做的事情。这些帮助虽然有些可悲，但我也感到充满了无尽的、极其美好的快乐，因为他要求给予这些帮助时毫不痛苦羞愧，或沮丧丢脸。他真心实意地爱我，感到我也非常爱他，感到接受我的照料就是在满足我最甜蜜的希望。

那两年结束后的一天早上，我正在他的口授下写一封信。他走过来，身子俯着我说：“简，你脖子上有一样发光的饰物吗？”

我当时戴着一条金表链，便回答说“是的”。

“你穿着一件淡蓝色衣服吗？”

我是穿着那样的衣服。接着他告诉我，一段时间来，他已觉得那只眼睛变得不像过去那么一片昏暗了，现在他对此不再怀疑。

我和他去了伦敦。他接受了一位杰出的眼科医生的诊断，终于使那只眼睛的视力有所恢复。如今他还不能看得很清晰，不能经常读书、写东西，但他不需要牵着手，也能够找到路了。天空对于他已不再是一片空白，大地也不再是空无一物。我们生下的第一个孩子放到他怀抱里时，他能看出那男孩继承了他有过的那双眼睛——又黑又大，富有光彩。在那一刻，他再次激动万分地承认上帝在审判中是给予了怜悯和宽大的。

这样，我和爱德华便过上了幸福的日子；不仅如此，我们最爱的人也同样过得幸福起来。黛安娜和玛丽都结了婚，每隔一年，她们都来看望我们，我们也同样每隔一年去看望她们。黛安娜的丈夫是一名海军上校，一位豪侠的军官和好心的男人。玛丽的丈夫是一位牧师，是她哥哥大学里的朋友；从造诣和道德准则看，他是配得上这门亲事的。菲茨詹姆斯上校和沃尔顿先生都爱他们的妻子，也为她们所爱。

至于圣约翰·里弗斯先生，他离开英国，到印度去了。他踏上了为自己选择的道路，目前仍然在追寻着那条路。在暗礁和各种险境中苦干的先驱者，再没有像他那么坚定不移、不屈不挠的了。他坚决而忠实，专心致志，充满活力、热情与真诚，为了同胞不懈努力。他为他们开拓着艰辛的道路，使其不断完善。他像巨人一般，将那些阻碍道路的、带有偏见的信条和等级制度砍倒。他也许是严厉的，他也许是苛求的，他也许还是雄心勃勃的；但他的严厉是“雄心武士[①]”的那种严厉，那武士护送着前去朝圣的队伍，使其不会遭到亚玻伦[②]的攻击。他的苛求是使徒[③]的那种苛求，使徒说出下面的话时，只代表救世主：“若有人要跟从我，就当舍己，背起他的十字架来跟从我。[④]”他的雄心是崇高的灵魂之主的那种雄心，它一心要在那些人中名列前茅——他们被从世间拯救出来，毫无错误地站在上帝的宝座前；他们分享着耶稣最后的伟大胜利；他们被上帝召唤，成为上帝忠实的选民。

---

① 英国著名作家班扬所著小说《天路历程》中的人物。
② 《圣经》中的人物，无底坑的使者。也指恶魔。
③ 指耶稣十二使徒。
④ 引自《圣经·新约·马可福音》第八章第三十四节。

圣约翰至今没有结婚，他永远也不会结婚了。到目前为止，他自己已足以能完成那艰辛的工作，而这工作也快结束了——他那光辉的太阳在快速地西沉。我收到的他的最后一封信虽然使我涌出了同情的泪水，但使我心中充满极大的欢乐。他得到了自己可靠的奖赏、自己那不朽的桂冠。我知道随后某个陌生人会给我写信，说那位仁慈忠诚的仆人，终于被召唤进入了上帝欢乐的天堂。干吗要为这哭泣呢？没有任何对于死神的畏惧，会使圣约翰的最后时刻笼罩上阴影。他的头脑是明朗的，他的心灵是无所畏惧的，他的信念是坚定不移的。他自己的话对这便是一种保证——

“我的主，”他说，“已预先告诫了我。每天他都越来越清楚明白地宣布道：‘是了，我必快来！’我也时刻越来越热切地回应道：‘阿门。主耶稣啊，我愿你来！[①]’”

---

① 引自《圣经·新约·启示录》第二十二章第二十节。